北京外国语大学王佐良外国文学高等研究院出品

外国文学通览 2020

金　莉 / 王丽亚
主编

外语教学与研究出版社
北京

图书在版编目（CIP）数据

外国文学通览. 2020 / 金莉，王丽亚主编. -- 北京 ：外语教学与研究出版社，2021.12
ISBN 978-7-5213-3071-7

Ⅰ. ①外… Ⅱ. ①金… ②王… Ⅲ. ①外国文学－文学研究 Ⅳ. ①I106

中国版本图书馆 CIP 数据核字（2021）第 269960 号

出 版 人 王 芳
项目策划 姚 虹
责任编辑 李旭洁 李 鑫
责任校对 周渝毅
封面设计 高 蕾
出版发行 外语教学与研究出版社
社 址 北京市西三环北路 19 号（100089）
网 址 http://www.fltrp.com
印 刷 三河市北燕印装有限公司
开 本 650×980 1/16
印 张 28
版 次 2021 年 12 月第 1 版 2021 年 12 月第 1 次印刷
书 号 ISBN 978-7-5213-3071-7
定 价 70.00 元

购书咨询：（010）88819926 电子邮箱：club@fltrp.com
外研书店：https://waiyants.tmall.com
凡印刷、装订质量问题，请联系我社印制部
联系电话：（010）61207896 电子邮箱：zhijian@fltrp.com
凡侵权、盗版书籍线索，请联系我社法律事务部
举报电话：（010）88817519 电子邮箱：banquan@fltrp.com
物料号：330710001

前 言

由北京外国语大学王佐良外国文学高等研究院策划的《外国文学通览：2020》即将面世。本书以论文集的方式，为读者提供上一年度世界各国文学发展的全景图，见证世界文学的发展进程。

进入新世纪以来，世界格局不断发生变化，作为民族智慧的代表和社会文化重要表现形式的文学，也及时反映了这种变化。

2020 年的世界文学向我们展示了当下世界的发展。一方面，各国文学家在继承民族文学传统的同时，呈现出新的特点和倾向，对于文学所表现的人类共性和民族个性在内容和形式上都进行了新的探索，展现了异彩纷呈、特色各异的文学成果，尤其是一些较小国家的优秀文学作品，更是为世界文坛吹进了一股清凉的新风；另一方面，当今世界的全球化发展态势，也在各国文学中得到了充分的显现，各国文学日益呈现出多元化的倾向，文学的越界现象十分明显。此外，2020 年各国文学中对于现实的反映与历史的反思更加显见，充分印证了时代的风云变幻以及文学的神圣使命。

习近平总书记曾深刻指出，“一个时代有一个时代的文艺，一个时代有一个时代的精神。任何一个时代的经典文艺作品，都是那个时代社会生活和精神的写照，都具有那个时代的烙印和特征。”《外国文学通览：2020》的作者们通过盘点和梳理去年一年中世界各国（区域）的文学成就和不足、意义及经验，及时概括总结了前一年度世界各国的杰出文学作品，阐释了各国文学界在这一年中的重要事件和文学潮流变迁，探讨了各国作家的思想探索和艺术追求，为读者描绘了2020年的世界文学版图，做了一件具有积极现实意义的事情。

《外国文学通览：2020》是我们策划的“外国文学通览”丛书的第五本，收录了32篇关于世界各国与地区上一年度文学发展动态的文章，较为全面地反映了世界各国文学的面貌。其作者大多数为北京外国语大学的教师。北京外国语大学为我国教授外国语言最多的大学，具有多语种的优势和外国文学研究的优良传统。本书的作者也有不少是其他高校的教师，使得这本通览越来越成为我国外国文学学者研究成果的集成。

由于各国文学发展情况不同，我们这本《通览》在文体风格、内容形式，乃至文章字数方面只能尽量保持一致，因此这本论文集也存在文章之间的长短失衡状况以及内容安排方面的差异，恳请同行和读者谅解，多提宝贵意见。相信我们这一系列作品，会做得越来越好！

金　莉　北京外国语大学教授
王佐良外国文学高等研究院院长
2021年9月

目 录

2020 年阿尔巴尼亚语文学概览

马　赛

内容提要：2020 年阿尔巴尼亚语文学表现不凡。阿尔巴尼亚、瑞士和科索沃等国家和地区的阿尔巴尼亚族作家凭借精彩的长篇小说、短篇小说集和诗歌荣获国内、国际奖项。历史、战争和身份认同是这一年的关键词，不少作品呈现出现实主义和现代主义兼具的特征。以社会主义时期、科索沃战争时期、新冠疫情隔离时期为背景，作家们思考民族认同、移民认同和存在问题。在文学研究方面，评论界出版了纪念已故作家菲什塔和阿果里的研究文集，还有两部社会主义现实主义文学研究专著重新梳理了该创作手法在阿尔巴尼亚的实践与发展历程。此外，文学译介取得进展，卡达莱早期作品的中译本问世。

一、文学奖项与获奖作品

（一）国内奖项

1. 国家文学奖（Çmimet Kombëtare të Letërsisë）

2020 年 12 月，阿尔巴尼亚文化部宣布了国家文学奖评选结果。米拉·梅克西（Mira Meksi，1960—　）的《十字架上的独裁者》

（*Diktatorinëkryq*，2019）荣获最佳小说奖。梅克西的小说多以神话、宗教为主题，擅长塑造超脱于现实的人物形象和充满想象的梦幻世界。《十字架上的独裁者》以冷战时期的阿尔巴尼亚历史为背景，运用讽刺、惊悚和悬疑的写法，虚构了独裁者的形象，表现了人受控于绝对权力时的精神孤独，以及对死亡难以逃避的畏惧。小说中的独裁者在生命的最后时刻，回想过往种种——曾拥有的爱情、权力，经历过的战争、背叛，执政时对宗教的扼杀、孤立，还有关于生者和死者的噩梦。弥留之际，他一心求生，想借宗教圣物复活，重新来过。

罗梅欧·乔拉库（Romeo Çollaku，1973— ）的《面包车》（*Mikrobus*，2019）获得最佳故事集奖。这部作品“语言自然而细腻，生动地塑造出各色人物、情节”（“‘Mikrobus’，tregim”）。在与书同名的短篇小说《面包车》中，作者将面包车作为唯一的叙事空间，在车辆行驶和乘客上下车的过程中推进情节发展。面包车行驶在阿尔巴尼亚南方，与这一行程相应，作者展示了阿尔巴尼亚族和希腊族、穆斯林和正教徒在这一带的混居生活，揭示了语言和身份的重要意义。在这个狭小的空间里，民族乐器、咖啡、传统音乐等文化符号的归属权成为不同族群争夺的对象。作品关注民族与文化认同问题，用丰富的对话提供了定义身份的多种方式，也道出了巴尔干地区各民族文化中的相似之处。

阿莉萨·维拉伊（Alisa Velaj，1982— ）的《一卷云，一团火》（*Shtjellëreje*，*shtjellëzjarri*）被评为年度最佳诗集。诗人用云、雾、海、冬日等自然元素所呈现的朦胧画面，表达对生命本质的不确定的、矛盾的情感。整部诗集贯穿了作者对生命和存在的思考。评奖委员会认为，诗集中的“诗歌字里行间展现的存在精神，对其形象的书写，以及对存在的冥思为当代阿尔巴尼亚语诗歌带来价值”

（“‘Shtjellëreje，shtjellëzjarri’”）。在诗篇《这些火烈鸟在寻找什么？》（*Ç'kërkojnë këto flamingo?*）里，诗人用“起舞，沉默；沉默，起舞；一如你美丽的自由，悬于我们否定的坚石之上”来形容火烈鸟，还探讨了自由及其存在方式。维拉伊的诗歌常见于英语报刊，2014 年曾入围英国埃尔巴切诗歌奖（Erbacce Prize Poetry Award）短名单。

2.“隔离之书”比赛（Konkursi“Libri i Karantinës”）

2020 年 4 月，阿尔巴尼亚文化部为鼓励疫情期间的文学创作和阅读活动，将该月定为“文学月”。国家图书馆和阅读中心为此举办了以疫情为创作背景的“隔离之书”文学比赛。此次共有 82 部作品参赛，最终有 3 部脱颖而出，分别是薇拉·贝克塔西（Vera Bektashi，出生年份不详）的《小组“再见亲爱的”》（*Grupi Bella Ciao*，2020）、鲁姆·加西（Lum Gashi，出生年份不详）的《自由的人》（*I liri*，2020）和埃尔文·奈察（Ervin Nezha，1992—　）的《短篇小说选集》（*Tregimetë zgjedhura*，2020）。

贝克塔西的《小组“再见亲爱的”》由五个短篇组成，讲述了不同年龄的女性在面对友情、青春、学业、事业、爱情时的选择。作者以“高雅的文化、突出的人物，以及讽刺和幽默手法描绘新型冠状病毒时代”。与书同名的第一则故事讲述了新冠病毒对日常生活的影响。隔离措施让五位年轻女孩无法像往常一般面对面地交流，她们因而逐渐习惯用通信软件群聊，甚至放弃了更加快速而传统的电话沟通方式，声音在特殊时期的交流中成为多余的存在。小说以日记体记录了女孩们在虚拟空间中相互倾诉困扰，对时事发表见解，偶有意见相左、针锋相对的时刻。尽管疫情改变了她们的交流方式，但并未减弱她们彼此帮助、牺牲自我的勇气。作者塑造了艰难时期闪耀着英雄主义光芒的普通人形象。

加西是来自科索沃地区的记者，小说《自由的人》是他的处女作，描绘了当前该地区多数年轻人离开家乡，去发达的欧洲国家寻找财富、开启新生活的愿望。小说的主人公捷玛是一位被困在平庸、琐碎生活中的年轻人，他家庭贫困，为了生计而听命于吝啬、傲慢的雇主，辛苦劳作，却难以获得平等的权利。对于他以及众多像他一样的年轻人，出走家乡、移民是获得自由的唯一方式。加西在接受采访时表示，他想以这部小说反映科索沃地区的诸多现实问题，并以此引起读者的讨论，令大家更多地思考如何解决这些问题。（"Romani 'I liri'"）值得一提的是，小说中的对话全部为科索沃方言盖格语，作者用简洁、自然的方式叙述故事，有意避开对情感的过分渲染和浪漫书写，其朴实的笔触令故事更加贴近科索沃民众的日常生活。评委会称加西"用艺术的力量对普通人物和情景进行生动而细腻的描写，是将日常生活变成伟大艺术的作家"（"Lum Gashi"）。对于作家的角色，加西的观点透露出与年龄不符的传统和深沉，"作家的角色只能是单维度的。有人书写美，且只写美。有人的诗歌和散文创作长久地引发共鸣。有人是思想者，有人是叙述者，有人两者兼具。有人是艺术家，有人是活动家。我可以由衷地说，我只是讲故事的人。"（"'I liri' iautorit"）

奈察的《短篇小说选集》收录了20个故事，既有讽刺和批评社会弊病的现实题材，也有围绕梦境、死亡和命运的超现实题材。作为文坛新秀，奈察的语言直接、大胆，没有过多隐喻，简短的文字塑造出了生动的人物形象，为作品赋予了灵巧的风格和迷人的趣味。正如他本人所言："这部作品的成功表明，就文学而言，有时想象力比语言、创作经验更为重要。"以选集中的几篇为例，《丝巾》（*Shalli*）讲述了荒诞的超现实故事，主人公依靠梦境决定命运。《那我是谁？》

(*Po unëkush jam?*) 充满讽刺意味，批判了阿尔巴尼亚文化、艺术和文学圈子里狂妄自大、玩世不恭的人和无利于真正创作的风气。《死者与风暴》(*I vdekuridhestuhia*) 是小说集中获得评论较多的一篇，作品写于疫情出现之前，描写了邪恶现身时人类面临的困境。评委会认为，这部故事选集具有“惊人的风格和塑造人物的技巧，是阿尔巴尼亚语叙事文学传统的延续”(“Lum Gashi”)。

（二）国际奖项

1. 欧盟文学奖（European Union Prize for Literature）

欧盟文学奖设立于 2009 年，由欧洲委员会的“创意欧洲”项目资助，面向 41 个欧盟和非欧盟国家及地区，表彰来自欧洲各地的新兴小说家。该奖项旨在聚焦欧洲当代文学在小说领域的创造力和多样性，促进欧洲文学和跨文化交流，并鼓励人们对非本国的文学作品产生更大的兴趣，获奖作品也将借助这一平台获得更多读者的关注，从而超越语言和国家的边界。

2020 年，来自科索沃地区的青年作家、演员什普蒂姆·塞尔马尼（Shpëtim Selmani，1986—　）凭借小说《爱的课本》(*Libërthi i dashurisë*，2019) 成为 13 位获奖者之一。《爱的课本》是一部日记体和自传体结合的小说，表达了叙述者对日常生活的反思及对现实和哲学问题的思考，从平庸乏味的点滴到世界范围的精神议题，覆盖了过去和现在、地区性和全球性问题。伴侣怀孕令他在准备为人父的过程中重新思考了自己与父亲的关系，以及与文学、民族主义、消费主义和其他各种主义的关系。新生命的诞生令叙述者得以从全新的角度思考，小说以他为儿子起名结束。(“Shpëtim Selmani”) 塞尔马尼将一个男人变为父亲的过程视为思想的成熟，这一成长同对妻儿的爱和付出不可分割，也解释了书名“课本”的含义——爱是需要学习和实践的功课。除了故事本身，作者将现代社会主流难以称之为健康的多种思想作为对象，探讨民族主义、消费主义等观念对人的影响。塞尔马尼曾说，《爱的课本》象征着他个人的成熟时期，一个必须踏入的关乎生存的幽暗时刻，一首对新生者的爱的礼赞，以及最重要的一场现代人为了解自我在世界中的角色而投身的战斗。（“Një libër poetik”）

此次共有三位科索沃地区的阿尔巴尼亚族作家入选第 11 届欧盟文学奖短名单，另两位是《剪掉的辫子》（*Gërshetiiprerë*，2010）的作者玛依琳达·布雷加西（Majlinda Bregasi，1976— ）和《虫子斯莫林斯基的笔记》（*Shënimet e krimbit Smolinski*，2018）的作者阿泽姆·戴利乌（Azem Deliu，1996— ）。

2. 科索沃地区雷扎伊·苏罗伊文学和新闻奖（Çmimi“Rexhai Surroi”për letërsi dhe gazetari）

由科索沃传媒企业——时代集团（Grupi Koha）于 2008 年设立的雷扎伊·苏罗伊文学和新闻奖以外交官、作家苏罗伊命名，评选阿尔巴尼亚语年度最佳小说。该奖项曾经颁发给伊斯梅尔·卡达莱（Ismail Kadare，1936— ）、米拉·梅克西、阿格隆·图法（Agron Tufa，1967— ）等阿尔巴尼亚知名作家。

2020 年，旅居瑞士的青年作家什库姆宾·加西（Shkumbin Gashi，1991— ）凭借长篇小说《妈妈，给我讲讲梦想家》（*Nënë, më fol për ëndërrimtarët*，2019）获得最佳小说奖。作品讲述了四位移民者的故事，他们辗转至瑞士，或为寻求更好的工作、学习机会，或为躲避家族间的复仇与杀戮，从而期待开启全新的生活。尽管四位主人公有着不同的心情，但共同的移民身份和相似的心态，如对身份认同和归属感的追寻，以及对安定美好生活的渴望，使他们彼此间产生共情。人类温柔、善良的天性令拥有“非正常”经历的移民者在困境中向陌生人施以援手。这部移民题材小说有加西本人的影子，他坦言，倘若他没有移居瑞士，很可能不会创作出这样一部作品。小说的第一个主人公易卜拉欣对瑞士的了解仅限于地图和“有好奶酪的国家”，这便是加西本人移民前的想法。除了作家身份，加西也是心理学家，同时在伯尔尼大学攻读临床心理学和心理疗法博士学位。在进行文学创作时，心理学如同“装满工具的背包，帮助作者塑造真实的人物形象”（“Mërgimtari nga Zvicra”）。

3. 科索沃地区年度文学奖（Çmimet Vjetore për Letërsinë）

2021 年 2 月，科索沃地区 2020 年度文学奖获奖名单公布。当地文化部门官员瓦罗拉·杜默西（Vlora Dumoshi）在颁奖时表示：“通过小说、诗歌与散文，我们的民族认同得以呈现。”（“Mehmet Krajanderohet”）

文学家梅赫梅特·克拉亚（Mehmet Kraja，1952— ）荣获阿泽姆·什克莱利（Azem Shkreli）终身成就奖。克拉亚共出版了 12 部长篇小说、4 部短篇小说集以及 10 部戏剧。作为民族作家，他的创作多以战争、民族认同为主题，故事的发生地多设在处于动荡、变革中的阿尔巴尼亚及周边地区。克拉亚关注个体的精神世界，书写扭曲的时代中个体的无奈与人的异化。他的长篇小说《黑与红》（*E zezadhe e kuqja*，2015）以边界为主题，讲述了生活在黑山南部的阿尔巴尼亚族人因政治原因与外界隔离，但渴望同外界交流的故事。故事中祖父、父亲和儿子在同一地区出生、死亡，祖父因反对 1913 年伦敦会议上关于边境的划分而牺牲，父亲死于二战时边境地区的战场上。最大的讽刺发生在第三代身上，在阿尔巴尼亚庆祝独立 100 周年（2012

年）时，儿子外出钓鱼，被霍查统治时期遗留在边境的军官误杀，癫狂的后者以为那时的统治还在延续。祖孙三代的悲剧命运蕴含了克拉亚对边境地区人们命运的思考，在政治博弈和地区冲突的大背景下，个体的生存意愿和努力显得苍白无力。

阿格·阿波罗尼（Ag Apolloni，1982— ）以纪实小说《一丝希望，一根火柴》（*Një fije shpresë*，*një fije shkrepëse*，2020）获得安东·帕什库（Anton Pashku）最佳小说奖。作品以科索沃战争为背景，讲述了两位阿尔巴尼亚母亲的悲剧，记录了这一带民众在战争中遭受的驱逐与迫害。阿波罗尼是科索沃普里什蒂纳大学教授，也是小说家、诗人和剧作家，他的作品以戏剧性的维度、哲学性的思考以及对历史、政治和战争的批判态度而著称。

知名记者、作家布莱里娜·罗戈瓦·加扎（Blerina Rogova Gaxha，1982— ）的诗集《袋子》（*Thasë*，2020）获得阿里·波德利米亚（Ali Podrimja）最佳诗歌奖殊荣。诗集以日常物品、生活点滴为内容，描绘女性视角下的人生故事。诗集题目中的"袋子"象征着个体的迷失，尤其指女性失去自我的状态。在加扎看来"袋子是灵魂的黑暗，存在的孤独，是子宫和坟墓，是生命的创造与终结"（"Rogova Gaxha"）。诗人在诗歌中挖掘记忆中的碎片，找到痛苦的根源，并通过转变、忏悔和重生的过程实现自我疗愈。

二、文学研究

（一）作家作品研究

乔治·菲什塔（Gjergj Fishta，1871—1940）是阿尔巴尼亚方济会修士、诗人、作家、教育家和政治家。凭借史诗巨著《高地拉胡塔琴歌》(*Lahuta e Malcisë*, 1902),他被视为20世纪最具影响力的阿尔巴尼亚作家之一。在阿尔巴尼亚民族复兴运动时期,菲什塔为制定统一的阿尔巴尼亚语字母表、规范盖格方言书面语做出了贡献。菲什塔的创作受到法国大革命的影响,以自由、平等和兄弟情谊等为主题,为当时寻求独立的阿尔巴尼亚带去进步思想和文化,从精神层面为反奥斯曼帝国运动提供了支持。在戏剧中,菲什塔坚持使用基于拉丁字母的阿语字母表创作,将演出作为语言传播和教育的途径。2020年是菲什塔逝世80周年,为纪念这位伟大的民族复兴领袖,部分研究成果相继出版。托宁·乔巴尼(Tonin Çobani,1947—)等人所著的《乔治·菲什塔的戏剧》(*Teatrii Gjergj Fishtës*,2020)以40余部剧作为研究对象,梳理了菲什塔戏剧创作的语言特征及他本人的宗教和民族理念,并全方位地介绍了菲什塔的戏剧创作、导演和组织工作。埃尔内斯特·马尔库(Ernest Marku,1970—)的《菲什塔之书》(*Libri i Fishtës*,2020)从史料研究和文学研究两个方面着手,一方面研究菲什塔同马纳斯蒂尔代表大会、巴黎和会的关系以及他所从事的教育和宗教活动,另一方面将菲什塔的诗歌、戏剧、社论、散文等作为语料,分析其作品的修辞、文体和思想内涵。

2017年,阿尔巴尼亚文学巨擘、现实主义作家德里特洛·阿果里(Dritëro Agolli,1913—2017)去世。2020年,由卡达莱夫妇、雷杰普·乔赛亚、弗洛克·楚皮、伊利尔·梅塔、沙班·西纳尼等120位作家、学者和政要联合创作了回忆文集《这是我的德里特洛》(*Ky është Dritëro im*,2020),共同书写了他们眼中的阿果里。

(二)社会主义现实主义文学研究

继《阿尔巴尼亚社会主义现实主义语义语用学(1944—1949)》

[*Semiopragmatika e realizmit socialist shqiptar*（*1944—1949*），2013]后，伊利尔·于泽里（Ilir Yzeiri，出生年份不详）的社会主义现实主义文学研究系列又出版了《社会主义现实主义如何来到阿尔巴尼亚》（*Si erdhi realizmi socialist në Shqipëri*，2020）和《痛苦中的爱与死：雅科夫·左扎的长篇小说〈死河〉的符号学研究》（*Erosi dhe thanatosi në mjerim: Një vështrim semiologik mbi romanin "Lumi i vdekur" të Jakov Xoxës*，2020）。前一本介绍了社会主义现实主义作为思潮和文学艺术创作手法在阿尔巴尼亚的出现和发展。通过对1947—1951年间的文学出版物和报刊的研究，作者按照时间顺序梳理了早年间对社会主义现实主义创作的介绍，以及将之作为文学、艺术、文化等精神生活的标准的情况。研究所选文本展示了阿尔巴尼亚文学在社会主义现实主义初期所遵循的方向。后一本则在符号学视阈下重新解读了阿尔巴尼亚社会主义时期代表作家左扎的文学创作理念，认为其名著《死河》并非以社会主义现实主义为创作手法，而更偏向于自然主义，小说中对农民的苦难和困境、对社会的阶级分化和剥削的描绘是对现实的真实记录。于泽里的专著采用了大量史料，为研究阿尔巴尼亚的社会主义现实主义文学提供了崭新的研究视角。

三、文学译介

2020年，享誉世界文坛的大家伊斯梅尔·卡达莱又有新作被译介给中国读者。重庆出版社再版了郑恩波翻译的长篇小说《亡军的将领》。这部战争题材小说曾被法国《世界报》选入“20世纪最好的100本书”。故事发生在20世纪60年代，即二战结束20年后的阿尔巴尼亚，意大利军队的将军和牧师来到阿尔巴尼亚寻找战争中阵亡的意大利军人的尸骨，并带回意大利埋葬。该译本从阿尔巴尼亚语直译，译者深厚的文学素养和语言功底，以及多年来的诗歌、小说翻译经验，让译著原汁原味地展现了原著的精彩。

另一部短篇小说合集《挑衅》由李焰明翻译自法语版，其中收录的 9 个短篇故事，以爱情、战争、历史、信仰为主题，蕴含了作者对国家和民族命运的思考以及对民族身份的定义和呈现。小说合集中同名短篇《挑衅》以压抑的笔调讲述了边防战士对战争、爱情和生与死的困惑；半自传体的《阅读哈姆雷特》有着卡达莱的经典长篇小说《石头城纪事》的影子，借孩童的奇思妙想书写国家的历史变迁；《俄耳甫斯问题》和《杀人犯的最后一个冬天》则是对神话和戏剧的再创作。译者精妙的翻译令不同篇章各有风格，其所写的题为《卡达莱的历史寓言》的中译本前言从小说结构、语言、人物和思想等多个角度分析文本，帮助读者更好地品读卡达莱早期的创作。

结语

和 2019 年相比，2020 年的阿尔巴尼亚语获奖作品呈现出新的特征。由于疫情原因，对阿语文坛具有指导性意义的卡达莱奖暂停评奖，以隔离时期为主题的“隔离之书”文学创作比赛挖掘了新作家。阿尔巴尼亚本土作家多以不同历史时期为背景，关注个体和民族在不同时期所面对的困境，通过书写人的异化，表达对存在的思考和对人的关怀。科索沃地区和其他海外阿尔巴尼亚族作家基于自身经历，更倾向于历史、战争题材，以反思和批判的视角探讨民族认同、移民身份等现实问题。整体来看，小说、诗歌的选题较以往更加多元，如网络时代的交流、女性的自我和独立、为人父母的成长等。文学研究领域，除了关于菲什塔和阿果里的研究，还有两部关于阿尔巴尼亚社会主义现实主义文学的专著为该创作手法的研究提供了史料和文本研究的新视角。文学译介方面，两部卡达莱早期作品中译本面世，让中国读者有机会了解文学大家的创作与成长。

参考文献：

Apolloni, Ag. *Një fije shpresë, një fije shkrepëse.* Prishtinë: Bard Books, 2020.

Bektashi, Vera. *Grupi Bella Ciao*. Tiranë: Onufri, 2020.

Çobani, Tonin, and Ndue Nallbani. *Teatri i Gjergj Fishtës*. Lezhë: Fishta, 2020.

Çollaku, Romeo. *Mikrobus*. Tiranë: Zenit, 2019.

Gashi, Lum. *I liri*. Tiranë: Princ, 2020.

Gashi, Shkumbin. *Nënë, më fol për ëndërrimtarët*. Tiranë: Pema, 2019.

Gaxha, Blerina Rogova. *Thasë*. Kosovë: Armagedoni, 2010.

Hoti, Dhurata. "Romani 'I liri' nga Lum Gashi." *Insajderi*. Nov. 2020. Web. 8 Jul. 2021. <https://insajderi.com/romani-i-liri-nga-lum-gashi/>.

Hysenaj, Xhemile. "Rogova Gaxha: Gruaja duhet t'i prekë ëndrrat që i fluturojnë nëpër qiell dhe t'i bëjë të lulëzojnë." *Kultplus*. 12 Jan. 2021. Web. 20 Mar. 2021. <https://www.kultplus.com/libri/rogova-gaxha-gruaja-duhet-ti-preke-endrrat-qe-i-fluturojne-neper-qiell-dhe-ti-beje-te-lulezojne/>.

"'I liri' iautorit Lum Gashipromovohetnë Tiranë." *Klan Kosova*. 7 Oct. 2020. Web. 21 Apr. 2021. <https://klankosova.tv/i-liri-i-autorit-lum-gashi-promovohet-ne-tirane/>.

Kadare, Ismail, et al. *Ky është Dritëroi im*. Tiranë: Dritëro, 2020.

Kraja, Mehmet. *E zezadhe e kuqja*. Tiranë: Onufri, 2015.

"Lum Gashi, Ervin Nezhadhe Vera Bekteshi-fituesit e Libritte Karantines." *Klan Kosova*. 17 Jul. 2020. Web. 21 Apr. 2021. <https://klankosova.tv/lum-gashi-ervin-nezha-dhe-vera-bekteshi-fituesit-e-librit-te-karantin>.

Marku, Ernest. *Libri i Fishtës*. Lezhë: Fishta, 2020.

"Mehmet Krajanderohet me çmimin 'AzemShkreli'." *Koha*. 17 Feb. 2021. Web. 15 Apr. 2021. <https://www.koha.net/kulture/258954/mehmet-kraja-nderohet-me-cmimin-azem-shkreli/>.

Meksi, Mira. *Diktatorinëkryq*. Tiranë: Onufri, 2019.

"'Mikrobus', tregim nga Romeo Çollaku." *Exlibris*. 2 Jan. 2021. Web. 15 Apr. 2021. <https://exlibris.al/mikrobus-tregim-nga-romeo-collaku/>.

Selmani, Shpëtim. *Libërthi i dashurisë*. Kosovë: Armagedoni, 2019.

Shabani, Blerim. “Mërgimtari nga Zvicra që ‘rrëmbeu’ çmimin e madh letrar në Kosovë.” *Albinfo*. 15 Mar. 2021. Web. 25 Mar. 2021. <https://www.albinfo.ch/mergimtari-rremben-cmimin-e-rendesishem-letrar-ne-kosove/>.

“Shpallentrefituesit e konkursit ‘Libri i Karantinës’.” *Ministria e Kulturës*. 21 Jul. 2020. Web. 21 Apr. 2021. <https://kultura.gov.al/shpallen-tre-fituesit-e-konkursit-libri-i-karantines/>.

“Shpëtim Selmani.” *European Union Prize for Literature*. 19 May. 2020. Web. 25 Mar. 2021. <https://www.euprizeliterature.eu/authors/shp%C3%ABtim-selmani>.

Shtini, Parajsa. “Fituesi i çmimit ‘Libri i karantinës’, Ervin Nezha: Në letërsi imagjinata mund luajë një rol më të rëndësishëm se gjuha apo eksperienca letrare.” Web. 25 Mar. 2021. <https://www.portalishkollor.al/argetim/fituesi-i-cmimit-libri-i-karantines-ervin-nezha-ne-letersi-imagjinata-mund-luaje-nje-rol-me-te-rendesishem-se-gjuha-apo-eksperienca-letrare>.

“‘Shtjellëreje, shtjellëzjarri’, poezinga Alisa Velaj.” *Exlibris*. 2 Jan. 2021. Web. 15 Apr. 2021. <https://exlibris.al/shtjelle-reje-shtjelle-zjarri-poezi-nga-alisa-velaj/>.

Veizaj, Sabina. “Një libër poetik për baballarët e rinj dhe nënat e reja.” *Gazeta Si*. 11 Jan. 2021. Web. 8 Jul. 2021. <https://gazetasi.al/nje-liber-poetik-per-baballaret-e-rinj-dhe-nenat-e-reja/>.

Velaj, Alisa. *Shtjellëreje, shtjellëzjarri*. Durrës: Luis Print, 2019.

Yzeiri, Ilir. *Erosi dhe thanatosi në mjerim: Një vështrim semiologik mbi romanin “Lumi i vdekur” të Jakov Xoxës*. Tiranë: Çabej, 2020.

—. *Si erdhi realizmi socialist në Shqipëri*. Tiranë: Çabej, 2020.

卡达莱：《挑衅》，李焰明，译，广州：花城出版社，2020 年。

卡达莱：《亡军的将领》，郑恩波，译，重庆：重庆出版社，2020 年。

作者单位：北京外国语大学欧洲语言文化学院

2020 年阿富汗普什图语文学概览

王 静

内容提要：2020 年，“和谈”与“战争”仍然是与阿富汗紧密相关的两个关键词，加上新型冠状病毒在世界范围的肆虐，阿富汗普什图语文学创作的脚步相较于往年有所减缓，小说、诗歌类原创作品主要通过网络发表，且水平参差不齐。文学活动明显减少，个别活动改为线上举行。出版界以出版翻译作品为主，原创作品依然不多。翻译作品的主题多以政治、历史、军事、人物传记、心理健康和励志为主。学术研究领域侧重于探讨前沿文艺理论。

一、著作

小说《来吧，否则为你而死》（راشه کنه مرم درپسي）是作家努尔·穆罕默德·拉霍（نور محمد لاهو，出生年份不详）的新作，讲述了一个阿富汗年轻人出国前后人生观、价值观的改变。小说语言朴实，贴近乡村生活，对情境和人物的刻画富有画面感。网络书评说：“读这本书就像在影院看电影一样，每多读一页就让故事更加动人。沉浸在异国梦境中的人，一定要认真去读这本小说。”[1]

---

1 <راشه کنه مرم درپسي – DawatMedia24>.

杂文集《我的黏土泰姬陵》（زما ختين تاج محل）是作家瓦利·乌拉·马利克扎伊（ولي الله ملکزي，出生年份不详）的第一部作品集，收录了其曾发表于网络的 46 篇文章。这些文章关注阿富汗社会、政治、宗教、战争等的方方面面，用优美的文学语言表达了强烈的爱国主义和民族主义情感。达瓦特新闻 24 小时（Dawat Media 24）和阿富汗萨巴乌恩（Afghan Sabawoon）网站的负责人穆罕默德·塔尔科·巴兹加尔（محمد طارق بزګر）评论说：“马利克扎伊先生总是尝试在他的作品中使用优美的辞藻和语句，以及阿富汗民间谚语、习语和传统诗歌‘兰黛’（لندی）等，如同将河流汇聚于瓶子里，这种尝试无疑让文章更加丰富……我个人读过一两次马利克扎伊先生的著作，很享受阅读的过程。”[2]

《无力的面孔》（بې واکه صورتونه）是普什图语作家、诗人阿吉马尔·赫库里（اجمل ښکلي，出生年份不详）的文学理论研究作品，作者在书中讨论了什么是女权主义和女权主义思想。作品回答了诸如“女权主义是何时兴起的？为什么兴起？经历了哪些阶段？发展到了什么阶段？”等问题。作者搜集、分析了大量资料，审视了人类历史上妇女所遭受的压迫，最终证明：女性在政治、语言、文学和经济方面都有不可忽视的影响，如果女性的思想观念受到尊重，她们将在社会和文化的发展中发挥重要作用。在妇女地位普遍十分低下的阿富汗，赫库里的这一著作无疑是前卫和大胆的，是对阿富汗社会传统男权思想的挑战。谈及女权主义批评的价值，赫库里认为“女性在封闭社会中所经历的性别歧视是男性体会不到的，而这正是女权主义批评所要探讨的。……男性评论家无法理解女性所表达的某些情感。这就像当

2 <زما ختين تاج محل؛ ولسي رنګ، کليواله ژبه – DawatMedia24>.

女性描述分娩的经历时，男性并不能感同身受一样。这就是为什么需要女性批评，即女性批评或女权主义批评被接受的原因”[3]。为了让读者更容易理解女权主义，赫库里引入了法国哲学家雅克·德里达（Jacques Derrida，1930—2004）的后现代主义思想，即让读者首先了解一些关于后现代主义的知识，再去认识女权主义。女权主义是阿富汗普什图语文学理论中一个新兴的重要话题，赫库里在书中分析了古代和中世纪普什图诗歌中女性的形象，从中推断出当时普什图诗人对女性的重视程度。在对女权主义进行了充分讨论之后，作者还分析了女性在当代普什图诗歌和小说中的地位。

文学批评文集《世界小说的故事》（د نړیوالو کیسو کیسې）出自阿富汗当代具有鲜明写作风格的作家依马尔·帕萨尔莱（ایمل پسرلی，出生年份不详）。作者选取了多篇世界著名短篇小说，将其译为普什图语，并在每篇之后附上了作品故事背后的故事，这些背后的故事来自作者对原作背景和作家背景的充分了解，比如，尽量与原作者取得联系并就写作思路和对自己作品的看法等与之深入交谈。在选取作品时，帕萨尔莱尽量挑选不同国家背景，不同写作技巧、形式和风格的作品，这些作品的创作时间则大多可以追溯到19世纪和20世纪上半叶。《世界小说的故事》是帕萨尔莱在新冠疫情期间创作的，在介绍自己的作品时，帕萨尔莱说：“我把这些与小说有关的事情都写在了这本书里，对读者来说会很新鲜、有趣。……我想和他们谈谈我翻译的小说，我试图在书中讲述来自世界各地的故事”[4]。《世界小说的故事》除了向读者介绍世界各国的优秀小说及其背后的故事，还向读者展示了不同国家的人在生活中关注的重点是什么，厌恶的事物有哪些。

---

3 <http://maseerdaily.af/?p=41167>.

4 <http://maseerdaily.af/?p=39695>.

《21 世纪的圣战者毛拉·穆罕默德·奥马尔》（د یوویشتمي پېړۍ امیر المؤمنین ملا محمد عمر مجاهد）是阿富汗塔利班前领导人毛拉·穆罕默德·奥马尔（ملا محمد عمر，1959—2013）的人物传记，资料搜集、整理者为阿西夫·扎曼（آصف ژمن，出生年份不详）。书中介绍了奥马尔的家庭环境、成长经历，讲述了奥马尔是如何一步步成长为塔利班的最高领导人并与“基地”组织产生密切关系的。

《后现代主义》（پوستمادرنېزم）是作家、教授迪亚·伊斯拉姆·沙拉尼（ضیا الاسلام شېراني，出生年份不详）的文学理论专著。沙拉尼介绍了后现代主义的概念及后现代主义在艺术、文学、国际关系、社会学和教育等不同领域的特点，讨论了现代主义和后现代主义的区别，阐述了后现代主义在阿富汗社会中的特点，同时探讨了“后现代主义”在阿富汗和西方国家之间现实表现的差异等问题。后现代主义在欧洲和其他西方国家是被人们有意识地理解和接受的，但在阿富汗，人们只是下意识地做了许多具有后现代主义特征的事情，在思想理论上是滞后的。沙拉尼直截了当地指出：“阿富汗一直是在下意识地遵循后现代主义思想，但是由于缺乏学习和对世界的无知，我们做了却不自知。”[5]

二、译著

2020 年，在阿富汗正式出版的普什图语书籍中，译著仍然占较大比重，且多为世界经典。

我国古代著名兵书《孙子兵法》被译为普什图语出版发行。普什图语书名《د جګړې هنر》（《战争艺术》）译自英译版名称 *The Art of*

5 <پوستمادرنېزم (پسنویتوب) – afghansabawoon>.

War，译者为阿富汗学者穆罕默德·哈希姆·阿亚兹（محمد هاشم اياز，出生年份不详）。《孙子兵法》的出版原本是中国优秀文化走向世界的又一佳话，但普什图语版却译自英文版。令人惊诧的是，阿富汗网络媒体《马歇尔日报》（*Maseer Daily*）在介绍此书时竟然声称《孙子兵法》的作者“是美国作家孙子”（ياد كتاب امريكايي ليكوال سون تزو ليكلى）[6]，这足以说明阿富汗媒体对于中国文化认知的缺乏。

《穆萨·沙菲克——从宗教学校到国家总理》（موسى شفيق له مدرسي تر صدارته）是一部人物传记，记录和评述了阿富汗现代著名政治家穆罕默德·穆萨·沙菲克（محمد موسى شفيق，1932—1979）的教育和工作经历、政治思想及个人生活。穆罕默德·穆萨·沙菲克曾担任外交顾问、外交部长，还曾经在埃及、黎巴嫩、苏丹担任大使，也是查希尔政府最后一任首相。1978 年 4 月人民民主党政变后沙菲克被逮捕，次年被处决。传记作者是法蒂玛·阿赫马德·盖拉尼（فاطمه احمد ګيلاني，出生年份不详），普什图语版译者为拉提夫拉·拉提夫（لطف الله لطف，出生年份不详）。

报告文学《生活无好人——阿富汗人眼中的美国、塔利班和战争》（*No Good Men Among the Living: America*，*the Taliban and the War Through Afghan Eyes*，2014）由《纽约时报》驻阿富汗记者阿南德·戈帕尔（Anand Gopal）撰写，2015 年获美国普利策奖非小说类作品提名。2020 年，普什图语版《په ژونديو کې ښه سړى نشته-امريكا ، طالبان او جګړه د افغانانو له نظره》出版，译者是哈兹布拉·阿塔尔（حزب الله اتل，出生年份不详）。

《伊本·赫勒敦绪论》（*Muqaddimah idn Khaldun*，1378），又

6 <http://maseerdaily.af/?p=37316>.

称《历史绪论》，是阿拉伯伊斯兰学者、史学家、经济学家、社会学家阿卜杜勒·拉赫曼·伊本·赫勒敦（Abdul Rahman Ibn Khaldun，1332—1406）撰写的伊斯兰历史哲学名著，主要从哲学高度讨论了中东阿拉伯地区国家和民族史，阐述了宗教、社会、经济、艺术、科学等在人类社会不同历史发展阶段中的作用和影响。书中既有历史理论又包含哲学问题。这本书的普什图语版本《ابن خلدون مقدمه》由穆罕默德·祖拜尔·沙菲奇（محمد زبير شفيقي，出生年份不详）翻译完成。阿克素思书局负责人萨菲乌拉·纳塞里（صفي الله ناصري）介绍说："普什图语翻译参考了乌尔都语、波斯语和英语版本，且很多地方都附有原文，语言非常流畅优美"[7]。

历史著作《人类的故事》（*The Story of Mankind*，1921）是荷兰裔美国作家亨德里克·威廉·房龙（Hendrik Willem Van Loon，1882—1944）的代表作品之一。作者用生动流畅的文字，将人类数千年的文明发展史呈现在读者面前。著作从远古时代讲起，讲述了埃及和美索不达米亚文明的源起以及希腊与罗马时代的辉煌，沿着宗教兴起的线索讲到中世纪社会的发展和演变，从城市的兴起、文艺复兴讲到世界性的变革和各国的革命。其中既有节奏明快的"大历史"叙述，也不乏真正影响人类文明进程的事件和细节。无论是对历史一无所知的人，还是浸染在浩繁巨著中的专家，都可以从这本经典的通俗人类史中获得启发和阅读的快感。普什图语版书名为《انسان كيسه》，译者是阿萨德·弗鲁坦（اسد فروتن，出生年份不详），2020年7月出版。关于普

7 زموږ تخنيکي تيم ډېر وړاندې د دې کتاب د ژباړې په اړه سلا وکړه او بالاخره څو ورځې د مخه ياد کتاب په ۵۸۷ مخونو کې چاپ شو. دی وايي، که څه هم دا کتاب په نورو ژبو کې په دوو ټوکونو کې چاپ شوی، خو پښتو ژباړه يې په يوه ټوک کې په دوو برخو او ۰۴ فصلونو کې راټوله شوې ده.ښاغلی ناصري زياتوي، کتاب په لوړ کيفيت چاپ شوی، وړاندې له چاپ څخه يې مينوالو دلچسپي ښودلې وه او په تېرو څو ورځو کې پر کابل سربېره د هېواد ډېرو ولايتونو ته رسېدلی دی.د دې کتاب ژباړه له اردو، فار سي او انګليسي شوې، خو په ډېرو برخو کې له اصلي متن سره سر ورکړل شوی، نو ځکه خو يې ژبه ډېره روانه او ښکلې ده

什图语译本的网络书评写道：“世界上大多数先进国家之所以向前迈进，是因为它们常回顾过去。阅读和关注历史之所以重要，是因为它使我们避免重蹈覆辙，并指导我们从过去走向光明的未来……阅读这本书对普什图部落很重要，因为它提供了一个国际化的视角，让我们从与以往不同的、全新的角度看待与人类相关的一切，读这样的作品能让我们真正了解人类的责任是什么，知道我们来到这个世界的意义何在。”[8]

《上瘾的女人》（معتاده ښځه）是印度、巴基斯坦分治时代的重要小说家萨达特·哈桑·曼托（سعادت حسن منتو，1912—1955）的短篇小说集，收录了15篇短篇小说作品。曼托是一位极具争议的乌尔都语作家，写作风格独特，其作品将印巴分治所带来的悲剧展现在世人面前。阿富汗青年作家和翻译家曼特沙尔·沙希（منتشر شاهي，出生年份不详）从曼托众多作品中挑选了15篇编译成集，并尽量保留了原作风格。

三、文学活动

2020年6月23日，赫尔曼德省信息文化局（د هلمند د اطلاعاتو او فرهنګ رياست）举办了线上赫尔曼德河诗歌年会（هلمند سيند کلنی مشاعره），诗人和诗歌爱好者可以线上投稿和参会。虽然在赫尔曼德主会场的小会议室中只有为数不多的参会者，但是线上参与者众多，巴尔赫、帕克蒂亚、坎大哈、尼姆鲁兹、洛加尔、拉格曼、楠格哈尔、霍斯特、帕尔

8 د نړۍ اکثره مخته تللي ملتونه ځکه مخته تللي دي، چې پر خپلو شاتنيو ګامونو يې نظر اچولی دی. دا شاتني ګامونه زموږ تاريخ دی. تاريخ لوستنه او ورته پام ځکه مهم او اړين دي چې له بيا خلي تېروتنو او بيا ځلي تجربو مو ژغوري او له خپلې ماضي د رانه راتلو نکي درس راکوي
د دې کتاب لوستل د پښتون ټبر لپاره ځکه مهم دي، چې نړيواله مفکوره ورکوي او د انسان اړوند له يوې بلې او نوې زاويې خبرې لر ي، بايد چې موږ داسې اثار ولولو څو د انسان د مسووليت په رښتيني مانا پوه شو او ځان هغسې وپېژنو په کومه مانا چې موږ دې نړ ی ته راغلي يو

旺和法里亚布等各省的诗人都有参与。诗人们也可以在网络平台上实时发布自己所作的与和平、爱国等主题相关的诗歌作品参与活动，会议主办方从中挑选出优秀作品与大家分享。

结语

回顾 2020 年阿富汗普什图语文坛，从有限的网络资料来看，小说、散文、诗歌等原创作品正式出版的不多，主要以专栏形式发表于网络，对文学理论的探讨成为新的研究论题；赛诗会等年度传统文学活动改为线上举办。普什图语图书出版最关注的仍然是国家、政治发展、历史和大众心理健康等政治、社会问题，译著也多选取相关内容的世界经典。

参考文献：

موسى شفيق له مدرسي تر صدارته *Maseer Daily.* 30 Sept. 2020. Web. 20 Jun. 2021. <http://maseerdaily.af/?p=40067>.

د جګړې هنر *Maseer Daily.* 12 Aug. 2020. Web. 20 Jun. 2021. <http://maseerdaily.af/?p=37316>.

پوسټ ماډرنيزم *Maseer Daily.* 26 Feb. 2020. Web. 10 Jun. 2021. <http://maseerdaily.af/?p=28792>.

بې واکه صورتونه *Maseer Daily*. 21 Oct. 2020. Web. 10 Jun. 2021. <http://maseerdaily.af/?p=41167>.

د نړيوالو کيسو کيسې *Maseer Daily*. 23 Sept. 2020. Web. 10 Jun. 2021. <http://maseerdaily.af/?p=39695>.

امريکا، طالبان او جګړه د افغانانو له نظره *Maseer Daily.* 16 Sept. 2020. Web. 20 Apr. 2021. <http://maseerdaily.af/?p=39319>.

د ابن خلدون مقدمه *Maseer Daily.* 19 Aug. 2020. Web. 20 Apr. 2021. <http://maseerdaily.af/?p=37743>.

د انسان کيسه *Maseer Daily.* 29 Jul. 2020. Web. 12 Feb. 2021. <http://maseerdaily.af/?p=36566>.

د يوويشتمي پېړۍ اميرالمؤمنين ملا محمد عمر مجاهد *Maseer Daily.* 13 May. 2020. Web. 10 Jun. 2021.
<http://maseerdaily.af/?p=32449>.

هلمند سيند كلنۍ مشاعره انلاين ترسره شوه *Yaraan*. 23 Jun. 2020. Web. 10 Jul. 2021.
<هلمند سيند كلنۍ مشاعره انلاين ترسره شوه-ياران (yaraan.com) >.

د «بې واكه صورتونه» يو لنډ جاج Dawat Media 24. 25 Sept. 2020. Web. 15 Jul. 2021
<د «بې واكه صورتونه» يو لنډ جاج – DawatMedia24>.

راشه كنه مرم درپسې Dawat Media 24. 17 Oct. 2020. Web. 15 Jul. 2021
<راشه كنه مرم درپسې – DawatMedia24 >.

زما ختين تاج محل Dawat Media 24. 29 Sept. 2020. Web. 15 Jul. 2021
<زما ختين تاج محل: ولسي رنګ، كليواله ژبه – DawatMedia24 >.

منټو (لنډې كيسې) چاپ شو Dawat Media 24. 29 Sept. 2020. Web. 15 Jul. 2021
<منټو (لنډې كيسې) چاپ شو – DawatMedia24>.

منټو (لنډې كيسې) چاپ شو Dawat Media 24. 21 Feb. 2020. Web. 15 Jul. 2021
<پوسټ ماډرنېزم (پسنويتوب) – afghansabawoon >.

作者单位：信息工程大学洛阳校区

2020年阿拉伯文学概览[1]

尤　梅

内容提要：2020年，阿拉伯文学创作与出版深受新冠疫情影响，不过，文坛不乏佳作。延续2019年态势，历史书写依旧是这一年阿拉伯文学创作的一大主题，而且涉及的时间跨度更大、地域范围更广、写作手法更为多样。围绕历史议题，阿拉伯作家反思过去，追寻身份，探索国家、民族乃至人类的命运。

2020年，突如其来的新冠疫情在全球迅速蔓延，对生活的各个领域都产生了严重影响。在文化领域，出版行业和图书市场均遭受重创，聚集性文学艺术活动被迫暂停。阿拉伯国家也不例外。从年初开始大部分国家的国际书展被迫延期或取消，出版社不得不延迟图书出版和发行，实体书店也长时间关闭。这一年，阿拉伯世界几个重要的文学奖项被迫取消，如埃及开罗美国大学设立的马哈福兹文学奖、科威特的阿拉伯短篇小说奖等。同时，第13届阿拉伯小说国际奖、

1　本文为国家社科基金青年项目"'阿拉伯之春'后的埃及小说研究"（17CWW006）、北京外国语大学"中青年卓越人才支持计划"项目的阶段性成果之一。

第 6 届卡塔拉阿拉伯小说奖的颁奖典礼均取消，改为线上公布结果。“云阅读”成为更多读者的选择，网络平台上的作家账号和读者俱乐部频道发挥了比以往更大的交流作用。

尽管新冠疫情给文学创作与出版造成了巨大的冲击和影响，但阿拉伯作家们面对危机，重新整合自身与所处环境的关系，以笔为戈抵御无常，以期与读者共克时艰。2019 年阿拉伯文学中历史书写的主题延续到了 2020 年，而且作品所涉及的时间跨度更大，地域范围更广，写作手法更多样，思考的问题更加丰富且深入，彰显出阿拉伯文学强大的生命力。

一、历史、身份与命运

埃及女作家丽姆·巴斯尤尼（ريم بسيوني，1973—　）的《那些人的孩子们[2]——马穆鲁克三部曲》（أوْلاد الناس.. ثلاثية المماليك）获得埃及文化部设立的马哈福兹小说奖[3]中的最佳埃及小说奖。小说跨越马穆鲁克王朝（1250—1517）近三百年的历史，从前期的伯海里（或称“巴赫里”）王朝开始，直至奥斯曼帝国入侵埃及。小说以时间为序分为三部分：第一部分为伯海里王朝苏丹盖拉温时期，第二部分是布尔吉王朝苏丹拜耳古格时期，第三部分则是马穆鲁克王朝的衰落期和奥斯曼帝国入侵。贯穿这三个部分的是马穆鲁克时期的标志性建筑——位于开罗的苏丹·哈桑清真寺，它见证了王朝百年的荣辱兴衰，目睹了不同时期各个阶层众多人物的喜怒哀乐与悲欢离合。三部曲赋予了历史悠久的开罗以新的生命，展现了马穆鲁克时期埃及社会多元文化的

2　阿拉伯语为“أوْلاد الناس”，意为“那些人的孩子们”，是 14 世纪埃及人对马穆鲁克王朝统治者后代的称呼。

3　在中断约 20 年之后，埃及文化部于 2017 年重启马哈福兹小说奖，并将奖金提高到 75,000 埃镑。

碰撞与融合，表达了对当时的精神生活和多元价值观的高度尊重。小说还涉及身份属性、不同宗教和教派之间的关系等至今对于埃及而言仍是十分重要的问题。例如，作家认为“身份”是灵活可变的，比如一个马穆鲁克人在童年成为奴隶后别无选择，必须先学习埃及的语言和宗教，进而学着对这个国家产生认同，“这是一种后天习得而非天生具备的身份，对我们埃及人来说，理解这一点非常重要。并不是说在埃及出生就能成为埃及人，他应该是真正感觉到、准备好为这个国家战斗、生活并建设国家”[4]。作家希望通过三部曲使读者了解历史，并试图以不同的方式思考历史和社会问题，更希望读者能够客观地判断和理解他者，从不同角度去深入思考人类经验。

获得年度马哈福兹小说奖最佳阿拉伯小说奖的是毛里塔尼亚作家穆罕默德·阿卜杜·拉提夫（محمد عبداللطيف，1976—　）的《里达[5]之书》（كتاب الردّة）。作品同样探讨了身份问题。主人公阿卜杜拉是沙特阿拉伯的毛里塔尼亚移民，这样的双重身份一度令他很难找到归属感。同时，面对沙特 20 世纪 90 年代中期出现的赛莱菲耶派和艾什尔里派的思想论争，他感到彷徨无措，面临严重的信仰危机。经过一番痛苦的挣扎，他终于完成从迷茫到坚定、从极端到温和的自我救赎之路。作家认为，“如果对多元价值观认识不足，就会陷入身份危机的问题”，而拥有多重身份则有助于人们接受不同思想，更好地意识到多元化和差异性。[6]小说展现了沙特阿拉伯的毛里塔尼亚移民社区几

4 “I Want People to Think Deeply About the Human Experience.” Exclusive Interview with Reem Bassiouney.
<https://egyptianstreets.com/2019/08/20>.

5 “里达”在阿拉伯语中意为“回击”“退回”，引申为“变节”“叛变”，指背叛伊斯兰教的行为。历史上，伊斯兰教先知穆罕默德逝世前后阿拉伯半岛的一些部落发生叛乱，被称为“里达暴动”。

6 سعيد المرابط ، "الدار في حوار مع الكاتب الموريتاني مؤلف كتاب الردة؟"،
<https://aldar.ma/5245.html>.

代人经历的历史变迁，描绘出该社区鲜为人知的生活图景。

从 20 世纪中叶开始，随着民族解放运动的兴起，阿拉伯国家纷纷独立。然而它们之后的发展道路并非一帆风顺，不同政治派别在发展道路、利益分配等方面的分歧与矛盾日益加剧，导致国家内部出现动荡。这些阿拉伯现当代历史上的重大政治事件为作家们提供了丰富的创作素材。埃及作家、记者易卜拉欣·以撒（إبراهيم عيسى, 1965—　）的小说《诸月皆七月》（كل الشهور يوليو）以 1952 年 7 月 23 日由埃及自由军官组织领导的七月革命为背景，讲述了革命前后最关键的几个月内埃及社会风起云涌的形势。作家说该小说中所有人物都是真实的，所有事件也都是基于大量文献资料，并强调小说“不会以忽视历史文献为代价而陷入文学叙事当中，同样也不会以牺牲叙事美学为代价而偏重文献记录”[7]，而是试图在二者之间建立一种微妙的平衡。这部近 700 页的长篇小说的首版在 10 天内即售罄，登上埃及各大书店最畅销书榜榜首。

摩洛哥作家、编剧尤素福·法迪勒（يوسف فاضل, 1949—　）的小说《蝴蝶的一生》（حياة الفراشات）再现了 20 世纪 70 年代在卡萨布兰卡发生的摩洛哥王宫政变，试图填补这段短暂历史在文学中的空白，并通过边缘群体的生活揭示摩洛哥社会经济和政治的深层问题。有评论认为，该小说试图在摩洛哥社会黑暗的现实中寻找光亮，鼓励人们即使身处困境也不应放弃希望，就像蝴蝶的一生，纵然短暂易逝，也要在阳光下欢快起舞。[8]

也门作家艾哈迈德·宰因（أحمد زين, 1968—　）的《乌鸦的果实》

---

7 “إبراهيم عيسى ينصف تاريخ مصر الحديث فى كل الشهور يوليو“، <https://www.youm7.com/story/2020/10/19>.

8 محمود إسماعيل بدر،”«حياة الفراشات».. حفريات في بنى المجتمع المغربي“، <https://www.alittihad.ae/news>.

（فاكهة للغربان）讲述了 20 世纪七八十年代也门社会党对亚丁城的影响。这个占据欧亚非三洲要冲的世界著名港口城市，曾是阿拉伯半岛最早实现城市化自由和开放的地方，而在也门社会党执政期间，党内在政治路线和经济发展模式上的分歧以及派系斗争愈演愈烈，最终导致 1986 年 1 月 13 日在亚丁爆发武装冲突，并迅速演变成一场全国范围的内战，给经济和社会发展造成了严重的负面影响。“成熟的果实”象征着美好的亚丁城，而令亚丁居民厌恶的成群的“乌鸦”则象征着也门社会党，它们整日发出恼人的叫喊，还啄食、破坏农作物。作家呈现的这场悲剧不仅涉及亚丁，也包括饱受一党专政、军事独裁和腐败横行之苦的其他阿拉伯国家。

除了叙述阿拉伯世界真实的历史事件和历史人物，作家们还尝试通过大胆的虚构来改写或重写历史，并在其中加入荒诞、幻想、黑色幽默等元素。阿尔及利亚作家赛米尔·高希米（سمير قسيمي，1974— ）入围 2020 年阿拉伯小说国际奖的作品《特洛拉尔的阶梯》（سلالم ترولار, 2019，以下简称《阶梯》）以荒诞的手法讽刺了阿尔及利亚甚至是阿拉伯世界的政治历史，他的新作《无以言表的愚蠢》（الحماقة كما لم يروِها أحد, 2020，以下简称《愚蠢》）依旧采用荒诞手法，却在开篇就推翻了自己在《阶梯》中建立的叙事王国，指出其中的故事不过是边缘人物哈米迪的一个梦，接着便赋予《阶梯》中大部分人物完全不同的新身份，开始讲述另一个故事，旨在重新讲述阿尔及利亚的政治历史。在《阶梯》的故事中，国家里大大小小的“门”全部消失了，这就使得公众与私人、集体与个人混在一起，而权力的边界也随着“门”的消失而消解，荒诞的是失业门房哈米迪最终被军政府任命为傀儡总统。而在《愚蠢》中，国家此次面临的新危机则是人们失去了读写能力，最终从监狱出逃、能读会写的驼背小偷赛里姆被军政府任命为傀儡总统，国家的荒诞历史再次重演。这不难让人联想到马克思曾说的："历史本身经常重演，第一次是悲剧，第二次就成为闹剧了。"曾经为争取独立而英勇斗争的被称为"百万烈士之国"的阿尔及利亚，如今却陷入了难以突破的困局。作家还借警长之口道出对阿拉伯剧变的失望："仅靠镇压不足以制造顺从的人民，过分镇压总是以一场革命结束，这通常是一场没有头脑、没有生命的跛脚革命，推翻了一个腐败的政权，就为了下一个更加腐败的新政权。"在小说的最后，作家还向读者提出了一个值得深思的重要问题："究竟是谁创造了谁？是极权主义创造了被压迫的人民，还是人民自己创造了刽子手？"[9] 值得注意的是，作家在两部小说中故意选择阿尔及利亚的边缘地区作为故事发生的空间，试图让空间上的边缘与权力上的中心形成强烈反差，突出民众与政权之间的鸿沟，从而揭示出：正是自上而下、根深蒂固的"愚蠢"导致了民众顺从与政权专制这一恶性循环长期存在于国家之中。

赛米尔·高希米在小说中还批判了国家书写历史的权威，对国家历史讲述的英雄事迹和军事成就不以为然，他认为历史本身就是一种叙述方式，因叙述者的不同而出现叙述内容或叙述方法的差异，直至某个权威选择它想要的部分并将其确立为"历史"。然而，小说是个人的而不是群体的历史，所以作家的主体性得以张扬，他们有权在自己的小说中摧毁、删除，甚至建造历史。就这样，阿拉伯作家们在对历史的反复书写中，反思过去，追寻身份，探索国家、民族乃至人类的命运。

二、历史、梦境与记忆

当代历史小说发生了十分重要的变化，书写历史小说的目的不再

---

9 أسماء رمضان ، رواية «الحماقة كما لم يروها أحد» : التاريخ الموازي للجزائر، <https://www.noonpost.com/content/38670>.

停留在揭示某段历史或展现某个历史人物上。历史本身已经成为基于想象发生的叙事，不再是稳定不变的，正如意大利历史学家贝奈戴托·克罗齐所说“没有叙事，就没有历史”，海登·怀特也将“历史当作一种叙事”，解构了历史书写追求历史真实的可能性，改变了很多人对历史的思考方式。因此，重大历史事件和著名历史人物不再是阿拉伯历史小说的聚焦点，当代阿拉伯作家“用边缘的、普通的和简单的（人物和群体）取代了统治（或霸权）阶层”[10]，从宏大叙事回归到“人”本身，更关注人的经验和认知，从而进行更具人性深度的创作。

历史与现实通过梦境和记忆巧妙地交织在一起，能够表达深刻的精神主题或对家国的忧患意识。埃及女作家曼苏拉·伊兹丁（منصورة عزّ الدين，1976— ）的《巴士拉花圃》（بساتين البصرة）主要讲述了主人公——生长在埃及明亚市的青年希山姆·赫塔卜在梦境与现实中发生的相互关联的故事。小说在两个平行时空中展开叙事进程，一个是倭马亚王朝末期的巴士拉，另一个是现当代埃及的开罗和南方地区。希山姆认为自己是梦境中的另一个人——倭马亚王朝巴士拉的叶齐德·本·艾比，“时间是流淌的河流，空间是幻觉，我们真正的所在地是心灵归处。我的灵魂被困在那座老城（巴士拉）里”[11]。在梦境当中，人物的自我被割裂，人被困在历史与现实的迷宫之中，陷入自我与他者的身份危机之中。寻找自我是作家在小说中想要表达的主题，其中融入了哈桑·巴士里[12]、瓦绥勒·伊本·阿塔[13]等古代阿拉伯

10 ممدوح فراج النابي،""بساتين البصرة" سير شخصيات تتصارع بحثا عن ذواتها"، <https://alarab.co.uk>.

11 سارة يوسف، "رحلتي مع رواية بساتين البصرة المرشحة لجائزة بوكر العربية للكاتبة منصورة عز الدين"، <https://arabicpost.net>.

12 哈桑·巴士里（الحسن البصري，641—728），伊斯兰教早期圣训学家、教法学家。

13 瓦绥勒·伊本·阿塔（واصل بن عطاء，700—748），伊斯兰教派穆尔太齐赖派创始人之一。

学者的相关哲理思辨。作家在小说里延续了以往作品中经常采用的后现代叙事手法，运用“拼贴式”叙述，使文本结构呈现碎片化，从而增加了阅读的难度。

叙利亚女作家迪玛·瓦努斯（ديمة ونوس，1982—　）的《吞噬了男人的家族》（العائلة التي ابتلعت رجالها）讲述了2011年初叙利亚内战开始后一对母女从大马士革辗转移居伦敦的故事。母亲每天都活在对过去的回忆中，仿佛只有这样才能稍微缓解常年背井离乡的强烈孤寂，她甚至凭着记忆在梦境和想象中为自己重新设置时间和地点，过着在故乡的生活，就这样被记忆囚禁在过去。女儿试图用相机记录母亲的倾诉以缓解其思乡之苦，却最终和母亲一样迷失在过去和现在中。通过她们的回忆，家族其他女性的往事与近况也一一呈现，祖母、舅妈、表姐妹等人都是家里的顶梁柱，历经沧桑却坚忍不拔，而父亲、丈夫等男性角色的存在因为各种原因变得十分微弱。题目中的“吞噬”一词是一个隐喻，比喻“不幸和诅咒”[14]，意即战争、疾病、灾难与挫败无不折磨着家族中的每一位女性，迫使她们与亲人生离死别，独自承受悲痛与酸楚。一个家族几代女性的悲欢离合，正是成千上万叙利亚人不幸境遇的缩影。

三、病痛与重生

新冠疫情阴影笼罩全球，给世界造成了前所未有的健康灾难和经济危机，是人类共同面临的巨大考验，促使人们思考生命的价值与意义。在这一背景下，与疾病相关的作品得到了比以往更多的关注。埃及政治活动家、医生穆罕默德·艾布厄尔（محمد أبو الغار，

14 هيثم حسين، " ذاكرة الأحلام في «العائلة التي ابتلعت رجالها» لديمة ونّوس"، <https://www.alfaisalmag.com>.

1940— ）的非虚构作品《杀死 18 万埃及人的流行病》（الوباء الذي قتل 180 ألف مصري）在 2020 年初出版，此书在低迷的大环境中竟一跃成为畅销书。该书讲述了 1918 年席卷全球的“西班牙流感”，这场流感造成约 5 亿人感染，4000 万人丧生，而当时世界总人口还不及 20 亿。西方已发表过很多有关这一流感的新闻报道和研究成果，但在埃及，相关资料却极为少见，以至于许多人认为埃及未曾受到影响。而实际上，该流感曾“猛烈地袭击了”埃及，导致 18 万人死亡，其中大多数是贫穷的农民。书中呈现了许多珍贵的历史资料，揭示了当时该流感在埃及肆虐的情况，以及它在“点燃 1919 年革命烈火”中所发挥的作用。作者还特别强调“西班牙流感”这一名称的来历：这场流感的暴发正处于第一次世界大战期间，英、法、美、德和其他欧洲参战国担心有损前线士气，均实行严格的新闻管制，不允许报道流感病情；当时只有中立国西班牙的媒体不受管制，关注流感情况，全球媒体随即跟进并使用“西班牙流感”一词，然而实际情况是该流感并不起源于西班牙。

在停笔近十年后，黎巴嫩女作家阿莱薇娅·苏卜哈（علوية صبح，1955— ）推出了半自传体小说《热爱生活》（أن تعشق الحياة）。作家在小说中对女主人公舞者巴斯玛病痛体验的细致描述全部来源于自己的真实感受。作家本人常年患有面部和身体肌肉痉挛，由于长期服用大量镇静剂，她一度感觉无法控制自己的身体和记忆，于是通过写作抵抗疼痛和遗忘，以恢复与身体和记忆的联系。令巴斯玛备受折磨的不只是身体上的病痛，还有她在童年经历的黎巴嫩内战以及在中年见证的“阿拉伯之春”，她切身体会到冲突和战争使阿拉伯人的生活变得支离破碎。巴斯玛的人生境遇与时代、政治之间存在着多重隐喻关系，她的身体因疾病导致痉挛抽搐，映射出国家因各种问题导致动荡不安。此外，作家指出了宗教极端思想对阿拉伯女性的压制和束缚。

作家的女性视角本来就细腻柔和，加之病痛，让她更加敏感，流露出更为深刻的悲悯情怀，因此我们可以看到小说里的每个角色似乎都有可悲可怜的一面，所以巴斯玛说：“不论我们是施暴者还是受虐者，我们都是病人。”[15] 不过，作家相信，人只有热爱生活，才有力量战胜他所面临的一切苦难，因此自己总会在每部作品中“留下光亮”[16]。这一乐观笔调体现在：最终巴斯玛从大自然、诗歌、音乐和写作中汲取了力量，病情得到极大改善，能够重新开始跳舞了。作家坚信，人终究能从病痛和苦难中获得解脱和救赎，这也是对阿拉伯世界实现健康发展怀有的美好希望。

突尼斯诗人穆绥夫·瓦哈伊比（منصف الوهايبي，1949—　）的诗集《还剩最后一杯》（بالكأس ما قبل الأخيرة）获得第 14 届谢赫扎耶德图书奖的文学奖。这是该奖项第一次颁给诗集和诗人，表明阿拉伯文学评论界对诗歌艺术的重视。这部诗集包含约 60 首长短不一、主题各异的诗歌，诗人抓住生活的细微之处，勾勒出五彩缤纷的画面，并赋予其艺术、历史和哲学层面的意义。诗人认为“鲜活的诗是我们能在其中嗅到祖先的味道”[17]，他选择的日常生活中的词汇，既有带着浓厚的马格里布文化、地中海文化和非洲文化特殊印迹的古老词汇，又有具有现代特征的新词汇，并将这两种语言巧妙而流畅地融合在一起。关于标题，诗人表示，“还剩最后一杯”象征着未完成和不完美，而不完美中恰恰蕴藏着变成完美的可能性，也意味着未来可能会出现希望，这是对新生活的期盼，也是对新视野的探索。[18]

---

15 ” الجسد العليل حكاية أوطاننا الممزقة“، <https://al-akhbar.com>.

16 同上。

17 مخلص الصغير، " منصف الوهايبي :الشعر الحي هو الذي نشم فيه رائحة الأسلاف"، <https://alarab.co.uk>.

18 同上。

结语

纵观阿拉伯世界的历史，各国经历了战争、冲突、疾病等种种灾难，积累了太多的痛苦与挫败，因此阿拉伯作家们无时无刻不在表达对家国的忧患意识，以及为国家和民族寻求处理创伤与迷惘、探索未来生存发展的有效途径。他们在创作中既有波澜壮阔的宏大叙事，又注重回归到鲜活的个体本身，以期让人们在文学中寻找力量，重建希望。正如叙利亚剧作家萨阿德拉·瓦努斯所说：“我们注定要怀有希望，今天的一切不可能是历史的终结。”

参考文献：

”إبراهيم عيسى ينصف تاريخ مصر الحديث فى كل الشهور يوليو“،
<https://www.youm7.com/story/2020/10/19>.

أسماء رمضان ، رواية «الحماقة كما لم يروها أحد»: التاريخ الموازي للجزائر،
<https://www.noonpost.com/content/38670>.

” الجسد العليل حكاية أوطاننا الممزقة“،
<https://al-akhbar.com>.

سارة يوسف، «رحلتي مع رواية بساتين البصرة المرشحة لجائزة بوكر العربية للكاتبة منصورة عز الدين»،
<https://arabicpost.net>.

سعيد المرابط ، «الدار في حوار مع الكاتب الموريتاني مؤلف كتاب الردة؟»،
<https://aldar.ma/5245.html>.

مخلص الصغير، « منصف الوهايبي: الشعر الحي هو الذي نشم فيه رائحة الأسلاف»،
<https://alarab.co.uk>.

محمود إسماعيل بدر،”«حياة الفراشات».. حفريات في بنى المجتمع المغربي“،
<https://www.alittihad.ae/news>.

ممدوح فراج النابي،»»«بساتين البصرة» سير شخصيات تتصارع بحثا عن ذواتها»،
<https://alarab.co.uk>.

هبة خميس، « الفائزة بجائزة نجيب محفوظ للرواية: أحببت الكتابة عن عهد المماليك بسبب مسجد السلطان حسن»،
<https://www.masrawy.com/news/news_various/details/2020/5/11/1784494>.

هيثم حسين، «ذاكرة الأحلام في «العائلة التي ابتلعت رجالها» لديمة ونّوس»،
<https://www.alfaisalmag.com>.

"I Want People to Think Deeply About the Human Experience." Exclusive Interview with Reem Bassiouney.
<https://egyptianstreets.com/2019/08/20>.

作者单位：北京外国语大学阿拉伯学院

2020年爱尔兰文学概览

陈　丽

内容提要：2020年爱尔兰文学活力依旧，不仅有多位重量级成名作家推出小说或诗歌新作，新生代作家亦不甘落后，勇于创新。疫情当前，2020年迎来的第一波疫情文学表达，从不同角度反映了人们对当下疫情的感受。同时，对于家庭关系、亲密情感的探讨成为显性话题，延续了近年来爱尔兰文坛从宏大叙事向日常话题的转变，作家比以往更加重视日常化和个性化的身份表达。此外，女性主义意识和国际化色彩依然十分突出，这在许多作品的视野和主题上均有体现。

2020年爱尔兰文学依然一派繁荣，虽然新冠疫情严重影响了剧院的现场演出，但是小说、诗歌、非虚构类的出版作品依然异彩纷呈。长短篇小说领域新作迭出，不仅有多位布克奖得主和重量级成名作家推出小说新作，新生代作家亦不甘落后，勇于创新。诗坛亦是如此，成名诗人和新秀诗人交相辉映，彰显了当代爱尔兰文坛的生机与活力。

在主题方面，疫情当前，疾病、死亡和抗疫相关的话题自然颇为抢眼。正如爱玛·多诺霍（Emma Donoghue，1969— ）所言，“疫情是叙事的金矿，它增加了人们日常交往中的危险性，每个吻都是一次赌博”(qtd. in Gebremedhin)。然而文学的表达需要时间，2020 年的疫情文学只是第一波文学表达，更多的作品或许正在酝酿中。突发的疫情和大面积的隔离促使人们重新审视日常生活中一切想当然之事，这与近年来爱尔兰文坛从宏大叙事向日常话题的转变不谋而合，对于家庭关系、亲密感情的探讨成为一个突出的主线，作家比以往更加重视日常化和个性化的自我身份表达。此外，女性主义意识和国际化色彩依然十分突出，明显地反映在许多作品的视野和主题上。

一、疫情文学

2020 年新冠疫情始料不及地横扫世界，因为时间尚短，文学的表达尚需时日。以下文本并非直接诞生于本次疫情，但其中的相关主题在 2020 年的特殊环境下读来具有很强的现实性。

爱玛·多诺霍的《星之引力》(*The Pull of the Stars*) 或许是第一批“疫情小说”，或者更准确地说，是“我们最早的抗疫护理员小说——讲述了护理工作者在小房间内奋战挽救生命的引人入胜的故事，在不经意间契合了时下的热门话题”(Corrigan)。多诺霍出生在都柏林，目前已移居加拿大，之前已经出版了 12 部长篇小说，包括 2010 年获得爱尔兰最佳小说奖（Irish Novel of the Year）并入围曼布克奖短名单的《房间》(*Room*，2010)。《星之引力》本是作者受 1918 年西班牙流感（Spanish Flu）百周年纪念的触发而创作的小说，交稿时正逢 2020 年春天新冠疫情肆虐全球。这部历史小说将背景设在 1918 年遭受一战和西班牙流感双重摧残的都柏林，以护士兼助产士朱莉娅·鲍尔斯的第一人称视角，讲述了她所在的产妇隔离病房在三天中发生的故事。朱莉娅和凯瑟琳·林恩（Kathleen Lynn，1874—1955）医生及一位志愿者一起，陪同那些感染了流感的待产母亲隔离，与死神抗争，以迎接新生命的到来。小说语言颇具实验风格，在意识流和人物对话之间自由流动，所有对话均无引号。凯瑟琳·林恩是位真实的历史人物，她成长于爱尔兰大饥荒（the Great Irish Famine，1845—1852）之后，对爱尔兰西部普遍的贫穷和疾病状况感受极深，16 岁时就矢志从医，经过长期的国外专业训练之后成为爱尔兰首位女性医生，并于 1919 年创立爱尔兰首家儿童医院。政治上，她是激进的民族主义者，担任过新芬党（Sinn Féin）行政副主席，参加过 1916 年复活节起义（Easter Rising）并担任首席医疗官，此外她还是爱尔兰女性解放运动的主要领导人之一。林恩的在场是要提醒读者关注女性在爱尔兰历史上的作用，尤其是曾长期被忽视的女性在爱尔兰革命斗争中起过的作用。这一点在一位男性护工谈论女性选举权问题时浮上明面。那位男护工反对女性选举，因为在他看来女性没有打过仗，没有交过“血税”（blood tax）（Donoghue，179），林恩的背景显然否定了这一成见。反讽还不止于此，数小时前，朱莉娅就冒着会感染致命流感的危险给产妇接生，并因为医疗条件所限手动剥除大出血的产妇的胎盘，整条手臂都被鲜血染红。鲜血揭示了女性（产妇和护士）一直被忽视的隐形“血税”，彰显了日常生活中的英雄主义，瓦解了男性民族主义话语认为只有战争和暴力才是流血牺牲的片面之词。小说生动刻画的被隔离的孤独、被死亡威胁的恐惧、生死关头的人性光辉等都在当前的疫情下得到了呼应。更重要的是，小说刻画了小人物在集体性灾难面前的勇敢与坚韧，展示了医护群体为抗疫所做的贡献。正如多诺霍自己所说：“小说刻画了一个既不光彩夺目，工资也不高，却还极其忙碌的职业，从事这一行业的人们在世界性的灾难中拯救了

那么多的生命。”（qtd. in Gebremedhin）

相比多诺霍对医护群体的关注，诗人伊莱恩·菲尼（Elaine Feeney，1979— ）的小说处女作《一切如常》（*As You Were*）则从病人的角度展示了在死亡和疾病威胁下的世情。小说虽未提到疫情，故事却与当下疫情颇有契合之处。小说聚焦于一间癌症病房里的五位女病人，以之为小世界，展现了广阔的爱尔兰当代生活。这里有拒不承认身患癌症的年轻母亲，在向家人和病友隐瞒病情的同时孤独而疯狂地在网络上搜索可能的治愈奇迹；这里还有工薪阶层的主妇，卧病在床却还通过手机遥遥安排家里的一切，包括替酗酒的丈夫善后、安排未婚先孕的女儿去曼彻斯特堕胎等。小说以新入院的病人辛妮德为叙述者，通过她的观察和意识流徐徐展开叙述，并在形式上呼应主题：书中的段落支离破碎，经常在现在和过去之间、人物和人物之间来回跳跃，通过混乱的对话和只言片语的暗示嵌入病房外更为广大的世情画卷。

北爱尔兰作家麦琪·奥法莱尔（Maggie O’Farrell，1972— ）以莎士比亚（William Shakespeare，1564—1616）夭折的儿子为主人公的历史小说《哈姆内特》（*Hamnet*）则从被疫情夺走亲人的幸存者的角度与目前的疫情产生共鸣。1596 年莎士比亚 11 岁的儿子哈姆内特死于鼠疫，大约 4 年后莎士比亚创作了他最著名的悲剧并用儿子名字的变体来命名。奥法莱尔的虚构小说沿着两条叙述线索展开，一条从哈姆内特的双胞胎姐姐朱迪斯感染鼠疫病倒开始，另一条则通过倒叙展开莎士比亚夫妇相爱成婚的历史。小说的聚焦人物是妻子阿格尼斯，莎士比亚本人则极少露面，仅以“她丈夫”“那男人”“拉丁语教师”等称呼出现，最大限度地将小说与莎士比亚这个名字所隐含的巨大文化遗产解绑，从而使这个故事具有更大的普遍性，变为可能发生在任何普通家庭的故事。小说中有一段长达十来页的疫情来源追溯尤其能与当下苦于新冠疫情的读者产生共鸣：一只跳蚤通过猫、老鼠、商船船员、军官、琉璃制造商等一系列的宿主，最终混在一盒玻璃珠里感染了朱迪斯。丈夫远在伦敦，阿格尼斯操劳家务之余没能第一时间发现孩子们的症状。她不顾疫情收敛孩子遗体的一幕令人泪奔。这是一个痛失所爱的故事，也是一个幸存者如何应对悲痛继续生活的故事。这本"沉痛而及时地探讨家庭、悲伤和失去"(Alquist)的小说获得了 2020 年的百利女性小说奖（Baileys Women's Prize for Fiction)。

此外，北爱尔兰著名诗人德里克·马洪（Derek Mahon，1941— ）继 2018 年的《争分夺秒》(*Against the Clock*) 之后出版了新诗集《洗涤》(*Washing Up*)，其中收录了《隔离》("Quarantine")、《格拉夫顿街的狐狸》("A Fox in Grafton St.") 等数首有感于新冠疫情的新诗。

二、长篇小说

2020 年是爱尔兰小说创作的大年，多位成名小说家推出新作品，包括布克奖得主约翰·班维尔（John Banville，1945— ）、罗迪·道伊尔（Roddy Doyle，1958— ）和安妮·恩莱特（Anne Enright，1962— ）等，此外还有两度入围布克奖短名单、获得"爱尔兰桂冠小说家"(Laureate for Irish Fiction，2019—2021）称号的塞巴斯蒂安·巴里（Sebastian Barry，1955— ），以及美国国家图书奖得主科勒姆·麦卡恩（Colum McCann，1965— ）。

班维尔的新作《雪》(*Snow*）以侦探斯托福特的视角讲述了 1957 年爱尔兰西部的一起天主教神父被谋杀的案件。班维尔以往惯用本杰明·布莱克（Benjamin Black）的笔名出版犯罪小说（crime fiction），以与班维尔名下的严肃文学作品区别开。这是他第一次用班维尔的名字出版犯罪小说，目前评论基本以正面为主，认为他“杀死了笔名，却变得更好”（Patrick）。小说在艺术性上维持了班维尔一贯的高水准，尤其是其中穿插的“神父自白书”，堪称一段经典的“不可靠叙述”，直观地展示了话语如何“操控读者，就像教会操控数代儿童一样”（Rashid）。此外，小说对于20世纪50年代爱尔兰狭隘、禁锢的社会氛围的再现也堪称经典：犯罪动机或者破案过程并非小说关注的重点，“班维尔更在意的是文本再现了一个业已消逝的爱尔兰，包括它的道德、社会和政治氛围，那是一个被天主教会控制的共和国、一个需要多方遮掩神父被谋杀案件的地方”（Massie）。

道伊尔和恩莱特的新作则是立足当下，作品多反映当代社会的人际关系和社会氛围。道伊尔的《爱》（*Love*）一如既往地采用都柏林生活方言，用大段对话表达作家对鲜活语言的敏感和追求。一对儿时故友久别重逢，小说跟随着他们的脚步，走过都柏林一间间的酒吧，在推杯换盏之间串起两人的生活际遇。除了精彩的口语和对话外，小说的情节并不出彩，叙述穿插跳跃，宛如醉后乱语，十分挑战读者的理解力和耐心，似乎更适合浓缩到话剧或短篇小说的篇幅。恩莱特的《女演员》（*Actress*）是其五年来的首部长篇，作品从女儿诺拉的角度来审视她去世的母亲——曾经的爱尔兰和美国舞台巨星。这是一个关于明星如何处理家庭亲密关系的故事，也是反映女性在职业奋斗的过程中所受歧视和压迫的故事。两部新作各有可取之处，但是相比于道伊尔和恩莱特的过往成就而言，新作引起的反响并不热烈。

相比之下，桂冠小说家巴里的新作《千月》（*A Thousand Moons*）在评论界引发热烈反响。该书是为巴里赢得第二个科斯塔年度图书奖

（Costa Book of the Year）的小说《无尽的岁月》（*Days Without End*，2016）的续集，以《无尽的岁月》的两位男主人公收养的印第安孤女威诺娜为主人公，讲述了美国内战后她在田纳西州受到的歧视、伤害，以及她后来乔装复仇的故事。巴里展示了令人难以置信的代言功力，这位已经 65 岁的爱尔兰中产阶级白人男性作家用第一人称的口吻讲述一位美国底层的印第安少女的故事，所面临的挑战可想而知。巴里致力于用他的小说刻画流动的爱尔兰历史，他的麦克纳尔蒂（McNulty）家族系列小说从爱尔兰西部讲起，在《无尽的岁月》中汤姆·麦克纳尔蒂移民并扎根美国，而这本小说则讲述了他印第安养女的故事，作者勾画了一部日益国际化、多元化的爱尔兰流散文化史。

麦卡恩 1965 年出生于都柏林，目前长住纽约，是爱尔兰小说国际化潮流的代表。被提名布克奖长名单的新作《无限边形》（*Apeirogon*）表现出他一贯的国际化视野和实验精神。小说题目来自数学术语，指有无限条边和无限个顶点的多边形。小说情节取材于巴以冲突的两位真实人物，分属两个阵营的两位父亲在同样失去爱女之后跨越边界成为朋友，互相扶持，向世界发出受害者的共同抗议与和平呼声。小说以这两位父亲为中心，用 1001 个小节（致敬《一千零一夜》）来展开无限边形的诸多条边，有的短至一句话，有的则是感人至深的长篇采访。书中有女孩子的糖果手串，有耶路撒冷检查站上空的飞鸟，有狱中的可口可乐，甚至还有一节不着一字，只有一个巨大的黑色方块，仿佛语言已经无法表述这终极的黑暗。据悉，史蒂文·斯皮尔伯格（Steven Spielberg，1946—　）的公司已经购买了该书的电影改编权。

除了这些成名作家之外，爱尔兰新秀作家的表现也不遑多让。多纳尔·瑞安（Donal Ryan，1976— ）被巴里誉为“爱尔兰新秀作家之王”（Barry），曾两次被提名布克奖长名单，2020年出版第六本小说《奇花》（*Strange Flowers*）。1973年，20岁的爱尔兰姑娘莫尔悄悄离开了闭塞的农村家乡，留下伤心欲绝的父母。五年后，莫尔突然归来，却对她的失踪三缄其口。追随她而来的还有一个男人——当地人歧视他，不仅因为他是英国人，还因为他有黑人血统——以及他们短暂爱情结下的“奇花”约书亚。小说跟随这三代人的生活，以点及面地展示了爱尔兰乡村生活在20世纪末的逐渐变化，具有史诗般的效果，获得了2020年爱尔兰图书奖（Irish Book Awards）的年度最佳小说奖。

玛丽安娜·李（Marianne Lee，1973— ）的处女作《平静的潮水》（*A Quiet Tide*）是新秀孵化项目“爱尔兰作家中心小说节”（Irish Writers Centre Novel Fair）2019年的胜出作品，2020年由新岛出版社推出，收获颇多好评。凯瑟琳·麦克马洪（Kathleen MacMahon，出生年月不详）出身文化世家，她的新作《空余蓝天》（*Nothing But Blue Sky*）讲述一位丈夫在妻子遭遇空难之后才突然发现自己对她并不了解，从而踏上了（重新）理解妻子和自我的历程。此外还有希拉里·范宁（Hilary Fannin，出生年月不详）的《爱的重量》（*The Weight of Love*）、曹依林·休斯（Caoilinn Hughes，1985— ）的《狂笑》（*The Wild Laughter*）、艾米尔·麦克布莱德（Eimear McBride，1976— ）的《陌生酒店》（*Strange Hotel*）、利兹·纽金特（Liz Nugent，1967— ）的《我们的小残忍》（*Our Little Cruelties*）、北爱作家格伦·帕特森（Glenn Patterson，1961— ）的《我们到哪儿了？》（*Where Are We Now?*）等，这些作品都或多或少地反映了当代爱尔兰文坛关注家庭情感、审视亲密关系的潮流。

三、短篇小说

2020 年不仅是长篇小说的大年，短篇小说集的数量和质量也颇令人兴奋。

凯文·巴里（Kevin Barry，1969— ）堪称爱尔兰当代最好的短篇小说家之一，他已有多部长短篇小说出版并荣获多项大奖，2020 年的新短篇集《老调乡村音乐》（*That Old Country Music*）共收纳 11 篇描写爱尔兰西部乡村生活的短篇。巴里喜欢探讨人性的黑暗面并对贩毒、黑帮等犯罪主题颇感兴趣，但他的关注点一直都是在严酷现实中挣扎的普通人。这个主题也体现在他的新作品集中。标题故事从女孩汉娜的角度展开，她坐在车里等男友抢劫加油站回来，同时回想她与男友的关系以及目前戏剧性的发展。在短短的篇幅内，巴里塑造出两个活生生的人物，他们均有缺点却仍令读者不由自主地关心在意。这部历时八年创作的小说集获得了相当高的评价，有评论称其各方面均很完美，“无一丝走调之处”（Schaub）。

比利·奥卡拉汉（Billy O'Callaghan，1974— ）2019 年出版的长篇小说《我的科尼岛宝贝》（*My Coney Island Baby*）大获评论界赞誉。2020 年出版的《船夫与其他故事》（*The Boatman and Other Stories*）是他的第四部短篇集，进入了科斯塔奖和爱尔兰图书奖的短名单。奥卡拉汉的风格严肃，缺少幽默，但语言丰富，极具表现力。标题故事《船夫》中，第一人称叙述者在新丧爱女时追忆父亲的亡故，并联想到他曾读过的一个中国船夫海葬其女的故事，情节不多但细节感人、思想极富哲理。故事集的时间和内容跨度都很大，但都致力于展示“普通生活中平静的英雄主义和温柔的尊严”（“The Boatman”），班维尔盛赞这本书是“他今年读过的最好小说”（Banville）。

西妮亚德·格利森（Sinéad Gleeson，1974— ）继大受好评的散文集《星座：生活反思》（*Constellations: Reflections from Life*，2019）之后，于2020年出版了她编辑的短篇小说集《一瞥的艺术：爱尔兰短篇小说百篇》（*The Art of the Glimpse: 100 Irish Short Stories*）。该书按作者姓名首字母排序，选录了自19世纪中期以来的100篇爱尔兰短篇小说，其中有梅芙·宾奇（Maeve Binchy，1939—2012）、凯文·巴里、多纳尔·瑞安等熟悉的名字，也包括一些湮没不闻的作家和刚刚崭露头角的新人。在此之前，格利森已经编辑出版了三部短篇小说集——《希望的银线》（*Silver Threads of Hope*，2012）、《回望：爱尔兰女作家合集》（*The Long Gaze Back: An Anthology of Irish Women Writers*，2015）和《玻璃海岸：北爱女作家短篇小说集》（*The Glass Shore: Short Stories by Women Writers from the North of Ireland*，2016），均获得好评，后两本还分别获得当年的爱尔兰最佳出版图书奖（Best Irish Published Book at the Irish Book Awards）。因而，《一瞥的艺术》出版之前就颇为读者期待，而该集也的确没有辜负期待，被称为“史诗级的短篇小说集”（Farry）。

著名作家、学者艾丽丝·妮辉依纳（Éilís Ní Dhuibhne，1954— ）的故事集《小红和其他故事》（*Little Red and Other Stories*）收录了11篇近期新作。妮辉依纳的语言风格沉静，属于“刻意压平语气的报道风格”（Kehoe），在不露声色之中揭示世情百态。著名小说家、剧作家德莫特·博尔杰（Dermot Bolger，1959— ）出版了首部短篇集《从未吐露的秘密》（*Secrets Never Told*），收录他历年来为报纸和电台创作的11篇短篇小说。此外，基特·德瓦尔（Kit de Waal，1960— ）继其畅销长篇小说《我的名字叫里昂》（*My Name is Leon*，2016）之后的首个短篇集《配角》（*Supporting Cast*），北爱剧作家、小说家罗斯玛丽·詹金森（Rosemary Jenkinson，1967— ）的第三本短篇集《生活方式之选，10 毫克》（*Lifestyle Choice 10 MG*），约翰·奥唐纳（John O'Donnell，1960— ）的首个短篇集《几乎同样的蓝》（*Almost the Same Blue*），凯茜·斯威尼（Cathy Sweeney）的处女作《摩登时代》（*Modern Times*）同样值得关注。本年度大量涌现的短篇小说意味着这一体裁的再度繁荣。

四、诗歌与非虚构

诗歌方面，爱琳·妮库里亚娜（Eiléan Ní Chuilleanáin，1942— ）于 2019 年底卸任爱尔兰诗歌教授（Irish Professor of Poetry），北爱诗坛的核心人物之一弗兰克·奥姆斯比（Frank Ormsby，1947— ）接任她成为 2019—2022 年的爱尔兰桂冠诗人。奥姆斯比的《储雨桶》（*The Rain Barrel*，2020）是他的第十本诗集，题材广泛，风格多样。另一件诗坛大事是著名诗人、学者依婉·伯兰（Eavan Boland，1944—2020）于 2020 年 4 月去世。她的最后一本诗集《历史学家》（*The Historians*，2020）在身后出版，收录了其未曾发表的新作品并荣获 2020 年的科斯塔最佳诗歌奖（Costa Poetry Award）。伯兰在其近 60 年的创作生涯中，一直是当代文坛和女性主义运动的主力，爱尔兰身份和女性声音是她作品的一贯主题。她的去世是爱尔兰乃至英语诗坛的一大损失。

除了前述德里克·马洪的《洗涤》之外，还有多部重要诗歌集值得关注。科莱特·布莱斯（Colette Bryce，1970— ）的《M 之歌》（*The M Pages*）收录了一系列挽歌。模糊的标题意味着意义的开放。M 可以被读者多重理解，例如“mortality”（死亡）、“mourning”（哀悼）或者诗人每日记录灵感的“morning pages”（晨间笔记），直到标题诗方才揭示出《M之歌》是献给一位简称为M的女性的悼亡诗。诗集的所有主题——死亡、衰老、历史、家庭、旅行，等等——都是围绕着标题诗发展，“探讨死亡的不可避免以及不可理喻”(Cunningham)。

帕迪·布希（Paddy Bushe，1948— ）的《周边视力》(*Peripheral Vision*，2020）也是一部重要诗集。布希长住爱尔兰西南部凯里郡，是南部诗人的代表。他擅长用英语和爱尔兰语双语创作，还从事翻译工作。《周边视力》的书名在封面上排成一张视力表的图样，彰显了诗歌集所涉及的有关“视力”和艺术家视野的主题。该诗集的精装本名为《双重视力》(*Double Vision*，2020)，除了平装本内容外还收录了三首布希以前创作的爱尔兰语诗歌以及这三首诗的英译。

此外还有迈克尔·朗利（Michael Longley，1939— ）的新诗集《烛光大师》(*The Candlelight Master*)。这位已年逾八旬的大诗人仍然保持了旺盛的创作力，自2017年以来又出新集，延续了诗人对生死、自然、艺术等主题的惯常兴趣。

除了新诗集，2020年的爱尔兰诗坛还有四部精选集不容忽视，它们是:《爱琳·妮库里亚娜诗全集》(*Collected Poems: Eiléan Ní Chuilleanáin*)，收录了妮库里亚娜半个世纪以来的九部诗歌集的内容；葆拉·米汗（Paula Meehan，1955— ）的《宛若魔幻：精选集》(*As If By Magic: Selected Poems*)，收录了这位著名诗人从1991至2016年间的诗歌精品；2019年10月底去世的著名剧作家、诗人汤姆·麦金太尔（Tom MacIntyre，1931—2019）的作品合集《鬼才知道》(*The Divil Knows What*)，收录了他的代表戏剧作品、英语和爱尔兰语诗歌以及散文作品；曾获多项诗歌大奖的北爱诗人西妮亚德·莫里西（Sinéad Morrissey，1972— ）的《发现建筑：精选集》(*Found

Architecture: Selected Poems）收录了她之前出版的六部诗歌集中的精品。

2020 年爱尔兰图书奖的最佳非虚构类作品奖（Non-Fiction Book of the Year）和最佳图书奖均颁给了多里安·尼戈里奥法（Doireann Ní Ghríofa，1981— ）的文学传记《喉咙里的鬼魂》（*A Ghost in the Throat*）。传记的主角是 18 世纪爱尔兰天主教女诗人艾琳·奥康纳尔（ Eibhlín Dubh Ní Chonaill，c.1743— c.1800），她是没落的爱尔兰本土地主奥康纳尔家族成员，是后来被称为天主教徒“解放者”（The Liberator）的政治家丹尼尔·奥康纳尔（Daniel O'Connell，1775—1847）的姑姑。艾琳与丈夫生活在新教徒压迫天主教徒最黑暗的“《刑法》时期”（*Penal Laws*，约 1778—1793），天主教徒被剥夺了所有政治权利，不能拥有超过五英镑的财产。艾琳的丈夫因此被人寻仇，仇家要求用五英镑买他所骑之马，被拒绝后最终开枪打死了他。据称怀着身孕的艾琳闻讯后赶到丈夫尸体旁，捧起他的鲜血连饮数口，之后长歌当哭，创作了《哀悼阿瑟·奥里利》（*Caoineadh Airt Uí Laoghaire*）。彼得·列维（Peter Levi，1931—2000）1984 年就任牛津大学诗歌教授（Oxford Professor of Poetry）时称这首诗是英伦诸岛整个 18 世纪最伟大的诗歌。这首著名的爱尔兰语悼亡诗已有弗兰克·奥康纳（Frank O'Connor，1903—1966）、约翰·蒙塔古（John Montague，1919—2016）、托马斯·金塞拉（Thomas Kinsella，1928— ）等多位作家的现代英语译本。作为一个后辈女性诗人，尼戈里奥法翻译之余开始研究这首诗背后的故事，并且对这位女性前辈诗人，她经历了一个逐渐领悟、理解和认同的过程。《喉咙里的鬼魂》不仅是关于 18 世纪女诗人的文学传记，还是一个关于女性发声和女性创作力的感人故事，它唤醒人们去关注女性作家的创作历史和艺术价值。

参考文献：

Alquist, Pierce. "2020 Women's Prize for Fiction Winner Announced." *Book Riot*. 9 Sept. 2020. Web. 19 Feb. 2021. <https://bookriot.com/2020-womens-prize-winner/>.

Banville, John. in Martin Doyle. "Books of 2020: Max Porter, Emilie Pine, Sara Baume and more pick the best reads of the year so far." 20 Jun. 2020. Web. 20 Feb. 2021. <https://www.irishtimes.com/culture/books/books-of-2020-max-porter-emiliepine-sara-baume-and-more-pick-the-best-reads-of-the-year-so-far-1.4279348>.

Barry, Sebastian. in "Best Books of 2016 – Part two." *The Guardian*. Web. 20 Feb. 2021. <https://www.theguardian.com/books/2016/nov/27/best-books-of-2016-part-two>.

Bolger, Dermot. "The Forty-Four Year Wait – Dermot Bolger on his new short story collection." *RTÉ*. 21 Sept. 2020. Web. 20 Feb. 2021. <https://www.rte.ie/culture/2020/0921/1166500-the-forty-four-year-wait-dermotbolger-on-his-new-collection/>.

Brown, Greg. "The Rain Barrel by Frank Ormsby." *World Literature Today*. Web. 21 Feb. 2021. <https://www.worldliteraturetoday.org/2020/summer/rain-barrel-frank-ormsby>.

Corrigan, Maureen. "1918 Flu Inspired Donoghue's 'Pull of The Stars' – A Disquieting Pandemic Novel." *NPR*. 20 Jul. 2020. Web. 16 Feb. 2021. <https://www.npr.org/2020/07/20/892279658/1918-flu-inspired-donoghues-pullof-the-stars-a-disquieting-pandemic-novel>.

Cunningham, Eric. "Chimney Sweeps: A 'characteristically pragmatic' look at mortality." *TLS*. 20 Nov. 2020. Web. 22 Feb. 2021. <https://www.the-tls.co.uk/articles/the-m-pages-colette-bryce-review-erincunningham/>.

Donoghue, Emma. *The Pull of The Stars*. London: Picador, 2020.

Farry, Eithne. "Sinead Gleeson review – 100 Irish Short Stories." *The Guardian*. 13 Nov. 2020. Web. 21 Feb. 2021. <https://www.theguardian.com/books/2020/nov/13/the-art-of-the-glimpse-editedby-sinead-gleeson-review-100-irish-short-stories>.

Flynn, Emma. "A Ghost in the Threat by Doireann Ní Ghríofa." *The Stinging Fly*. 25 Nov. 2020. Web. 22 Feb. 2021. <https://stingingfly.org/review/a-ghost-in-the-throat/>.

Gebremedhin, Thomas. "Emma Donoghue talks about her new novel, *The Pull of the Stars*." *The Atlantic*. 12 May 2020. Web. 15 Feb. 2021. <https://www.theatlantic.com/books/archive/2020/05/emma-donoghue-interviewthe-pull-of-the-stars-the-blood-tax/610828/>.

Kehoe, Paddy. “Review: Little Red and Other Stories Eilis Ni Dhuibhne.” *RTÉ*. 30 Nov. 2020. Web. 21 Feb. 2021. <https://www.rte.ie/culture/2020/1126/1180695-review-little-red-and-other-storieseilis-ni-dhuibhne/>.

Levi, Peter. *The Lamentation of The Dead*. Chester Springs: Dufour Editions, 1984.

Massie, Allan. “Book Review: Snow, by John Banville.” *The Scotsman*. 14 Oct. 2020. Web. 26 Feb. 2021. <https://www.scotsman.com/arts-and-culture/books/book-review-snow-johnbanville-3003547>.

O’Regan, Aoife. “Book Review: Secrets Never Told by Dermot Bolger.” *RTÉ*. 30 Oct. 2020. Web. 20 Feb. 2021. <https://www.rte.ie/culture/2020/1029/1174733-book-review-secrets-never-toldby-dermot-bolger/>.

Patrick, Bethanne. “Review: A murder most fortunate: John Banville kills off his own pen name for the better.” *Los Angeles Times*. 12 Oct. 2020. Web. 24 Feb. 2021. <https://www.latimes.com/entertainment-arts/books/story/2020-10-12/snow-byjohn-banville-review>.

Rashid, Tanjil. “Snow, by John Banville – a beautiful and profound crime novel.” *Financial Times*. 22 Oct. 2020. Web. 24 Feb. 2021. <https://www.ft.com/content/3908cac1-6cc8-4f34-86af-66c242b116a6>.

Schaub, Michael. “There’s Not A Single Off Note in ‘That Old Country Music.’” *NPR*. 12 Jan. 2021. Web. 20 Feb. 2021. <https://www.npr.org/2021/01/12/955692348/theres-not-a-single-off-note-in-thatold-country-music>.

“The Boatman and Other Stories.” *Penguin Random House Canada*. Web. 20 Feb. 2021. <https://www.penguinrandomhouse.ca/books/617714/the-boatman-and-otherstories-by-billy-ocallaghan/9781787330900>.

作者单位：北京外国语大学英语学院、爱尔兰研究中心

2020年澳大利亚文学概览

高　萍

内容提要：受新冠疫情影响，2020年澳大利亚主要文学奖项的颁奖仪式及文学节等活动都在线上举行。尽管出版业受到巨大冲击，仍然有数量可观的文学作品得以问世。原住民、少数族裔移民以及女性作家创作了大量优秀作品，并且在许多重量级奖项的角逐中脱颖而出，促进了澳大利亚文学的多元化传统。

2020年初，澳大利亚持续了近半年的丛林大火还未完全熄灭，新冠疫情就席卷而来。肆虐的疫情给世界各国的出版业带来巨大冲击，出现了出版商推迟图书出版、裁员减薪等现象，澳大利亚也不例外。本年度各大文学奖项史无前例地将颁奖仪式改为线上直播的形式进行，传统的文学节也改为线上活动，给文学、艺术领域的发展带来极大挑战。但这一年中仍有大量文学作品得以出版并被澳大利亚国内外读者广泛阅读。通过统计和分析澳大利亚最重要的文学奖项获奖情况不难发现，2020年澳大利亚文学发展呈现出更强、更明显的多元性。本文将通过梳理2020年度澳大利亚最具影响力的文学奖项获奖作家、作品，展现该国文学发展成果及特点。

1. 迈尔斯·富兰克林文学奖（Miles Franklin Literary Award）

2020 年，澳大利亚最负盛名的文学奖迈尔斯·富兰克林文学奖短名单入围作品大多探讨创伤这一主题：从被忽视和虐待的家庭创伤到种族和文化被剥夺的国家创伤。本次入围作家包括四位资深作家和两位年轻作家，最终年轻的原住民女作家塔拉·琼·文奇（Tara June Winch，1983— ）凭借长篇小说《屈服》（*The Yield*，2019）脱颖而出，摘得桂冠。这是继去年梅丽莎·卢卡申科（Melissa Lucashenko）后，连续两年由原住民作家获得该奖。《屈服》还获得总理文学奖（Prime Minister's Literary Awards）小说奖，新南威尔士州长文学奖（NSW Premier's Literary Awards）的年度最佳图书奖、小说奖和人民选择奖三大奖项，同时入围斯特拉奖（Stella Prize）、维多利亚州长文学奖（Victorian Premier's Literary Awards）和昆士兰文学奖（Queensland Literary Awards）短名单。该作品可谓是本年度最具影响力的小说。

文奇于 1983 年出生在澳大利亚，现居法国。她的处女作《窒息》（*Swallow the Air*，2006）一经出版便荣获众多文学奖项，且备受评论界赞誉。她曾被评为"《悉尼先驱晨报》最佳澳大利亚青年小说家"（*Sydney Morning Herald* Best Young Australian Novelist）。她的第二部作品短篇故事集《大屠杀之后》（*After the Carnage*，2016）于 2016 年出版，并入围多个文学奖项。

在长篇小说《屈服》中，为了保留和传承维拉杜里民族的语言和历史文化，年迈的原住民阿尔伯特·冈迪温迪编纂了一部属于自己部落的词汇和文化观念的词典。在他去世后，孙女奥古斯特·冈迪温迪从世界另一端回到了阔别已久的故乡，参加了祖父的葬礼。面对家乡亲人的爱，以及得知故土将被一家矿业公司强行购入的消息，倔强的奥古斯特决心努力拯救他们的土地，捍卫家乡的语言和文化。通过这个故事，小说探索了殖民暴力的后续影响、环境破坏等现实问题，揭示了原住民历史是如何承载着痛苦和悲伤前行的。小说有三位叙述者——祖父、孙女以及一位 19 世纪的传教士，借这三个不同人物之口，维拉杜里的历史得以完整呈现。为了让读者接触到原住民语言，作者在小说中使用了大量维拉杜里的当地语言，这表现出作者对复兴原住民语言、叙事和身份认同所做的努力，借助语言这个透镜，读者可以了解一个被剥夺了权利的民族和文化的故事。

迈尔斯·富兰克林文学奖评委会在评价《屈服》时解释说，书名"Yield"在英语中指的是农业或工业加工的产出，在维拉杜里语言中对应"baayanha"一词，意为给予万物之间运动和空间的事物。小说探索了白人文化和原住民文化之间的差异以及当代文化和殖民文化之间的交集。文奇希望此次获奖能让年轻一代的原住民作家相信在文学领域里，在新时代读者的头脑和心目中，存在着属于原住民作家的空间；并鼓励更多的原住民作家发出自己的声音，谱写真正的澳大利亚之歌。[1]

2. 总理文学奖

澳大利亚总理文学奖设立于 2008 年，旨在表彰澳大利亚作家的杰出才华。《屈服》获得 2020 年总理文学奖小说奖。评委高度赞扬作者文奇敏锐的观察力以及直面残酷事实的勇气，认为作品充满深情地

1 <https://www.perpetual.com.au/insights/tara-june-winchs-sp-the-yield-wins-the-2020-miles-franklin-literary-award>.

讲述了一个为保留自己民族的文化、语言和土地而奋斗的故事。[2]

诗歌奖获奖作品是奥玛·萨科（Omar Sakr，出生年份不详）的诗集《迷失的阿拉伯人》（*The Lost Arabs*，2019）。萨科是一名出生在澳大利亚的阿拉伯裔伊斯兰诗人，有黎巴嫩和土耳其血统。他的首部诗集《这些荒凉的房子》（*These Wild Houses*，2017）曾入围昆士兰文学奖诗歌奖和新南威尔士州长文学奖诗歌奖短名单。《迷失的阿拉伯人》收录了 60 首诗歌，诗人探索了家庭、宗教、归属感、个人和国家身份等多个主题。萨科在诗集中表达了丰富的情感——时而愤怒，时而温柔且充满同情。诗歌语言朴实无华，易于理解，但同时富有想象力和创造性；诗中意象优美，将叙事与诗意巧妙地结合在一起。

3. 斯特拉奖

斯特拉奖是澳大利亚第一个专为女性作家设立的奖项。杰斯·希尔（Jess Hill，出生年份不详）凭借非虚构文学作品《看你逼我做了什么》（*See What You Made Me Do*，2019）夺得该奖项。希尔是一名调查记者，自 2014 年以来一直在撰写有关家庭暴力的文章。

家庭暴力是澳大利亚一个全国性的亟待解决的问题：在澳大利亚，每年大约有二百万人遭受家暴，四分之一的澳大利亚妇女曾遭受过来自亲密男性的暴力。人们常常会问一个错误的问题：她为什么不离开？但真正的问题应该是：他为什么要这么做？记者希尔将施暴者以及使他们得以存在的体制置于聚光灯下。《看你逼我做了什么》客观地展现出许多妇女和儿童所经历的虐待，揭示出虐待往往被当今

2 <https://www.arts.gov.au/pm-literary-awards/current-awards/yield>.

的司法系统所强化这一社会问题。结合法医研究和引人入胜的故事，《看你逼我做了什么》带领读者从根本上反思如何面对家庭暴力问题，并让读者相信，我们减少家庭暴力的努力必须从今天开始。

评委会高度评价了希尔对澳大利亚家庭暴力情况为期四年的调查，认为作品从多个角度——受害者、施暴者、政府、社会等——审视了家暴问题，并要求政府重新思考和重构迄今为止令澳大利亚女性失望的措施。[3]艾丽莎·西蒙兹（Alecia Simmonds）在《悉尼书评》上发表评论称："希尔既关注广泛的政治体系，又着眼于细致的个人经历和情感，为这一文学领域的兴起做出了独特而有力的贡献。"[4]

4. 维多利亚州长文学奖

1985 年，维多利亚州长文学奖由时任维州州长的约翰·凯恩（John Cain）设立，以纪念著名的文学评论家万斯·帕莫（Vance Palmer，1885—1959）和妮蒂·帕莫（Nettie Palmer，1885—1964）夫妇的百年诞辰，并表彰和奖励澳大利亚作家的文学成就。

2020 年度维多利亚州长文学奖最重要的奖项——文学奖及戏剧奖由沙克提哈兰（S. Shakthidharan，出生年份不详）创作的戏剧作品《数数和爆裂》（*Counting and Cracking*，2019）获得。沙克提哈兰是一位有着斯里兰卡和泰米尔血统的澳大利亚电影和戏剧作家、导演、制片人及作曲家，《数数与爆裂》是其剧作处女作。在 2019 年悉尼艺术节上，《数数与爆裂》非常火爆，好评如潮，对澳大利亚的斯里兰卡社区产生了深远的影响。该剧获得了澳大利亚表演艺术界最高奖

3 <https://thestellaprize.com.au/prize/2020-prize/see-what-you-made-me-do/>.

4 <https://sydneyreviewofbooks.com/review/see-what-you-made-me-do-jess-hill/>.

项——赫尔普曼奖（Helpmann Award），以及包括最佳澳大利亚新作在内的七个奖项。

戏剧《数数与爆裂》呈现了女主人公拉达一家四代人的生活经历，讲述了一个关于家庭、爱和政治的史诗般的故事。整部戏剧分为三幕，第一幕中，在悉尼乔治河岸边，已移居澳大利亚 21 年的斯里兰卡移民拉达和儿子悉达多挥撒了拉达母亲的骨灰，他们决心切断与过去、与斯里兰卡的最后联系，自由地拥抱澳大利亚的生活。但是，一个从科伦坡打来的电话改变了整个计划。第二和第三幕中，戏剧在 2004 年的澳大利亚和上个世纪 50 年代的斯里兰卡之间无缝切换，拉达年轻时的生活环境，她丈夫、父母、祖父母的经历，斯里兰卡的内战历史，以及拉达被迫移居澳大利亚的经历得以展现。戏剧的叙述结构紧凑而巧妙，对话饱含丰富的情感，直击心灵。该剧是一部多语言戏剧，16 位人物共使用了 6 种语言：英语、泰米尔语、僧伽罗语、阿拉伯语、梵语和雍古语（Yolngu，一种澳大利亚原住民语言）。《数数与爆裂》不仅是一个关于斯里兰卡的 20 世纪下半叶的历史故事，同时还描述了澳大利亚移民的经历，让读者反思澳大利亚的难民政策。评委认为，《数数与爆裂》是一部影响深远的戏剧——它在多个国际地点和时间跨度中上演，涵盖了斯里兰卡内战这一创伤和危机，还成功探索了将不同文化内部和文化之间的人们联系在一起的纽带。[5]

小说奖由希腊裔作家、剧作家、散文家兼电影编剧克里斯托斯·齐奥尔卡斯（Christos Tsiolkas，1965—　）获得，获奖作品是长篇小说《大马士革》（*Damascus*，2019）。齐奥尔卡斯已创作了六部小

5 <https://www.wheelercentre.com/projects/victorian-premier-s-literary-awards-2020/counting-and-cracking>.

说，其中长篇小说《耳光》（*The Slap*，2008）畅销全球，获得了2009年英联邦作家奖的最佳作品奖（Overall Best Book in the Commonwealth Writers' Prize）等多个奖项，并且入围2009年迈尔斯·富兰克林文学奖、2010年曼布克奖。

《大马士革》是一部历史小说，故事以基督教使徒圣·保罗的福音书和书信为基础，围绕基督教会诞生和建立的各种事件展开。故事开始于公元35年，讲述了保罗从迫害基督徒到皈依基督教、受监禁，直至接受死刑的过程，再现了保罗的生活。小说同时呈现了真实且常常充满暴力的罗马帝国生活图景：对基督徒的迫害，对奴隶的压迫，对女性的虐待等。这些描写与当今时代各种各样的宗教激进主义以及社会经济不平等的背景有关。作者对阶级、宗教、父权制、殖民以及社会分裂等主题进行了深刻的剖析。评委点评说，《大马士革》是一部充满想象力和变革的杰作，它拷问了作为一个有伦理和道德的人活着意味着什么。[6]

诗歌奖获奖作品是《我的母亲》（*Nganajungu Yagu*，2019），作者是原住民诗人夏尔曼·派珀陶可–格林（Charmaine Papertalk-Green，1963— ）。格林有西澳大利亚州中西部瓦加里人（Wajarri）、巴迪玛娅人（Badimaya）和南亚马吉人（Yamaji）的血统，书名"*Nganajungu Yagu*"在瓦加里语中意为"我的母亲"。格林大部分时间在西澳大利亚州的农村生活、工作，并在原住民产业中担任社会活动家、艺术家、诗人和社会科学研究员。

1978—1979年，诗人走出了她出生的小镇到珀斯读高中，住在郊区的一家原住民女子旅社，在此期间她和母亲以书信交流。诗人将

---

6 <https://www.wheelercentre.com/projects/victorian-premier-s-literary-awards-2020/damascus>.

母亲写给她的信一直保存在她红色的人生旅程行李箱中，带着它们穿越时间和风景。这部诗集的灵感就来自这些信件，其中饱含她的生活记忆以及故乡人民和文化输送给她的爱。格林将她的母语——瓦加里语和巴迪玛娅语——与英语交织在一起，以表达对祖先、语言中心、语言工作者以及那些一直慷慨地传递文化知识的亚马吉人的敬意。诗人向读者描绘了原住民聚居地常见的强迫收容、家庭暴力、驱逐、贫困、药物滥用和福利依赖等悲惨场景。尽管她自己的家庭也面临着体制式的贫困，但家人们仍然紧密相连，而母亲的信件始终体现着这种深沉的家庭联系。这是一部讲述主人公矢志不移的作品，强有力地证明了在压迫中依然可以闪烁着希望之光。格林明确表示，她是在“入侵期间”写作的，而这些文本确实是澳大利亚原住民“可见”的空间。这本书不仅是一首与母系相连的赞歌，也是一本邀请未来参与的指导手册——用瓦加里语来说，这本书鼓励“一起交谈”，以反驳官方对澳大利亚历史的粉饰。

评委认为格林的《我的母亲》是对母爱以及书信、诗歌和文献之间关系的一种个人化的、诗意的探索。格林通过诗歌表达了自己对母爱的深思，呈现了生活在20世纪六七十年代、受过教育的原住民女性的所思所想。《我的母亲》是澳大利亚诗歌中一个感人的、具有启发性的、非常独特的里程碑。[7]

5. 新南威尔士州长文学奖

新南威尔士州长文学奖自1979年以来一直致力于肯定和支持杰出的文学成就，新南威尔士州州长、议员格拉迪斯·贝瑞吉克莲

---

7 <https://www.wheelercentre.com/projects/victorian-premier-s-literary-awards-2020/nganajungu-yagu>.

(Gladys Berejiklian) 在颁奖仪式中肯定了本年度的获奖者在这最具挑战性的时刻对读者的吸引、教育与鼓舞。

前文提及的由文奇创作的杰出小说《屈服》成为2020年新南威尔士州长文学奖最大赢家，一举夺得包括年度最佳图书奖、小说奖和人民选择奖在内的三大奖项，这是该奖项历史上第二次出现这样的情况。

多元文化作品奖由长篇小说《支柱》(*The Pillars*，2019) 获得，作者是小说家、剧作家彼得·波利茨（Peter Polites，出生年份不详)，他曾入围2018年新南威尔士州长文学奖短名单。小说的主人公帕诺是一位希腊裔澳大利亚移民作家，敏感而有思想，但他总是听命于他人，在与同性房东的伴侣关系中常常受到虐待。由于担忧在社区修建清真寺会降低房屋的市场价值，房东迫使帕诺参加反对修建清真寺的活动。当帕诺跌落人生低谷时，似乎唯一的出路就是与其虐待者做同样的事——让社会等级更低的人成为替罪羊，从而获得一种权力感。这部小说揭露了少数群体在澳大利亚社会不得不面对的问题，涉及种族主义、阶级压迫、不平等的性关系和社会边缘化等。[8] 小说构思巧妙，语言幽默，充满讽刺，读者常常被作者的机智所吸引。

原住民作品奖的获奖作品是著名原住民作家托尼·伯奇（Tony Birch，1957— ）的小说《白人女孩》(*The White Girl*，2019)。伯奇是一位技艺高超、屡获殊荣的作家，该小说同时入围2020年迈尔斯·富兰克林文学奖短名单。《白人女孩》聚焦于20世纪60年代孟席斯政府将原住民儿童从他们的家庭中带走的毁灭性政策，描述了被称为“被偷走的一代”的原住民的经历，展现了这一政策给原住民社会带来的深远影响。小说的女主人公是63岁的奥杰塔，她一生

8 <http://blog.lareviewofbooks.org/interviews/fascination-medea-talking-peter-polites/>.

都生活在小镇边缘，当女儿失踪后，她独自承担起抚养外孙女茜茜的责任。福利当局试图把浅肤色的原住民儿童从他们的家庭带走，奥杰塔必须不惜一切代价拯救、保护茜茜。小说中，伯奇刻画了一种二元社会：无权无势、贫穷、没受过教育的原住民和代表权势的白人、警察、福利机构、教师、传教士和官僚，二者形成鲜明的对比。前者从自己的历史和经验中学到，绝对不能信赖后者。这种简单的二元世界观其实是底层原住民社会的一种自我保护形式。小说的故事虽是虚构的，却是基于一系列“被偷走的一代”的史实而创作的。作者表达了对原住民所遭受的不公正待遇的控诉，他以原住民熟悉的视角呈现这个世界，同时也提供了一扇窥探原住民世界观的窗户。

诗歌奖的获奖作品是《隐藏在巨大黑暗的羽翼之下》（*Enfolded in the Wings of a Great Darkness*，2019），由诗人彼得·博伊尔（Peter Boyle，1951—　）创作，该诗集同时入围昆士兰文学奖诗歌奖短名单。博伊尔是悉尼一位多产诗人和诗歌翻译家，已出版七本诗集和六本翻译作品。2017 年，博伊尔凭借《鬼语》（*Ghostspeaking*，2016）赢得了新南威尔士州长文学奖诗歌奖，他还获得了菲利普·霍金斯杰出文学纪念奖章（Philip Hodgins Memorial Medal for Excellence in Literature）。

诗集《隐藏在巨大黑暗的羽翼之下》创作于博伊尔的伴侣黛博拉身患绝症期间，当面对所爱之人生命即将终结时，他所能感知到的物质和精神世界都几近崩溃。通过这些诗歌，诗人试图探寻当人对死亡有了直接认知后活着和写作的意义是什么；当我们或我们所爱之人突然被告知生命非常有限，我们该有怎样的回应。在这部感人至深的诗集中，博伊尔抒发着难以掩饰的痛苦，表达了对生与死的深刻思考。

戏剧奖由上文介绍的《数数与爆裂》获得。

6. 昆士兰文学奖

2020年昆士兰文学奖获奖作品包括：长篇小说《石天金山》（*Stone Sky Gold Mountain*，2019）、短篇小说集《幸运彩票》（*Lucky Ticket*，2019）以及诗歌集《海德》（*Heide*，2019）。

小说奖的获奖作品《石天金山》由印度尼西亚华裔澳大利亚女作家米兰迪·里沃（Mirandi Riwoe，出生年份不详）创作。里沃于2017年凭借中篇小说《渔女》（*The Fish Girl*，2017）在澳大利亚文坛崭露头角，荣获昆士兰文学奖。小说以19世纪晚期澳大利亚淘金热为时代背景，讲述了华裔移民在澳大利亚的悲惨经历。1877年，一贫如洗的家庭窘境迫使来悦和梅莺兄妹二人离开故国，满怀希望来到澳大利亚淘金。但工地的生活异常艰苦，他们很快就放弃了淘金工作，前往附近的梅镇谋生。梅莺在当地一家商店找到了工作，来悦几经磨难，找到为白人牧场主放羊的工作。在此过程中，来悦遭受了种族主义的种种迫害，他对新生活的梦想终于破灭，绝望地上吊自尽。《石天金山》塑造了以兄妹二人为代表的移民形象，他们遭遇歧视却渴望被新的国家接纳。作者采用现实主义的创作手法，通过主人公的经历展现了"白澳政策"时期华人、白人和原住民之间复杂的种族关系，探讨了关于身份和归属感的永恒主题。

短篇小说集奖的获奖作品《幸运彩票》由越南裔澳大利亚作家乔伊·裴（Joey Bui，出生年份不详）创作。裴是一位才华横溢的年轻作家，毕业于纽约大学阿布扎比分校，并在那里完成了她的第一部短篇故事集《幸运彩票》。这本书是她基于对世界各地越南难民的采访写成的，故事主要探讨种族主义、难民和流离失所等主题。同名故事

《幸运彩票》呈现了一位生活在社会底层的落魄残疾老人的人生观，他每天在熙攘的西贡街头卖彩票，相信每个人最终都会有发迹的机会。在其他故事中，作者关注的是亚裔移民的梦想、跨文化跨种族的友情、家庭世代之间的关系、战争及其影响等，深入探究了种族身份和关系。作者塑造了各种各样的人物，他们都有独特的声音。著名华裔澳大利亚作家梅拉妮・程（Melanie Cheng）称赞裴是一个讲故事的高手，她认为《幸运彩票》的故事背景和人物角色都非常多样化，很难相信这些故事都是出自同一个人之手。[9]

彼得・乌斯塔巴斯蒂斯（Peter Oustabasidis，1951— ）凭借诗集《海德》获得诗歌奖。乌斯塔巴斯蒂斯笔名为 Pi. O. 和 Π. O.，是澳大利亚诗歌界的传奇人物，他从 1970 年开始写作，通过自己的实验转向具象诗（Concrete Poem）创作，已出版多部诗集。代表作有《24 小时》（*24 Hours*，1996）、《菲茨罗伊：传记》（*Fitzroy: The Biography*，2015），《海德》是诗人诗歌三部曲中继这两部之后的第三部作品，这部诗歌集同时入围 2020 年度总理文学奖诗歌奖短名单。

《海德》是一部关于历史、绘画、画家、赞助人以及在澳大利亚创造艺术的人们的诗歌集，尤其关注桑迪和约翰・里德周围的海德艺术家们。诗集的主题可谓包罗万象，探讨了社会对艺术和诗歌创作的影响、工人阶级的斗争、男权主义美学的主导地位、女性艺术家所面临的困难、移民对现代主义发展的影响、澳大利亚对景观的关注和对本土原住民艺术的排斥和诋毁，以及迁移对澳大利亚文化的影响等问题。《海德》展现出诗人非凡的具象诗创作技巧，他在诗歌中巧妙加

---

9 <https://www.textpublishing.com.au/books/lucky-ticket>.

入历史和科学事实、语录、谚语、数字、定义和个人记忆等视觉形式，造就了这本书百科全书式的覆盖面，强调了艺术在人类经验中的中心地位。

结语

2020 年，澳大利亚作家、诗人、剧作家们一如既往地创作出质量上乘、影响广泛的文学作品。他们的作品内容和风格各异，讲述的故事或宏大或微小，但都意义重大——作家的作品如明镜般折射出社会百态。引人注目的是，原住民作家、少数族裔移民作家和女性作家在各大文学奖项角逐中获得傲人成绩，体现出澳大利亚整个社会对其多元性的关注和肯定。原住民作家书写了自己民族的历史、文化，努力在多元文化的大背景下为自己的民族发声，鼓励读者直面澳大利亚复杂的历史，反思过去、现在，展望未来。一些原住民作家还尝试在作品中将原住民语言与英语融合，反响良好，有力地推动了原住民语言的复兴。少数族裔移民作家通过塑造移民人物形象，讲述了移民的经历，呈现了不同历史时期的种族关系，探讨了身份、归属等主题。所有这些文学成果都为多元化的澳大利亚叙事做出了积极贡献，展现了澳大利亚文学独具特色的一面。

参考文献：

Anderson, Jay. "'A Fascination for Medea': Talking with Peter Polites." *Los Angeles Review Of Books*. 3 May. 2020. Web. 24 Aug. 2020. <http://blog.lareviewofbooks.org/interviews/fascination-medea-talking-peter-polites/>.

Cheng, Melanie. "Praise for Joey Bui and *Lucky Ticket*." Web. 29 Apr. 2021. <https://www.textpublishing.com.au/books/lucky-ticket>.

Craven, Peter. "Is this Christos Tsiolkas darkest and most hellish novel yet?" 22 Nov.

2019. Web. 13 Oct. 2020.
<https://www.smh.com.au/culture/books/christos-tsiolkas-and-the-darkness-of-christianity-s-earliest-days-20191114-p53ano.html>.

Disney, Dan. "*Nganajungu Yagu* by Charmaine Papertalk." *Green World Literature Today*. 2 May. 2020. Web. 19 Oct. 2020.
<https://www.worldliteraturetoday.org/2020/spring/nganajungu-yagu-charmaine-papertalk-green>.

Judges' Comments: "*Counting and Cracking*." Victorian Premier's Literary Awards. Web. 18 Nov. 2020.
<https://www.wheelercentre.com/projects/victorian-premier-s-literary-awards-2020/counting-and-cracking>.

Judges' Comments: "*Damascus*." Victorian Premier's Literary Awards. Web. 27 Nov. 2020.
<https://www.wheelercentre.com/projects/victorian-premier-s-literary-awards-2020/damascus>.

Judges' Comments: "*Nganajungu Yagu*." Victorian Premier's Literary Awards. Web. 8 Feb. 2021.
<https://www.wheelercentre.com/projects/victorian-premier-s-literary-awards-2020/nganajungu-yagu>.

Judge's Comments: "*The Yield*." Miles Franklin Literary Award. Web. 3 Feb. 2021.
<https://www.perpetual.com.au/insights/tara-june-winchs-sp-the-yield-wins-the-2020-miles-franklin-literary-award>.

Judges' Comments: "*The Yield*." NSW Premier's Literary Awards. Web. 6 Dec. 2020.
<https://www.sl.nsw.gov.au/about-library/awards/nsw-premiers-literary-awards/christian-stead-prize-fiction/the-yield>.

Judge's Comments: "*The Yield*." Prime Minister's Literary Awards. Web. 29 Dec. 2020.
<https://www.arts.gov.au/pm-literary-awards/current-awards/yield>.

Judges' Report: "*See What You Made Me Do*." Stella Prize. Web. 7 Mar. 2021.
<https://thestellaprize.com.au/prize/2020-prize/see-what-you-made-me-do/>.

Simmonds, Alecia. "Bleached atmospheres of dread." *Sydney Review of Books*. 9 Mar. 2021. Web. 27 May. 2021.
<https://sydneyreviewofbooks.com/review/see-what-you-made-me-do-jess-hill/>.

Tan, Cher. "Good Migrant/Bad Migrant." *Sydney Review of Books*. 11 Sept. 2020. Web. 29 Dec. 2020.
<https://sydneyreviewofbooks.com/review/polites-the-pillars/>.

Vernay, Jean-Francois. "Jean-Francois Vernay Reviews *The Pillars* by Peter Polites." *Mascara Literary Review*. 10 Apr. 2020. Web. 9 Nov. 2020.
<http://mascarareview.com/jean-francois-vernay-reviews-the-pillars-by-peter-polites/>.

Whitmore, James. "Review: *The Lost Arabs* by Omar Sakr." *The Library Is Open*. 15 Aug. 2020. Web. 20 Dec. 2020. <https://jameshwhitmorereviews.com/2020/08/15/review-the-lost-arabs-by-omar-sakr/>.

李尧：《21 世纪澳大利亚文学：多元文化下的发展》，载《中国作家网》，2020 年 8 月 14 日。<http://www.chinawriter.com.cn/n1/2020/0814/c433142-31822404.html>.

作者单位：长安大学外国语学院

2020 年巴西文学概览

张剑波

内容提要： 2020 年，新冠肺炎在巴西肆虐，文学活动在规模上大幅度缩减。不过，文坛依然活跃。重要奖项的评审工作如期举行，评出年度优秀作品；中青年作家表现出旺盛的创作活力，出版了一批具有社会、历史担当的重要作品。针对社会现实问题，如种族压迫、性别歧视等，作家审视历史，揭其根源。本文聚焦于 2020 年重要文学奖项的获奖作家及作品，回顾年度重要文学事件。

一、重要文学奖项

（一）雅布提奖（Prêmio Jabuti）

由巴西图书协会（Câmara Brasileira do Livro）主办的雅布提奖[1]有文学界“奥斯卡奖”之称，是巴西最重要的文学奖项。与上一年相比，2020 年的雅布提奖在“长篇小说”奖项中增加了“通俗小说”类别，与“文学小说”一起位列“文学枢轴”。由于新冠疫情，本届

1 奖项介绍详见《外国文学通览：2018》中的《2018 年巴西文学概览》（张剑波，2019：103）。

雅布提奖的颁奖仪式改为线上进行。

伊塔马尔·维埃拉·儒尼奥尔（Itamar Vieira Junior，1979—　）凭借长篇小说《弯犁》（*Torto Arado*，2018）在文学小说类中胜出。在这部获奖作品里，作家强烈抨击了巴西农村时至今日依然带有奴隶制浓烈残余的劳动关系，审视了与这种关系共生的土地、种族、性别问题。

小说讲述了生活在巴西东北腹地的两姐妹离奇又迥异的成长轨迹。幼时的她们在祖母床下的箱子里翻出了一把刀，直接导致了异常诡异的事件：姐妹俩中的一人从此闭口不言，却经由另一人说话。这一奇妙的构思甚至让读者一度无法辨别谁才是真正的失语之人。充斥整部小说的，是强烈的戏剧冲突与二元对立：言语与沉默、愚昧与觉醒、压迫与反抗、人口与土地、都市与乡村。姐妹俩发现的那把刀，其实是一把切割巴西社会的利刃，而结构性的种族与性别歧视、积重难返的大农场土地制度、披上现代文明外衣的劳动剥削关系均是其锐利的锋刃，无情地戳刺着巴西人民。在严谨的叙事框架里，作家重点通过女性在男权社会中争取自由、抵抗暴力的形象探讨了东北部农村严重的社会问题。小说中光怪陆离的迪亚曼蒂纳高原，位于巴西东北部的巴伊亚州，却不得不让人联想到乔伊斯与福克纳笔下的奇幻世界。当然，读者也能隐约看到格雷希里亚诺·拉莫斯、吉马良斯·罗萨和加西亚·马尔克斯的影子。

作家耗时 20 余年才完成这部作品，并于 2018 年在葡萄牙出版，同年得到葡萄牙乐雅文学奖的肯定；次年在巴西出版，引起广泛关注。作品在 2020 年同时获得了两项文学大奖的青睐：除了雅布提奖，还在海洋文学奖中胜出。《弯犁》的书名取自葡萄牙语文学巨匠托马斯·安东尼奥·贡萨加（Tomás António Gonzaga，1744—1810）的名著《玛丽利亚·德·迪尔赛乌》(*Marília de Dirceu*，1792）中的诗句，这一历史悠久的农具见证了巴西农村历史上几乎所有的不公，凝结了社会底层农民的辛酸血泪。《弯犁》展现了区别于巴西传统现实主义文学的特点，作家在紧贴现实的叙事中，糅合了魔幻的演绎，还有精致的隐喻和反衬。

长期在东北地区从事农村与农业研究工作的儒尼奥尔是一位书写巴西东北的作家，更是书写巴西的作家，因为巴伊亚州折射了整个巴西社会的所有问题。(Vieira Junior，2021）广袤的腹地堪称众多巴西作家文学创作的灵感来源地，在这片独特的文学沃土上也诞生了诸如格雷希里亚诺·拉莫斯、拉切尔·德·盖罗斯、若热·亚马多这样的文学大家，而儒尼奥尔就深受他们的影响。

通俗小说类的获奖者是拉斐尔·蒙特斯（Raphael Montes，1990— ），获奖作品是长篇小说《黑暗中的女人》(*Uma Mulher no Escuro*，2019)。蒙特斯尤擅悬疑、恐怖小说的创作，能够赋予作品希区柯克式的悬疑和昆汀·塔伦蒂诺式的黑色幽默。在这部作品中，蒙特斯首次尝试以女性角色为主要人物进行创作，成功地将读者带入到惊悚刺激之中。小说讲述了一个在幼时目睹家人惨遭杀害，长大后再次面对凶手的女孩的经历。由叔祖母抚养长大的维多利亚敏感孤僻，离群索居，20 多年来始终无法摆脱家人遇害的阴影。她与在所工作的咖啡厅邂逅的一位男士互生情愫，而就在她准备迎接新生活时，杀害家人的凶手再次露出了行迹。面对梦魇般的过往，她需要探究当年凶杀案背后真正的原因。但是她究竟可以相信谁呢？这个黑暗中的女人，经历了终其一生都无法抚平的创伤，更让读者感受到了人性的暗黑。作品兼有侦探小说、心理小说和悬疑小说的特点，情节布局构思精巧，推理缜密，引人入胜。

短篇小说类的获奖作品是短篇小说集《秃鹰》（*Urubus*，2019），作者是卡拉·贝萨（Carla Bessa，1967— ）。作品包含 18 个短篇，开篇就是其同名短篇《秃鹰》，这也是全书的文眼所在。年幼的拾荒者与父亲在垃圾场生活，在发现了一具已经开始腐烂的尸体之后，他惊恐地看到上空盘旋着随时准备咬啄腐肉的秃鹰。俯首抬头的瞬间，小男孩仿佛看到了自己的未来：生活在垃圾里的人，随时可能变成垃圾，任由秃鹰噬咬。这就是残酷的社会现实，弱者在废墟里苟延残喘，而掠食者却仿佛秃鹰一般，贪婪地不轻易放过任何机会。在小说集的终结篇《秃鹰二》中，作家再次揭露了残酷的现实："城市没有撒谎，因为它没有灵魂"，而同时人类总是在相互吞噬，一如盘旋在天际的秃鹰，昭示着晦气与不祥，"人类就是很奇怪的动物"。（Bessa，2019）其他故事里的大多数人物同样都是挣扎在社会边缘的人，比如：决心离开丈夫，渴求新生活却不能如愿的妓女；流连于妓院与教堂，迷失在自我身份认同里的男子；梦想着有朝一日能成为风靡全国的乐队二人组的擦鞋男孩；等等。

在看似孤立的 18 个故事里，虽然叙述者时有更替，但他们被作家巧妙地安排在同一个时空框架里轮番登场，并根据情节需要不断更替，而叙述者的话语风格始终如一，语言直白，不加文饰，甚至显得干涩，却有极强的穿透力与感染力。贝萨的故事组成了一个光怪陆离的万花筒，每一幅画面都能震撼读者的心灵，这种冲击感贯穿了小说集的始终。战后流行的社会现实主义在贝萨的笔下熠熠生辉，作家冷峻、刻薄的笔触让真实和虚构之间的界限变得模糊。故事中的人物面对生活的残酷与丑陋，是一种存在主义的隐喻。《秃鹰》里的所有故事虽然均由个人冲突开始展开，却无一不建立在群体矛盾的基础之上：整个巴西，特别是都市，经济、社会发展严重失衡。（Garcia，2020）

诗歌类的获奖作品是女诗人希达·佩德罗萨（Cida Pedrosa，1963— ）的诗集《口琴独奏》（*Solo para Vialejo*，2019），该作品还被评为雅布提“年度作品”。

诗集取名于父亲遗留给诗人的一只蓝色口琴，它赋予了这部作品独有的韵律。诗人通过这只口琴怀念父亲，诗集中流淌着蓝调的旋律，还有诗人从孩童时代就熟稔的本地乐调，给作品打上了浓重的腹地文化的烙印。“这是一部追寻音乐、追寻自己的作品，我在其间求索自己植根于东北腹地的起源”（Pedrosa，2020）。在这趟充满诗性与音乐性的寻根之旅中，与少时从腹地走向城市的方向相反，诗人从沿海走向内陆，这与曾经的黑人、印第安土著居民向腹地求生的路径一致，巴西多元的民族性也在诗歌中得到了诠释。作为雅布提“年度作品”，这部诗集展现了极强的文学张力、理性的叙事和感性的抒情，仿佛钟摆一般在情感充沛的个人记忆与浑厚凝重的集体回忆中间不断摇摆（Wellington de Mello，2020）。作家亚内利在给诗集撰写的前言中认为，这部诗集表现了诗人“通过聆听内心声音寻找自我的过程。口琴是指南针，也是护身符，诗人回首过往，找寻先辈的足迹与指引”（Ianelli，2020）。

来自巴西东北部伯南布哥州腹地小城柏多科的希达·佩德罗萨于上世纪80年代初凭借处女作《末日余晖》（*Restos do Fim*，1982）踏入文坛，此后陆续出版了八部诗集，其中《莉莉特的女儿》（*As filhas de Lilith*，2009）和《克拉拉南石头》（*Claranã*，2015）两度获得海洋葡语文学奖提名。佩德罗萨堪比巴西的鲍勃·迪伦，二者分别立足于各自的文化传统，在各自的小众世界里吟唱（Carreiro，2016）。佩德罗萨的诗歌创作主场是巴西东北腹地文化，多以抵制战争、破除俗规为主题，捍卫女性与少数族裔的权利。希达·佩德罗萨身份多元，除了诗人身份之外，还是巴西共产党员、伯南布哥州累西腓市议员、律师。在她看来，多重身份不但没有妨碍她的文学创作，反而使她的诗歌拥有了“社会功能”（Pedrosa，2020）。值得一提的是，这是巴西东北文学场域的作家作品首次被评为雅布提“年度作品”。在作家本人看来，雅布提奖首次将“年度作品”的殊荣颁发给圣保罗、里约热内卢核心之外的东北地区的作家作品，特别是像她这样长期自费出版作品的非职业作家，是十分让人欣慰和振奋的。

杂文类的获奖作品是《一颗暗自滴落的泪珠》（*Uma Furtiva Lágrima*，2019），作者是巴西重量级作家内利达·皮尼翁（Nélida Piñon，1937— ）。83岁高龄的皮尼翁著作等身，长篇小说《荒漠的声音》（*Vozes do Deserto*，2004）于2005年在雅布提文学奖长篇小说类别中胜出，并被评为当年的“年度作品”；长篇小说《激情房屋》（*A Casa da Paixão*，1977）、《梦想共和国》（*República dos Sonhos*，1984）和回忆录《时光之书》（*Livro das Horas*，2012）都是备受好评的佳作。皮尼翁多次获得巴西国内外文学奖项的肯定，如巴西的雅布提奖、墨西哥的胡安·鲁尔福文学奖、西班牙的梅嫩德斯·佩拉约文学奖、葡萄牙的维尔吉利奥·费雷拉文学奖等。

在获奖作品里，作家以“死亡”作为起点，回顾了自己的一生。医生的误诊导致作者以为自己患上绝症，即将迎来死亡。于是她开始以日记的形式记录余生，而最终对过往的追忆、对人性与人生的思考，还有面对死亡的笃定占据了更多篇幅。面对宣示死亡的诊断，作家将“死亡”作为作品的一个人物，用来抵抗与超越。她依然笔耕不辍，因为“书写可以让我感知他人生命的每一分钟。一切都应该被记得。哪怕是人类还躲在洞穴时，面对点燃的第一堆火时感受到的错愕迷茫，都应该被捕捉记录下来”（Piñon，2019）。皮尼翁的笔触细腻敏感，善于从细节着手，尤其是对过往经历的重现，温婉流畅中却也能呈现出紧张，诗意盎然的文字显示了作家不俗的笔力。

青少文学类的获奖者是莱昂纳多·查卢布（Leonardo Chalub，1987— ），其获奖作品是长篇小说《英雄祖比》（*Zumbi dos Palmares*，2018）。作者以巴西战舞为主要线索，使用具有电影镜头风格的语言，再现了 17 世纪巴西反抗奴隶制的领袖人物、著名黑人英雄——祖比（1655—1695）的故事。这是一部向英雄致敬、诠释巴西战舞精神的作品。通过作品，作者让读者知道“巴西战舞就是为了让我们永远挺立而产生的”（Chalub，2020）。

85 岁高龄的女诗人、作家阿德里亚·普拉多（Adélia Prado，1935— ）被评为雅布提“年度文学人物”。普拉多的作品简约温婉，以描写日常生活，再现家庭场景见长，尤其擅长刻画人物内心。1976 年，普拉多的处女作《行囊》（*Bagagem*，1976）受到了卡洛斯·德鲁蒙德·德·安德拉德（Carlos Drummond de Andrade，1902—1987）的肯定与推荐。其作品《勇敢的心》（*Coração Disparado*，1977）曾于 1978 年在雅布提奖的诗歌类别中胜出，这部作品让普拉多成为了巴西诗坛最能代表女性声音的作者。在这部作品里，诗人探讨了日后成为其作品标签的话题——神性。在她看来，诗歌与信仰一样，可以把我们带到同一归处，因为宗教典籍惯用隐喻，诗歌同样如此。

普拉多擅长从寻常生活中捕捉复杂深邃的情感，并以精准的语言加以表达。此外，贯穿她绝大多数作品的，是形而上的神性以及对女性的尊崇。普拉多希望拯救巴西文学中的抒情性，同时她的作品往往呈现出强烈的女权主义特征。她诗中的女性人物可以激发读者的认同感，她走近普通妇女，通过诗歌主张妇女与男性的平等地位。

（二）海洋葡语文学奖（Oceanos-Prêmio de Literatura em Língua Portuguesa）

海洋葡语文学奖[2]面向所有葡语国家的文学作品，不单设奖项，而是统一评审诗歌、长篇小说、短篇 / 杂文和戏剧作品。

长篇小说类作品依然是今年的最大赢家，再次包揽了所有奖牌。获得第一名的是同时获得雅布提奖的巴西作家伊塔马尔·维埃拉·儒尼奥尔的《弯犁》。葡萄牙作家黛米莉亚·佩雷拉·德·阿尔梅达（Djaimilia Pereira de Almeida，1982— ）在 2019 年获得第一名的殊荣，今年她凭借长篇小说《植物的视象》（*A Visão das Plantas*，2019）获得第二名。巴西作家玛利亚·瓦雷利亚·雷森德（Maria Valéria Rezende，1942— ）[3]获得第三名，获奖作品是长篇小说《致疯狂女王的信》（*Carta à Rainha Louca*，2019）。

瓦雷利亚·雷森德是各类文学奖项的常客，这次的获奖作品在立意、结构和语言等方面均具有开创性。在扎实的史料研究基础上，作家巧妙地将 18 世纪的语言风格运用到现代语言中，给读者带来了奇特的阅读体验。这是一部为 18 世纪的女性呐喊的作品（Marciel，2019）。早在 20 世纪 80 年代初，作家就被一段史实吸引：殖民地时期的巴西有一位白人女性伊莎贝尔，专门收留与其命运相仿的白人女性，她们被作家称为“剩女”。“剩女”的产生有其深刻的经济、社会根源：葡萄牙王室要求在巴西的白人多生多育，土地均分。而大庄园主反其道而行，只保留一名女儿与其他庄园的男性通婚，以实现强强联合。他们把“剩余”的女儿驱逐出门，不希望她们结婚而分走田地。这些“剩女”因肤色不会成为奴隶，却只能容身于一所介乎于修道院与监狱之间的机构。伊莎贝尔被怀疑欲在黄金产区秘密建立一支

---

2 奖项介绍详见《外国文学通览：2018》中的《2018 年巴西文学概览》（张剑波，2019：107）。

3 作家介绍详见《外国文学通览：2017》中的《2017 年巴西文学概览》（张剑波，2018：114）。

宗教力量，这是葡萄牙王室所禁止的。20 年后，作家决定以书信的形式将这个故事写进自己的作品。这部作品以严肃史料为依据，却充满了荒诞不经的色彩：一位在外人看来神经错乱的“剩女”，明知不会引起任何波澜，却依然选择给被称为“疯狂女王”的玛利亚一世写信，控诉男权社会中女性遭受的迫害。作家对性别歧视、阶级压迫的现实主义思考和书写在《致疯狂女王的信》中力透纸背，发人深省。

（三）国家图书馆文学奖（Prêmio Literário Biblioteca Nacional）

国家图书馆文学奖[4]中比较重要的有短篇小说类的克拉丽丝·李斯佩克朵奖、诗歌类的阿尔丰苏斯·德·吉马良斯奖和长篇小说类的马查多·德·阿西斯奖。

贾里德·阿拉斯（Jarid Arraes，1991— ）的《炎日的龙卷风》（*Redemoinho em Dia Quente*，2019）在短篇小说类别中胜出，该作品还获得了圣保罗艺术批评协会大奖（APCA）[5]。来自巴西东北部塞阿拉州的作家阿拉斯是一名挂绳文学[6]作家，迄今已出版 70 余部作品。《炎日的龙卷风》是其第一部短篇小说集。所有故事的背景都设定在塞阿拉州的卡里里地区，这是作家出生并成长的地方。特点鲜明的日常生活构成了小说集的叙事场景，作家也将富有地区特色的语汇代入到作品通俗易懂的语言中，营造出了一个文学的共鸣环境。仿佛作家

4 奖项介绍详见《外国文学通览：2017》中的《2017 年巴西文学概览》（张剑波，2018：115）。

5 圣保罗艺术批评协会大奖由巴西圣保罗艺术批评协会于 1956 年设立，重点关注建筑、视觉艺术、电影、舞蹈、文学、时装、古典音乐等 12 个文化领域的作品，被认为是巴西文化领域最传统的奖项。

6 挂绳文学，以简单的文学小册子的形式存在，是巴西东北部重要的文学载体。这种文学形式于 19 世纪末从伊比利亚半岛传入巴西东北部。它题材多元，内容通俗，以诗歌或韵文的形式讲述神话传说、奇幻冒险或者宗教训诫，等等。最早的创作者在集市等公众聚集的场合向识字不多的农民吟诵。这些文学小册子总以生动醒目的版画作封面或者内页插图，能够迅速吸引人们的注意力。

正在当面娓娓讲述一段最新的民间故事，精准的描述可以让读者感知故事里各种各样的气味、街头巷尾的嘈杂，还有城垣屋舍的斑斓色彩。故事呈现的方式具有文类杂糅的特点，除了传统的讲故事形式，还有书信体和字典释义。值得一提的是，几乎所有的故事都无一例外地把女性形象放在了最突出的位置。

获得诗歌类奖项的是玛利亚·费尔南达·伊利亚斯·马格里奥（Maria Fernanda Elias Maglio，1980— ），获奖作品是《179. 抵抗》（*179. Resistência*，2019）。马格里奥“极善于利用明快、至简的文学结构与语言，讲述充满真实感的厚重故事。在看似并不繁杂的叙事中，简练的文学语言展现的恰是现实的沉重与残酷”（张剑波，2019）。本次获奖作品是马格里奥在诗歌领域的首次尝试，她成功地将其在小说中擅长处理的主题，如女性主义、社会偏见和母性迁移到了该作品的创作中。诗集的全名颇具创意，作家直接摘抄了类比词典中关于“抵抗”（resistência）的词条——“179. 抵抗：反应、抵触、不服从、反对、对抗、反面”——作为书名，政治隐喻跃然纸上。面对性别歧视、男权主义和极端国家主义，最重要的就是“抵抗”，因为“对生活的抵抗，就是为了生活”（Maglio，2021）。

梅纳尔顿·布拉夫（Menalton Braff，1938— ）凭借长篇小说《西诺斯河谷之外》（*Além do Rio dos Sinos*，2019）获得马查多·德·阿西斯奖。《西诺斯河谷之外》呈现了贫苦人民的苦难生活和对美好生活的向往，以及为此付出的不懈努力。西诺斯河谷偏远贫瘠，是一个被都市彻底遗忘的角落，人们世代为争夺耕地纷争不断。作家将故事的时间线拆分成两条平行线：第二次世界大战与巴西军事独裁政府时期。男女主人公都艰难地生活在这个与世隔绝的地方，他们经历困苦，同样经历爱恨情仇。作家通过对乡村生活、人物关系、社交法则细致入微的刻画和精巧绝伦的构思，通过朗朗上口与富有诗意的语言，让这一部悲剧也能透出温情：拂过山岗的风，就着河谷石头的呜咽，承载着辛劳和不屈的人们对迈出河谷，走向美好生活的向往。

布拉夫著述颇丰，迄今已有27部作品出版，涵盖了长篇小说、短篇小说、杂文等多个体裁。他的短篇小说集《柏树影下》（*À Sombra do Cipreste*，1999）于2000年被评为雅布提“年度作品”；2007年，其短篇小说集《颈圈》（*A Coleira no Pescoço*，2006）和长篇小说《阿德里亚诺的墙》（*A Muralha de Adriano*，2007）双双入围雅布提奖。

二、新人新作

圣保罗文学奖（Prêmio de São Paulo de Literatura）和商业社会机构文学奖（Prêmio Sesc de Literatura，一般简称Sesc文学奖）[7]专为新锐作家设立。2020年的圣保罗文学奖保留了上一年的奖项——最佳新作奖和最佳作品奖。克劳迪亚·拉热（Cláudia Lage，1970— ）摘得“最佳作品”桂冠，获奖作品是小说《永恒的躯体》（*O Corpo Interminável*，2019）。最佳新作奖则由马塞罗·拉贝斯（Marcelo Labes，1984— ）凭借长篇小说《帕拉伊索-巴拉圭》（*Paraízo-Paraguay*，2019）夺得。

拉热从事影视编剧和文学创作工作，《永恒的躯体》是其第四部长篇小说。作品讲述了主人公——青年丹尼尔寻找在军事独裁时期曾是游击队员的母亲的下落的故事，还原了那段特殊时期的历史。这一题材在整个拉美地区文学中并不罕见，军事独裁统治给拉美国家和人

7 奖项介绍详见《外国文学通览：2018》中的《2018年巴西文学概览》（张剑波，2019：116）。

民带来的创伤，是这一地区作家文学创作的不竭源泉。

《永恒的躯体》是一部关于“缺席”的作品，同时也是一部关于“书写”的作品，在其中，读者能够感受到通过文字重新构建历史的“可能性”与“不可能性”。“可能”与“不可能”并存，呼应了历史与当今、遮盖与还原的强烈对抗。过去的累累伤痕犹在，却总被层层掩盖，《永恒的躯体》就是一面尝试还原真实的镜子。在创作中，克劳迪亚·拉热将虚构、幻想与真实三个维度整合在一起，让自己的文学叙事富有思辨性，在真实与幻想的世界之间摇摆。书名中的“躯体”，特别是女性的躯体，是特殊时期历史、政治、社会乃至精神活动的载体。这个“躯体”最初是残缺不全的，随着故事的推进，它逐渐完整、丰满，最终得以延伸，变得恒久。人类自身言行构建的历史、真实历史促成的不平等关系、不平等关系催生的残暴，当然也包括所有的真情实感，也都不会消逝，一如“永恒的躯体”。

《帕拉伊索-巴拉圭》是实力不俗的新秀作家马塞罗·拉贝斯的长篇处女作。通过一位行将就木的老妇人对父亲经历的追忆，作品揭示了巴拉圭战争[8]给两国人民造成的伤害。该作品还在国家图书馆文学奖长篇小说类别中获得第二名。作品的核心主题是战争造成的孤独、疯狂，以及自我身份的迷失，最终导致个人与群体的记忆需要通过对个人记忆碎片的拼接，以一种近乎残酷的方式重现。在作品中，始终横亘在帕拉伊索与巴拉圭之间的，是无尽的孤独与悲凉。“孤独”一直是巴西作家钟爱的创作主题，卡洛斯·德鲁蒙德·德·安德拉德更是在诗歌《美洲》（*América*，1945）中赋予了孤独更加丰富与积极的

8 巴拉圭战争（1864—1870）是巴拉圭与三国同盟（巴西、阿根廷和乌拉圭）之间的一场战争，是整个南美洲历史上持续时间最长、规模最大的一次冲突，以巴拉圭的彻底失败而告终。巴拉圭遭受的打击尤其严重，大量军民在战争中伤亡，而且被迫放弃了与阿根廷和巴西有争议的领土，花了几十年的时间才从混乱和人口损失中恢复过来。

内涵，“她可以留住时间与回忆”（Andrade，1945）。马塞罗·拉贝斯选择的呈现孤独的方式更加震撼，直击人心，将读者裹挟到血腥的战争中，直接面对国家不愿提及但又无法回避的历史问题，比如：奴隶制、针对土著居民的种族灭绝、法西斯主义，等等。

商业社会机构文学奖共分长篇小说、短篇小说两个类别，奖励从未发表过作品的巴西作者。2020 年在长篇小说类中胜出的是卡埃·吉马良斯（Caê Guimarães，1970— ）的《第八回合见》（*Encontro Você no Oitava Round*，2019）；短篇小说类的奖项则颁给了托尼奥·卡埃塔诺（Tônio Caetano，1982— ），获奖作品是《头发间的大地》（*Terra nos Cabelos*，2019）。

《第八回合见》是记者、编辑卡埃·吉马良斯的长篇处女作，其主题拳击在巴西这一文学场域并不常见。小说的主人公克里斯蒂亚诺是一名职业拳击手，虽曾战无不胜，可首次被击倒在拳击台上的惨痛记忆让他无法释怀。处于职业生涯末期的他，对失败早已麻木。他开始参加野蛮、血腥的地下拳赛，并且故意输给对手以换取报酬。在正式退休之前，他面临最后一战，却被要求在第四回合在不被对手发觉的情况下输掉比赛，但他最终决定坚持到底，与对手在决胜局——第八回合见。让读者惊奇的是，卡埃·吉马良斯还赋予了克里斯蒂亚诺另一个身份——作家。在“弃武从文”的关键时刻，他选择给一切做一个了结。在拳击这个早现颓势的职业中，主人公注定是一个存活在社会边缘的人物。他的成功、梦想与挫败，消融在晦暗不明的每一天之中。而他遭受的每一次重击，何尝不是生活对每个人的捶打呢？卡埃·吉马良斯极富创意地在拳击手与作家之间搭建了一座桥梁，通过拳击手套与钢笔告诉读者，在最后一个回合结束之前，没人知道结局。

托尼奥·卡埃塔诺供职于巴西阿雷格里港市政府，《头发间的大地》是其第一部短篇小说集。在这部由14个短篇小说构成的作品里，作者将故事的所有主人公都设定为女性，细致描述了她们形态各异的日常生活，彰显了敏锐的观察力和感受力。托尼奥·卡埃塔诺的故事背后有一根隐形的线，将其拖拽到一种四散的不安与孤立之中（Moutiho，2019）。几乎所有的女性人物，无论是在家庭小环境还是在社会大环境里，都因其尖锐的棱角而显得有些格格不入。通过这些故事，读者可以窥探到她们最不为人知的一面：每个人都是独特的，可她们的境遇又总能折射出他人的生活印迹，而我们似乎也可能变成她们。

三、文坛简讯

创办于2003年的帕拉蒂国际文学节[9]被认为是巴西乃至整个南美洲最重要的文学节。近年来，文学节的身份也趋于多元和立体，逐渐发展成一个跨领域的国际人文、社会活动场域。本届文学节因为新冠疫情延迟到12月3—6日，以线上方式进行，出席文学节的作家人数也大幅度缩减。

与上一届类似，本届文学节着眼于文学与政治、人文与社会的紧密联系。种族主义和少数种群等主题依旧是其关注点。与会者对独裁主义、民粹主义、法西斯主义、性别歧视展开抨击，同时指出奴隶制对巴西历史、社会的深远影响。

本届文学节原定的致敬作家是曾于1951—1971年间旅居巴西的美国诗人伊丽莎白·毕肖普（Elizabeth Bishop，1911—1979）。由于

9 文学节介绍详见《外国文学通览：2017》中的《2017年巴西文学概览》（张剑波，2018：120）。

未能优先考虑与巴西文学联系更紧密的本土作家，组委会的这一决定遭到了公众质疑。同时，毕肖普本人也因曾对巴西 1964 年的军事政变发表过支持言论而在巴西国内引起一定争议，所以本届文学节最终取消了“致敬作家”这一重要内容。

结语

与上一年相比，虽然新冠疫情席卷全球，并使巴西迅速沦为重灾区，但是 2020 年的巴西文坛并未沉寂，虽然文学活动的数量与规模均大幅度缩减，但是这一年的文学书写中显露出的现实思考意味着摆脱了上一年的厌倦与悲观，开始直面当下，关注社会。巴西极其复杂的社会历史进程为作家批判社会现实提供了无尽的文学素材，而这一年的获奖作品与文学活动均选择回望与反思历史，追溯现实问题的根源。批判社会现实的关键，依然是对民族未来的关切，这始终是巴西文学活动的最大特点。巴西作家，特别是其东北作家群体，对巴西根深蒂固的性别歧视、种族压迫和社会阶层割裂等现实问题的思考，在 2020 年变得更加直接与深刻，对其根源与成因的追溯和考证在作品中显得审慎却又毫不懈怠。此外，在历史溯源的同时，作家们对现实的文学书写却保有温情，敏锐细微的观察亦会传达包容与希望。

参考文献：

“Adélia Prado: Personalidade literária do ano.” *Agência Riff*. 25 Nov. 2020. Web. 28 Jun. 2021. <https://www.agenciariff.com.br/adelia-prado-personalidade-literaria-do-ano/>.

“Além do Rio dos Sinos – Menalton Braff.” *Acrópole Revisitada*. 1 Jun. 2020. Web. 28. Jun. 2021. <https://acropolerevisitada.wordpress.com/2020/06/01/alem-do-rio-dos-sinos-menalton-braff/>.

Anderson, Ney. " 'Urubus', livro de contos de Carla Bessa, mostra personagens que se alimentam das próprias contradições." *Angústia Criadora*. 3 Oct. 2020. Web. 27 Jun. 2021. <https://www.angustiacriadora.com/urubus-livro-de-contos-de-carla-bessa-mostra-personagens-que-se-alimentam-das-proprias-contradicoes/>.

" 'É um livro em busca de mim, das minhas origens sertanejas', diz Cida Pedrosa, vencedora do Jabuti." *Globo*. 27 Nov. 2020. Web. 4 May. 2021 <https://oglobo.globo.com/cultura/e-um-livro-em-busca-de-mim-das-minhas-origens-sertanejas-diz-cida-pedrosa-vencedora-do-jabuti-24767873>.

Garcia, Adriana. "Urubus, de Carla Bessa." *Mirada*. 16 Jul. 2020. Web. 27. Jun. 2021. <https://www.miradajanela.com/2020/07/urubus-de-carla-bessa.html>.

"Leonardo Chalub, servidor da UFMG, vence Prêmio Jabuti com livro sobre Zumbi dos Palmares." *Universidade Federal de Minas Geral*. 27 Nov. 2020. Web. 28 Jun. 2021. <https://ufmg.br/comunicacao/noticias/leonardo-chalub-servidor-da-ufmg-vence-premio-jabuti-com-livro-sobre-zumbi-dos-palmares>.

Maciel, Nahima. "Maria Valéria Rezende lança 'Carta à rainha louca'." *Correio Braziliense*. 15 Apr. 2019. Web. 28 Jun. 2021. <https://www.correiobraziliense.com.br/app/noticia/diversao-e-arte/2019/04/15/interna_diversao_arte,749491/maria-valeria-rezende-lanca-carta-a-rainha-louca.shtml>.

Maciel, Nahima. "O corpo interminável mergulha nos porões da história brasileira." *Estado de Minas*. 14 Jun. 2020. Web. 28 Jun. 2021. <https://www.em.com.br/app/noticia/cultura/2020/06/14/interna_cultura,1156207/o-corpo-interminavel-mergulha-nos-poroes-da-historia-brasileira.shtml>.

Oliveira, Joana. "Tudo em 'Torto arado' é presente no mundo rural do Brasil. Há pessoas em condições análogas à escravidão." *El País*. 2 Dez. 2020. Web. 27 Jun. 2021. <https://brasil.elpais.com/cultura/2020-12-02/tudo-em-torto-arado-ainda-e-presente-no-mundo-rural-brasileiro-ha-pessoas-em-condicoes-analogas-a-escravidao.html>.

"Perguntas e respostas sobre 'Redemoinho em dia quente'." *Blog da Companhia de Letras*. 3 Fev. 2021. Web. 28 Jun. 2021. <https://www.blogdacompanhia.com.br/conteudos/visualizar/Perguntas-e-respostas-sobre-Redemoinho-em-dia-quente>.

Tenório, Augusto. "A 'Estesia' de Cida Pedrosa" *Revista Continente*. 15 Sept. 2019. Web. 3 May. 2021. <https://revistacontinente.com.br/secoes/curtas/a-estesia-de-cida-pedrosa>.

"'Torto Arado'reflete passado escravagista mal resolvido." *DW Brasil*. 15 Mar. 2021. Web. 28 Jun. 2021.

<https://www.dw.com/pt-br/torto-arado-reflete-passado-escravagista-mal-resolvido/a-56851069>.

"'Uma Furtiva Lágrima' é o novo livro de Nélida Piñon." *Diário de Notícias*. 30 Jan. 2019. Web. 27 Jun. 2021 <https://www.jn.pt/artes/uma-furtiva-lagrima-e-o-novo-livro-de-nelida-pinon-10509531.html>.

"179. Resistência (Reação, Renitência, Insubmissão, Oposição, Contraposição, Contrariedade) ." *Cristiane Casquete Educação e Cultura*. 7 Dez. 2019. Web. 28 Jun. 2021. <https://www.cristianecasquet.com.br/post/179-resist%C3%AAncia-rea%C3%A7%C3%A3o-renit%C3%AAncia-insubmiss%C3%A3o-oposi%C3%A7%C3%A3o-contraposi%C3%A7%C3%A3o-contrariedade>.

金心艺、黄凌晨：《2018 年葡萄牙文学概览》，见《外国文学通览：2018》，北京：外语教学与研究出版社，2019 年。

张剑波：《2017 年巴西文学概览》，见《外国文学通览：2017》，北京：外语教学与研究出版社，2018 年。

—.《2018 年巴西文学概览》，见《外国文学通览：2018》，北京：外语教学与研究出版社，2019 年。

—.《2019 年巴西文学概览》，见《外国文学通览：2019》，北京：外语教学与研究出版社，2020 年。

作者单位：澳门大学人文学院葡文系

2020 年保加利亚文学概览

斯内日娜·茨维塔诺娃　王诗盈

内容提要：在 2020 年新冠疫情的背景之下，保加利亚作家群体以新的灵感和视角创作出了体裁多样、内容丰富、充满哲思的作品，通过语言表达思想与情感，传递精神的力量。本文介绍保加利亚人民文化宫“鹅毛笔”文学奖的获奖者和获奖作品，聚焦于疫情对文学创作与相关社会活动的影响，并以同年《保加利亚文学报》的“保加利亚文学大事记”社会调查为线索，分别对小说、诗歌、文学评论及翻译领域的突出作品进行概述。

一、疫情之下的新动向

2020 年是不平凡的一年，席卷全球的新冠肺炎给社会各个领域带来了冲击。在保加利亚，对于图书出版和销售行业来说，实体书店关闭和读者群体消费信心下降等因素使该行业的收入下降了约 50%[1]，其中图书经销商和小型出版社的发展更是受到重创。在这一股洪流之下，文学领域自然避免不了被裹挟其中。但同时，网上书店和电子书

1　<https://atrakcia.bg/article/2-reaktsiya/1889>，访问时间 2021 年 6 月 10 日。

因此获得发展机遇。在网络空间里，甚至掀起了一股倡导通过阅读来拯救疫情之下精神危机的小风潮，这些在一定程度上增进了文学作品和大众阅读的关系。由城市读书社团发起的"'十日谈'2020"读书倡议，提出"在疫情背景之下，文学是精神的避难所"，获得了一批当代作家的支持，该社团将 30 位保加利亚当代著名作家的部分作品合编收入网上书库，为读者提供免费下载资源。保加利亚国内最大的读书平台"我读"（Аз чета）在网上发起了"书香五月"和"书香十月"活动，邀请读者在网络平台上分享自己最喜欢的一本书，由此激励人们去阅读。由作家格奥尔吉·戈斯波迪诺夫（Георги Господинов，1968—　）于 2007 年发起的"为圣诞夜送出一本书"倡议活动则在 2020 年达到了高潮。在疫情背景之下，人们更加渴望人与人心灵之间的相互取暖，正如格奥尔吉在谈到疫情与文学之间的关系时所说："所幸，抵抗恐惧和精神压抑的疫苗早已被发明，那便是书籍"，"（疫情让我们看到）世界是如此地难以捉摸，而文学帮助我们了解它和处于其中的自我"。[2]

从创作角度看，与困境相伴而生的，是新的灵感与动力。疫情作为主题或背景，出现在许多作品当中。如兹德拉夫卡·埃夫蒂莫娃（Здравка Евтимова，1959—　）的短篇小说《"马塔尔"火车站》（*Гара "Метал"*）讲述了一个关于爱的平凡故事。主人公是一对垂垂老去的夫妇，多年来不论风吹雨打，每天都在火车站等待对方归来。疫情的到来使两人无法相见，分离使老人陷入了深深的孤独和思念之中。又如赫里斯托·斯托扬诺夫（Христо Стоянов，1956—　）的新书《疫情笔记》（*Записки по българските пандемии*，2020）通过描

2 <https://www.dw.com/bg/думи-от-георги-госп одинов-вирус-и-литература-за-числата-и-хората/a-53206713>，访问时间 2021 年 6 月 10 日。

写形形色色的人物和故事，记录对疫情以至于对整个保加利亚社会精神与文化危机的思考。整本书以文章《现在不是写作的时候》开篇，表达了疫情之下一个写作者内心的焦虑："当你想要逃离死亡的时候，能写些什么呢？""在仿佛有手枪抵着我的后脑勺的时候，我不能写作……""每天等着听死亡人数通报的我，不能写作……""我能够用同情的墨汁和无力的眼泪写下的，唯有一句'我活着……而这就足够了'……"（Христо Стоянов，2020）

可以看到，疫情在一定程度上促使人们去寻求镇定心理的药剂，而文学便是舒缓这种彷徨的庇护所之一。由疫情引起的运动和反思，在一定程度上有其积极意义。

二、获奖作品

在疫情背景下，许多文学奖项的颁发皆受到影响。如保加利亚人民文化宫"鹅毛笔"文学奖的颁采取控制线下参与的措施，以线上参与为主。尽管颁发仪式的形式受限，奖项的评选并未打折扣，优秀的获奖作品依然不乏可圈可点之处。以下对上述两个奖项的获奖作品进行概述。

人民文化宫"鹅毛笔"文学奖（Наградата"Перото"）设立于2015年，每年由保加利亚人民文化宫颁发，旨在表彰在当代保加利亚文学领域有杰出贡献的作家和文学研究者等，具有较强的代表性。该文学奖设立"非诗体文学作品""儿童文学""首秀"和"终身贡献"等分项，分别评选。

2020年获得儿童文学分项最佳作品奖的是茨维塔·布雷斯特妮奇卡（Цвета Брестничка，出生年月不详）的《从字母A到Я的离奇故事》（*Небивалици с буквите от А до Я*，2020）[3]。书中讲述了许多富有童趣的小故事，如每天都给山下的人们吹去快乐云彩的火山口，因海上有鲨鱼出现而慌张不已、全城戒严的小城，将气球系在自己的拐杖上以至于被带起飞的老奶奶，等等。每个字母都有对应的故事，每个故事各由以同一个字母开头的词语串联而成，笔调轻松欢快，同时将识字教学融入其中，寓教于乐。而这种有趣的创意，对于成年人来说同样不失为一种奇特的阅读体验。“童书”基金评论道，“茨维塔·布雷斯特妮奇卡讲故事的天赋是公认的，而在《从字母 A 到 Я 的离奇故事》中，这种能力被发挥到了极致，用三十个字母编写的故事十分有创意。其中许多日常生活中少用的词汇，让我们看到了语言的博大精深”[4]。

本届首秀奖的获奖作品是德梅特拉·杜列娃（Деметра Дулева，出生年月不详）的小说《漫游的信天翁》（*Странстващият албатрос*，2019）。小说旨在表现出生于 20 世纪 70 到 80 年代、成长于 90 年代的一代保加利亚人在剧变阴影和移民潮之下的迷茫与内省，反映他们在背井离乡寻找自由的同时所要承受的孤独、牺牲和代价。主人公加布里埃拉带着一个行李箱、一把吉他和一只黑猫，从保加利亚辗转至巴黎和布鲁塞尔，终于发现所谓如同鸟儿一样的自由，实际上被禁锢在铁窗之下，而那铁窗正是移民群体在异国他乡所不得不面对的种种规则、阻碍与艰难。与埃拉对故乡的眷恋背道而驰的是她曾经的朋友诺拉所信奉的“现实主义”。诺拉一心想要的只是生存与成功，并试图斩断所有与保加利亚的联系。在作者现实、清醒的笔触之下，关于“我是谁？”“我想要什么？”的问题一遍遍地被呈现到读者面前，蕴

3 保加利亚语字母表共包含三十个字母，第一个字母为 A，最后一个字母为 Я。

4 <https://www.detskiknigi.com/nebivalici-s-bukvite-ot-a-do-ja/>，访问时间 2020 年 6 月 12 日。

含了作者对身份认同的思考和深深的人文关怀。

2020年获得诗歌类“鹅毛笔”文学奖的是贝洛斯拉娃·迪米特洛娃（Белослава Димитрова，1986— ）的诗集《肉与鸟》（*Месо и птици*，2019）。这是一本表达“悲伤”的诗集，作者书写了与自己内在灵魂的对话和对“悲伤”的审视，并想通过诗歌与读者一起获得自我解脱与超越，看到从未消失的希望与梦想，且不要放弃对生活的好奇心。文学评论家阿尼·伊尔科夫（Ани Илков，1957— ）认为：“贝洛斯拉娃的诗歌是一种自白，是完完全全的抒情式的陈述——不是多愁善感的，而是充满活力的抒情”[5]。对于贝洛斯拉娃的诗歌，除了赞扬也不乏反对的声音，部分读者认为她的诗过于追求“新锐”[6]。

本届“鹅毛笔”的终身贡献奖被授予了博扎娜·阿波斯托洛娃（Божана Апостолова，1945— ），以表彰她在文学领域的贡献。阿波斯托洛娃是卓有成就的出版人。由她始创的扎内特–45出版社自1989年创建以来，已逐渐发展为保加利亚最大的出版社之一。该出版社主要出版当代原创文学作品、近现代经典作品、儿童文学作品和翻译作品，所出版的书籍质量在社会上积累了较高的认可度，对文学事业的发展有较大的推动作用。此外，阿波斯托洛娃还是一位作家，其作品包括小说《没有路的十字路口》（*Кръстопът без пътища*，2008）和《黑夜也是太阳》（*Нощта е също слънце*，2017），回忆录《平凡的圣经》第一、第二部（*Делнична библия*，1998，2005）和《心中之魂》（*Душа в душата*，2019），诗集《那是爱吗？》（*Беше ли любов*，2010）和《结点》（*Възел*，2005）等。文学评论家米格列

5 <https://binar.bg/84878/meso-i-ptitsi/>，访问时间2021年6月8日。

6 <https://www.facebook.com/freepoetrysociety/photos/a.1355312744525568/2627842487272581/?type=3&theater>，访问时间2021年6月1日。

娜·妮科尔奇娜（Миглена Николчина，1955— ）认为，“阿波斯托洛娃的诗没有过分真情洋溢，没有丝毫的矫揉造作。从她的诗歌里，我们能感受到真实生活的气息，体会到她对真实情感的体察”[7]。此外她还是儿童作家，著有系列丛书《小波扎娜和怪兽特姆普》（*Малката Божана и чудовището Тъмп*，2013）、《小波扎娜在水下世界》（*Малката Божана в подводния свят*，2013）和《小波扎娜与奇迹之夜》（*Малката Божана в нощта на чудесата*，2012）等。在读书平台“我读”对阿波斯托洛娃的采访中，她坦陈自己虽然童年遭遇了不幸，但“人生就是要去克服困难，去创造美好”[8]。而她笔下富有童趣的世界，正是这位作家坚强而温暖的内心世界之映照。

三、其他重要作品

作为保加利亚文学和艺术评论的重要阵地，《保加利亚文学报》（*Литературен вестник*）照例组织了一年一度的“保加利亚文学大事记”采访，邀请本国的作家、诗人、记者、学者、评论家推荐该年度令自己印象最深刻书籍。国家广播电台的赫里斯托·波特夫文化与教育频道也在节目中邀请评论家推荐了一系列好书。基于以上采访和推荐，本文将对部分值得关注的作品进行介绍。

（一）小说类

在 2020 年出版的小说中，进入阅读市场的重要作品有格奥尔吉·戈斯波迪诺夫的《时间避难所》（*Времеубежище*，2020）、卡林·特尔济伊斯基（Калин Терзийски，1970— ）的《我与上帝》

7 <https://newspaper.kultura.bg/bg/article/view/17020>，访问时间 2021 年 6 月 8 日。

8 <https://azcheta.com/bozhana-apostolova-intervyu/>，访问时间 2021 年 6 月 8 日。

（*Аз и Бог*，2020）、茨维托扎尔·察科夫（Цветозар Цаков，1983— ）的《心灵黑胶唱片》（*Винилови души*，2020）、佐尔尼察·格尔科娃（Зорница Гъркова，1981— ）的《他们永不诉说》（*Те никога не казват*，2020）、弗拉多·达维洛夫（Владо Даверов，1948— ）的《完美》（*Съвършенство*，2020）、维克托利亚·贝什丽丽斯卡（Виктория Бешлийска，1982— ）的《黏土》（*Глина*，2020）和加布莉埃拉·普洛切娃（Габриела Плочева，1995— ）的《预言》（*Предсказанието*，2020）。

长篇小说《黏土》是年度畅销书之一。作品以17世纪为背景，讲述了一群乡下陶器手工业者来到苏丹经营陶器买卖的故事。[9]作家以细致的描写展示了传统陶器制作的朴实之美与原始的力量。有评论认为："《黏土》的语言细腻精致，每一个用词都十分讲究，由此可见作者的文学素养和严谨的创作态度。它的情节则令人惊叹，将历史故事重新进行文学性的讲述，十分具有美感和特色。"[10]小说中的生动描写展示了从前手工业文化和民俗民风的魅力，让读者充分沉浸到那个时代的氛围中去，穿过时间的阻隔，获得真切的心灵体验。

《预言》是加布莉埃拉·普洛切娃的"金之火"幻想系列小说的第一部。该书将现实与魔法编织在一起，把各种历史事件设为故事发展的背景，融合保加尔人、色雷斯人、希腊人、罗马人、古埃及人和波斯人等不同的神话、传说、信仰和传统习俗，创造了一个奇异的世界。小说的主人公是一对姐妹，一位生来便要毁灭世界，另一位的诞生则是为了拯救世界。全书以预言开篇："那个自出生便被诅咒的人，将给世界带来黑暗，并最终失去一切。那个自诞生便被祝福的人，将

9 当时的保加利亚处于奥斯曼土耳其的统治之下。

10 <https://www.soft-press.com/book/1447/>，访问时间2021年6月12日。

给人们带去光亮。邪恶不会永恒。不公正将被审判。有信仰的人将升入天堂。”为了打破生前的预言，姐妹二人竭力抵抗。她们跌宕起伏的经历是对命运的挑战，也是对责任、背叛、抉择和爱等主题的探寻和诠释。正义与邪恶之间的较量则在这个魔法世界里被展现得淋漓尽致。

（二）诗歌类

在诗歌领域，反响较大的有格奥尔吉·博里索夫（Георги Борисов，1950—　）的《走出梦境》（*Излизане от съня*，2020）、兹拉托扎尔·佩特罗夫（Златозар Петров，1975—　）的《机器》（*Машини*，2020）、托马·马尔科夫（Тома Марков，1972—　）的《废墟》（*Развалини*，2020）、萨绍·塞拉菲莫夫（Сашо Серафимов，1953—　）的《无知复无知》（*Натрупване на незнание*，2020）、伊瓦伊洛·巴拉巴诺夫（Ивайло Балабанов，1945—　）的《对欧洲历史的贡献》（*Принос към европейската история*，2020）、亚历山大·巴依托舍夫（Александър Байтошев，1983—　）的《神圣的森林》（*Свещената гора*，2020）、米尔卡·斯托扬诺夫娃（Милка Стоянова，1949—　）的《鸟儿们的语言》（*Езикът на птиците*，2020）等。

《走出梦境》集合了诗人格奥尔吉·博里索夫自 20 世纪 70 年代至今创作的代表性作品，如《自由告诉了我什么》《致太阳的诗》《绿色的死亡》《蓝眼睛的狼和其他事物》等。对于格奥尔吉·博里索夫的创作特点，有评论道：“从他的创作中，我们常常能够看到三个神圣的符号：爱、自由和死亡”；“他有属于自己的特别的意象体系、完美的韵律和令人意想不到的隐喻。而这只有高水准的诗人才能创造出来……”（Мариана Тодорова，2017）我们可以试从这首《自由告诉了我什么》来感受其风格："是翅下携带了风的鸟儿，是被鸟儿带向各处的风儿；是执拗地啃着泥土的树，是把树干咬进自己嘴里的泥土/鸟儿、大树、尘土……同样自由/而我只是一个今日站立在它们当中的一个人罢了"。（作者译）

（三）文学研究

2020年出版的文学研究作品总体上主题较为多样，研究方向较为分散。值得推荐的有普拉门·多伊诺夫（Пламен Дойнов，1969— ）的《分界线——八位保加利亚社会主义时期文学人物》（*Линия на разполовяване. Осем персонални случая в литературата на НРБ*，2020）、安托阿内托·阿莉皮埃娃（Антоането Алипиева，1956— ）的《维拉·穆塔弗奇埃娃传记》（*Вера Мутафчиева. Между литературата*，*историята*，*политиката и геополитиката*，2020）和由保加利亚科学院文学研究所编纂的学术论文集《保加利亚文学经典著作——观点与背景》（*Българската литературна класика. Позиции и контексти*，2020）等。

其中，《保加利亚文学经典著作——观点与背景》由教科部的"科学研究"基金支持出版，是"数字图书馆-保加利亚文学批评"项目的成果之一。在该项目的官方网站，读者可以自由地阅读并下载全书，直接获取大量的原文资源。该论文集以现代文学研究的观点与视角重新对亚历山大·巴兰巴诺夫（Александър Балабанов，1879—1955）、西梅翁·拉德夫（Симеон Радев，1879—1967）和瓦希尔·蓬德夫（Васил Пундев，1892—1930）等老一辈文学研究者、作家与评论家的论著观点进行探讨与再研究，并做出着眼于当下的阐释。比如，其中一篇名为《关于亚历山大·巴兰巴诺夫的几篇评论文章》的论文将巴兰巴诺夫聚焦于女性角色、社会地位和艺术贡献的评论性文章作为研究对象，分析其对女性主义的观点和倾向，认为巴兰巴诺夫鼓励并支持女性在社会与文化生活中发挥更主动的作用。实际上，论文集中许多经典的评论性文章在过去并未得到应有的关注，而此次编纂对于这些文章的"被看见"有所裨益。同时，该合集引导读者在关注文学经典原著的同时，不忘从鞭辟入里的文学批评中汲取养分。

（四）翻译类

在翻译文学领域，获得较为广泛好评的作品有由博里亚娜·达拉奇埃娃（Боряна Даракчиева）译自俄语的《流感中的佩特罗一家》[（*Петрови в грипа и около него*，2020，作者阿列克谢·萨尔尼科夫（Алексей Сальников，1978— ）]，由斯维特拉·列卡尔斯卡（Светла Лекарска）译自法语的《渴》（*Жажда*，2020），由托多尔卡·米内埃娃（Тодорка Минева）翻译的玛格丽特·杜拉斯（Marguerite Duras，1914—1996）的《物质生活》和由玛尔加丽·迪洛娃（Маргарита Дилова）翻译的西格蒙德·弗洛伊德（Sigmund Freud，1856—1939）的《梦的解析》（该译作被认为填补了保加利亚语翻译界的一项空白[11]）等。

此外，在这一年里，中国文学的保译较为可圈可点。《雷雨》《茶馆》《活着》《三体》在保加利亚翻译并出版。其中，《雷雨》和《茶馆》作为保加利亚畅销书出版社"看中国"系列的首推，于索非亚中国文化中心的新书发布会上亮相。译者埃韦丽娜·海因（Евелина Хайн）和埃弗加尼·卡拉乌拉诺夫（Евгени Карауланов）以丰富的

11 <https://litvestnik.com/wp-content/uploads/2021/01/lv_44.pdf>，访问时间 2021 年 6 月 5 日。

保语词汇和较深的中文功底，力图将作品中细微的含意和情感传达给读者，把读者带入两部剧本所描绘的时代与文化氛围中去，让他们体会曹禺和老舍两位语言大师的语言造诣。有评论者认为："书中的许多人物竟然让人感到似曾相识，并意识到保加利亚与中国文化上共通的地方"[12]。此外，由斯特凡·鲁西诺夫（Стефан Русинов）翻译的《活着》与《三体》第一部于同年出版，引发较大关注。

值得一提的是，第一部由中国作者使用保加利亚语进行写作的短篇小说集《自远方》（*Отдалеч*，2020）于保加利亚出版。作者詹彦怡通过 15 个小故事向保加利亚读者展示当代中国，以小人物影射宏大背景，用文学的笔触讲述中国故事，具有十分积极的文化交流意义。

结语

正如《保加利亚文学报》2021 年开篇词对上一年的回顾中所道，"非常时期使得人们亟需找到化解危机感的出口。这种出口能够在文艺创作所给予的想象与能量中找到"[13]。在疫情背景之下，保加利亚文学界涌现出的作品依旧不乏可圈可点之处。作品体裁多样，主题丰富，既有深沉的反思，又有浪漫轻盈的想象，既回望历史，又凝视当下。作家群体孜孜不倦地寻找新的灵感，通过语言表达思想与情感，传递精神的力量，给读者焦虑的心灵带来慰藉和希望。

参考文献：

Желев, Светлозар. "Най-продаваните книги в България 2020." 28 Dec. 2020. Web. 10 Jun. 2021. <https://atrakcia.bg/article/2-reaktsiya/1889>.

---

12 <https://www.diplomaticspectrum.com/bg/>，访问时间 2021 年 6 月 6 日。

13 <https://litvestnik.com/wp-content/uploads/2021/01/lv-01.pdf>，访问时间 2021 年 6 月 5 日。

Кожухарова, Габриела. “Божана Апостолова: Животът е даден на човек, за да го превъзмогва и да твори.” *Аз чета*. 7 Mar. 2014. Web. 8 Jun. 2021. <https://azcheta.com/bozhana-apostolova-intervyu/>.

Николчина, Миглена. “Възелът и пътят: метаморфозите на любовта у Божана Апостолова.” *Култура*. 21 May. 2010. Web. 8 Jun. 2021. <https://newspaper.kultura.bg/bg/article/view/17020>.

Стоянов, Христо. *Записки по българските пандемии*. Хри 100: София, 2020.

Тодорова, Мариана. “Георги Борисов.” 5 Feb. 2017. Web. 9 Jun. 2021. <https://liternet.bg/publish31/mariana-todorova/georgi-borisov.htm>.

Христов, Владислав. “Месо и птици.” 4 Sept. 2019. Web. 8 Jun. 2021. <https://binar.bg/84878/meso-i-ptitsi/>.

““Буря” и “Чайна” – две легендарни китайски пиеси в една книга.” 25 Jan. 2020. Web. 6 Jun. 2021. <https://www.diplomaticspectrum.com/bg/>.

“Думи от Георги Господинов: вирус и литература, за числата и хората.” 2 Apr. 2020. Web. 10 Jun. 2021. <https://www.dw.com/bg/>.

“Литературното събитие на 2020.” *Литературен вестник*. 23-29. 12. 2020: 10-12. <https://litvestnik.com/wp-content/uploads/2021/01/lv_44.pdf>.

“Небивалици с буквите от А до Я.” 25 May. 2020. Web. 12 Jun. 2021. <https://www.detskiknigi.com/nebivalici-s-bukvite-ot-a-do-ja/>.

作者单位：天津外国语大学欧洲语言文化学院

2020年波兰文学概览

许湘健　李怡楠

内容提要：2020年是极不平凡的一年，受到新冠疫情影响，如其他各行业遭遇停摆重创一般，波兰文学创作在过去一年略显平淡。本文聚焦波兰重要文学奖项双重提名作品，以“蒂曼德年”相关文学文化活动、新生代作家重要作品为参照，介绍2020年度波兰文学概况。

一、疫情时期的文学创作

新冠疫情肆虐，“生存”成为人们的主要关注点，与这一主题有关的文学创作与阅读显得尤为重要。为了帮助社会急需关怀的弱势群体，集市出版社（Wydawnictwo Agora）于2020年4月邀请波兰著名作家、记者和诗人共同完成并出版了一本名为《希望》（*Nadzieja*）的文集。应邀参加此次创作活动的知名作家有：奥尔加·托卡尔丘克（Olga Tokarczuk，1962—　）、汉娜·克拉尔（Hanna Krall，1935—　）、维斯瓦夫·梅希利夫斯基（Wiesław Myśliwski，1932—　）和埃娃·利普斯卡（Ewa Lipska，1945—　）等。作家们纷纷贡献出自己的作品，共同完成这部书籍。该书的出版旨在帮助那些受疫情影响最严重的人，如老年人社会福利中心、流浪汉收容所中的人员。2020 年 7 月图书出版后，出版社将超过 150 万兹罗提（约合人民币 300 万元）的收入尽数捐赠给老年人福利中心。维斯瓦娃・希姆博尔斯卡基金会（Fundacja Wisławy Szymborskiej）暂停颁发 2020 年诗歌奖，而将同年的奖项资金 10 万兹罗提（约合人民币 20 万元）用来帮助受疫情影响失去生计的人们。

《希望》由 40 篇文章组成，包括小说、报告文学、诗歌、漫画等。全书以波兰新晋诺贝尔文学奖得主奥尔加・托卡尔丘克的短篇小说《正式彩排》（*Próba generalna*）作为开篇，故事讲述了一对老年夫妇的孤独生活。有一天，老人在广播中听到了一则令人不安的消息，随即收音机失去了信号。他们不知道发生了什么。是战争？或是世界末日？在这封闭的世界里，他们之间的旧仇不断重新浮现并产生了一系列大大小小的冲突。故事的情节与疫情期间人们的状态极为相似，引发读者共鸣。此外，书中还收录了克拉尔的剧本《童话故事之后》（*Po bajce*）、利普斯卡的诗歌《偶尔》（*Co jakiś czas*）以及梅希利夫斯基的《2009 年 3 月 10 日在奥波莱大学荣誉博士学位授予仪式上的演讲》（*Przemówienie wygłoszone 10 marca 2009 roku na Uniwersytecie Opolskim z okazji otrzymania tytułu doctora honoris causa*）等文章。

在《希望》一书的序言中，作家马里乌什・什奇吉乌（Mariusz Szczygieł，1966— ）这样写道："没有这本书人类将不再存在。"[1] 波兰诗人、画家、翻译家亚采克・德赫奈尔（Jacek Dehnel，1980— ）

1 Autorzy zebrani，*Nadzieja*，引自波兰语原版图书封面文字。

说：“帮助最虚弱和手无寸铁的人——老人和儿童——符合人类文明中最经久不衰的道德准则之一，因为它源于人类的本质。”[2] 参与书籍创作的另一位作家多米尼卡·斯沃维克（Dominika Słowik，1988— ）说：“现在这个特殊时期需要我们全人类相互支持、团结一致，而正是因为《希望》一书我能够通过文学来实现这一目标。”[3]

奥尔加·托卡尔丘克在获得诺贝尔文学奖一周年纪念日的采访中说：“文学是人类物种进化的成果，通过文学可以将一个人最深刻的个人体验传达给另一个人”[4]。用这句话来形容 2020 年的文学世界再合适不过。为对抗疫情，各国政府出台了隔离政策，人们只能在家中通过互联网这扇“窗”来关注外面的世界，而作家们则通过文学创作将自己的个人体验分享给了更多热爱文学的人。

2020 年 4 月，托卡尔丘克为《法兰克福汇报》撰写专栏文章《窗》（“Okno”）。在这篇文章中，托卡尔丘克描绘了自己在居家隔离期间透过窗户看到的景象以及由此引发的对人类生活节奏、文化发展、社会政策的种种反思：“我们的生活回归到了正常的节奏。并非是病毒打破了惯常，恰恰相反——病毒出现之前的那个匆忙的世界才是不正常的。难道不是这样的吗？”[5]

除此之外，托卡尔丘克对一个个关闭的边境、一项项限制措施感到担忧。这场危机不仅是对生命的考验，更是人性的一场大考。而这场遍及全球的疫情是否会对这个时代产生深远的影响呢？托卡尔丘克也在文章最后给出了自己的答案——“新的时代正在走来”。

---

2 Autorzy zebrani，*Nadzieja*，引自波兰语原版图书封面文字。

3 同上。

4 Agnieszka Warnke，*Czulej i bliżej. Rok 2020 w literaturze*. <https://culture.pl/pl/artykul/czulej-i-blizej-rok-2020-w-literaturze>.

5 奥尔加·托卡尔丘克：《窗》，李怡楠，译，载《世界文学》，2021 年第 1 期。

根据波兰境外网站公布的数据显示，《温柔的讲述者》摘得2020年波兰最畅销书籍的桂冠。《温柔的讲述者》是奥尔加·托卡尔丘克获得诺贝尔文学奖后出版的第一本图书。“隔离期间，我突然觉得整理一下去年，甚至是更早几年前写的文章是一件非常必要的事情。一段时间以来，我开始喜欢以‘第四人称叙述者’的视角来审视自己和自己的作品。”奥尔加·托卡尔丘克在后记中解释了该部作品诞生的原因。

该书收录了托卡尔丘克的论文、随笔和演讲稿，共12篇，以作者在诺贝尔文学奖颁奖典礼上的同名演讲结尾。本书的主要关注点不是时事话题，而是作者的自我反省，对“中间世界”[6]存在与否的探讨，对“第四人称叙述”视角的思考等。在《盐中的手指——我简短的阅读史》一文中，托卡尔丘克不再以“作者”为视角进行叙述，而是描述自己作为读者的阅读体验。她不仅谈论自己喜欢的阅读内容，并介绍了从最开始直到现在的阅读经历和历程。她认为，在阅读过程中自己并没有进入另一个世界、另一个层面，也没有接触其他人和其他问题。对于她来说，阅读主要是帮助她离开了现在、此刻、此地所设定的现实。我们可以将作者阅读时的心理过程和经历与自己进行比较——在阅读小说时我们是否有类似的反应。

对于诺贝尔文学奖得主而言，写作也绝非易事。在《温柔的讲述者》这部作品中，托卡丘克向读者展示了现代世界的复杂性以及居住在其中的人类所面临的种种问题。作者反复观察被淹没在大量信息中的世界，并展示了这些世界的不同维度，揭露出在快时代的屏幕、手机后观看世界时迷失自我的人们不再体验到自然之美。通过阅读本

6 “中间世界”的波兰语为 świat pomiędzy，根据托卡尔丘克在文章中的介绍，“中间世界”为她所认为的存在于现实世界与梦境世界之间的第三个世界。

书，我们可以用一名诺贝尔文学奖获得者的视角来观察文学、体验文学，同时也有机会进入这位“怪异”却独特的作家的哲学世界。

二、波兰重要文学大奖双重提名书籍

在波兰最具影响力的两项文学奖——尼刻文学奖（Nagroda Literacka NIKE）和格丁尼亚文学奖（Nagroda Literacka Gdynia）提名名单中，有两部小说、一部诗歌集和一部报告文学获得双提名。通过研究这四部双提名作品我们可以窥见2020年波兰文学创作的样貌。

1. 小说：瓦尔德马尔·巴沃维克（Waldemar Bawołek，1962— ）的《亡魂》（*Pomarli*）

巴沃维克曾于2015年、2018年两获格丁尼亚文学奖提名。此次的获奖作品《亡魂》的主人公是一个个已故的人，在巴沃维克眼中，这些死去的人只是在表面上离世，他认为，死者和其他一切事物一样，虽然死亡却仍然活着。比如在小说讲述的第52则故事中，作者这样形容86岁时离开人世的主人公格诺维法·斯滕普尼奥夫斯卡夫人：“尽管她已经去世，但依然活着。”每当人们走过那带着铁丝网的花园时，格诺维法夫人的形象还是会不断出现在人们的脑海中。属于她的场景依旧存在，即使它们的主人已经不在了。无论是在这个花园还是《亡魂》中其他死去的人居住过的地方，最后都会留下主人的影子。

逝去的人总是在我们身上留下他们的印记，这些印记与所有让我们记住他们的地方和事物一起出现。同时，我们的记忆构成了他们活着的影像。在巴沃维克想象的世界中，这些影像发挥着具体且至关重要的作用，正是由于这些影像，作者重建了新的世界。这个世界不仅是过去活着的人们所生存的世界，还是作者自己的世界，是他内心的

"此时此地"。作者在记忆的碎片中寻找自己的影像，他时常在梦幻般虚拟的标志中失去理性。事实上，我们更多的是在幻想过去而不是重新创造过去。记忆的缺口很容易用虚拟的幻想进行填补，但并不意味着由此产生的影像是错误的。在这样一个主要由想象力统治的世界中，很难在真实与虚构之间划清界限。评论家阿梅利亚·萨尔诺夫斯卡（Amelia Sarnowska）认为，"在巴沃维克描写的故事中，真实与虚构相互交织，过去不断被时间和思想打破，而作者不会给自己的想象力和回忆添加任何甜蜜美好的东西，这就是人类记忆的运作方式——尤其是在回忆死去之时"[7]。

2. 小说：伊丽莎白·瓦普钦斯卡（Elżbieta Łapczyńska，1987— ）的《诺瓦胡塔怪兽寓言》（*Bestiariusz nowohucki*）

伊丽莎白·瓦普钦斯卡是波兰青年作家、剧作家，在多个文学杂志上发表过短篇小说，曾获联合国教科文组织克拉科夫文学之城奖（Nagroda Krakowa Miasta Literatury UNESCO）。2020 年，她凭借小说《诺瓦胡塔怪兽寓言》获得尼刻文学奖和格丁尼亚文学奖双重提名。

雷娜塔·拉德沃夫斯卡（Renata Radłowska）这样评价她："又一位玛斯沃夫斯卡[8]诞生了，这是一个缩写，一种赞美，她的写作充满了独创性（玛斯沃夫斯卡是语言独创性的代表），但幸运的是，人们记住了她的名字——瓦普钦斯卡。"[9]

诺瓦胡塔（Nowa Huta）是波兰最大的钢铁工业基地，位于波兰第二大城市克拉科夫工业区。对于"诺瓦胡塔"这个文学作品中时常

---

7 <https://kultura.onet.pl/ksiazki/waldemar-bawolek-pomarli-recenzja-ksiazki/b2fvc6w?utm_source=kultura.onet.pl_viasg_kultura&utm_medium=referal&utm_campaign=leo_automatic&srcc=ucs&utm_v=2>.

8 多罗塔·玛斯沃夫斯卡（Dorota Masłowska，1983— ），波兰青年女作家、作曲家、歌手。2006 年凭借《王后的孔雀》（*Paw królowej*）一书获得尼刻文学奖。

9 <https://krakow.wyborcza.pl/krakow/7，44425，26804692，elka-jasnoniebieska.html>.

出现的主题，既有积极的描写也有消极的评价。积极的是人们向来对这些伟大的工程和事物报以永恒的兴趣并开展多层次的探索以展现人类史上的丰功伟绩。消极的是，作家们通常以悲痛的语气描写它，比如波兰著名诗人希姆博尔斯卡的诗歌《建造诺瓦胡塔的青年》（*Młodzieży budującej Nową Hutę*）。此外，作家常常在作品中描述人类历史无法修补的裂痕，如雷沙德·卡普钦斯基（Ryszard Kapuściński）撰写的报告文学《这也是诺瓦胡塔的真相》（*To też jest prawda o Nowej Hucie*）以及亚当·瓦日克（Adam Ważyk）的《致成年人的诗》（*Poemat dla dorosłych*）。在他们的笔下，政治家成功地宣传了诺瓦胡塔，但也造成了一个伟大社会的失败。被迫生产的人失去了耐性，他们疲惫不堪，被制度磨砺得叛逆不安。21 世纪也出现了很多这一题材的优秀作品，如卡塔日娜·科贝拉尔赤克（Katarzyny Kobylarczyk）的《诺瓦胡塔的女人：砖块，珍珠和爆竹》（*Kobiety Nowej Huty. Cegły, perły i petardy*）以及伊戈尔·雅莱克（Igor Jarek）的《哈勒尼》（*Halny*）。

瓦普钦斯卡书写的诺瓦胡塔是一个饱含诗意的地方，像一场梦，甚至是一场噩梦。这是从未有过的描写诺瓦胡塔的新方式。瓦普钦斯卡将诺瓦胡塔形容为一个丑陋的、畸形的、有缺陷的、破碎的和笨拙的人。在她的笔下，许多看似寻常，却又不同寻常的人、事、物依次铺陈开来：一个用高炉蒸汽做占卜的人，一个没有脸的人，一个死了很多次的人，一个以砷为食的妇人，等等；工人旅馆、钢铁厂、水泥屋、避难所、隧道、高架起重机、食堂、灌木丛……它们都是作者想象力的产物，是否真实存在并不重要。瓦普钦斯卡说："我写了一些随意却又真实的故事，但有时一些意外的人影会突然出现在我的脑海中。他们的缺陷以及如何将其具象化使我十分感兴趣，通过具象化我能够将他们描写出来。我曾经为此感到头疼，因为这是一个非常重要的技巧，它决定了我所描写的是一个怎样的人。就像我故事的主角之一埃米尔，他每天都在期待着死亡，因为在他的家中每个人都毫无预兆地去世。所有这些故事的主人公都是怪兽却又都不是怪兽。”批评家尤斯蒂纳·索博莱夫斯卡（Justyna Sobolewska）这样评价《诺瓦胡塔怪兽寓言》：“你可以感受到，作者将诺瓦胡塔街道的景象变得栩栩如生，她为这些景象编写故事，使之变得深刻。这是一部如诗一般的小说，向我们展现了诺瓦胡塔发生的所有超现实主义的事件。她还为我们展示了以往只能从瓦依达（Andrzej Wajda）[10] 导演的电影中才能感受到的诺瓦胡塔的浪漫主义与诗意。”[11]

《诺瓦胡塔怪兽寓言》在艺术和认知方面是一部大胆的作品。从小说跨越的时间轴来看，作者实际上又书写了一部历史小说。瓦普钦斯卡小说中描写的“怪兽们”参与或徘徊在钢铁厂和城市大建设的混乱边缘，小说中的许多故事将这些人描绘为梦想的受害者，为了逃到更美好的未来，他们付出了足够多的努力，结果等待他们的是一个不人道的、充满暴力的和令人失望的未来。在小说的最后，作者向我们揭示了一个道理：对自然秩序巨大的攻击以及对人类世界秩序残酷的、革命性的破坏导致了社会制度被推翻。

3. 诗歌：尤斯蒂娜·库利科夫斯卡（Justyna Kulikowska，1993—　）的诗集《Tab_s》（*Tab_s*）

尤斯蒂娜·库利科夫斯卡于 2018 年凭借处女作诗集《仇恨和其他捣蛋鬼》（*Hejt i inne bangery*）获得波兰卡齐米拉·伊瓦科维楚

10　安杰伊·瓦依达，波兰著名导演，波兰“电影学派”最早也是最重要的代表人物之一，曾多次荣获奥斯卡金像奖、戛纳国际电影节奖等，2000 年获奥斯卡金像奖终身成就奖。

11　<https://krakow.wyborcza.pl/krakow/7，44425，26804692，elka-jasnoniebieska.html>.

夫娜诗歌奖（Nagroda im. Kazimiery Iłłakowiczówny）及网络“布罗瓦尔优秀处女作奖”（nagroda poetyckiego środowiska internetowego „Browar za debiut”）。

诗集《Tab_s》是诗人出版的第二部诗集。该部诗集收录的诗歌主题丰富，一类是几近迷失的一代年轻人的宣言，他们在现实世界中寻找自己的位置，在反叛与焦虑中徘徊；另一类是人类的自我反思与赎罪——死亡、疾病、厌恶、仇恨等。诗集的标题引用了计算机键盘中的 Tab 键，包含两个含义：其一，表示计算机的跳格键；其二，某种确定的行为规范。这部诗集语言优美，擅用平静简短的语句，从而使得诗句更具力量。标题所表示的双向指示只是一个概念，由于计算机系统和语言系统在某种程度上具有相似性，因此库利科夫斯卡在想象和诗歌隐喻领域也运用了类似的双重概念噱头。简短的诗句从一行到另一行节奏不停加快，将读者带入一个快速且看似漫不经心的、由一个隐喻进入另一个隐喻的“过山车”之中。

丰富的隐喻以及标题所包含的二元性构成了整部诗集的框架，这种实验性的风格让诗人的作品有了质的飞跃。文学批评家阿格涅什卡·布德尼克（Agnieszka Budnik）在评论这位年轻诗人的第二部诗集时，这样说：“《Tab_s》富有动态变化的张力，这种一触即发的威力仿佛能将波兰再次从地球版图上抹去。而相较于诗人的第一部诗集，她更好地控制住了自己的愤怒情绪，语言表达上更加追求概念的严谨。”[12]

4. 报告文学：约安娜·克拉科夫斯卡（Joanna Krakowska，1964— ）的《曲折的革命：在陌生土地上的一场表演》（*Odmieńcza*

12 <https://kulturaupodstaw.pl/gniew-wymierzony-w-automatyzm/>.

rewolucja. Performans na cudzej ziemi）

克拉科夫斯卡是波兰散文家、戏剧理论家和翻译家，波兰主要文学杂志《对话》（*Dialog*）月刊的副主编。2012 年，她凭借自传《米克瓦伊斯卡：剧院与波兰人民共和国》（*Mikołajska: Teatr i PRL*）获得尼刻文学奖提名。

此次获得双奖提名的报告文学《曲折的革命：在陌生土地上的一场表演》记录了 20 世纪 60 至 90 年代发生在美国曼哈顿各种地下场所（酒吧、迪厅等）的故事。正是在这些地方孕育了一场改变现代美国文化的运动——“酷儿运动”[13]。

在这部作品中，作者用有条不紊的语言向读者展示了 20 世纪至今一个极富争议的话题——同性恋。克拉科夫斯卡为读者介绍了鲜为人知的美国著名作家、评论家、女权主义运动家苏珊·桑塔格（Susan Sontag）的故事，这位美国运动家把在曼哈顿兴起的酷儿运动描述为“唤起矛盾情绪的美学，即深切的同情与厌恶的对立”。书中还记述了美国黑人民权运动主义者罗莎·帕克斯（Rosa Parks）的故事，这位 20 世纪 50 年代曾引发美国著名黑人平权运动“蒙哥马利巴士抵制运动”的主人公也在积极为性少数群体发声。20 世纪，正因为有了这些为人权平等而努力的运动家，一场关于种族冲突、同性恋、双性恋、跨性别者冲突的运动在美国这个“陌生的”土地上发展开来。波兰评论家、编辑沃伊切赫·绍特（Wojciech Szot）评价本书说：“我向所有站在历史‘正确论’一侧的人们推荐该书，书中所描

---

13 “酷儿”（Queer）由英文音译而来，原是西方主流文化对同性恋的贬称，有“怪异”之意，后被性的激进派借用来概括他们的理论，含反讽之意。酷儿运动是 20 世纪 90 年代在西方兴起的一种关于性与性别的平权运动。<https://baike.baidu.com/item/%E9%85%B7%E5%84%BF%E7%90%86%E8%AE%BA/1480647?fr=aladdin>.

绘的人性冲突、种族耻辱感或许会改变你固有、陈旧的看法。”[14]

三、利奥波德·蒂曼德年

利奥波德·蒂曼德（Leopold Tyrmand，1920—1985）是波兰著名作家、记者和爵士乐推广者。他写作的主题和传达的思想挑战了波兰当时的新政权。他对人民波兰的权力政府进行了无情批判，同时，他也是那一时代被禁止的爵士乐音乐家和热情的推动者。2020年逢蒂曼德诞辰100周年及逝世35周年，波兰议会通过决议，将2020年定为“蒂曼德年”，以纪念他在文学创作、新闻传播以及音乐推广方面的贡献。波兰时任下议院议长马雷克·库赫钦斯基（Marek Kuchciński）在议会决议中这样写道：“利奥波德·蒂曼德——邪典小说《兹维》（*Zły*）和回忆录《1954年日记》（*Dziennik 1954*）的作者——是波兰20世纪下半叶最不落俗套的作家之一。在当时那个最困难的时期，他保持了自己高要求、睿智的、勇敢的独立性。”[15]

《兹维》和《1954年日记》被认为是蒂曼德最伟大的两部作品。《1954年日记》包含了作者对那些服务于国家宣传的艺术家们的批评以及对海明威、斯坦尼斯瓦夫·莱姆、兹比格涅夫·赫贝特等570多位文学家的个性化评论。《兹维》被波兰读者称为“传奇之书”，它是波兰人民共和国时期流传最广的侦探小说。小说主人公的名字“兹维”由波兰语单词“zły”音译而来，有邪恶、罪恶之意。兹维是一位神秘的、出身贫困的普通居民，他在这样一个混乱的社会中与土匪、流氓等一切邪恶势力进行斗争，组织起一支保卫华沙的有力队

---

14 <https://zdaniemszota.pl/3797-recenzja-joanna-krakowska-odmiencza-rewolucja-performans-na-cudzej-ziemi>.

15 <https://ksiazka.net.pl/sejm-ustanowil-rok-2020-rokiem-leopolda-tyrmanda>.

伍。小说描绘了波兰人民共和国时期的社会现实及统治权力——战后华沙出现的黑社会组织扰乱了社会秩序。作者以幽默讽刺的方式呈现这个世界，他谴责这样的病态系统阻碍了战后波兰社会的发展。小说向读者揭示出再强大的罪犯也会有弱点，因为他们也只是普普通通的人，也有被战胜的可能。蒂曼德在抨击执政权力的同时，力图唤醒波兰人的反抗意识。

2020 年，波兰政府开展多项活动纪念“蒂曼德年”，主要包括：2020 年 2 月 11 日起在波兰华沙雅努什·库尔蒂卡国家纪念研究所教育中心（Centrum Edukacyjne Instytutu Pamięci Narodowej im. Janusza Kurtyki）举办主题为“反抗”的展览；2020 年 5 月 13 日起，在波兰政治神学网（Teologia Polityczna）开设利奥波德·蒂曼德专栏，收录波兰作家、评论家，如沃伊切赫·汤姆奇克（Wojciech Tomczyk）、沃伊切赫·斯塔尼斯瓦夫斯基（Wojciech Stanisławski）、马留什·切什利克（Mariusz Cieślik）等人关于蒂曼德生前作品的书评等文章；2020 年 5 月 18 日起，波兰国家电台（Polskie Radio）为利奥波德·蒂曼德设立个人频道“Tyrmand. polskieradio. pl”，分设电影传记、反抗者、华沙、爵士乐和美国 5 个板块。此外，2020 年 11 月 20 日，国家文化中心出版社（Wydawnictwo Narodowe Centrum Kultury）还出版了周年纪念文集《利奥波德·蒂曼德：作家、传奇之人、时代见证者》（*Leopold Tyrmand-pisarz*，*człowiek spektaklu*，*świadek epoki*）。该书收录了众多评论家、批评家对于蒂曼德作品的解读、评价等。

四、值得关注的波兰新生代作家

在波兰图书协会（Instytut Książki）公布的 2020 年畅销书榜单中，新生代作家的作品受到广泛关注。其中，什切潘·特瓦尔多赫

(Szczepan Twardoch，1979— ）与米拉·马尔钦努夫（Mira Marcinów，1985— ）广受读者喜爱。

特瓦尔多赫是波兰文学界最耀眼的一颗新星。他创作出版的小说获得过各类文学奖项，包括政治护照文学奖（Paszport „Polityki”，2012)、尼刻文学奖最受读者欢迎奖（2013)、格丁尼亚文学奖提名(2013)。小说《国王》(*Król*）已改编为电视剧《华沙之王》在波兰播出，并被翻译成多国语言，影响广泛。

2020 年，特瓦尔多赫的新作《谦逊》(*Pokora*）荣登波兰图书协会评选的 2020 年畅销书榜单。作品以第一次世界大战为背景，讲述了一个充满血性的关于波兰西里西亚地区历史认同问题的故事。小说主人公名叫阿洛伊兹·波科拉（Alojzy Pokora)，暗合了波兰语书名“Pokora”的谦逊之意。波科拉 1891 年出生在西里西亚，家里有 12 个兄弟姐妹。身份认同在这个家庭中是一个复杂的问题。波科拉既不是波兰人也不是德国人，也不属于西里西亚人，但却能说一口流利的波兰语和毫无斯拉夫口音的德语。这使得他被卷入了为德国皇帝而战的革命热潮中。他的身份摇摆不定，在这场激烈的战斗中，曾渴望成为一名军官的波科拉发现自己并不想要参与到历史当中，平静的生活才是他追求的。故事的结局表明，一个失去自我的人最终也会因被动而受到惩罚。

在这本书中，作者继续与读者探讨他早期作品中常见的主题：波兰人与德国人冲突中的纠缠不清的关于西里西亚人身份认同的问题。作者对细节的敏感度和心理洞察力给读者留下了深刻印象，最值得注意的是作家描写复杂事件关系的能力。评论家沃伊切赫·绍特说：“这是一部引人入胜的历史小说。特瓦尔多赫在小说中使用了电影式的剪辑手法——一些动态的、快节奏的场景后紧接着史诗般的高潮，主角在重要历史舞台和日常生活中的角色转移也值得称赞。特瓦尔多赫的第一人称叙述方式拓宽了读者的感知视角，展示了一个广阔的历史全景。”[16]

马尔钦努夫 2020 年出版的小说《逝母》（*Bezmatek*）是她的小说处女作。该作品是对女性关系个人化的研究，作者仅仅专注于描写主人公与母亲之间的琐事，让读者在阅读过程中产生一种人物间信息贫乏的错觉，但仔细阅读之后又能发现作者精心设计的情节。马尔钦努夫在小说中试图创造一种能够对母亲离世表达哀悼的语言，作品中还融入了音乐作品选段、缓慢死亡主题的自然主义图画、与已故母亲超现实主义的对话等。这部简短但情节紧密的小说是情感的大熔炉，作者诚实、直率、痛苦又勇敢地表达了对生命和生活的渴望。小说中充斥的不只是压倒性的悲伤情感，作者还在作品中通过黑色幽默来掩饰自己的悲伤，试图创造一种新的亲人关系的关照角度。

帕维乌·别加伊斯基（Paweł Biegajski）这样评价该书：“《逝母》是一种哀悼型的日记，记录了主人公的母亲逐渐离世的经过。虽然近年来波兰文学关于这个主题的书写非常频繁，然而米拉·马尔钦努夫的作品在两个方面让我眼前一亮：首先，大多数临终的母子关系是从男性的角度呈现的，这与从女性视角出发的故事有着根本的不同；其次，《逝母》这部半自传体小说出于作者的真实经历，在内容上令人信服且表达形式也让人感动。”[17]

结语

2020 年新冠疫情的出现给全球经济、民众生活造成了严重影响，

16 <https://zdaniemszota.pl/3421-recenzja-szczepan-twardoch-pokora>.

17 <http://kulturacja.pl/2020/06/bezmatek-mira-marcinow-recenzja/>.

但同时也为电子报刊、电子书籍、网络文学等新兴的创作和阅读形式带来了发展机会。综合分析波兰 2020 年最值得关注的文学作品可以看到，文学主题倾向于关注 20 世纪 50 至 90 年代间的波兰历史问题，并运用较为新颖的书写手法对这段历史时期进行记述；奥尔加·托卡尔丘克热度不减，疫情期间领衔波兰多位优秀作家，共同完成了一部极具社会意义的作品集；同时，新生代作家茁壮成长，新作获得读者喜爱。作家们纷纷将视野聚焦于 20 世纪的历史事件，反观现实，反思历史。

参考文献：

Arnke, Agnieszka. "Czulej i bliżej. Rok 2020 w literaturze." 29 Dec. 2020. Web. 16 May. 2021. <https://culture.pl/pl/artykul/czulej-i-blizej-rok-2020-w-literaturze>.

Biegajski, Paweł. "Bezmatek. Mira Marcinów – recenzja." 10 Jun. 2020. Web. 7 Jun. 2021. <http://kulturacja.pl/2020/06/bezmatek-mira-marcinow-recenzja/>.

Budnik, Agnieszka. "Gniew wymierzony w automatyzm." 13 Jul. 2020. Web. 8 Jun. 2021. <https://kulturaupodstaw.pl/gniew-wymierzony-w-automatyzm/>.

Kondek-Dyoniziak, Anna. "Sejm ustanowił rok 2020 Rokiem Leopolda Tyrmanda." 26 Apr. 2019. Web. 16 May. 2021. <https://instytutksiazki.pl/aktualnosci, 2, sejm-ustanowil-rok-2020-rokiem-leopolda-tyrmanda, 3459.html>.

Marzec, Bartosz. "Mit Warszawy i Tyrmanda." 17 Jun. 2008. Web. 3 May. 2021. <https://www.rp.pl/artykul/149961-Mit-Warszawy-i-Tyrmanda.html>.

"Nagroda Literacka Nike 2021. Oto lista nominowanych," Onet KULTURA. 10 Jun. 2021. Web. 10 Jun. 2021. <https://kultura.onet.pl/wiadomosci/nagroda-literacka-nike-2021-nominacje-lista-nominowanych/6p2m8kt>.

"Odmieńcza rewolucja, Performans na cudzej ziemi-opis produktu." GANDALF. 23 Nov. 2020. Web. 7 Jun. 2021. <https://www.gandalf.com.pl/b/odmiencza-rewolucja/>.

Piątkowska, Anna. "Czyta się. Socrealizm magiczny. O książce 'Bestiariusz nowohucki'." 15 Jun. 2021. Web. 17 Jun. 2021.

<https://gazetakrakowska.pl/czyta-sie-socrealizm-magiczny-o-ksiazce-bestiariusz-nowohucki/ar/c13-15664450>.

Radłowska, Renata. “Elka jasnoniebieska. Tak jak ona o Nowej Hucie nie pisze nikt.” 19 Feb. 2021. Web. 10 Jun. 2021. <https://krakow.wyborcza.pl/krakow/7, 44425, 26804692, elka-jasnoniebieska.html>.

Skarnowska, Amelia. “ ‘Pomarli’, ale nie odeszli. Nowa książka Waldemara Bawołka.” 24 Feb. 2020. Web. 15 Jun. 2021. <https://kultura.onet.pl/ksiazki/waldemar-bawolek-pomarli-recenzja-ksiazki/b2fvc6w?utm_source=kultura.onet.pl_viasg_kultura&utm_medium=referal&utm_campaign=leo_automatic&srcc=ucs&utm_v=2>.

Skarnowska, Amelia, Joanna Barańska, Maria Tengowska. “Najlepsze polskie książki 2020 roku. Podsumowanie Onet Kultura.” 31 Dec. 2020. Web. 20 May. 2021. <https://kultura.onet.pl/wywiady-i-artykuly/najlepsze-ksiazki-2020-roku-top15-polskich-ksiazek-2020-ranking/e19rp1s>.

Szot, Wojciech. “[Recenzja]Joanna Krakowska, Odmieńcza rewolucja, Performans na cudzej ziemi.” 12 Feb. 2021. Web. 7 Jun. 2021. <https://zdaniemszota.pl/3797-recenzja-joanna-krakowska-odmiencza-rewolucja-performans-na-cudzej-ziemi>.

Szot, Wojciech. “[RECENZJA] SZCZEPAN TWARDOCH, ‘POKORA’.” 24 Sept. 2020. Web. 10 Jun. 2021. <https://zdaniemszota.pl/3421-recenzja-szczepan-twardoch-pokora>.

奥尔加·托卡尔丘克：《窗》，李怡楠，译，载《世界文学》，2021 年第 1 期。

作者单位：北京外国语大学欧洲语言文化学院

2020年德国文学概览

顾 牧

内容提要：2020年，虽然德国的图书市场整体受到新冠疫情的冲击，但文坛上却并不缺乏亮点。随着难民题材和欧洲问题热的逐渐降温，作家们拓展视野，广泛关注社会生活；本年度多个文学奖项的获奖作品题材丰富，写作风格多样化。在青少年文学奖项获奖作品中，出现了此领域中并不常见的严肃题材。中国文学的德译方面，继中国文学经典和当代科幻文学作品在德国引起较大反响之后，武侠小说首次进入德国读者的视野，成为中国文学作品外译的又一个亮点。

一、文学奖：文学市场的生态多样性

（一）毕希纳文学奖：埃尔克·埃尔布

毕希纳文学奖由德国语言文学院创办于1950年，以19世纪剧作家格奥尔格·毕希纳（1813—1837）命名，奖励为德语文学事业做出过重要贡献的作家。2020年，德国这一最负盛名的文学大奖颁给了82岁的诗人、翻译家兼作家埃尔克·埃尔布（Elke Erb，1938— ），埃尔布因此成为至今已有 70 年历史的毕希纳文学奖的第十一位女性获奖作家。负责遴选毕希纳文学奖的德国语言文学院这样描述埃尔布的获奖理由："她的创作独特而富有个性。从上世纪 60 年代初在东德开始写作，直到今天，她的诗歌创作影响了德国东部和西部一代又一代的诗人。埃尔克·埃尔布善于用语言实现思想的自由灵动，用诗意的形式对语言进行反思，对语言进行修改，使语言更加精确，在这一点上，没有人比她做得更好。对这位勤奋的开拓者而言，诗歌是一种政治性的、非常有生命力的认知形式"（"Die Deutsche Akademie für Sprache und Dichtung verleiht den Georg-Büchner-Preis 2020."）。

埃尔布生于德国西部，父亲是文学理论家埃瓦尔德·埃尔布（Ewald Erb，1903—1978）。1949 年，埃尔布与家人一起来到刚刚成立不久的民主德国，居住在萨勒河畔的哈勒市。大学时，她曾学习日耳曼语言文学、斯拉夫语言文学、历史和教育学等专业。后在中德出版社（Mitteldeutscher Verlag）任编辑，1966 年开始成为自由作家、诗人和评论家，同时也翻译文学作品。埃尔布与萨拉·基尔施（Sarah Kirsch，1935—2013）、福尔克·布劳恩（Volker Braun，1939— ）同被归为"萨克森诗派"。她曾获得多个文学奖项，如胡赫尔奖［Peter-Huchel-Preis，1988 年，获奖作品为诗集《栗树大道》（*Kastanienallee*，1987 出版）］、亨利希·曼奖（Heinrich-Mann-Preis，1990 年）、埃里希·弗里德奖（Erich-Fried-Preis，1995 年）、艾达·德梅尔文学奖（Ida-Dehmel-Literaturpreis，1995 年）、诺伯特·康拉德·卡塞尔诗歌奖（Norbert-Conrad-Kaser-Lyrikpreis，1999 年）、柏林艺术学院的维斯科普夫奖（F.-C.-Weiskopf-Preis，1999 年）、汉斯·埃里希·诺萨克奖终身成就奖（Hans-Erich-Nossack-Preis，2007

年）、文学之家奖（Preis der Literaturhäuser，2011 年）、罗斯维塔文学奖（Roswitha-Preis，2012 年）、格奥尔格·特拉克尔诗歌奖（Georg-Trakl-Preis，2012 年）、恩斯特·扬德尔诗歌奖（Ernst-Jandl-Preis，2013 年）、德国席勒基金会本霍尔德–托姆森诗歌奖（Anke Bennholdt-Thomsen-Lyrikpreis，2014 年）、莫里克奖（Mörike-Preis，2018 年）等。

作家乌维·科尔贝（Uwe Kolbe，1957— ）评价埃尔布说："内敛、静静地放射着光芒，对自己的语言越来越确定，她从一开始就保持着这种风格，这是一种尊严"。在一次与作家克里斯塔·沃尔夫（Christa Wolf，1929—2011）的对谈中，埃尔布将自己和自己的创作称为"危险"，她说："我是在形式之外的，这既是机会，也是危险，人类与我一起面临着危险，我的作用就是危险"（转引自"Der Büchnerpreis für Elke Erb：Nie so schnell wie die Schnellen."）。2008 年，她的诗集《索南斯：定时五分钟》（*Sonanz. 5-Minuten-Notate*，2008）引起很大反响，在这部诗集中，埃尔布对超现实主义的传统进行了继承和进一步的发扬。

除自己的创作外，埃尔布还在青年作家的培养上投入了很多精力。从 2006 起，她与一些青年作家一起住在柏林威丁区，共同寻找新的诗歌表现形式。为表彰她为文学创作做出的贡献，2019 年，她被授予联邦十字勋章（Bundesverdienstkreuz），被誉为"用探索的精神不断扩展着诗歌形式"的诗人（转引自"Der Büchnerpreis für Elke Erb：Nie so schnell wie die Schnellen."）。

（二）德国图书奖：《安妮特——一部女性英雄史诗》

德国图书奖始于 2005 年，由德国书业协会设立。该奖项效仿英国的布克奖和法国的龚古尔奖等文学奖项的理念，旨在表彰年度最佳德语小说。在德语地区大大小小的近 6000 个文学奖项中，德国图书奖备受媒体及公众关注。

2020 年德国图书奖获得者是作家兼翻译家安妮·韦伯（Anne Weber，1964— ），获奖作品是小说《安妮特——一部女性英雄史诗》（*Annette，ein Heldinnenepos*，2020）。

《安妮特——一部女性英雄史诗》以法国神经生物学家安妮·博马诺尔（Anne Beaumanoir，1923— ）为原型，讲述了一位曾在二战期间积极参与法国抵抗运动的法国妇女因协助阿尔及利亚民族解放阵线（FLN）而被监禁十年的故事。博马诺尔 1923 年出生在布列塔尼，二战时期曾与母亲一起参与保护从西班牙弗朗哥政权下逃亡到法国的难民的行动，并在巴黎参加过法国共产党的地下组织。战后，博马诺尔因参与阿尔及利亚独立运动于 1959 年被判处十年监禁。2009 年，博马诺尔的回忆录在法国出版；2019 年，回忆录的第一卷《我们就是要改变：为了正义（1923 年—1956 年）》（Contra-Bass 出版社）在德国出版。目前已经 97 岁高龄的博马诺尔生活在法国南部，安妮·韦伯就是在那里结识了这位具有传奇色彩的女性，并以她的故事为基础创作了这部小说。这部作品带领读者一起思考“反抗行为”的意义：我们为什么要有反抗精神？是什么使人们奋起反抗？为此我们会付出什么样的代价？

在这部作品中，韦伯选择了一种被认为早已退出历史舞台的文学形式——史诗，并使其焕发出一种全新的光彩。作品摆脱了韵律的束缚，也没有刻意追求沉重的历史感，文字轻松而不失张力。图书奖评委会高度评价韦伯叙事方式中的这种“举重若轻”：“这部小说是关于一段沉重的历史，但韦伯却讲述得合度又不乏反讽。”（“Roman des

Jahres，Shortlist，Longlist und die Jury des Deutschen Buchpreises von 2020."）

《南德意志报》评论人认为，韦伯在诗歌体和叙述体之间自如切换，既不过分夸张，也不故作神秘，作品最出色的地方是其“观察历史的独特视角。作者巧妙地利用史诗的宏大视角与叙事内容拉开距离，同时又赋予了所有沉重一种怪诞的轻松”（“Ja，es ist wirklich ein Epos."）。德国广播电台评论这部作品“富有诗意而不煽情”（“Anne Weber：Annette，ein Heldinnenepos – Wider die Unterdrückung."），亚历山大·卡曼（Alexander Cammann，1973— ）将这部小说称为出现在天边的希望之光，认为它代表了艺术的胜利（“Rezensionsnotiz zu Die Zeit，15. 10. 2020."）。

2020年，共有六部小说入围德国图书奖短名单，除了最终获奖的《安妮特——一部女性英雄史诗》外，其余五部分别为博夫·比耶尔克（Bov Bjerg，1965— ）的《长路蜿蜒》（*Serpentinen*，2020）、多萝特·艾米格尔（Dorothee Elmiger，1985— ）的《制糖厂的故事》（*Aus der Zuckerfabrik*，2020）、托马斯·海特希（Thomas Hettche，1964— ）的《心路：奥格斯堡木偶箱剧院的故事》（*Herzfaden*，2020）、德尼茨·欧德（Deniz Ohde，1988— ）的《散射光》（*Streulicht*，2020）以及克里斯蒂娜·翁尼克（Christine Wunnicke，1966— ）的《女人和她手上的海娜文身》（*Die Dame mit der bemalten Hand*，2020）。

这几部进入短名单的作品题材、内容和风格各异。《长路蜿蜒》用克制而充满诗意的语言，讲述一位父亲如何带着儿子踏上去往故乡的旅程，而这同时也是他与自己童年噩梦般回忆斗争的旅程。《制糖厂的故事》混合了社会观察、人物访谈及逸事描写等形式，讲述了世界上各色人物的梦想与疯狂。在《心路：奥格斯堡木偶箱剧院的故事》中，各种叙事角度和时间层次被不动声色地编织在一起，历史与童话般的虚构故事融合在一起，带读者重回过去。《散射光》讲述了一个工人阶级孩子所经历的家庭、教育和社会中的各种不平等；而《女人和她手上的海娜文身》则是关于误打误撞流落异乡，被困在18世纪印度的一个不来梅人的经历。

二、畅销书市场的大赢家：塞巴斯蒂安·菲采克

以写作心理惊悚悬疑类作品见长的塞巴斯蒂安·菲采克（Sebastian Fitzek，1971— ）无疑是近年来德国畅销书市场上的大赢家。2018年，他的小说《精神病院病人》（*Der Insasse*，2018）登上德国明镜周刊年度畅销榜虚构类第一名的位置。次年，小说《礼物》（*Das Geschenk*，2019）再次名列年度畅销榜第一位。2020年，《回家的路》（*Der Heimweg*，2020）再次雄踞榜首。

《回家的路》由一个“陪伴热线”志愿者接到的求助电话讲起，用极具张力的叙事节奏，一步步为读者揭开隐藏在女主人公恐怖经历背后的社会问题。菲采克在这部小说中选择了一个非常沉重，同时又非常具有现实意义的话题：家庭暴力。家本应是一个最安全的地方，但在《回家的路》中，这个地方却变成了一切恐怖的源头。菲采克在小说中写到的“陪伴热线”的灵感来自德国的一个公益帮助热线“陪你回家”，不过在小说中，这个热线只是针对有需要的女性。

根据德国家庭、老人、妇女和青少年事务部提供的数字，在德国有至少四分之一的女性曾经遭遇过家庭暴力或性暴力。但这还只是已知的数字，还有许多隐藏的家庭暴力事件并未被统计在内。新冠疫情

开始之后，德国社会的家庭暴力问题更加突出。根据慕尼黑工业大学 2020 年 6 月的一项调查，被隔离的家庭中的暴力事件数量呈现上升趋势，有 7.5% 的女性和 10.5% 的儿童遭受了家暴侵害。在那些有家庭成员感到恐惧或抑郁的家庭里，遭受家暴的女性比例达到 9.7%，儿童达到 10.5%。菲采克这部出版于 2020 年 10 月的小说虽然早在新冠疫情开始前就已经完成，但却无意间切中了被疫情笼罩的社会中的一个痛点。在接受 t-online 的采访时，菲采克这样解释自己作品中对暴力的描写："很多女性都对书中描写的无助感感同身受，当然，这种感觉在书中被推到了极致，因为我写的都是绝对的例外情况。"而这些对暴力的描写，就是"为了让现实能够有所改善"（"Die Corona Krise ist ein realer Triller."）。

1971 年出生于柏林的菲采克是德国目前最受欢迎的惊悚悬疑小说家，从 2006 年发表第一部心理悬疑小说《治疗》（*Die Therapie*，2006）后，他的此类作品部部都能够登上畅销榜。他的作品目前已被翻译成 24 种语言。在被问到创作动机时，菲采克坦陈："我的目的一直就是要娱乐读者，如果同时还能够引起人们的某种思考，让大家看到某些现象或关注到某些问题，那就非常理想了"（"Die Corona Krise ist ein realer Triller."）。

三、儿童文学：以书籍抚慰焦虑

在各类与儿童和青少年文学相关的奖项中，设立于 1956 年的德国青少年文学奖同样广受关注。该奖项下设四个分项，分别是图画书、儿童书、少年书和知识类图书。2020 年，获得这一奖项的分别为最佳图画书《三角、方和圆》（*Dreieck*，*Quadrat*，*Kreis*，2020，译自英文）、最佳儿童书《露天游泳池——天空下的整个夏天》

（*Freibad*，2019，德语原创）、最佳少年书《疯狂如何向我解释这个世界》（*Wie der Wahnsinn mir die Welt erklärte*，2019，德语原创）、最佳知识类图书《南极之极——世界另一端的风景》（*Antarktis*，2019，译自捷克语）。此外，被誉为“德国罗琳”的女作家柯奈莉亚·冯克（Cornelia Funke，1958— ）获得终身成就奖。里克·帕特瓦德汉（Rieke Patwardhan，1974— ）的长篇小说《豌豆汤研究小组》（*Forschungsgruppe Erbsensuppe: oder wie wir Omas großem Geheimnis auf die Spur kamen*，2019）获得新秀奖。萨拉·克洛森（Sarah Crossan，1981— ）的《谁是爱德华·穆恩？》（*Wer ist Edward Moon?*，译自英文，2020）获得青少年评审奖。

在几部获奖作品中，《露天游泳池——天空下的整个夏天》在风格上显得与众不同。这部小说讲述了一个温暖的故事。布可夫斯基家的三兄妹因救起一名溺水儿童，每个人都得到了一张免费的游泳季卡作为奖励。在这个悠长的夏季，每个人都在努力实现自己定下的目标。正如评委会在评语中所说，“这是一本暖心的童书”，“这个故事的特别之处在于对家庭的呈现方式：家庭成员之间的团结、互相支持与理解被描述得非常自然，让人对布可夫斯基一家立刻心生好感”。同时，作品的讲述风格“不煽情、不夸张，却依然精彩，这就是这本优秀的儿童小说最成功的地方”。（“Die Sieger des deutschen Jugendliteraturpreises 2020.”）

小说《谁是爱德华·穆恩？》同样值得一提。作品讲述了一个在青少年作品中不常见的沉重话题：罪恶与宽恕。小说的主人公乔·穆恩去探望自己十年未见的哥哥爱德华。爱德华因被指控谋杀警察而被判处死刑。乔决定跟哥哥一起度过死刑执行前的最后几周。在监狱的日常生活与对童年的回忆中，小说抛出了一系列引人深思的问题：生命的价值何在？什么是可以宽恕的？人应该怎样告别人世？评奖委员会认为，“作者萨拉·克洛森用一种特殊的写作风格成功地将这一主题进行了令人信服的呈现。该书诗文的形式减轻了内容上过于沉重的感觉，但依然直指本质，并将悲剧的氛围营造得恰到好处。这个故事探讨了家庭的意义，探讨了告别以及法律的专断对生活的摧毁。这本书会紧紧地吸引读者，一直读到最后一页。”（“Die Sieger des deutschen Jugendliteraturpreises 2020.”）

四、中国的《魔戒》：《射雕英雄传》德文版

2020 年 10 月，金庸的代表作品《射雕英雄传》德文版（*Die Legende der Adlerkrieger*，2020）第一部出版，译者是白嘉琳（Karin Betz，1969—　）。这是中国武侠小说首次进入德语读者的视野。

从亚马逊网站上的读者评论看，这本书对德国读者最大的吸引力除了中国武术之外，还有精彩的故事情节、多样而丰满的人物形象、带有异域色彩的亚洲元素以及对中国风貌和文化的描述等。

有趣的是，很多读者是被海纳出版社印在封面上的宣传语所吸引：“中国的《魔戒》”。出版社此举的意图显而易见，一则借助在西方世界接受度很高的作品吸引读者的注意，二则也代表了出版社对这部作品的定位。作品的德文标题所用“传说”一词使小说从一开始就笼罩在神秘的气氛中。近年来，中国文学在德语文学市场上的译介有了一些令人欣喜的变化，特别是中国古典名著及科幻文学作品在德国的翻译出版。2016 年，中国古典名著《西游记》德语全译本出版，半年之内再版四次，这在译介到德语国家的中国古典文学作品中实属罕见。2017 年，《三国演义》全译本在德国出版。出版《西游记》的雷克拉姆出版社，出版《三国演义》的费舍尔出版社，都是在德国家

喻户晓的大型出版社，能够进入这样的主流出版渠道，对于走出国门的中国文学作品而言，意义毋庸置疑。2018 年 9 月，雷克拉姆出版社推出了《千字文》的德语全译本，广受读者欢迎。在没有大规模宣传的情况下，这本书依然创造了不俗的销售业绩。2019 年 9 月，雷克拉姆出版社发行了两卷本《西游记》平装本，同时出版的还有《西游记阅读指南》。现当代文学方面，2018 年，德国图书市场陆续推出多部刘慈欣和郝景芳的科幻文学作品。随着中国科幻文学作品在德国接受程度的逐渐提高，得到译介的也不再仅限于刘慈欣和郝景芳，例如陈楸帆、宝树等科幻作家的作品也正在陆续翻译出版。《射雕英雄传》德文版的推出，在中国文学作品的外译中无疑又是一个非常重要的突破。

结语

2020 年，新冠疫情肆虐全球，给社会生活的方方面面带来了巨大的变化，此前一直保持稳定发展态势的德国图书市场也受到了极大的冲击。书展取消或改为线上举行，实体书店限制营业，出版社迫于不稳定的市场条件取消了一些非知名作者的出版计划。这些都给德国的文学市场带来了巨大的不确定因素。

但也就是在这样一个特殊的时期，书籍的作用充分显现出来。在德国《书业周刊》官网的一篇报道中，就有实体书店表示，虽然因为对于实体书店营业的一系列管控措施，以及书店业务向网上转化，书店要付出比之前多得多的努力才能维持营业额，但他们却注意到，“现在人们的阅读热情高涨，想要一本接一本地读下去”。2020 年的德国文学市场，虽有新冠疫情的影响，但并不因此缺乏亮点。难民题材和欧洲问题题材渐渐冷却后，文学市场呈现出更加多样化的趋势。

在中国文学外译方面，热门的科幻题材依然保持着热度，但译介的范围开始逐渐向纵深发展，武侠题材能够进入德国读者的视野，说明中国文学在德国图书市场上又向前迈出了重要的一步。

参考文献：

„Anne Weber. Annette – Ein Helndinnenepos.“ Web. 8. Jul. 2021. <https://www.perlentaucher.de/buch/anne-weber/annette-ein-heldinnenepos.html>.

„Die Corona Krise ist ein realer Triller.“ *ntv Online*. 29 Okt. 2020. Web. 7 Apr. 2021. <https://www.n-tv.de/leute/Die-Corona-Krise-ist-ein-realer-Thriller-article22127016.html>.

„Die Deutsche Akademie für Sprache und Dichtung verleiht den Georg-Büchner-Preis 2020.“ *Deutsche Akademie für Sprache und Dichtung Online*. 31 Okt. 2020. Web. 7 Jul. 2021. <https://www.deutscheakademie.de/de/auszeichnungen/georg-buechner-preis/elke-erb/urkundentext>.

„Die Sieger des deutschen Jugendliteraturpreises 2020.“ *Arbeitskreis Jugendliteratur*. Web. 17 Jul. 2021. <https://www.jugendliteratur.org/preistraeger-2020/c-105>.

Fischer, Carolin. „Anne Weber: Annette, ein Heldinnenepos – Wider die Unterdrückung.“ *Deutschlandfunk Kultur*. 29 Feb. 2020. Web. 17 Jul. 2021. <https://www.deutschlandfunkkultur.de/anne-weber-annette-ein-heldinnenepos-wider-die.950.de.html?dram:article_id=471254>.

Geißler, Cornelia. „Der Büchnerpreis für Elke Erb: Nie so schnell wie die Schnellen.“ *Frankfurter Rundschau*. 7 Jul. 2020. Web. 8 Jul. 2021. <https://www.fr.de/kultur/literatur/buechnerpreis-elke-erb-schnell-schnellen-13824931.html>.

Hanimann, Joseph. „Ja, es ist wirklich ein Epos.“ *Süddeutsche Zeitung*. 12 Okt. 2020. Web. 8 Jul. 2021. <https://www.sueddeutsche.de/kultur/anne-weber-deutscher-buchpreis-annette-ein-heldinnenepos-rezension-buchkritik-1.4891164>.

„Rezensionsnotiz zu Die Zeit, 15. 10. 2020.“ *Perlentaucher*. Web. 17 Jul. 2021. <https://www. Anne Weber: Annette, ein Heldinnenepos - Perlentaucher>.

„Roman des Jahres, Shortlist, Longlist und die Jury des Deutschen Buchpreises von 2020.“ Web. 17 Jul. 2021. <https://www.deutscher-buchpreis.de/archiv/jahr/2020>.

Zehrfeld, Claudia. „Wir haben ein riesiges Problem in unserer Gesellschaft.“ t-online. 21 Okt. 2020. Web. 7 Jul. 2021. <https://www.t-online.de/leben/familie/id_88774878/sebastian-fitzek-im-interview-jeder-hat-faelle-haeuslicher-gewalt-in-seinem-bekanntenkreis-.html>.

作者单位：北京外国语大学德语学院

2020 年俄罗斯文学概览

孔霞蔚

内容提要：历史主题向来为俄罗斯作家所青睐，特别是新世纪以来，书写普通人的历史记忆、描绘大历史中小人物的命运，一度成为俄罗斯文学的潮流。在经历了 2017—2019 年的沉寂之后，2020 年度，俄罗斯作家将历史书写移植到当代题材中，推出了若干受人注目的作品。这一点构成了年度文学的重要特征。在作家们笔下，历史潜藏在由不同事物构成的隐喻之中、人物千差万别的记忆载体之中、遥不可及的过往与梦幻之中，以及与现实密切相关的联想之中。历史相关内容在这些作品中未必醒目，作用却举足轻重。

受新冠疫情影响，2020 年的俄罗斯文坛比往年沉寂许多，各类文学相关活动被取消或改为线上举行，图书销售量也比往年明显下降。不过，与这些外在现象形成反差的是，作家们的创作热情并没有减弱。大多数作家、评论家据此认为，疫情对本年度俄罗斯文学进程影响有限，评论家奥尔加·布列伊宁格尔（Ольга Брейнингер，1987—　）认为，2020 年的文学态势总体良好，“精彩的长篇小说层出不穷，我同时发现了两部甚至三部‘年度佳作’”（Эрос и Танатос русской литературы в 2020 году)。《独立报》书评周刊在年底发布年度文学总结时认为，“疫情在形式上‘封锁’了文学生活，却在精神上解放了作家”(С лягушками и тиной русский рай)。这一态势集中体现在作家们对历史书写的强烈兴趣上。毫不夸张地说，2020 年度俄罗斯文学的优秀作品弥漫着历史的气息。

新世纪以来，俄罗斯作家们对历史题材青眼有加，推出了一系列佳作。以近年来获得文学大奖的作品为例，扎哈尔·普里列平（Захар Прилепин，1975— ）的《修道院》(*Обитель*，2014 年大书奖)、古泽里·雅辛娜（Гузель Яхина，1977— ）的《祖列伊哈睁开眼》(*Зулейха открывает глаза*，2015 年大书奖、亚斯纳亚·波良纳奖)、列昂尼德·尤泽福维奇（Леонид Юзефович，1947— ）的《冬天的路》(*Зимняя Дорога*，2016 年大书奖、民族畅销书奖)、彼得·阿列什科夫斯基（Петр Алешковский，1957— ）的《城堡》(*Крепость*，2016 年俄语布克奖)，都是长篇历史小说佳作。2017 年到 2019 年，作家们似乎进入了“休养生息”阶段，较少有这一题材的优秀作品问世。2020 年度，若干历史题材新作出版，其中引人注目的主要有叶甫盖尼·沃多拉兹金（Евгений Водолазкин，1964— ）的长篇小说《岛的辩白》(*Оправдание Острова*)、列昂尼德·尤泽福维奇的长篇小说《亲希腊派》(*Филэллин*)、谢尔盖·楚普里宁（Сергей Чупринин，1947— ）的非虚构作品《解冻事件 1953 年 3 月—1968 年 8 月》(*Оттепель События Март 1953—Август 1968*)、季穆尔·基比洛夫（Тимур Кибиров，1955— ）的长篇小说《将军和他的家庭》(*Генерал и его семья*）等。这些作品书写国家、民族的历史或参与到历史进程中的人物之命运，所覆盖的时间和空间范围很广，叙事手法也不落俗套，受到评论界的赞誉。

不过，2020年度俄罗斯文学中最值得关注的却是另一类历史相关作品。其特点在于：历史仅作为背景或素材，而非单纯作为主题出现在当代题材的作品中。当今最具影响力的俄语三大文学奖项——大书奖、民族畅销书奖与亚斯纳亚·波良纳奖，不约而同地颁给了融合了历史记忆的当代题材小说——《牛顿图纸》（*Четеж Ньютона*）、《土地》（*Земля*）及《凑集天堂的人》（*Собиратель рая*）。而另一部未受奖项垂青但广受好评的小说《花园》（*Сад*），同样呈现出相似的特点。此外，即便以书写历史见长的非虚构文学，其年度代表作《中性碱液：围困诗人的文本与命运》（*Седьмая щелочь. Тексты и судьбы блокадных поэтов*，以下简称《中性碱液》），在内容和体裁上也有所变化，令人耳目一新。我们将在下文中以这五部年度重要作品为例，探讨历史书写在2020年度俄罗斯文学中独特的存在方式。

被隐匿的历史

米哈伊尔·叶利扎罗夫（Михаил Елизаров，1973—　）的《土地》无疑是年度最受瞩目的作品。它不仅为作家赢得了民族畅销书奖，还入围大书奖决选名单，其获奖呼声甚至远超后来夺得这一奖项的《牛顿图纸》。

《土地》讲述的是21世纪初俄罗斯一座外省小城殡葬行业的激烈竞争，以及一对兄弟充满戏剧性的矛盾冲突。作品名为“土地”，意指墓地，正是在这片特殊土地上，主人公完成了自己的成人礼。退役工兵克罗特接受同父异母哥哥的邀请，来到哥哥经营的墓碑加工作坊工作，成为小城殡葬行业的一员。这个行业鱼龙混杂，竞争异常激烈，人们为了抢夺利润丰厚的订单和优质的墓地明争暗斗，克罗特身不由己，深陷其中。作家运用现实主义夹杂自然主义的手法，描绘了黑暗、荒唐的现实世界。在写实的同时借助细节制造神秘氛围，是叶利扎罗夫一贯采用的手法。在这部作品中，作家主要通过一系列暗喻达到这一效果。主人公的名字就是一个最明显的暗喻。主人公姓克罗特舍夫，克罗特是他的绰号。“克罗特”在俄语中即鼹鼠，一种擅长打洞、昼伏夜行、视力极差的小动物。成年后的克罗特具备鼹鼠的所有上述特点。不言而喻，无论“克罗特舍夫”还是“克罗特”，都是对主人公无法摆脱黑暗现实和殡葬业这一“地下工作”之命运的强烈暗示；此外，克罗特的童年经历也同样是指向这一深刻寓意的一种暗喻：孩提时期，克罗特喜欢和小朋友玩葬礼游戏，他时常扮演的恰好是掘墓人的角色，因此可以说其未来命运也潜藏在他童年的游戏中。

如果说上述两个暗喻轻易便能被识破，那么反复出现在小说中的那块神秘的手表及作者对故事发生地的命名方式，则是作家不肯亲自破解的两个重要谜题。而人物的小历史和时代的大历史就隐藏在这两个谜题当中。手表是克罗特年少时从父亲那里获得的礼物，父亲要求他精心呵护，定期校准，不得停摆。后来他得知，哥哥也有一块同样的表。围绕这块表发生了诸多事情，但兄弟俩始终不明白父亲赠予他们手表的真正用意。事实上，这块表是父亲在儿子出生之际初次校准的，这就意味着，表上的时间与克罗特自出生起所度过的时间完全同步，手表见证着他的成长经历甚至全部人生轨迹，或者说见证着他存在于人世间的整段历史。个人的生命经由这块表，汇入到历史时间之滔滔不绝的洪流当中。而小说中最深藏不露同时也最为重要的暗喻，是作者虚构的扎戈尔斯克市，这是一座日渐没落、毫无希望的小城。如果我们考察苏联历史就会发现，“扎戈尔斯克”这个地名确实存在过，是莫斯科近郊谢尔吉耶夫镇在苏联时期的曾用名，但自 1991 年起就不再使用。找出真实与虚构之间的这种联系，我们便不难理解，作家之所以借用这个旧日的地名来给故事发生地命名，意在提醒读者：尽管书中给出的时间背景是21世纪初，但它真正讲述的乃是更早之前的真实的过去和一段需要认真对待的历史。

叶利扎罗夫在21世纪初即已蜚声俄罗斯文坛，2007年获得俄语布克奖后沉寂十余年。《土地》是他重返文坛后推出的首部力作。

寻找失却的历史

历史作为人类记忆的重要组成部分，或被记录或被遗忘。在与记忆做斗争的过程中，生活在社会底层的边缘人往往处于劣势，既被历史无情地抛弃，同时也无力抓住曾经拥有的美好记忆。叶甫盖尼·奇若夫（Евгений Чижов，1966—　）在其新作《凑集天堂的人》中所描写的，就是这样一个特殊的弱势群体。

奇若夫并不是一位高产作家。从1997年进入文坛至今，他总共只推出了4部长篇小说，不过每一部都颇受关注和好评。《凑集天堂的人》除折桂亚斯纳亚·波良纳奖外，还获得了大书奖第四名。

故事发生在21世纪初，主人公基利尔和他的追随者是莫斯科各个旧货市场的常客，这是一群与时代格格不入、沉迷于记忆而无法自拔的人。他们在上世纪90年代度过了青春年华，美好的过去不复存在，需要面对的是失落与迷惘，而未来则像迷雾一样无法看透。基利尔原本与患阿尔茨海默病的母亲生活在一起，母亲失忆后走失，基利尔开启了寻母之旅……《凑集天堂的人》是一部缅怀过去、追念历史的记忆之书，书中所聚焦的历史，即往日时光，以不同的形式存在于不同的载体之中。

基利尔善于发现和鉴赏苏联时期的旧物，但他钟情的并非罕见的古董，而是过去生活中寻常的老物件。在他看来，早已被时代淘汰的旧物，正是往昔岁月遗留的深刻印记，搜集这些物品，能够帮助他和他的追随者们重现记忆中那个昔日“天堂”的景况。对于基利尔本人来说，他从前生活的点点滴滴只保留在母亲的记忆中。他曾经厌烦和希望摆脱母亲，直到母亲下落不明，他才恍然大悟——母亲走失的同时，也带走了他的过往，他成了一个没有过去的可悲之人。于是，搜集旧物于他便具有了更加确切的意义：将曾经属于别人的时光据为己有，并以此掩饰自己当下的“一无所有”。

母亲同样是被剥夺了私人历史的受害者。自从患上阿尔茨海默病，疾病就日益凶狠地蚕食着她的记忆。时间、空间、重要经历甚至亲生儿子，都被从她的头脑中渐渐抹去。当记忆的藏品只剩下父母和幼时住过的街巷，她便离开家去寻找这残存的往昔。

基利尔和母亲以迥异的方式挽留属于自己的时光，而与他们殊途同归的还有基利尔的一位追随者——一个绰号叫“铅笔”的人，不过他所搜集的是无形的“旧物”，即旧货市场上衰老摊贩们的回忆，以及他们千奇百怪的思想和大相径庭的命运。他记录下他们的回忆，梦想将这些回忆写成一本书。

最终，基利尔、母亲和“铅笔”的努力都失败了，这些被时代抛弃的边缘人终究没能抓住曾经属于他们自己的、远去的时光。奇若夫对主人公充满同情，也为文学界对这部作品的认可感到欣慰，他说：“我笔下的人物是一些毫无希望的最底层人士，我总是写这样的人，写他们是不会获得进一步的正式认可，继而被体面社会接纳和赢得各种奖项的。我无限感激亚斯纳亚·波良纳奖，对于我来说，这个奖，这个奖的评奖集体，维护了文学的非市场化的品质。”（Евгений Чижов завоевал премию“Ясная Поляна”）

探索隐秘的人类历史

与《土地》和《凑集天堂的人》不同，亚历山大·伊利切夫斯基(Александр Иличевский，1970—)的《牛顿图纸》涉及的历史并非特定历史阶段，而是人类历史之幽微无解的谜题。

主人公康斯坦丁是一位研究暗物质的物理学家。小说一开始，描写他为了寻找岳母而乘车穿越内华达沙漠；之后他来到地处中亚的帕米尔山区进行科学考察，那里有一处被废弃的苏联时期的物理实验室，他的任务是搜集遗留的研究资料。结束工作返回莫斯科后不久，他再次踏上前往耶路撒冷的旅途，去寻找失踪的父亲——一位理想主义游吟诗人、熟知圣城历史的考古专家。

在2020年的诸多文学作品中，《牛顿图纸》显得有些另类，不少评论家和读者认为这是一部“非常奇怪的小说”。在这部作品中，伊利切夫斯基延续其一贯风格，没有给出一条完整和连贯的情节线索。为此，读者曾开玩笑向作家索要情节，伊利切夫斯基回答：“好吧，孩子们，你们将得到一茶匙情节。”在《牛顿图纸》中，这“一茶匙情节”，就是主人公在内华达沙漠、帕米尔高原和耶路撒冷的三段旅程。不过，作家很少描述主人公所到之处的旖旎风光和名胜古迹。相对于主人公的空间之旅，他的心灵之旅或者说精神之旅，才是小说聚焦的重点。康斯坦丁深受父亲影响，对历史、诗歌、建筑艺术等人文领域有着强烈的兴趣，内华达沙漠古老的神灵和鬼魂、帕米尔山区里来自“天外”的危险生物及相关传言、耶路撒冷的种种考古发现，都能够引起他的关注和思索。

康斯坦丁在耶路撒冷的经历，是这部作品分量最重的部分。客观上，耶路撒冷是小说中无形的主人公。在这里，康斯坦丁深入到破解宇宙之谜的构想中。父亲曾希望复原由牛顿绘制图纸的所罗门圣殿的结构，渐渐地，康斯坦丁也被这个念头所占据，全身心地投入到对这幅玄奥图纸的研究中，探求科学认知与宗教信仰之间的关联……关于“牛顿图纸”所蕴含的深意，伊利切夫斯基做了如此诠释：“牛顿直到生命的尽头，都在对耶路撒冷圣殿进行精确计算。因为他相信，这座神庙的构造中隐藏着宇宙的秘密”（Бомжи и монахи）。在小说中，耶路撒冷、所罗门圣殿、牛顿及其图纸，都是人类历史的标志物和化身，同时也是主人公试图了解并借以开启宇宙神秘之门的一把钥匙。然而人类的久远历史，就像主人公所研究的暗物质一样，永远深不可测，难以探明。

在小说中，作者除了将主人公对科学和宗教的思考嵌入到散碎的情节之中，还大量运用了抒情插笔以丰富作品的内涵，这些插笔涉及暗物质、艺术、文化、工程学、光学、气象学、宇宙、时空观，等等。另外，小说中还隐藏了不少暗喻和典故，需具备丰富的历史、考古及宗教知识才能真正读懂。因此，对读者知识储备的要求也构成了阅读这部“怪异”作品的难点。

伊利切夫斯基出生于阿塞拜疆，毕业于莫斯科大学理论物理专业，曾长期在以色列和美国从事科学研究，现居以色列。他热爱旅行，也的确将自己游走天下的部分亲身经历赋予了小说主人公，从而使这部作品具有了自我虚构和“旅行小说”的部分特点。

借历史之名书写现实

上述三部作品都是真正意义上的当代题材小说，相比之下，玛丽娜·斯捷普诺娃（Марина Степнова，1971—　）的《花园》则是一部“伪装成 19 世纪文学”的作品（Писательница Марина Степнова о материнстве и предательстве в романе «Сад»）。在小说中，借用来的历史被作者当作了展演当代故事的舞台。

小说以俄罗斯文学的经典模式开头：鲍利亚津斯基公爵夫妇从彼得堡来到外省的一个偏僻处所度夏，他们买下了风景如画的庄园，尽情享受大自然带来的欢愉。接着，作家笔锋一转：公爵夫人意外怀孕，这令夫妇俩感到羞耻、惊慌，因为在当时的俄国，中年贵族怀孕产子完全有悖于上流社会的道德准则。公爵夫妇出于无奈只得决定逗留此地迎接孩子的降生。在日耳曼裔医生梅伊泽里的帮助下，图霞小姐来到了这个世界。逐渐长大的图霞娇蛮任性，肆意妄为，成为这个贵族家庭的噩梦。

《花园》以 19 世纪中叶为背景，其中心问题却是 21 世纪少子化世界所格外关注的养育问题。小说的主体情节格外贴近当下的生活：图霞出生后，公爵夫人对她无限娇宠溺爱，而在孩子的整个成长过程中，公爵几乎从未参与。梅伊泽里医生接受公爵夫人的委托监护图霞成长，他违背等级制度和教养原则，遵循当今普遍认可的育儿原则，即给予孩子绝对的爱、充分的理解和足够的自由。单亲家庭、家长的溺爱、可疑的育儿理念、毫无节制的自由，等等，当代家庭生活中常见的种种问题，在这部作品中比比皆是。

斯捷普诺娃直言，《花园》“是一部用当代语言探讨当代问题的当代长篇小说，只不过它被置于 19 世纪的框架内”（Срок годности романа — двести лет）。之所以设置这样的故事背景，不仅因为作家认为两个时代有着诸多相似性，还在于她对 19 世纪下半期农奴制改革后的俄国贵族有着浓厚兴趣，渴望在小说中“展示他们的日常生活、对世界的认知，以及各阶层——不仅仅是贵族——的荣誉和尊严”（Срок годности романа — двести лет）。

在小说题材的界定方面，作家本人并不附和评论界的看法，把

《花园》归入历史小说、教育小说或女性小说的范畴，她认为这只是一部探讨应当如何育儿的作品，其读者受众定位是当代的年轻父母。关于写作的初衷，作家坦率地说："我有一个年幼的女儿，现在最令我焦虑的就是大家常说的亲子教育问题，所以我想到把 21 世纪习以为常的状况放到一个距今遥远、极其残酷的模式当中去"（Срок годности романа — двести лет）。

斯捷普诺娃曾凭借长篇小说《拉撒路的女人们》获得 2012 年大书奖第四名，还多次入围俄语布克奖、亚斯纳亚·波良纳奖和民族畅销书奖。

历史写作与文学研究的并行

相对于虚构作品，非虚构创作中的历史因素更加丰沛饱满。波丽娜·巴尔斯科娃（Полина Барскова，1976—　）的新作《中性碱液：围困诗人的文本与命运》集历史叙述与文学评论为一体，是 2020 年度非虚构文学中的最大亮点。这部作品深入到触及民族伤痛的沉重历史事件当中探寻真相，具有震撼人心的力量。

巴尔斯科娃常年居于美国，是一位专注于列宁格勒大围困文学研究的学者。2014 年她的首部短篇小说集《鲜活的画卷》问世，书中展现了列宁格勒的知识分子在大围困期间经受的磨难和不屈的意志。《中性碱液》是作家以非虚构的方式对《鲜活的画卷》的续写，其焦点是大围困期间八位诗人的命运与创作。

巴尔斯科娃在作品中将八位诗人分为两个阵营：一方是三位著名的"官方诗人"，他们发表在官方媒体上的作品具有"宣传"功效，其宗旨是协助国家、军队和人民取得反法西斯战争的胜利；另一方则是五位默默无闻的"非官方诗人"，他们的诗歌未经官方审查，直至后苏联时期才得见天日并引起轰动，他们的创作更偏重于揭示被战争摧毁的城市的混乱无序及被围困者日益恶化的惨况。两类诗人与两种文本的交织与并存，成为大围困诗歌不可或缺的重要组成部分。

作者不仅描述了诗人们在身陷围城的极端困境中以诗歌创作为精神支柱艰难求生的历程，更重要的是，还对他们的诗歌文本进行了深入细致的分析，考察诗人们当时以何种表现形式和语言词汇来描述、记录发生在周围的人间惨剧。巴尔斯科娃将文学研究与历史写作有机地结合，正是基于这一点，作家、批评家涅克拉索娃（Евгения Некрасова）高度评价《中性碱液》，称其“更是一部富有艺术性的小说”，甚至“是一种全新的文学”（Главные книги 2020 года — по версии писателей，критиков и публицистов）。另一方面，也有评论家因《中性碱液》散发着浓厚的学术气息，而称其为“一种诗学研究，大围困文献研究”（Полина Барскова. Седьмая щелочь：тексты и судьбы блокадных поэтов）。

作品题目“中性碱液”出自第二阵营中女诗人克朗季耶夫斯卡娅的一首诗《这一年如同中性碱液，洗礼了我们》，蕴含着涤荡人的灵魂、帮助人们克服恐惧、关爱生命的寓意。对于作者来说，写作这部作品的目的不再只是“说出真相”，也并非是对“新的”文体进行研究，而是要让后世之人透过细节近距离地感受战争与时代的悲剧（Сказать о несказуемом）。历史并非过眼烟云，巴尔斯科娃从中发掘出了文学研究和人文关怀的双重意义。

结语

2020年度俄罗斯文学最显著的特征，在于其丰富多样的历史书写。与历史相关的议题作为内容要素出现在年度代表作品中，并且通过不同体裁和叙述方法隐喻当代社会现实，共同参与对当下公共话语的反思。历史与现实相融合的当代题材作品在 2020 年得到文学评论家的广泛认可，据此，或许我们可以认为，这一现象为当下俄罗斯文学的发展树立起了一座新的风向标。

参考文献：

Анастасия Житинская. “Полина Барскова. Седьмая щелочь: тексты и судьбы блокадных поэтов.” *Звезда.* 2020. №12. Web. 15 Jen. 2021. <https://magazines.gorky.media/zvezda/2020/12/polina-barskova-sedmaya-shheloch-teksty-i-sudby-blokadnyh-poetov.html>.

Арина Стулова. “Эпоху делают маленькие люди, которые никогда не попадут в «Википедию».” *Известия*. 9 Sept. 2020. Web. 8 Nov. 2020. <https://iz.ru/1056847/arina-stulova/epokhu-delaiut-malenkie-liudi-kotorye-nikogda-ne-popadut-v-vikipediiu>.

Валерий Шубинский. “Сказать о несказуемом.” *Новый мир*. 2020. №9. Web. 3 Dec. 2020. <http://www.nm1925.ru/Archive/Journal6_2020_9/Content/Publication6_7562/Default.aspx>.

Владимир Булкин. “Выбор ‘Большой книги’ разочаровал критиков.” *Комсомольская правда*. 11 Dec. 2020. Web. 20 Dec. 2020. <https://www.kp.ru/daily/21712099.5/4336760/>.

“Евгений Чижов завоевал премию ‘Ясная Поляна’.” 24 Oct. 2020. Web. 1 Dec. 2020. <https://tass.ru/kultura/9804739>.

Константин Мильчин. “Преступление и насмешка: почему премию «Большая книга» должен был получить Михаил Елизаров.” 12 Dec. 2020. Web. 8. Jen. 2021. <https://gorky.media/context/prestuplenie-i-nasmeshka-pochemu-premiyu-bolshaya-kniga-dolzhen-byl-poluchit-mihail-elizarov/>.

Максим Мамлыга. “Главные книги 2020 года — по версии писателей, критиков и публицистов.” 30 Dec. 2020. Web. 5 Jen. 2021. <https://esquire.ru/letters/233053-glavnye-knigi-2020-goda-po-versii-pisateley-kritikov-i-publicistov/#part11>.

Мария Башмакова. “Срок годности романа — двести лет.” *Коммерсанть*. 7 Sept. 2020. Web. 8 Nov. 2020. <https//www.kommersant.ru/doc/4474617>.

Оксана Смирнова. “Писательница Марина Степнова о материнстве и предательстве в романе «Сад».” 22 Nov. 2020. Web. 8 Dec. 2020. <https://www.tatler.ru/heroes/pisatelnica-marina-stepnova-o-materinstve-i-predatelstve-v-romane-sad>.

Ольга Брейнингер. “Эрос и Танатос русской литературы в 2020 году.” *Дружба народов*. 2021. №2. Web. 3 Mar. 2021. <https://magazines.gorky.media/druzhba/2021/2/eros-i-tanatos-russkoj-literatury-v-2020-godu.html>.

Павел Басинский. “Бомжи и монахи.” 8. Aug. 2020. Web. 17 Sept. 2020. <https://rg.ru/2020/08/06/finalist-bolshoj-knigi-ilichevskij-bessmertie-vozmozhno-no-zachem-ono.html>.

“С лягушками и тиной русский рай.” *Независимая газета*. 23 Dec. 2020. Web. 25 Dec. 2020. <https://www.ng.ru/ng_exlibris/2020-12-23/9_1061_haven.html>.

作者单位：中国社会科学院外国文学研究所

2020年法国文学概览

田妮娜

内容提要：2020年是既特殊又普通的一年。新冠疫情改变了文学作品在法国的阅读、销售和传播形式，线上文学活动明显增多，同时文学作品出版数量创历史新低。然而细观2020年问世的文学作品，不难看到法国文学时代性的延续。不论是以反映时代面貌为主旨的小说，还是以诗意的语言追溯回忆的诗歌，或是传承了人本主义精神的戏剧，都试图在人的处境与时代急剧涌动的变迁之间建立起深刻的联系。本文将在2020年获奖作品的基础上，对小说、诗歌、戏剧三大体裁的作品进行概述，力图展现2020年法国文学的基本面貌。

法国文学从来就不缺乏时代性。2020年，新冠疫情袭来，"隔离"迅速成为写作素材[1]，而阿尔贝·加缪（Albert Camus，1913—1960）的《鼠疫》（*La Peste*，1947）也被重读。当然，疫情并非今时的唯一关切。细观2020年问世的文学作品，我们不难发现，法国文学延续了回应时代、眷注现实的传统。本文将在2020年度获奖作品的基础

1　法国女作家蕾拉·斯利玛尼（Leïla Slimani）在法国《世界报》（*Le Monde*）上发表了《隔离日记》（*Journal de confinement*）。

上，兼顾作品主题和创作特色，对小说、诗歌、戏剧三大体裁进行概述，力图展现 2020 年法国文学的基本面貌。

小说——时代面貌的写照

（一）龚古尔文学奖（Prix Goncourt）

2020 年 11 月 30 日，法国最负盛名的文学奖龚古尔奖揭晓。学习数学出身的作家埃尔韦·勒·泰利耶（Hervé le Tellier，1957— ）凭借小说《异常》（*L'Anomalie*）获得大奖。这是一部集悬疑、侦探、科幻、心理以及现实主义小说于一体的作品。2021 年 6 月的一天，一架法国航空公司的波音 787 客机降落在纽约机场，然而不可思议的是，同一架飞机、同一批乘客、同一批机组成员竟然在三个月前就已经在这个机场降落过了。飞机很快被带往美国的一个军事基地，科学家们对此做出了种种猜测，最后发现，这架三个月前从巴黎飞往纽约的客机在大洋上空遭遇了前所未有的超级风暴，在穿越风暴的过程中，飞机连同机组成员以及机上的 243 名乘客都被“复制”了。于是，接下来每个人都必须面对自己的“副本”，同时面临一系列家庭、情感、伦理、宗教问题。由于三个月的间隔，人物和“副本”之间的关系变得十分微妙，他们既是同一个人，又因时间间隔而不完全相同，因此，他们需要面对的既是自我，又是一定程度上的陌生人。事实上，泰利耶通过特定的情节安排，呼应了平行时空理论，即在世界的某个角落一定存在着另一个“我”，同时也提出了一个极具时代感的问题，即在今天这个几乎万物皆可被复制的时代，人是否也可能被复制，被克隆？我们本身是否也是某种复制品？“正本”和“副本”一旦相遇会发生什么？

事实上，泰利耶 1992 年便加入了写作团体“乌力波”，即“潜在文学工场”[2]。而在小说《异常》中，细心的读者也能找到作者向“乌力波”致敬的细节，例如小说三个部分的名称“如天空一样黑”“人说人生如梦”“虚无之歌”均取自“乌力波”代表作家雷蒙·格诺的诗歌。小说中人物众多，有职业杀手、尼日利亚流行歌星、优秀的女律师、名不见经传的作家、情感破裂的夫妇、癌症患者，等等，而作者的文笔也随着人物身份的变换在侦探小说、心理小说、现实小说、科技文本之间频繁切换，不禁让人联想起雷蒙·格诺以 99 种方式讲述同一故事的写作实验——《风格练习》(*Exercices de style*，1947)。

（二）雷诺多文学奖（Prix Renaudot）

2020 年的雷诺多文学奖由女作家玛丽–埃莲娜·拉封（Marie-Hélène Lafon，1962— ）摘得，获奖作品是小说《儿子的故事》(*Histoire du fils*)。作品以家庭关系以及以家族史为参照的自我身份认同为主题。书名中的“儿子”名叫安德烈，从一出生就被寄养在姨妈家，与三个表姐妹一起长大。他的生母是一名在巴黎任职的教师，仅在暑假里才会到法国中部冈塔尔省乡下的菲亚克村来看望他，其生父更是不知所踪。安德烈亲切地称呼姨妈为“妈妈”，而称生母为“母亲”。尽管姨妈一家人一直对他关爱备至，安德烈心中的那些疑问却随着年岁的增长而越来越强烈：父亲是谁？这位从未露面的父亲是小说中隐形的中心人物，所有的神秘性、疑惑、猜测、寻觅都因他而起。父亲的缺席造成了儿子身份的缺失，在儿子的生命中留下了一处

2 潜在文学工场（Ouvroir de littérature potentielle）是一个由作家和数学家于 1960 年组成的文学写作团体，至今依然活跃于文坛，“乌力波”（Oulipo）是其简称。它旨在打破文本界限，通过形式上的结构或约束探索新的文学形式，代表人物有雷蒙·格诺（Raymond Queneau，1903—1976）、雅克·鲁博（Jacques Roubaud，1932— ）、乔治·佩雷克（Georges Perec，1936—1982）等。

神秘的空白。寻找父亲以及自我身份的探寻对安德烈而言既充满诱惑，又令他心生恐惧。这个心结一直伴随他成长、结婚、生子。最后，安德烈的寻根心愿由他的独生子安东尼完成。小说在短短 176 页的篇幅中呈现了从 1908 年到 2008 年整整一个世纪的家族画卷，具有强烈的画面感，而小说的叙事也正是采用了绘画的笔触。小说的 12 章其实是百年家族史中 12 个特殊日子的画面，它们并没有按照时间顺序排列。不同的画面看似相互独立，但其中的细节又相互交织，互为支撑。直至最后一章阅读完毕，读者的脑海里终于拼贴出家族史的全貌。本书名为“儿子的故事”，实则是儿子与父亲的故事。小说探讨了父子关系以及父亲在儿子成长、成人过程中的作用。同时，作品也解读了女性在家庭中的角色，尤其是母亲的角色，为此，该小说也入围了 2020 年法国费米娜文学奖的角逐。父母既是子女的养育者，也是子女人生经历的起点，是个体身份的基础。这部作品的成功代表着法国社会中传统亲子关系、家庭观念的回归。不同于法国当代文学作品中非理性、非结构性的语言观，拉封对于语言文字保持着审慎的态度，提倡在书写中字斟句酌，她的文字也向来以精确、凝练为特色。

（三）费米娜文学奖（Prix Fémina）

2020 年 11 月 2 日，费米娜文学奖颁给了塞尔日·荣库尔（Serge Joncour，1961—　）的小说《人性》（*Nature humaine*）。这是一部以上世纪后期法国乡村生活为题材的作品。自二战结束直到 70 年代中期，法国经历了经济快速增长期，被称为“光荣三十年”，这个时期也伴随着法国 20 世纪最后一波“逃离乡村”（l’exode rural）的移民潮——城镇化建设的推进吸引了大量乡村青年人口。而荣库尔笔下的主人公亚历山大却偏偏选择了成为“留守青年”。父母年迈，三个姐妹也陆续迁往城市，亚历山大作为家中独子，决定留守农村，经营祖上留下来的农场。孤独而单纯的乡村生活并没能摆脱工业化、现代化大潮的冲击，传统的乡村生产方式也不复存在。为了向快速扩张的大型超市供应牛肉，亚历山大的农场被迫变成了养殖场，原本多元化的农事被单一的、集中化的经营模式所取代，荣库尔将作品命名为“Nature humaine”，可谓一语双义，法语中“nature”一词既指“自然”，又指“本性”（Bouchy）。一方面，自然与人类活动之间的相互作用贯穿作品始终，现代化的生产活动，例如机械化养殖、人工繁育、建造核电站，等等，深刻地改变了人与自然的关系。小说叙事的起止时间是法国两次灾害级别的极端天气现象，从 1976 年夏的酷暑到 1999 年的圣诞节大风暴，自然的力量强大而神秘。另一方面，作品中充满了对现代化进程中人的本性的反思，在人与自然的关系异化的同时，人的本性也在异化，人从生产者变成了生产活动的奴隶，物质生产及其产品变成异己力量，反过来统治了人。

（四）美第奇文学奖（Prix Médicis）

如果说《人性》呈现了一个中年男子在乡野间的独居生活，那么女作家克洛埃·德洛姆（Chloé Delaume，1973—　）的第 28 部小说《合成心脏》（*Le cœur synthétique*）则讲述的是一位中年女性在城市里的孤独。该书获得了本年度的美第奇文学奖。小说主人公阿黛拉伊德 46 岁，膝下无子，在巴黎一家出版社工作，离婚后搬入一间小公寓，过起了独居生活。从未独居过的她本以为单身日子不会长久，没想到一直没能遇上如意郎君。她很快意识到，46 岁的年龄足以让她被视为“黄脸婆”，无人问津。于是她下定决心拥抱自由自在的单身生活，

“驯服”孤独。幸运的是，阿黛拉伊德拥有一份自己热爱的工作以及四位在生活中遭遇了各种危机的闺蜜，五位女性彼此信任，相互扶持，建立了作者德洛姆所推崇的“姐妹情谊”(la sororité)[3]。实际上，德洛姆在2019年出版的评论《我亲爱的姐妹们》(*Mes bien chères sœurs*)中就使用了“姐妹情谊”的概念，主张女性之间应结成联盟，以对抗至今依然根深蒂固的父权传统(Collard)。无疑，《合成心脏》是上述评论著作在虚构领域的延续。尽管《合成心脏》以第三人称叙事，作者之“我”的痕迹依然非常明显，事实上，克洛埃·德洛姆的多部作品都具有自传成分，带有“女性主义”色彩，通过女性的自身体验探讨女性在当代社会的境遇。

（五）联盟文学奖（Prix Interallié）

2020年11月3日，联盟文学奖评委会宣布该奖项由古稀之年的女作家伊雷娜·弗兰(Irène Frain，1950—　)摘得。准确地说，她的获奖作品《无关紧要的罪行》(*Un crime sans importance*)并非小说，而是一起谋杀案的调查。2018年9月8日，一名杀手潜入巴黎郊区的一幢民宅行凶，在重伤了79岁的妇人德尼丝后潜逃。德尼丝陷入深度昏迷，住院七周后离世。令人惊讶的是，这样一起刑事案件发生后，凶手逍遥法外，社会、警察、司法界甚至被害者的家庭均陷入沉默，警方的调查报告迟迟不出，而被害人竟然被诊断为自然死亡，一起命案俨然成了“无关紧要”的饭后谈资。然而，德尼丝对作家弗兰来说却是至关重要的，因为被害人是她的姐姐，更是她早年求学甚至文学路上的引路人。弗兰后来成为作家，而姐姐却患上了抑郁症，二人关系渐渐疏远。借《无关紧要的罪行》的书写，作者一方面

---

3 sororité一词与法国国家格言中的“博爱”（fraternité）一词在词源上恰好形成对立。

希望通过她所掌握的信息，尽可能还原两年前惨剧发生的经过，另一方面与失散多年的姐姐重新建立心灵的沟通。对于作者而言，写作是寻求真相的途径，也是重温往昔时光、重拾早年记忆的方式，更是打破沉默、对抗冷漠的武器。法国新闻电台（France Info）评论认为该小说的成功是“面对沉默的胜利”，因为“生命能照亮死亡，或者说，至少能减轻暴力”（Houot）。

（六）法兰西学院大奖（Grand prix de littérature de l’Académie française）

近年来，法国极端主义恐怖袭击愈加频繁，2016 年 7 月 26 日，法国卢昂总教区鲁夫赖圣斯德望堂（Saint-Etienne du Rouvray）的神父雅克·阿梅尔（Jacques Hamel）在主持弥撒时遭到两名男子袭击，惨遭割喉，当场身亡。这一起恐怖袭击事件令全法甚至全世界为之震惊。作为《费加罗报》记者的艾蒂安·德·蒙特缇（Etienne de Montety，1965—　）参与了该暴力事件的报道。四年后，蒙特缇的小说《大考验》（*La Grande épreuve*）便取材于这次袭击，该作品获得了法兰西学院大奖。作家虚构了五个身份各异的人物：年迈的特里耶神父、虔诚的修女阿涅丝、越南裔警察弗雷德里克、自幼被一个法国家庭收养的阿尔及利亚青年大卫和来自北非移民家庭的青年伊沙姆。五个人物身上带着不同的文化烙印，各有各的人生信条。神父和修女将生命奉献了给上帝，大卫和伊沙姆笃信真主，而弗雷德里克则是共和国法制精神的代表，他们的人生本没有交集。然而，一个宁静的夏日清晨，在位于法国西南部的一座小教堂里，晨间祷告刚刚结束，两名青年突然持刀闯入，迅速而残暴地结束了神父的生命，随后又被闻讯赶来的警察击毙。他们真诚的信仰彼此相遇时便产生了不可调和的冲突，他们的命运在走过各自的历程之后交汇于血腥暴力之中。事实上，在今天的法国社会，不同民族在价值认同和言论自由上的分歧有着复杂的历史根源，近年来不断发生的恶性事件揭示了法国社会日益凸显的文化撕裂加剧、移民融入困难、极端思想蔓延等重重危机。蒙特缇的小说摆脱了“善恶二元论”的窠臼，从人物的成长、生活经历出发，探讨了不同信仰之间的隔阂以及年轻人被极端情绪所控制而难以自拔的危险。法国《新观察家》周刊的评论认为，小说最难能可贵之处是其主旨“不在于定罪，而在于追溯自杀性暴力事件的源头”(Nerson)。

（七）法国国内图书奖（Prix du Livre Inter）

文坛新秀雨果·林顿贝尔格（Hugo Lindenberg，1978—　）获得法国国内图书奖，作品是小说《有一天它将空无一物》(*Un jour ce sera vide*)，他同时还获得了费米娜文学奖的提名。小说叙述者是一名性格内向的10岁小男孩，他来到诺曼底海滩度假时遇到了同龄人巴蒂斯特，二人迅速成为好朋友。然而这位新朋友却给主人公带来了许多烦恼。巴蒂斯特的家庭正是小男孩梦想中的“正常”家庭：一位金发碧眼、美丽温柔的妈妈，一幢漂亮的房子。相比之下，主人公自己的家庭却令他倍感羞愧。不辞而别的母亲、精神分裂的姨妈，家里的“正常人”只有祖母，这一切令主人公在新朋友面前羞于提及自己的家庭。在羡慕甚至嫉妒巴蒂斯特的同时，小男孩不禁心生疑惑，为什么自己的妈妈会突然消失，为什么会有姨妈这样疯疯癫癫的人？家里以前似乎发生过什么事，为什么大人对此一直保持沉默，从不向他解释这一切的原因？小男孩开始观察海滩上的家庭，并审视自己的家人。小说作者林顿贝尔格认为10岁是一个容易被人忽视的成长分水岭，此时的孩子告别了无忧无虑的童年，开始面对少年的烦恼。他们对自身与外部世界的关系变得敏感，自我意识和自尊心增强，对家庭认同、自我身份认定等问题饶有兴趣却又没有足以回答此类问题的信息和判断力，于是容易陷入迷惘。小说中的男孩受困于自己心中不断滋长的疑惑，他试图通过眼前的现实世界与头脑中的想象世界来解答自己的疑问，而作品中的成年人忽视了孩童的观察力和好奇心，选择了三缄其口，孩子丰富的内心活动与成年人的沉默形成了鲜明对比。林顿贝尔格笔下的小男孩被突然置于与同龄人的比较之中，他以孩童的眼光看待顾虑重重的成人世界，又将成年人带回那个有梦想、爱攀比，却又无力改变现实的童年时代。法国《世界报》刊发的评论认为该小说刻画了一段“错愕的童年”（Courtois）。

（八）其他重要作品

法国文坛的常青树埃曼努埃尔·卡雷尔（Emmanuel Carrère, 1957— ）的新作《瑜伽》（*Yoga*）也是公众期待的一部小说，因为卡雷尔在 2015—2018 年淡出文坛，彼时他饱受抑郁症折磨，甚至在 2015 年不得不进行长达 4 个月的住院治疗。《瑜伽》是他疗愈后的第一部作品，也是一部第一人称的“自我虚构”作品。2015 年 1 月，叙述者乘火车从巴黎出发前往法国中部莫尔旺高原，参加一个为期十天的冥想集中训练课程。原本旨在获得心灵宁静的冥想训练却成了心灵苦难的开端。此后的数年中，他经历了生命中最黑暗、最艰难的时光。1 月 7 日，巴黎发生了《查理周刊》恐怖袭击事件，叙述者的一位好友贝尔纳·马里（Bernard Maris）在袭击中丧生。随后他的抑郁症复发，被诊断为“狂躁抑郁症”，随着病情恶化，他不得不住院治疗数月。2018 年，P. O. L 出版社创始人保尔·奥恰科夫斯基–洛朗斯（Paul Otchakovsky-Laurens）去世，给他带来沉重打击。这一切都与“瑜伽”有着一种隐喻式的联系，如果说练习瑜伽是使身体与疼痛为伴并保持呼吸的话，那么与抑郁症的斗争则是与心灵的痛苦为伴并保持摆脱心魔的力量，这也是为什么作者在文末写到“为自己还活着感到无比欣慰”。其实写抑郁症的法国当代作家远非卡雷尔一人。著名作家菲力普·拉布罗（Philippe Labro，1936— ）也曾患有严重的抑郁症，后根据这一段经历写就《跌倒七次，重振八次》（*Tomber sept fois*，*se relever huit*，2002）一书。巧合的是，2020 年，拉布罗也有新作问世，名为《我将畅游更多的河》（*J'irais nager dans plus de rivières*）。

罗朗·莫维尼埃（Laurent Mauvignier，1967— ）2020 年的新书《夜晚的故事》（*Histoires de la nuit*）如同作者此前的多部作品一样，选取了家庭关系为主题。在法国北部诺尔省偏僻的乡下，有一座仅有三幢小屋的村子，一幢住着一家三口，丈夫帕特里斯是个奶牛养殖户，有着典型的乡下人的外表，老实温和，妻子玛丽昂在城里一家印刷厂上班，他们还有一个 10 岁的女儿伊达。第二幢房子里住着一位年近 70 岁的艺术家克里斯汀娜，她原本是巴黎人，离婚后迁至此处，养了一只狗做伴。第三幢房屋空置待售，但一直无人问津。就在玛丽昂 40 岁生日那天，克里斯汀娜接连收到恐吓信，她的爱犬也被杀死，随着天色渐暗，诡异的气氛越来越浓重。三名陌生男子出现在房屋周围，监视着三幢小屋。随着叙述的推进，玛丽昂的过往也渐渐呈现出来，打破了乡村的宁静。莫维尼埃的长句恰好配合了情节中令人窒息的氛围，而这部长达 600 余页的小说讲述的竟只是一天之内发生的事件，莫维尼埃 20 年来文学创作中探讨的主要问题都在这部悬疑小说中有所体现，例如回忆、暴力、恐惧、身份焦虑、探寻过往、家庭关系，等等。

诗歌——“诗语”与“回忆”的交汇点

在当今的法国，诗歌的生命力并没有因为“诗歌式微”的唱衰声而减弱，从为数众多的诗歌专门出版社以及层出不穷的以鼓励年轻人进行诗歌创作为宗旨的文学奖便不难看出，诗歌在法国当代文学中依然魅力不减。近年来，得益于新的出版技术和传播手段，诗集的出版除了传统的纸质书外，出现了有声书、艺术书等新的形式；出版社、书店和新媒体联手邀请诗人和读者，举行具有互动性质的诵诗会、赏析会等，这些都使得诗歌这一精致的语言艺术更加贴近普通民众。

纪尧姆–阿波利奈尔诗歌奖（Prix Guillaume-Apollinaire）被誉为诗歌界的“龚古尔奖”，是法国诗坛最重要的奖项，每年颁给“一部不受任何流派或技巧的教条约束的，能反映独创性和现代性的诗集”。2020 年，该奖颁给了乍得诗人尼姆罗德（Nimrod，1959—　）[4] 的诗集《自然之光的小小颂歌》（*Petit éloge de la lumière nature*，2020），诗集题名源自法国象征派诗人兰波（Arthur Rimbaud, 1854—1891）的《地狱一季》中的诗句[5]。收录在诗集中的作品大多创作作于 1990—2013 年期间，表达了诗人对故乡的眷恋。对诗人而言，“故土”“童年“母语”是同义词，离开故土，便意味着童年的远去、母语的丧失，而乡愁却能使早年的回忆不断浮现，仿佛心灵深处的一片故土。如诗集开篇第一首诗《我失语了》（*J'ai perdu la langue*）中所示，“我呵护着内心的乡愁 / 远离这位至亲的妈妈 / 远离她的双眼，她的爱 / 她是那个远去国度的精华和蓝天”。尼姆罗德对于语言和故乡的思考反映了来自非洲的法语作家所面临的共同矛盾，即用他者的语言书写自我。诗人也在面对法国《人道报》的采访时坦陈：“我一生都在说他人的

4　诗人本名尼姆罗德 · 本纳 · 贾恩格朗（Nimrod Bena Djangrang），尼姆罗德是其笔名。

5　兰波在《地狱一季》的《饥饿》中写道：“总之，啊，幸福，啊，理性，逗号，很好，我要把蓝天从天空划分出来，蓝天也是青黑色的，可是我却活着，自然之光里面也有金光闪烁”。

语言”（Steinmetz）。

2017 年，纪尧姆–阿波利奈尔诗歌奖评委会设立了纪尧姆–阿波利奈尔诗歌新人奖（Prix Guillaume-Apollinaire Découverte），以鼓励年轻诗人的创作。2020 年的新人奖由 35 岁的女诗人安娜·阿亚诺格鲁（Anna Ayanoglou，1985—　）摘得。她的诗集《穿梭的丝线》（*Le fil des traversées*）根据在波罗的海周边国家的旅行经历创作而成，记录了诗人在他乡的城市、乡野游历的足迹，重温了旅行带给她的欢喜、恐惧、忧伤、惊奇等复杂的情愫。《穿梭的丝线》也同时获得了 2020 年的文人协会诗歌新秀奖（Prix SGDL Révélation de Poésie）。

2020 年的法兰西学院诗歌大奖（Grand Prix de poésie de l'Académie française）颁给了作家、翻译家米歇尔·奥塞尔（Michel Orcel，1952—　），以表彰他在诗歌领域里的杰出成就。出生于马赛的奥塞尔早年学习哲学和伊斯兰学，20 世纪七八十年代前往意大利，曾在佛罗伦萨欧洲大学研究院、法兰西罗马学院等机构从事哲学艺术研究，90 年代回到法国，任教于雷恩大学，主讲意大利歌剧史，同时从事意大利文艺复兴时期诗歌的翻译。2000 年，奥塞尔重译出版了意大利文艺复新时期诗人阿里奥斯托（L'Arioste，1474—1533）的史诗《疯狂的罗兰》（*Roland furieux*），获得了欧洲文学翻译奖（Prix européen de littérature et de traduction）。2002 年，奥塞尔重译出版了 16 世纪文艺复兴后期著名诗人塔索（Le Tasse，1544—1595）的作品《被解放的耶路撒冷》（*Jérusalem libérée*），获得了法兰西学院儒勒·雅南奖（Prix Jules Janin de l'Académie français）。自 2019 至 2021 年，奥塞尔重译了但丁的长诗《神曲》并获得出版。奥塞尔的著作素以博学著称，而诗性是连接不同领域的纽带，从广义上说，不论是奥塞尔的文学作品、文学翻译或是研究评论，都是作者诗心的展露，是对诗性的诠释。

法国另一重要诗歌奖项——马克斯–雅各布诗歌奖（Prix Max-Jacob）创设于1950年，每年第一季度颁奖。雷吉纳尔·加亚尔（Réginald Gaillard，1972— ）的第三部诗集《深渊的好客》（*Hospitalité des gouffres*，2020）于 2021 年初获得了该奖。

戏剧——经典传承中的创新

20 世纪以来，在与电影艺术的竞争中，戏剧艺术愈发强调人物内心世界的外化，努力在有限的舞台空间和演出时间内，通过文本力量、表演艺术及舞台艺术手段浓缩和强化人的内心冲突。从 2020 年几部获奖剧本来看，人本主义传统得到了继承和发扬。

身兼剧作家、演员、导演等多重身份的西蒙·阿布卡瑞安（Simon Abkarian，1962— ）在 2020 年凭借新作《贫民窟的厄勒克特拉》（*Electre des bas-fonds*）斩获了莫里哀法语作者奖（Molière de l'auteur francophone vivant）、莫里哀公共剧院奖（Molière du théâtre public）以及莫里哀公共剧院导演奖（Molière de la mise en scène d'un spectacle de Théâtre public）三项大奖。阿布卡瑞安的剧本取材于希腊神话中厄勒克特拉的故事，对故事进行了改写，公主厄勒克特拉被母亲逐出宫殿，住在阿尔戈斯城的贫民窟中。亡灵节将至，母亲在这一天将到贫民窟向穷人们布施，而此时厄勒克特拉的弟弟也回到了阿尔戈斯城，厄勒克特拉与弟弟设计在这一天替父报仇。阿布卡瑞安的剧本几乎通篇采取了诗剧的写法，人物台词以诗句的形式呈现，讲求节奏韵律，词语运用上精雕细琢，追求一种严谨工整的古典美。

2020 年初，年轻剧作家纪尧姆·普瓦（Guillaume Poix，1986— ）出版了《突见罗密·施耐德》（*Soudain Romy Schneider*），该剧是他

的第五部剧作，获得了法国戏剧文学大奖（Grands Prix de Littérature dramatique）的提名。《突见罗密·施耐德》根据奥地利著名女演员罗密·施耐德20世纪50—80年代的演艺生涯和情感经历创作而成。女演员在一系列影视作品中所饰演的角色与演出搭档构成了普瓦剧本中的人物，他们通过对话、互动共同回顾了罗密·施耐德的传奇人生。普瓦的剧本集戏剧、小说、人物传记为一体，融入了电影元素，以舞台艺术诠释电影艺术，以剧中人演绎影中人，同时又与现实生活错综交织，这在剧本形式上可谓一种创新。

2020年的戏剧文学大奖最终颁给了话剧演员出身的剧作家卡特琳娜·本纳姆（Catherine Benhamou）于2019年出版的《浪漫曲》（*Romance*）。作品是一部独白剧本，由少女伊蔓娜向她的好友雅丝米娜的母亲讲述雅丝米娜的遭遇。16岁的雅丝米娜就读于巴黎郊区的一所中学，青春期的她漂亮又有主见，厌倦了平淡无奇的生活和默默无闻的状态，希望能出人头地。她在社交平台上结识了男子S，并坚信自己找到了真爱。在与S的交往中，雅丝米娜竟然有了用炸弹将埃菲尔铁塔变成一座斜塔的荒唐念头。她将自己的心路历程吐露给了好友伊蔓娜，而后者也是本剧唯一的叙述者。有趣的是，一直渴望拥有话语权的雅丝米娜在剧中并没有出现，她的经历和心理活动完全是通过伊蔓娜的转述呈现出来的，而转述的过程自然就成了同龄人之间相互倾诉、倾听、理解的过程。本纳姆呼吁人们关注青春期少女的成长，在这一时期，女孩们变得心事重重，内心的叛逆、躁动和情感困惑同时出现，相互叠加，对人的理智和心灵都是一场考验。然而这一敏感而脆弱的人生阶段却往往被社会和家庭所忽视。

法兰西学院设立的法兰西学院戏剧大奖（Grand Prix du Théâtre de l'Académie française）每年表彰一位对法国戏剧艺术有突出贡献

的剧作家，2020 年获此殊荣的是恩佐·科尔曼（Enzo Cormann，1953— ）。他迄今已创作了 40 余部戏剧、音乐剧作品，同时在法国国立表演艺术与技术高等学校（École nationale supérieure des Arts et Techniques du spectacle）教授戏剧艺术。他的大部分作品由法国子夜出版社出版，有的剧本被翻译成十几种语言，在欧洲及美国有较广的传播，其中包括《信条》（*Credo*，1982）、《萨德，地狱音乐会》（*Sade*，*concert d'enfers*，1989）、《又逢暴雨》（*Toujours l'orage*，1997）等重要作品。近年来，科尔曼致力于发展“短剧”这一新的戏剧表现形式，计划从 2017 年起，创作 99 部时长约 30 分钟的短剧。

结语

应该说，法国文学反映当下社会人文特征的使命得到了继承和强化，作品通过对生活的思考和探究，捕捉并呈现了时代的脉动。同时，更应该看到作品与时代的互动。文学作品在反映时代的同时反思时代，既受制于时代，又具备预示新时代的力量。纵观以上法国 2020 年获奖作品，不论是个体生命的升华，或是对于自我身份、家族历史的追溯，或是关于现代家庭中亲子关系、子女成长历程的探讨，又或是关于法国当今移民融入、种族冲突等社会现象的剖析，都着眼于人在特定时代场景下的具体经验和命运，它们都试图在人的处境与时代急剧涌动的变迁之间建立联系，通过对人与社会的剖析而对时代问题做出反应，以使我们窥见社会思潮的新趋势。

参考文献：

Bouchy, Florence. "«Nature humaine»: Serge Joncour au point de rupture entre humains et environnement". 10 septembre 2020. Web. 12 juin 2021. <https://www.lemonde.fr/livres/article/2020/09/10/nature-humaine-serge-joncour-au-point-de-rupture-entre-humains-et-environnement_6051640_3260.html>.

Collard, Nathalie. "«Le cœur synthétique»: seules ensemble". 11 octobre 2020. Web. 2 juin 2021. <https://www.lapresse.ca/arts/litterature/2020-10-11/le-coeur-synthetique-seules-ensemble.php>.

Courtois, Zoé. "«Un jour ce sera vide», d'Hugo Lindenberg: l'enfance médusée". 10 septembre 2020. Web. 3 juin 2021. <https://www.lemonde.fr/livres/article/2020/09/10/un-jour-ce-sera-vide-d-hugo-lindenberg-l-enfance-medusee_6051637_3260.html>.

Guyenne, Lisa. "Au royaume du Covid, l'écriture est reine". 14 février 2021. Web. 30 mai 2021. <https://www.franceculture.fr/litterature/au-royaume-du-covid-lecriture-est-reine>.

Houot, Laurence. "Irène Frain lauréate du prix Interallié pour «Un crime sans importance»: un récit-enquête sur la mort de sa sœur assassinée". 15 novembre 2020. Web. 31 mai 2021. <https://www.francetvinfo.fr/culture/livres/prix-litteraires/un-crime-sans-importance-la-romanciere-irene-frain-scrute-l-envers-de-nos-vies-pour-eclairer-le-meurtre-non-elucide-de-sa-soeur_4180145.html>.

Nerson, Jacques. "«La Grande épreuve», un roman inspiré de l'assassinat du père Hamel". 24 septembre 2020. Web. 2 juin 2021. <https://www.nouvelobs.com/rentree-litteraire/20200924.OBS33790/la-grande-epreuve-un-roman-inspire-de-l-assassinat-du-pere-hamel.html>.

Serrell, Mathilde. "Journaux de confinement, la lutte des classes". 20 mars 2020. Web. 30 mai 2021. <https://www.franceculture.fr/litterature/latheorie-journaux-de-confinement-la-lutte-des-classes>.

Steinmetz, Muriel. "Nimrod: «J'ai passé ma vie à parler la langue des autres»". 3 mars 2017. Web. 18 mai 2021. <https://www.humanite.fr/nimrod-jai-passe-ma-vie-parler-la-langue-des-autres-632832>.

Thomas, Vincy. "511 romans pour la Rentrée littéraire 2020»". 2 juillet 2020. Web. 19 mai 2021. <https://www.livreshebdo.fr/article/511-romans-pour-la-rentree-litteraire-2020>.

作者单位：北京外国语大学法语语言文化学院

2020 年非洲文学概览

聂品格　李　凯

内容提要：2020 年非洲文学发展呈繁荣之态，见证了非洲现代知识分子为寻求非洲文学表述之法、讲好非洲故事的努力与成果。这些成果中，就文类而言，小说尤盛，若以国家论之，最为繁荣的当属尼日利亚的英语文学创作。不同于去年尼日利亚文学“一枝独秀”的局面，2020 年度各国文学“百花齐放”，加纳文学尤其出彩。就形式而言，非洲文学作品在创作风格上既秉承以本土传统色彩为本的宗旨，亦在创作手法上摸索出创新之道。从主题上看，非洲妇女解放问题仍是作家孜孜探索的问题，此外，政治、文化冲突、身份、家庭、农村与城市的博弈、对战争的伤痛记忆、流亡海外的孤独与疏离仍然是年度文学创作的重要主题。

一、重要文学奖项

1. AKO 凯恩非洲文学奖（The AKO Caine Prize for African Writing）

尼日利亚裔英国女作家艾伦森·奥科杰（Irenosen Okojie，出生年份不详）凭借短篇小说《格蕾丝·琼斯》（*Grace Jones*，2019）斩获 2020 年凯恩非洲文学奖。小说讲述了年轻女性西德拉颠沛流离的生活，着重叙述其成年后的艰辛。身居伦敦的马提尼克（Martinican）

女性西德拉在 13 岁时经受了一场火灾，自此家破人亡。此遭遇给她造成了无法磨灭的巨大心理创伤。长大后，西德拉进入表演行业，从事相关工作——模仿牙买加著名女歌星、模特兼演员格蕾丝·琼斯。在缤彩纷呈的表演世界里，她戴着"琼斯"的面具，宣泄着内心积压已久的阴郁，但面具之外的自己却逐渐变得模糊。在有关身份认同和丧亲之痛的描述中，奥科杰巧妙地将身处当代英国社会的黑人女性的心理创伤同西德拉的个人悲剧相结合，感情层层递进，引起读者的共鸣。评委会众评委称小说"叙事逻辑精巧"，作家在故事发生的时间和地点设置上独具匠心，塑造了一个"冒险、炫目、大胆且富有想象力"的故事。凯恩奖评委会主席、非洲中心主任肯尼思·奥卢穆伊瓦·萨普（Kenneth Olumuyiwa Tharp）称，作者以尖锐的笔触、绝妙的散文体讲述了一个反映非洲黑人意识觉醒的故事，展示了非凡的想象力。作为一名从马提尼克岛移居伦敦的年轻女性，西德拉的"寻找自我之旅"在普遍与特殊间"穿梭自如"，普遍经验与特殊经验无缝切换，既是在探索难以言说的痛苦、快乐和逃避的普遍经验，也展示了全球化时代黑人（或非洲人）在全球大都市中的特殊经验。此外，随着"黑命攸关"抗议活动的持续进行，"奥科杰的故事对探索黑人性在世界中的意义做出了突出贡献"，堪称一部"世界级的小说"。奥科杰认为，本次荣誉应归功于自己作为黑人所具有的"超自信"（extra confidence）。作为一名黑人女性作家，奥科杰对故事写作进行实验性的尝试，直言自己创造了一种怪诞的实验小说。她认为，创作以黑人女性为中心的小说十分重要，因为在相当长一段时间内，她觉得自己的写作不被主流认可，她希望探索"隐藏在不同角色下颠覆过去的痛苦"。她直陈，文学文本由作家与读者共同建构，读者并非被动地接收文本信息，她希望通过打破小说叙事形式、思想和语言之间的界限，邀请读者参与到文本世界的建构中来，同理想读者建立亲密无间的关系。另外，她认为，展示黑人女性和有色人种的生活经历十分必要，自己非常热衷于以黑人女性和有色人种的故事为中心，他们始终是自己的创作核心。

2. 英联邦短篇小说奖（Commonwealth Short Story Prize）

尼日利亚伊博族（Igbo）作家伊诺森特·奇扎拉姆·伊洛（Innocent Chizaram Ilo，出生年份不详）以短篇小说《当一位女人失去母性之时》（*When a Woman Renounces Motherhood*，2017）荣膺 2020 年非洲地区英联邦短篇小说奖。小说采用女儿恩瓦卡戈的视角，讲述了她的成长故事：从一开始对母亲决定放弃“母亲”身份感到疑惑和不解，目睹母亲“放弃”仪式以及周围女性对母亲的漫骂与嘲讽，到理解母亲的难处，最后和母亲一起离开。这一过程使恩瓦卡戈对“母亲”的身份有了全新的认识和更深刻的理解。故事虽篇幅有限，但情节紧凑，人物鲜明，为读者描绘了一幅黑人女性意识觉醒的震撼画面，小说中的母女形象正是作者想要表达的女性力量——团结且独立。在叙述技巧上，作者运用“对唱式”诗节（Call-Response Verse）赋予小说以音律美，故事中的每个角色代表着不同的声音，极具舞台效果。另外，作者还穿插使用伊博语和皮钦语，赋予作品以民族语言特色。

3. 布鲁内尔国际非洲诗歌奖（Brunel International African Poetry Prize）

伯娜丁·埃瓦里斯托（Bernardine Evaristo）于 2012 年设立布鲁内尔国际非洲诗歌奖，旨在发展、庆祝和推广非洲诗歌。此为最著名、奖金最为丰厚的非洲诗歌奖，面向全球尚未出版完整诗集的非洲诗人，每位诗人必须提交 10 首诗歌方可获得参赛资格。自成立以来，该奖项极大地推动了非洲诗歌的发展。奖项设立之初，来自北非的参赛者几乎为零。继2019年纳德拉·马布鲁克（Nadra Mabrouk）荣获布鲁内尔国际非洲诗歌奖之后，又一位埃及作家——拉布·阿什利（Rabha Ashry）——于2020年问鼎该奖项。阿什利来自阿布扎比，常驻芝加哥，毕业于纽约大学阿布扎比分校，近期在芝加哥艺术学院取得艺术硕士学位。她的作品主要发表在《2018文集》（*Collected 2018*）和《奇异地平线》（*Strange Horizons*）等期刊上，涉及在不同语言和文化视域下的散居、流亡和生存等议题。本次奖项的评委会主席凯伦·麦卡锡·伍尔夫（Karen McCarthy Woolf）和一众评委对阿什利的诗歌赞不绝口，称其"每个词语、诗行都经过缜密的编排，力求在和谐与混乱、单调与难忘、普通与卓越之间取得平衡，巧妙地编制了一系列极具画面感、令人震惊的图景。诗歌中的意象时而振奋人心，时而令人忧虑。诗人颠覆了传统的诗歌语言与意象，仿佛是在进行一种解构与揭秘，让读者深受流亡和绝望之苦，使之迫切地渴求一种心灵上的归属。尽管阿什利的诗歌语言让人不适，却十分必要"。

4. 创意写作年度图书奖（Book of the Year Award – Creative Writing）

创意写作年度图书奖为杰出的非洲文学作品授奖，作品为非洲作家往年出版的小说、非小说类散文、戏剧或诗集。喀麦隆女诗人、作家乔伊斯·阿什（Joyce Ash，出生年月不详）的诗集《艳火》（*Beautiful Fire*）获得2020年创意写作奖。诗集分为三部分，即"唤我女人"（"Call Me Woman"）、"掘金热"（"Nuggets of Passion"）和"存在政治"（"Politics of Being"），分别探讨了女性、恋爱关系以及日常生活等话题，表达了作者对自由的渴望，她呼吁人们走出自己编织的牢笼，活出自我。以色列诗人阿米尔·奥尔（Amir Or，1965— ）对该诗集赞不绝口，称"诗人敏锐的洞察力带领读者重新回到以语言、文化本源、女性理论和自然本身为核心的世界"。尼日利亚诗人塔努尔·奥贾德（Taunre Ojaide，1948— ）评论道："这本诗集触动了我们的内心，唤醒了我们无法忽视的温情和人性"。米尼·比奥（Mini Bio）认为，诗歌的语言简单、直白，揭露了地方和国际社会的虚伪，诗集中"燃烧的火焰具有净化作用，抚慰了那些惨遭残害的妇女及儿童"。

5. 温德姆–坎贝尔文学奖（Windham-Campbell Literature Prize）

温德姆–坎贝尔奖是美国的一个文学奖项，以作家唐纳德·温德姆（Donald Windham）和演员桑迪·坎贝尔（Sandy Campbell）的名字命名，于 2011 年在耶鲁大学设立，于 2013 年首次颁发，包括小说奖、非小说奖、诗歌奖和戏剧奖，每位获奖者将获得奖金 165,000 美元，以此表彰来自世界各地的英语作家。该奖项旨在呼吁人们关注作家的文学成就，并为作家提供机会，帮助他们摆脱经济困扰，以专注于文学创作。赞比亚女性作家纳姆瓦利·瑟佩尔（Namwali Serpell，1980— ）荣获 2020 年温德姆–坎贝尔文学小说奖，奖项评委会给她的颁奖词是："纳姆瓦利·瑟尔佩以赞比亚混血儿的特殊视角，重新审视了现代历史书写的方式，谱写出绝美的宏大史诗，并以此重新赋予当代小说以活力。"

6. 非洲作家奖（Prix Les Afriques）

"文学盛宴"（La Cene Littéraire）组织于 2015 年创立非洲作家奖，旨在表彰来自世界各地的非洲或非裔作家，促进非洲文学的发展。这些作家的小说强调了与非洲或其散居地相关的社会、意识形态、政治、文化、经济或历史等问题。尼日利亚作家艾奥巴米·阿德巴约（Ayobami Adebayo，1988— ）凭借 2019 年出版的法语版《与我同在》（*Reste Avec Moi*）摘得 2020 年非洲作家奖桂冠。作者将小说置于 20 世纪 80 年代尼日利亚动荡的社会背景下，讲述了一对年轻夫妇的婚姻危机。从 1985 年至 2008 年，在 20 多年的时间里，耶吉德和阿金从一段美好的爱情故事（两人在伊费大学时一见钟情）走向婚姻，爱情的甜蜜因不孕不育而支离破碎。面对盲目传统的沉重负担，妻子耶吉德穷尽所有以求怀孕之法，从此开启了对“母亲”身份漫长而痛苦的追求，并为此做出了难以想象的牺牲。作者向我们讲述了一个女人在父权制和一夫多妻制的枷锁中“苟延残喘”的故事，映射了特殊历史条件下的家庭矛盾和社会危机。

7. 诺莫奖（Nommo Award）

2020 年 10 月 25 日在线上举办的阿凯图书与艺术节（Ake Festival）公布了诺莫奖的获胜者，科幻小说在本次大奖中大放异彩。最佳小说奖被授予了尼日利亚作家苏伊·戴维斯·奥孔博瓦（Suyi Davies Okungbowa）的处女作《神猎者戴维·莫戈》（*David Mogo, Godhunter*，2019）；尼日利亚作家沃莱·塔拉比（Wole Talabi）的《不完全性理论》（“Incompleteness Theories”）获得最佳中篇小说奖；最佳短篇小说奖由尼日利亚作家阿达·恩纳迪（Ada Nnadi）的《小小的勇气》（“Tiny Bravery”）和尼日利亚籍英国作家齐科提莉·伊默卢马杜（Chikodili Emelumadu）的《食罪者》（“Sin Eater”）共同获得；最佳漫画和平面小说奖颁给了由作家莫拉金尤·阿劳耶（Morakinyo Araoye，生平年月不详）和艺术家奥金·伊克彼祖（Ogim Ekpezu，生平年月不详）共同完成的《丹佛》（*Danfo*）。

小说《神猎者戴维·莫戈》将背景置于拉各斯，将拉各斯城重塑为一个后启示录的（post-apocalyptic）世界，故事从神猎者戴维·莫戈的视角发出，讲述了他为阻止从奥伦城（Orun）堕落的奥利沙人（Orishas）占领拉各斯而与之战斗的故事，以较为中肯的立场展示了莫戈的自我成长，是西方成长小说在非洲语境下的戏仿。这部现代都市奇幻小说探讨了个人成长、身份认同和寻亲议题。在这部引人入胜的小说中，奥孔博瓦提醒读者，家（home）和家庭（family）并不总事关血缘。奥孔博瓦笔下的莫戈有时固执、自大，会发表粗暴的言论，对周围的人和事抱着怀疑心态，有时却风趣幽默，让人啼笑皆非，有时也能手刃神明，有时却仅能勉强生存。奥孔博瓦颠覆了尼日利亚传统神的概念，以娴熟的手法描绘了后启示录时代下拉各斯城内奥利沙人的丑恶行为，拉各斯城的生活、文化以及人们为守卫家园而战的画面跃然纸上。小说穿插着的皮钦语、英语、约鲁巴语和尼西比迪（Nsibidi）碑文，展现了尼日利亚这个令人眼花缭乱的语言王国。

科幻小说《不完全性理论》讲述了由尼日利亚物理学家沃莱·埃德吉领导的秘密国际团队在开发瞬移技术——使用特殊设备在瞬间内将某人或某物从一处移动到另一处——过程中对"人"之复杂性的认识，探讨了科技飞速发展的时代人何以为"人"以及人之存在的主题。埃德吉教授是一位享誉全球的天才，他刚从商人迪戈·萨拉扎处获得了数十亿美元的科研资金，用于发明瞬移技术。随着故事的推进，项目取得重大突破、联盟面临终结、意外事故不断以及潜在的胜利与悲剧等问题一一凸显，队员们开始意识到，钱不是问题，问题在于他们是否愿意为了知识牺牲自我。小说讲述了一个关于人们必须决定知识（和潜在的死亡）是否值得他们做出牺牲的故事，凸显了人性与先进知识逻辑之间的较量，这是一部典型的科幻小说，探讨了对成功和利润的欲望如何将人摧毁。

阿达·恩纳迪目前正在拉各斯大学攻读哲学学士学位，曾在《尖叫报》（*Brittle Paper*）担任投稿编辑，她的小说曾入围2018年写作主义短篇小说奖（the 2018 Writivism Short Story Prize）。《小小的勇气》发生在一个魔幻世界里，一批拥有超能力的人被关在医院里进行治疗。故事以秦薇——一个拥有翅膀和飞翔能力的女孩——初到医院的情景拉开序幕，具备隐身能力的“我”突然对秦薇感到好奇，不停地观察她的动作和神态，她发疯似的撕扯身上的羽毛，“我”出手制止她，她问“我”隐身的原因，“我”反问她为何拔羽毛，在你来我往的询问后，我们对彼此有了初步的认识。“我”逐渐了解到秦薇曾因自己是位同性恋者而极力隐藏自己的存在，另外，由于患恐高症，即使拥有翅膀，女孩也不能飞翔。同时，秦薇也知晓了“我”曾因无法控制超能力导致亲生姐姐毙命，自此隐身于世，不敢现于人前。随着故事的展开，“我”找到了存在的意义，终于鼓起勇气，现身于人前，秦薇也克服了恐惧，展开翅膀翱翔于天空。此刻，两人都明白，活在世上需要勇气，哪怕只是“小小的勇气”。小说极具科幻色彩，将每个人经历的伤痛转化成科幻世界的异能以压制和折磨自我，通过“我”和秦薇的美好结局来鼓励读者正视痛苦，走出阴霾，勇敢地存活于世。

齐科提莉·伊默卢马杜住在东萨塞克斯郡布莱顿，是一名作家和广播员，曾在许多杂志——如 *Apex*、*One Throne*、*Eclectica* 等——上发表过作品和选集，包括作品集《非洲怪物》(*African Monsters*)，其短篇小说《糖果女孩》(“Candy Girl”) 和《丛林幼儿》(“Bush Baby”) 分别于 2014 和 2017 年被提名雪莉·杰克逊奖 (Shirley Jackson Award) 及凯恩非洲文学奖。《食罪者》以第一人称叙述视角讲述了叙述人帮助室友“食罪者”恩科多完成“食罪”任务的故事。叙述人在阿南布拉阿齐克韦大学的旅馆遇到了作为“食罪者”的室友恩科多，她吃的第一个罪人是一个对妻子实施家暴导致其死亡的男人，其次是贩卖儿童的人贩子皮乌斯，第三个目标是表面风光实则进行权色及毒品交易的女大学生米契尔，最后以“清洗”毒品交易头目卡彭结束。小说对传统的“食罪者”形象进行了改写，恩科多净化的不再是死者，而是活生生的罪人，表达了作者希望“清洗”社会罪恶的诉求。故事中穿插着有关叙述人和恩科多的情谊、叙述人儿时的不快回忆以及对尼日利亚权力腐败的描写，以简洁的语言和节奏明快的语调描绘了当下尼日利亚的社会问题。

《丹佛》讲述了拉各斯丹佛车手埃梅卡的故事，他天真、善良、为生活不懈奋斗，得到了掌控宇宙平衡的古老生物伊拉沃·梅嘉的祝福和保护。在拉各斯海岸外，一家全球性的邪恶组织正不遗余力地寻找梅嘉，企图将这种力量为已所用，以服务于组织的邪恶欲望。埃梅卡能否领导这种古老的生物以抵抗邪恶组织并保护世界？小说借以表达了作者对全球化时代人类生存问题的忧思。

二、重要文学作品

尼日利亚著名女作家奇玛曼达·恩戈齐·阿迪奇埃（Chimamanda Ngozi Adichie，1977—　）于 2020 年 10 月发表了作品《齐克拉：一部短篇小说》（*Zikora: A Short Story*）。小说围绕一对母女的关系展开情节，讲述了主人公齐克拉怀孕后惨遭遗弃，平日里极为严肃、苛刻的母亲在她临盆之际却不远万里来到她身边，“帮助”她做好当母亲的准备。在孕产的过程中，齐克拉想起了诸多往事，父母的决裂、母亲的冷漠、父亲的虚假……齐克拉从反思母亲难言的过去和与母亲相处的几天中获得力量，决定重拾信心，放下过去，重新出发。更重要的是，她对“母亲”的身份有了更深刻的认识。《齐克拉》反映了男人令人发指的不负责任行径，以及作为母亲的女性长期遭受的苦难。坎蒂丝·布拉斯韦特（Candice Brathwaite）将其列为 2020 年自己最喜爱的小说之一，她直陈，齐克拉对生活的渴望和对母亲的冷漠深深吸引着她，阿迪奇埃一如既往地用文字描绘了一幅幅画面——即便使人不适，却仍然“爱不释手”。

尼日利亚作家乌卡玛卡·奥里萨克维（Ukamaka Olisakwe，1982— ）于2020年9月10日发表了小说《奥伽丁玛：一切都会变好的》（*Ogadinma: Or, Everything Will Be All Right*）。小说背景是20世纪80年代的拉各斯，以简洁明了的语言以及生动、明快、引人入胜的散文体讲述了女主人公奥伽丁玛同尼日利亚的社会传统做斗争，最后走向独立的故事，表达了对父权社会话语体系的控诉。奥伽丁玛的不幸始于被大律师基马强奸，由于未婚先孕，父亲把她送到了拉各斯的姨妈家。姨妈将奥伽丁玛嫁给了自己的兄弟——一个比奥伽丁玛足足年长18岁，且生性冲动、残暴的男人。丈夫的长期虐待和家人的冷眼相待唤起了奥伽丁玛的自我意识以及对自由的渴求，使之冲破父权社会禁锢其身的牢笼，正如小说在最后写道：“她终于能（自由）呼吸了”。小说不仅讲述了女性被征服、被压迫的故事，还描绘了女性在面临生存困境时表现出来的坚韧与不屈，通过描绘奥伽丁玛搬至拉各斯后令人迷失、充满启示和悲剧性的遭遇，尼日利亚年轻妇女的生活与时代背景“交相辉映”。

加纳作家夸梅·塞纽·内维尔·道斯（Kwame Senu Neville Dawes，1962— ）的小说《山与海》（*The Mountain and the Sea*）起初发表在“有声小说”（Audible Original）平台上。小说讲述了一段浪漫的爱情故事，主人公埃丝特是一位居住在牙买加的女画家，刚从丈夫离世的悲痛中缓过来，不久后敞开心扉爱上一名失忆男子蒙蒂。作家对郁郁葱葱的牙买加海岸、沙滩的暖风夹杂着食物中香料的味道以及加勒比海浪漫恋爱的描写使人如临其境。小说不仅以诗意的散文体描述了一场邂逅，更是一篇关于“放下过往，拥抱现在”的短文，探讨了如何逃离过往伤痛、敞开心扉以开启新生活这一主题。

加纳女作家爱伊莎·哈露娜·阿塔（Ayesha Harruna Attah，1983— ）的小说《深蓝之间》（*The Deep Blue Between*，2020）是一部意味深长的冒险故事，围绕双胞胎姐妹哈桑纳和侯赛纳的奋斗历程，分别讲述了村庄被毁后两姐妹分散在“深蓝色大海”两岸的所见所感。通过描绘天各一方的两姐妹不同的人生遭遇，小说探讨了“即使在人生的困境中，人与人之间的纽带依然紧密维系”这一主题。阿塔秉承一贯“让人物自己说话”的写作风格，以哈桑纳和侯赛纳为主导，各个人物的故事情节在书中各章节交替出现，从多个维度展现了两位女主人公从痛苦的分离到实现完整的自我成长以及非洲侨民生活的不同方面，使读者对加纳的前殖民历史，尤其是传教士的角色和 19 世纪内的英国–阿散蒂战争（the Anglo-Ashanti Wars）有了新的认识。

利比里亚女诗人帕特里夏·贾贝赫·韦斯利（Patricia Jabbeh Wesley，1955— ）的诗集《献给孩子们的赞歌：新诗和节选诗》（*Praise Song for My Children: New and Selected Poems*，2020）收录了她前 5 本诗集中的诗歌以及 20 多首新诗。诗集持续探寻诗人作为一名在美国生活了 30 年的非洲人的生活经历，题材主要包括家庭、乡村生活、对利比里亚内战的伤痛记忆和流亡海外的孤独与疏离。如在《在蒙罗维亚复兴之时》（“When Monrovia Rises”）中，诗人反复提到利比里亚战后城市的衰败和人民的痛苦，哀悼了在战火中牺牲的亡魂，揭露了战争给民族和国家造成的灾难；诗歌《归家》（“Coming Home”）讲述了流亡美国的经历，以伤感的笔触回忆在利比里亚的生活。夸梅·道斯称“这部诗集描述了难以置信的喜悦、发人深省的哀思和希望……是一部极富魅力的作品”。这本诗册是一个充满力量的集合体，韦斯利的文字间流露出对“家”的思考，以及对战争流亡的伤痛回忆，无一不引人注目。

加纳裔英国作家尼伊·帕克斯（Nii Parkes，1974— ）的诗集《上帝》（*The Geez*，2020）于2020年12月3日由菩提树出版社（Peepal Tree Press）出版，共收录42首诗歌。从主题上看，这些诗歌涉及爱情、游戏、遗产、历史、流言以及如今大行其道的流行音乐和文化。如，“游戏”部分的11首诗讲述了家庭生活、悲痛、失落和黑暗等方面的利与弊；“爱神”部分的14首诗书写爱情，尤其是浪漫的性爱，意象明朗，用词精准，在某些诗歌的表面下潜伏着创伤；“热情”部分的8首诗化用非洲音乐，极富音乐性与节奏性，讲述了美国黑人所遭受的残酷现实，以及在其中表现出的不屈不挠的勇气。这些诗歌意象明晰，语言简洁，融合了超强的想象力、令人发笑的幽默以及肃穆的庄严，成功地记录了个人的痛苦和欲望以及世界的弊病与美丽。

尼日利亚作家耶米思·阿里比萨拉（Yemisi Aribisala，1973— ）与乔尔·高比（Joel Golby）、黛西·约翰逊（Daisy Johnson）、雷切尔·罗迪（Rachel Roddy）、鲁比·坦多（Ruby Tandoh）和马尤克·森（Mayukh Sen）等13位作家合著的散文集《厨房里：关于食物和生活的散文》（*In the Kitchen: Essays on Food and Life: Writing on Home Cooking*，2020）描述了烹饪和饮食对个人与家庭生活的影响。如烹饪方法影响了罗迪对生活的看法，手抓食物对人的世界观产生巨大影响，对于甜味的其他定义方法使得坦多更加注意从多个维度观察事物的不同方面，食物和社会发展实则存在密不可分的关联，等等。这13篇文章完美地展现了作家们在厨房的经历，触发了自我对食物的思考。英国美食作家奈杰尔·斯莱特（Nigel Slater）力荐道：“这是一本令人愉悦、充满活力且温暖人心的原创作品集”。

尼日利亚作家阿布巴卡·亚当·易卜拉欣（Abubakar Adam Ibrahim，1979— ）的故事集《梦与各种噩梦》（*Dreams and Assorted Nightmares*，2020）共收录 12 个故事，主要通过生死来展现世间各态，是一部史诗般的作品。故事集用优美的散文体谱写最无情、绝望的事件，人物间的悲情是人类生活的真实写照，极易引起读者共鸣。12 个故事都发生在一个名叫赞戈（Zango）的小镇，每个故事都极具悲情，催人泪下，展现了人们对生死的看法，探讨了人与人的关系、人在困境中表现出的不屈以及人之存在等主题。如故事《马洛洛的杰作》（“Maroro’s Masterpiece”）以儿子的视角叙述了父亲阿巴·马洛洛一生的风流韵事；《萨贾赫》（“Sajah”）讲述了一位 40 多岁的男人因生活的变故不得不忍痛割爱，将其视作珍宝的爱车转卖；其中还包括社会对人的排挤和鄙夷、横尸街头的玩弄女性的“艺术家”、母亲离世后被迫做出人生抉择的少女、心理阴暗且藏着可怕秘密的女人等。这些故事大都神秘且黑暗，但流露出的同情与悲悯又一扫阴霾，引人深思，故事里的人物对生死的看法以及每个故事之间的联系都值得细细品味和深入思索。

结语

回顾 2020 年非洲文坛，我们可以看到，加纳文学和法语文学“不甘示弱”，竭力打破尼日利亚英语文学“一枝独秀”的局面。新生代作家持续“发声”，在全球读者与评论家中引起热议，人的生存和存在是本年度作家关切的突出议题，妇女的解放、农村与城市的现代性、政治、文化与宗教冲突、身份认同、家庭生活、对战争的伤痛记忆、流亡海外的孤独与疏离等仍是作家持续关注的问题，作家对新的创作手法进行了实验性探索，从多个维度书写全球化时代的非洲经验。小说和短篇故事一如既往地高产，布鲁内尔国际非洲诗歌奖极大地推动了非洲诗歌的发展，相比之下，戏剧创作显得黯然失色。

参考文献：

"Best Novella – Incompleteness Theories by Wole Talabi." 7 Mar. 2020. Web. 22 Mar. 2021. <https://www.runalongtheshelves.net/chaos2019/2020/3/7/y677ddi6exr6mfomxl8e8c85yo3>.

Bio, Mini. "Poetry – A review of Joyce Ash's collection of poems: Beautiful Fire." 12 Apr. 2021. Web. 24 Apr. 2021. <https://www.martinjumbam.net/2021/04/poetry-a-review-of-joyce-ashs-collection-of-poems-beautiful-fire.html>.

Brathwaite, Candice. "Sir Elton John and other Hay Festival speakers name their best reads of 2020." 26 Nov. 2020. Web. 23 Mar. 2021. <https://www.gq-magazine.co.uk/culture/article/elton-john-hay-festival-best-books-2020>.

Darkowaa. "The Deep Blue Between by Ayesha Harruna Attah." 2 Aug. 2020. Web. 23 Mar. 2021. <https://africanbookaddict.com/2020/08/02/the-deep-blue-between-by-ayesha-harruna-attah/>.

"'David Mogo, Godhunter': African Urban Fantasy and the Gods among us." 30 Jul. 2019. Web. 23 Mar. 2021. <https://blacknerdproblems.com/david-mogo-godhunter-african-urban-fantasy-and-the-gods-among-us/>.

Edoro, Ainehi. "Egyptian Poet Rabha Ashry wins the 2020 Brunel International African Poetry Prize." 4 May. 2020. Web. 20 Mar. 2021. <https://brittlepaper.com/2020/05/egyptian-poet-rabha-ashry-wins-the-2020-brunel-international-african-poetry-prize/>.

Ibeh, Chukwuebuka. "Winners of the 2020 Nommo Awards announced by the African Speculative Fiction Society." 2 Nov. 2020. Web. 19 Mar. 2021. <https://brittlepaper.com/2020/11/winners-of-the-2020-nommo-awards-announced-by-the-african-speculative-fiction-society/>.

Ihejirika, Uzoma. "The Geez by Nii Ayikwei Parkes Review – Threading Family, Love, & Race." 26 Dec. 2020. Web. 23 Mar. 2021. <https://opencountrymag.com/the-geez-by-nii-ayikwei-parkes-reviewthreading-family-love- race/>.

Masinga, Nkateko. "A Dialogue with Innocent Chizaram Ilo." 28 May. 2020. Web. 21 Mar. 2021. <https://africaindialogue.com/2020/05/28/commonwealth-short-story-prize-regional-winner-a-dialogue-with-innocent-chizaram-ilo/>.

O'Driscoll, Bill. "Homing Instinct: African-Born poet keeps returning to the theme of home." 1 Jun. 2020. Web. 28 Mar. 2021. <https://www.wesa.fm/post/homing-instinct-african-born-poet-keeps-returning-themehome#stream/0>.

Sammie. "David Mogo, Godhunter by Suyi Davies Okungbowa." 22 Jul. 2019. Web. 22 Mar. 2021. <https://thebookwyrmsden.com/2019/07/11/david-mogo-godhunter-by-suyi-davies-okungbowa/>.

Spears Books's Introduction to "Beautiful Fire." Web. 24 Apr. 2021. <https://spearsmedia.com/shop/beautiful-fire/>.

Tay, KaDi Yao. "Danfo wins Best Graphic Novel & Comic at the Nommo Awards." Web. 23 Mar. 2021. <https://squidmag.ink/danfo-nommo-award-best-graphic-novel/>.

Thornton, Jonathan. "The Old Drift by Namwali Serpell (Book Review) ." 14 Jan. 2021. Web. 29 Mar. 2021. <https://fantasy-hive.co.uk/2021/01/the-old-drift-by-namwali-serpell-book-review/>.

Uhakheme, Ozolua. "Nigerian writer Adebayo wins 2020 Prix Les Afriques." 16 Dec. 2020. Web. 30 Mar. 2021. <https://web.thestreetjournal.org/nigerian-writer-adebayo-wins-2020-prix-les-afriques/>.

Umezurike, Uchechukwu Peter. "Uchechukwu Peter Umezurike interviews Abubakar Adam Ibrahim about his latest collection 'Dreams and Assorted Nightmares'." 1 Dec. 2020. Web. 27 Mar. 2021. <https://africainwords.com/2020/12/01/qa-uchechukwu-peter-umezurike-interviewsabubakar-adam-ibrahim-about-his-latest-collection-dreams-and-assorted-nightmares-2020/>.

Vanguard. "How Nigeria's Irenosen Okojie won £10,000 with 'Grace Jones'." 3 Aug. 2020. Web. 27 Mar. 2021. <https://www.vanguardngr.com/2020/08/how-nigerias-irenosen-okojie-won-10000-with-grace-jones/>.

"Windham Campbell Prizes – Namwali Serpell." Web. 29 Mar. 2021. <https://windhamcampbell.org/festival/2020/recipients/serpell-namwali>.

"Winners of The Commonwealth Short Story Prize." Web. 20 Mar. 2021. <https://www.commonwealthwriters.org/2020-cssp-regional-winners/>.

"Winners of The 2020 AKO Caine Prize – Irenoson Okojie for 'Grace Jones'." Web. 27 Mar. 2021.
<https://www.caineprize.com/the-winner-1>.

"Winners of the 2020 Nommo Awards." Web. 21 Mar. 2021.
<http://www.africansfs.com/home>.

作者单位：北京外国语大学　上海师范大学

2020 年非洲葡语文学概览

周　淼

内容提要：2020 年，突如其来的新冠病毒肆虐全球，医疗设施相对薄弱的非洲葡语国家遭到了巨大的冲击，文化事业也受到了极大影响。总体来看，2020 年问世的非洲葡语文学作品中有不少呈现出与往年不同的风格。其中最引人注意的特点是内省和反思类题材增多：既有对个人文学生涯的阶段性总结，也有对文学创作本身意义的思考，还有对本土文化中世界性的探索。疫情阴影笼罩下的 2020 年，非洲各葡语国家的文学创作者们似乎不约而同地加深了其作品中严肃而深沉的部分。

按照非洲各葡语国家葡文国名的首字母排序，我们将依次关注安哥拉（Angola）、佛得角（Cabo Verde）、几内亚比绍（Guiné-Bissau）、莫桑比克（Moçambique）及圣多美和普林西比（São Tomé e Príncipe）2020 年的文坛动态。

一

安哥拉作家若泽・埃杜阿多・阿瓜卢萨（José Eduardo Agualusa，

1960— ）在2020年推出了一本震撼人心的小说《生者与他者》（*Os Vivos e os Outros*，2020）。小说的背景设定在莫桑比克岛（Ilha de Moçambique），讲述一群作家登岛参加文学节，却被一场席卷非洲大陆的超强风暴困在岛上的故事。一时间仿佛世界末日来临，岛屿与外界的通信完全被切断，岛上还散布着可怕的流言：隔海相望的非洲大陆已经被毁灭了。在这样的背景下，有人怡然自得，仿佛身在天堂；还有一些人备受煎熬，好像身处地狱。而正是这些痛苦才使被困在岛上的作家们真切地意识到，他们身处的孤岛其实是一种炼狱，一种对自我的挑战：为了自我救赎，作家们凭借文字创造出一个新天地。

阿瓜卢萨的这部新小说挑战了一个史诗般重大的主题，即文字的神圣性，以及文学创作对人类世界的改造。莫桑比克岛地狱–炼狱–天堂的三重性，让人联想到但丁（Dante Alighieri，1265—1321）的三界漫游。作者将宏大的梦幻场景与深刻的政治寓言紧密结合，这一处理明显借鉴了《神曲》的创作特色。同时，阿瓜卢萨还解读了基督教精神传统中的一些重要符号：被天灾毁灭和等待重生的世界、末日审判，以及《约翰福音》中作为创世密码的言词——“太初有道”（“No princípio era o verbo”，葡语中的“道”/verbo可以被理解为词语、言词）。

值得一提的是，作家的背景设定看似奇幻，其实具有一定的真实性。莫桑比克岛确实存在，它通过一条长达三千米的桥与非洲大陆连接，岛屿与对岸大陆的天气经常迥然不同。在阳光灿烂的岛上的确能隔岸观看对面的暴风雨。小说中提到的风暴，也指向2019年对莫桑比克造成重大破坏的强热带气旋伊代（Idai）。因此，对熟悉非洲地理与文化的读者来说，该小说的奇幻性与真实性并行不悖，能引起非常独特的阅读体验。

从写作风格来看，这部小说也与阿瓜卢萨此前的创作有所不同。尽管它在一定程度上是作家在2017年发表的作品《不情愿的梦想者的社会》(*A Sociedade dos Sonhadores Involuntários*，2017）的续篇，但新小说不再以犀利而讥诮的笔触针砭时弊，而是通过更为深沉也更有寓意性的讽刺启发读者思考文学创作在当今社会乃至人类文明进程中的使命。

安哥拉青年作家翁加奇（Ondjaki，1977— ）出版了两部新作，分别是诗歌集《阳光和犀牛的故事》(*A Estória do Sol e do Rinoceronte*，2020）和小说《记录被抹去的记忆》(*O Livro do Deslembramento*，2020)。前者是作者擅长的儿童文学体裁，以童谣版的诗句讲述了一个清新的寓言，与小读者讨论幸福的奥秘。故事中，一只体格硕大却总是郁郁寡欢的犀牛，不断向太阳追问如何摆脱胸中的郁结；在太阳的提点下，犀牛豁然开朗：人生在世，不能只在意自己是否健壮强大，也应该珍视和守护自己温柔的内心。小说《记录被抹去的记忆》则要凝重许多。它的背景设置在20世纪内战时期的罗安达(Luanda)。刚刚步入民主进程的安哥拉，因为激烈的内部矛盾，再次被战火撕裂。作者使用第一人称叙事，别出心裁地通过儿童视角，以童真的语言讲述小男孩达鲁（翁加奇本名）在内战爆发前后的经历。小说共分12章，每一章都是相对独立的小故事。前11章讲述的是达鲁在内战之前充满童趣的日常生活片段，比如，第一次逃学的经历、应对来家里蹭饭的邻居、夏天和家人一起去海边玩耍、圣诞节给孤独的邻居老夫妇送芒果等故事。与前11章舒缓的节奏迥然不同，小说最后一章集中讲述了内战爆发期间，男孩在姨妈家的经历。顽皮而敏感的男孩达鲁仿佛一夜长大，和姨妈一家一起经历战火的煎熬，凭借智慧和毅力度过内战爆发时最艰难的4天。小说中的人物刻画非常传神，突出了男孩的父母姐妹、亲戚朋友、街坊邻居等人的性格特点。他们有着各自的小瑕疵、小脾气，也有着耐人寻味甚至不平凡的一面。故事中以达鲁母亲和姨妈为代表的坚强女性形象尤其令人印象深刻，展示出了安哥拉女性温柔、慷慨而又充满韧性的人格魅力。该小说的英文译本也参加了2020年都柏林国际文学奖（International Dublin Literary Award）的角逐。

民主斗士、著名作家佩佩特拉（Pepetela，1941—　）在2020年获得了由葡萄牙波浮阿德瓦辛（Póvoa de Varzim）赌场组织的书写潮流文学奖（Prémio Literário das Correntes d'Escritas）。他的获奖作品是广受好评的社会讽刺小说《成为遗体的总统阁下》（*Sua Excelência, de Corpo Presente*，2018）。我们在2018年的非洲葡语文学概览中已经关注过该作品。

二

2020年佛得角文坛最受人关注的作品应该是著名小说家热尔曼诺·阿尔梅达（Germano Almeida，1945—　）的新作《最后的呼啸》（*O Último Mugido*，2020）。该书是作者出版于2018年的小说《忠诚的死者》（*O Fiel Defunto*，2018）的续篇。新作将前传主人公——被谋杀的作家米盖尔·洛佩斯·马西埃拉（Miguel Lopes Macieira）——的遗孀玛丽莎（Mariza）作为新主角，讲述她从美国赶回佛得角明德卢（Mindelo），排除万难完成丈夫唯一遗愿（在明德卢大广场上公开火化）的故事。阿尔梅达延续了其标志性的黑色幽默风格，对佛得角政治和文化界的种种现象，尤其是自满和封闭的岛国心理以及小资产阶级的虚伪和虚荣，进行了入木三分的讽刺。在《最后的呼啸》中，作家也深刻反思了文学创作与现实生活的关系：在日益大众化的今天，早已褪去神圣光环的作家究竟能够在社会中占据怎样的地位？他应该继续迎合大众口味，还是应该揭示和阐释一些人们往往难以直面的事物？围绕这些重大命题的讨论，给阿尔梅达的这部新作增添了严肃性。作者表示，他正在写作“忠诚的死者”系列的第三部小说，在通过死者和死者遗孀的角度叙事之后，新小说将从谋杀者的视角叙述。诗歌方面，佛得角诗人若泽·路易斯·塔瓦雷斯（José Luiz Tavares，1967— ）之前发表的诗集《沉船后使用说明书》（*Instruções para Uso Posterior ao Naufrágio*，2019）在 2020 年成功入围海洋文学奖（Prémio Oceanos de Literatura）。这部作品也是进入该奖决赛阶段的 54 部作品中唯一一部由非洲作家创作的诗歌作品。我们在 2019 年的非洲葡语文学概览中已经关注过这部非常具有原创精神的诗集。另一部入围 2020 年海洋文学奖决赛阶段的非洲文学作品是莫桑比克著名作家米亚·科托（Mia Couto，1955— ）的杂文集《一沙一宇宙》（*Universo num Grão de Areia*，2019），在去年的概览中我们也介绍过这部有着环球视角的作品。

三

我们将目光转向几内亚比绍。2020 年，该国作家继续将目光凝聚在本国的社会问题上。他们的创作依然充满忧患意识，也饱含着对社会革新的急切追求。2020 年有两部几内亚诗集发布：穆萨·鲍德（Mussá Baldé，1973— ）的《混合语朗读》（*Kriol Tem Li*，2020）和拉加提夏·欧孔诺科（Lagartixa Okonhoko，1980— ）的《AFÉTÉRÉ 民族》（*Nação AFÉTÉRÉ*，2020）。两位诗人都采用几内亚本土与葡萄牙混合语（kriol）进行创作。鲍德的新诗集共有 14 首诗，由鲍德本人朗读录制而成，没有文本。诗人对此的解释是：几内亚本土语还没有形成统一的书面体，但是，由于本土语朗读的诗歌更受大众喜爱，因此，他决定以这样的出版形式更有效地激发几内亚群众对文学和本土语言的热爱。据诗人介绍，该诗集的主要内容是向追求自由的几内亚女性致敬，赞美几内亚人民为民族解放做出的贡献，讴歌几内亚人民与大自然和谐相处的生活方式。欧孔诺科的新作也与鲍德的诗集类似，旨在通过诗歌的力量呼唤本国人民积极投身于国家建设。不过，欧孔诺科对社会改革的诉求更为强烈，对几内亚社会中的一些不公平现象也提出了尖锐的抗议。拉加提夏·欧孔诺科是安德烈·门德斯（André Mendes）的笔名。这位年轻的诗人和社会活动家长期活跃在葡语文艺界和欧洲戏剧舞台。他的这部新作收录了74首诗歌，除了以本土语创作的诗歌之外，还有以葡萄牙语、英语和法语写成的作品，多角度地体现了作者丰富的文化背景。总体来说，几内亚比绍文学依然延续了近年来的创作趋势，主要以批评社会和政治问题、确立民族文化特性为主旋律，充分挖掘本土语言文学创作对本国人民的教育作用。

四

与其他非洲葡语国家相比，2020年莫桑比克文坛基本保持了强劲的活力，涌现出不少优秀的新作。享誉全球的著名作家米亚·科托在2020年底发表了小说《缺席之图的绘制员》（*O Mapeador de Ausências*，2020）。与翁加奇的小说《记录被抹去的记忆》异曲同工，该书也重拾了作者童年和青少年时期的珍贵记忆。作家表示，该小说的创作动机是纪念自己饱受摧残的故乡贝拉（Beira）。米亚·科托的小说主题比较常见（功成名就的作家回乡，与自己过去的生活相遇），但故事背景比较特殊：它设定在2019年热带气旋伊代袭击贝拉市前夕。这一设定与阿瓜卢萨的《生者与他者》一样充满了深重的悲悯色彩：两位作家不约而同地将文学创作者全面的自我审视置于一场几乎毁灭一切的大风暴袭击之下。米亚·科托的这部作品不但深刻审视了早年经历对文学创作的决定性影响，也通过文学的力量重现了莫桑比克内战时期被摧毁的城市；天灾与人祸两相对应，令人唏嘘不已。该作品的自传性质很强：主人公迪奥戈·圣地亚哥和米亚·科托一样，是受人尊敬的知识分子。迪奥戈·圣地亚哥在 2019 年返乡接受荣誉，殊不知一场大风暴即将席卷故乡贝拉市。迪奥戈回忆起自己早期的人生：白人少年，生活在当时还是葡萄牙殖民地的莫桑比克，与热爱自由、作为记者的父亲——以米亚·科托的父亲费尔南多·雷特·科托（Fernando Leite Couto，1924—2013）为原型——一起经历了莫桑比克艰难的独立历程，也一起分享着对诗歌的热爱。在对父亲的追忆中，童年时接触过的那些在恐怖战争中消逝的人物也一一浮现。米亚·科托用细腻灵动的笔触将这些人物刻画得极其生动，作家对毁灭与重生的思考也力透纸背。该作品一问世即受到大量好评，读者反响非常强烈。此书也再次奠定了米亚·科托在当代葡语文坛的领军地位。

与科托同辈的莫桑比克著名小说家若昂·保罗·波尔吉斯·科埃略（João Paulo Borges Coelho，1955— ）在 2020 年出版了《513.2 街编年史》（*Crónica da Rua 513.2*，2020），同样反思了莫桑比克独立战争前后的历史。该小说延续了科埃略擅长的魔幻现实主义手法，通过作者对莫桑比克当代史的全面了解和直接体验，探讨战争的创伤对人们生活的影响。作者虚拟了一条神秘的 513.2 街，它位于刚获得独立的莫桑比克首都马普托（Maputo）。这条街上有殖民时期建造的房子，房子里原先的居民虽然死去了，但他们的灵魂并没有离去，而是不断地干涉新住民的日常生活。生者和死者的种种矛盾和互动，展示出独立战争后莫桑比克人民异常艰辛的自我定位和对新生活的追求。

和安哥拉作家翁加奇一样，2020年，莫桑比克作家阿德里诺·蒂莫特奥（Adelino Timóteo，1970—　）也步入了文学生涯的第20年。这位此前因儿童文学作品《在鳄鱼村里》（*Na Aldeia dos Crocodilos*，2018）而广受少年读者喜爱的作家发表了历史小说《白巫师》（*O Feitiço Branco*，2020）。故事的主人公——葡萄牙贵族贡萨罗·门德斯·拉米雷斯（Gonçalo Mendes Ramirez）——来自葡萄牙19世纪著名作家埃萨·德·克罗斯（Eça de Queirós，1845—1900）的经典小说《尊贵的拉米雷斯家族》（*A Ilustre Casa de Ramires*，1900）。在埃萨的小说中，落魄贵族拉米雷斯改头换面，毅然前往非洲开始新的生活（埃萨研究者们普遍认为，拉米雷斯这个人物在某种程度上可以看作是19世纪葡萄牙的化身——没落颓废、虚荣度日、最终自悟并转向革新）。在《白巫师》中，蒂莫特奥将拉米雷斯带到莫桑比克赞贝泽河谷（Vale do Zambeze）地区，设想这位葡萄牙贵族在1886到1890年间在该地区的生活经历。赞贝泽河谷山林茂密，部落文化极具特色，蒂莫特奥在此前的作品中也对当地传统文化进行了深入的挖掘。赞贝泽文化中万物有灵、生者与魂灵共处的神秘生死观也给蒂莫特奥的故事增添了浓厚的奇幻色彩。在作者笔下，拉米雷斯深入山林，目睹了当地壮观的自然景象，也见证了不同族群之间种种激烈的冲突。通过这部新作品，蒂莫特奥与葡萄牙经典文学以及自己此前的创作进行了对话，继续在自己所熟悉的19世纪历史和赞贝泽文化中寻求灵感。作者表示，这部小说是他以赞贝泽作为故事背景的最后一部作品，此后他将转向新的主题。

诗歌方面，莫桑比克推出了该国第一本以盲文印刷的诗集《困倦和一些涂鸦》（*Sonolência e Alguns Rabiscos*，2020），作者是社会活动家、女诗人和说唱歌手埃尼娅·丽班加（Énia Lipanga，1977— ）。这位将文学创作与社会活动密切结合的作者，希望通过该作品呼吁更多的诗人和艺术家关注残障人士。该诗集以盲文和普通墨水印刷，将作者对弱势群体的关爱和对社会平等的诉求传达给了更广大的读者。

近年来崭露头角的莫桑比克青年诗人莫尔加多·姆巴拉特（Morgado Mbalate，1993— ）在葡萄牙出版了诗集《柔和的言词艺术》（*A Arte Suave da Palavra*，2020）。姆巴拉特的诗风轻柔且颇具浪漫主义情怀。他的诗歌用词简约，感情真挚，洋溢着对大自然的敬畏和对宇宙万物的博爱，也表达了作者对人性中神圣和高尚的追求，传达出非常积极的生活态度。

另一位年轻的莫桑比克诗人欧蒂尔多·朱斯蒂诺·归多（Otildo Justino Guido，1998— ）也在近期脱颖而出，并处于创作的蓬勃上升期。2020 年，他的诗集《水之骨》（*O Osso da Água*）荣获葡萄牙维塞乌（Viseu）市政府茹迪特·特谢拉诗歌奖（Prémio de Poesia Judith Teixeira），并在 2021 年出版。该奖为纪念独树一帜的葡萄牙现代主义女诗人茹迪特·特谢拉（Judith Teixeira，1880—1959）而设，旨在鼓励和赞助葡语文坛新秀。归多的诗歌颇受莫桑比克著名诗人帕特拉金（Luís Carlos Patraquim，1953— ）和超现实主义艺术的影响，梦幻般的意象环环相扣，诗句精巧耐读，给读者带来了非常奇妙的感官体验。

受疫情影响，2020 年的第四届马普托书市（Feira do Livro de Maputo）在线上举行，除了莫桑比克本国作家之外，还有来自巴西、佛得角、几内亚比绍、葡萄牙和西班牙的作家参与。通过一年一度的国际书市，马普托努力建设“文学城市”，推动世界文化交流。本届书市的致敬对象是莫桑比克首位发表小说的女作家保丽娜·西齐安内（Paulina Chiziane，1955—　）及其处女作《迎风的情谣》（*Balada de Amor ao Vento*，1990）。该小说讲述一对文化背景不同的恋人饱受命运折磨的爱情故事，通过一对爱人的悲欢离合，关注莫桑比克传统文化思想与西方基督教文化的碰撞，揭露男权社会中女性身不由己的生活状态。对顽固的一夫多妻制陋习，作者更是进行了深刻的批判。西齐安内的文学创作，在很大程度上推动了人们对非洲女性生存状况的重视，具有深远的社会意义。

五

2020年度的葡萄牙语文学奖（Prémio Literário Lusofonia）颁发给了圣多美和普林西比女作家、诗人欧琳达·贝雅（Olinda Beja，1948—　），以表彰她对圣多美民间口头文学传统的继承与发扬，及其为促进葡语国家之间文化交流做出的重大贡献。我们在2017和2018年的文学概览中关注过贝雅清新优美的儿童文学作品。

结语

在新冠疫情的严重冲击下，2020年的非洲葡语文坛稍显沉寂，葡语国家之间的文化交流也受到了重大影响。尽管如此，仍有不少优秀作品值得我们关注。我们也注意到，非洲葡语文学创作出现了新的趋势，深刻而严肃的反思类题材增多，创作的互文性（intertextualidade/intertextuality）也有所增强。逐渐步入成熟期的非洲葡语作家主动与自己早期的创作以及西方文学经典展开深入对话，开始步入创作新阶段。在疫情逐渐得到控制之后，非洲葡语文学还将绽放出怎样的异彩？让我们拭目以待。

参考文献：

Agência Lusa. “Novo romance de Mia Couto é uma homenagem à cidade da Beira, onde nasceu.” 28 Out. 2020. Web. 23 Jun. 2021. <https://visao.sapo.pt/atualidade/mundo/2020-10-28-novo-romance-de-mia-couto-e-uma-homenagem-a-cidade-da-beira-onde-nasceu/>.

—.“Ondjaki lança livro para a infância e um romance.” 20 Jul. 2020. Web. 23 Jun. 2021. <https://gerador.eu/ondjaki-lanca-livro-para-a-infancia-e-um-romance/>.

—.“Poeta guineense Mussá Baldé apresenta sexta-feira em Bissau coletânea de poemas em áudio.” 13 Fev. 2020. Web. 23 Jun. 2021. <https://www.sapo.pt/noticias/atualidade/poeta-guineense-mussa-balde-apresenta-sexta_5e45686df0a7d51282a198a2>.

—.“Quinze autores portugueses entre os 54 finalistas do Prémio Oceanos de Literatura.” 25 Ago. 2020. Web. 23 Jun. 2021. <https://expresso.pt/cultura/2020-08-25-Quinze-autores-portugueses-entre-os-54-finalistas-do-Premio-Oceanos-de-Literatura>.

Cordeiro, Ana. “*O Último Mugido* de Germano Almeida.” 21 Abr. 2020. Web. 23 Jun. 2021. <https://expressodasilhas.cv/cultura/2020/04/21/o-ultimo-mugido-de-germano-almeida/69018>.

Correia, Regina. “Notas de leitura sobre o livro *A Arte Suave da Palavra*.” <https://tenacidadedaspalavras.blogspot.com/2021/02/notas-de-leitura-sobre-o-livro-arte.html>.

Dênde, Manuel. “Escritora são-tomense galardoada com Prémio Lusofonia 2020.” 16 Out. 2020. Web. 23 Jun. 2021. <https://www.stp-press.st/2020/10/16/escritora-sao-tomense-galardoada-com-premio-lusofonia-2020/>.

“Feira do Livro de Maputo numa edição virtual.” 17 Out. 2020. Web. 23 Jun. 2021. <https://www.uccla.pt/noticias/feira-do-livro-de-maputo-numa-edicao-virtual>.

Gemmino, Cristina. “O livro do deslembramento.” 27 Jan. 2021. Web. 23 Jun. 2021. <https://www.vozdaliteratura.com/post/o-livro-do-deslembramento>.

Jornal Odemocrata. “Figura da semana: Lagartixa Okonhoko lança livro de poemas *Nação Afétéré* .” 24 Dez. 2020. Web. 23 Jun. 2021. <https://www.odemocratagb.com/?p=27822>.

“José Eduardo Agualusa: o Brasil se reconhece na literatura africana.” 17 Set. 2020. Web. 23 Jun. 2021. <https://fliaraxa.com.br/jose-eduardo-agualusa-o-brasil-se-reconhece-na-literatura-africana/>.

Nhachote, Luís. “Énia Lipanga vai dar a luz Sonolência e Alguns Rabiscos.” 30 Dez. 2019. Web. 23 Jun. 2021. <https://www.moz24h.co.mz/post/énia-lipanga-vai-dar-a-luz-sonolência-e-alguns-rabiscos>.

“Obra *O Osso da Água* vence Prémio de Poesia Judith Teixeira 2020.” 30 Dez. 2020. Web. 23 Jun. 2021. <https://www.cm-viseu.pt/pt/noticias/obra-o-osso-da-agua-vence-premio-de-poesia-judith-teixeira-2020/>.

“*O Mapeador de Ausências* é o novo romance de Mia Couto.” 28 Out. 2020. Web. 23 Jun. 2021. <https://revistabica.com/o-mapeador-de-ausencias-e-o-novo-romance-de-mia-couto/>.

“Poeta moçambicano lança *A Arte Suave da Palavra*.” 23 Fev. 2021. Web. 23 Jun. 2021. <http://www.pordentrodaafrica.com/cultura/poeta-mocambicano-lanca-a-arte-suave-da-palavra>.

Remédios, José dos. “Cada vez que escrevo um livro, sinto que estou a fechar uma etapa – Adelino Timóteo.” 13 Nov. 2020. Web. 23 Jun. 2021. <https://www.opais.co.mz/cada-vez-que-escrevo-um-livro-sinto-que-estou-a-fechar-uma-etapa-adelino-timoteo/>.

Ribeiro, Milton. “*O Mapeador de Ausências*, de Mia Couto.” 24 Dez. 2020. Web. 23 Jun. 2021. <https://miltonribeiro.ars.blog.br/2020/12/24/o-mapeador-de-ausencias-de-mia-couto/>.

Serra, Paulo. “Entrevista a José Eduardo Agualusa sobre Os Vivos e os Outros: O que devemos esperar dos escritores?” 3 Dez. 2020. Web. 23 Jun. 2021. <https://postal.pt/papel/2020-12-03-Entrevista-a-Jose-Eduardo-Agualusa-sobre-Os-Vivos-e-os-Outros-O-que-devemos-esperar-dos-escritores->.

Silva, João Céu e. “Foi estranho só ter acontecido com o Luis Sepúlveda. Teria sido mesmo o vírus?” 23 Mai. 2020. Web. 23 Jun. 2021. <https://www.dn.pt/edicao-do-dia/23-mai-2020/foi-estranho-so-ter-acontecido-com-o-luis-sepulveda-teria-sido-mesmo-o-virus-12228662.html>.

—.“Pepetela é o vencedor do prémio literário das Correntes d’ Escritas.” 19 Fev. 2020. Web. 23 Jun. 2021. <https://www.dn.pt/cultura/pepetela-e-o-vencedor-do-premio-literario-das-correntes-descritas-11833495.html>.

作者单位：葡萄牙科英布拉大学

2020 年芬兰文学概览

任　静

内容提要：突如其来的疫情打破了人们的正常生活，然而文学却在灾难中萌发生机。2020 年的芬兰文坛，“二战”依旧是文学创作中的热点话题，成为虚构与非虚构作品中的核心主题。与往年不同的是，本年度的文学作品着眼于挖掘历史背后鲜为人知的故事。有关女性话题的作品相比往年更加受人关注；同时，惊悚小说依然广受欢迎。同样值得关注的是，儿童文学作品题材新颖。本文将从四项芬兰重要文学奖项的获奖作品和三类文学畅销书籍入手，介绍 2020 年芬兰文坛态势。

2020 年，突如其来的疫情打破了人们的正常生活，然而文学却在疫情的肆虐中不断向前。在芬兰，文学书籍的销售情况呈现好转趋势。根据 2021 年 1 月 22 日芬兰图书贸易协会和芬兰出版协会公布的统计数据，2020 年所有销售渠道的文学作品销售额均有所增长。出版商对零售商的销售额较上年增长了 12%，书店销售额增长了 1.5%。书店非纪实类文学作品销量增长 11%，纪实类文学作品销量与上年持平，儿童文学作品销量增长 2%。同样的趋势在出版商对经销商的销售中也有所体现。这一信息表明，2020 年度的芬兰文坛依旧生机盎然。

一、芬兰文学奖（Finlandia-palkinto）

2020 年芬兰文学奖的获奖作品是安妮·基托麦基（Anni Kytömäki，1980—　）的小说《玛格丽特》（*Margarita*[1]，2020）。基托麦基来自海门基托（Hämeenkyrö），那里的山脊、沼泽和森林是作者创作的重要源泉。基托麦基曾从事自然研究，也曾以音乐为生。她的处女作《绿篱莺》（*Kultarinta*，2014）在出版当年就获得了芬兰文学奖提名，还获得了卡尔勒奖（Kaarlen palkinto）和坦佩雷市文学奖（Tampereen kaupungin kirjallisuuspalkinto）。《绿篱莺》一书曾被评为 2014 年芬兰最好的小说之一。基托麦基的第二部小说《穗鹏》（*Kivitasku*，2017）曾获得坦佩雷市文学奖。此次获奖小说《玛格丽特》以二战时期的芬兰为背景，讲述了三个生活轨迹完全不同的年轻人在面临国家发展和个人利益冲突时的矛盾故事。爱好和平的战士不得不上前线作战；极力主张森林保护的研究员必须考虑战后经济发展对森林资源的需求；不愿生育的妇女面对国家人口发展要求倍感压力。小说还讲述了脊髓灰质炎的暴发对芬兰社会的冲击，展现了人类在自然灾害面前的脆弱和渺小。

当个人需求和国家发展相矛盾时，人们的生活将走向何处？《玛格丽特》着眼于芬兰历史中人们较少关注的一面，通过一个个鲜活的人物形象展现了 20 世纪 40 和 50 年代芬兰人面对国家发展需求时的思考和感悟。作者在小说中常常借助“珠蚌”的象征意义，折射出历

1　Margarita 是拉丁语，意为珍珠，也可指珠蚌。

史洪流下小人物的心酸和无奈。该小说涉及很多主题：战争与重建、女性的身体主权、个人和国家、流行病以及自然资源保护。小说语言优美生动，细节描写真实。

二、芬兰非虚构文学奖（Tieto-Finlandia-palkinto）

2020 年，塞娅–莱娜·奈瓦拉（Seija-Leena Nevala，1966— ）与马尔科·迪卡（Marko Tikka，1970— ）共同创作的纪实类文学作品《被禁止的娱乐》（*Kielletyt leikit*，2020）获得了芬兰非虚构文学奖。奈瓦拉是历史学家，主要从事性别、家族史研究以及 20 世纪 20 到 50 年代的芬兰社会研究。迪卡是哲学博士、历史学家。他主要研究内战史和芬兰流行文化。奈瓦拉和迪卡都曾在研究中提到过二战期间的“舞蹈禁令”——一个两位专家都十分感兴趣的话题。电影可以看，聚会可以参加，酒甚至也可以喝，是什么让跳舞变得如此危险以至于国家不得不明令禁止？两位专家带着这些疑问，对二战期间“舞蹈禁令”的背景、原因和后果进行了广泛且深入的探究。《被禁止的娱乐》回忆了 1888 至 1948 年间芬兰禁止跳舞的历史，详细讲述了“舞蹈禁令”的前因后果，挖掘了这一反常禁令背后的秘密。作品从多方面探究了“舞蹈禁令”史，涉及性别、娱乐、宗教和政治等领域。奈瓦拉和迪卡在书的最后谈到，二战时期的芬兰处于各种思想和宗教碰撞最激烈的时代，这是一个“严重自我怀疑”和“斯巴达式控制”的时期，“舞蹈禁令”正是这个时代的产物。

《被禁止的娱乐》是芬兰第一部对二战期间“舞蹈禁令”进行深入探究的作品。该作品对历史事件的描述为读者打开了一个全新视角，有助于读者理解芬兰的社会现实。该作品学术性较强，两位作者使用了大量参考文献，以保证书中的每一个论点都有真实可靠的论据支撑。同时，该作品语言生动有趣，不乏可读性与趣味性。作者通过一系列小故事成功地在读者面前还原了一幅真实的芬兰历史画卷。

三、芬兰少年儿童文学奖（Finlandia Junior-palkinto）

2020年的芬兰少年儿童文学奖获奖作品是安亚·波尔蒂（Anja Portin，1971— ）创作的儿童小说《波波夫收音机》（*Radio Popov*，2020）。波尔蒂不仅从事儿童文学创作，也曾撰写成人长篇小说。围绕孤独、友谊、分享和倾听多个主题，《波波夫收音机》讲述了一个被父母遗忘的9岁男孩阿尔弗雷德由一台神奇的收音机开启了秘密夜间广播之旅的故事。城里所有被遗忘的孩子通过收音机分享自己的故事，聆听别人的生活。有酗酒家庭的女儿，有单亲家庭中负责照顾妹妹的哥哥，也有因病重被父母过度保护以致与外界脱节的孩子。小说中的世界不是非黑即白的，故事无关善与恶的斗争。被遗忘的孩子的父母也没有被妖魔化。故事重在展现那些看似不尽如人意的事件中的点滴善良和美好。

"孤独"对于儿童来说本是一个沉重的话题，但作者从不同年龄层的孩子的角度出发，以简单幽默的语言向小读者们讲述了一个温馨的奇特故事。小说中不乏惊险刺激的故事情节，既出人意料又在情理之中，引人入胜。

四、《赫尔辛基日报》文学奖（*Helsingin Sanomien* kirjallisuuspalkinto）

2020年，《赫尔辛基日报》文学奖项的获奖作品是小说《边境》（*Rajamaa*，2020）。作者泰尔黑·科科宁（Terhi Kokkonen，1974— ）曾是乌特拉巴拉（Ultra Bra）乐队的主唱，是20世纪90年代成千上万芬兰青年的偶像。

获奖作品《边境》是一部惊悚小说。小说的开篇就暴露了故事的结局：妻子杀死了丈夫。由此，作品开始讲述卡罗和里斯托夫妇在从拉普兰度假返回的路上由一场意外车祸引发的一系列离奇故事，展现了两人婚姻破裂的全过程。故事中没有绝对的"好人"或"坏人"。每个人都拥有一定的权力，从某种角度上来看，每个人既是施暴者，也是受害者。科科宁通过小说中的一系列诡异事件一点一点揭开卡罗和里斯托婚姻的痛点，展示亲密关系中的暴力行为和人性的复杂。

整本小说氛围压抑阴郁，情节扣人心弦。作者通过碎片化的叙事手法，给读者留下了充足的想象空间，将故事中的一个个谜团留给读者自己解答。《赫尔辛基日报》评价道，"小说越深入，越是支离破碎，而整体的画面却越清晰，越引人入胜"。

五、畅销书介绍

根据 2021 年 1 月 22 日芬兰图书贸易协会和芬兰出版协会公布的统计数据，位居畅销榜首位的非虚构类作品是乌拉–麦娅·帕韦莱宁（Ulla-Maija Paavilainen，1974— ）的人物传记《其中最大的是爱》(*Suurin niistä on rakkaus*，2020)。作品描写了成功女企业家基斯蒂·帕卡宁（Kirsti Paakkanen，1929— ）的生平。最畅销的小说是伊尔卡·瑞梅斯（Ilkka Remes，1962— ）的《鹰巢》(*Kotkanpesä*，2020)，销量排名第一的少年儿童读物是毛里·塔皮奥·昆纳斯(Mauri Tapio Kunnas，1950— ）的图画书《圣诞老人的圣诞假期》(*Joulupukin joululoma*，2020)。

《其中最大的是爱》的作者帕韦莱宁曾担任杂志《我们女性》

（*Me Naiset*）的主编和体育杂志《运动》（*Sport*）的主编。2012 年，她成为一名自由作家。帕韦莱宁基于对帕卡宁和她的合伙人的采访以及多年来的新闻报道，撰写了从乡村少女到成功女企业家的成长故事。读者可以通过传记目睹这位乡下姑娘如何成立自己的广告公司，如何将破产的玛莉美歌（Marimekko）公司从 20 世纪 90 年代的经济衰退中拯救出来，并将其推向繁荣。该传记不仅仅是一首成功女企业家的赞歌，它讲述的还有一个活生生的人的喜怒哀乐。她诚实，热情，勇敢，执着，精力充沛。她对生活，对人们，对工作，对产品充满热情和爱。帕韦莱宁表示，我从未见过其他芬兰人或外国人有如此大的魅力。

伊尔卡·瑞梅斯是惊悚小说家佩特瑞·彼凯拉（Petri Pykälä）的笔名。他是芬兰最受欢迎的作家之一，曾于 1997 年获卡莱微·燕蒂文学奖（Kalevi Jäntin palkinto），1999 年获得芬兰侦探小说协会颁发的年度线索奖（Vuoden johtolanka-palkinto），1999 年获得奥尔维基金会文学奖（Olvi-säätiön kirjallisuuspalkinto）。《鹰巢》以虚构的历史为背景，讲述了二战德国胜出后法西斯阵营国家和反法西斯阵营国家间的冲突故事。小说中德美两国冲突日益频繁。德国通过秘密行动煽动美国种族骚乱，与此同时，美国也在试图通过一系列行动破坏德国法西斯政权。小说中虚构的世界虽与当今世界大相径庭，但故事所涉及的主题仍是当下国际社会关注的热点话题，比如独裁统治、民主和环境保护等。作者巧妙地掌控了虚构与现实之间的平衡，向读者展现了另一个奇特的世界。小说情节紧凑，跌宕起伏，扣人心弦。

昆纳斯是芬兰著名儿童文学作家，漫画家。昆纳斯的书籍在世界范围内的销售量已经超过 1000 万本，单《圣诞老人》（*Joulupukki*，1979）一书就已售出 150 万本以上。他的作品已被译成 37 种语言。

2003 年，他凭借其《七犬族兄弟》（*Seitsemän koiraveljestä*，2003）中的插画获得鲁道夫·科伊武奖（Rudolf Koivu-palkinto）；2003 年及 2015 年，他两次荣获卡丽娜·赫拉基萨奖（Kaarina Helakisa-palkinto）。《圣诞老人的圣诞假期》讲述了平安夜后耳朵山的圣诞老人和精灵们的假期生活。圣诞老人和精灵们在漫长的礼物派送之旅结束后迎来了为期 12 天的假期。他们一起阅读，一起游戏，一起滑雪，也会偶尔拜访老朋友。该小说内容新颖有趣，打破了传统圣诞主题的常规。

结语

总体而言，2020 年芬兰文坛中不乏让人眼前一亮的佳作。无论是小说还是非虚构文学，"二战"依旧是芬兰文学创作中的热点话题，但与以往不同的是，本年度的文学作品着眼于挖掘历史背后较少被关注的话题或者鲜为人知的故事，有二战中小人物的大责任，也有无法理解的"舞蹈禁令"。有关女性话题的作品相比往年更加受人关注。惊悚小说一如既往地扣人心弦，为读者打开了另一个神秘世界。儿童文学作品内容新颖有趣，有打破常规圣诞主题的轻松故事，还有被遗忘的孩子的奇妙之旅。

参考文献：

Gustafsson, Miia. "Vuoden parhaan esikoiskirjan palkinto Terhi Kokkoselle – Lappiin sijoittuva hyytävä trilleri on jo herättänyt kiinnostusta tuotantoyhtiöissä." *Yle Online*. 20 Nov. 2020. Web. 5 May. 2021. <https://yle.fi/uutiset/3-11655935>.

Jääskeläinen, Kari. "Ilkka Remes: Kotkanpesä – jos Saksa olisi voittanut sodan." *Kirsinbookclub Online*. 11 Oct. 2020. Web. 6 May. 2021. <https://kirsinbookclub.com/2020/10/ilkka-remes-kotkanpesa-jos-saksa-olisi-voittanut-sodan/>.

"Katsaus Joulupukin joululoma -kirjaan." *Venlanmaailma Online*. Web. 4 May. 2021. <http://venlanmaailma.blogspot.com/2020/11/katsaus-joulupukin-joululoma-kirjaan.html>.

"Kiehtova ja unohtumaton tarina yksinäisyydestä ja ystävyydestä." *Kustantamo Online*. Web. 4 May. 2021. <https://kustantamo.sets.fi/kirja/radio-popov/>.

Leponiemi, Tiia. "Valtiollisia velvollisuuksia." *Kuiske Online.* 28 Oct. 2020. Web. 2 May. 2021. <https://kuiske.fi/anni-kytomaki-margarita/>.

"Mauri Kunnas: Joulupukin joululoma." *Kirjavinkit Online*. Web. 6 May. 2021 <https://www.kirjavinkit.fi/arvostelut/joulupukin-joululoma/>.

Puukka, Päivi. "Sota-ajan tanssikieltoa valvottiin ankarasti, silti Suomi tanssi – kaksi kuoli, kaksi tuomittiin vankilaan, kymmeniä tuhansia sakotettiin." *Yle Online*. 30 Mar. 2020. Web. 3 May. 2021. <https://yle.fi/uutiset/3-11273713>.

"Tikka & Nevala: Kielletyt leikit. Tietokirjallisuuden Finlandia-palkinto." *Kirjojenkuisketta Online*. 9 Jan. 2021. Web. 3 May. 2021. <http://kirjojenkuisketta.blogspot.com/2021/01/tikka-nevala-kielletyt-leikit.html>.

"Yleisen kirjallisuuden myynti kasvoi kaikissa myyntikanavissa 2020." *Kirjakauppaliitto Online*. 22 Jan. 2021. Web. 1 May. 2021. <https://kirjakauppaliitto.fi/3614/>.

Ylilehto, Riitta. "Kirstin huikea elämä." *Kuiske Online*. 20 Jul. 2020. Web. 6 May. 2021. <https://kuiske.fi/ulla-maija-paavilainen-suurin-niista-on-rakkaus/>.

作者单位：北京外国语大学欧洲语言文化学院

2020年哈萨克斯坦文学概览

刘 鼎 张 辉

内容提要：2020年，哈萨克斯坦文坛生机勃勃，国家主流文学奖项金笔文学奖和金合叶子文学奖评选如期进行。以阿尔伯斯巴依·洪日为代表的一批青年作家的作品脱颖而出，获得了广大读者的喜爱和专家评委的认可，摘得了多个奖项的桂冠，部分作品还被翻译成多国语言走向世界。这一年，哈萨克斯坦文学领域出现了新特点，越来越多的年轻文人开始在文坛崭露头角。

2020年对哈萨克斯坦文坛而言是非常重要的一年。金笔文学奖、金合叶子文学奖等奖项评选出多部优秀作品，展示了哈萨克斯坦文学发展的新活力，促进了全社会对文学发展的关注，也提高了哈萨克斯坦文学在世界文学领域里的影响力。

一、金笔（Алтын қалам）文学奖[1]

2020年，金笔文学奖分为哈萨克语奖项、俄语奖项和哈萨克斯坦文学贡献奖3个部分。其中，哈萨克语奖项共设置7个分项，俄语

1 具体奖项介绍参见《外国文学通览：2017》。

奖项共设置等 6 个分项，并新增设哈萨克斯坦文学贡献奖。除哈萨克斯坦籍的作家外，还有来自以色列、美国、乌克兰、白俄罗斯和俄罗斯等国的共 408 名作家参评。受疫情影响，2020 年金笔文学奖的颁奖典礼于 10 月底在哈萨克斯坦历史文化名城阿拉木图闭门举行，只有各奖项的得主受邀参加典礼。下面，我们对本届金笔文学奖的获奖作品进行简要介绍。

（一）哈萨克语奖项及获奖作品

2020 年金笔文学奖的哈萨克语奖的 7 个分项分别是年度最佳诗歌奖、年度最佳散文奖、年度最佳“达拉博兹”少年儿童文学奖、年度最佳讽刺作品奖、年度最佳戏剧作品奖、年度最佳科幻与侦探小说奖和年度最佳小说奖等。

1. 年度最佳诗歌奖

2020 年，年度最佳诗歌奖的获得者是蒙古族青年诗人马基纳拉·哈里木（Макинара Хайрим，1983—　）。哈里木是哈萨克斯坦文坛的后起之秀。此次评选中，他凭借长诗《只有你》（Сен ғана）斩获大奖。该诗描述了对爱人的热烈表白，在艺术上很见匠心。作者在诗中写道：“我感情的飞鸟，你是纯真爱情的使者！而我心中的渴望，已成为我灵魂的一瞬”。作者内心对于爱情十分渴望，将飞鸟比作爱情的使者，将心中渴望融入灵魂深处。最后，他以一种极具代入感的方式结束了对感情的感悟：“我把树叶藏起来，你愣住了，也察觉到了。白雪飘落大地，而我只愿能看到你的脚印”。哈里木以蓝天、飞鸟入题，通过描写自然事物及内心情感的变化，使读者在美妙的文字中感受诗人对于爱情的困惑与愁绪，比平铺更有情味。哈里木的诗歌风格平淡自然，语言质朴细腻，而又饱含深情。

2\. 年度最佳散文奖

2020 年，来自阿拉木图的叶尔泰·阿伊加利乌勒（Ертай Айғалиұлы，1953— ）凭借着《死亡之花与逃狱哈萨克女孩的日记》（Өлім гүлі немесе түрмесінен қашқан қазақ қызының күнделігі）获得年度最佳散文奖。阿伊加利乌勒曾担任多家报社的执行编辑，现任《哈萨克斯坦时代》报社总编辑，是哈萨克斯坦著名作家和记者，著有现实主义题材的《消失的村庄》（Жер бетінен жоғалған ауыл，1994）、《黑叶》（Қара жапырақтар，1998）等知名作品，曾获得过“达拉博兹”文学奖。此次的获奖作品《死亡之花与逃狱哈萨克女孩的日记》以日记体形式记录了一名 18 岁的哈萨克少女从平淡生活到无辜入狱，再到离开监狱开始新生活的历程。主人公和家人一开始在牧场过着安宁的生活，原本幸福的一家人后来却因各种问题接连入狱。服刑期间，主人公没有向困难屈服，凭借坚定的意志和对自由的无限渴望，在狱中好友的帮助下，经历千辛万苦后重获自由，开启了新的人生。作者用细腻的笔触，对主人公的生活细节进行了丰富的描写，向读者展现了主人公曲折的命运，并告诫读者，即使面对苦难和不公的境遇，也要保持不屈的斗志，以及对美好生活的向往。第一视角的日记体形式使读者的代入感更强、更容易产生共鸣，也为读者营造出意味深长的想象空间。

3\. 年度最佳“达拉博兹”少年儿童文学奖

2020 年，年度最佳“达拉博兹”少年儿童文学奖的得主是青年作家阿尔伯斯巴依·洪日（Алпысбай Хонж，1985— ），其获奖作品是《杰尔卡斯卡》（Телқасқа）。哈萨克史诗和传说中马的形象都极具神奇色彩，它们能飞、能变、能语，能为英雄出谋划策，还能未卜先知、救助英雄，这一切都表现出了马的神性。在哈萨克传统中，英雄与骏马已经成为一个相互依赖的完整统一体，人和马的和谐，甚至超越了人与人的关系。在哈萨克人看来，马不仅伴随哈萨克人征服了大自然，也养育了哈萨克人，更创造了哈萨克民族的历史。《杰尔卡斯卡》这部儿童文学作品同样传承和弘扬了这一文化理念，讲述了一匹名为“杰尔卡斯卡”的小骏马的成长故事。小骏马拥有超凡的智慧和神力，面对朋友，它心怀善意，总是在紧要关头帮助周围的人和动物脱离险境；面对邪恶的狼群，它从不怯懦，最终在同狼群的殊死斗争中获得胜利。作者运用细致入微的写作技法，为少年读者描绘了一个神奇的童话世界。

4. 年度最佳讽刺作品奖

2020 年，年度最佳讽刺作品奖的桂冠同样被来自巴甫洛达尔的青年作家阿尔伯斯巴依·洪日摘得，其获奖作品是小说《耗尽一切》（Түпән талып қалды）。《耗尽一切》的主人公阿林迪，是一个有钱人的女儿，为了美不断整容，最终弄坏了身体，也耗尽家财，并在婚礼当天不幸病发去世。《耗尽一切》讽刺了当代一些人只注重追求外表靓丽，常年热衷于整容，乃至逐渐迷失自我的社会现象。小说以辛辣的笔法揭示了人们对整容的狂热，同时希望所有患有外貌焦虑的人都能明白，“美”从来没有统一的标准，没有必要把自己严丝合缝地塞进别人制造的模具里，更不用把那些病态的整容营销当真，自信和真实才是人生最可贵的美丽。洪日的讽刺作品在哈萨克斯坦文坛独树一帜，其内容辛辣大胆、语言诙谐幽默，深受广大读者，尤其是年轻读者欢迎。

5. 年度最佳戏剧作品奖

2020 年，金笔文学奖年度最佳戏剧作品奖由来自阿拉木图的青年编剧库德克·图明巴依（Қундық Түменбай，1982—　）获得，获奖作品为《市长来了》(Әкім келе жатыр)。本剧由七幕组成，讲述了哈萨克斯坦一所普通小学为迎接市长检查，而发生的一系列令人啼笑皆非的故事。小学校长听说市长要来学校检查后如临大敌，为了迎接检查，他提前几个月就动员全校师生对学校进行“大改造”。校长命人将学校的墙壁全部粉刷一新，把红地毯从教学楼铺设到了校门口，将厕所打扫得和市政大厅一样干净，甚至为防止学生如厕破坏厕所环境，给每个班发放了便盆，种种奇葩举动引发了许多师生的不满。最终市长没有去学校检查，校长的不懈“努力”随之白费，一心盼望的晋升机会也变得希望渺茫，他自己也成为众人口中的笑柄。通过这个故事，作者向读者揭示了哈萨克斯坦社会生活中的官僚习气与政治腐败。官员们面对上级卑躬屈膝、奴颜媚骨，面对下级却颐指气使、自以为是，往往是一番费劲折腾后最终换来“多输”的局面，读罢让人唏嘘不已。

6. 年度最佳科幻与侦探小说奖

2020 年，年度最佳科幻与侦探小说奖的得主是萨伊拉乌·托洛夫（Сайлау Төлеуов，1962—　），其获奖作品为《不可逆转的故事》(Қайтпас оқиғасы)。托洛夫来自哈萨克斯坦历史古城谢梅伊，是哈萨克斯坦当代知名作家、历史学家、翻译家和诗人。《不可逆转的故事》围绕“金钱、友情与背叛”主题讲述了一个悬疑故事。主人公别克塔斯本是混迹社会的浪荡子，为人重义轻利。在一场抢劫案中，别克塔斯为了保护朋友而锒铛入狱，历尽多次磨难后才终于成功越狱。出狱后，好友相聚让无依无靠的他重拾对生活的信心，但朋友最终却因为金钱再次背叛了他。作为一部侦探悬疑类小说，《不可逆转的故事》内容跌宕起伏，极度紧张的氛围和悬念环环相扣。悬疑背景下的爱情、友情和亲情等情节也扣人心弦。通过这部作品，托洛夫诠释了人性阴暗与光明的矛盾统一，对人性的拷问也引起了读者的深思。

7. 年度最佳小说奖

2020年，年度最佳小说奖的获得者是扎曼·托洛夫（Заман Төлеуов，1969— ）。托洛夫来自阿拉木图，是哈萨克斯坦当代最具人气的作家之一，他所著的《因此，童话结束》（Осымен，ертегі де тәмам，2009）、《三胞胎》（Үшайырық，2012）、《哭泣的一夜》（Жылаған түн，2014）等小说在哈萨克斯坦各大文学网站连载，受到众多读者的喜爱。他此次的获奖作品是小说《黑洞》（Қарақуыс）。作品讲述了一位老人追求自由与信仰的故事。主人公哈拉姆年轻时渴望旅行，但那时他忙于生计，未能实现愿望。人生行至暮年，哈拉姆开始旅行。从哈萨克斯坦到印度尼西亚，他一路远行，一路感受坚强、勇敢与坚韧。托洛夫在这部作品中成功塑造了一位坚强不屈的老人形象，刻画出主人公复杂而坚强的个性，呈现了一个不屈不挠的灵魂。作者提出了“每个人都可以做自己的主宰”的观点，认为人的命运往往只掌握在自己手中，尽管命运坎坷，但只要心怀坚定的信念，敢于直面困难，迎接挑战，始终对生活充满希望，则一切皆有可能。

（二）俄语奖项及获奖作品

哈萨克斯坦的国语是哈萨克语，俄语是通用语，俄语文学作品在哈萨克斯坦的数量较为庞大，也拥有较多的读者。因此，金笔文学奖为俄语作品设立了专门的奖项，但从奖项设置和宣传程度看，明显逊于哈萨克语的奖项。2020年，金笔文学奖俄语奖项共分为6项，分别为年度最佳诗歌奖、年度最佳散文奖、年度最佳少年儿童文学奖、年度最佳讽刺作品奖、年度最佳科幻与侦探小说奖以及年度最佳戏剧作品奖等。

年度最佳诗歌奖授予了来自努尔苏丹的谢赞·扎纳尔（Сейтжан Жанар，1980— ），其获奖作品是《没有爱》（Нет любви）；年度最佳散文奖授予了来自阿克莫林的斯马古罗娃·扎伊宁（Смагулова Зайни，1984— ），其获奖作品是《被盗的壮举》（Украденный подвиг）；年度最佳少年儿童文学奖授予了来自阿拉木图的叶莲娜·科列比高娃（Елена Клепикова，1977— ），其获奖作品是《隔离者》（Карантинные человечки）；年度最佳讽刺作品奖授予了来自阿拉木图的阿基卡特·拉斯（Ақиқат Рас，1982— ），其获奖作品是《惊悚片》（Триллеротопия）；年度最佳科幻与侦探小说奖授予了来自阿拉木图的柳丽查克·斯维特拉娜（Люльчак Светлана，1988— ），其获奖作品是《光》（Свет）；年度最佳戏剧作品奖授予了来自努尔苏丹的萨尔谢姆巴耶夫·曼苏尔（Сарсембаев Мансур，1972— ），其获奖作品是《跟随自己的脚步》（В шаге от самого себя）。其中，获得年度最佳科幻与侦探小说奖的《光》获得了更多的关注。小说的主人公安德烈是一位23岁的天才作家，其出众的创作能力来源于幼年时的一段神奇际遇。这段神奇际遇赋予了安德烈远超常人的智慧，也赋予了他卓越的写作能力，使他可以创造出很多天马行空的作品。安德烈的能力引起了一个神秘组织的怀疑，该组织将其绑架，加以研究，从而引发了一系列真假难辨的离奇事件。作者通过对各人物内心情感的生动刻画，对悬疑部分的精彩描写，对人物对白的精准把控，以多变的视角激发了读者的情感共鸣，也给读者留下了十分丰富的想象空间，让人回味无穷。

（三）哈萨克斯坦文学贡献奖

2020年，金笔文学奖新增设了哈萨克斯坦文学贡献奖，用于表彰对哈萨克斯坦文学繁荣与发展做出突出贡献的作家。托林·艾普德克（Төлен Әбдік，1942— ）成为第一位获得这一殊荣的作家。艾普德克是哈萨克斯坦著名诗人、作家、编剧和社会活动家。他曾担任《哈萨克斯坦先锋报》副主编、哈萨克斯坦影业电影制片厂总编辑、哈萨克斯坦总统顾问等职，出版了小说《地平线》（Көкжиек，1969）、《右手》（Оң қол，1971）、《未说出的真相》（Айтылмаған ақиқат，1980）等优秀作品。其长篇小说《阿克肖基的寒冬》（Ақшоқыда қыс қатты，1987）等名作在哈萨克斯坦脍炙人口。艾普德克的作品致力于歌颂善良和勤奋等民族优秀品质，其诸多经典作品被翻译成俄语、乌克兰语、乌兹别克语和吉尔吉斯语等多国语言在海外出版，为哈萨克斯坦文学"走出去"做出了杰出的贡献。

二、金合叶子（Алтын тобылғы）文学奖[2]

2020年，金合叶子文学奖由哈萨克斯坦总统基金会主办。此次，共设置5个奖项，分别是最佳散文奖、最佳诗歌奖、最佳儿童读物奖、最佳剧本奖、阿拜诞辰175周年文学作品奖等。今年的最佳散文奖颁给了来自努尔苏丹的巴赫特别克·卡德尔（Бақытбек Қадыр，1988— ），获奖作品是《异教徒》（Мәжусилер）；最佳诗歌奖颁给了来自卡拉干达的热恩别克·艾里曼（Жәнібек Әлиман，1990— ），获奖作品是诗歌集《草原之歌》（Дала жырлары）；最佳儿童读物奖颁给了来自塔拉兹的哈米特·伊萨曼（Хамит Есаман，1992— ），获奖作品是《来自太阳的英雄》（Күннен келген Батыр）；最佳剧本奖颁给了来自阿拉木图的库哈纳特·穆拉特（Қолғанат Мұрат，

2 具体奖项介绍参见《外国文学通览：2017》。

1986— ），获奖作品是《证人》（Куәгер）；阿拜诞辰 175 周年文学作品奖被来自努尔苏丹的乌默特·扎勒坎（Ұмтыл Зарыққан，1989— ）和来自阿拉木图的巴哈沙尔·吐尔逊巴依乌勒（Бағашар Тұрсынбайұлы，1987— ）共同斩获，获奖作品分别是《祷告成吉思汗》（Шыңғыстау Мінәжат）和《青年阿拜》（Жас Абай）。其中，艾里曼的诗歌集《草原之歌》获得了众多好评。作者在诗中写道："歌声飘荡在草原上空，哈萨克人在马背上清点收获。牛羊遍布在草原大地，哈萨克人的冬不拉动听悦耳"。《草原之歌》的语言生动形象，构思别具一格，结构浑然天成，行文以景结情，作者通过牧歌、骏马、牛羊以及冬不拉演奏等草原文化的代表元素，传递出他对草原母亲的真情与热爱，充分体现了质朴天然、本性纯真、热情好客、能歌善舞的哈萨克草原文化，指出草原文化是哈萨克人繁衍生息的精神源泉。

结语

2020 年，也是哈萨克斯坦青年作家大放异彩的一年，以哈里木、图明巴依和洪日为代表的一批年轻文人在文坛大奖中夺得多项桂冠，越来越多的青年作家和文学作品受到全国文学爱好者的关注。2020 年，哈萨克斯坦金笔文学奖新增设了文学贡献奖，该奖项授予了哈萨克斯坦老一代文人的杰出代表、文学大师艾普德克。新老两代的哈萨克斯坦优秀作家及其诸多优秀文学作品的面世，不仅为哈萨克斯坦文学的繁荣发展提供了强大动力，也有效提高了哈萨克斯坦文学在国际社会的影响力，为提升哈萨克斯坦的国家形象发挥了重要作用。

参考文献：

АЛАШ ҚАЗАҚСТАН. *Моңғолиядан келген Макинара Хайримге бұйырды.* 7 Dec. 2020. Web. 11 Jun. 2021. <https://alashainasy.kz/culture/altyin-kalam-mongoliyadan-kelgen-makinara-hayrimge-buyyirdyi-150275/>.

Балбал. «*АЛТЫН ҚАЛАМ 2020*» *жүлдесінің жеңімпаздары анықталды.* 27 Oct. 2020. Web. 4 Jun. 2021. <https://www.akalam.kz/kk/category/53?page=1>.

Құсайынов. *«Алтын калам 2020» әдеби жүлдесінің қысқа тізімі.* 20 Oct. 2020. Web. 6 Jun. 2021. <https://www.akalam.kz/kk/news/286>.

Раушанұлы. *«Алтын тобылғы-2020» әдебиет жүлдесіне конкурс өткізу.* 14 Jun. 2020. Web. 9 Jun. 2021. <https://massaget.kz/layfstayl/debiet/64910/>.

作者单位：信息工程大学洛阳校区

2020 年韩国文学概览

金京善　朱　卿

内容提要：2020 年我们继续见证了韩国新老作家的成果与努力；同时，受全球新冠肺炎疫情影响，2020 年是韩国文坛遽然改变的一年。与上一年度科幻小说位居高位的态势形成反差，反映现实题材的小说占据了中心。就创作主体而言，女性作家在韩国各大文学奖项中脱颖而出；在主题上她们一如既往地关注女性、儿童等弱势群体的困境以及创伤、治愈等问题，从而引起读者的广泛共鸣。此外，受疫情影响，电子书热潮再次掀起，文学的表现形式逐渐趋于数字化；韩国学界的文学交流亦从传统单一的线下论坛方式转变为线下线上交流互动方式，从而提高了各国专家学者的参与度，促进了国内外的人文学交流。

一、2020 年韩国文学界重要事件

1. 第六届中韩人文学论坛（제 6 회 한중 인문학포럼）[1] 举行

2020 年 9 月 25—26 日，由中国社会科学院与韩国教育部、韩国

1　中韩人文学论坛创立于 2015 年，轮流在两国举办（第一、三届在首尔，第二、四届在北京，第五届在上海）。中韩学者以论坛为桥梁进行人文学交流，探求新时代背景下人文学的作用及价值，为增进彼此了解、促进两国合作与发展做出了积极贡献。

研究财团（한국연구재단）共同主办的第六届中韩人文学论坛以线上线下相结合的方式在北京和首尔连线举行。本届论坛是中韩人文学交流领域在新冠肺炎疫情发生后举办的首个重要研讨会，论坛主题是：“人文价值的再发现及新诠释（인문가치의 재발견과 새로운 해석）”。论坛设有共同研讨环节和四个平行分论坛。共同研讨阶段的主题为“后疫情时代的人文学作用（포스트 코로나 시기의 인문학의 역할）”，分论坛扩及中韩两国在文学、历史、哲学、语言、文化等领域的交流互鉴、发展及展望等内容。

中韩两国学者立足于两国深厚的历史文化传统，同时着眼于当下社会现实，诠释了中韩两国文学在跨国别、跨语言、跨文化等的传播过程中展现的当代人文价值。

2. 2020 首尔国际作家节（2020 서울국제작가축제）[2] 线上举办

2020 年 11 月 2—8 日，由韩国文学翻译院（한국문학번역원）、首尔文化财团（서울문화재단）、首尔设计财团（서울디자인재단）共同主办，文化体育观光部（문화체육관광부）等提供赞助的 2020 首尔国际作家节以“书写明天（내일을 쓰다）”为主题，通过作家节官方网站以线上方式顺利举办。此次作家节共有来自 12 个国家和地区的 25 名作家参与其中。各国作家将焦点对准“明天”，旨在通过文学重新寻找通往明天的原动力。作为韩国当代著名作家之一的黄皙暎（황석영）在开幕式演讲中就新冠肺炎疫情表示：“（新冠的发生）毫不留情地清除了上世纪残留的生活残渣。新冠的发生虽然是场灾难，但同时也是我们新纪元的开始。”黄皙暎的发言为文学的发展提供了

---

2 首尔国际作家节是自 2006 年起开始举办的全球文学庆典，旨在扩大韩国国内读者享受文学的机会，同时使韩国文学和世界文学以首尔为舞台，奠定双向交流的基础。首尔国际作家节以文学为媒介，关注世界和语言、生活和文学、作家和读者组成的多层力量，力争发展成为具备国际规模和地位的庆典。
<https://chinese.visitseoul.net/events/2020 首尔国际作家节 _/35551>.

新的可能性与前进的希望。

3. 第一届国立韩国文学馆学术大会（제 1 회 국립한국문학관 학술대회）召开

2020 年 11 月 26—27 日，国立韩国文学馆馆长廉武雄（염무웅，1941— ）主持召开第一届国立韩国文学馆学术大会，会议主题为“文学・数据・效果（문학・데이터・효과）”。此次会议采取线上线下结合的方式在国立韩国文学馆 YouTube 频道进行现场直播。会议共分为两个部分：第一部分为作家对话，小说家金衍洙（김연수，1970— ）、诗人安度眩（안도현，1961— ）以及文学评论家申亨澈（신형철，1976— ）以韩国著名诗人白石（백석，1912—1996）为主题展开讨论。对此，馆长廉武雄充分肯定其意义并表示：“可以说，在诗、小说、评论各领域代表了韩国文学魅力的三位学者将前辈白石作为焦点而聚在一起，这本身就是一件文学事件。”[3] 第二部分以“文学・数据・效果：韩国文学的新资料与文学史的方向性（문학・데이터・효과: 한국문학의 새로운 자료와 문학사의 방향성）”为主题，探讨了离散（디아스포라）、地域性（지역성）、性别（젠더）、数字化（디지털）等多样化文学批评视角。

二、重要文学奖项

1. 李箱文学奖（이상문학상）

由文学思想社（문학사상사）设立于 1977 年且是韩国文学界最具权威性奖项之一的李箱文学奖在 2020 年经历了一次危机。文学思想社取消了原定于 2020 年 1 月 6 日公布第 44 届李箱文学奖获奖者名

3 국립한국문학관，“국립한국문학관 자료구축 성과 발표 및 학술 심포지엄 개최”. <http://nmkl.or.kr/bbs/board.php?bo_table=press_release&wr_id=16>.

单的计划，并向媒体表示将“延期公布”，这是40多年来该奖项首次推迟。

此次“李箱文学奖事件”的起因在于获得优秀奖的3名作者拒绝在获奖作品集中收录自己的作品，并要求文学思想社修正合约中的不合理条款。1月4日，获得该奖优秀奖之一的作家金锦姬（김금희，1979— ）表明自己的看法：“合约中规定将获奖作品的著作权转让给出版社三年，不得将该作品作为自己作品集的标题来使用，也不得将其以其他任何单行本的形式出版，对于这一条款我感到很绝望。”同时，金锦姬表示她将拒绝领奖。随后，作家崔恩荣（최은영，1984— ）、李起昊（이기호，1972— ）表示了相同的姿态。此后，多位作家表示支持。[4]

文学思想社官方发表声明《文学思想社针对第44届李箱文学奖相关争议的正式立场》（제 44 회 이상문학상 관련 물의에 대한 ㈜문학사상의 공식 입장）表示：2020年将不再颁发李箱文学奖，文学思想社将对目前关于获奖者合约协议事项进行全面修正；在尊重时代发展、读者及作者意愿的基础上，对李箱文学奖获奖者有关著作权等详细条款将最大限度地进行修正和完善。[5]此次事件背后表露出了当代韩国作家在拥有绝对权威的文学奖项面前公开发表意见来维护正当权益的决心，这点殊为不易。同时，文学思想社的声明亦可以看出韩国学界在面对质疑时，除旧布新的决断力。

2. 今日作家奖（오늘의 작가상）

第44届今日作家奖将大奖授予了新人作家白温柔（백온유，

---

4 김호정，“‘올해 이상문학상 수상작 안 낸다’ 문학사상사 공식 사과”. <https://news.joins.com/article/23697568>.

5 문학사상사，“문학사상 – 제 44 회 이상문학상 관련 물의에 대한 (주) 문학사상의 공식 입장”. <https://www.facebook.com/munhaksasang/posts/2747409881963666/>.

1993—)。2017 年，作家白温柔凭借童书《郑乔》(정교，2017，插图本）获得第 24 届 MBC 创作动画大奖（长篇部门）(제 24 회 MBC 창작동화대상 장편부문）并开始步入文坛。此次获奖的作品为作者的首部长篇小说《柳愿》(유원，2020)，小说原题目为《展翅的一天》(날개가 피어나는 날)。同时，该小说还获得了第 13 届创批青少年文学奖（제 13 회 창비청소년문학상)。小说一经问世便引起广大读者的关注与共鸣，成为治愈人们心灵的成长小说。

小说讲述了 18 岁的女主人公柳愿在十几年前发生的一场悲剧性的火灾中奇迹般幸存后的成长故事。事故虽然发生在 12 年前，但柳愿从未从事故中走出来，一直以来她总是带着“感谢”“负罪感”“厌恶自己”“愤怒”等矛盾的感情痛苦地活着。直到秀贤（수현）的出现，柳愿才逐渐摆脱内心的矛盾成长起来。小说以细腻的笔法刻画了主人公和周围世界的矛盾，描述了解决冲突的艰难过程，揭示了人物的内心伤痛及伦理上所处的两难境地。正如创批青少年文学奖评委和青少年评审团所称赞的那样：“这是一个打破偏见的、有力量的故事，是叩击心灵的文章。”[6] 此外，精神科医生郑惠信（정혜신，1963— ）评论道，“在死亡边缘被救回的幸存者，在获得生命的同时要付出的代价便是失去‘自我’……所谓‘治愈’并不是让人产生好的情感，而是帮助他们发现真实的属于自我的情感……作者将柳愿从‘幸存者’到‘个别的存在’的成长历程展现出来，这样的描述方式与我和遭受精神创伤的幸存者交谈的过程非常类似。小说《柳愿》是让日常生活中遭受心理创伤的‘我’身边的无数‘我’重新长出新肉的治愈

6 창비 책소개, “‘높은 곳에 서려면 용기가 필요했다.’ 모순투성이 마음을 딛고 날아오르는 모든 이를 위한 성장소설”. <https://www.changbi.com/books/81862?board_id=12318>.

小说。”电影导演允佳恩（윤가은，1982— ）对幸存者及幸存之后的生活提出质疑，并解释“这个故事（《柳愿》）其实是我们所有人的故事，是我们在人生的某个瞬间决心拿出一生中最大的勇气去过真正属于我们自己的人生的故事，而这就是我们自己的光辉生存记”。同时，作家李瑟娥（이슬아，1992— ）亦对《柳愿》给予高度评价：“我至今还未见到过像这部小说那样变成微弱却又灿烂的新人的故事。”[7]从这一点来看，小说《柳愿》之所以好评如潮，其中不可忽视的原因之一便在于它接近文学应具备的真相，将隐藏于人们内心的多种假面形象化地展示了出来。

3. 东仁文学奖（동인문학상）

作家金息［김숨，本名金修珍（김수진），1974— ］凭借长篇小说《漂泊地带》（떠도는 땅，2020）获得第51届东仁文学奖。金息在1997年凭借短篇小说《关于慢》（느림에 대하여，1997）入选《大田日报》（대전일보）的《新春文艺专栏》（신춘문예），随后又凭借短篇小说《中世纪的时间》（중세의 시간，1998）获得文学村新人奖（문학동네신인상），从此踏上文学创作之路。此后她又相继获得许筠文学作家奖（허균문학작가상）、大山文学奖（대산작가상）、现代文学奖（현대문학상）、李箱文学奖（이상문학상）、东里文学奖（동리문학상）等多项国内重要的文学奖项。金息是位高质而多产的作家，其作品聚焦于人类生存、生活及尊严。此外，她将目光倾注于慰安妇、领养儿、拆迁户、挣扎在温饱线上的小人物等社会弱者身上，从而引起广大读者及学者们深刻的反思与共鸣。

此次的获奖作品《漂泊地带》为金息2020年的新作，小说家全

7 창비，“유원（양장）- 추천사”.
<https://www.changbi.com/books/81862?board_id=12318>.

成太（전성태，1969— ）评价道：小说将被关在货运列车车厢里的27 人的命运与其经历的苦难像《马太受难曲》一样在我们面前庄严地试演了一个多月。在只有晃动、声响、气味的洞穴般的空间里，他们在不停地交谈着。此外，小说是以对话的形式写就的，堪称“金息式”多声部手法——没有剥夺任何一个人的发声，但有时也会成为没有主人的声音在有力地唱着他们的命运以及女性的苦难。[8]

在这部作品中作者着眼于近几年逐渐引起人们关注的热门话题——“离散（디아스포라)”，讲述了 1937 年居住在苏联最东部地区的 17 万高丽人被强制搭载货运列车转移到中亚地区时的悲剧人生和他们长久以来渴望“扎根”的历史故事。同时，小说以货运列车车厢内恶劣的生存空间为背景，借助列车上人们的声音，尤其是依托女性的声音将离散群体的悲剧命运渗入其中。

4. 现代文学奖（현대문학상）[9]

2020 年第 65 届现代文学奖小说部门大奖获得者是白秀麟（백수린，1982— ），诗歌部门获奖者是俞熙敬（유희경，1980— ），文学评论部门获奖者为赵强石（조강석，1969— ）。获奖作品分别为白秀麟的短篇小说《现在还不想回家》(아직 집에는 가지 않을래요，2019)、俞熙敬的散文诗集《有教养的人》(교양 있는 사람，2019)以及赵强石的评论文《再论文学之实效性——金息系列小说〈还有一名〉〈流动的信〉〈你曾期盼过军人成为天使吗？〉阅读》(다시 문학의 실효성에 관하여 - 김숨 연작소설，『한명』『흐르는 편지』『군인이 천사가 되기를 바란 적 있는가』 읽기，2019)。

---

8 은행나무，“추천의 말”.
<http://ehbook.co.kr/book/26894>.

9 现代文学奖是韩国文学月刊《现代文学》在 1955 年设立的一个文学奖，每年颁发关于小说、诗歌、文学评论等方面的文学奖项，是韩国最重要的文学奖之一。
<https://zh.wikipedia.org/wiki/ 现代文学奖 >.

《现在还不想回家》讲述了故事主人公“她（熙珠，희주）”为了照顾孩子而放弃工作成为家庭主妇的故事。小说以主人公渴望拥有一栋红屋顶的房子作为引子，围绕熙珠与红房子之间发生的各种幻想及故事，展现出主人公变为家庭妇女后所经历的种种剥夺感、疏远感和束缚感。当熙珠通过窗框看到工人“毫无赘肉的上半身”和“像暴君般犀利的目光”时，性冲动、隐藏的欲望从她体内被唤醒。小说情节在安静的废墟与危险的欲望之间的徘徊中又前进了一步，当丈夫对她说“那所房子完全散架了……说是马上要重建了”时，熙珠知道“那所房子再不是她所认识的那所房子了……现在没关系了……那一瞬间，他们的生活角度发生了微妙的偏差”。[10]

韩国文学评论家金亨中（김형중，1968— ）对此评论道：“弗洛伊德说梦中出现的房子通常象征的是女性的身体，这句话是通过临床事例分析而归纳得出的结论还是从传统的性别意识形态中演绎出的结论，目前而言虽不甚清晰，但可以清楚知道的是，白秀麟的《现在还不想回家》中出现的‘红屋顶房子’是韩国中产阶层女性梦想的‘甜蜜之家’抑或是在‘女性（性）的废墟之上建立的想象的乌托邦’……我再次强调，弗洛伊德说房子象征女性的身体，熙珠似乎决定成为完全不同的主体。”[11] 可以说，对女性，尤其是对已婚女性的书写是白秀麟长期以来的一个写作特点，正如她在接受采访时所提及的：“我并不是为了表现男性不理解女性而创造了这个角色，而是因为（女性）主人公在思索的时候，即便是在完美的、正常的家庭中长大的夫妻二人也不能解决两者间的不同。就像人类不能了解人类自己

---

10 백수린，아직 집에는 가지 않을래요，창작과비평 47（1），（2019.3）：173.

11 김형중，“아직 집에는 가지 않을래요 창작과비평 2019 년 봄호” .
<http://moonji.com/monthlynovel/19355/>.

一样，所谓的正常的、理想的幸福到底是没有的。我想说的是，我们只能在不完美的幸福中找寻属于我们各自的那份幸福。”[12] 小说中通过大量心理描写、对话的方式展现出女性被束缚的内心世界及其对自我的体认。读者也在阅读过程中深入作品内部审视现实社会中存在的被大众忽略的女性问题。

三、年度文学市场概况

2020 年受新冠疫情影响，韩国图书总体销量与往年相比有大幅度增长，这意味着阅读市场的繁荣。根据韩国最大的综合性连锁书店——被誉为“全国书店”的教保文库（교보문고）、最具代表性之一的线上书店 YES24 以及韩国国立中央图书馆（국립중앙도서관）等基于各自平台的全年图书销售量、关注度、搜索关键词、借阅量等信息进行的多方面数据分析及总结，韩国年度文学市场呈现为如下特点。

教保文库以 2020 年 1 月 1 日—12 月 6 日为基准，根据其实体店、网上书店、电子书等不同形式的图书销量情况发布了《2020 年度各门类畅销书动向》（2020 년 연간 베스트셀러 동향）[13]。分析结果表明：2020 年小说领域的关键词为“韩国小说（한국소설）”“世界文学全集（세계문학전집）”及“青少年（청소년）”。韩国小说方面，青年作家、女性作家的表现尤为突出；同时，值得注意的是，榜单前 30 位作家中女性作家有 27 位。其中，青年女性作家郑世朗（정세랑，1984—　）最为抢眼，其三部小说《保健教师安恩英》（보건교사 안은영，2015）、《从视线开始》（시선으로부터，2020）、《五十人》

12 정의정，“백수린‘여성의 역사에 자리를 만들어 주는 작업’”. <http://ch.yes24.com/Article/View/38408>.

13 교보문고，“2020 베스트셀러 경향분석”. <http://www.kyobobook.co.kr/prom/2020/book/2020_bestseller_best.jsp>.

(피프티 피플，2016）均进入销量榜单前 30。此外，由于新冠疫情导致韩国各地多所学校纷纷延迟开学，使得青少年读者的阅读时间有所增加，《杏仁》（아몬드，2017）、《父母面试》（페인트，2019）、《樱花虾：秘密文章》（체리새우：비밀글입니다，2019）等一系列青少年小说的人气较之前一度攀升。

外国小说方面，受疫情影响，阿尔贝·加缪的小说《鼠疫》（페스트，1947）等经典文学著作再度吸引了读者的目光。《德米安》（데미안，1919）、《美丽新世界》（멋진 신세계，1932）、《你喜欢勃拉姆斯吗……》（브람스를 좋아하세요 ...，1959）等作品因受广播与电视剧放映等因素影响而位居畅销书排行榜前列。此外，东野圭吾、贝纳尔·韦尔贝、纪尧姆·米索等大家的新作一经发行便博得读者青睐。

与虚构类读物广受欢迎的态势形成对照，非虚构类读物，如旅游、外语书籍，各类杂志等的销量都出现了明显的下滑趋势。在总体销量榜单中文学领域只有孙元平（손원평，1979— ）的长篇小说《杏仁》位列前十，同时，韩国国立中央图书馆根据全国 1180 所公共图书馆 58,238,593 项借阅数据，发布了《2020 年度之书！孙元平〈杏仁〉——国立中央图书馆发布新冠疫情对公共图书馆借阅的影响的分析》（2020 년 올해의 책！손원평의『아몬드』- 국립중앙도서관，코로나 19 감염이 공공도서관 대출에 미치는 영향 분석 발표 -）[14]，由此可见，2020 年公共图书馆文学领域借阅量位居第一的图书亦是孙元平的《杏仁》。而在 2019 年强势发展的散文随笔类图书出现销量骤减的现象。另外，如《The Having》（더 해빙，2020）等“自我开发（자기계발）”方面的书籍越来越为读者所关注，继而教保

14 국립중앙도서관국제교류홍보팀，“2020 년 올해의 책！손원평의‘아몬드’”. <https://www.nl.go.kr/NL/contents/N50603000000.do?schFld=0&schM=view&page=1&ordFld=regdt&ordBy=DESC&viewCount=45&id=37881&schBdcode=&schGroupCode=>.

文库发布“今年关键词（올해의 키워드）”为“我（나）、钱（돈）、家（집）”[15]。

值得注意的是，电子书因其自有的无接触消费的独特魅力，在疫情的推动下继续保持了繁荣发展的态势。此外，文学领域除去爱情奇幻小说受到追捧外，读者们更多地选择阅读电子版轻小说（라이트노벨）来取代传统的纸质书。

此外，2020年12月3日，YES24发布了《2020年畅销书分析及图书销售动向公布》（예스 24, 2020년 베스트셀러 분석 및 도서판매 동향 발표）。[16]分析指出：基于2020年韩国国内的各种变化和图书销售情况，出版界关键词可总结为“WITH新冠（위드코로나）”“在家上学（홈스쿨링）”“理财时代（재테크의시대）”“混合教养（히이브리드교양）”“大众传媒销售进行时（미디어셀러 ing）”等。诸如“新冠（코로나）”或“后疫情（After COVID–19）”等主题的图书出版量明显增加。据统计，自2020年1月1日至11月30日，标题或副标题包含“新冠”的图书共出版了285种，且销量达152,396部。同时，受新冠疫情影响，儿童文学与青少年文学图书销量较2019年同期分别增长了12.7%和55%，创三年内最高销量；伴随大众传媒时代传媒消费的增加，热播电视剧、电影原著作品也随之备受关注。

结语

回顾2020年韩国文坛，我们可以看到以下动向：

首先，女性作家辈出并在韩国各大文学奖项中脱颖而出。她们的

15 교보문고，“올해의 키워드 - 이상하고 궁금한 나돈집의 2020 년”. <http://www.kyobobook.co.kr/prom/2020/book/2020_bestseller_keyword.jsp>.

16 예스 24，“예스 24，2020 년 베스트셀러 분석 및 도서판매 동향 발표”. <http://ch.yes24.com/Article/View/43483>.

文学生产一如既往地从多个维度关注现实社会问题，尤以对女性、儿童等韩国社会弱势群体的问题的关注最为突出。她们的作品不同程度地加入了向时代发声的力量，撞击着这个时代习以为常的某些偏见和冷漠，给读者带来治愈并引起共鸣的阅读感。

其次，“新冠肺炎疫情”与“后疫情时代”成为描述整个2020年的关键词。如果有人问新冠疫情有什么新东西教给我们吗？那么，答案是肯定的。新冠的发生也许打乱了人们的生活节奏却并未阻碍人们前进的步伐。面对世界环境的种种不确定性，在科学信息技术发达的当下，在疫情的推动下，韩国学界的文学交流亦顺时代趋势从原来传统单一的线下论坛方式转变为既方便又快捷的线下线上交流互动方式。可以说，本次文坛交流方式的转变是人文学领域对于传统交流方式的一次巨大突破，同样也是提高各国专家学者参与度、促进国内外交流的有效手段。

此外，新冠疫情下的阅读市场较以往发生了变化，关于“疫情”“生命”“治愈”“成长”等的虚构类读物越来越受到读者喜爱，大量经典著作重回大众视野，特别是治愈人们心灵的小说较以往越来越受到关注。然而，读者对小说的青睐使得散文、随笔等文类的创作相形失色。

参考文献：

국립한국문학관, “국립한국문학관 자료구축 성과 발표 및 학술 심포지엄 개최”. 24 Nov. 2020. Web. 7 Apr. 2021. <http://nmkl.or.kr/bbs/board.php?bo_table=press_release&wr_id=16>.

국립중앙도서관국제교류홍보팀, “2020 년 올해의 책! 손원평의 ‘아몬드’”. 30 Dec. 2020. Web. 7 Apr. 2021. <https://www.nl.go.kr/NL/contents/N50603000000.do?schFld=0&schM=view&page=1&ordFld=regdt&ordBy=DESC&viewCount=45&id=37881&schBdcode=&schGroupCode=>.

김호정 , " ' 올해 이상문학상 수상작 안 낸다 ' 문학사상사 공식 사과 ". 4 Feb. 2020. Web. 7 Apr. 2021.
<https://news.joins.com/article/23697568>.

김형중 , " 아직 집에는 가지 않을래요 창작과비평 2019 년 봄호 ". 7 May. 2019. Web. 7 Apr. 2021.
<http://moonji.com/monthlynovel/19355/>.

교보문고 , "2020 베스트셀러 경향분석 ". 31 Dec. 2020. Web. 7 Apr. 2021.
<http://www.kyobobook.co.kr/prom/2020/book/2020_bestseller_best.jsp>.

—." 올해의 키워드 – 이상하고 궁금한 나돈집의 2020 년 ". 31 Dec. 2020. Web. 7 Apr. 2021.
<http://www.kyobobook.co.kr/prom/2020/book/2020_bestseller_keyword.jsp>.

문학사상사 , " 문학사상 – 제 44 회 이상문학상 관련 물의에 대한 (주) 문학사상의 공식 입장 ". 4 Feb. 2020. Web. 14 Mar. 2021.
<https://www.facebook.com/munhaksasang/posts/2747409881963666/>.

백수린 . 아직 집에는 가지 않을래요 . 서울 : 창작과비평 47 (1), (2019) : 173.

은행나무 , " 추천의 말 ". 27 Apr. 2020. Web. 14 Mar. 2021.
<http://ehbook.co.kr/book/26894>.

예스 24, " 예스 24, 2020 년 베스트셀러 분석 및 도서판매 동향 발표 ". 3 Dec. 2020. Web. 7 Apr. 2021.
<http://ch.yes24.com/Article/View/43483>.

정의정 , " 백수린 ' 여성의 역사에 자리를 만들어 주는 작업 ' ". 22 Mar. 2019. Web. 7 Apr. 2021.
<http://ch.yes24.com/Article/View/38408>.

창비 책소개 , " ' 높은 곳에 서려면 용기가 필요했다 .' 모순투성이 마음을 딛고 날아오 르는 모든 이를 위한 성장소설 ". 19 Jun. 2020. Web. 14 Mar. 2021.
<https://www.changbi.com/books/81862?board_id=12318>.

창비 , " 유원 (양장)- 추천사 ". 19 Jun. 2020. Web. 14 Mar. 2021.
<https://www.changbi.com/books/81862?board_id=12318>.

" '现代文学奖' 维基百科词条 ". 24 Mar. 2021. Web. 7 Apr. 2021.
<https://zh.wikipedia.org/wiki/ 现代文学奖 >.

"2020 首尔国际作家节 (Seoul International Writers' Festival)". 2 Nov. 2020. Web. 7 Apr. 2021.
<https://chinese.visitseoul.net/events/2020 首尔国际作家节 _/35551>.

作者单位：北京外国语大学亚洲学院

2020年荷兰语文学概览

林霄霄

内容提要：2020年的荷兰语文坛深受新冠肺炎疫情的影响，主要表现在图书的销售方式、文学奖的颁奖形式以及作品主题三个方面。本文考察荷兰语地区重要文学奖项年度获奖作品，参照主流媒体年度新书榜单，对2020年荷兰语文学发展情况进行概述。

一、2020年荷兰语文学界主要文学奖项获奖情况

1. 国际布克奖（International Booker Prize）

2020年，荷兰语文学界诞生了首部国际布克奖的获奖作品，引发荷兰语文学界热议。荷兰作家玛利克·卢卡斯·利内维尔德（Marieke Lucas Rijneveld，1991— ）出版于2018年的小说《夜晚的不适》（*De avond is ongemak*，英文译名：*The Discomfort of Evening*）的英译本赢得了这一殊荣。小说讲述了出生于荷兰农村虔诚新教奶农家庭的雅斯，因对童年时哥哥的意外死亡心怀愧疚，成长过程中心理发生扭曲的故事，情节涉及家暴、自残、虐待、未成年性爱等

内容，整体上是一部非常阴郁的小说。利内维尔德的作品依托于个人的成长经历，语言风格深受《圣经》的影响。本书虽是她的第一部小说，但语言流畅成熟。同时她在创作时，继承了荷兰老一代作家扬·沃尔克斯（Jan Wolkers，1925—2007）大胆的写作风格，十分坦荡地在作品中讨论暴力、性和污秽肮脏等话题。评委会认为该书创造了“与众不同的语言世界”，而译者米歇尔·哈奇森（Michele Hutchison）的翻译“以其狂野、暴力的美感完美地捕捉到了这一点”（2020 International Booker Prize）。

《口号报》（*Het Parool*）甚至在年底盘点时，将 2020 年称之为“利内维尔德之年”，尽管该报也认为，她的荷兰农村新教家庭小说虽能让布克奖折服，但“（这一主题）对于我们来说实在过于熟悉”。在赞美之余，也有专业人士对此提出批评。例如荷兰作家赫布兰德·巴克（Gerbrand Bakker，1962— ）就公开在荷兰《忠诚报》（*Trouw*）上评论此书：“非常受欢迎，但并不好。”他认为作品充斥着泛滥的描写和比喻，以及和新教徒相关的陈词滥调。

2. P. C. 霍夫特奖（P. C. Hooft-prijs）

P. C. 霍夫特奖是荷兰最大的文学作品奖，自 1947 年起每年颁发一次，交替授予小说作家、散文作家和诗人。该奖在每年年末宣布下一年的获奖者，2020 年的获奖者是荷兰专栏作家和小说家马克西姆·二月（Maxim Februari，1963— ），他学习艺术史、哲学和法律出身，擅长在作品中融入以上元素，代表作有《文学圈》（*De Literaire kring*，2007）和《结块》（*Klont*，2017）等。

2021 年度的霍夫特奖颁发的是诗歌类奖，获奖者是荷兰诗人阿尔弗雷德·沙费尔（Alfred Schaffer，1973— ）。其母亲是阿鲁巴人，他本科就读于荷兰莱顿大学，学习的是荷兰语言文学和戏剧艺术。毕业后他曾为忙碌的蜜蜂出版社（uitgeverij De Bezige Bij）和多家新闻媒体担任过编辑。之后他前往南非继续学业，并成为非洲文学专家和开普敦大学的现代荷兰文学教授。

沙费尔的处女作《他在郊区的崛起》（*Zijn opkomst in de voorstad*）出版于2000年，该诗集获得了乔·彼得斯诗歌奖（Jo Peters Poëzieprijs），沙费尔也因此成为受荷兰语文学界认可的诗人。目前他已经出版了八本诗集，有影响的代表作有：《泡沫》（*Schuim*，2006），获比利时的诗歌奖胡戈斯·C. 佩纳特奖（Hugues C. Pernath-prijs）；《笼子》（*Kooi*，2008），获扬·坎佩尔特奖（Jan Campert-prijs）和伊达·盖尔哈特诗歌奖（Ida Gerhardt Poëzieprijs）；《人、兽、事》（*Mens Dier Ding*，2014），获阿瓦特诗歌奖（Awater Poëzieprijs）、保罗·斯努克奖（Paul Snoekprijs）和夏洛特·科勒文学奖（Charlotte Köhler Prijs voor Literatuur）。

和同时代的荷兰语诗人普遍将关注点集中于自身和内心情感不同，沙费尔的作品更加关注整个世界，每一首诗几乎都在探讨世界与人类的关系。他用语真诚、清晰，时而略带讽刺，时而忧郁沉重。他不是一位抒写微妙幸福或个人悲伤的诗人，他关注的是地球上普遍发生的事情，以及我们该如何看待它们。而他独具特色的语言在这方面发挥了重要的作用：简单但具有暗示性，没有复杂的韵律或节奏模式；诗句长而紧凑，带有未尽之意，多用重复和带有冲击力的词语。评委会将他的诗句形容为“仿佛用手术刀修过的句子”，并欣赏他“对世界真诚的关切”（P. C. Hooft-prijs），同时赞赏他对荷兰、阿鲁巴、南非等不同种族文化的探索。由于P. C. 霍夫特奖的评奖对象是一位作家在某种体裁上的成就（小说、散文或诗歌），所以获奖者普遍年纪较大，沙费尔相对而言属于其中的“年轻人”，他更是其中唯一一位在2000年以后出道的获奖者。

3. 书券文学奖（Boekenbon Literatuurprijs）

书券文学奖设立于1987年，每年评选一次，是荷兰语文学界颇有影响力的奖项之一，由独立的年度虚构和非虚构文学奖基金会（Stichting Jaarlijkse Literatuurprijs voor fictie en non-fictie）组织评奖。由于赞助商经常更换，该奖项在最近十年间的名称也有变化，曾依次被冠名为：AKO文学奖、ECI文学奖和书点（BookSpot）文学奖。2020年的赞助商为书券公司[1]，颁发奖项也从2019年的三项回归为一项，即不再区分虚构类和非虚构类文学作品，也不再颁发读者选择奖，而只颁发“年度最佳（荷兰语）文学图书”。

2020年书券文学奖的得主是乌克·德·容（Oek de Jong，1952— ）的小说《黑棚子》（*Zwarte schuur*）[2]。德·容从1975年起开始发表作品，《黑棚子》是他的第五部长篇小说，仍旧以作者擅长的艺术行业为背景。作品用现实和回忆交织的手法，很好地展现了荷兰40多年间的社会变迁，并探讨了内疚与心理创伤等话题。德·容对人物内心活动的生动描述，将读者牢牢地锁定在故事情节中，迫使读者在阅读时思考性与暴力、男性身份认同和艺术的（非）治愈力之间微妙的关联。

评委会认为，《黑棚子》是一本“可堪文学小说丰富性和广泛性之典范的书”，也是一本“鼓励读者阐释和讨论小说的书”。（Boekenbon Literatuurprijs）

4. 利布里斯文学奖（Libris Literatuurprijs）

利布里斯文学奖是仿英国布克奖模式的虚构文学奖项，奖励对象是每年新出版的荷兰语原创小说，组织者是文学奖基金会（Stichting

1 Boekenbon b.v.，为皇家书商合作联合会（Coöperatieve Koninklijke Boekverkopersbond）旗下的子公司。

2 关于小说内容的详细介绍，参见《外国文学通览：2019》。

Literatuur Prijs）。2020 年度的获奖者是桑德尔·科拉德（Sander Kollaard，1961— ）的小说《来自一条狗的生活》（*Uit het leven van een hond*）。

《来自一条狗的生活》的故事情节很简单，主人公汉克是一位医院重症监护室的护士，虽然在 2020 年新冠肺炎病毒全球肆虐的大环境下，医护工作在各国都有了非比寻常的意义，可是这位护士的形象和高大上全无关系，他只是个普通的中年独身男性，养了一条狗，闲暇时看看书，听听音乐，全无高尚的情操或远大的志向。这一天原本是个平常的周末——访友、遛狗、超市购物，却因小狗突然生病并被医生告知它将不久于人世而变得略不平常。于是汉克不可避免地伤感起来，感慨光阴如梭、生命无常。但他没有一味地消沉，而是从对死亡的敏锐意识中，得出了抓住当下、及时行乐、尽情享受人生的结论。小说名为“狗的生活”，但其实还是在写人，探讨人生的意义、人的价值。正如评委会在颁奖典礼上所说：“这本书让读者思考人生的意义，展现了正面的人性观”（Libris Literatuur Prijs）。

作者在科拉德大学读的专业是历史，目前在瑞典农村生活和工作。他的文学素养极高，各种典故信手拈来，但尺度拿捏得极好，在给读者带来阅读享受之余，也毫无炫技之嫌。《来自一条狗的生活》也是这样一本读之令人轻松愉快的小说，字里行间闪现的幽默火花，与借汉克之口说出的文学和古典音乐典故，让生死这一话题不再那么沉重。

5. 荷兰图书公众奖（NS Publiekprijs）

荷兰图书公众奖也称“年度好书奖”（Boek van het jaar），由荷兰图书集体宣传基金会（Stichting Collectieve Propaganda van het Nederlandse Boek）组织，荷兰国铁（NS）赞助。这个奖设有大众投票环节，还有多达 275 名的“核心评委”，评委会成员并不仅限于专业人士，所以较能体现普通读者的喜好。公众奖的评奖对象包括荷兰语虚构文学作品和纪实文学作品，今年的获奖作品是罗格·布雷格曼（Rutger Bregman，1988— ）的历史类科普作品《大多数人都很好》（*De meeste mensen deugen*）。

布雷格曼是一位历史学出身的自由记者。《大多数人都很好》的副标题为《人类新史》（*Een nieuwe geschiedenis van de mens*），这是一本从新的视角解读人类发展历史的书籍。在这本书中，布雷格曼选取史料，从“人性本善”的角度出发，结合了心理学、经济学、生物学和考古学的最新见解，重新阐释了人类历史中的诸多重大事件，包括人类为什么能统治地球、犹太人大屠杀、近年的恐怖袭击等。

这本书的观点颠覆了西方文化中一直坚持的人类堕落论，在荷兰国内引发热议，该书的销量也超过了 30 万册，雄踞畅销榜榜首。图书公众奖赞美该书“带领读者穿越历史长廊，为老问题提供新的解答……令人叹为观止，视野广阔且具有革命性……不仅改写了历史，而且点亮了未来”（NS PUBLIEKSPRIJS 2020）。但围绕本书的争议也很多，在荷兰最大的购书平台 bol.com 上，许多读者批评该书的撰写不够严谨，作为一本历史书籍，作者在选取史料时主观性太强，这导致书中的观点极为片面，与该书原本强调的要客观看待历史事件的观点恰恰相反（bol.com）。

6. 比利时法兰德斯区文化类综合奖乌提马斯奖（de Ultimas van de Vlaamse cultuur）

乌提马斯奖是比利时文化、青少年和媒体部（Departement Cultuur, Jeugd & Media）主办的文化类综合奖项，包括绘画、音乐、建筑、电影、群众艺术等多个类别，用以奖励艺术家在该领域的成就。

2020年度的文学类奖获得者是摩洛哥裔比利时作家菲克力·埃尔·阿苏齐（Fikry El Azzouzi，1978— ）。阿苏齐的首部小说《绵羊宴》（*Het Schapenfeest*，2010）甫一出版即取得了较好的反响，这部小说以幽默的方式讲述了11岁的阿尤布的故事，这位少年不得不和父亲一起去为古尔邦节宰绵羊，但他想出了十分有创意的计策来逃避此事，以便使自己可以只做有趣的事情。之后作者又创作了《夜晚的朋友》（*Drarrie in de nacht*，2014）和《只有她》（*Alleen Zij*，2016），并在2018年将三部小说以《阿尤布》（*Ayoub*）之名结集出版。《阿尤布》三部曲被翻译成多种语言，在德国等国家颇受欢迎。阿苏齐最新的小说是出版于2019年的《报酬》（*De Beloning*）。这部小说以2016年3月22日布鲁塞尔恐怖袭击后，人们搜寻“穿带帽卫衣的男人”为灵感，讲述了一个外国裔的普通人是如何成为“穿带帽卫衣的男人”的故事。除了创作小说，阿苏齐还是一位专栏作家，并且在戏剧创作领域也颇为活跃。

乌提马斯奖评委会称赞埃尔·阿苏齐代表了“法兰德斯地区叙事艺术的未来”，赞扬他的叙事艺术“将旧传统与新鲜易懂的形式相调和……找到了从内而外加强我们的叙事文化的方法，符合21世纪读者的需求”，并“成功地在各个领域开辟了新的道路”。（ULTIMA LETTEREN）

7. 欧洲文学奖（Europese Literatuurprijs）

欧洲文学奖是一项颁给翻译成荷兰语的欧洲小说的奖项，2020年是该奖项设立的第十年，共有两部译作获奖：马蒂内·沃特（Martine Woudt，1957— ）翻译的大卫·狄奥普（David Diop，1966— ）的小说《不只是兄弟》（*Meer dan een broer*，法语原名：*Frère d'âme*），卡琳娜·范·桑腾（Karina van Santen，1956— ）和马蒂内·佛斯马尔（Martine Vosmaer，1946— ）翻译的苏格兰女作家艾莉·史密斯（Ali Smith，1962— ）的《春》（*Lente*，英语原名：*Spring*）。

狄奥普是一位研究成果颇丰的法国文学学者，《不只是兄弟》是一部以非洲为背景的历史小说，描写了战争的疯狂和随机性。这部作品用诗意、形象和简约的语言，向读者展示了非洲文学的光明面和阴暗面。沃特是一位拥有多部译作的法语–荷兰语译者，翻译过阿尔贝·加缪（Albert Camus，1913—1960）、菲利普·贝松（Philippe Besson，1967— ）、玛丽斯·孔戴（Maryse Condé，1937— ）等作家的作品。评委会非常欣赏她在翻译此书时完整地再现了原著中非洲口述故事文化的氛围，从而很好地保留了原著的特色。

史密斯被誉为"苏格兰诺贝尔奖得主的有力候选人"（*The Guardian*），是一位非常活跃的小说家、戏剧作家和记者。《春》是她"四季四重奏"的第三部，以当代为背景，糅杂了诸多元素，将两条貌似不相干的故事线巧妙融合，最终将主题引向友谊与希望。桑腾和佛斯马尔均为资深的英语–荷兰语译者，两人经常合作翻译作品，她们共同翻译的除了艾莉·史密斯的"四季四重奏"，还有汉娜·肯特（Hannah Kent，1985— ）、迪恩·梅耶（Deon Meyer，1958— ）等作家的作品。专业评委会认为两人的翻译"将原著水银般流畅的语调再现得淋漓尽致，对于原著中几乎无穷无尽的双关语，她们也都找到了恰当的荷兰语翻译"（vakjury Europese Literatuurprijs）。

二、2020 年度新书

2020 年底，各大报纸杂志和门户网站均发布了新书推荐榜，展示了本年度阅读市场情况。以下选取四部口碑极佳且销量也颇为可观的作品，略做介绍。

1. 玛利克·卢卡斯·利内维尔德的小说《我亲爱的挚爱》（*Mijn lieve gunsteling*）

这是2020年国际布克奖得主的第二部小说，和其出道作品一样，这部小说也以荷兰农村为背景，讲述了中年兽医和13岁的奶农之女的畸形恋情，但它并非一部简单的关于恋童癖的小说，而是充满了悲剧性的对比：农庄的粗陋与高尚的迷恋、粗俗琐事与英雄之爱、暴力与美丽……许多曾出现在《夜晚的不适》中的元素——诸如兄弟的死亡、性萌芽、青春期困惑和虐待——也出现在了这部作品中，但和处女作相比，作者的语言日趋成熟，在受《圣经》语言风格影响的基础上，更具个人特色也更流畅自然，是“用逗号串起的旋转的句子，充满抒情的从句，毫无停顿”（*Het Parool*）。评论家均认为，作者用这部小说证明了其处女作的成功绝非偶然。

2. 杰伦·布劳沃尔斯（Jeroen Brouwers，1940— ）的小说《客户E. 布斯肯》（*Cliënt E. Busken*）

《客户E. 布斯肯》讲述了老年人最后的时光。故事的主人公是一位依靠轮椅行动、身处护理中心的老年男子，他貌似因耳背而不言不语，其实一直冷眼旁观着身边的事情。书中用夸张、具有音乐性和刺激感官的语言，生动地展现了这位老人激烈的内心独白。评论家认为很难用某种体裁来界定此书，因为它是“喜剧、悲剧、荒诞和讽刺合而为一的作品，讲述者的过去和现在混为一体”。这本书读到最后，“就像是对生命的清算和对死亡的愤怒抗议”（*De groene Amsterdammer*）。作者布劳沃尔斯是一位耄耋之年的著名作家，他在这部小说中展现了强大的情节把控能力和深厚的语言功底，代表了二战后荷兰文学的传统。

3. 彼得·瓦特德林克（Pieter Waterdrinker，1961— ）的小说《阿姆斯特丹之鼠》（*De rat van Amsterdam*）

这部小说讲述了新移民卡茨一家努力融入荷兰社会生活，又最终叛离荷兰文化的故事。小说开始于荷兰监狱内的一间牢房，身陷囹圄的主人公鲁本讲述了他的人生经历。1990 年，卡茨家族想用伪造的犹太人身份证件，从拉脱维亚首都前往以色列特拉维夫，却不得不滞留阿姆斯特丹。尽管母亲因迟迟无法走出女儿死亡的阴影而拒绝接受现实，但鲁本和父亲还是用自己的方式努力适应着在荷兰的生活，并成功融入。机缘巧合下，成年后的鲁本受爱人影响，被带往俄罗斯，并最终选择叛离荷兰文化，加入了地下组织“西伯利亚阵线”。这是一部关于家庭、移民、流离失所、梦想、爱情和死亡的小说，因置于新旧世界的大背景下而与众不同。作者瓦特德林克无疑是一位“连接新旧世界的艺术大师”（*De Volkskrant*），他目前旅居俄罗斯，作品在海外颇受欢迎。

4. 盖尔达·布雷斯（Gerda Blees，1985— ）的小说《我们是光》（*Wij zijn licht*）

故事以发生在“声与爱”合租屋的一起死亡事件为开端，该合租屋里最年长的居民伊丽莎白去世了，她的三个室友因此被捕。调查发现，这个合租屋里的居民们自愿结成一个团体，致力于停止进食，靠光与爱生存，所以伊丽莎白其实是饿死的，饿死在这个物资过剩的年代。作者借书中人物之口，从不同的视角，对伊丽莎白的死给出了自己的看法，侧面凸显“声与爱”居民的特征：身处社会边缘，只能抱团取暖，用独特的信仰连接彼此。布雷斯虽是一位新人，但文字功底深厚，笔触细腻，其笔下的一草一木仿佛都拥有了自己专属的声音和气息。不少主流媒体的新书榜单均将此书列为 2020 年的惊喜之一。

结语

2020 年，肆虐全球的新冠肺炎疫情，极大地影响了荷兰语文学界。由于居家时间变长，人们的阅读量也增加了，网上书店的销量远超实体书店，电子书的销售量更是激增。同时，各大文学奖项的评选和颁奖均改在线上进行，虽然少了几分线下活动的热闹和仪式感，但作家深度访谈、作者与读者在线上面对面交流的机会也增多了。面对病毒的威胁，死亡和人生的意义、人与自然的关系，成为 2020 年文学作品中最受关注的主题。无论是《来自一条狗的生活》《客户 E. 布斯肯》《我们是光》，还是阿尔弗雷德·沙费尔的诗作，均围绕以上主题展开。《大多数人都很好》尽管争议不断却畅销至今，也从某种层面上展现出，人类在面对巨大灾难时内心对人性光辉力量的向往。

参考文献：

"Best books of 2016 – part two." *The Guardian*. 27 Nov. 2016. Web. 5 Jul. 2021. <https://www.theguardian.com/books/2016/nov/27/best-books-of-2016-part-two>.

"De beste boeken van 2020." *De groene Amsterdammer*. 16 Dec 2020. Web. 5 Jul. 2021. <https://www.groene.nl/artikel/de-beste-boeken-van-2020>.

"De meeste mensen deugen." Bol.com. 2 Jul. 2021. Web. 2 Jul. 2021. <https://www.bol.com/nl/nl/p/de-meeste-mensen-deugen/9200000105939293/?bltgh=g-nNWeCWm9cioNdAu9JNmA.2_9.10.ProductTitle#product_specifications>.

"DIT WAS DE NS PUBLIEKSPRIJS 2020." NS Publieksprijs. 18 Nov. 2020. Web. 10 Jun. 2021. <https://nspublieksprijs.nl/boek/de-meeste-mensen-deugen>.

"Dit zijn de beste boeken van 2020 (en één springt eruit) ." *Het Parool*. 25 Dec 2020. Web. 5 Jul 2021. <https://www.parool.nl/kunst-media/dit-zijn-de-beste-boeken-van-2020-en-een-springt-eruit~ba5347981/>.

"Europese Literatuurprijs 2020 naar 'Meer dan een broer' en 'Lente'." Expertisecentrum Literair Vertalen. 15 Sept. 2020. Web. 10 Jun. 2021. <https://literairvertalen.org/nieuws/europese-literatuurprijs-2020-naar-meer-dan-een-broer-en-lente>.

"Fragmenten uit het juryrapport." P. C. Hooft-prijs. 14 Dec. 2020. Web. 10 Jun. 2021. <https://literatuurmuseum.nl/literatuurprijzen/pc-hooft-prijs/2021-alfred-schaffer>.

Gerbrand Bakker. "'De avond is ongemak' is razend populair maar niet goed, vindt Gerbrand Bakker." *Trouw*. 17 Mar. 2019. Web. 5 Jul. 2021. <https://www.trouw.nl/nieuws/de-avond-is-ongemak-is-razend-populair-maar-niet-goed-vindt-gerbrand-bakker~b4506808f/>.

"Juryrapport Boekenbon Literatuurprijs 2020." Boekenbon Literatuurprijs. 26 Sept. 2020. Web. 10 Jun. 2021. <https://www.boekenbonliteratuurprijs.nl/wp-content/uploads/2020/10/BBLP-Juryrapport-v.2.pdf>.

"Juryrapport winnaar Libris Literatuur Prijs 2020." Libris Literatuur Prijs. 22 Jun. 2020. Web. 10 Jun. 2021. <https://www.librisprijs.nl/2020-juryrapport-winnaar>.

"MOTIVATIETEKST ULTIMA LETTEREN." Ultimas. 18 May. 2021. Web. 10 Jun. 2021. <https://www.ultimas.be/sites/default/files/Motivatie_Ultimas_Letteren.pdf>

"The Discomfort of Evening." 2020 International Booker Prize. 26 Aug. 2020. Web. 5 Jul. 2021. <https://thebookerprizes.com/international/backlist/2020>.

"Wat zijn de beste boeken van 2020?" *De Volkskrant*. 13 Dec. 2020. Web 5 Jul. 2021. <https://www.volkskrant.nl/cultuur-media/wat-zijn-de-beste-boeken-van-2020~b16ca5cc/>.

"Winnaars 2020!" Europese Literatuurprijs. 15 Sept. 2020. Web. 10 Jun. 2021. <https://www.europeseliteratuurprijs.nl/2020/winnaars.php>.

作者单位：北京外国语大学欧洲语言文化学院

2020年柬埔寨文学概览

卢　军

内容提要：2020年由于新型冠状病毒肺炎在世界的蔓延，柬埔寨文学领域“高开低走”：年初成功举办了大型英文书展、国家读书日和首届贝叶经文学奖颁奖仪式等活动；但随着疫情的暴发，柬埔寨政府为减少人员聚集，取消了很多文体活动，一些文学奖项颁奖被迫推迟。与此同时，依托现代化信息和数字技术，在线阅读和文学交流活动逐渐兴起，湄公河文学奖颁奖仪式和国家图书展改为线上举行，依然吸引了大量民众参与。疫情期间，柬埔寨作家协会将重心放在改善自身工作环境上，2020年初办公大楼破土动工，建成后将更有利于作家协会开展作家培训、文学竞赛和对外交流活动，促进后疫情时代柬埔寨文学的发展。

2020年初，柬埔寨文学领域发展态势良好，马来西亚大野狼书展首次在金边举行，吸引了大批参展观众，表明柬埔寨已经培养出了一定的阅读人群，尤其是青少年。国家读书日活动由首都金边扩展到全国9个省份，凸显出政府开展全面阅读运动的决心。新型冠状病毒肺炎（下文简称“新冠肺炎”）疫情的暴发，无论对于整个柬埔寨，还是柬埔寨文学领域都是巨大的挑战和考验。为防控疫情，柬埔寨政府取消了大量文体活动，一些颁奖仪式、作家培训班、文学讲座、图书展或取消或改为线上举行，如已经连续举办三届，具有一定影响力的高棉文学节（មហោស្រពអក្សរសិល្ប៍ខ្មែរ，Khmer Literature Festival）也因疫情而取消。但文学界人士、文学爱好者、广大民众对文学的热爱和参加活动的热情并未减退，通过各种方式积极参与其中。本文重点从文学奖项、文学界重要事件、柬埔寨作家协会（下文简称“柬埔寨作协”）主要活动三方面介绍 2020 年柬埔寨文学领域的基本面貌。

一、2020 年文学奖及文学比赛

（一）因陀罗黛维王后奖（ពានរង្វាន់ព្រះនាងឥន្ទ្រទេវី）

2020 年第 22 届因陀罗黛维王后奖由柬埔寨文化与艺术部（ក្រសួងវប្បធម៌និងវិចិត្រសិល្បៈ）、柬埔寨作协（សមាគមអ្នកនិពន្ធខ្មែរ）、金边皇家大学（សាកលវិទ្យាល័យភូមិន្ទភ្នំពេញ）和柬埔寨科学院（រាជបណ្ឌិត្យសភាកម្ពុជា）联合组织。该文学奖于 2020 年初开始征集作品，每位参选者可以提交两篇作品，一篇短篇小说、一篇诗歌，选题范围不限。评奖的主要原则包括：一是作品要蕴含真理、道德和美德，二是创作要注重方式、结构和审美风格，三是内容体现教育价值、发展和保护民族身份认同。本次文学奖组委会共收到作品 166 件（小说 118 篇，诗歌 48 首），这是近年来提交参赛作品最多的一年，比 2019 年的 91 件作品增长了约 82%，这表明柬埔寨人对文艺和文学的兴趣持续增长。

由于疫情防控需要，2020年因陀罗戴维王后奖推延至2021年2月19日方才颁奖。小说类一等奖获得者是盖·升拉塔（កែវ សេងរដ្ឋា，出生年份不详），获奖作品《理想》（ឧត្តមគតិ）；二等奖获得者是滕·乌提（ធឿន វុទ្ធី，出生年份不详），获奖作品《奖状》（ប័ណ្ណសរសើរ）；三等奖获得者是普·腊塔纳（ភុយ រតនា，出生年份不详），获奖作品《讨厌叔叔》（ស្អប់ពុក）；四等奖获得者是岛东（ដុកដុំ，出生年份不详），获奖作品《灯灰》（ម្រែងភ្លើង）；五等奖获得者是隆·丽索谢达（ឡុង លាបសុជាតា，出生年份不详），获奖作品《宝石之心》（បេះដូងរតនា）。

经过评审，组委会认为本次文学奖诗歌类作品的质量和水平并不能达到一等奖和二等奖的评选标准，因此这两个奖项空缺。三等奖获得者是敏·绍提（មិន សុធី，出生年份不详），获奖作品《女工程师的爱情》（មន្តស្នេហ៍នារីវិស្វករ）；四等奖获得者是柯珲（ខឹក ហ៊ន，出生年份不详），获奖作品《饼比篮子大》（នំធំជាងនាឡិ）[1]；五等奖获得者是翁·绍皮（វង្ស សុភាជ，出生年份不详），获奖作品《生命的意义》（ន័យជីវិត）。

（二）湄公河文学奖（ពានរង្វាន់អក្សរសិល្ប៍ទន្លេមេគង្គ）

2020年第11届湄公河文学奖由柬埔寨作为承办国，主题是“生命与湄公河的可持续性”（ជីវិត និងនិរន្តភាពទន្លេមេគង្គ）。柬埔寨作协共收到诗歌21首，短篇故事24篇。2020年10月28日，作协公布了柬埔寨的获奖作品，诗歌类获奖者棱姆·潘娜（លឹម ផាន់ណា，1990— ），作品《心爱的湄公河》（មេគង្គដូងចិត្ត）；短篇故事类获

1 柬埔寨有一句谚语是“饼大不过（装饼的）篮子”（នំមិនធំជាងនាឡិ），这首诗歌是反其意而用之。

奖者隆·丽索谢达，作品《心愿之水》（វារីប្រាថ្នា）。每年的湄公河文学奖都在承办国举行颁奖典礼，这也是中国、缅甸、老挝、泰国、柬埔寨和越南澜湄六国文学界人士相互交流和切磋的良机。柬埔寨作协作为东道主为湄公河文学奖颁奖典礼的组织和筹备做了大量工作，但由于新冠疫情的反复，颁奖典礼不断推迟，最终不得不取消现场颁奖，给六国文学界人士和文学爱好者留下了一丝遗憾。

（三）佛学院文学奖（ពានរង្វាន់អក្សរសិល្ប៍ពុទ្ធសាសនបណ្ឌិត្យ）

2020 年第三届佛学院文学奖的主题是“酒之罪”（ទោសនៃសុរា）。参赛作品体裁分为短篇故事和短篇叙事诗。组委会共收到来自全国参赛者的短篇故事 20 篇，诗歌 22 首。短篇故事类一等奖获奖作品是《妈妈！我想活下去》（ម៉ែ! ខ្ញុំចង់រស់），作者是苏伊·林宝（ស៊ុយ លីនប៉ាវ，1999— ）；二等奖获奖作品是《女服务员》（ភត្តាភិបាលស្រី），作者是伊·霍尼姆（អៀ ហុកនីម，出生年份不详）；三等奖获奖作品是《我父亲的悔恨》（វិប្បដិសារីឪពុកខ្ញុំ），作者是禅·乌达（ឆាន់ វុត្ថា，1993— ）。短篇叙事诗一等奖获奖作品是《酒》（សុរា），作者万·萨雷（វណ្ណ សារ៉េត，出生年份不详）；二等奖获奖作品是《帝释天失去了酒杯》（ព្រះឥន្ទ្របាត់កែវ），作者焦·索丕（ជក់ សុភា，出生年份不详）；三等奖获奖作品是《不幸》（អពមង្គល），作者柯珲。

2020 年 12 月，佛学院公布了第四届佛学院文学奖的参赛主题，即“没有疾病是最好的回报”（ការមិនមានរោគជាលាភដ៏ប្រសើរ），体现了柬埔寨文学界对新冠肺炎疫情期间柬埔寨社会的发展变迁以及民众生活和思想变化的关注。

（四）贝叶经[2]文学奖（ពានរង្វាន់អក្សរសិល្ប៍ស្លឹករឹត）

贝叶经文学奖创立于2019年，旨在保存民主柬埔寨时期柬埔寨普通民众生活的历史资料，同时提升柬埔寨文学的价值。柬埔寨作协与柬埔寨资料中心（មជ្ឈមណ្ឌលឯកសារកម្ពុជា）于2019年9月25日发布通知，宣布举办2020年度第一届贝叶经文学奖评选活动，主题为“民主柬埔寨时期柬埔寨民众的日常生活”（ជីវិតរស់នៅប្រចាំថ្ងៃរបស់ប្រជាជនកម្ពុជា ក្នុងរបបកម្ពុជាប្រជាតិបតេយ្យ ប៉ុល ពត），征稿体裁为短篇故事。

2020年3月10日，柬埔寨作协发布公告宣布了首届贝叶经奖获奖作品名单。一等奖作品为《锅巴饭》（បាយក្ដាំង），作者乌·松囊（អ៊ុច សំណាង，出生年份不详）；二等奖作品为《母亲离开时》（ពេលម៉ែឃ្លាតទៅ），作者尤·浩尼姆（អៀ ហុកនីម，出生年份不详）；三等奖作品为《深深的印迹》（ស្នាមជំរៅ），作者瓦·孟（វ៉ា មឿន，出生年份不详）；四等奖作品为《同一天空下》（ក្រោមមេឃតែមួយ），作者库·绍肯（ឃុត សុខឿន，出生年份不详）；五等奖作品为《没有光芒的太阳》（ព្រះអាទិត្យឥតពន្លឺ），作者贡·占万能（គង់ ច័ន្ទវ៉ាន់ណោង，出生年份不详）；六等奖作品为《一天一夜》（មួយថ្ងៃមួយយប់），作者毛·绍万迪（ម៉ៅ សុវណ្ណឌី，出生年份不详）；七等奖作品为《红色天际线》（ជើងមេឃពណ៌ក្រហម），作者钱·乌塔（ឆាន់ វុត្ថា，出生年份不详）；八等奖作品为《不同意结婚》（មិនព្រមរៀបការ），作者金萨（គីម សាត，出生年份不详）；九等奖作品为《杜斯南的罪犯》（អ្នកទោសទួលស្លែង），作者乌·塔

2　贝叶经是指记录在贝树叶子上的佛教经文，在我国云南、西藏地区以及东南亚柬埔寨、泰国、缅甸、老挝等国仍有保存。

维（អ៊ុច ថាវី，出生年份不详）；十等奖作品为《脓疮》（អាប់សែ），作者林姆·尼般若（រីម និត្យបញ្ញា，出生年份不详）。

二、文学界重要事件

（一）2020 年金边大野狼书展（ពិព័រណ៍សៀវភៅ，Big Bad Wolf Book Sale Phnom Penh 2020）

大野狼书展于 2009 年由马来西亚人安德鲁·叶（Andrew Yap）先生和杰奎琳·娥（Jacqueline Ng）女士共同创建，最初旨在向马来西亚民众提供质优价廉的英文图书。为促进柬埔寨的阅读文化的培养，马来西亚书展商大野狼书展于 2020 年 1 月 9—20 日，在金边水净华区繁华城市场举办了近年来规模最大的一次书展。书展由智慧图书馆联合教育、青年与体育部及国家图书馆举办。这是大野狼书展首次在柬埔寨举办，柬埔寨新闻部大臣乔·干那烈（ខៀវ កាញារីទ្ធ）亲自出席以表示对书展的支持。此次书展引进了 100 万册英文图书供读者选择。书籍的种类多种多样，包括儿童读物、纪实故事、历史小说、爱情故事、畅销书、励志图书、图画书、经营类书籍，等等。书展还专门设置了红色读者站（Red Reader Hood），人们在购书的同时，可以向书展捐赠书籍，并提供给低收入读者。

（二）2020 年国家读书日（ទិវាជាតិអំណានឆ្នាំ២០២០）

与往年的国家读书日不同，本届读书日活动的时间更长，范围更广。本届读书日教育部计划展现研究的作用，鼓励研究。去年读书日是为了提升柬埔寨文学，今年则是为了提升柬埔寨寺庙中的石刻研究。为此，教育部举办了两个研讨会。第一个的主题是“最初的阅读”，旨在从小促进和培养儿童的阅读习惯；第二个的主题是“提升图书馆的作用和宣传图书馆的标准”，旨在加强全国范围内学校图书馆的建设。

2020年的国家读书日从3月6日正式拉开序幕，为期10天至3月15日结束，包括首都金边在内的10个省市组织了读书日活动。该年度国家读书日的主题为“阅读培养智慧、研究和创新”（ការអានបណ្ដុះបញ្ញា ការស្រាវជ្រាវ និងនវានុវត្តន៍）。此外，教育部还计划在2021年将阅读日活动推广到全国25个省市中，将阅读活动发展为全民运动。

读书日的活动丰富多样，包括：(1) 2020年3月6—8日在柬埔寨理工学院举办了为期3天的书展，共有104个展位，供民众免费参观；(2) 3月8日由阅读训练专家主讲的主题为“最初的阅读”的讲座，旨在促进和培养幼儿的阅读习惯；(3) 3月6—15日期间，在金边和其他9个省份举行了“让我们天天阅读”活动，这是教育部首次将这项阅读推广活动扩展到其他省份，以培养阅读习惯，推广阅读文化，促进阅读和写作；(4) 3月8—10日举行了洪森亲王杯阅读、诗歌朗诵和写作大赛；(5) 洪·尊纳伦院士做题为“吴哥前和吴哥时期的柬埔寨语言和文学”的讲座；(6) 知名作家参加的论坛，主题为“文学在社会中的作用以及现代创作”；(7) 3月12日举行了主题为“图书馆管理和图书馆标准宣传”的研讨会，旨在加强全国学校图书馆的建设。当前柬埔寨全国1万所学校中共建有6000多个图书馆，但这些图书馆中的书籍并没有统一标准，因此教育部将制定标准，规范图书馆里的图书种类和数量，以满足学生们的需求。

（三）2020 年柬埔寨图书展（ពិព័រណ៍សៀវភៅកម្ពុជានៅឆ្នាំ២០២០，Cambodia Book Fair 2020）

柬埔寨文化与艺术部，教育、青年与体育部，以及新闻部每年 12 月都会在国家图书馆举办柬埔寨图书展，以增进民众对柬埔寨语和外语书籍的了解，推动柬埔寨的书籍出版业，同时给予柬埔寨作家和画家以支持，并培养各年龄段读者阅读的爱好和习惯。为防止新冠肺炎疫情蔓延，减少人群聚集，三部门将第九届柬埔寨图书展改为在线的“图书周”，主题是“新冠疫情时代，与书籍更亲近”(សម័យកូវីដកាន់តែស្និទ្ធនឹងសៀវភៅ)。

柬埔寨 Sipar 机构负责人、柬埔寨出版商协会副主席、书展委员会代表豪·索提（ហុក សុទ្ធិ）先生表示，2019 年的第八届图书展是规模最大的一次书展，为期 3 天的书展共有 140 个展位，吸引了 18 万观众参展。为了推动柬埔寨图书行业的发展，书展委员会原计划将 2020 年的第九届图书展办得更盛大。但由于新冠疫情在世界和柬埔寨蔓延，不得不将实体书展推延到 2021 年。为期一周的在线书展举行了各种各样的线上活动，如在柬埔寨书展网站上宣传作家、出版商、书店、书商、图书业发展合作伙伴和教育机构推出的书籍、视频，请特邀作者与观众们通过 Zoom 进行实时视频聊天等。

三、柬埔寨作家协会的主要活动

2020 年，柬埔寨作协在新冠肺炎疫情下坚持开展工作，如参加书展，组织国内文学领域交流，举办国家读书日活动，组织文学评奖，开办培训班等。1 月 21 日，作协代表团参加了柬埔寨佛学院成立 90 周年庆祝活动。作协与佛学院保持长期良好合作关系，经常邀请佛学院的专家学者、僧侣作家来为作家培训班讲学授课。佛教文学在柬埔寨文学中的地位举足轻重，2018 年佛学院专门设立佛学院文学奖，以促进柬埔寨文学进一步发展。2 月 21 日，作协在柬埔寨–日本合作中心举办了新闻写作培训班，并邀请作家因·拉贾纳（អ៊ឹម រចនា）做了题为“从作家到记者”的讲座，作家博伊·索吞（ប៊ូយ សុធន）做了题为“高效培养阅读习惯的关键”的讲座。与此同时，作协向 2020 年 2 月 15 日逝世的作协成员占·玛妮（ចាន់ មណី）的家属表示了慰问。占·玛妮是近年来活跃在柬埔寨文坛的作家，她曾获得 2017 年杭·吞哈奖（ពានរង្វាន់ លោក ហង្ស ធុនហាក់）叙事诗类一等奖，获奖作品为《一对好友》（រឿង គូភក្តី），另外她还获得了 2018 年李添丁奖叙事诗类三等奖，获奖作品为《不朽的遗产》（មរតកអមតៈ）。

此外，作协的工作重心放在了新办公大楼的建设上。由于条件限制，柬埔寨作协长期租用柬埔寨–日本合作中心的办公室作为办公地点，这不利于作协开展交流、培训、竞赛等活动。为促进柬埔寨作协发展，提升柬埔寨文学价值，柬埔寨首相洪森决定拨专款修建作协大楼。2020 年 1 月 6 日，柬埔寨大宗派僧王农埃（នន្ទ ង៉ែត）出席了奠基仪式，作协大楼正式动工兴建。截至 2020 年 10 月，大楼已经基本完工，作协将申请尽快投入使用。

由于新冠肺炎疫情的影响，2020 年柬埔寨作协与地区和世界文坛的交流活动受到限制，原本柬埔寨作为第 11 届湄公河文学奖举办国，将组织颁奖典礼等一系列文学活动，但活动多次因疫情防控原因推迟，最终不得不取消现场颁奖，将各国获奖者的奖杯和证书送至其驻柬埔寨大使馆。柬埔寨作协主席布楼·布劳内（ព្រឿង ប្រណិត）认为，在全球面临新冠疫情的情况下，湄公河文学奖通过各国作家的优秀作品来促进湄公河流域国家（地区）的可持续发展以及文学的交流沟通，具有重要意义。[3]

结语

2020 年突如其来的新冠疫情对柬埔寨文坛而言是重大的挑战和考验，各种国内文学活动和对外文学交流都受到了极大限制。柬埔寨政府各部门和柬埔寨作协积极采取各种措施，如在疫情好转期间继续举行文学奖颁奖典礼，或利用互联网将原本为期 3 天的线下国家图书展改为 7 天的线上图书周，在一定程度上弥补了广大民众不能现场参加的遗憾，满足了文学界人士、文学爱好者和普通民众对文学和阅读的热爱之情。今后新冠疫情或将成为一种新常态，在后疫情时代，如何借助信息化和数字化技术积极应对新形势，在提高本国文学发展水平的同时，继续增强与地区和世界文坛的交流与合作，将成为柬埔寨文学领域发展的关键。

参考文献：

គន្ធា អេង. ទិវាជាតិអំណាននៅឆ្នាំនេះ នឹងរៀបចំធ្វើឡើងមានលក្ខណៈពិសេសៗជាងឆ្នាំៗមុន. 3 Mar. 2020. Web. 9 Nov. 2020. <http://kh.cc-times.com/posts/250>.

ប៉ាន់ វិទ្ធា. រកឃើញម្ចាស់ជយលាភីនៃពានរង្វាន់អក្សរសិល្ប៍ព្រះនាងឥន្ទ្រទេវី សម្រាប់ឆ្នាំ ២០២០. 23 Feb. 2021. Web. 30 Mar. 2021. <https://www.postkhmer.com/ជីវិតកម្សាន្ត/រកឃើញម្ចាស់ជយលាភីនៃពានរង្វាន់អក្សរសិល្ប៍ព្រះនាងឥន្ទ្រទេវី-សម្រាប់ឆ្នាំ-២០២០>.

ពិភពលោក បើកសម្ពោធនៅថ្ងៃនេះ ដើម្បីរួមចំណែកបណ្ដុះវប្បធម៌ នៃការអានសៀវភៅ នៅកម្ពុជា. 25 Jan. 2020. Web. 21 Dec. 2020. <http://nokorwatnews.com/archives/477546>.

3 <https://www.rfi.fr/km/km/ កម្ពុជា /20201218- កម្ពុជា-សង្គម-ជ័យលាភី-អក្សរសិល្ប៍ខ្មែរ-ទន្លេមេគង្គ >.

មុំ គន្ធា. ពិព័រណ៍សៀវភៅឆ្នាំនេះធ្វើក្រោមប្រធានបទ«សម័យកូវីដកាន់តែស្និទ្ធនឹងសៀវភៅ». 14 Dec. 2020. Web. 20 Mar. 2021. <https://www.postkhmer.com/ព័ត៌មានជាតិ/ពិព័រណ៍សៀវភៅឆ្នាំនេះធ្វើក្រោមប្រធានបទ-«សម័យកូវីដកាន់តែស្និទ្ធនឹងសៀវភៅ»>.

ហង្ស ពណ្ណរាយ. ប្រកួតតែងនិពន្ធពានរង្វាន់ព្រះនាងឥន្ទ្រទេវី នឹងប្រកាសជយលាភីនៅចុង ឆ្នាំនេះ. 11 Jun. 2020. Web. 10 Dec. 2020. <https://www.interconrooster.com/archives/2020/06/11/42990>.

អ៊ុម រចនា.កូវីដ១៩ បង្ខំឲ្យសមាគមអ្នកនិពន្ធខ្មែរលើកពេល ប្រគល់ពានរង្វាន់អក្សរសិល្ប៍ទន្លេមេគង្គដល់ជ័យលាភីនៃប្រទេសក្នុងតំបន់. 18 Dec. 2020. Web. 20 Mar. 2021. <https://www.rfi.fr/km/កម្ពុជា/20201218-កម្ពុជា-សង្គម-ជ័យលាភី-អក្សរសិល្ប៍ខ្មែរ-ទន្លេមេគង្គ>.

作者单位：广西外国语学院

2020 年老挝文学概览

陆慧玲　陆蕴联

内容提要：2020 年，新冠疫情在全世界蔓延，老挝文学的发展受到了一定影响。尽管如此，还是有一些优秀作品和文学活动值得关注。短篇故事《半价》获东南亚文学奖；诗歌《诺言》和《寻你》获湄公河文学奖；诗歌集《走向梦想》被译成英文在美国出版并受到好评。本文将着重分析以上获奖文学作品，介绍部分新作以及老挝文坛的相关活动，以展示本年度老挝文学界的发展动态。

一、东南亚文学奖和湄公河文学奖获奖情况

2021 年 4 月 2 日，老挝作家协会宣布东南亚文学奖和湄公河文学奖评奖结果。2020 年，共有 9 部作品进入本年度东南亚文学奖最终评审环节，乌董·霍阔（ອຸດົມ ຮອບຄອບ，1965—　）的短篇故事《半价》（ເຄິ່ງຄ່າ）脱颖而出，一举夺得本年度该奖项。参加 2020 年度湄公河文学奖评选的作品有 21 部，包括诗歌、短篇故事和长篇小说。最终获得本年度这一奖项的是奔塔维·龚帕潘[1]的诗歌《诺言》

1　关于奔塔维·龚帕潘的详细介绍，参见《外国文学通览：2018》。

（ຄຳໝັ້ນສັນຍາ）和刊康·苏塔维莱（ຂັນຄຳ ສຸດທະວິໄລ，1960—　）的诗歌《寻你》（ແຍງນາງ）。

由于组织方《文艺》杂志正在进行组织机构调整，2019 年和 2020 年老挝国内重要文学奖信赛文学奖都未进行评选。

1. 乌董·霍阔与《半价》

乌董·霍阔，笔名毕迪·提瓦颂（ປິຕິ ທິວາຊິນ），是老挝沙湾拿吉省作家协会成员。他很早就对文学产生了兴趣，但是直到 1987 年才开始提笔创作，目前已出版了 20 个短篇故事、2 部长篇小说以及一些诗歌。代表作品有小说《心灵呼声》（ຫົວໃຈສົ່ງອອກ，2004）和短篇故事集《珍品》（ຂອງດີ，2012）。2004 年，他凭借《心灵呼声》获信赛文学奖，2012 年凭借《珍品》获得老挝出版局颁发的优秀短篇故事集奖。

获得 2020 年度东南亚文学奖的短篇故事《半价》最初刊登于老挝著名杂志《文艺》（1994 年第 1 期），后又收录于短篇小说集《珍品》并出版。《半价》主要讲述的是一位残疾退伍老兵艰难生活的故事。作品通过聚焦于退伍军人群体来折射老挝建国初期底层老百姓的生活，有力抨击了当时社会上一些职员利用权势欺压百姓的不良风气，揭示了社会上一些重富欺贫、医院乱收费以及医生收取红包的丑恶现象，同时呼吁政府提高退伍老兵的社会福利和待遇等。

坎肯是位退伍老军人，军衔少尉，他在救国战争中失去了一条腿。虽然现在国家解放了，但他的生活依然过得十分艰辛。他和妻子相依为命，住在村庄外田野边一间破旧的茅屋里。他和村里的几十个困难户一起向国家申请伐木许可证以伐木建房，但是主管部门领导利用职权把指标给了那些有房有车的亲戚朋友。这是当官不为民，还欺压老百姓的活生生的例子。

坎肯的妻子生病了，坎肯不得不卖掉几经周折才申请到的伐木许可证，以换取治病的费用，但仍不够支付高达 20 多万基普的医疗费。万般无奈下，他只好请求院方同意他支付一半费用，即只支付药费。但态度冷漠、语气生硬的医院领导告诉他，这医药费只包括药费、输血费和住院费，还不包括医生的加班费、医疗器械费、水电费，等等。听到这些，坎肯如雷轰顶，昔日他在战场上拼死拼活，现如今家属生病还要支付医生的加班费等。病人只是做一个阑尾小手术，却要承担这么昂贵的医药费，这无疑是对当时老挝政府的严肃拷问：社会福利何在？

在医院里，坎肯偶遇了曾在一次战役中并肩作战的战友——詹。就是在那次战役中，坎肯身受重伤，被送进医院治疗，最后成了残疾人，而詹则被派去越南学习，如今在省政府机关工作。詹是政府官员，医生见到他毕恭毕敬。詹的孩子生病了，住在这家省医院新楼的病房里。新楼设备齐全、环境优美，住院病人可以享受医生 24 小时看护的温暖服务。而坎肯的妻子得病，却被送到这家医院破旧的病房里，无人问津。作品通过鲜明的对比，淋漓尽致地反映了社会上权势当道的不公平、不合理现象。

作者还通过作品呼吁政府重视退伍军人群体。像坎肯这样的退伍军人从前为了民族解放奋不顾身，有的献出了生命，有的幸存下来却身体残疾。然而，他们在解放后却得不到国家应有的照顾，生活过得十分艰难。这样的现实状况，十分值得人们反思。如今，老挝政府虽然也采取了积极措施，例如在 2002 年成立老挝退伍军人联合会，在政策上对退伍军人给予照顾。但是，由于老挝经济发展劲头不足，财政困难，政府是心有余而力不足。要解决这样的现实问题，需要社会各界的共同努力。

这部作品另一方面也呼呼人们要重视退伍军人，要懂得感恩，最起码要给予他们应有的尊重，而不是像故事中的医院领导那样，始终没有抬起头来正眼看一下这位残疾军人，而且态度冷若冰霜。

这篇故事短小精悍，语言比较形象。例如：描写“离得近”，作者用“鸡飞到的地方”表示；作者不说“拄着拐杖”，而是说“三条腿走路”；等等。这些对于外语学习者来说，都是很好的词句积累。小说故事情节并不复杂，但安排得比较巧妙，语言表达铿锵有力。

笔者在给 1993 级本科生上高年级的文学课时，就曾选用过这篇文章进行教学，至今印象还很深刻。该作品从最初发表至今已有 20 多年的历史，它曾在纪念老挝人民军成立 45 周年征文评选活动中获得短篇小说类一等奖，如今在 2020 年东南亚文学奖评比中胜出，还被译成泰文于 2021 年 6 月在泰国出版，可见其魅力。老挝东南亚文学奖评审委员会认为，“这是一篇含意深刻、选题新颖且具有较高写作水平的作品。其遣词造句通俗易懂、简洁精炼，所反映的内容足够引起社会反思。”[2]

2.《诺言》

诗歌《诺言》收录于奔塔维·龚帕潘的诗集《母亲织的筒裙布》(2018) 中，此前在 2019 年纪念老挝革命根据地万赛县建立 50 周年征文比赛中获二等奖。这是一首叙事诗，记录的是一位敌军士兵帮助老挝爱国战线的一名革命战士逃离敌营的故事。这名革命战士在敌区进行秘密活动，后不幸落入敌人手中。无论敌人如何严刑拷打，用尽各种残酷手段，这位革命战士始终没有出卖自己的组织，最后被关进牢里。看守这位战士的敌方士兵在他的劝说动员下，决定帮助他逃离敌营。在逃亡途中，看守士兵不幸中弹身亡。临终前，他委托革命战

2 见东南亚文学奖和湄公河文学奖评奖结果宣布仪式上的宣读稿。

士把他的骨灰带回家乡。尽管在战火纷飞的年代，这名革命战士没能实现诺言，但是这铭刻心中的承诺，他至今未忘。

这首诗选题新颖，通过塑造一位叛变敌方的士兵的形象来歌颂老挝爱国战线革命战士宁死不屈的英雄气概。同时，诗歌告诉人们，迷途知返也应被肯定，像诗中这名看守士兵，为了帮助革命战士，甘愿冒险，不惜牺牲自己，这种精神值得推崇，后人也应该铭记这名士兵的功德。

诗歌叙事形式也别具一格。作者以自己与参加老挝爱国战线革命战士表彰大会的一位身上挂满勋章的老革命战士的交谈作为开头引出故事的内容。尽管这是首叙事诗，篇幅也比较长，一共 36 节，但是也遵循了老挝传统诗歌的格律，内外押韵和谐，语言轻快易懂，故事结构完整。

3. 刊康 · 苏塔维莱与《寻你》

刊康 · 苏塔维莱，笔名刊康，曾担任报纸副主编等职务，发表过多篇诗歌和短篇小说，已出版的作品有：儿童绘本《兔子妈妈》（ແມ່ກະຕ່າຍ，1999）和诗歌集《名闻遐迩的石缸》（ໄຫຫີນລືນາມ，2020）等。此前她凭借作品《到万赛参观学习》（ທ່ຽວວຽງໄຊ ໄປສຶກສາ）在 2019 年纪念老挝革命根据地万赛县建立 50 周年征文比赛中获短篇小说类三等奖。

诗歌《寻你》赞扬了老挝妇女高超的织布手艺及在她们手下诞生的娜迦图案的精美。用编织有娜迦图案的布匹做出的筒裙，是老挝妇女具有民族特色的传统服饰，与老挝人民的生活息息相关，也是老挝民族宝贵的文化遗产。这首诗被收录在刊康出版的第一本诗歌集《名闻遐迩的石缸》中。该诗集里有多篇诗歌的内容与作者的故乡川圹尤其是位于川圹省的石缸平原有关。2019 年，石缸平原被联合国教科文组织列入世界遗产名录，作者于是决定以川圹省的口号“名闻遐迩的石缸”为自己出版的第一部诗歌集命名。老挝优秀文学艺术家欧铜·康殷苏（ໂອທອງ ຄຳອິນຊູ）在该书的前言中评论道：“刊康是一位有着敏锐洞察力的女作家，她善于发现生活的细节和自然的变化”。

二、诗歌集《走向梦想》（ມຸ່ງສູ່ຝັນ）英译本出版

老挝“优秀文学艺术家”缇妲詹[3]于2014年出版的诗歌集《走向梦想》收录了她的38篇诗歌。这些诗歌内容以追求正义、热爱工作等主题为主，也有部分诗歌展示老挝人民的民族面貌以及老挝独特的自然人文环境，从而呈现一个更真实的老挝形象。此外，还有部分诗歌对老挝社会中存在的消极现象进行批判，以期推动社会进步。老挝“国家级文学艺术家”杜昂詹芭（ດວງຈຳປາ，意为“占芭花”）在该诗歌集序言中评价道：“缇妲詹的这本诗歌集语言优美、韵律和谐，诗歌命名简洁、紧扣主题，诗歌的字里行间透露出诗人（对社会消极现象）犀利的思考。这位女诗人十分热爱老挝的艺术文化，诗歌中多处流露出她对这些事物的珍爱之情。缇妲詹的叙事诗并不只是单纯地简单叙述某一件事，而是以诗言志，在叙事中蕴含作者自己的深意，引起读者的深思。”(ທິດາຈັນ, “ມຸ່ງສູ່ຝັນ 9)

《走向梦想》的英译本于2020年2月由世界文学出版社出版，成为缇妲詹第一本被译为英文的作品。这部诗歌集的多篇诗歌也被译为俄语刊登在杂志上。

三、新书速递

2020年老挝出版的文学新作与往年相比虽有所减少，但还是

3 关于缇妲詹的详细介绍，参见《外国文学通览：2018》。

有一些作品值得关注。例如：文集《突破新冠危机 走向新常态》(ບຸກທະລຸວິກິດໂຄວິດ-19 ກ້າວສູ່ແບບແຜນດຳລົງຊີວິດໃໝ່, 2020)、帕湃湾·玛拉翁[4]的学术著作《普安咔曲——川圹文学艺术》(ຂັບພວນ ສິລະປະວັນນະຄະດີແຂວງຊຽງຂວາງ, 2020)、通坎·温马尼苏[5]的诗歌集《生活谚语》(ສຸພາສິດເພື່ອຊີວິດ, 2019）和缇帕格苏·杜昂扎[6]的长篇小说《在群山的臂弯中》(ໃນອ້ອມແຂນແຫ່ງພູຜາ, 2019）等。

1.《突破新冠危机 走向新常态》

当前，新冠疫情仍在世界蔓延，老挝也受到了严重影响。为了应对疫情带来的挑战，老挝政府鼓励人民自我调整，适应新形势，迈入“新常态”。鉴于此，老挝妇女联合会与老挝杜昂德安出版社联手促成了《突破新冠危机 走向新常态》的诞生。这本书汇聚了众多思想家、作家和学生等的智慧，汇集了诗歌、短篇小说和评论文章。该书内容分为三部分：第一部分收录了通俗易懂但蕴含诗人深刻思考的诗歌；第二部分收录了关于如何适应“新常态”这一主题的短篇小说；第三部分是围绕“新冠疫情带来的影响”进行论述的文章。桐柏·珀缇善、苏班·鲁昂腊德、帕湃湾·玛拉翁等多位老挝著名作家的作品都被收录其中。

2.《普安咔曲——川圹文学艺术》

咔曲喃调是老挝各地广泛流行的民歌曲调，不同地方的咔曲喃调各有特色，歌词内容也十分丰富。《普安咔曲——川圹文学艺术》是帕湃湾·玛拉翁的又一学术研究成果。他聚焦普安咔曲，从普安城的历史说起，以此前田野调查搜集到的普安咔曲及转写稿作为研究语

4 关于帕湃湾·玛拉翁的详细介绍，参见《外国文学通览：2019》。

5 关于通坎·温马尼苏的介绍，参见陆蕴联：《老挝历史上第一位获东盟文学奖的诗人——谈谈通坎·温马尼苏及其诗作》，见《亚非研究》（第 6 辑），2012 年，北京：时事出版社。

6 关于缇帕格苏·杜昂扎的详细介绍，参见《外国文学通览：2016》。

料，分析了咔曲喃调的艺术特征和种类，总结了咔曲喃调的创作特点、构成、与之相关的习俗以及咔曲喃调的由来和演变。这本著作不仅丰富了对老挝咔曲喃调的研究，还为今后进一步研究老挝的地方文学艺术提供了难得的资料。

3.《在群山的臂弯中》

《在群山的臂弯中》是荣获2016年老挝信赛文学奖的缇帕格荪·杜昂扎的新作。作者在书中描写了两种爱情：由于战争和国家未获得解放而导致爱情受阻的悲伤故事，以及国家安定时期青年男女之间的甜蜜爱情。作者以在石缸平原发生的空战这一真实历史事件作为小说背景，发挥自身的想象力创作了这部长篇小说。

四、重要活动和重要事件

1. 第三届万象市阅读推广节

2020年3月11—15日，第三届万象市阅读推广节在万象市艾德贸易中心举行。推广节上举办了丰富多彩的活动，如对话会、书籍捐赠、文艺表演、写作能力提高和青年作家培养活动以及辩论会等。由于阅读推广节的举办时间与国际妇女节相近，因此，还举办了国际妇女节庆祝活动。

2. 追求艺术俱乐部成员交流会

成立于2019年的追求艺术俱乐部于2020年3月16日举办了一次关于艺术追求的交流会。这次活动由2002年东南亚文学奖获得者、老挝优秀文学艺术家维瑟·萨翁色莎（ວິເສດ ສະແຫວງສຶກສາ）组织，老挝作家协会主席桐柏·珀缇善及多位作家、诗人参加了此次交流会。交流会上，赛萨默安·布达腊（ສາຍສະໝອນ ບຸດດາລາ）和般雅·潘塔帕尼（ປັນຍາ ພັນທະພານິດ）提议出版抗疫诗歌合集。

3. 2020 年文学创作培训班

由《文艺》杂志社主办的文学创作培训班在 2020 年顺利举办，继续为文坛培养新生力量。

4. 老挝文坛又一颗明星陨落

2019 年老挝文坛相继失去四位作家，2020 年又有一位辞世。这位作家是荣获 2018 年东南亚文学奖的松翟・詹塔翁[7]，他因不堪疾病折磨，于 2020 年 5 月 7 日以跳楼的方式结束了自己的生命，老挝又一位重要作家、老挝文坛的明星就此陨落。这位作家于 2019 年出版的短篇小说集《在胜利那天相聚》（ພົບກັນໃນວັນໄຊ，2019）成了他的遗作。

结语

2020 年老挝文坛的活跃程度受到了疫情的一定影响，文学新作出版数量有所下降。作为国内大奖的信赛文学奖没有评奖。东南亚文学奖和湄公河文学奖虽然延期评审，但还是评出了优秀作品。从获奖作品来看，获得重要东南亚文学奖的《半价》，跟此前多部获奖作品一样，不是新作，而是在国内参加多种比赛后再去参评。从总体来看，获奖作品或新作都立足于本国现实生活，真实地反映了老挝人民的精神风貌和价值取向。

参考文献：

ໂກແລ້ມ ອະໄພຍະວົງ. "ບັ້ນກວດສອບການຂຽນບົດບັນທຶກ, ເລື່ອງສັ້ນ, ກອນເລົ່າເລື່ອງເມືອງວຽງໄຊ-ຖານທີ່ໝັ້ນການປະຕິວັດລາວ ຄົບຮອບ 50 ປີ" ໜັງສືພິມກອງທັບປະຊາຊົນລາວ 13 Feb. 2019. Web. 22 Jan. 2020. <https://www.kongthap.gov.la/index1.php?lang=lo&at=at&hide=none&page=48&fullnews=1615&ct=10&j=active1>.

7 关于松翟・詹塔翁的详细介绍，参见《外国文学通览：2018》。

ຂັນຄຳ ສຸດທະວີໄລ. ໄທທີບລືນາມ. ໂຮງພິມມັນທາຕຸລາດ, 2020.

ເຈນແນນາຕາ, ແປໂດຍ ແສງຈັນ ສຸຂະເສີມ. ຖືເປັນຄວາມພູມໃຈທີ່ກະວີລາວກ້າວສູ່ເວທີຜູ້ອ່ານສາກົນ. ວັນນະສິນ, ສະບັບທີ 4 ປີ, 2020.

ທິດາຈັນ. ໂຮມກະວີຊຸດ ມຸ່ງສູ່ຝັນ. ວຽງຈັນ: ໂຮງພິມແຫ່ງລັດ, 2014.

ທິບພະເກສອນ ດວງຈັກ. ໃບອ້ອມແຂນແຫ່ງພູຜາ. ວຽງຈັນ: ສຳນັກພິມນັກປະພັນລາວ, 2019.

ບຸດສະດີ ສາຍນ້ຳມັດ. “ໄອ້ອາໄລ ‘ພັນໂທ ສິມໃຈ ຈັນທະວົງ’ ນັກປະພັນແຫ່ງຊາດອີກຄົນໜຶ່ງຂອງລາວ” *Laopost* 8 May. 2020. Web. 6 Dec. 2020. <https://laopost.com/ໄອ້ອາໄລ-ພັນໂທ-ສິມໃຈ-ຈັນທ/>.

ບຸນທະວີ ກົມພະພັນ. ແພພັນລາຍຈາກປາຍມືແມ່. ວຽງຈັນ: ສຳນັກພິມນັກປະພັນລາວ, 2019.

ບຸນມະໂຫລານສົ່ງເສີມການອ່ານນະຄອນຫຼວງວຽງຈັນຄັ້ງທີ III. Web. 8 Apr. 2021. <https://vientianebookfestival.com/>.

ປີຕິ ທິວາຊິນ. ໂຮມເລື່ອງສັ້ນ ຂອງດີ. ວຽງຈັນ: ສຳນັກພິມນັກປະພັນລາວ, 2012.

“ຜີນລາງວັນ ວັນນະກຳແມ່ນ້ຳຂອງ ແລະລາງວັນຊີໄຣ” ໜັງສືພິມປະຊາຊົນ “ເສດຖະກິດ-ສັງຄົມ” 6 Apr. 2021. Web. 28 May. 2021. <http://www.sethakit-psx.la/detail8503.html>.

ໄພວັນ ມາລາວົງ. ຂັບພວນ ສິລະປະວັນນະຄະດີແຂວງຊຽງຂວາງ. ໂຮງພິມປະລິນດາ, 2020.

ໂຮມນັກຂຽນ. ບູກທະລຸວິກິດໂຄວິດ-19 ກ້າວສູ່ແບບແຜນດຳລົງຊີວິດໃໝ່. ວຽງຈັນ: ສຳນັກພິມລາວດວງເດືອນ, 2020.

作者单位：北京外国语大学亚洲学院

2020年美国文学概览

谢登攀

内容提要： 2020年的美国文坛异彩纷呈。桂冠诗人路易丝·格吕克获得诺贝尔文学奖，这是继2016年鲍勃·迪伦获奖以来美国作家又一次获此国际殊荣。就主题而言，种族问题和性别问题依旧是美国文坛最为关注的问题。少数族裔作家创作保持强劲势头，继续引领美国文学创作。国家图书奖所有获奖作家均是少数族裔，普利策文学奖获奖作家几乎均是非洲裔。他们善于从历史中汲取素材，以文学艺术反映因种族歧视而撕裂的社会现实。本文聚焦2020年具有标志性的文学奖项评选结果，概括该年度美国文学的发展状况。

2020年美国政府抗疫不力，新冠疫情肆虐全国，但美国文坛却异彩纷呈。桂冠女诗人路易丝·格吕克（Louise Glück，1943— ）获诺贝尔文学奖，成为第12位获得诺贝尔文学奖的美国作家。在国内文学奖方面，可以看到族裔问题依旧是美国文坛最为关切的问题，少数族裔作家包揽了国家图书奖的四大奖项，其中最受人瞩目的小说奖和诗歌奖获奖作家均是亚裔作家。非裔小说家科尔森·怀特黑德（Colson Whitehead，1969— ）在2017年夺得普利策小说奖后，今年再度折桂，成为历史上第四位两次获得普利策小说奖的作家。普利策文学奖的六大奖项中，除传记奖和非小说奖外，获奖作家均为非裔作家。

一、女诗人格吕克荣膺诺贝尔文学奖

2020年10月8日，瑞典文学院宣布将本年度诺贝尔文学奖授予美国女诗人路易丝·格吕克。这是继2016年鲍勃·迪伦（Bob Dylan）获奖以来，美国作家又一次获得此项国际殊荣。格吕克也成为世界文坛第16位荣膺诺贝尔文学奖的女作家。与当年迪伦获奖引起巨大争议不同，格吕克此番获奖可谓是实至名归。

格吕克生于纽约的一个匈牙利裔犹太人家庭，父亲是一名商人，母亲毕业于韦尔斯利学院（Wellesley College）。格吕克的父母非常注重培养女儿的文学素养，从小就鼓励她阅读希腊神话等经典文本。格吕克也展示了过人的文学天赋，五岁时开始写诗，并立志长大后成为一名诗人。十几岁时，格吕克患上了神经性厌食症，在长达七年的治疗过程中，她无法在全日制大学正常读书。在医生的建议下，诗歌创作成了她治疗的一部分，她进入哥伦比亚大学通识教育学院的诗歌创作训练班学习。在这里，她受到美国桂冠诗人斯坦利·库尼茨（Stanley Kunitz）的亲自指导，在诗歌写作上取得了很大的进步。与此同时，她开始向《纽约客》（*The New Yorker*）和《大西洋月刊》（*The Atlantic Monthly*）等杂志投稿，逐渐在美国诗坛崭露头角。

作为当代美国最杰出的诗人之一，格吕克可谓是著作颇丰，迄今共出版了十余部诗集，获得了包括美国国家图书奖在内的几乎所有美国重要文学奖项。1968年，格吕克出版第一部诗集《头生子》（*First Born*），旋即引发文坛关注。之后的几年，她陷入了创作瓶颈，虽然也有两部诗集出版，但是都反响平平。1985 年，格吕克的第四部诗集出版，这部名为《阿基里斯的胜利》（*The Triumph of Achilles*）的诗集也给她带来了事业的胜利，不但广受读者好评，而且获得当年美国国家书评人协会奖（National Book Critics Circle Award）。1992 年，她的诗集《野鸢尾》（*The Wild Iris*）又大获成功，获得美国诗歌协会（Poetry Society of America）颁发的威廉·卡洛斯·威廉斯奖（William Carlos Williams Award），并于次年夺得普利策诗歌奖。至此，格吕克声名鹊起，成为美国家喻户晓的诗人。1993 年，她当选美国人文与科学院院士（American Academy of Arts and Sciences, elected member）。2014 年，凭借力作《忠贞良宵》（*Faithful and Virtuous Night*），格吕克斩获美国国家图书奖。此外，格吕克还是第 12 任美国桂冠诗人（Poet Laureate of the United States, 2003—2004）；2015 年，时任美国总统奥巴马亲自为她颁发国家人文奖章（National Humanities Medal），以表彰她在美国文学领域的杰出贡献。

格吕克的诗作主要关注心灵创伤、生死离别、欲望与理性以及自然等主题。她十分善于从古典神话中用典取譬，并用不经雕琢的语言来表现这些主题。譬如，在其最为人知的《野鸢尾》这首诗中，诗人采用了和读者对话的方式来描述死亡的过程和死后的世界，反思现世生活。对诗人而言，死亡后的世界不过是摆脱肉体枷锁走向自由的新世界，在这里盛开着四月的野鸢尾，蔚蓝色的花海一片生机勃勃。

在新冠疫情肆虐全球的 2020 年，或许每个人都在重新思考生命与死亡的意义，这样的主题和格吕克诗中所透露出的朴实无华的真挚情感或许最能打动评论家和广大读者。正如诺贝尔文学奖评奖委员会的颁奖词所言："她那精准无误的诗意语言所营造出的朴素之美，赋予每一个个体的存在以普遍的意义"。

二、国家图书奖依旧关注族裔问题

受新冠疫情影响，2020 年美国国家图书奖的评选和图书展销活动改为线上举行。美国东部时间 11 月 18 日，国家图书奖颁奖典礼在其官网上以直播的方式进行，主持人是非裔作家贾森·雷诺兹（Jason Reynolds）。该年度的国家图书奖小说类、诗歌类、非小说类和青少年文学四大类获奖作品分别是《唐人街内部》（*Interior Chinatown*）、《非军事区殖民地》（*DMZ Colony*）、《死人要活了：马尔科姆·X 传》（*The Dead Are Arising: The Life of Malcolm X*）、《男孩与蜻蜓》（*King and the Dragonflies*）。

《唐人街内部》的作者是游朝凯（Charles Yu，1976— ），华裔美国作家，祖籍中国台湾，生于洛杉矶，毕业于加州大学伯克利分校。游朝凯以创作科幻小说著称，2004 年，他凭借短篇小说《三等超级英雄》（*Third Class Superhero*）获舍伍德·安德森小说奖（Sherwood Anderson Fiction Award）。2007 年，他被美国国家图书奖基金会评为“五位三十五岁以下杰出作家”（“5 Under 35”）之一。2010 年，他发表首部长篇小说《科幻宇宙生存指南》（*How to Live Safely in a Science Fictional Universe*），该小说获得包括约翰·坎贝尔纪念奖（John W. Campbell Memorial Award）在内的多个奖项奖，并连续数周雄踞各大畅销书榜榜首。

《唐人街内部》是游朝凯的第二部长篇小说。小说采用剧本形式，通过人物对话来讽喻对亚裔美国人的刻板印象，抨击好莱坞电影工业。小说主人公是个混迹在好莱坞各个片场的群众演员，名叫威利斯·吴（Willis Wu）。这个名字会让读者立刻想到两个好莱坞动作明星布鲁斯·威利斯（Bruce Willis），以及布鲁斯·李（Bruce Lee），即李小龙。威利斯·吴很有抱负，一心想成为李小龙那样的功夫明星，他不止一次地诉说过自己的这个梦想。然而，作为一个片场的群众演员，好莱坞给他的定位不过是一个个跑龙套的角色。他在扮演微不足道的角色的过程中感受着美国，尤其是好莱坞随处可见的种族偏见与歧视。国家图书奖评委会指出，该小说既让人忍俊不禁，又令人心酸落泪，是一部极具原创性的小说。

值得一提的是，游朝凯此次获奖是继前年的华裔作家西格丽德·努涅斯（Sigrid Nunez）和去年的韩裔作家苏珊·崔（Susan Choi）之后，亚裔美国作家连续三年获得国家图书奖小说类奖，也是继 2016 年和 2017 年两位非洲裔作家科尔森·怀特黑德和杰丝明·沃德（Jesmyn Ward）之后，连续五年由少数族裔作家获得该奖。

除《唐人街内部》外，入围国家图书奖小说类的其他作品有孟加拉裔美国作家鲁曼·阿拉姆（Rumaan Alam，1977— ）的《把世界留在身后》（*Leave the World Behind*）、莉迪亚·米莱特（Lydia Millet，1968— ）的《儿童圣经》（*A Children's Bible*）、非裔女作家迪莎·菲利亚夫（Deesha Philyaw，1971— ）的短篇小说集《教会女士们的秘密生活》（*The Secret Lives of Church Ladies*）、道格拉斯·斯图尔特（Douglas Stuart，1976— ）的《夏奇·贝恩》（*Shuggie Bain*）。

2020 年度国家图书奖诗歌类获奖作品是韩裔作家兼翻译家崔敦美（Don Mee Choi，1962— ）的诗集《非军事区殖民地》。她于 2010 年出版首部诗集《令人振奋的早间新闻》（*The Morning News Is So Exciting*），2016 年，她的第二部诗集《算不上战争》（*Hardly War*）获得评论界的好评。她曾获得怀丁作家奖（The Whiting Award，2011）和兰南诗歌文学奖（Lannan Literary Award for Poetry，2016）等多个奖项奖，她还将很多韩国当代女性诗人的作品译成英文在美国出版，尤其是韩国著名女诗人金惠顺（Kim Hyesoon）的作品。《非军事区殖民地》是《算不上战争》的姊妹篇。DMZ 指的是朝韩之间的非军事区（Demilitarized Zone）。1953 年《朝鲜停战协定》签署后，韩朝双方沿北纬 38 度线划线而治，形成了一个长约 250 公里，宽约 4 公里的非军事区。这里既承载着朝韩人民曾经的伤痛，也是朝鲜半岛和平的象征，又因为其特殊位置，形成了一片未经人类开发的自然地带。诗集《非军事区殖民地》由八个部分组成，主要收录了作者近些年的新作。与《算不上战争》一样，《非军事区殖民地》中所收录的诗作想象力丰富，聚焦于美国在朝鲜半岛的历史纠葛。诗人大胆创新，采用了实验性的诗歌创作方式，许多诗作是口述历史、手写书信、地图、涂鸦和照片的混合之作。

除崔敦美的《非军事区殖民地》外，入围国家图书奖诗歌奖的诗集还有华裔诗人白萱华（Mei-mei Berssenbrugge，1947—　）的《星星论》（*A Treatise on Stars*）、非裔诗人汤米·布朗特（Tommye Blount，出生年份不详）的《蓝衣人幻想曲》（*Fantasia for the Man in Blue*）、安东尼·科迪（Anthony Cody，出生年份不详）的《边境外传》（*Borderland Apocrypha*）、娜塔莉·迪亚兹（Natalie Diaz，1978—　）的《后殖民主义情诗》（*Postcolonial Love Poem*）。

本年度国家图书奖非小说类获奖作品是《死人要活了：马尔科姆·X 传》，作者是莱斯·佩恩（Les Payne，1941—2018）与女儿塔玛拉·佩恩（Tamara Payne）。莱斯·佩恩是美国《新闻日报》（*Newsday*）知名非裔记者和专栏作家，美国全国黑人记者协会（National Association of Black Journalists）的创立人之一。《死人要活了：马尔科姆·X 传》是黑人现代民族主义代表人物马尔科姆·X 的最新传记。包括 1965 年出版的也是最著名的自传 *The Autobiography of Malcolm X* [由马尔科姆·X 和亚历克斯·黑利（Alex Haley）共同完成]，这位具有传奇色彩的黑人领袖已有十几部传记出版，再要写出新意的确不易。佩恩的这部传记，特点就在于一手资料详实，他于上世纪 90 年代就开始写作此书，三十年磨一剑，采访了所有在世的马尔科姆·里特（Malcolm Little）家族成员（马尔科姆·X 原名马尔科姆·里特），马尔科姆的儿时伙伴、同学、狱友和同事，以及曾经与其有过接触的警察和政界人物，记录了超过 100 小时的录音材料。这部传记长达 600 多页，资料详实、考证严密，真实记录了马尔科姆·X 的成长历程及其思想流变，也回应了学界对其思想变化的质疑，肯定了他在黑人自由运动中的重要性。2018 年，莱斯·佩恩去世，他的女儿和研究助手塔玛拉·佩恩负起大任，开始接力写作，该传记得以在 2020 年 9 月顺利出版。除获得国家图书奖外，该书于次年获得普利策传记奖，成为同时获得美国图书出版界最重要奖项的双料冠军。

本年度的国家图书奖青少年文学奖颁给了凯森·卡伦德（Kacen Callender，1989— ）的小说《男孩与蜻蜓》。卡伦德出生于美属维京群岛，在纽约上大学，学习日语和创意写作，获得艺术硕士学位（MFA）。卡伦德是黑人变性人，其作品多关注变性青少年的情爱和身份认同问题。2018 年，卡伦德出版了首部青少年小说《飓风孩子》（*Hurricane Child*）并获成功，夺得次年的石墙图书奖（Stonewall Book Award，美国图书馆协会专为 LGBT 群体设立）以及拉姆达文学奖（Lambda Literary Award，美国另一知名 LGBT 文学奖）。《男孩与蜻蜓》讲述了一个同性恋男孩追寻自我身份认同的故事。一个名叫金斯顿的 12 岁黑人男孩不敢向别人袒露自己的同性恋身份，并为此十分烦恼，他的哥哥哈利德不让他与一个名叫桑迪的白人男孩交往，因为桑迪是个公开身份的同性恋。哈利德在一场意外中去世后，金斯顿认为哥哥化身成为蜻蜓。随后，桑迪神秘失踪，全镇的人四处寻找，但只有金斯顿找到了他，并答应帮助他逃离虐待他的父亲。之后，两个少年在密西西比河河口地区开始了一段冒险经历。《科克斯书评》（*Kirkus Reviews*）赞誉该小说魔幻色彩浓厚，凄婉动人而又充满希望。《出版者周刊》（*Publishers Weekly*）认为该小说以艺术的形式探究了同性身份问题，是一部难得的佳作。

三、非裔作家领军普利策奖

由于疫情原因，举办方哥伦比亚大学推迟公布2020年普利策奖评选结果，并且取消了现场颁奖仪式，于5月4日在普利策官方网站上公布了获奖名单。获得本年度小说奖、诗歌奖、戏剧奖、传记奖、非小说类奖和历史奖的作品分别为：《尼克尔少年》（*The Nickel Boys*）、《传统》（*The Tradition*）、《怪圈》（*A Strange Loop*）、《桑塔格：其人其作》（*Sontag: Her Life and Work*）、《神话的终结：从美国的边疆到边界墙》（*The End of the Myth: From the Frontier to the Border Wall in the Mind of America*）和《不死者：疼痛、脆弱、死亡、医学、艺术、时间、梦想、数据、疲惫、癌症和治疗》（*The Undying: Pain*，*Vulnerability*，*Mortality*，*Medicine*，*Art*，*Time*，*Dreams*，*Data*，*Exhaustion*，*Cancer*，*and Care*）以及《自由的甜蜜滋味：美国奴隶制与赔偿的真相》（*Sweet Taste of Liberty: A True Story of Slavery and Restitution in America*）。

继2017年凭借《地下铁道》（*The Underground Railroad*）获得普利策小说奖后，非裔小说家科尔森·怀特黑德梅开二度，2020年再次获奖，此次的获奖作品为小说《尼克尔少年》，这是怀特黑德的

第九部作品，也是继《地下铁道》大获成功以来的最新力作。小说背景设立在民权运动风起云涌的 20 世纪 60 年代，在种族隔离制度下美国南方的佛罗里达州，勤奋上进的黑人少年埃尔伍德·柯蒂斯得到了中学推荐免费就读大学的机会。然而，就在开学第一天，由于他乘坐了黑人司机驾驶的车被警察当作盗窃共犯遣送到了尼克尔学校（Nickel Academy）进行改造。这个标榜是“培养高尚正直少年”的学校实则是一所邪恶的工读学校，这里的学生必须每日辛苦劳作，金钱却都流到了管理者口袋里。更可怕的是，学生一旦违反学校规定，就会受到严厉的体罚，甚至会被带到“分尸处”秘密处死。小说改编自真实的历史事件，尼克尔学校的原型是臭名昭著的佛罗里达的多齐尔学校（Dozier School）。该校建于 1900 年，一度曾是美国最大的工读学校。2009 年，由于年检不合格，州政府对学校展开全面调查，竟在校园内发现了几十处藏尸地，原来这所百年老校一直有虐待残害学生的历史，整个美国社会舆论随之哗然。

这部小说延续了怀特黑德对种族歧视的政治批判。尼克尔学校既象征了小说故事发生前一百年的美国南方种植园，也是当代美国社会的缩影，充满了暴力与伪善。怀特黑德通过工读学校这一特殊意象，揭露了美国社会中依然猖獗的种族歧视现象。文学评论家莫琳·科里根（Maureen Corrigan）认为该小说根植于历史，是一部伟大的美国小说。书评家罗恩·查尔斯（Ron Charles）在《华盛顿邮报》（*The Washington Post*）上撰文称该小说如同是与詹姆斯·鲍德温（James Baldwin）、拉尔夫·埃利森（Ralph Ellison），尤其是马丁·路德·金的一次对谈。2019 年 7 月 8 日，怀特黑德作为封面人物出现在《时代周刊》（*Time*）上，图片配文为“美国故事讲述者”。

除获得普利策小说奖外，《尼克尔少年》还入围2019年美国国家书评人协会奖，并获得2020年英国奥威尔政治小说奖（Orwell Prize for Political Fiction）。此番获奖，怀特黑德成为继布思·塔金顿（Booth Tarkington）、威廉·福克纳（William Faulkner）、约翰·厄普代克（John Updike）之后，历史上第四位两度获得普利策小说奖的作家，进一步奠定了其作为当代美国小说名家的地位。

本年度普利策诗歌奖授予了杰里科·布朗（Jericho Brown，1976— ）的诗集《传统》。布朗是非裔美国诗人，出生于路易斯安那州，在新奥尔良大学获得艺术硕士学位，在休斯敦大学获得博士学位，目前在位于佐治亚州的埃默里大学英语系任教，其诗作散见于《纽约客》、《巴黎评论》（*The Paris Review*）和《新英格兰评论》（*New England Review*）等杂志，并曾被收录至《最佳美国诗歌》（*The Best American Poetry*）等选集。布朗的首部著作散文诗集《拜托》（*Please*，2008），获得当年的美国图书奖（American Book Award），也为他赢得了怀丁作家奖。他的第二本诗集名为《新约》（*The New Testament*，2014），获得了2015年安斯菲尔德–沃尔夫诗歌奖（Anisfield-Wolf Award in Poetry）。2016年，布朗荣获古根海姆奖（Guggenheim Fellowship）。

诗集《传统》是杰里科·布朗的第三部著作，全书共分三个部分，收录了诗人的52首诗作。除一些诗作是对黑人同性恋身份的思考与探索外，诗集中的很多作品都聚焦于美国社会的暴力问题。为什么当今的美国人对充斥社会的种种暴力事件习以为常？从层出不穷的大规模枪击事件到不断爆出的美国警察执法时滥用暴力问题，暴力在美国社会中变得越来越常见，越来越多的美国人似乎也司空见惯，对暴力问题熟视无睹。布朗在诗歌写作技巧上也颇有创新，他结合了十四行诗、加扎勒抒情诗（ghazal）和布鲁斯音乐（blues），自创了一种名为“双重体”（duplex）的诗体，读起来颇令读者耳目一新。《出版者周刊》称该诗集“感情炙热”，并赞誉诗人的创新诗体“令人瞩目”。《传统》还入围了国家图书奖长名单，并入围 2019 年美国国家书评人协会奖。

2020 年普利策戏剧奖的获奖作品是迈克尔·R. 杰克逊（Michael R. Jackson，1981— ）的《怪圈》。杰克逊是非裔剧作家、作曲家，出生于底特律，在纽约大学获得艺术硕士学位，专攻音乐剧创作。他曾荣获包括怀丁作家奖和海伦·梅里尔剧本创作奖（Helen Merrill Award for Playwriting）在内的多项文学奖励。《怪圈》是一部音乐剧，剧本写作、音乐创作和作词均由杰克逊一人完成。该剧讲述了一个年轻艺术家的身份挣扎，主人公名叫厄舍（Usher），是个黑人同性恋者，他白天的工作和他的名字一样，是剧场的领位员（英语中领位员也是 usher）。在结束每天的枯燥工作之后，厄舍回到寓所，伏案而坐，开始创作自己的音乐剧。普利策奖评选委员会称《怪圈》为“元小说音乐剧”（metafictional musical）。该剧原定在 2020 年 9 月上演，由于疫情原因，上演日期一推再推。该剧是第十部获得普利策戏剧奖的音乐剧，也是首部未在百老汇上演即获普利策奖的音乐剧。

2020 年普利策传记奖授予了本杰明·莫泽（Benjamin Moser）的《桑塔格：其人其作》。该书是美国著名女作家苏珊·桑塔格（Susan Sontag，1933—2004）的最新传记。作为西方知识界最引人注目和最富有争议的人物之一，桑塔格吸引了不少传记作家，近年来已有数部桑塔格传记出版。莫泽的此部最新传记之所以能够脱颖而出，最重要的原因就是该书资料详实。2013 年，当桑塔格的独子大卫·里夫（David Rieff）与作者莫泽签署出版协议时，就授权他可以查阅所有桑塔格未曾发表的笔记、信件、日记和书稿，这使得莫泽能够占有大量的独家资料。此外，为了写作此书，莫泽还对所有能够访谈到的了解桑塔格和接触过桑塔格的人进行了访谈，包括的她的亲属、情人、朋友、同学、学生，等等。该书成书后长达 800 多页，堪称目前最深入、最全面的桑塔格传记。《出版者周刊》在评价该传记时就指出，该书会让桑塔格的忠实粉丝欣喜若狂，也会让大多数普通读者望而却步。本书作者本杰明·莫泽是作家兼翻译，1976 年出生于美国休斯敦，大学在布朗大学主修历史，后在荷兰乌得勒支大学（Utrecht University）获硕士和博士学位。他曾在《哈泼斯杂志》（*Harper's Magazine*）和《纽约书评》（*The New York Review of Books*）担任专栏作家，其著作也曾多次获奖。

本年度有两本书同时获得普利策非小说类作品奖，分别是《神话的终结：从美国的边疆到边界墙》和《不死者：疼痛、脆弱、死亡、医学、艺术、时间、梦想、数据、疲惫、癌症和治疗》。《神话的终结》的作者格雷格·格兰丁（Greg Grandin，1962—　）为耶鲁大学历史系教授，是美国外交政策史尤其是美国拉美政策史的专家，其文章多见于《纽约时报》等主流报纸杂志，其著作曾获得国家图书奖和普利策奖提名。在书中，格兰丁探讨了在不同历史时期边疆之于美国的特殊意义。西部广袤的边疆曾是美国的应许之地，是美国精神的象征。如今，边疆神话已经破灭，取而代之的是伴随着民粹主义的边界墙。《不死者》的作者安妮·博耶（Anne Boyer）生于 1973 年，主要从事诗歌和散文创作，获得过怀丁作家奖，其诗作曾被译成多种语言在多个国家出版。41 岁时博耶被查出患有乳腺癌，该书记录了她与病魔抗争的心路历程，揭露了资本主义体制下美国癌症治疗的种种乱象和黑幕，尤其痛斥了生产抗癌药品的美国大型药企。该书情感真挚细腻，诸多细节令读者泪目。

本年度的普利策历史奖获奖作品为《自由的甜蜜滋味：美国奴隶制与赔偿的真相》，作者 W. 凯莱布·麦克丹尼尔（W. Caleb McDaniel，1979— ）2006 年获约翰斯·霍普金斯大学博士学位，目前在莱斯大学（Rice University）历史系任教。《自由的甜蜜滋味》记录了美国历史上一桩著名的关于奴隶赔偿的法律诉讼案。黑人女子亨丽埃塔·伍德（Henrietta Wood，约 1819—1912）出生在肯塔基州，生而为奴的她曾被多次转卖，在不同的主人家工作。1848 年，她的一位好心的女主人签署文件将她释放。然而，在享有了几年的自由身份之后，她又被前主人的女儿女婿勾结恶警绑架并再次转卖。伍德被迫在种植园继续为奴，直至内战结束后的 1869 年才再次成为自由人。1870 年，伍德状告当年绑架她的恶警，经过艰难的法律诉讼，伍德最终胜诉，于 1879 年获得了 2500 美元的赔偿款，这也是美国法律史上数额最大的奴隶赔偿款。为了写作此书，麦克丹尼尔进行了严谨的考证，查阅了大量的法庭档案材料。这部历史著作资料详实、文笔畅达，是一部研究美国奴隶制历史的力作。

结语

纵观 2020 年美国文坛的获奖作品，结合对获奖作家身份轨迹的考察，可以看到，族裔问题依旧是美国文坛最为关切的问题。种族歧视问题是美国社会的顽疾，也是近些年来美国文学最常涉及的主题。尤其是在疫情当下，美国少数族裔所遭受的歧视问题愈演愈烈。2020 年 5 月 25 日，美国黑人青年乔治·弗洛伊德（George Floyd）在警察暴力执法下惨死，随即引发了史无前例的全国性"黑命攸关"抗议活动。与此同时，针对亚裔的歧视与日俱增。2020 年，美国接连发生大量针对亚裔的暴力行为和仇恨犯罪。一向以模范少数族裔著称的亚裔美国人也不得不走上街头，抗议自己所遭受的歧视与警察的不公执法，呼吁立法领域的改革。美国作家提笔为剑，以艺术的形式表达人文关切，进行政治批判。作为美国文学文化风向标的国家图书奖和普利策文学奖也及时反映了美国少数族裔的时代诉求，以文学奖励的形式肯定并呼应着美国人民的街头抗争。

参考文献：

Alter, Alexandra. "Charles Yu wins National Book Award for 'Interior Chinatown'." *The New York Times*. 18 Nov. 2020. Web. 5 Jun. 2021. <https://www.nytimes.com/2020/11/18/books/national-book-awards-winners.html>.

Charles, Ron. "In Colson Whitehead's 'The Nickel Boys,' an idealistic black teen learns a harsh reality." *The Washington Post*. 9 Jul. 2019. Web. 2 Jun. 2021. <https://www.washingtonpost.com/entertainment/books/in-colson-whiteheads-the-nickel-boys-an-idealistic-black-teen-learns-a-harsh-reality/>.

Corrigan, Maureen. "Rooted in history, 'The Nickel Boys' is a great American novel." 16 Jul. 2019. Web. 15 Jun. 2021. <https://www.npr.org/2019/07/16/742129946/rooted-in-history-the-nickel-boys-is-a-great-american-novel>.

Hsu, Pete. "All the world's a stage: On Charles Yu's 'Interior Chinatown'." *Los Angeles Review of Books*. 28 Jan. 2020. Web. 18 Jun. 2021. <https://lareviewofbooks.org/article/all-the-worlds-a-stage-on-charles-yus-interior-chinatown/>.

"Jericho Brown." Web. 5 Jun. 2021. <https://www.coppercanyonpress.org/authors/jericho-brown/>.

"King and the Dragonflies." Web. 5 Jun. 2021. <https://www.nationalbook.org/books/king-and-the-dragonflies/>.

Maher, John. "Moser, Whitehead, McDaniel, Grandin, Boyer, Brown Win 2020 Pulitzers." 4 May. 2020. Web. 5 Jun. 2021. <https://www.publishersweekly.com/pw/by-topic/industry-news/awards-and-prizes/article/83233-pulitzer-prizes-2020.html>.

"Nonfiction Book Review: The Dead Are Arising: The Life of Malcolm X." *Publishers Weekly*. Web. 5 Jun. 2021. <https://www.publishersweekly.com/978-1-63149-166-5>.

"Poetry Book Review: The Tradition by Jericho Brown." *Publishers Weekly*. Web. 5 Jun. 2021. <https://www.publishersweekly.com/978-1-55659-486-1>.

作者单位：北京外国语大学英语学院

2020 年蒙古文学概览

刘娟娟

内容提要：2020 年，尽管受席卷全球的新冠肺炎疫情影响，蒙古部分出版社暂停公开发行活动，图书馆和书店暂停营业，但作家们的创作热情和读者旺盛的阅读需求并未减弱。本年度涌现出了一批优秀的文学作品；在翻译文学领域，《蛙》《少年来了》等经典作品被译介到蒙古。此外，由政府主导的国家图书节顺利举行，多项文学赛事如期举办，共同推动蒙古文学向前发展。

2020 年初，一场突如其来的新冠肺炎疫情席卷全球，为世界各国的社会、经济和文化活动按下了暂停键。蒙古自 2 月初开始采取了严格的管控举措，禁止公共娱乐活动和人群聚集，许多文学活动，如新书发布会、读者见面会和纪念庆典等不得不取消或暂停。但同时，人际交往和外出活动的减少，也给作家们带来了难得的创作时间与有利条件，更让广大居家办公的读者们有了更多的时间静心阅读。从各大出版社列出的图书出版清单来看，蒙古文坛在 2020 年仍然保持了较高的产量，基本保持了蒙古文学的发展势头，为 2021 年文学事业重新振兴奠定了基础。

一、本土文学

2020 年 12 月，蒙古国家通讯社蒙通社根据线上图书销量和读者反馈，评选出了年度最受欢迎的 5 部本土文学作品，它们分别是 Г. 阿尤尔扎纳的（Г. Аюурзана，1970— ）的长篇小说《好想相遇在昨天：罹难者的独白》（Өчигдөр уулзье：Бүрлээчийнмонолог，2020）、А. 巴特尔呼亚格（А. Баатархуяг，1973— ）的游记文学《探寻璀璨的如意宝》（Цогт чандманийн эрэлд，2020）、Д. 奥云其木格（Д. Оюунчимэг，1969— ）的长篇小说《水流》（Усгал，2020）、Б. 苏米亚巴特尔（Б. Сумьяабаатар）[1] 的文学研究著作《蒙古秘史：全面的研究》（Монголын нууц товчоо：иж судалгаа，2020）和 Л. 乌力吉图格斯（Л. Өлзийтөгс，1972— ）的两卷本长篇小说《燕子的停留》（Хараацай зогсолт，2020）。此外，长篇小说《红蛇》（Улаан могой，2020）、《流浪者》（Цагаач，2020）、《苦涩的味道，甘甜的气味》（Гашуун амт，амтлаг үнэр，2020）以及多部中短篇小说集和儿童文学作品等也受到了读者的喜爱和青睐。

《好想相遇在昨天》是著名作家阿尤尔扎纳的新作。作为《被守护的杭爱秘密》（Сахиуст Хангайн нууц，2017）和《灵魂术语》（Сүнснийтомьёо，2019）的姊妹篇，这部小说延续了前两部的故事情节与人物关系，讲述了男女主人公由于门第家规之见相爱却不能相守的故事。故事的男主人公是答言汗幼子格尔森兹台吉的五世孙，偶然邂逅了美丽、善良的普通牧民之女，两个同样憧憬城市现代生活的年轻人很快便坠入了爱河。可是男主人公作为黄金家族的后代，世世代代肩负着守护蒙古高原西北部杭爱地区的重任，根本不可能去追求

1 出生年月不详，下文未标注出生年月的作家均如此。

自己的梦想。在追逐梦想与爱情的路上，他们相互扶持，相互鼓励，但弱小的力量根本难以与家族使命相抗衡。虽然最终梦想还是被使命击溃，但男女主人公在经历了痛苦的迷茫与徘徊后终于领悟了什么是真正的担当与传承，决心共同守护他们的家园。与《被守护的杭爱秘密》以 17 世纪为背景有所不同，《灵魂术语》与《好想相遇在昨天》的故事发生在迈进 21 世纪的现代社会。其中，《灵魂术语》意在探究具有几百年传承的大家族成员的信仰变迁，《好想相遇在昨天》则更关注人物在感情尤其是爱情方面的追求。创作手法上，作者在作品中使用了大量内心独白，来揭示人物内心世界，展示人物的思想、性格，让读者在被紧凑的故事情节深深吸引的同时，能够更加深刻地理解人物的思想感情和精神面貌。

长篇小说《水流》由蒙古知名作家、诗人 Д. 奥云其木格创作，讲述了一个男孩与其身边突然出现的不明生物之间的故事。作者以现实中男孩的经历与虚拟出来的不明生物的经历两条线索并行展开故事，刻画了二者从初遇时的相互敌视、不知所措，到相处后的惺惺相惜、共渡难关的心路历程。作品最独特的地方在于，作者试图以水与火这两个在自然界永远不可能相互融合的物质为象征意向，探讨如果将看起来完全对立的现实与想象统一起来会带来怎样的奇迹与精彩。《水流》一经推出便得到了众多青少年读者的喜爱，被誉为蒙古的《哈利·波特》，作品中天马行空的想象不仅给读者带来耳目一新的感觉，更为蒙古文坛注入了一股清流。甚至有评论家认为，这部作品开创了蒙古文坛的一个新领域。作者 Д. 奥云其木格此前曾凭借诗集《黑暗的呐喊》（Харанхуйн дуулал，1999），中篇小说《受教化的人们》（Гэсгээгдэгсэд，2001）、《吉时未到》（Тэнгэрийн цаг болоогүй，2006）和长篇小说《夜晚唯一的树》（Оройн ганц мод，2016）、《清澈的蓝色天穹》（Тунгалаг хөх асар，2019）、《湿润》（Норгой，2019）等作品被众多读者熟知，其最主要的创作特点是通过一个个平凡、普通的人物形象，刻画现代文明中正在被不断遗忘的牧民生活，体现他们与社会和自然困难的艰苦抗争，进而赞美蒙古人民的聪明才智。

两卷本长篇小说《燕子的停留》是蒙古作家、诗人 Л. 乌力吉图格斯带给读者的又一部力作。作品以一位具有双重人格的女艺术家为主人公，以交替出现的两个“人物”将主人公成长中经历的爱情、亲情、友情故事串联在一起，讲述了有着同样外表的两颗不同的心在面对生活时的不同态度和取舍，希望用人格的差异性、独特性唤醒人们重新审视成长的过程。作为蒙古当代诗坛最具有影响力的女作家之一，Л. 乌力吉图格斯在此之前曾以《我忧伤的历史》（Миний гунигийн түүх，2007）、《在幻想的房间》（Төсөөллийн өрөөнд，2009）、《城市故事》（Хотын үлгэрүүд，2013）、《投射在镜子里的佛祖》（Толинд туссан Будда，2015）等作品而为广大读者所喜爱。她的创作带有鲜明的自省路线，具有鲜明的个人特色。她善于从事物的内在联系切入，来表达自己的情感和对事物的认识。在她的作品中，读者可以真实感受到作者对自由的理解和追求。在这部作品中，作者同样用她的文字叙说着自己对世界真实的理解，用自由的话语传达着对生活和自然的真诚与热爱，她将情感的爆发与隐忍、刚强与柔情、平静与波澜自由结合，深深地打动了广大读者的心。

《探寻璀璨的如意宝》是一本将历史与游记相结合的作品。作者 A. 巴特尔呼亚格在带领读者领略中国的西藏、新疆，朝鲜，卡尔梅克，哈萨克斯坦自然风光的同时，讲述了当地民族的风土人情、神话传说和文化习俗。与其他游记类文学作品不同的是，作者在开篇就抛出了“时至今日让人类难以相信却又无法摆脱的魔法到底是什么？”

这一问题。在接下来的叙述和描写中，作者紧紧围绕“魔法”这一主线，不仅把隐藏在世界各地的大自然魔法通过一个个小故事介绍给读者，而且从蒙古文化中撷取了“如意宝”这一象征魔法的宝物，让读者可以在心中快速形成认同感和代入感。如此巧妙的构思大大降低了游记类作品的碎片化表象，有利于读者在阅读过程中形成整体性形象，为作品的整体阅读体验增色不少，这种艺术手法与 Э. 穆勒达谢夫（Э. Мулдашев）创作的《探寻佛祖的城市》（Бурхдын хотын эрэлд）颇有点异曲同工之妙。

Б. 秀德尔其其格（Б. Шүүдэрцэцэг，1971—　）是蒙古当代最知名的女性作家之一，素来以高产著称。2020 年，她先后出版了长篇小说《红蛇》和《无法分离》（Хагацашгүй）等多部作品。《红蛇》讲述了一对孪生姐妹同命不同运的故事。在风清气爽、万物回春的五月里的一天，故事的主人公诺姆恩达拉与乔伊金达拉同时降生了。作为万字符画师的女儿，她们一出生便被全家视为吉祥的征兆和幸福的源泉。为了获得长生天的喜爱和垂青，父亲更是在她们身上分别画上了龙和蛇的标记。长大后，姐姐诺姆恩达拉根据家族传统承袭了父亲的衣钵，而妹妹乔伊金达拉则无须担此重责，可以自由选择自己喜欢的生活。然而，不同的使命担当给这对孪生姐妹带来了不同的命运遭遇，在追求幸福的道路上她们有喜悦也有悲伤，有付出也有收获。通过对姐妹俩成长经历的描写，作者探讨了传统与现代、自由与枷锁、理性与感情之间的关系，在对比中为读者呈现了人生的不同侧面。《无法分离》以 1937 年蒙古国内政治大清洗运动为背景，用自述的艺术手法讲述了一位名为松吉德玛的蒙古族妇女因嫁给俄罗斯人而遭受排挤和打压的故事，歌颂了蒙古妇女在极端艰苦恶劣的条件下依然怀有一颗真诚的心，坚韧而执着地守护着自己的爱的伟大精神。

Э. 埃列文（Элионара Элевин）创作的《流浪者》是现当代蒙古文坛第一部全面描写旅居海外的蒙古人的长篇小说。作者从现实主义角度出发，用自己的切身经历向读者讲述了蒙古人旅居欧洲国家的原因，以及他们如何在异国他乡生活、如何与来自其他国家的流浪者们交往。作者用细腻的笔触和丰富的知识积淀刻画了不同文化的差异，以及这些千差万别的文化在交融和碰撞时会产生怎样的火花，并希望借此探讨旅居海外的蒙古人如何获得身份认同和文化归属。

Х. 尼亚姆黑希格（Х. Нямхишиг）创作的长篇小说《苦涩的味道，甘甜的气味》是一部被誉为“让人们对蒙古文学的未来心生希望”的优秀作品，号称是蒙古本土文学中第一部以灾难为主题的作品。作品讲述了在一场足以毁灭世界的大爆炸到来前，达官、富人、牧民、底层民众等形形色色的人物表现出来的喜怒哀乐，经历的悲欢离合，折射出蒙古当下的物欲形态、人际关系和人性面貌，以期通过对差异化的脸谱和内心的描写，探讨人性的善与恶、对与错。

此外，从本年度出版发行的单行本中长篇小说来看，蒙古作家们还围绕以下主题开展创作。一是以刻画现实生活为主题，例如 Б. 索登高（Б. Содонгоо）的《苦涩的咖啡》（Гашуун кофе）、Э. 米耶贡布（Э. Миеэгомбо）的《城镇化》（Хотжилт）、С. 普日布苏伦（С. Пүрэвсүрэн）的《从远方走来的故乡》（Айсуй цэнхэр нутаг）、Ц. 巴亚尔（Ц. Баяр）的《没有明天的今天》（Маргаашгүй өнөөдөр）、С. 巴图嘉尔嘎勒（С. Батжаргал）的《外国的天空》（Харийн тэнгэр）、Б. 林钦（Б. Ренчин）的《不断的绳索》（Үл тасрах аргамж）等。二是以歌颂爱情为主题，例如由曾获得蒙古国最高荣誉——成吉思汗勋章的著名作家 Г. 门德奥耀（Г. Мэнд-Ооёо，1952— ）创作的《白色的雾，明亮的愁》（Цагаан манан，гэгээн гуниг）、Ч. 杜勒荀（Ч. Дөлгөөн）的《粉红色的日子》（Нил ягаан өдрүүд）、Л. 吉米（Л. Жиймий）的《是你创造了我》（Чиний бүтээсэн би）、В. 萨仁高（В. Сарангоо）的《女人与命运》（Бүсгүй заяа）、Б. 巴亚尔赛罕（Б. Баярсайхан）和 С. 巴亚尔赛罕（С. Баярсайхан）共同创作的《冷静的头脑，狂热的心》（Хүйтэн тархи，халуун зүрх）、В. 哈德呼（В. Хадхүү）的《心灵的色彩》（Сэтгэлийн өнгө）等。三是以描述历史为主题，例如 Ш. 索伦高（Ш. Солонго）的《宫殿》（Ордон）、С. 巴图嘉尔嘎勒的《蓝色腰刀的秘密》（Хөх илдний нууц）、О. 冈巴特尔（О. Ганбаатар）的《革命的利刃》（Хувьсгалын ирт илд）、Ц. 策德扎布（Д. Цэнджав）的《滚动的绿色》（Бөмбөгөр ногоон）、Л. 萨仁图雅（Л. Сарантуяа）的《太阳永不落幕》（Нар жаргадаггүй）、Ч. 蒙兀勒呼（Ч. Монголхүү）的《疯狂的季节》（Галзуугийн улирал）等。四是以反思人与自然关系为主题，例如 Т. 阿玛尔达瓦（Т. Амардаваа）的《亿万颗星星的那边》（Дүнчүүр оддын тэндээс）、Ж. 额尔登皮勒（Ж. Эрдэнэпил）的《天祈》（Тэнгэр шүтээн）、Ж. 宾巴（Ж. Бямба）的《大旅行家》（Их аяныхан）等。

二、国外译著

蒙古的作家、学者们历来十分重视外国著名文学作品的翻译和介绍工作，蒙苏达尔公司（Монсудар）从 2016 年起开始出版发行的“蒙苏达尔文学”（Монсудар уран зохиол）系列作品就是该领域的佼佼者。2020 年该系列继续延续，且在数量上达到 7 部，超过 2019 年的 3 部一倍以上。这 7 部作品依次为第 29 卷——印度裔美国作家裘帕·拉希莉（Жумпа Лахири）创作的《疾病解说者》（Эмгэг зовуурийн хэлмэрч）、第 30 卷——法国小说家阿尔贝·加缪（Альбер Камю）创作的《局外人》（Этгээд хүн）、第 31 卷——德国小说家托马斯·曼（Томас Манн）创作的《威尼斯之死》（Венец дэх үхэл）、第 32 卷——墨西哥小说家劳拉·埃斯基维尔（Лаура Эскивэль）创作的《恰似水之于巧克力》（Халуун шоколад шиг сэтгэл）、第 33 卷——瑞士德语作家弗里德里希·迪伦马特（Фридрих Дюрренматт）创作的《诺言》（Амлалт）、第 34 卷——韩国作家韩江（Хан Ган）创作的《少年来了》（Хөвгүүн ирлээ）、第 35 卷——意大利作家亚历山德罗·巴里科（Алессандро Барикко）创作的《丝绸》（Торго）。此外，和平鸽出版社（"Тагтаа паблишинг" хэвлэлийн газр）还推出了中国作家莫言（Мө Янь）的《蛙》（Мэлхий）、张之路（Жан Жылү）的《霹雳贝贝》（Цахилгаан жаал），韩裔德国作家韩炳哲（Хан Бён Чоль）的《倦怠社会》（Тамирсан нийгэм），英国作家尼尔·盖曼（Нил Гейман，1960—　）的《卡罗兰》（Коралайн）和土耳其作家艾丽芙·沙法克（Элиф Шафак）的《爱的四十条法则》（Хайрын дөчин дүрэм）等经典作品。

根据蒙古国家通讯社和 unread 等权威阅读网站的评选，2020 年最受蒙古读者欢迎的外国译著主要包括以下作品。

由蒙古国文化功勋作家 Д. 查黑勒冈（Д. Цахилгаан）翻译、蒙苏达尔公司出品的荷马史诗《奥德赛》（Одиссэй）是蒙古 2020 年最畅销的外国译著之一。作为古希腊最重要的两部史诗之一，《奥德赛》与《伊利亚特》（Илиада）虽然很早就被译介到了蒙古，但此次出版的《奥德赛》不论是在内容的完整性上，还是在翻译的艺术水准上均达到了新的高度，对于蒙古读者进一步认识和了解古希腊历史和文化具有重要的促进意义。

《蛙》是莫言的代表作之一，由蒙古诗人 А. 乌兰陶格斯（А.

Урантогос）历时三年翻译完成。作为被称为能够“触及国人灵魂最痛处”的长篇力作，《蛙》由于背景设计和表达方式的时代文化属性过于强烈，许多外国译者往往很难客观、准确地呈现其全貌。A. 乌兰陶格斯是蒙古当代较为知名的年轻女性诗人，曾在中国留学的经历使其能够熟练使用中文，此前她还参加过鲁迅文学奖得主李修文（Ли Шиү Вэн）的散文《山河袈裟》（Уулын голын нөмрөг）、张之路的长篇《第三军团》（Гуравдугаар арми）等作品的翻译工作，2016年首次独立翻译完成了莫言的短篇小说《夜渔》（Шөнийн олз）。

英国作家萨拉·贝克韦尔（Сара Бэйквэлл）的代表作《阅读蒙田，是为了生活》（Монтэнийн намтар：Хэрхэн амьдрах вэ?）由蒙古知识出版社（Арвис паблишин）出版发行，译者是曾经获得美国国家书评人协会奖传记类作品奖的蒙古知名作家 П. 诺明毕勒格（П. Номинбилэг），编辑是蒙古著名作家、启蒙家 Г. 阿尤尔扎纳。高水平的团队在相当程度上保证了译本的质量，让蒙古读者有机会通过了解蒙田的一生获得生活的灵感。正如译者在封面上所写，“生活本身就是目标，生活本身就是目的”。

尽管韩国因其发达的经济产业和先进的技术水平历来被蒙古视为重要“第三邻国”之一，但被译介到蒙古的韩国文学作品并不多见。2020 年，精通韩语的蒙古作家 Ж. 额尔登苏伦（Ж. Эрдэнэсүрэн）为蒙古读者带来了韩国文坛新生代畅销书女作家韩江的著名代表作《少年来了》。这是一部以韩国 1980 年“光州事件”为背景的叙述性小说，讲述了全斗焕政权镇压光州市民和学生的暴力行径，对于蒙古读者深入了解韩国历史和政治文化具有重要的启蒙意义。该书发行后受到众多蒙古读者的推崇和喜爱。额尔登苏伦表示，自己正在筹划翻译韩江的另一部作品《素食主义者》（Цагаан хоолтон）。2016 年韩江曾凭借这部作品获得国际曼布克奖（Мэн Бүүкерийн шагнал），成为亚洲第一位获此殊荣的作家。

除上述作品外，蒙古国内各大出版社本年度还发行了多部国内外著名作家的文学作品译著，包括法国作家阿尔贝·加缪（Альбер）的《鼠疫》（Тахал）、俄国著名作家费奥多尔·米哈伊洛维奇·陀思妥耶夫斯基（Фёдор Михайлович Достоевский）的《卡拉马佐夫兄弟》（Карамазовын хөвүүд）、德国作家尤迪特·沙朗斯基（Юдит Шаланский）的新作《逝物录》（Алдагдсан зүйлсийн жагсаалт）、日裔英国小说家石黑一雄（Казүо Ишигүро）的《我辈孤雏》（又译为《上海孤儿》，Өнчрөл хагацлын он жилүүд）、土耳其著名作家奥尔罕·帕慕克（Орхон Памук）的《新生活》（Шинэ амьдрал）、德裔美国诗人查尔斯·布可夫斯基（Чарльз Буковский）的《女人们》（Хүүхнүүд）、美国科幻小说家雷·布雷德伯里（Рей Брёдбери）的《华氏 451 度》（Фаренхайтын 451 хэм）、俄罗斯作家米哈里·布尔干科夫（Михаил Булгаков）的《年轻医生的笔记》（Залуу эмчийн тэмдэглэл）、韩裔美国女作家李明锦（Мин Жин Ли）的《柏青哥》（Пачинко）等。

三、儿童文学

蒙古自古以来地广人稀，孩子既是每个家庭的希望，更是整个民族的未来，历来受到作家们的关注和爱护，更是出版市场面向的重点群体之一。2020 年，蒙古最畅销的 5 部儿童文学作品依次是：《蒙古秘史》（Монголын нууц товчоо）儿童版、《卡罗兰》（Коралайн）、《上天的女儿》（Тэнгэрийн охин）、《一千零一夜故事》（1001 шөнийн үлгэр）和《霹雳贝贝》（Цахилгаан жаал）等。

《蒙古秘史》是蒙古民族最为重要和著名的文学、历史著作，是每个家庭和整个社会力推的必读书目之一。但《蒙古秘史》原文的用词实在过于生僻拗口，给儿童阅读、理解和背诵带来很大难度。为此，蒙苏达尔公司专门邀请专家学者对其进行了改写，改写后的文本更适合儿童使用，对于在儿童中普及蒙古历史和传统文化具有重要意义，同时也可以促进亲子关系。正如多位作家在儿童版《蒙古秘史》的推荐词中所写，希望孩子们通过这本书开始喜欢与爸爸妈妈一起阅读，让阅读成为全社会的共同爱好。

中篇小说《卡罗兰》由英籍作家尼尔·盖曼于2002年创作，一经推出便以其诡异、奇幻的风格受到了一大批读者的追捧，曾先后获得2002年布莱姆·斯托克奖、2003年的雨果奖和星云奖，据其改编的电影更是获得了奥斯卡最佳动画片提名，被斯蒂芬·金誉为“装满了故事的宝库”。蒙古评论家认为，该书在行文叙述、空间营造和人物塑造方面均满足了孩子们喜爱探险和对世界万物充满好奇的本性，并将现实与虚幻两线糅合，为孩子们开启了一个魔幻、绮丽的新世界。

《上天的女儿》是由作家Б. 伊钦诺日布（Б. Ичинноров）撰文、画家Х. 冈嘎莫伦（Х. Гангамөрөн）绘图的一部漫画作品，主要讲述了主人公小女孩在成长过程中遭遇的一件件离奇事件。在创作手法上，作者融会了魔法、奇幻、恐怖等诸多引人入胜的元素，细腻地刻画了主人公的内心世界。与其他儿童文学作品不同的是，作者还将长生天、萨满等颇具蒙古文化特色的内容融入了作品之中，使孩子们在潜移默化中认识和了解蒙古的传统文化。

2008年，在时任蒙古国总统Н. 恩赫巴亚尔（Н. Энхбаяр）的关怀下，风靡全球的《一千零一夜故事》首次在蒙古出版发行。为了进一步扩大受众，蒙苏达尔公司决定将其再版发行。再版后的《一千零一夜故事》在上一版的基础上又翻译并收入了许多新的故事，在文字表达和排版方面也有很大进步。蒙苏达尔公司在推介会上强调，希望此书不仅成为一部儿童文学经典，更能成为一部可以为成年人带去童年乐趣的经典。

《霹雳贝贝》是中国著名儿童文学家、安徒生奖提名奖获得者张之路第二部译介到蒙古的作品，其另外一部代表作《第三军团》早在 2014 年就为蒙古读者所熟知。这部极具科幻色彩的小说在蒙古一经推出就得到了广泛好评，成为各大图书榜单中销量领先的畅销书之一。蒙古文学评论家认为，这本书之所以得到蒙古广大青少年的喜爱，一方面是因为其在题材上弥补了蒙古儿童文学缺乏的科幻类作品的空白，另一方面则是因为其在语言表达上更为通俗易懂，为小读者自主阅读带来了便利。

四、文学研究

2020 年度蒙古文坛最为重要的文学研究成果，非 Б. 苏姆亚巴特尔（Б. Сумьяабаатар）全新推出的文学研究类著作《蒙古秘史：全面的研究》（Монголын нууц товчоо：иж судалгаа）莫属。Б. 苏姆亚巴特尔教授从 1960 年开始从事《蒙古秘史》的研究和翻译工作，是蒙古国内秘史学的权威专家之一。此次推出的《蒙古秘史：全面的研究》一书不仅囊括了作者本人长达 60 年的研究成果，而且广泛吸收了国内同行和国外专家学者的最新研究成果，从语言、历史、文学、哲学、文化等多个层面和角度对《蒙古秘史》进行了全面剖析。全书长达 2262 页，被认为是目前最全面、最详细的秘史学研究著作，出版后得到了国内外学界的一致好评。国家大呼拉尔主席 Г. 赞丹沙塔尔（Г. Занданшатар）通过视频参加了新书推介会并表示：“《蒙古秘史》是蒙古人历史、文化、知识的源泉，其中刻画了许许多多的英雄形象。毫无疑问，那些竭尽所能、终其一生致力于将《蒙古秘史》蕴藏的无限力量呈现出来的学者们也是我们这个时代的英雄。请允许我代表国家大呼拉尔向Б. 苏姆亚巴特尔教授以及所有为《蒙古秘史》研究付出辛勤劳动的专家学者们表达衷心的感谢。”[2]

2020年，蒙古著名诗人、媒体人Б. 阿拉坦呼亚格（Б. Алтанхуяг）推出了其最新文学评论著作《被阅读淹没时》（Уншихуйд автахуйд）。作品对阿根廷诗人、作家豪尔赫·路易斯·博尔赫斯（Хорхэ Луис Борхэс）、美国作家埃德加·爱伦·坡（Эдгар Аллан По）等世界著名作家的代表作，以及Д. 纳楚克道尔吉（Д. Нацагдорж）、Г. 尼亚姆道尔吉（Г. Нямдорж）、Ц. 宝音扎亚（Ц. Буянзаяа）等蒙古现当代文坛40多位知名作家的作品进行了述评，是读者们快速了解和掌握国内外文学发展历史和现状的一部案头必备图书。

五、文学奖项

蒙古国内文学奖项众多，既有以体裁或题材分类的专门性文学赛事与奖项，又有囊括全年所有文学作品的综合类评选。目前，蒙古国内较为权威的文学奖项主要有“金羽毛”（Алтан өд）年度优秀作品评选、“意义的修饰”（Утгын чимэг）短篇小说大赛和水晶杯（Болор цом）诗歌大赛等。这些奖项均以年度为单位评选，所以每年的颁奖时间大都定于当年年底或次年年初。但由于蒙古于11月出现本土新冠肺炎病例，且至12月底疫情仍未得到有效控制，除“金

2　2262 хуудас бүхий“Монголын нууц товчоон：Иж судалгаа” номын нээлт боллоо. <https://www.montsame. mn/mn/read/243282>.

羽毛”年度优秀作品评选改为线上举办外，“意义和修饰”和水晶杯诗歌大赛启动后均未能组织活动。此外，2020 年度还举行了和平鸽（тагтаа）奖和世界经典短篇小说翻译大赛（Дэлхийн сонгодог богино өгүүллэгийн орчуулгын уралдаан）的评选。

1.“金羽毛”年度优秀作品评选

受新冠肺炎疫情影响，2020 年度“金羽毛”年度优秀作品评选大赛开始较往年稍晚。直至 2021 年 1 月 11 日，评选活动才正式启动，共有 71 部作品参加评选。1 月底，组委会在网上揭晓了进入第二阶段 8 个奖项角逐的 24 部作品名单及最终获奖的年度优秀作品。其中，P. 勒哈姆拉格恰（P. Лхамрагчаа）的《英雄苏贝台》（Сүбээдэй баатар）获得诗歌类年度优秀作品奖，M. 道尔吉苏伦（M. Доржсүрэн）的《花儿的梦》（Цэцгэн зүүд）获得儿童文学年度优秀作品奖，Б. 萨仁图雅（Б. Сарантуяа）的《孔雀的胆》（Тогосын цөс）获得长篇叙事文学类年度优秀作品奖，Л. 冈图雅（Л. Гантуяа）的《报应面前》（Үр хурмастын өмнө）获得短篇叙事文学类年度优秀作品奖，Б. 阿拉坦呼亚格的《阅读与复习》（Уншихуй давтахуй）获得文学研究与评论类年度优秀作品奖，Б. 朝格尼木赫（Б. Цогнэмэх）的《佛祖、将军与老爷》（Бурхан жанжин ноён）获得戏剧电影文学类年度优秀作品奖，С. 敦德格（С. Дондог）的《莱蒙托夫诗歌汇编》（Лермонтов шүлгүүд түүврүүд）获得文学翻译类年度优秀作品奖，Д. 达木丁扎布（Д. Дамдинжав）的《大玩家–2，3》（Гол тоглогч-II，III）获得幽默和推理文学类年度优秀作品奖。

2.“意义的修饰”短篇小说大赛

2020 年 12 月，作为蒙古作家协会成立 91 周年的庆祝活动之一，第 26 届“意义的修饰”短篇小说大赛正式拉开帷幕。按照往年传统，大赛组委会应在规定的截止投稿日期12月1日后一个月内完成评审，并于新年伊始举行颁奖仪式。但截至3月底，大赛组委会未公布有关赛事进展的任何信息。

3. 水晶杯诗歌大赛

2020年12月15日，蒙古作家协会第38届水晶杯诗歌大赛正式启动。截至12月29日大会组委会规定的最后投稿日期，共有100余位作家提交了参赛作品，但评选结果却迟迟未予公布。2021年6月19日，蒙古作家协会在警察总局苏鲁锭会议室举行第38届水晶杯诗歌大赛颁奖仪式，来自扎布汗省额尔德尼海尔汗县的本土诗人O.岑德阿尤喜（О. Цэнд-Аюуш）凭借《暴风雪》（Цасан шуурга）摘得桂冠。

4. 和平鸽奖

2020年3月，智慧鸟（Гэгээншувуу）文学社举办了第三届和平鸽杰出文学作品评选大赛。作为两年一度的全国性盛事，和平鸽奖设立的初衷是支持青年在文学领域的创作和发展，向社会传播他们的作品，从而提升蒙古本土文学的价值和水平。

5. 世界经典短篇小说翻译大赛

2020年5月，由蒙古翻译家协会（Монголын Орчуулагчдын Эвлэл）主办的第五届世界经典短篇小说翻译大赛结果揭晓。青年翻译家M.巴特巴亚尔（М. Батбаяр）凭借翻译中国作家余华（Үй Хуа）的《空中爆炸》（Тэсрэлт）和迟子健（Чи Зи Жянь）的《旅人》（Хэрмэл）获得一等奖。Ч.曼德赫那日（Ч. Мандахнар）凭借翻译荷兰语作家戈弗雷·包曼斯（Годфрид Боманс）的《百岁老人》（Зуун настан）、荷兰作家图奥·蒂斯（Тео Тийссэн）的《油铺少年》（Тосны мухлагийнхөвгүүн）和韩国作家宋仲杰（Сөн Сөгжэ）的《药剂师》（Эмбаригч эмээ）获得二等奖。Х. 阿亚固勒（Х. Аягүль）凭借翻译德国作家西格弗里德·伦茨（Зигфрид Ленц）的《大维尔登伯格》（Аугаа Вилденберг）、澳大利亚作家乌埃尔森·艾亨格尔（Ильзе Айхингер）的《窗口剧院》（Цонхонтеатр）、美国作家欧内斯特·海明威（Эрнест Хэмингуэй）的《一天的等待》（Өдөржин хүлээсэннь）获得三等奖。У. 呼兰（У. Хулан）凭借翻译西格弗里德·伦茨的《月光下的灵魂场》（Сарны гэрэл дэх сүнсний талбай）和法国作家居伊·德·莫泊桑（Ги Дө Мопассан）的《死女子的秘密》（Талийгаач эмэгтэйн нууц）、俄罗斯作家米哈伊尔·布尔加科夫（Михаил Булгаков）的《红色冠冕》（Улаан титэм）和日本作家安倍（Абэ Кобо）的《聋女》（Дүлий охин）获得特别奖。包括上述作品在内，组委会在收到的34位文学翻译家的70多部作品中共评选出了涉及英语、俄语、德语、韩语、汉语和荷兰语等多种语言的23部优秀作品，这些作品随后将全部收录到《经典小说集5》（Сонгодогөгүүллэгийндээжис 5）中与读者见面。

六、重大文学活动

1. 举办国家图书节

2020年9月19日，由非政府组织“图书文化的世界”（Номын соёлт ертөнц）主办、以“图书无界，思想自由”（Хязгаар үгүй ном-сэтгэлгээний эрх чөлөө）为主题的第28届蒙古国家图书节（Үндэсний номын баяр）正式启动。由于受到新冠肺炎疫情防控措施的限制，本次图书节一改此前在首都乌兰巴托苏赫巴托广场集中举行的形式，采取了小规模分散线下与大规模全国线上同步推进的模式，时间也从往年的2—3天延长为18天。国家大呼拉尔主席Г. 赞丹沙塔尔在图书节启动仪式上表示："蒙古人民自古以来就有自己的文字和文化。为了更好地复兴和弘扬灿烂的蒙古文化，我们一直在努力奋斗。未来，我们要把乌兰巴托建设成为世界图书中心，要让蒙古成为全世界知识的中央。"[3] 除国家大呼拉尔主席外，人民作家、"文化功勋活动家"称号获得者 T. 嘎勒桑（Т. Галсан）也在启动仪式上发言。蒙通社社长、畅销书《父亲我们俩》（Аав бид хоёр）的作者 Б. 冈其木格（Б. Ганчимэг），《人文文字》报纸党务秘书长 Б. 额勒贝格扎雅（Б. Элбэгзаяа）以及文化部、首都文化艺术局、国家和城市中央图书馆、书世界（Номын ертөнц）俱乐部、蒙古作家协会、各大高校和出版公司等各方代表出席了活动。为了调动读者参与的积极性，本届图书节还在线上举办了"书与我们"（Ном бид）、"读者的思想"（Уншигчийн сэтгэгдэл）、"家庭与图书"（Гэр бүл-ном）、"老师与学生"（Багшийн эрдэм шавьд）和"作者的叙述"（Зохиолчийн хүүрнэл）等形式多样、丰富有趣的比赛。本届图书节还评选出了"好书"（Онцлох ном）、"杰出读者"（Шилдэг уншигч）、"图书世界功勋人物"（номын ертөнцийн гавьяатан）以及"智慧图书"（Мэргэн ном）等奖项。作家 Л. 图尔布拉姆（Л. Төрбурам）与和平鸽出版社创始人 Б. 巴亚斯格朗（Б. Баясгалан）获得好书奖，Н. 额纳日勒（Н. Энэрэл）获得杰出读者奖。

2. 国家大呼拉尔委员提交关于设立国家图书日的议案

2020 年 8 月 19 日，国家大呼拉尔委员蒙赫其其格、萨仁其木格和乌德拉姆正式向国家大呼拉尔主席 Г. 赞丹沙塔尔递交了关于在国家公共节日中增加"民族图书与文字日"（Үндэсний ном，бичиг

3 "Үндэсний номын баяр-2020" орон даяар нэгэн зэрэг эхэллээ. <https://www.montsame.mn/mn/read/236990>.

соёлын өдрүүд）的议案草案，建议将每年 5 月和 9 月第三个星期的周末确立为民族图书与文字日。委员们指出，为了启迪民众智慧、提醒民众关注阅读，全世界已 100 多个国家设立了专门图书日，部分国家还在全国范围内予以庆祝。尽管蒙古从 2000 年起开始每年举办国家图书节，2012 年蒙古国总统还下达了行政令，将每年 9 月第三周的周六确立为“图书日”，并在全国范围内举行各种各样的庆典活动，但这些活动目前在法律规定上仍缺乏有力支撑。为了更好地调动民众阅读兴趣、满足读者阅读需求、促进社会文明发展，应将这些活动以法律形式予以固化，使其发挥更广泛的作用。委员们还强调，这一法律将为传播图书文化，在社会上形成阅读氛围，评价作家群体的智力劳动，支持阅读，改善出版机构、图书馆、读者俱乐部以及政府和非政府组织之间的关系，提升图书服务的质量和规模等做出积极贡献。Г. 赞丹沙塔尔表示，国家大呼拉尔将在 2020 年秋季例会上讨论该议案，如果大多数委员支持这一议案，将根据委员们的建议修改《公共节日和纪念日法》（Нийтээр тэмдэглэх баярын болон тэмдэглэлт өдрүүдийн тухай хууль）。

3. 国家科学院召开“语言文学–2020”学术研讨会

2020 年 9 月 25 日，由蒙古国家科学院语言文学研究所主办的“语言文学–2020”（Хэл зохиол-2020）学术研讨会召开，来自蒙古、中国、韩国、日本等国数十位专家学者出席会议。在此次会议上，与会专家学者从 13 篇研究报告中评选出了 6 篇优秀报告，并授予其向国际 ISSN 类学术期刊投稿的资格。这 6 篇报告分别是：П. 杨迪（П. Яндий）的《新版〈驴耳朵汗的故事〉与匈奴史的关系》（“Илжгэн чихтхааны үлгэр”-ийн нэгэн шинэ хувилбар Хүннүгийн түүхтэй холбогдох нь）、Х. 根登皮勒（Х. Гэндэнпил）的《由 Кичи-，бичи-

词根构成的词汇起源》（Кичи-，бичи- язгуураас үүссэн хэдэн үгийн гарлын тухай）、Б. 格日勒其木格（Б. Гэрэлчимэг）的《〈三座山〉——戏剧文学的瑰宝》（Учиртай гурван толгой жүжгийн зохиолын үнэт зүйлс）、Г. 巴图蒙赫和 Б. 蒙赫–额尔登（Г. Батмөнх，Б. Мөнх-Эрдэнэ）的《〈格萨尔〉〈江格尔〉中的服饰文化与形象》（“Гэсэр”，“Жангар” дахь хувцасны соёл，дүрслэл）、Т. 扎格尔皮伦赖（Т. Загарпэрэнлэй）的《维吾尔〈金史〉在土耳其》（Уйгур Алтан гэрэл судрын Турк дэх судалгаа）、崔允石（Choi Yoon Seo）的《蒙朝使动态比较》（Монгол，солонгос хэлний үйлдүүлэх хэвийн бүтээврийг харьцуулсан судалгаа）。其中，中国内蒙古大学蒙古学院博士格日勒其木格在做报告介绍时指出，现代蒙古首部戏剧作品《三座山》是所有蒙古人的瑰宝，是体现蒙古民族价值体系的经典之作。伟大作家纳楚克道尔吉在用艺术手法疾呼让社会更加美好的同时，唤醒了我们正在淡忘的传统价值观，并且批评愚昧和落后，让整部作品更具教育意义，更能满足当时的现实需求，对于后世理解蒙古民族的道德传承具有重要意义。[4]

4. 著名作家 Л. 图德布逝世

2020 年 4 月 1 日，蒙古国劳动英雄、著名民间作家、文化功勋活动家、20 世纪优秀记者 Л. 图德布（Л. Түдэв，1935—2020）逝世，享年 85 岁。Л. 图德布 1968 年担任蒙古作家协会副主席，1974 年当选为主席，1975 年调任蒙古革命青年联盟中央委员会第一秘书。在作协工作的 8 年间，Л. 图德布致力于推动作协在蒙古文坛的领导地位，鼎力支持年轻作家，促使蒙古文学作品创作一度进入繁荣发展期。作

4 “Хэл зохиол-2020” эрдэм шинжилгээний бага хурал болж，шилдэг 6 илтгэлийг шалгаруулжээ. <https://gogo. mn/r/1604m>.

为一名作家，Л. 图德布先后创作了诗集《你们好，孩子们》（Сайн байцгаана уу，хүүхдүүдээ）[5]、《顶峰》（Оргил，1978），长篇小说《山洪》（Уулын үер）、《迁徙》（Нүүдэл）、《游牧与定居》（Нүүдэл суудал）、《共和国的第一年》（Бүгд найрамдах улсын анхдугаар он）、《没有夜的寺庙》（Оройгүй сүм，1983），中短篇小说《认识世界的历史》（Хорвоотой танилцсан түүх，2005）、《朋友》（Нөхөд）、《猎人日记》（Анчны тэмдэглэл）、《乡亲们》（Хөдөөнийхөн）、《永恒之水》（Мөнхийн ус）、《意识》（Ухаан）以及《少年儿童解释词典》（三卷本）（Хүүхэд залуучуудын нэвтэрхий толь I，II，III боть，2014—2015）等 1000 多部深受读者喜爱的文学作品，其中有 20 余部被译为俄语、英语、保加利亚语、捷克语、匈牙利语、德语和日语等，为蒙古文学走向世界发挥了重要作用。[6]

结语

总体来看，2020 年蒙古文坛的发展相比于 2019 年稍有下滑之势，这与突如其来的新冠肺炎疫情及其对社会经济生活的严重冲击不无关系。从蒙古本土文学创作和国外经典作品翻译来看，尽管作家们仍然保持了比较高的产量，但由于缺乏必要的市场营销和广泛宣介，能够产生广泛影响的优秀作品与往年相比有所减少。从文学奖项评选来看，近年来从未缺席的“意义的修饰”短篇小说大赛和水晶杯诗歌大赛等启动后迟迟没有公布获奖结果。从重大文学活动来看，受制于禁止人群聚集等严格疫情防控举措，多项计划内的大规模活动被迫暂停

5 出版年份不详，下文未标注出年份的作品均如此。

6 Хөдөлмөрийн баатар Л.Түдэв бурхан болжээ. <https://tac.mn/post/30857>.

或取消。2021 年，随着全球新冠肺炎疫情严峻形势的逐步缓解，相信蒙古文学一定能够重振旗鼓，再次呈现出欣欣向荣的蓬勃发展之势。

参考文献：

"'Алтан өд 2020' наадмын шилдгүүд тодорлоо." 22 Jan. 2021. Web. 12 Mar. 2021. <https://ergelt.mn/news/99/single/4802>.

"'Үндэсний номын баяр-2020' орон даяар нэгэн зэрэг эхэллээ." 19 Sept. 2020. Web. 12 Mar. 2021. <https://www.montsame.mn/mn/read/236990>.

"Хөдөлмөрийн баатар Л.Түдэв бурхан болжээ." 12 Apr. 2020. Web. 12 Mar. 2021. <https://tac.mn/post/30857>.

"'Хэл зохиол-2020' эрдэм шинжилгээний бага хурал болж, шилдэг 6 илтгэлийг шалгаруулжээ." 25 Sept. 2020. Web. 12 Mar. 2021. <https://gogo.mn/r/1604m>.

"Энэ онд гарсан онцлох 15 ном." 17 Dec. 2020. Web. 12 Mar. 2021. <https://www.montsame.mn/mn/read/247233>.

"Энэ онд монгол хэлээр орчуулагдан гарсан онцлох 6 ном." 18 Nov. 2020. Web. 12 Mar. 2021. <http://ub.life/p/end-ond-mongol-kheleer-orchuulagdan-garsan-ontslokh-6-nom>.

"Энэ сард унших зургаан шинэ ном." 11 Nov. 2020. Web. 12 Mar. 2021. <https://ergelt.mn/news/99/single/2513>.

"2020 онд тэсэн ядан хүлээх 10 ном." 7 Jan. 2020. Web. 12 Mar. 2021. <http://ub.life/p/http-www-ub-life-articles-edit-18465-nom>.

"2020 оны онцлох номууд." 26 Dec. 2020. Web. 12 Mar. 2021. <https://unread.today/c/bookstoread2020>.

"2262 хуудас бүхий 'Монголын нууц товчоон: Иж судалгаа' номын нээлт боллоо." 16 Nov. 2020. Web. 12 Mar. 2021. <https://www.montsame.mn/mn/read/243282>.

作者单位：信息工程大学洛阳校区

2020年缅甸文学概览

申展宇

内容提要：2020年的缅甸文坛整体发展平稳，不乏新人新作。缅甸文学宫完成了一系列重要文学奖项的评审，评选出一批优秀作品，表彰新老作家为文学事业做出的贡献。宣传部在这一年推出“缅甸经典100卷”的第四、五、六卷，弘扬民族文学经典，用经典作品传播民族文化价值。本文介绍2020年缅甸文学发展动态和文学创作情况，对缅甸国家级文学奖、政府重要文学计划及缅甸文坛重大事件进行概述，展现年度文坛面貌。

一、引言

自2011年缅甸开始政治转型后，缅甸文学事业连续数年呈现出蓬勃发展之势。在政府部门的主导和推动下，文学创作持续活跃，文学类书籍出版数量连年增加。缅甸文坛整体氛围宽松自由，作家创作主题多样化，作品个性明显。随着社会发展和年轻人阅读方式的转变，文学创作题材日益多元化，网络文学展现出独有的魅力。缅甸作家将目光投向当代社会现实，不断拓展现实主义书写的深度。

一、文学宫颁发2020年度国家级文学奖

缅甸文学宫隶属于宣传部，它的前身是1947年8月成立的缅甸翻译协会。1948年，缅甸翻译协会更名为缅甸文学宫。成立初期，它的主要工作是翻译出版外国优秀书籍以满足人民群众的知识增长之需。1948年，缅甸文学宫开始颁发文学宫现代小说奖。后来，文学宫现代小说奖停止颁发，改设为国民文学奖和文学宫文稿奖，这两个缅甸国家级文学奖都下设有长篇小说奖、短篇小说奖、诗歌奖等10多个奖项。2001年又增设国民文学奖终身成就奖，每年授予2位左右为缅甸文学做出重大贡献的作家或学者。缅甸文学宫总部设在仰光市，负责研究分析缅甸文学发展情况，促进文学发展，维护传统文化，弘扬缅甸价值观。2020年，缅甸文学宫组织成立国家级文学奖评奖委员会，该委员会颁发针对资深作家评选的国民文学奖终身成就奖；同时，它对上一年度出版的1653部书籍择优授予国民文学奖，共产生10类奖项及20余种分类奖项；为鼓励更多作家勤于创作，委员会还对尚未付梓的500多部文稿进行遴选，颁发文学宫文稿奖并适时资助出版。

2020年度国民文学奖终身成就奖获得者是著名翻译家、作家安貌（အံ့မောင်，1932—　）。安貌从学生时代起便积极参加文学组织与和平组织，目前任缅甸作家协会、缅甸诗人协会、德钦哥都迈和平委员会主席。1956年，他以笔名仍貌（ဇင်မောင်）翻译了俄国作家普希金的小说《杜布罗夫斯基》（ဒူဘရော့ဗ်စကီး）；1963年，他出版译著《越南的没有宣言的战争》（ဗီယက်နမ်မှ မကြေညာသောစစ်ပ）；1973年，由他翻译出版的《小女孩》（ရေသူမလေး）获国民文学奖翻译奖；1974年后，陆续有30多部译著和诗集问世。除译著外，安貌还著有诗歌集《奇珍异宝》（စိန်ပွင့် မြပွင့် ပတ္တမြားပွင့်，2009）。另外，他还在杂志上发表多篇诗歌、游记、散文和政治评论等。

二、重要获奖作家与作品简介

摩觉迎（မိုးကျော်ဇင်，1982— ）的小说《捕鱼人》（ငါးဖမ်းသမား）获得2020年度国民文学奖长篇小说奖。摩觉迎是缅甸文坛的新锐作家，2005年首次在杂志上发表短篇小说《没有边界的国家》（နယ်နိမိတ်မရှိတဲ့နိုင်ငံ）。2008年，他跟随同乡出国以海员为职业开始海上漂泊，随后陆续在杂志上发表多篇小说。除长篇小说《捕鱼人》外，摩觉迎还有其他作品如短篇小说集《仰光河的某个地方》（ရန်ကုန်မြစ်၏တစ်နေရာ，2018）、长篇小说《六号房间》（အခန်းနံပါတ် ၆，2018）及《怯高的枪》（ချက်ကော့၏ သေနတ်，2020）等。获奖小说《捕鱼人》讲述了漂泊海外的缅甸籍渔业工人的一些鲜为人知的悲惨工作经历。作品采用第一人称“我”的声音和视角展现故事世界，把“我”和小说主角谬各各在丁甘遵镇区的火车上相遇后的聊天记录作为小说的主要内容。谬各各向“我”讲述了他做海员期间的悲惨遭遇及在海上作业时的艰辛与危险。谬各各大学毕业后为谋得高薪，被劳务公司欺骗签下“卖身契”，从此走上苦厄之旅。他本以为能得到一份体面工作，没想到上船后他和其他几名缅甸籍海员每天被强制劳动，且吃着和狗食一样差的饭，生存环境极其恶劣。尽管如此，稍有不慎工头便对他们拳脚相加。经历了长期的非人折磨和凌辱后，他终于拿着可怜的微薄报酬返回家乡。小说语言平白质朴，符合人物的职业特点。作者通过人物、悬念与冲突赋予小说以生命力。其中，冲突贯穿整篇小说，推动了情节的发展。作者在序言中强调，这部小说重在描述那些遭遇人生厄运的缅甸船员，他们只是在海外务工的数百万缅甸劳工中的小部分群体，不具广泛代表性，希望读者可以通过这部小说了解这个群体的工作情况和生活状态。在小说结尾，作者写道：“有时候我会想起谬各各，每当想起他的时候，就会产生一个疑问，他到底是一个捕鱼人，还是他自己就是一条被锋利的鱼钩挂住的鱼儿呢？”通过叙述海外缅甸船员这一不为常人所知的特殊群体的故事，小说引发了读者对这个弱势群体生活境遇的关注和怜悯以及深深的思考。

纳摩阿尼秋（နတ်မောက်အနီချို，1946—　）的短篇小说集《路的尽头》（လမ်းဆုံတော့ရှာ မဂ္ဂဇင်းဝတ္ထုရှည်များ）获得2020年度国民文学奖短篇小说奖。纳摩阿尼秋原名钦蓬宜（ခင်ဖုဏ်းရည်），是一名高产的女作家，以小说和诗歌作品蜚声文坛。《路的尽头》共收录13篇短篇，选自作者10多年来在杂志上发表的作品，代表了作家的故事艺术。从主题上看，这些故事集中于缅甸现代女性的爱情和生活。同名小说《路的尽头》通过对缅甸当代女性现实生活状况的细致观察，生动描写了她们在各自生活中的困惑和无奈，引发了女性读者的共鸣。作为一名女性作家，纳摩阿尼秋坚持以女性作为创作对象，为女性发声。她尤其关注缅甸当代女性的婚姻、家庭和生活，表现出对女性的关怀、同情与忧思。她笔下的缅甸女性以细腻体贴、坚韧承受来面对生活的无情与艰难。

年威·密达妙［ညဏ်ဝေ(မြစ်သာမြေ)，1994—　］的小说《雪山上的花园》（နှင်းတောင်တန်းက ပန်းဥယျာဉ်）获得2020年度国民文学奖综合文集奖。年威·密达妙原名丁吞乃（တင်ထွန်းနိုင်），从学生时代起便在杂志上发表游记、诗歌与小说。2015年大学毕业后，作者在缅北那加少数民族地区一所高中做老师，他结合自己的亲身经历创作了《雪山上的花园》这部小说。小说讲述了一位来自下缅甸的高中老师在实皆省那加自治县拉海镇区潭巴奎高中的生活和体验。潭巴奎高中坐落在云雾缭绕的山上，教学水平相当落后，多年来一直没有学生能考上大学。在小说中，作者把学生比喻成含苞待放的花朵，把潭巴奎高中看作是一座培育花蕾的花园。他认为通过老师的辛勤施教，学生们终会走出大山，考上理想的大学。为了让花园里的花朵绽放，园丁们团结协作，怀着宽容和理解，克服交通不便和生活困难，努力改变那加地区落后的教育现状。通过这部小说，读者不仅可以了解那加地区少数民族的风俗习惯和生活状况，还能深刻体会到在那加地区支教的老师们的善心和努力。

貌坎腊（မောင်ခိုင်လတ်, 1951— ）获 2020 年度国民文学奖散文奖，获奖作品是《佛祖与赌徒》（ဘုရားသခင်နဲ့ ကြွေအန်ကစားသူများ）。貌坎腊原名丁貌腊（တင်မောင်လတ），文学评论家、编辑，曾发表多篇文学评论、导读、散文、历史文章、政治文章，貌坎腊是其众多笔名中的一个。他的作品包括小说《戴高帽子的人》（ဦးထုပ်မြင့်မြင့် ဆောင်းသူများ，2005）、散文集《思念初夏》（နွေဦးကိုသာ လွမ်းနှင့်အခြားရသစာမ်းများ，2007）和杂文集《历史的盲点》（သမိုင်းမှာ ဆင်ဆာမရှိ，2013）等。此次获奖的散文集《佛祖与赌徒》选取了作者以往在杂志上发表过的 21 篇散文，集结出版。该文集无固定主题，表现形式多样，包括杂文、随笔和游记等。随笔和游记语言清新明丽、生动活泼、富于音乐感，行文流畅、娓娓而谈，情真意切；杂文则短小、锋利、隽永，其中富于文艺工作者色彩的诗的语言，表现出独特的艺术感染力。同名散文《佛祖与赌徒》描写了当前个别缅甸人的道德沦丧，作者对他们信仰的缺失流露出深深的失望。作者通过直白的笔触观察社会，洞察人性，时事点评中不乏机智犀利，流露出的忧心之情，引发读者深思。

般都雅（ပန်ဒိုရာ，1974— ）的诗歌集《螺号》（ခရုပစ်လောင်ချာ）获得 2020 年度国民文学奖诗歌集奖。般都雅原名杜卑莱吴（ဒေါ်ပြည့်လှိုင်ဦး），是一位具有鲜明创作个性的女性作家，代表作有诗歌集《调弦》（ကိုးညှိခြင်း，2012）、《狂风怒号》（လေသံပြင်းပြင်း，2017）、《三十一个群体与黑咖啡》（သုံးဆယ့်တစ်ပုံ အစုအဝေးနှင့် ဘလက်ကော်ဖီ，2019）

等。此次获奖作品收录了她创作于 2007—2018 年间的 35 首诗。诗集中的大部分诗作都是人们常见的现代白话文诗歌，也包括少量的谨守韵律的传统诗歌。般都雅在作品中从不刻意流露个人情感，喜欢追求诗歌的词语雕琢、语言修饰及句式搭建，但这并不意味着她的诗歌在思想性和内容性上有所逊色。这部诗歌集中所选诗作言简意深，颇具人生哲理。另外，有些诗句还在诙谐当中带有讽刺意味，直面社会弊病。

波莱（ဘိုးလှိုင်，1941—　）凭借译著《尼赫鲁世界史》（ဂျဝါဟာလား နေရူး၏ လျှပ်တပြက် ကမ္ဘာ့သမိုင်း）获 2020 年度国民文学奖翻译奖。原著内容从文明建立之初到 20 世纪，跨越了 5000 年人类文明史，既是对文明兴衰的咏叹，也是对人类理想与艰辛的沉思。译者精选了原著中比较重要和精彩的历史篇章，以时间为序分为新时代史、中时代史和古代史。尼赫鲁是印度乃至世界的历史伟人，他站在寻常历史学家难以企及的高度，重新审视了希腊、罗马、波斯、印度、中国、阿拉伯、土耳其、西欧、俄国、美国等的历史命运；从亚历山大大帝、阿育王到成吉思汗、拿破仑，再到列宁、甘地、凯末尔，拨开众多伟人身上的历史光环，中肯地评析了他们的功过得失。译著中故事与反思的交织，理智与情感的交融，思想与艺术的精致，战争与革命的雄浑，使得一位伟人胸中广阔的山河与岁月在读者面前徐徐展开。波莱翻译此书的目的是为了呈现历史经典，鼓励当今正经历民主转型阶段的缅甸青年勤于探索，倡导为国家理想而奋斗的爱国情怀。国民文学奖评奖委员会（翻译组）认为，波莱的这部译作用词优美、行文流畅。波莱巧妙地使用了巴利语，以符合以缅甸语为母语的读者的阅读习惯，译文读起来毫无违和感；他还选择了当下青年的惯用语，便于青年读者理解书中的要义。另外，对原著中尼赫鲁的诗歌，译者也在最大程度上保留原诗韵味，传达原诗意义。早在 2016 年，译著《尼赫鲁世界史》就曾获光明基金文学奖（ထွန်းဖောင်ဒေးရှင်း စာပေဆု），2017 年，又获光明基金终身成就奖。迄今为止，波莱已出版 20 多部译著及其他著作。

2020 年还有一位国民文学奖翻译奖获得者——盛温盛（စိန်ဝင်းစိန်，1944—2019），他的获奖作品是《华沙的木偶男孩》（ဝါဆောကရုပ်သေးဆရာလေး）。盛温盛在译著中做了适当意译以便缅甸读者能顺利阅读。译著文笔细腻，丝毫不露生硬牵强的痕迹，又保留了原作的写作风格和文学性，有效传递了原著思想。遗憾的是，这部译著问世 3 个月后，盛温盛不幸因病离世。1998 年，盛温盛才开始在杂志上发表翻译作品，初入文坛，从此笔耕不辍，离世前已出版 30 多部译著，其代表性译著有《我们的缅甸》（ကျွန်ုပ်၏မြန်မာနိုင်ငံ，2010）、《猎杀本·拉登》（ဘင်လာဒင်ရှာပုံတော်，2012）、《安妮日记》（အင်နီဖရန့်，2017）和《活着的权利》（ရှင်သန်ခွင့်，2018）。

三、缅甸文坛简讯

1.“缅甸经典 100 卷”计划

为激发年轻人的文学兴趣，培养全体国民的阅读习惯，提升人民大众的知识深度，缅甸宣传部从 2018 年开始推动“缅甸经典 100 卷”计划，计划对近 1000 年的缅甸文学历史长河中的经典名著进行整理和再版，以飨读者。该计划由宣传部印刷与出版局下辖单位文学宫具体负责。此前，前三卷已刊印面世。照既定计划，文学宫在 2020 年从出版于 20 世纪的长篇小说、短篇小说、诗歌、戏剧中遴选出优秀作品。2020 年初，文学宫推出了第四、五、六卷，这三卷收录了殖民地时期的 5 部长篇小说。其中，第四卷收录了莱蒂曼底·吴貌基（လယ်တီမဏ္ဍိတ ဦးမောင်ကြီး，1878—1939）的历史小说《德彬瑞梯》（တပင်ရွှေထီး，1924）；第五卷收录了两部作品，即瑞萨嘉·吴梭敏（ရွှေစကြာဦးစိုးမြင့်，1912—1978）的历史小说《承旨官》（နားခံတော်，1926）和沙瓦那（ဇဝန，1911—1983）的现实主义小说《大学生》（ကောလိပ်ကျောင်းသား，1935）；第六卷也包括两部作品，即摩诃瑞（မဟာဆွေ，1900—1953）的反帝小说《我们的母亲》（တို့မေမေ，1935）和德钦巴当（သခင်ဘသောင်း，1901—1981）的现实主义小说《玛萨乌》（ပန်းသာမစာအု，1937）。这几部殖民地时期的经典小说真实地反映了殖民地时期缅甸人民的生活状态和社会现实，表达了人民渴望自由、呼唤独立、摆脱封建束缚和殖民压迫的愿望。其中，莱蒂曼底·吴貌基的作品《德彬瑞梯》以缅甸历史上著名的东吁王朝国王德彬瑞梯为主角，讲述了他宠信外族奸佞、终日沉迷酒色，以致荒废国事，最终身死国亡的故事。作者以这一史实为创作素材，表达了对那些勾连国外势力、谋取私利的民族叛徒的愤恨，用以激发人们的爱国情感；摩诃瑞的反帝小说《我们的母亲》在唤醒人民投入民族独立斗争和社会改革方面有过很大影响，小说语言质朴，通俗明快，对改变缅甸文风，促进现代小说发展做出了贡献。

2. 重量级作家辞世

缅甸著名传记作家岱格多盛丁（တက္ကသိုလ်စိန်တင်，1945—2020）不幸逝世。岱格多盛丁一生著有20多部传记，作品涵盖了缅甸历史上的著名政治人物，如阿奴律陀、江喜陀、敏东、锡袍，也包括多名外国名人的传记。岱格多盛丁的传记善以小说形式创作，运用小说的艺术写法和表达技巧叙述人物生平经历和事迹。其代表作是《帕库古·吴翁佩的一生及其成功经验》（ပခုက္ကူဦးအုန်းဖေ ဘဝခရီးနှင့်အောင်မြင်နည်းအတွေ့အကြုံများ），这部传记获得了1993国民文学奖综合文集奖。也正是因为这部书以小说形式的传记，使得岱格多盛丁在文坛声名鹊起。他最著名的传记作品是《世界和平的设计师——吴丹》(ကမ္ဘာ့ငြိမ်းချမ်းရေးဗိသုကာ ဦးသန့်)。吴丹是缅甸人，于 1961—1971 年任联合国第三任秘书长，也是第一位来自亚洲的联合国秘书长。这部传记自 1967 年首次出版后，至今已经再版了七次，是缅甸最畅销的传记书籍之一。

缅甸著名诗人、小说家吴温都亚（ဦးဝင်းသူရ，1946—2020）不幸辞世。吴温都亚原名吴盛温（ဦးစိန်ဝင်း），曾在《噶勒那》(ကလျာ)、《妙南貌》(မြားနန်မောင)和《玛赫蒂》(မဟောသီ)等多个在缅甸文坛具有影响力的杂志担任过主编或编辑。他在杂志上发表了长篇小说 15 篇，短篇小说 300 多篇，诗歌 500 多首。

结语

总体而言，2020 年缅甸文学保持了稳步发展的势头。文学宫评出了多部强烈关注现实、深耕时代沃土的文学佳作。获奖小说和诗歌聚焦社会民生，关注弱势群体，为女性发声，体现出缅甸作家的现世精神和人文关怀。作为缅甸文学中不可或缺的瑰宝，文学翻译在 2020 年度表现突出，一批经典与读者见面，满足了民众了解外部世界的需要。在当前文学内容多元化的浪潮中，现实主义写作保持了主流地位，强化了文学艺术的济世作用。一批强调传统文化、书写新时代精神的优质作品，收获了市场和口碑，体现了缅甸文学界的自我丰富与不断进步。

参考文献：

မိုးကျော်ဇင်၊ ငါးဖမ်းသမား၊ ကံ့ကော်ဝတ်ရည်စာပေ၊ ရန်ကုန်၊ ၂၀၁၉။

နတ်မောက်အနီချို၊ လမ်းဆုံတော့ရွာ မဂ္ဂဇင်းဝတ္ထုရှည်များ၊ ရန်ကုန်၊ လင်းလွန်ခင်စာပေ၊ ၂၀၁၉။

ဉာဏ်ဝေ(မြစ်သာမြေ)၊ နှင်းတောင်တန်းက ပန်းဥယျာဉ်၊ ရန်ကုန်၊ ဆိပ်ကမ်းသာစာပေ၊ ၂၀၁၉။

ပန်ဒိုရာ၊ ခရုပစ်လောင်ချ၊ ရန်ကုန်၊ နှစ်ကာလများစာပေ၊ ၂၀၁၉။

"အမျိုးသားစာဆိုတော်ကြီး မင်းသုဝဏ်၏ နှစ် (၁၁၀)ပြည့် မွေးနေ့အထိမ်းအမှတ် စာပေဟောပြောပွဲနှင့် သူတို့မြင်သော မင်းသုဝဏ် စာအုပ်မိတ်ဆက်ပွဲအခမ်းအနား ကျင်းပ"၊ ကြေးမုံ၊ ဖေဖော်ဝါရီလ ၁၁၊ ၂၀၁၉။

"၂၀၁၉ခုနှစ် အမျိုးသားစာပေ(ကဗျာ)ဆုရ ဆရာမ ပန်ဒိုရာ၏ အမှတ်တရစကား"။ ဒီဇင်ဘာလ ၈၊ ၂၀၂၀။

"မြန်မာ့ဝင်အတွဲ ၁၀၀ စာစဉ်ဝတ္ထုရှည်အတွဲ(၄)၊ အတွဲ(၅)၊ အတွဲ(၆) စာအုပ်များထုတ်ဝေဖြန့်ချိ"၊ မြန်မာအလင်း၊ ဇန်နဝါရီလ ၆၊ ၂၀၂၀။

"အမျိုးသားစာပေဆုရှင် စာရေးဆရာ၊ သတင်းစာဆရာ တက္ကသိုလ်စိန်တင် ကွယ်လွန်"။ အောက်တိုဘာလ ၁၅၊ ၂၀၂၀။

"မဟေသီမဂ္ဂဇင်း တာဝန်ခံအယ်ဒီတာ ဦးဝင်းသူရ ကွယ်လွန်"။ အောက်တိုဘာလ ၂၆၊ ၂၀၂၀။

"၂၀၁၉ ခုနှစ်အတွက် အမျိုးသားစာပေဆုရှင်များ၏ စကားသံများ"၊ ကြေးမုံ၊ ဒီဇင်ဘာလ ၅၊ ၂၀၂၀။

"ရိုးရာယဉ်ကျေးမှုဆိုတာ မပျောက်ကောင်းပါဘူး။ ကိုယ်တတ်နိုင်တဲ့ဘက်က ဝိုင်းဝန်းထိန်းသိမ်းကြရမှာဖြစ်ပါတယ်။"၊ ကြေးမုံ၊ ဧပြီလ ၁၂၊ ၂၀၂၁။

"၂၀၁၉ ခုနှစ်အတွက် အမျိုးသားစာပေတစ်သက်တာဆု အမျိုးသားစာပေဆုများ ထုတ်ပြန်ကြေညာ" 5 Dec. 2020. Web. 26 Apr. 2021. <https://www.moi.gov.mm/ppd/news/535>.

"၂၀၁၉ အမျိုးသားစာပေတစ်သက်တာဆုနှင့် အမျိုးသားစာပေဆုများ ချီးမြှင့်" 5 Dec. 2020. Web. 23 May. 2021. <https://www.myawady.net.mm/node/575>.

作者单位：信息工程大学洛阳校区

2020年葡萄牙文学概览

金心艺

内容提要：2020年，葡萄牙面临新冠疫情的猛烈冲击，人们的生活方式发生根本性转变，社交活动让位于居家隔离，对健康、经济、个人与国家未来发展的担忧之情弥漫整个社会。在此背景下，2020年的葡萄牙文坛呈现出追溯往事或重读文学经典，通过内省寻求精神力量来面对现实的创作趋势。在小说创作领域，追忆过往、怀念孩童时代、反思家庭生活以及人际关系成为主题；在诗歌作品中，表达方式不再高度抽象，而是试图从具体的回忆和“家”“房子”等居所意象中汲取温暖与力量；文学经典的阅读与批评受到重视，老一辈评论家带领读者抵抗“严冬”，重塑文化与传统的价值。本文聚焦于年度小说作品、年度诗歌作品和重大文学事件三个方面，介绍2020年葡萄牙文学概况。

一、年度小说作品：追溯过往，直面现实

弗朗西斯科·若泽·维埃加斯（Francisco José Viegas，1962— ）凭借长篇小说《北京之光》（*A Luz de Pequim*，2020）斩获2020年度葡萄牙笔会小说奖（Prémio PEN Clube Português 2020 Narrativa）和第23届费尔南多·纳莫拉文学奖（Prémio Literário Fernando Namora）。

这是维埃加斯的第九部作品，也是他侦探系列的最新力作，故事的主人公依旧是葡萄牙读者所熟悉的热伊梅·拉莫斯——一名波尔图警局的老探员。

故事始于一桩凶杀案：臭名昭著的毒贩瘾君子阿尔弗雷多·阿莱绍的尸体被人悬挂在“唐·路易斯老桥那根生锈的铁杆上”。负责侦查此案的是老警探拉莫斯，他从波尔图的大街小巷到北京的胡同，展开调查工作，试图揭开人性隐藏的秘密。同时，与传统侦探小说不同，作者并没有把叙事笔墨大篇幅地集中于案件调查本身，而是展现了“时间”与“过往”对主人公以及众多人物的反向“追捕”。小说标题“北京之光”既指主人公抓捕犯人的足迹远至北京，在那里，案件得以真相大白，又指主人公试图通过远行逃离自己的过往，却最终发现只是徒劳。

从小说标题的用意与作品内容来看，小说中最大的“反派”并不是罪犯，而是时间与过去。在拉莫斯与受害者亲友交谈的过程中，读者会发现这些人物有着某种共性：他们大多数都是上了年纪的人，有过跌宕起伏的经历，无一不与拉莫斯谈及时间的流逝、生命的短暂，以及人将死时还应该对生活怀有怎样的念想。时间与过往同样在老拉莫斯心里留下阴影：多年来，他靠良心和直觉办案，而不是依据法律法规，因此他为了办案可以不择手段，例如窜改证据或故意放走犯罪嫌疑人。这种做法在旧时是被默许的，如今时代变了，警局内部的管理制度也发生了巨大变化，拉莫斯尘封的过往也要被重新挖掘出来，接受调查。

小说中的拉莫斯是个阴郁寡言的人，但作者维埃加斯极大地丰富了他的内心世界，使其经常陷入意识流一般的思考和精神漫游之中。维埃加斯也赋予作品中其他人物很强的哲学思辨能力，以便更深刻地谈论时间、生命与个体经历。通过这种人物内省的笔法，小说展现了一整代人面对过往时不安的精神状态，以及他们面对现实与未来时的沮丧和无能为力，这某种程度上也与葡萄牙读者面对新疫情时代的心境暗合。

2021 年 6 月 18 日，葡萄牙作家协会中长篇小说大奖（Grande Prémio de Romance e Novela APE/DGLAB）2020 年度评选结果揭晓，瓦尔特·乌戈·曼伊（Valter Hugo Mãe，1971— ）凭借其第八部长篇小说《对我相对》（*Contra mim*，2020）获得该奖。在小说创作期间，由于强制性居家隔离，作者开始将目光聚焦于遗失的童年和部分青少年时光，以漫画般夸张诙谐的手法回溯往昔，因而这也是曼伊写作生涯中最个人化、最私密的一部作品。

小说由“词语分娩意义”“硬核卡西纳斯[1]”和“作者札记”三部分组成，每一个章节的篇幅都很短小，以第一人称讲述一位作家儿时的故事：早逝的弟弟，父母隐秘而纯真的爱情以及他们在安哥拉的婚后生活，主人公对蟑螂的恐惧，对“去安哥拉就能变成黑人”的深信不疑，青春期对异性的好奇，还有他如何成为家乡一个宗教奇迹的明证并被乡亲们津津乐道。这些平凡又饶有趣味的日常琐事背后，是葡萄牙 20 世纪一些重要的历史事件，如非洲殖民帝国的崩溃、终结独裁政府的“石竹花革命”以及之后的政治动荡，甚至还有巴西文化对葡萄牙的影响，等等。在整部作品中，主人公对诗歌、文字和写作的热情与日俱增，正如作者在书中所说：“文字是从人们口中掉下来的金钱，是一笔不可估量的财富。”而这笔“财富”是主人公成长经历中精神力量的来源。

---

1 卡西纳斯（Caxinas）是葡萄牙北部波尔图大区下属城市维拉杜孔德（Vila do Conde）的一个堂区，以渔业著称。

奖项评审团指出，《与我相对》因文本的精心架构、诗意的表达以及对年少时空的有力召唤而获奖，它用感性而平实的语言，重现了一个孩子发现世界、探索语言的过程（*Cf.* APE）。透过主人公凝视世界与文字的目光，作者以半自传的方式描绘自己的“影子”，并暗示读者，当下的世界令人不安，却也让人们有机会回归内心、思省过往，对往日的追怀是为了找到勇气，更好地面对当下与未来。

疫情时期，社交活动让位于家庭生活，人在家庭内部的矛盾关系与心理状态也被无限放大，不少作家聚焦于此，从家庭生活出发书写相关主题，尽管他们作品中的故事不一定就发生在当下。在2020年度葡萄牙作家协会中长篇小说大奖的决选名单中，备受瞩目的神秘女作家特蕾莎·维加（Teresa Veiga，1945—　）[2] 的长篇小说《被感染的城市》（*Cidade Infecta*，2020）就是这样一部作品。

故事发生在葡萄牙的一座内陆城市。一个女人惨遭杀害，凶手仍然在逃，悬而未决的案件打破了小城以往的安宁平静，给居民带来恐惧和猜疑，人们一到晚上便躲进家中。小说就是在这样紧张的氛围中拉开帷幕，围绕两个女主人公拉克尔、安娜贝拉以及她们各自的家庭生活展开叙事。克拉尔和安娜贝拉是同学，前者开朗任性，后者沉闷谦卑，她们都在婚姻中饱受丈夫的压迫，与其他家庭成员关系极差，始终被巨大的孤独感所包围。二人因相似的经历成为朋友，或公开斗争，或沉默反抗，共同寻求女性个体的解放。小说探讨了诸多问题，如父权的压迫、复杂有害的人际关系（尤其是夫妻关系）、家庭暴力、

2　特蕾莎·维加与瓦尔特·乌戈·曼伊一样，自出版文学作品以来便多次获得葡萄牙国内重要文学奖项。但维加的身份非常神秘，至今无人知晓其真实姓名。她几乎不出现在公开场合，也不接受采访，四十年来总共出版了八部作品，其中只有两部是长篇小说。《被感染的城市》为其第二部长篇小说，写于作者居家隔离期间，与第一部长篇小说《家庭和平》（*A Paz Doméstica*，1999）的出版相隔21年。

家庭纽带与内部和平的维系、心理隔绝状态下的孤独与缺爱，等等，并让女性成为主角，让她们以自己的方式成为强有力的人。

值得一提的是，在小说中，作者并没有明确写出年代，但通过一些细节可以推测，故事发生在数十年前欧元尚未在葡萄牙流通的时候，然而，这并不影响小说以隐喻的方式直指当下：例如，凶杀案对小城的刺激与 2020 年新冠病毒肆虐葡萄牙时如出一辙，“一种恐惧在社区蔓延，渗入每个人的习惯”；在突如其来的灾祸中，人与人之间的关系、人对自我的认知以及人性本身均被置于严酷的考验之下；当书中人物急切等待着春天的到来时，感到自己像是“被一张无形的网所捕获，捆住双手，扔在一个角落里，永远也见不到夏天和幸福的日子”，这种焦虑，经历过疫情和社会隔离的读者绝不会感到陌生。所有这些，都能让读者产生强烈的现实感。

二、年度诗歌作品：回归与记忆，希望与力量

著名诗人努诺·朱迪瑟（Nuno Júdice，1949—　）获得 2020 年度玛丽亚·阿玛利亚·瓦斯·德·卡尔瓦略诗歌大奖（Grande Prémio de Poesia Maria Amália Vaz de Carvalho），获奖作品为诗集《回归乡间场景》（*Regresso a um Cenário Campestre*，2020）。评审团认为，诗集重新唤起了人与自然的共鸣，召唤生命中的爱与欲望，在回忆中将个体与世界和谐相处的每一个时刻凝固下来，从而让读者跟随诗句停下匆忙的脚步，汲取精神力量，找到面对未来的可能（*Cf.* APE）。

《回归乡间场景》包含 74 首诗，其中一部分完成于疫情到来之前，另一部分则完成于疫情在葡萄牙全面暴发时期，因此，这些诗歌既有对近年来葡萄牙社会现象（如政治正确、抹杀或篡改历史）的反思，也有对葡萄牙人当下隔离生活的探讨。但是，全书最重要的主题

涉及自然、回忆与爱情。从创作手法上看，朱迪瑟擅长视觉描绘，经常展现一段关于人、事物或风景的记忆，并将其同文字的音乐性结合起来，使得文字与图像交织，在回忆中融合客观世界、主观思考以及充满韵律感的文字表达（*Cf.* Internationales Literaturfestival Berlin）。

诗集中的许多诗句着重展现乡间景色或生活场景，充满甜美而温暖的力量，诗人指出生活就在当下，也在未来，过去不会阻挡我们前进，人们会看见“最美丽的春天正赶来相会”，听见它用脚步踏出音乐。全书最后一首诗（与诗集同名）尤其能体现诗集的特点：自然（“松林和葡萄园之间的山丘”“在手中颤动的鸟”）、乡间生活（“蓝衣女人怀里冒烟的蒸馏器”“旧床垫上散发出来的快乐霉味”“收割葡萄的人”）与爱情（“恋人的嬉闹声”“黑色灌木园里热闹的婚礼”“嘴唇缓慢的亲吻”）在回忆中愈发美好，闪闪发光，为乱世中的读者带来勇气和希望：“所有这些［……］/ 如温热的激流，倾泻在迎接火焰的眼睛里，/ 使向日葵为清晨疯狂绽放，/ 使古老情感的平原绿草重生，/［……］照亮不安的守夜行动中浮现的面孔，/ 用呼吸的蒸汽抹去夜晚残留的事物，/ 将阴影和太阳的间距定格”[3]。

无独有偶，2020 年，作家若泽·路易斯·裴绍多（José Luís Peixoto，1974—　）重返诗坛，也出版了一部以“回归”为主题的诗集《回家》（*Regresso a Casa*，2020）。在接受葡新社采访时，裴绍多提到诗集的创作背景：疫情期间，他隔离在家，因小说创作遇阻而决定暂停手中的写作项目。此时，隔离所带来的幽闭恐惧症，缺失的自由，对未来、健康与经济方面的担忧以及在一座突然人满为患的房子里生活，种种现实促使他开始写诗，并发现“写诗也是对正在发生的事情

3　仅为摘译，有删节。

做出反应的一种方式”（Observador）。

《回家》带有感伤主义特点。围绕“回归”主题，诗集抒发了诗人对家庭、文学、世界、旅行的感怀。诗集由“奥德赛”“隔离”“日记”“高维亚什村”“朝鲜”“奥埃拉什小城”“泰国”“中国”“致译者”和“书目”十个部分组成，分别展现了不同方面的“回归”：“奥德赛”“致译者”和“书目”探讨文学、阅读与写作的回归；“隔离”与“日记”记录隔离时期家庭生活的回归与居家感受；“高维亚什村”和“奥埃拉什小城”是对童年与青年生活的追忆；“朝鲜”“泰国”和“中国”则是在遥远的空间反思文化身份，追寻精神上的归属感。由此可见，“回归”在这本诗集中有着极为丰富的含意，它也喻示着文学创作是重建精神力量的居所。

三、重大文学事件：阅读与内省，经典与价值

2020 年 10 月 27 日，葡萄牙文化部宣布，将葡语国家文坛最高奖卡蒙斯奖（Prémio Camões）授予著名文学评论家、理论家、学者维托尔·阿吉亚尔·伊席尔瓦（Vítor Aguiar e Silva，1939—　），以表彰他在葡语文学正典化、文学理论研究、16—17 世纪葡萄牙文学尤其是卡蒙斯文学研究等方面的卓越贡献（DGLAB）。伊席尔瓦著作等身，其中，首次出版于 1967 年并多次再版的《文学理论》（*Teoria da Literatura*）和《卡蒙斯：迷宫与魅力》（*Camões: Labirintos e Fascícnios*，1994）至今仍是葡语文学专业学生必读的学术专著。2020 年 7 月，81 岁高龄的伊席尔瓦出版了新著《冬季的丰收》（*Colheita de Inverno*）。这部近 600 页的文集共收录了 35 篇文章，包括纯文学理论文章 17 篇、卡蒙斯研究文论 5 篇、其他葡萄牙文学作品评论 13 篇。葡萄牙的冬季十分严酷，时常刮风下雨，且寒冷多

雾。伊席尔瓦将“冬季”写入书名，一是指自己年事已高，二是喻指20世纪最后25年至今，葡萄牙的文学创作、文学理论研究与文学评论日渐式微，始终处在文化危机之中（Wook）。伊席尔瓦正是希望用阅读与批评，带领读者重新领略数个世纪的葡萄牙文学经典，重塑文学传统的价值。

2020年12月1日，葡萄牙当代最伟大的哲学家、评论家、作家爱德华多·洛伦索（Eduardo Lourenço，1923—2020）不幸逝世，举国哀悼。洛伦索是葡萄牙文化史上最杰出的思想家之一，著述颇丰，不少著作都深入探讨葡萄牙社会与民族文化身份问题，代表作有《军队与权力》（*Os Militares e o Poder*，1975）、《追怀的迷宫》（*O Labirinto da Saudade*，1978）和《我们巴伐利亚的国王费尔南多》（*Fernando，Rei da Nossa Baviera*，1986）等。

洛伦索生前始终对葡萄牙在历史洪流与时代巨变中如何自处的问题有着深刻的反思。在2017年的最后一次采访中，他表示：“葡萄牙不是岛屿，却活得像一座孤岛。我们一直关心葡萄牙人在世界上的形象，这没什么好惊讶的，每个国家都有类似的焦虑，但最让我感到吃惊的是人们对这件事表现出来的狂热，我们不应该总是活成一个集体的罗纳尔多[4]，也不应该活在‘我们是世界上最好的国家’这样的幻觉里”(Público)。

洛伦索生前深爱阅读，他觉得书是自己的孩子，“没有书就像死了一样”。他认为，在书中人们可以找到回头或前行的勇气。纸书携带着时间的痕迹，“这种时间的尘埃，其他阅读工具是没有的。时间的尘埃是我们生命的本质”（*Ibidem.*）。正是在阅读和深刻内省中，洛

4 指葡萄牙足球巨星克里斯蒂亚诺·罗纳尔多（Cristiano Ronaldo，1985—　）。

伦索让读者看到了葡萄牙砥砺前行的可能。

结语

综上所述，2020 年葡萄牙的文学创作与 2019 年相比，出现了明显转向。一方面，小说创作逐渐脱离以真实案件或社会事件为素材、纪实调查与虚构创作相结合的趋势[5]，转而聚焦于回忆、过往、时间、家庭等主题，作家的创作很大程度上受到居家隔离等社会现实的影响；诗歌创作转向日常生活主题，如“记忆”“居所”与“家庭”，令读者感到温暖。另一方面，文坛老一辈批评家、思想家对文学经典的阅读和阐释，让读者认识到疫情时代经典与传统的价值所在以及内省和思考的重要性。

参考文献：

Agência Lusa. “José Luís Peixoto volta à poesia com o livro *Regresso a Casa*.” *Observador*. 17 Ago. 2020. Web. 26 Apr. 2021. <https://observador.pt/2020/08/17/jose-luis-peixoto-volta-a-poesia-com-o-livro-regresso-a-casa/>.

“*Colheita do Inverno*: Sobre o Livro.” *Wook*. Web. 3 Jul. 2021. <https://www.wook.pt/livro/colheita-de-inverno-vitor-aguiar-e-silva/24104274>.

“Grande Prémio de Poesia Maria Amália Vaz de Carvalho.” *APE*. 9 Jun. 2021. Web. 25 Jun. 2021. <http://www.apescritores.pt>.

“Grande Prémio de Romance e Novela APE/DGLAB – 2020 para Valter Hugo Mãe com o romance *Contra Mim*.” *APE*. 18 Jun. 2021. Web. 25 Jun. 2021. <http://www.apescritores.pt>.

Júdice, Nuno. *Regresso a um Cenário*. D. Quixote, 2020.

Lusa e Pedro Rios. “Morreu Eduardo Lourenço, gigante do pensamento português.” *Público*. 1 Dec. 2020. Web. 6 Jun. 2021. <https://www.publico.pt/2020/12/01/culturaipsilon/noticia/morreu-ensaista-eduardo-lourenco-1941319>.

5 详见《外国文学通览：2019》中的《2019 年葡萄牙文学概览》。

Mãe, Valter Hugo. *Contra Mim*. Porto Editora, 2020.

"Nuno Júdice [Portugal]." *Internationales Literaturfestival Berlin*. Web. 3 Jun. 2021. <https://www.literaturfestival.com/autoren-en/autoren-2018-en/nuno-judice>.

Peixoto, José Luís. *Regresso a Casa*. Quetzal, 2020.

"Prémio Camões 2020." *DGLAB*. 28 Oct. 2020. Web. 27 May. 2021. <http://livro.dglab.gov.pt/sites/DGLB/Portugues/noticiasEventos/Paginas/PREMIOCAMOES2020.aspx>.

金心艺：《2019 年葡萄牙文学概览》，见《外国文学通览：2019》，北京：外语教学与研究出版社，2020 年。

作者单位：北京外国语大学西班牙语葡萄牙语学院

2020年日本文学概览

何卫红

内容提要： 灾难一直是日本文学中非常重要的题材，而日本文学对于这一题材的关注在2020年则表现为对“疫病文学”的回顾和再书写。与诸多文艺期刊的新冠特辑所回顾的既往疫病书写史不同，日本关于新冠的文学表达更为关注个体在疫病肆虐的社会中的精神苦痛。同时，2020年时逢日本战败75周年，战争题材的文学创作比往年更为引人注目，不同年龄段的作家基于各自拥有的人生体验，从不同的视角书写关于战争灾难的各种思考。此外，年轻作家特别关注饭圈应援等社会问题，并因此斩获重要奖项，成为2020年日本文坛值得关注的现象。

在2020年的日本，“新冠之祸”一词频频见于报端，新冠疫情所带来的种种祸端成为大众焦点，而在文学上则表现为读者、作家、文学研究者等对于灾难文学类型之一“疫病文学”的关注。在新冠之祸的蛰居中，人们希望了解以往是如何对抗疫病蔓延的，以从中获取透视未来走向的灵感。作家则从各自的视角以不同的文字书写自己身处新冠之祸中的体验，以新冠之祸为主题的创作为日本疫病文学增添了更多的样态。同时，2020年又是日本战败75周年，加之身处疫病灾难之中，这一时间点唤起了文学创作者对战争的回忆与反思。上述特征集中体现在重要作家的最新创作上，而年度重要文学奖项的获奖作品则大多并非以当年热点问题为题材。

一、重要文学奖项及获奖作品

（一）芥川奖[1]

1. 第163届芥川奖

第163届芥川奖评选会议于2020年7月15日在东京举行，共有5部作品入围候选名单，包括高山羽根子（Haneko Takayama，1975—　）的《首里之马》（「首里の馬」）、远野遥（Tōno Haruka，1991—　）的《破局》（「破局」）、石原燃（Nen Isihara，1972—　）的《蹴赤砂》（「赤い砂を蹴る」）、冈本学（Manabu Okamoto，1972—　）的《Our Age》（「アウア・エイジ（Our Age）」）、三木三奈（Mina Miki，1991—　）的《小秋》（「アキちゃん」）。经过评委会的集体评议，此次已是三度入围的高山羽根子以及年仅28岁的鬼才作家远野遥摘得奖项。

（1）高山羽根子：《首里之马》

高山羽根子于2009年以创作科幻小说出道，在2019年上半年和下半年两次获得芥川奖提名，此次再以《首里之马》入围，终于斩获此奖项。

《首里之马》讲述了20多岁的民俗学爱好者未名子在一个有关冲

1　具体介绍参见《外国文学通览：2017》。

绳的资料馆的工作以及与一匹马之间的奇遇。未名子自中学起就是资料馆的常客，后在资料馆负责资料整理以及文字资料的数据化处理，同时还承担一项名为“通过定期通信为寂寞的从业者提供精神抚慰与知性共享”的工作，在特定时间向登记在册的远方从业者（答疑者）提出疑问让其解答。资料馆之外未名子的主要活动范围是其独居的院子，而在某个台风天的清晨，一匹马突然跑入院内，未名子报警让警察带走了马，马却神奇地再次返回。因为长相酷似历史上赛马时期的名马“宫古”，未名子为其取名“宫古马”，并把它养在了洞中。

《首里之马》的情节设计具有奇幻小说的特征，但文学表达上却透着对现实世界的关怀，比如孤独感的治愈、知性的共享、对智慧的信赖、对历史的尊重，等等。有评论认为，该作品是“迄今为止高山作品的集大成者”（豊崎由美，2020）。

（2）远野遥：《破局》

远野遥在 2019 年首次发表小说《改良》（「改良」，2019），在当年即获得了第 56 届文艺奖，此次斩获芥川奖的《破局》是其第二部作品。

《破局》讲述了立志成为公务员的男大学生与志同道合的女朋友和新结识的学妹之间的情感故事。不同于一般恋爱小说的叙事结构，作者笔下的主人公在众人眼中极富正义感、道德感，是近乎完美的人设，与女朋友也是天造地设的一对，堪称完美的校园情侣。但小说字里行间却有不经意埋下的伏笔，随着情节的逐步展开，主人公与人设完全相反的自我一面逐渐暴露于众，与具有仕途野心的女朋友和清纯学妹之间的三角关系也逐步走向“破局”。

小说在细节设置上处处埋线，让故事结局一步一步走向“破局”，将常见于推理小说的悬疑式叙事结构引入了恋爱故事。在人物塑造上，主人公不自觉地遵循着一切社会准则，过着众人眼中美好充实的大学生活，但逐渐暴露的内心却透着对所遵循准则的怀疑，这些使得作品中的虚无感无处不在。悬疑式的叙事结构以及别样的虚无感都具有新时代的特质，表现了年轻一代意欲接受固有价值观却又想要从中逃离的心态，在虚无中有些东西在蠕动，但永远不会让别人发现究竟是什么在蠕动（武田砂鉄，2020）。

2. 第164届芥川奖

2020年下半年第164届芥川奖于2021年1月20日在东京揭晓，年轻女作家宇佐见RIN（Rin Usami，1999— ）凭借《推，燃》（「推し、燃ゆ」）摘得奖项。另外尚有4部候选作品，包括尾崎世界観（Sekaikan Ozaki，1984— ）的《母影》（「母影」）、木崎みつ子（Mitsuko Kizaki）的《配偶》（「コンジュジ」）、砂川文次（Bunji Sunakawa，1990— ）的《小队》（「小隊」）、乘代雄介（Norishiro Yūsuke，1986— ）的《行旅练习》（「旅する練習」）。

本届获奖者宇佐见RIN是在校大学生，凭借描写母女爱憎情感的处女作《妈妈》（「かか」，2019）获得文艺奖，又于2020年成为史上最年轻的三岛由纪夫奖获得者，一度引发热议。此次她凭借第二部作品首次入围芥川奖即获奖，再度成为话题人物。

《推，燃》通过描述高中女生的追星生活，向大众读者展示了本属于特定圈层的饭圈文化，在日本引发了广泛的讨论。“推”是“饭圈女孩”用于指代所追“爱豆”的饭圈用语，“燃”是网络用语“炎上”的古雅说法，指因具有争议的言行而在网上集中、大量出现反对或攻击的负面声音。对于热衷于追星的主人公而言，“我推就是我的脊梁”（横山耕太郎，2020）。小说主人公是一位有轻微自闭症的饭圈女孩，“推”成为其心理支撑和生存意义。作品所描述的“应援文化”“偶像崇拜”等行为或心理虽是特定圈层的现象，但其古雅的文笔、细腻的心理描写以及面对真实自我的态度，还是使读者因内心被打动而达成心意互通。

（二）直木奖[2]

第 163 届直木奖评选会议于 2020 年 7 月 15 日在东京举行，共有 5 部作品入围，包括驰星周（Seisyū Hase，1965— ）的《少年与犬》（「少年と犬」，2020）、伊吹有喜（Yuki Ibuki，1969— ）的《纺云》（「雲を紡ぐ」，2020）、今村翔吾（Syōgo Imamura，1984— ）的《人间》（「じんかん」，2020）、泽田瞳子（Tōko Sawada，1977— ）的《能乐物语　稚儿樱》（「能楽ものがたり 稚児桜」，2020）、远田润子（Junko Tōda，1966— ）的《银花之藏》（「銀花の蔵」，2020）。最后，驰星周的《少年与犬》摘得奖项。

驰星周在 1996 年凭借处女作《不夜城》（「不夜城」，1996）首次入围直木奖，今年已是第七次入围。此次获奖作品是由 6 个短篇组成的系列小说，分别讲述了不同年龄、不同身份的人与流浪狗“多闻”之间的温馨故事。不同年龄、不同身份的主人公对应着不同的社会问题，而共同之处在于故事的主人公最终都离开了人世，多闻是他们离世前的最终陪伴者。评论家杉江松恋认为，故事映射了衰老、疾病、贫困、男女社会地位的不平等社会问题，而这些问题成为拖垮所有人的困境（杉江松恋，2020）。

第 164 届直木奖于 2021 年 1 月 20 日在东京揭晓，西條奈加（Naka Saijū，1964— ）的《心寂川》（「心淋し川」，2020）获奖。

2　具体介绍参见《外国文学通览：2017》。

另有 5 部作品入围，包括芦泽央（Yō Ashizawa，1984— ）的《不在彼处擦拭脏手》(「汚れた手をそこで拭かない」，2020)、伊与原新（Shin Iyohara，1972— ）的《八月银雪》(「八月の銀の雪」，2020)、加藤 SHIGEAKI（Shigeaki Katō，1987— ）的《Alternate》(「オルタネート」，2020)、坂上泉（Izumi Sakagami，1990— ）的《Invisible》(「インビジブル」，2020)、长浦京（Kyō Nagaura，1967— ）的《Underdogs》(「アンダードッグス」，2020)。

获得此届直木奖的西條奈加擅长创作时代小说，2005 年以奇幻类时代小说《金春屋 GOMESU》(「金春屋ゴメス」，2005）获得日本幻想小说大奖而出道，此次是首次入围直木奖并获奖。

获奖作品《心寂川》是由 6 个短篇组成的系列小说，故事的背景都是江户，但位于千驮木町一角被称为“心町”的市井街道以及流经此处被称为“心寂川”的小河则全为虚构（諸田玲子，2020)。时常淤塞的小河沿岸是狭长的房屋，系列小说记述了生活在狭长房屋内的数户人家拼死谋生的生活百态和喜怒哀乐。生活在心寂川边的人们如同这条淤塞的小河一样在人生之河中陷入困境，其心境也如同这条淤塞的小河一般郁结寂寥，但心町依然是他们的心之所依。

在数部入围作品中，《心寂川》的文学表现力得到了多位评委的高度肯定，其惟妙惟肖的人物描写、构思巧妙的会话设定、富有江户气息的市井人情令人印象深刻，而短篇小说中较难实现的情节多次反转显得相当巧妙自然。

（三）中原中也奖[3]

受到新冠疫情的影响，第 26 届中原中也奖的评选活动未按惯例

3 具体介绍参见《外国文学通览：2017》。

在山口市举办，而是于2021年2月13日在东京召开了评选会。此次评选共收到268部诗集，奖项最终授予了东京都公司职员小岛日和（Hiyori Kojima，1997— ）的《水际》（「水際」，2020）。

《水际》中的诗篇大多以日常生活为题材，主题涉及亲子关系、生活感悟等。诗歌语言也极为平实，却实现了个性化十足的诗歌表达。评委们认为获奖诗集“运用舒展流畅的笔致，充分展现了作者的个人特质”（共同通信，2021）。中原中也奖在日本被认为是年轻诗人的“登龙门”之奖，小岛日和由此获得了日本当代诗坛的认可。

二、其他重要作家作品

2020年，新冠病毒在全球流行，同时，2020年又是日本战败75周年，对于灾难题材一向敏感的日本作家关注现实，反思战争，围绕灾难进行了思考和文学表达。或许是疫病灾难的现实与战争灾难的回忆共同酿成了社会性的反思氛围，不少作家对反乌托邦文学表现出极大的兴趣，创作出了一批值得关注的作品。

（一）书写疫病

新冠疫情严重影响了人们的日常生活，但也为作家提供了创作主题。在《昴》9月号策划的“关于疫病的表达及其思想”特辑中，日比嘉高（Yoshitaka Hibi，1972— ）的《为大流行病小说绘图》（「パンデミック小説の地図を書く」）用坐标图形对日本现代小说中以大流行病为题材的小说进行了定位性评述。坐标的横轴为现实模拟指向，纵轴为非现实指向，原点位置是上述两种指向为零的作品，与原点相对应的区域则是两种指向兼具的作品类型，通过此图形人们可以对流行病题材文学在疫病书写方面的整体特征有所把握。

原点附近的作品并非当代小说，而是志贺直哉（Naoya Shiga，1883—1971）的短篇小说《流行感冒》（「流行感冒」，1919），作品对于感染扩散情形不着笔墨，只描写身边日常。日比嘉高在文中同时指出，在2020年创作的小说中，金原瞳（Hitomi Kanehara，1983— ）的新作《非社交距离》（「アンソーシャル ディスタンス」）尽管不像志贺的小说那么贴近日常，但在图中的位置大体相当。

横轴最右端区域的小说有小松左京（Sakyo Komatsu，1931—2011）的《复活日》（「復活の日」，1964）、石原慎太郎（Shintarō Ishihara，1932— ）的《日本的突然之死》（「日本の突然の死」，1978—1981）、篠田节子（Setsuko Shinoda，1955— ）的《夏季的灾难》（「夏の災厄」，1995）、村上龙（Ryū Murakami，1952— ）的《日向病毒》（「ヒュウガウイルス」，1996）、高嶋哲夫（Tetsuo Takashima，1949— ）的《首都感染》（「首都感染」，2010），它们对于疫病的书写都属于现实模拟型。

在纵轴最上方区域以及两种指向兼具的区域中，都是创作于2020年的以新冠疫病为题材的作品。纵轴最上方附近是小林ERIKA（Erika Kobayashi，1978— ）的《蜕皮》（「脱皮」），虽然同样是描写新型传染病的扩散，但其主线并非疫病扩散过程及结果的模拟，而是疾病引发的恐惧与压抑。另外，在现实模拟与非现实因素兼备的区域中，则列有鸿池留衣（Rui Kōnoike，1987— ）的《最后的自肃》（「最後の自粛」），该作品既有对感染扩散状况的现实模拟，也有充满自由、戏谑和反抗意味的非现实世界。

以下以2020年的三部作品为例，略说疫病主题在不同作家笔下的不同呈现，以揭示疫病大流行如何影响人们的生活状况以及精神世界。

1. 小林 ERIKA：《蜕皮》

《蜕皮》讲述了疫病流行期间人与人之间、个体与社会之间关系的激烈冲突。在故事中，一种缩写为 DAPPI 的病因不明疾病正在蔓延，此病大约从十年前开始出现，直到四年前才终于有了病名。大家将感染此病称作“蜕皮”，而一旦蜕皮，人将逐渐丧失语言能力。此病据说不具传染性，但如果环境相似则会在同一时期发病，类似于女性生理期相互影响的情形。发病的患者如同昆虫蜕皮一样，一点一点失去语言能力，不久就再也无法读写和说话。周围人把感染者称作“虫”，而感染者住所的墙壁会被涂上“害虫 DEATH！”，这不只是诅咒感染者，也是提醒周围人远离感染源。

与以大流行病为题材的众多作品不同，《蜕皮》着力描写疫病对个体的身心影响，以及人们对被感染的恐惧。由于感染意味着语言能力丧失，所以作品在某种意义上也是寓言式小说，揭示了当代互联网社会下人们对语言文字的极度依赖。在叙事上，小说采用了多视角叙事手法，描述了不同性别、不同年龄层的人对遭遇感染疫病、丧失语言能力、被隔离于社会之外等变故的多样感受。

2. 金原瞳：《非社交距离》

《非社交距离》以东京及近郊为故事地点，描述了无法保持社交距离的一对大学生情侣在新冠时期的爱情。喜欢的乐队被迫中止现场演出，极度郁闷的二人一旦外出便会被母亲不停叨唠，终日蛰居家中又导致意外怀孕。堕胎手术之后发生激烈争吵的二人，决定外出旅游并在旅途中一起殉情。主人公沙南说，“新冠类似于我们身处其中的社会”，对她而言，“新冠之祸”的元凶是对个体造成压抑的社会而不是病毒。新冠疫情暴发以来，日本并未实施封城措施，防疫主要是依赖名为“自肃”的社会性心理机制，即自我约束乃至相互监视，而作品所表达的个体情绪正是对“自肃”机制的心理性对抗。

3. 鸿池留衣：《最后的自肃》

《最后的自肃》则用荒诞剧形式展现了“自肃”机制引发强力对抗的可能性及其后果。

小说以埼县某高中名校（名牌大学入学率高的男子学校）为故事地点，描述了学生们对学校强制“自肃”的强力对抗。主人公是学生们的指导教师。他担任学生研究小组“全球变暖研究会”的研究顾问，却放任研究小组举行各种抗议活动阻止学校推进男女同校，包括阻挠奥运会开幕式；而作为生活督导他对抽烟饮酒的学生不仅不加阻止，甚至为学生买卖大麻提供帮助。学生中的主要人物村濑则是学校出名的差等生，不只学习成绩最差，还售卖大麻，夜不归宿，他还擅用可以操纵气候的气象武器阻止学校推进男女同校，甚至将武器贩卖给外校学生。

小说的主要出场人物都是“规则践踏者”，主要情节都是在描述成人世界的规则如何被学生践踏，最终结局则是成人们被学生用气象武器毒杀。在出场人物上述种种违规行为的背后，则是与气候异常、疫情扩散等相关的各种社会问题，从而使得作品具有了黑色幽默剧的张力。在《最后的自肃》中，“自肃”一词超出了“自我约束”“相互监督”的原本含义，用于指称学生们对“压抑者”亦即成人们的毒杀，因而黑化成了“对敌对者的杀戮”。对于个体而言，“自肃”心理机制是自我压抑，周围人的“自肃警察”心理则是外部强制性压抑，而双重压抑的结果会使“自肃”异化为对“压抑者”的强力对抗。《最后的自肃》以看似荒唐无稽的“杀戮”结局警示了“自肃”的最终结果。

4. 乘代雄介：《行旅练习》

入选第 164 届芥川文学奖候选作品名单的《行旅练习》是一部公

路小说，记述了小说家“我”与侄女亚美在新冠疫情期间的一次徒步旅行。亚美是刚顺利考入中学的足球少女，学校因新冠疫情而临时停课，她决定与“我”沿着利根川徒步前往日本足球队在鹿岛鹿角的大本营。在对二人旅程的描述中，作品有机地融入了足球、新冠、佛教、足球宿将济科、柳田国男、野鸟、风景、跨代友情、就职难问题等要素，为单调的徒步旅行赋予了律动感，也让二人的徒步之旅成为少女的成长之旅。

小说题目中的“练习”既指亚美在旅途中的踢球练习，也指“我”的“风景描写”练习，而“我”的写景习作便是小说中的旅途风景描写部分，这样一种设定使作品在风景描写上传承了日本古典纪行文学的细腻入微特质，令小说别具特色，“乍看平淡的散步游记，却可以升华为文学作品”(好書好日，2021)。

5. 其他新冠题材小说

除上述作品之外，尚有其他新冠题材的小说，其中既有中坚作家的创作，也有年长作家的创作，展现了不同的思考和文学风格。

中坚作家的创作，比如松田青子（Aoko Matsuda，1979— ）的作品《斧语》(「斧語り」)，其特别之处在于借用僵尸的形象描述了病毒如何流行；又如在藤野可织（Kaori Fujino，1980— ）的《狩猎学长》(「先輩狩り」）中，在各种名目的防疫对策之下，女高中生成为政府主导的错误施策的受害者。

年长作家中，笙野赖子（Yoriko Syōno，1956— ）在《蛰居写新冠》(「引きこもりてコロナ書く」）中，将 mask 称作“魔巢苦”，并将其视为“诅咒语”，力图借助言灵信仰用“反诅咒语”对抗新冠之祸；辻仁成（Hitonari Tsuji，1959— ）的《十年后的恋爱》(「十年後の恋」）则是以生活在巴黎的新冠感染者为主人公的恋爱小说，

对于认为“病毒与爱具有相似性”的主人公而言，爱情像病毒一样无法逃避，封城也不能放弃生活，而爱情是生活的唯一，这与巴黎的浪漫气质颇为贴合。

（二）战争题材文学

1. 村上龙：《MISSING 正在失去的》

《MISSING 正在失去的》（「MISSING 失われているもの」，2020）是村上龙在长篇小说《滚出半岛》（「半島を出よ」，2005）之后创作的又一部以日本侵略朝鲜半岛为历史背景的小说。

小说记述了主人公接受心理治疗的整个过程。主人公是一名人气颇高的作家，因患有抑郁症正在接受心理治疗。在他向年轻咨询师的讲述中，在朝鲜半岛读完高中的母亲在日本战败后从半岛回国，而母亲的半岛经历为作家日后创作《滚出半岛》提供了灵感。性格内向的作家年少时热衷于用积木搭建个人王国，年近二十时他尝试写作却因作品无法令自己满意而变得具有暴力倾向，是搭建积木王国时的充实感将他从杀人冲动中拯救出来，令他完成了处女作。

《MISSING 正在失去的》的主人公是年少成名的人气作家，与村上龙本人的经历接近，而主人公根据母亲经历创作的小说《滚出半岛》也是作者本人的作品，所以会让读者误以为这是一部自传体小说，但本质上它是一部纯虚构的反战小说。小说中的年轻咨询师是代表年轻一代的符号，主人公向咨询师讲述母亲的半岛经历，实际上是向年轻一代传承关于战争的历史记忆。而关于历史的记忆不仅体现在个人的战争体验上，作品章节题目上使用的成濑巳喜男、小津安二郎等的电影名字同样是过往时代的集体记忆（小林竜雄，2020），这些“正在失去的”是作者认为年轻一代不应忘记的。

2. 吉田喜重：《赎罪：纳粹德国副元首鲁道夫・赫斯的战争》

吉田喜重（Yoshishige Yoshida，1933— ）是电影导演兼小说家，《赎罪：纳粹德国副元首鲁道夫・赫斯的战争》（「贖罪 ナチス副総裁ルドルフ・ヘスの戦争」，2020）是其耗费十年时间创作的长篇历史小说。

作品采用了小说框架，但书中关于鲁道夫・赫斯的内容是基于 1987 年在柏林狱中自杀的赫斯留下的笔记，而“我”（“笔者”）则是赫斯笔记的阅读者。年过八十的“我”阅读着赫斯对其坎坷一生的记录，不时唤起自己对过往战争的记忆，并以“我”的视角撰写了赫斯以及卡尔・豪斯霍费尔之子的遗书，表达了“赎罪”的态度。作品在叙事手法上则是在自传体小说架构下编入重要历史人物的笔记，以虚实相交的笔法将重大历史事件刻入文学史中，留给下一代（保阪正康，2020）。

3. 中村文则：《逃亡者》

曾获芥川奖的中村文则（Fuminori Nakamura，1977— ）是日本首位美国大卫・古迪斯文学奖得主，他于 2020 年推出的长篇小说《逃亡者》（「逃亡者」，2020）以二战时期的日本和德国为故事发生地，以悬疑电影式的叙事结构记述了自由记者山峰健次在战时的奇特经历，以纪实笔调描绘了战争下的社会历史、战争与信仰的关系等。

小说的叙述者山峰在德国科隆的破旧公寓中遭到神秘男子的突然来访，并被追问名为“恶魔乐器”的小号的下落，从此成为“逃亡者”，被神秘男子和宗教组织到处追捕。在追捕与反追捕的描述中，小说进入回忆模式，包括与越南女性的恋爱故事、二战中越南的抵抗斗争史、江户时代长崎的天主教徒被迫害史等。新兴宗教教祖追上山峰并把“恶魔乐器”原主人天才小号手“铃木”的手记交给了他，山峰以铃木的手记为线索回顾了二战的作战场景以及长崎原子弹爆炸的场景。在上述的内容设定中，战争灾难与信仰问题是小说的两大要素，而“恶魔乐器”由于具有决定战争结果的神秘力量成为了联结二者的符号。

但故事到此并未结束，小说设置了出乎意料的结尾，而这“出乎意料之处”正是作品的核心（佐々木敦，2020）。在小说的最后，作家 N 突然登场，他必须回答以下疑问：作家中村文则迄今为止到底做了什么？自此以后将要做什么？因为现实社会问题太多，他无从回答，但至少有一点可以确定，他永不会放弃写作。结尾其实在暗示，小说虽然是在回顾过往的历史，但其实是在俯瞰混乱的现实，而作家必须直面社会问题，不可以成为“逃亡者”。

（三）反乌托邦文学

1. 李龙德：《你用竹枪刺杀我之前》

韩国旅日作家李龙德（Yondoku I，1976— ）的《你用竹枪刺杀我之前》（「あなたが私を竹槍で突き殺す前に」，2020）获得了 2020 年野间文艺新人奖。

小说记述了在不久的未来日本诞生第一位女性总理后发生的故事。新任总理为博取民望，实施了废除特别永住权、从历史教科书中删除“从军慰安妇”、外国人不再享受生活保障等一系列“嫌韩”政策，令日本一直以来的排外主义最终走向了法制化，同时比执政党更排外的在野党第一大党迅猛发展，在日韩国人的未来已经毫无希望，身为韩国旅日第三代侨民的主人公开始制定并实施报复计划。

“嫌韩”现象是日本社会一直存在的出身歧视问题，但近年来由于保守主义情绪逐渐高涨，再加上新冠疫情，“嫌韩”问题日趋显现化。李龙德的新作反映了这一社会问题，唤起人们对排外主义的反思。

2. 松田青子：《可持续灵魂的利用》

松田青子的小说《可持续灵魂的利用》（「持続可能な魂の利用」，2020）以反乌托邦文学的形式讲述了从劳务派遣公司辞职的三十多岁女性引领少女偶像团体共同对抗男权社会的故事。小说前半部分描述了“大叔”们凭借既有社会地位消费女性、欺侮弱者的社会现实，后半部分则描绘了少女们从“大叔”所代表的男权社会获得全面解放的光明世界（和泉僚子，2020）。

三、重要文学事件

（一）作家接力进行新冠题材创作

日本在 2020 年 4 月初因为新冠疫情宣布进入紧急状态之后，讲谈社的第三文艺部于 4 月 15 日策划了邀请知名作家进行接力创作的 Day to Day 活动，希望作家们以“2020 年 4 月 1 日以后的日本”为舞台进行超短篇的接力创作，用微型小说或随笔的形式接力传递新冠疫情状态下的日常生活或感受。作品原文在 Day to Day 活动官网上发布，同时在网络上刊登中英文译文。5 月 6 日，讲谈社北京的官方微博在中国官宣了此次活动，邀请中国的日本文学研究学者、优秀译者、编辑等参与接力翻译，让中国读者通过网络一同分享日本作家对于新冠时期生活状态的书写。

（二）文艺期刊接续刊发新冠特辑

最先推出特辑的是 4 月发售的《文艺》夏季号（河出书房新社），

其题为“亚洲作家如何面对新冠之祸”（「アジアの作家は新型コロナ禍にどう向き合うのか」）的紧急特集，发表了中国作家阎连科的《面对疫劫：文学的无力、无助与无奈》（「厄災に向き合って　文学の無力、頼りなさとやるせなさ」）、温又柔的《比病毒更忧郁》（「ウイルスよりも憂鬱」），泰国作家 Uthis Haemamool 的《被摘下的口罩》（「剥がれたマスク」）等亚洲各国各地区的作家描述生活变化的随笔（竹永知弘，2021）。

5 月发售的文艺期刊 6 月号也大都开始刊登与新冠疫情相关的特辑、创作、论考等。《新潮》在 6 月号推出题为“新冠之祸时代的文学表达”（「コロナ禍の時代の表現」）的特辑，刊登了金原瞳的新作《非社交距离》和鸿池留衣的荒诞小说《最后的自肃》。

创刊 50 周年的《昴》7 月号刊登了中泽新一（Shiniti Nakazawa，1950—　）的论考《围绕新冠的三个冥想》（「コロナをめぐる三つの瞑想」），8 月号刊出了特辑“与病毒的对峙”（「ウィルスとの対峙」），9 月号又推出了题为“关于疫病的表达及其思想”（「表現とその思想、病をめぐって」）的特辑，刊登了一系列作品。

《文学界》的 7 月号刊出了特辑“疫病与我们的日常”（「疫病と私たちの日常」），刊登了千叶雅也（Masaya Tiba，1978—　）的《非常时期日记》（「非常時の日記」）、新元良一（Ryōiti Nīmoto，1959—　）的《纽约封城日记》（「NY ロックダウン日記」）、栗原康（Yasushi Kurihara，1979—　）的《我们男人的理想乡——新冠之祸日记》（「俺たちのニライカナイ—コロナ禍日記」）等抗疫生活日记以及其他文章；8 月号又推出了题为“‘危机’下的对话”（「“危機”下の対話」）的特辑，刊登了圆城塔（Tō Enjō，1972—　）与小川哲（Satoshi Ogawa，1986—　）的对谈《现在读灾难小说》（「いまディザスター小説を読む」）以及其他文章。

《群像》在 11 月号推出题为“密室”（「密室」）的创作特辑，刊登了上田岳弘（Takahiro Ueda，1979— ）、谷崎由依（Yui Tanizaki，1978— ）等以“密室”为主题的创作。此处的“密室”特指因为防疫需要而“自肃”，不得不蛰居其中的封闭性空间，所以相关创作都在一定程度上表达了“自肃期间”的个体感受。

（三）女性作家斩获重要国内国际奖项

1. 摩根·贾尔斯（Morgan Giles）翻译的柳美里（Miri Yū，1968— ）小说《JR 上野站公园口》（「JR 上野駅公園口」，2014）荣膺 2020 年美国国家图书奖翻译文学奖

柳美里是旅日韩国剧作家、小说家，1993 年成为岸田国士戏曲奖最年轻的获奖者，1994 年作为小说家出道，1997 年获得芥川文学奖，此次荣膺美国国家图书奖翻译文学奖的《JR 上野站公园口》发表于 2014 年，英译书名为《东京上野站》（*Tokyo Ueno Station*）。

小说记述了一个出身于福岛农村而在东京打工的农村男子的一生，反映了两届东京奥运会之间日本社会的变迁。1964 年的东京奥运会前一年，主人公乘火车离开家乡在东京 JR 上野站下了车，从此以外来务工者的身份在经济高速增长时代度过了自己的青壮年时期。六十岁时他领取退休金返回家乡，妻子却突然病故，因不忍心年轻未婚的孙女为照顾自己而困在家乡，便不告而别再次踏上开往东京的列车，在 JR 上野站下车后，走向收留无家可归者的帐篷村（天野久樹，2020）。

该小说在美国出版后引起很大反响，入选美国笔会文学奖翻译奖大名单、《纽约时报》年度 100 本图书、《时代》年度 100 本必读

好书、《华尔街日报》年度推荐书目、美国《图书馆杂志》年度好书（世界文学）以及世界最大独立书店鲍威尔书店评选的“今年最佳翻译文学著作”等。出版此书的编辑劳拉·珀西亚塞（Laura Perciasepe）非常欣赏作品将社会批判与悲惨的个人肖像交织在一起的写作手法，认为“这本书是对资本主义的控诉，也是给被其抛弃的人的挽歌”，同时“这本小说也很私人化、很亲密，讲述了一个家庭和这名男性的故事”。在英国负责出版此书的黛博拉·史密斯（Deborah Smith）认为，柳美里描写的人物“不属于任何日本官方投射的形象”，“她描写他们的生活，不仅带着力度、愤怒和现实主义，也带着强烈的美感和相当程度的实验性”（Motoko Rich，2020）。

2. 小川洋子《秘密结晶》入围 2020 年英国国际布克奖决选名单

小川洋子（Yōko Ogawa，1962— ）是一位在欧美文学圈颇具知名度的日本作家，2008 年凭借英文版小说集 *The Diving Pool* 获得美国雪莉·杰克逊奖并首次入围英国《独立报》外国小说奖，2010 年凭借《博士的爱情算式》（「博士の愛した数式」，2003）再次入围英国《独立报》外国小说奖，2014 年则以《沉默的尸骸 不雅的吊唁》（「寡黙な死骸 みだらな弔い」，1998）首次入围该奖项决选短名单，成为第一位进入最终候选名单的日本作家。此次小川洋子再获国际布克奖提名，成为继大江健三郎之后第二位入围该奖项的日本作家。

此次获国际布克奖提名的《秘密结晶》（「密やかな結晶」，1994）是作家发表于 1994 年的作品，2019 年以 *The Memory Police* 的英译名出版英文版，同年入围美国国家图书奖翻译文学奖。小说记述了小说家“我”在与世隔绝的小岛上的生活日常。岛上人们的记忆由秘密警察所掌控，伴随记忆被剥夺，岛上的一切在悄无声息地消亡，“我”

则用文字记录着消亡的物品和丧失的记忆。记忆被剥夺则意味着大脑无法形成概念，从而丧失思考能力，而作者将记忆被剥夺的过程和结果描述为岛上人们的日常，以平淡的语调叙述着物品、概念、记忆如何在日常中消亡，令作品颇具张力。

3. 凪良悠（Yū Nagira，1973—　）《流浪之月》（「流浪の月」，2019）摘得书店图书大奖

书店图书大奖是日本最具影响力与市场价值的文学大奖，获奖小说《流浪之月》描写了发生在小学女生更纱与男大学生佐伯文之间的“诱拐事件”。19 岁的佐伯文因被认定诱拐 9 岁的更纱而被逮捕，15 年后已成年的更纱与已过而立之年的佐伯文不期而遇，揭开了众人之口所描述的“诱拐事件”的真相。小说在具体事件之下描述的其实是人与人之间的关系——加害者与被害者、男性与女性、旁观者与当事者，旁观者往往以“常识”判定加害与被害、男与女的关系，作品揭示了基于“常识”的误判常导致难以弥补的伤害（藤田香織，2020）。

结语

回顾 2020 年的日本文坛，我们可以看到有两个主题广受作家关注，一个是新冠疫情，另一个是战争。围绕这两个主题，作家们创作了一批值得关注的作品，各大文艺期刊也分别刊发“新冠特辑”和“战争特辑”。与以往的战败纪念活动不同，2020 年的 75 周年纪念活动由于新冠疫情的影响基本上难以大规模展开，而用文学记录过往战争的惨痛历史，向下一代传递关于战争灾难的历史记忆，成为 2020 年日本文坛的一大使命。除了与新冠疫情相关的文学活动之外，反思战争灾难的创作也是 2020 年的日本文坛在日本灾难文学史上留下的痕迹。

此外，一直存在的各种社会问题比如排外主义、性别歧视、校园霸凌、老龄化社会等，在2020年仍是日本文学创作所关注的主题。就文类而言，本年度的小说创作在数量和质量上都颇为可观，同时还有两百多部诗集出版发行，而且年轻诗人开始崭露头角。年轻作家以崭新的个性化特质崛起，也令年轻人中存在的偶像崇拜、虚无倾向等现象以文学的形式展现在成人世界面前，促进了代际交流，也丰富了2020年的日本文坛。在众多文学奖项中，年轻作家在国内表现突出，女性作家则凭借数年前发表的小说在欧美国家斩获或入围重要奖项，尤其值得关注。

参考文献：

天野久樹"居場所を失くしたすべての人に贈る魂の物語： 柳美里著「JR上野駅公園口」" 16 Feb. 2021. Web. 21 Jun. 2021. <https://www.nippon.com/ja/japan-topics/bg900255/>.

和泉僚子"持続可能な魂の利用 書評「おじさん」の欲望に抗す" 26 Jul. 2020. Web. 20 Jun. 2021. <https://www.tokyo-np.co.jp/article/44742>.

小川洋子"25年前の失われた世界の話が今「私たちの物語」として響くこと" 23 Sept. 2020. Web. 16 Jun. 2021. <https://www.waseda.jp/inst/weekly/features/specialissue-ogawayoko1/>.

栗原裕一郎"身体性が失われた機械、システムとしての軍隊を描く" 24 Sept. 2020. Web. 24 Jun. 2021. <https://www.bookbang.jp/review/article/640548>.

小林竜雄"「MISSING　失われているもの」村上龍著 書評 デビュー作誕生への軌跡" 19 Apr. 2020. Web. 16 Jun. 2021. <https://www.sankei.com/article/20200419-WKQ4JK24I5NY5F7G2EVDB6L6UI/>.

佐々木敦"複雑な物語　歪さが核心" 18 Jun. 2020. Web. 26 Jun. 2021. <https://www.tokyo-np.co.jp/article/35281>.

杉江松恋"機能不全の日本、飼い主に重ね" 21 Jun. 2020. Web. 21 Jun. 2021. <https://www.tokyo-np.co.jp/article/36800>.

竹永知弘"文芸誌が向き合った〈2020〉小説に取り込まれる世界の変化" 1 Jan. 2021. Web. 22 Jan. 2021.

<https://realsound.jp/book/2021/01/post-683860.html>.

武田砂鉄"遠野遥「破局」書評　自分をも突き放す虚無の奥には" 1 Aug. 2020. Web. 6 Jun. 2021.
<https://book.asahi.com/article/13595582>.

豊崎由美"芥川賞受賞作に込められた３つの不思議とは　～「首里の馬」" 30 Aug. 2020. Web. 6 Jun. 2021.
<https://fujinkoron.jp/articles/-/2478>.

藤田香織"本屋大賞・凪良ゆう「流浪の月」「常識」では表せない切実な絆" 21 Jul. 2020. Web. 22 Jun. 2021.
<https://book.asahi.com/article/13561537>.

保阪正康"吉田喜重「贖罪」書評　断片から本質へ　精緻につづる" 16 May. 2020. Web. 13 Jun. 2021.
<https://book.asahi.com/article/13376987>.

諸田玲子"直木賞受賞作・西條奈加「心淋し川」よどみに浮上する希望の灯" 2 Feb. 2021. Web. 23 Jun. 2021.
<https://book.asahi.com/article/14152854>.

横山耕太郎"「推すことの切実さ、文学にしてみたかった」21 歳の芥川賞作家・宇佐見りんインタビュー" 19 Feb. 2021. Web. 16 Jun. 2021.
<https://www.businessinsider.jp/post-229860>.

共同通信"中原中也賞に小島日和さん　詩集「水際」、若手詩人の登竜門" 13 Feb. 2021. Web. 27 Jun. 2021.
<https://nordot.app/733254863102017536?c=39546741839462401>.

好書好日"乗代雄介さん新刊「旅する練習」インタビュー　川沿い歩いた６日間、日時そのまま小説に" 16 Feb. 2021. Web. 7 Jul. 2021.
<https://book.asahi.com/article/14183705>.

"直木賞受賞！西條奈加著「心淋し川」'時代'という緩衝材をおいて切なさを描く" 7 Feb. 2021. Web. 16 Jun. 2021.
<https://www.nhk.or.jp/radio/magazine/article/my-asa/B-exUAoepV.html>.

"芥川賞－選評の概要－第 163 回｜芥川のすべて" 27 Aug. 2020. Web. 6 Jun. 2021.
<https://prizesworld.com/akutagawa/senpyo/senpyo163.htm>.

"芥川賞－選評の概要－第 164 回｜芥川賞のすべて" 3 Mar. 2021. Web. 6 Jun. 2021.
<https://prizesworld.com/akutagawa/senpyo/senpyo164.htm>.

"直木賞－選評の概要－第 163 回｜直木賞のすべて" 28 Aug. 2020. Web. 6 Jun. 2021.
<https://prizesworld.com/naoki/senpyo/senpyo163.htm>.

“直木賞－選評の概要－第 164 回｜直木賞のすべて” 8 Mar. 2021. Web. 6 Jun. 2021. <https://prizesworld.com/naoki/senpyo/senpyo164.htm>.

Motoko Rich. “Her Antenna Is Tuned to the Quietest Voices.” 2 Dec. 2020. Web. 7 Jul. 2021. <https://cn.nytimes.com/culture/20201202/yu-miri-tokyo-ueno-station/dual/>.

作者单位：北京外国语大学日语学院

2020年瑞士文学概览

陈　玮

内容提要：2020年是瑞士联邦出台2016—2020年支持出版与传播计划的第五个年头，也是该计划的收官之年。作为一个四语的多元文化国家，瑞士联邦的出版与传播支持政策有力保障了各语言区的文学创作，同时也促进了优秀文学作品的翻译与传播。虽然2020年的瑞士文学奖获奖作家的文学巡回阅读活动因新冠肺炎疫情而被取消，但广大读者仍能通过瑞士联邦文化局开辟的播客网站听到获奖作家的访谈与作品配乐朗诵。本文聚焦于2020年瑞士文学奖获奖作家的创作与翻译，以此呈现本年度瑞士文学概貌。

2020年是全球艰难抗击新冠肺炎疫情的一年。面对巨大挑战，瑞士联邦文化局坚持不懈地执行其2016—2020年支持出版与传播计划，通过互联网、播客等多种方式，支持各语区的文学创作与宣传，努力促进多元文化共存，增强文化凝聚力。

2020年，瑞士文学最重要的奖项包括：七个“瑞士文学奖”、一个“瑞士文学大奖”和一个“翻译特别奖”。瑞士文学大奖区别于其他七个瑞士文学奖，不是对一位作家过去一年出版的一部优秀作品进行嘉奖，而是针对一位杰出作家的整体创作进行突出表彰，获奖者可以是一生笔耕不辍、影响深远、具有文学史地位的著名文学家（类似于瑞士联邦文学领域的终身成就奖或杰出贡献奖），也可以是迄今为止创作丰富、主题深刻、影响广泛的卓越作家。

一、2020 年瑞士文学奖

2020 年，来自不同语区的七位作家获得瑞士文学奖，分别是：来自罗曼什语区的弗卢丽娜·巴德尔（Flurina Badel，1983— ），意大利语区的多丽丝·费米尼斯（Doris Femminis，1972— ），法语区的弗朗索瓦·德布吕埃（François Debluë，1950— ）、帕斯卡尔·亚诺夫亚克（Pascal Janovjak，1975— ），以及德语区的克里斯托夫·盖泽（Christoph Geiser，1949— ）、诺埃米·勒奇（Noëmi Lerch，1987— ）和德米安·利恩哈德（Demian Lienhard，1987— ）。他们均因过去一年中出版的一部优秀文学作品而获得嘉奖。

1. 弗卢丽娜·巴德尔的诗集《热带耳鸣》（*tinnitus tropic*，2019）

这部 125 页的诗集用罗曼什语（Romansh）写成，是一部引人入胜、富有创意的诗集。书名将阳光、异国情调、旅行的渴望和唤起丰富多产联想的热带（tropic）与刺耳、令人烦躁且不可避免的耳鸣（tinnitus）结合在一起，在声音（3 个尖锐的 /i/ 音）、图像和内容方面都令人焦躁恼火，这个融合对立面的标题也昭示了诗歌的创作程式。诗集中充满刺激、刺痛和矛盾的诗篇比比皆是，这在很多诗歌的题目中即可窥其一斑，例如："热带耳鸣（tinnitus tropic）""虚伪的至日（solstizi ipocrit）""战术切腹自杀（harakiri tactic）"或"售货亭的尼古丁（nicotin al kiosc）"等。在隐喻的层面上，作者使用声学（滴答声、尖叫声、技术低音炮）、视觉（目眩、眩光、电光）和物理（点、伤口、碎片、振动）的刺激作为主旋律。文本中还出现了长剑、军刀、大头针、鱼叉，以及美洲狮、刺猬、蚊子和尖嘴鸟等动物。

这部充满焦虑的诗集刺伤精神也暴露创伤，描绘了诗人在高速公路旅行途中的所见所想。主题所涉及的“外国人”抑或“陌生人”，正是当今的“文明世界”，一个产生消费社会、民粹主义和以个人主义或依恋抑制为表现形式的异化的世界，表达了诗人作为一个现代人，在写作、自我、社区和人类对自然的行为所带来的烦恼与矛盾中徘徊挣扎、不断更新的自我批判。

巴德尔以强烈的声音和图像打破了罗曼什诗歌的传统语言规范，她使用多种语言，借鉴德语和英语中的其他习语，整合新的表达方式，寻求并找到新的路径，一些鲜为人用的古语在她所构建的全新语境中听起来非常现代，反映了年轻一代的语言。

她创造性地大量使用修辞格和各种独特的隐喻，呈现出一种锐利的视觉表达效果：

甘菊茶

和写作
我摊开我的内在
感受肾脏和肝脏
搜肠刮肚地翻找
在绒毛和细胞中翻找
却一无所获
于是我重新打包

内脏和铅笔
回到未消化的家[1]（陈玮译，下同）

诗歌的张力和激荡，与一首诗首尾紧密相连的循环性有关，也与用作文体表现手段的换行有关，它们总会开启一些新的含意和视角，将诗歌变成模棱两可的文本，例如："我关上门 / 原地旋舞（突然改变主意）/ 打开窗户"或"我是水，找到 / 青苔 / 我是自恋的人（我在吸吮自己）"[2]。

弗卢丽娜·巴德尔巧妙地处理了语言间的相互激发，展现了令人惊奇的心灵视野和人与世界的关系，创作出激进、精确、凝练的诗歌。

2. 多丽丝·费米尼斯的小说《永远出去》（*Fuori per sempre*，2019）

这部小说讲述了20世纪70年代来自提契诺州小镇的20多岁的年轻女性朱莉娅的故事。她被城市生活所吸引，离开小镇来到日内瓦学习历史。大都市的生活让她深感自身的差异，并产生了困惑。由于对未来感到不安和担忧，她在自杀未遂后发现自己被送进了门德里西的精神病院。起初她并不愿意被困在医院的围墙内，但随着诸多事件的发生，她最终在医院里找到一个安全的避风港，并在那里加深了对自己的认识。书中主要围绕朱莉娅、其妹安娜丽莎和亚力克斯·桑德斯三个女子的故事展开。亚力克斯是医院的另一个病人，热情又莽撞，与朱莉娅友好亲密，并一次次试图带她逃跑。故事中间穿插讲述亚力克斯母亲的慢性抑郁症，以及她兄弟在山谷乡村的同性恋生活。

1 <https://www.viceversalitterature.ch/book/20495>.
2 Ibid.

朱莉娅逐渐康复的转折点是她了解到最好的朋友埃斯特班，就像“树枝间点亮的灯”[3]，与其父母笃志扎根在周围自然领土健康地生活，还有刚刚离异的精神病学家埃莱娜·索尔泰利的遭遇，以及女护士们的故事。

小说把我们带入精神病这个鲜为人知的艰难环境。作者以细腻和尖锐的文笔，从患者的经历和医疗人员的角度，呈现了能让读者感同身受的抑郁症，使我们在复杂的外部世界中也能真切体验住院的一幕幕情景。书中的医院完全不是我们经常构想的那样的一个与众不同的地方，而是一个宇宙——居住在里面的人，包括工作人员，都自然而然地紧密交织在一起。穿插延展的故事涉及广泛的社会生活主题——母女关系、夫妻关系、成年、自我与他人的关系、与领土的联系、城市与乡村生活、毒品、鲁莽、性、放纵、精神病学的历史和对一切不同意见的偏见。

费米尼斯创作了一部为多种声音提供空间的小说：所有其他的人都从主要故事中汲取灵感，一个故事总会引出他们各自亲人的故事，即使医院通常被认为是冷漠和匿名之地，它的背后也透出人的生活情况与担忧，医院因此构成了人类生活的一个关注点。

从语言的角度来看，描写妹妹安娜丽莎的部分最为出色。安娜丽莎与森林及在那里发现的一切有着深厚的联系，她不是通过语言而是通过大自然提供给她的材料来拥有这个世界。正是大自然这一元素为费米尼斯的语言提供了重要的养料，她受其启发，凭借语言强大的表现力，通过安娜丽莎自己用树叶、树皮、草叶、树枝组成的微缩模型，来展现其所描绘的情感、感觉和图像：“图里尼医生说过山毛榉。

---

3 <https://www.viceversalitterature.ch/book/19148>.

父母在它们的脸上画了花。蜗牛走了，刺猬也不见了。”[4]

多丽丝·费米尼斯设身于她所描述的特殊环境，以鞭辟入里的语言，创作了一部内容密集的小说。小说情节丰富、反思多样，通过所涉及的不同人的眼睛，敏锐而细腻地描述了精神障碍的现实。

3. 弗朗索瓦·德布吕埃的遐想小说《拉扎尔的第二次死亡》（*La Seconde mort de Lazare*，2019）

拉扎尔的死和复活起初是为了展现耶稣的神奇。他因复活而遭遇厄运，第二次死亡。但复活之后发生在拉扎尔身上的事《圣经》里鲜有记载，后人无从了解。在这篇近 300 页的遐想小说中，德布吕埃以自己的方式大胆想象，续写了拉扎尔复活后再遭厄运的故事。他借此遐想思考了耶稣的行为对人类的后果，并表明应相对地看待复活神迹。

德布吕埃首先设想拉扎尔复活前可能只是因不适暂时失去知觉而不是死亡，一反《圣经》里因病死亡的故事描述。这颇具现代医学的确诊意味又似乎暗含对宗教愚昧的反讽。尤其是德布吕埃的叙述使拉扎尔这一人物形象鲜活起来，仿佛他真的是大病一场，起死回生。拉扎尔待人宽厚亲切，正直慷慨，被人称赞。《圣经》记载的复活并没有详细说明它对拉扎尔可能造成的苦痛，而德布吕埃的叙述是拉扎尔睁开眼睛时变得迟钝愚笨，被噩梦困扰，头昏眼花，他努力辨认周围弯向他的面孔，痛苦地克服四肢麻痹，然后慢慢地恢复了表达能力。他被怀疑假装死亡，躲在墓穴里偷偷吃喝，是假先知约书亚的帮凶，目的是欺骗最易上当轻信的人。他还没有从病痛的折磨中恢复过来，就听说他的朋友约书亚在耶路撒冷被捕、遭受酷刑并且只经过仓促的

4 <https://www.viceversalitterature.ch/book/19148>.

审判就被处死。他因此怀有负罪感，并被悔恨所折磨。

生活还在继续，拉扎尔逐渐恢复了体力，但他的世界观发生了转变，这次意外给他带来的，说不上是一种新的生活。他现在经历的和以前并无太大不同：如今的生活只是变得更加忙碌和自由，但也令他倍感惊奇。拉扎尔以前常常瞥一眼而不去注意的东西逐渐产生了新的魅力。比如那些他觉得熟悉的地方，还有他在伯大尼或周围村庄遇到的男男女女，都引起了他的兴趣。

作品以朴实无华的方式，将一个乡村的旧世界展开：人们都是步行，节衣缩食，靠大地的物产养活自己，天气条件起着至关重要的作用。这绝不是一个田园诗般的世界：孩子们深陷焦虑和误解，试图通过游戏来解决问题，而成年人却无法理解游戏的深层动机；疾病侵袭和伤害任何年龄的生命，人们争吵，打架，犯罪，盗窃，欺诈，还有遗弃儿童和通奸；司法草率，惩罚沉重、残暴而致命——钉十字架、斩首、石刑。

这部小说的可贵之处在于，它描绘了我们完全可以理解并能体验到的一些感受——拉扎尔的沮丧、惶恐不安、历经考验后他与妻子日益疏远的关系，同时又将这一切置于一个生活方式与现在迥然不同的历史背景中：医学粗浅不精、缺乏心理治疗支持、不理解导致排斥异己、社会和司法制裁残酷无情。

拉扎尔决心充分利用给予他的缓刑时间，及时享乐。他变得贪婪、感性，对妻子以外的女人有着强烈的欲望。他曾发誓永远不会背叛妻子阿比盖尔，但当他爱上农场领班的妻子莎拉时，他食言了。他知道一个不忠的妻子会冒什么风险，也知道他会因违法行为而受惩罚，但这些都不能阻止他。两人的激情战胜了恐惧。结果东窗事发，莎拉因被判处极其残忍的酷刑而死亡。遭受打击的拉扎尔放弃了一切，回到他曾经在此钓鱼但现在看起来已毫无生气的湖边。岁月流逝，他的悲伤和困惑与日俱增："他的生命，他的第二次生命，真的值得活吗？拉扎尔越来越怀疑了。"[5]

从德布吕埃作品的角度看，《圣经》中所呈现的友好行为和神迹——将拉扎尔从死亡中拯救出来——似乎是一种残忍和自私的行为，它首先基于耶稣的旨意来证明其上帝之子的地位赋予他的力量。但我们很少知道拉扎尔的感受，或是他后来如何生活。这种为《圣经》故事赋予人性和戏剧性维度的考量，使《拉扎尔的第二次死亡》读起来令人着迷、感动，同时又引人反思。弗朗索瓦·德布吕埃的遐想证明，与创始叙事保持批判距离是有益身心健康的，它为拉扎尔这一《圣经》人物的历史命运提供了一种既现实又诗意的别样愿景。

4. 帕斯卡尔·亚诺夫亚克的小说《罗马动物园》(*Le Zoo de Rome*，2019)

这部小说是一次穿越时空的旅程，作者将史实与虚构并置，并通过各章节巧妙地交织在一起。叙事沿着两条逐渐融合在一起的故事线索进行。其中一条围绕罗马动物园展开，读者犹如在罗马动物园中漫步，通过发现这个动物园及其动物的演变，重温了意大利从 1911 年至今的历史。以动物为轴心的旋转舞台上，20 世纪的见证者悉数登场：动物贩子、疯狂但绝顶聪明的建筑师、大腹便便的动物园园长、不择手段的无良兽医、悲伤的守卫和突然变成当地明星的食蚁兽，还有墨索里尼、教皇甚至萨尔曼·拉什迪。另一条则围绕一个紧张而忧郁的浪漫故事缓缓展开，讲述沙欣·加尔比和焦万娜·迪斯特凡诺不协调的邂逅。前者是受雇于一个保密项目的阿尔及利亚建筑师，后者

5 Debluë, François. *La seconde mort de Lazare*. Rivaz: Editions l' Age d' Homme, 2019, p. 216.

是濒临破产的动物园新任命的公关主任。两个中年人，没有任何特质，似乎先天注定无法成为浪漫故事的真正主角。这两人虽不令人反感，但都有些乏味，处事简练，又有点疲倦，这与他们各自肩负的动物园的使命不无关系。

小说中两条故事线巧妙融合，多视角地探索了饲养动物的多样化所产生的问题和由此引发的人与自然以及人与自身的关系。

书中的大量逸事偶尔温柔动人，更多的是辛辣的讽刺，时而又冷酷无情。例如，动物园里有一只受过法西斯式敬礼训练的棕熊，当你给他糖果时，这只大野兽会站起来伸出手臂——游客兴趣盎然，乐此不疲地喂食，直到满嘴甜食的棕熊饱腹倒下。另有一头墨索里尼的母狮，名叫“意大利（Italia）”，是动物园在20年代末接受的捐赠。领袖注意到动物园就像整个国家一样衰败，就梦想扩大罗马的动物园，以与柏林和伦敦的动物园竞争，毕竟一个帝国的活力与其动物园的规模成正比。书中还提到德国的动物园，纳粹种族主义在其狂妄时期，曾试图通过基因选择实验重新创造灭绝的动物物种，如原牛或泰班野马，这些实验产生了可怕的生物。

而在新走马上任的焦万娜那里，她认为无法重振每况愈下的动物园，尤其是在她面临的死气沉沉和厌恶女性的工作环境中。然而，当动物园碰巧拥有最后一个活标本塔曼丁（tamandin，作者发明的新词，一种介于食蚁兽和穿山甲之间的动物）时，又重新吸引了公众的关注，并掀起一场真正的媒体浪潮。神秘动物入场，更确切地说是它即将退场，终于打乱了记忆和虚构交替的单调节奏。奥斯卡（Oscar），这只最后的塔曼丁，孑然一身，在它围场的灰尘中顾影自怜，面对人群，就像面对过去围在断头台或绞刑架前的一群人……

在庆祝意大利统一50周年之际开设的罗马动物园，希望重拾昔日的辉煌，在地球上创造一个真正的天堂。然而，动物园只是一个失落的天堂的幻象，并不能庇护生灵，却为观众提供了生死奇观的现场：长颈鹿的死惊心动魄，就像一棵被砍倒的树——轰然倒塌。

书中写道："经常去动物园的人，他们总是有问题，或是有一群牵在手上的孩子"[6]。亚诺夫亚克以黑色幽默和独特而巧妙的笔法勾勒历史，重写现在。他并不满足于为动物园勾画一幅赤裸裸的肖像，那里的动物被圈禁在一个扭曲它们行为的舞台上，与此同时揭示了人性的阴暗面。作者貌似在谈论动物，实际上是在谈论人。但谈到人时，又将他们称为动物。动物园本身变成了罗马城的讽刺寓言，反映了人与自然的关系和卑微的人类状况。

5. 克里斯托夫·盖泽的故事集《错过的地方》（*Verfehlte Orte*，2019）

故事集《错过的地方》分为五个部分，是关于一些地方——柏林、威尼斯、鲁珀斯维尔（Rupperswil，多起谋杀案现场）等——的五个故事。它将报道和私人生活联系起来，回顾了作家丰富的经历。

第一个故事《沙蜥蜴的恐惧》（*Die Vergrämung der Zauneidechse*）融合了叙述者在柏林生活的不同阶段的经历和情节。盖泽总是用代词"我们"作为叙述者指称自己。这个故事中的"我们"还包括一名共产主义者，他曾与一位从瑞士移民的东德崇拜者保持半官方的联系，或者是一位正在参与研究威胁稀有沙蜥蜴种群因素项目的人，还有一个被挖出的破碎的列宁雕像。作为考古学家，盖泽用这个"我们"来

6 <https://www.viceversalitterature.ch/book/18647>.

叙述，揭示了他在柏林生活的各个层面。

中间的三个故事都是向博物馆致敬，那是叙述者热爱和不会错过的地方。去博物馆意味着避开其他可能更热闹的地方。在对早年生活的很多倒叙中，作者讲述了 1983 年艾滋病的发生将他从传说中的柏林同性恋“户外围场”（Freigehegen）驱赶到达勒姆博物馆（Dahlem-Museum），在那里他偶然发现了卡拉瓦乔（Michelangelo Merisi da Caravaggio，1571—1610）的丘比特（Cupid），这是他对博物馆上瘾的时刻。德国 19 世纪画家阿道夫・门采尔（Adolph Menzel，1815—1905）代表了一种直接、现实的世界观，倍受作者青睐，书中充满了他对画家作品的精湛描述。盖泽将威尼斯描述为一座博物馆城市，但他在这里旅行时并没有宾至如归的感觉。无数乞丐都是同一群人的幽灵般的印象，时刻需要定位的迷宫般的小巷，在圣米歇尔公墓岛（Friedhofsinsel von San Michele）上小便的强烈冲动，可能都是导致游览挫败的原因。

最后一个故事涉及几年前发生过多起谋杀案的鲁珀斯维尔，案件悬而未决，让瑞士公众忧心忡忡。这篇带有无数题外话的文本是盖泽自己写的一份法庭报告，更准确地说，是一份关于常规的法庭报告缺失的报告。错过的地方就是法庭，作为记者的作家被拒绝进入法庭，因此他只能坚持媒体报道。通过推测和想象犯罪，文本再现了骇人听闻的事情，但这也遭到反驳。报告中的凶手是恋童癖者，是一个处于社会边缘、梦想成为正常公民的局外人，而报告的作者在讲述时也揭露了自己被边缘化的遭遇，令人深思。

随着作者的观察和讲述，一些错过的东西变成了收获。我们不仅能面对各种特殊的叙述者形象，而且还了解了很多关于某些地方及其历史、艺术作品、刑事案件的知识。互联网在这方面发挥了积极作用，因为它具有扩大视野和破坏即时性的潜力。叙述者一次又一次地将研究结果输入到文本中，逐渐发展出对互联网的种种预测、记忆和研究。如何生活在即时性的“信息时代”？盖泽将记忆、知识和映像同时推送到人们面前，并以交叉引用的方式将五个故事融合为一个整体，讲述了他对这些地方获得的多方面体验。

《错过的地方》是一本非常个人化的书。作者向读者敞开心扉，不仅讲述了非常具体的经历，而且提供了对当今制造和错过体验的基本见解，可见，盖泽是一位反思性强、语言生动犀利的作家。

6. 诺埃米・勒奇的小说《女农》（*Die Pürin*，2019）

《女农》讲述了一个失恋姑娘的故事，她在痛苦的分离后不知如何处理自己的生活，于是决定回到故乡，在格劳宾登州的一个农场做助理工作，后来她终于感悟人生哲理，开始了新的生活。

原书标题中的“Die Pürin”在这部小说中就像一个专有名词，女农不是随便哪个农妇，也不是农夫的妻子，她是“女农”——一个通过无名第一人称叙述者的视角被介绍并拉近给读者的独特女性。女农想作为女性独自一人成为农民。这个第一人称叙述者就是女农的助理。“在这个充满无限可能的世纪，为什么不做女农？”[7]这是女农在小说的序言中对自己的提问。

这是一部篇幅不长的循环小说，由序言和五个章节组成，以季节命名：故事开始于一个秋天，结束在下一个秋天。女农的助理用简短的句子写日记，向不辞而别的男友讲述农场的工作、动物、村里的人、她去世的祖父母。她用现在时和祖母说话，仿佛她还在这个世界上。已离去的男友也重回记忆，加入了她们的对话，好像他也在现

7 <https://www.viceversalitterature.ch/book/12557>.

场。几个声音交织在一起，渐渐模糊了言语与沉默、人物与动物、生者与死者的边界。在简单的、近乎突兀的句子背后，闪烁着未实现的爱情的记忆、对失去亲人的哀悼，以及对死亡和渴望的体验，呈现出第一人称叙述者丰富的内心生活。她在日记中写下了与男友的关系："我们之间从未有过问候，也从未有过告别"[8]。这正是整个故事所传达的：有些东西是永恒的，同时也是转瞬即逝的。

小说语言质朴，对风景的描绘富有视觉效果，对人和自然关系的描述与梦境和记忆场景交织在一起，形成了一个内容丰富的叙事文本。

7. 德米安·利恩哈德的小说《我是我妈妈警告过的那个人》(*Ich bin die*，*vor der mich meine Mutter gewarnt hat*，2019)

小说讲述了阿尔巴、杰克、杰罗德及其同学的故事。故事发生在20世纪70和80年代，当时的经济发展正在吞噬一代青年。他们看起来很随意，但大都是绝望的。他们离开家乡去苏黎世，但那里的AJZ青年自治中心已经关闭。他们无处安身，穷困潦倒，依靠毒品聊以慰藉，却难以真正奏效。在苏黎世，年轻人前往街头路障，他们为文化自由、住房短缺、毒品泛滥和监视而斗争。叙述者阿尔巴失去过同学、姐姐和两个父亲，经历了失身、流产、困顿和毒品的折磨。她在日常生活中表现出的冷漠和散漫，再现了她那一代人深层的生存困境。德米安·利恩哈德在书中描绘了背井离乡、在城市里寻求自由的年轻人，反映了青春的欲望和情感。

小说找到了一种恰如其分的声音，在不加掩饰的情况下保持了随意与严肃之间的平衡。开始还轻松好读的故事，随着主人公的人生变

8 <https://www.viceversalitterature.ch/book/12557>.

幻，逐渐变成了一部绝对黑色的悲喜剧，让人回想起那个 80 年代。接近尾声时，作者化身为一个在哈尔维尔湖（Hallwil）沐浴的 6 岁儿童，他从阿尔巴那里收到一个冰淇淋，这一年已是 1993 年了。“没有 H，没有可乐，没有狗屎巴比妥酸盐，没有催眠药，没有……”[9] 作者设想，如果再写一次，也许会是个美好的结尾。

二、2020 年瑞士文学大奖

2020 年瑞士文学大奖授予了德国–瑞士双国籍女作家西比勒·贝格（Sibylle Berg，1962— ），以表彰她杰出的文学成就。贝格于 1997 年出版第一部作品《几个人在寻找幸福，笑得开心死了》（*Ein paar Leute suchen das Glück und lachen sich tot*），迄今已撰写了 15 部小说和 14 部戏剧及广播剧。代表小说有《谢谢你的一生》（*Vielen Dank für das Leben*，2012）、《精彩岁月》（*Wunderbare Jahre*，2016）和《污渍音乐 GRM–脑残》（*GRM-Brainfuck*，2019）等；代表剧作包括《几个人在寻找幸福，笑得开心死了》（1999 年在德国斯图加特的前沿剧院首演）、《狗，女人，男人》（*Hund*，*Frau*，*Mann*，2001）、《然后米尔娜来了》（*Und dann kam Mirna*，2015）和《仇恨–三联画–摆脱危机的出路》（*Hass-Triptychon-Wege aus der Krise*，2019）等。贝格的作品已先后被译成 34 种语言。

贝格自 2008 年以来获奖无数，2019 年更是连获四奖，包括两年一度的德国图林根文学奖（Thüringer Literaturpreis）、卡塞尔怪诞幽默文学奖（Kasseler Literaturpreis für grotesken Humor），最新出版的小说《污渍音乐 GRM–脑残》获得 2019 年瑞士图书奖（Schweizer

9 <https://www.viceversalitterature.ch/book/18871>.

Buchpreis)，新剧作《仇恨–三联画–摆脱危机的出路》获 2019 年奥地利内斯特罗伊最佳剧目奖（Nestroy-Theaterpreis）。

首演于维也纳人民剧院的《仇恨–三联画–摆脱危机的出路》是由柏林马克西姆·高尔基剧院和维也纳音乐节联合制作的。奥地利主要媒体之一《标准报》（*Der Standard*）认为："贝格文本的主题是渗透到社会中的仇恨，主要来自降级的中产阶级，因为他们曾享有的某些东西被剥夺了：工作、社交互动、性、未来、家庭、童年、普罗旺斯的假期。但如果这种对晚期资本主义的批评不以一种玩世不恭的密集指控来呈现，就不会是西比勒·贝格的风格。"[10] 贝格以犀利又极具怪诞与幽默的方式，夸张地展现现实中的种种矛盾与紧张，最后归结为通过暴力释放：被抛弃的人在横冲直撞。看贝格的戏剧，整体印象不是谴责，更多的是对社会问题的戏剧性展示。如果走出现实困境的出路归为暴力，这或可成为西比勒·贝格作品的一点缺陷？值得讨论。

荣获 2019 年瑞士图书奖的小说《污渍音乐 GRM–脑残》，讲述了来自英格兰西北部的四个孩子的故事。他们因饱受贫困、暴力和虐待之苦而走到一起，对污渍音乐 grime（或 GRM）的热爱，表达了他们对现实生活的憎恨和向造成其苦难的人进行报复的决心。小说展现了渴望复仇的他们来到伦敦后的奋斗经历，刻画了他们遭遇的各式人物，其中有堕落的保守派、阴谋论者、在狂妄自大和无能之间摇摆不定的程序员、愤世嫉俗的秘密特工、业已发展出自己独特生活的计算程序，还有大量的失败者，他们如今只能通过虚拟现实重温自己悲惨的过去聊以度日。但是，当四个孩子试图在城郊的一家废弃工厂

10 <https://sibylleberg.com/en/plays/hate-triptych-ways-out-of-the-crisis>.

中为自己建造一个家时，最初的杀手小分队变成了一个临时却温暖的家。

书中还对当代欧洲社会的核心问题提出了质疑：气候变化、人工智能、极右翼势力的崛起以及监控的无情扩张会导致什么？

贝格的小说和戏剧作品反思现实，影响广泛，瑞士联邦文学评审团认为她是当代德语文学富有创意、积极介入和不可缺少的一个声音。

三、2020 年瑞士翻译特别奖

本年度翻译特别奖获得者是玛里昂·格拉夫（Marion Graf，1954— ）。

格拉夫为佐埃出版社（Éditions Zoé）及许多瑞士德语区和俄罗斯的小说家与诗人等翻译作品，将德语和俄语译成法语，可谓译作等身。这些人包括：小说家罗伯特·瓦尔泽（Robert Walser，1878—1956）、马尔库斯·维尔纳（Markus Werner，1944— ），诗人克劳斯·梅尔兹（Klaus Merz，1945— ）、埃里卡·布尔卡特（Erika Burkart，1922—2010）、安娜·阿赫玛托娃（Anna Akhmatova，1889—1966），作家和艺术家埃里卡·佩德雷蒂（Erica Pedretti，1930— ），儿童文学作家于尔克·舒比格（Jürg Schubiger，1936—2014），诗人和小说家康拉德·费迪南·迈耶（Conrad Ferdinand Meyer，1825—1898），小说家和演员弗兰茨·霍勒尔（Franz Hohler，1943— ），哲学家和作家弗拉基米尔·奥多耶夫斯基（Vladimir Odoïevski，1803—1869），以及不久前荣获 2019 年瑞士文学大奖的作家苏珊娜·加泽（Zsuzsanna Gahse，1946— ）。玛里昂·格拉夫除了孜孜不倦地投身于自己热爱的文学翻译工作，还为培训年轻翻译做出了贡献。此外，她还负责编辑出版《文学杂志》（*La Revue de Belles-Lettres*），并积极从事文学评论，尤以论诗见长。

结语

2020 年是瑞士联邦 2016—2020 年支持出版、鼓励文学创作一系列新政实施后的第五个年头，也是该项计划的收官之年。得益于这一五年计划的实施，瑞士作家笔耕不辍，新人辈出，瑞士文坛的文学创作与翻译传播始终呈现出活跃的势头。2020 年瑞士文学奖获奖作品与以往相比，较少涉及移民主题，重视反思当代社会，包括弱势群体的生活困境、人与自然和动物的和谐共处、对种族歧视的批判、大数据时代的个人安全，以及成长的烦恼与困惑，等等。获瑞士文学大奖作家的作品也对当代欧洲社会的核心问题提出了质疑。

参考文献：

Badel, Flurina. *tinnitus tropic*. Guarda: editionmevinapuorger, 2019.

Berg, Sibylle. *Ein paar Leute suchen das Glück und lachen sich tot*. Leipzig: Reclam, 1997.

—. *Chercher le bonheur et crever de rire* . Traduction de Yasmin Hoffmann et Maryvonne

Litaize. Nîmes: J. Chambon, 2000.

—. *Chien, femme, homme* [*Hund, Frau, Mann*]. Traduction de Pascal Paul-Harang. Paris: L'Arche, 2012.

—. *Vielen Dank für das Leben*. München: Hanser, 2012.

—. *Der Tag, an dem meine Frau einen Mann fand*. München: Hanser, 2015.

—. *Wunderbare Jahre*. München: Hanser, 2016.

—. *GRM-Brainfuck*. Köln: Kiepenheuer & Witsch, 2019.

—. *Hass-Triptychon – Wege aus der Krise*. Wien: Rowohlt Theater Verlag, 2019.

Debluë, François. *La seconde mort de Lazare*. Rivaz: Editions l'Age d'Homme, 2019.

Femminis, Doris. *Fuori per sempre*. Le Sentier: Marcos Y Marcos, 2019.

Geiser, Christoph. *Verfehlte Orte*. Bern: Secession Verlag für Literatur, 2019.

Janovjak, Pascal. *Le Zoo de Rome*, Actes Sud (Rome, Italie) .

Lerch, Noëmi. *Willkommen im Tal der Tränen*. Aquila: Verlag die Brotsuppe, 2019.

Lienhard, Demian. *Ich bin die, vor der mich meine Mutter gewarnt hat*. Baden: Frankfurter Verlagsanstalt, 2019.

<http://www.viceversalitterature.ch>. Web. 4 May. 2021. (《反之亦然文学》年刊网站）

<http://www.bak.admin.ch/aktuelles/index.html?lang=fr>. Web. 19 Jun. 2021.（瑞士联邦文化局网站）

<https://www.schweizerkulturpreise.ch/awards/fr/home/literatur/literatur-archiv/literatur-2020/podcast.html>. Web. 29 Jun. 2021.（瑞士联邦文化局播客网站）

作者单位：北京外国语大学法语学院

2020年塞尔维亚语文学概览

洪羽青

内容提要：2020年，塞尔维亚语文坛的几个重量级文学奖项基本由享有声誉的作家、文学评论家及学者获得，而获奖作品均以对历史的回溯与探索、对文化传统的关注与思考为主题。本文将以塞尔维亚语文坛主要文学奖项、主流媒体与文学评论家的评价与推介、2020年塞尔维亚语文坛大事件为主线，概述2020年塞尔维亚语文学发展情况。

一、塞尔维亚语文坛的重要奖项及获奖作品

1.《通讯周报》奖（NIN-ova nagrada）

《通讯周报》奖在塞尔维亚、波斯尼亚和黑塞哥维那、黑山等国文学界有巨大的影响力，在巴尔干地区的影响也很大。2020年1月25日，《通讯周报》奖评审团宣布，第67届《通讯周报》奖桂冠由斯维蒂斯拉夫·巴萨拉（Svetislav Basara，1953— ）摘得，获奖小说为《反内啡肽》（*Kontraendorfin*，2020）。

斯维蒂斯拉夫·巴萨拉，1953年出生于塞尔维亚境内的巴伊纳巴什塔（Bajina Bašta）。他是一名多产的作家，著有40余部小说、戏

剧和散文，是多项国内外奖项的获得者。小说《有关骑行者的谣言》（*Fama o biciklistima*，1987）被评论界视为20世纪末塞尔维亚文学的重要文学作品之一[1]，《帕金森的起与落》（*Uspon i pad Parkinsonove bolesti*，2006）获得了2006年《通讯周报》奖。

本年度获奖作品《反内啡肽》以主人公画家斯托伊科维奇（Stojković）向“我”讲述其爷爷在战争时期被枪杀的事件为主线，穿插对塞尔维亚民族文化标志性人物的探讨。巴萨拉借主人公斯托伊科维奇之口质疑了长期以来被视作民族文化标杆的伊沃·安德里奇（Ivo Andrić，1892—1975）、戴珊卡·马克西莫维奇（Desanka Maksimović，1898—1993）、米洛万·吉拉斯（Milovan Đilas，1911—1995）的神圣性与不可侵犯性。他将塞尔维亚近现代历史、文化和政治之中的自满和拒绝反思的心态作为主题，以幽默、反讽以及怪诞的夸张质疑蕴含在所谓民族文化“神话”之中的非批判性崇拜心态、意识形态激情和疯狂的民族自豪感。

《反内啡肽》是一本对话体小说，斯托伊科维奇和“我”的对话贯穿全书。巴萨拉以大段且不间断的语句、犀利又带有黑色幽默的用词清晰地刻画出了斯托伊科维奇临终前喋喋不休又非常具有质疑精神的形象。本书语言流畅、犀利，又因以对话为主而极具生活气息。

当被问及小说《反内啡肽》创作的最初或关键动机是什么时，巴萨拉坦言：书名“反内啡肽”中的“内啡肽”是指在下丘脑产生的一种酶（内啡肽），“与给人带来快感的内啡肽相反，我在小说中虚构了一种给人带来不幸的荷尔蒙，即‘反内啡肽’。我在这本小说里表达出了这样的观点，即造成人们对历史误解的原因不是历史环境，而是

1　摘自大卫·阿尔巴哈里（David Albahari）书评。
<https://dereta.rs/p/5342/Fama-o-biciklistima>.

荷尔蒙失调；我们需要的不是人道主义，而是医疗手段的帮助”[2]。

巴萨拉认为自己在创作初期的动机以自己的心理活动为主，是对日常平庸和伤感的一种升华，也是对个人的、内部的困难的一种艺术处理和文学塑造。巴萨拉观察出，自 20 世纪 80 年代末开始，塞尔维亚社会中出现了一种集体性的文化瘾症。探究这种瘾症成为他写作的动机。“当我准备开始写作时，我读了一本非常有趣的书，医生、哲学家乔治·康吉莱姆（Georges Canguilhem，1904—1995）写的《正常与病态》（*Le normal et le pathologique*，1966）。我读到一处，大致是说：病态只是相对于正常而言的病态，对自己而言不仅正常，而且比正常更能发挥功能。我的这本新书描绘了一幅图景：我们的社会百病缠身，却对自己非常自恋。”[3]

泰奥菲尔·潘契奇（Teofil Pančić，1965— ）认为巴萨拉的《反内啡肽》“通过引入‘反内啡肽’这一符号作为南部斯拉夫民族的一个关键生物特征，将塞尔维亚社会中的每个人和每件事物纳入审视的目光之下，并将其置于一面全知的镜子前”[4]。本书由夸张的场景、夸张的观点及夸张的结论这样一个超现实的矩阵组成。作者不仅探寻了塞尔维亚社会、文化、历史、政治的根基，甚至探寻了整个现代世界的基础，并对这种基础发出了质疑的声音。

2. 梅沙·塞利莫维奇年度图书奖（Nagrada Meša Selimovićza knjigu）

伊戈尔·马罗耶维奇（Igor Marojević，1968— ）的小说《世界

2 摘自作者巴萨拉采访稿。<https://www.laguna.rs/laguna-bukmarker-svetislav-basara-knjizevnost-je-realnija-od-realnosti-unos-17309.html>.

3 摘自作者巴萨拉采访稿。<https://www.laguna.rs/laguna-bukmarker-svetislav-basara-desanka-maksimovic-je-u-sustini-jedva-osre-unos-16127.html>.

4 摘自《通讯周报》奖评审团的颁奖词。<https://nova.rs/kultura/svetislav-basara-dobitnik-ninove-nagrade-za-roman-godine/>.

的遗存》（*Ostaci sveta*，2020）高票获得了第 33 届梅沙·塞利莫维奇年度图书奖。

马罗耶维奇长期从事小说、散文、戏剧的创作以及西班牙语文学作品的翻译活动，主要代表作有：《二十四面墙》（*Dvadeset četiri zida*，1998，2010）、《真正的贝尔格莱德女人》（*Prave Beograđanke*，2017）、《他者》（*Tuđine*，2018）等。

《世界的遗存》以 20 世纪欧洲大陆上的重要战争为主线，讲述了主人公经历的数次战争及在战争期间发生的故事。从时间与空间维度看，故事情节覆盖了从西班牙内战到亚塞诺瓦茨集中营[5]，再到 20 世纪 90 年代末北约轰炸南斯拉夫联盟这一段漫长的历史，呈现了在被称为"集中营的世纪"里人类的苦难史。评论家佐兰·博格纳尔（Zoran Bognar，1965— ）认为，该作品是"一个伟大的尝试"，"无疑是马罗耶维奇最好的作品"。[6] 评论家伊戈尔·佩里希奇（Igor Perišić，1974— ）则认为：在小说《世界的遗存》中，马罗耶维奇穿越整个欧洲空间，叙述者们轮番讲述 20 世纪的苦难故事，从世纪初的西班牙内战到世纪末北约对南斯拉夫联盟的轰炸。从叙事技巧上看，作者运用多视角叙事，增强了小说在历史性上的说服力，也凸显了写作方式的新颖性。[7]

值得一提的是，《世界的遗存》不仅获得了梅沙·塞利莫维奇年度图书奖，还斩获了 2020 年贝尔格莱德市颁发的专制君主斯特

---

5 亚塞诺瓦茨集中营，由克罗地亚的法西斯政权克罗地亚独立国于 1941 年建立，位于亚塞诺瓦茨附近。该集中营是唯一一个非纳粹德国运营的灭绝营。1945 年 4 月，亚塞诺瓦茨集中营关闭。该集中营的主要屠杀对象是塞尔维亚人、犹太人和罗姆人。

6 摘自书评。
<https://dereta.rs/p/11220/Ostaci-sveta>.

7 同上。

凡·拉扎列维奇文学奖（Književnost“Despot Stefan Lazarević”）[8] 以及《特洛诺莎编年》文学奖（Nagrada“Tronoški rodoslov”）[9] 等多个奖项。

3. 安德里奇奖（Andrićeva nagrada）

伊沃·安德里奇是南斯拉夫著名文学家、诺贝尔文学奖得主，代表作品有《德里纳河上的桥》（*Na Drini ćuprija*，1945）、《特拉夫尼克纪事》（*Travnička hronika*，1945）等。1975 年，为纪念安德里奇伟大的文学实践与成就、鼓励优秀的塞尔维亚语文学作品创作，伊沃·安德里奇基金会根据安德里奇遗愿，设立了安德里奇奖。2020 年，第 43 届安德里奇奖的桂冠由安杰尔科·阿努希奇（Anđelko Anušić，1953— ）摘得，其获奖作品为短篇小说《风的传说》（*Legenda o v*（*j*）*etrom vijanima*，2019）。

安杰尔科·阿努希奇出生于波斯尼亚和黑塞哥维那，是波黑塞族共和国著名的诗人、散文家、文学评论家，代表作品有《闪电之前，风暴之后》（*Pre bleska*，*a posle oluje*，2012）、《无名者的墓志铭》（*Epitafi za neznane*，2015）等。

《风的传说》集中展现了生活在军事边界地区的塞族不断被驱逐和流亡的遭遇。主人公们回到故土，发现故乡已经物是人非。空间里物质的一切都被掠夺、破坏，同时在精神上被亵渎。“故土”这个空间的精神以及回归者的精神面貌都发生了变化。塞族英雄们经历了家园毁灭的悲伤，语言消失的无奈，以及随之而来的文化消弭的痛苦。本书语言特色突出，主人公们的对话体现了克罗地亚–塞尔维亚边境

---

8 专制君主斯特凡·拉扎列维奇是塞尔维亚传奇英雄拉扎尔大公（Knez Lazar）之子。1389 年，拉扎尔大公在抗击奥斯曼人入侵的科索沃战役中牺牲，随后斯特凡·拉扎列维奇成为统治者，延续了塞尔维亚的民族与文化传统，因此备受赞誉。专制君主斯特凡·拉扎列维奇文学奖一般颁发给对塞尔维亚民族文化有贡献的文学作品。

9 《特洛诺莎编年》是现存年代最为久远的塞尔维亚编年史作品，对塞尔维亚历史与文化具有重要意义。

地带多民族混居地区的语言特色；叙事风格也独树一帜，作者将时空转换、时间倒置等多重叙事手法穿插融合，展现了多时空、多角度的叙事特色。

评审团认为，该作品以艺术手法暗示了人类的命运。命运在书中主人公们的家园和生活中浮现，在家园丧失、文化失落的现实和对故土的传说之间扭曲。正如评审团指出的，作品“保留了主人公们所有空间和时间层面的语言特色；在这些词汇和句法里不仅保留了主人公们的也保留了我们的文学和文化记忆”[10]。

4. 伊沃・安德里奇大奖（Velike nagrade Ivo Andrić）

著名电影导演埃米尔・库斯图里卡（Emir Kusturica，1954—　）在伊沃・安德里奇的故乡——波斯尼亚和黑塞哥维那的维舍格勒（Višegrad）建立了安德里奇研究所（Andrićev institut）。此研究所于2016 年设立了伊沃・安德里奇大奖，主要表彰对塞尔维亚语文学有特殊贡献的作家以及最佳图书。

2020 年伊沃・安德里奇大奖最佳图书的获奖作品是诺贝尔奖获得者彼得・汉德克（Peter Handke，1942—　）的小说《第二把剑：五月故事》（*Das zweite Schwert: Eine Maigeschichte*, 2020）；伊沃・安德里奇大奖终身成就奖则由米洛万・达诺伊里奇（Milovan Danojlić，1937—　）获得。

获得终身成就奖的米洛万・达诺伊里奇 1937 年出生于塞尔维亚，是塞尔维亚科学与艺术院成员，曾任塞尔维亚文学家协会会长一职，长期从事小说、散文与诗歌的创作。达诺伊里奇曾凭借小说《解放者

---

10 摘自安德里奇奖评审团颁奖词。
<https://www.dnevnik.rs/kultura/knjiga/dodelena-andriceva-nagrada-piscu-andelku-anusicu-09-10-2020>.

与叛逃者》（*Oslobodioci i izdajnici*，1997）斩获第 44 届《通讯周报》奖。散文集《穿越庭院的年代》（*Godina prolazi kroz avliju*，1992）获得第一届布兰科·乔皮奇文学奖（Nagrada Branko Ćopić）。此外，他还获得过伊西多拉·塞库利奇文学奖（Nagrada Isidora Sekulić）、戴珊卡·马克西莫维奇文学奖（Nagrada Desanka Maksimović）等众多奖项。

在汉德克的新书《第二把剑：五月故事》中，有一名记者诽谤主人公已故的“神圣”母亲为“纳粹的追随者”，主人公以笔为剑开展了一场为母亲正名的复仇运动。汉德克本人因出席塞尔维亚前总统斯洛博丹·米洛舍维奇（Slobodan Milošević，1941—2006）的葬礼并发表演说而被西方媒体批评为“支持种族清洗政权”，2019 年获得诺贝尔文学奖更是使他陷入重重争议。面对众多记者的质问，汉德克粗鲁甚至无礼的态度更是激怒了许多人。2020 年 2 月，这本“复仇之书”出版。虽然出版社不断强调此书写于获得诺贝尔文学奖之前，但书中的内容与作者本人经历的相似性仍引起读者和评论界的联想。

评审委员之一作家穆哈莱姆·巴兹杜利（Muharem Bazdulj，1977— ）为汉德克的《第二把剑：五月故事》被评为最佳小说感到高兴：“因为在诺贝尔奖之后给他颁发奖项似乎是一个‘没有风险的常规动作’”[11]。但实际上，2019 年汉德克获得诺贝尔文学奖在塞尔维亚争议不断[12]。此次安德里奇研究所将最佳图书奖颁给了之前在塞尔维亚文坛和世界文坛引起争议的汉德克，再一次在塞尔维亚语文坛引发了讨论。

---

11 摘自巴兹杜利的采访稿。<https://www.laguna.rs/laguna-bukmarker-velika-nagrada-ivo-andric-za-handkeov-roman-drugi-mac-unos-17066.html>.

12 金莉、王丽亚：《外国文学概览：2019》，北京：外语教学与研究出版社，2020 年，第 391 页。

5. 焦尔杰·约万诺维奇奖（Nagrada Đorđe Jovanović）

焦尔杰·约万诺维奇奖由焦尔杰·约万诺维奇图书馆于1967年设立，意在纪念文学家、文学评论家、革命家焦尔杰·约万诺维奇在文学理论和文学批评方面的贡献。焦尔杰·约万诺维奇（Đorđe Jovanović，1909—1943）是塞尔维亚超现实主义流派中最活跃、最激进的作家之一，创办了《此时此地的超现实主义》（*Nadrealizam danas i ovde*）、《痕迹》（*Tragovi*）等文学杂志，并长期在《我们的现实》（*Naša stvarnost*）中的文学评论专栏发表文章。他因从事共产主义宣传活动于1933年被南斯拉夫王国政府投入斯雷姆斯卡·米特洛维察（Sremska Mitrovica）监狱，于1943年被内迪奇傀儡政府处决。为纪念其在文学理论及文学批评方面的成就，其生前发表的文章被编纂成文集《付款后就穿上》（*Plati pa nosi*，1948）出版。

2020年获焦尔杰·约万诺维奇奖的学者为莉莉安娜·佩希坎·柳什塔诺维奇（Ljiljana Pešikan Ljuštanović，1954—　），获奖作品为理论著作《为你写一个故事：口头文学和传统文化在塞族书面文学和当代文化中的反映》（*Pišem ti priču: refleksi usmene književnosti i tradicionalne kulture u pisanoj književnosti i savremenoj kulturi Srba*，2020）。该著作以塞尔维亚民族文学巨匠武克·斯特凡诺维奇·卡拉季奇（Vuk Stefanović Karadžić，1787—1864）[13] 对塞尔维亚民族语言、文学与文化传统的贡献为主题，对卡拉季奇编纂的口头文学作品进行了彻底的梳理与分析。柳什塔诺维奇认为口头文学是不可估量的、未被重视的遗产。在现代塞尔维亚文化和文学作品中，这种文化传统明

13 武克·斯特凡诺维奇·卡拉季奇是塞尔维亚语文学家及语言学家，是塞尔维亚语的重要改革者。他因编纂了民间诗歌、传说和谚语集而被称为塞尔维亚口头文学之父。他也是第一部以他新改革的语言创作的塞尔维亚语词典的作者，对塞尔维亚语及文学、文化传统影响深远。

显“缺席”。通过研究塞尔维亚口头文学，有助于保持塞尔维亚文化的传统性和连续性。

柳什塔诺维奇教授认为，塞尔维亚文化表现出了走向分裂的悲剧性趋势，具体体现在网络上出现了试图贬低、诋毁武克·斯特凡诺维奇·卡拉季奇及其对塞尔维亚民族文化贡献的声音。“一种严肃的文化必须得学会容纳更多不同的理念，就像拥有不同的方言一样。塞尔维亚人不断地发动内部辩论，却没有意识到民族文化意味着既有中世纪文学，也有民间文学。在分裂的趋势下，一部分人批评和攻击武克·斯特凡诺维奇·卡拉季奇，试图揭示我们文化历史的‘所谓面貌’。但武克既不应该被无脑地崇拜，更不应该被彻底推出塞尔维亚文化，而是应该认真阅读、研究和分析。”[14]

评审团认为，柳什塔诺维奇在较早时期的文学遗产中找到了可以运用于激活当今文化发展的方式，其作品意义重大、影响深远。[15]

二、塞尔维亚语文坛大事件

2020 年塞尔维亚语文坛的重要事件为贝尔格莱德国际书展因新冠肺炎疫情改为线上论坛。

贝尔格莱德国际书展是欧洲重要的书展之一，在东南欧地区具有较强的影响力，一般于每年的秋季举行。原本拟于 2020 年 10 月 25—11 月 1 日举办的第 65 届贝尔格莱德国际书展因新冠肺炎的流行和塞尔维亚政府出台的防疫政策而推迟至 12 月 11—12 日，并以线上

14 摘自柳什塔诺维奇的采访稿。<https://www.novosti.rs/kultura/vesti/949176/vuk-znao-razgovara-evropom-profesorka-ljiljana-pesikan-ljustanovic-povodom-nagradjivane-knjige-pisem-pricu?fbclid=IwAR2kc7Mq2_87G5yBt_RZOsPHY0KgzVxTmbETfhBoTvxKkc6IzDmqSwYmJJE>.

15 摘自焦尔杰·约万诺维奇奖评审团颁奖词。<https://www.rtv.rs/sr_lat/kultura/ljiljani-pesikan-urucena-nagrada-djordje-jovanovic_1173517.html>.

数字论坛的形式举办。

此次线上论坛以“偏离距离”（Otklon od distance）为主题，组织了以塞尔维亚及周边国家知名作家、评论家、出版人为主的对谈活动共 8 场，其中包括对梅沙·塞利莫维奇、鲍里斯拉夫·佩基奇（Borislav Pekić，1930—1992）诞辰的纪念活动，什沙托瓦茨修道院（Šišatovac）文学作品 500 年纪念活动，文学翻译探讨，疫情中的儿童文学写作讨论会，疫情时期的媒体文化讨论会等。

贝尔格莱德国际书展负责人认为，这一系列文学论坛将以集体与个人的情感和具体的文学表述为这个特殊的时期画上标记。也许这一论坛能为后人理解这重要历史时刻的文学、艺术、社会、民族和国家提供一个新的角度。[16]

结语

综观 2020 年塞尔维亚语文坛，我们可以看到，历史主题广受作家青睐，围绕这一主题，结合当下现实，作家们采用不同手法书写历史，反思现实。可以说，历史成为年度文学的核心关注点。2020 年在塞尔维亚语文坛中产生较大影响力的文学作品基本以小说为主。塞尔维亚语作家们以多样的叙事手法、不同的语言风格，对历史主题和民族传统进行新的探索和诠释。

参考文献：

“ANĐELKO ANUŠIĆ O KNJIZI ‘LEGENDE O V (J) ETROM VIJANIMA’: Srbi u Hrvatskoj nisu ni imali svoju domovinu.” 6 Oct. 2020. Web. 28 Jun. 2021.

16 摘自塞里奇采访稿。<https://www.danas.rs/kultura/direktorka-bg-sajma-od-sajma-knjiga-se-odustalo-ali-on-nema-zamenu/>.

<https://www.novosti.rs/kultura/vesti/923576/andjelko-anusic-knjizi-legende-etrom-vijanima-srbi-hrvatskoj-nisu-imali-svoju-domovinu>.

Basara, Svetislav. *Fama o biciklistima*. Beograd: Dereta, 2007.

“Direktorka BG sajma: Od Sajma knjiga se odustalo, ali on nema zamenu.” 11 Dec. 2020. Web. 28 Jun. 2021. <https://www.danas.rs/kultura/direktorka-bg-sajma-od-sajma-knjiga-se-odustalo-ali-on-nema-zamenu/>.

“Ljiljani Pešikan uručena nagrada ‘Đorđe Jovanović’.” 26 Oct. 2020. Web. 28 Jun. 2021. <https://www.rtv.rs/sr_lat/kultura/ljiljani-pesikan-urucena-nagrada-djordje-jovanovic_1173517.html>.

“Nagrada Meša Selimović uručena književniku Igoru Marojeviću.” 4 Jun. 2021. Web. 28 Jun. 2021. <https://www.rts.rs/page/magazine/sr/kulturno/story/3152/vest/4399599/igor-marojevic-nagrada-mesa-selimovic.html>.

“Svetislav Basara: Desanka Maksimović je u suštini jedva osrednja pesnikinja. Pravo čudo je što Andrić nije streljan.” 9 Sept. 2020. Web. 28 Jun. 2021. <https://www.laguna.rs/laguna-bukmarker-svetislav-basara-desanka-maksimovic-je-u-sustini-jedva-osre-unos-16127.html>.

“Svetislav Basara dobitnik Ninove nagrade za roman godine.” 25 Jan. 2021. Web. 28 Jun. 2021. <https://nova.rs/kultura/svetislav-basara-dobitnik-ninove-nagrade-za-roman-godine/>.

“Svetislav Basara: Književnost je realnija od realnosti.” 27 Jan. 2021. Web. 28 Jun. 2021. <https://www.laguna.rs/laguna-bukmarker-svetislav-basara-knjizevnost-je-realnija-od-realnosti-unos-17309.html>.

“‘Velika nagrada Ivo Andrić’ za Handkeov roman ‘*Drugi mač*’.” 24 Dec. 2020. Web. 29 Jun. 2021. <https://www.laguna.rs/laguna-bukmarker-velika-nagrada-ivo-andric-za-handkeov-roman-drugi-mac-unos-17066.html>.

“VUK JE ZNAO DA RAZGOVARA SA EVROPOM: Profesorka LJiljana Pešikan LJuštanović povodom nagrađivane knjige ‘Pišem ti priču’.” 28 Dec. 2020. Web. 28 Jun. 2021. <https://www.novosti.rs/kultura/vesti/949176/vuk-znao-razgovara-evropom-profesorka-ljiljana-pesikan-ljustanovic-povodom-nagradjivane-knjige-pisem-pricu?fbclid=IwAR2kc7Mq2_87G5yBt_RZOsPHY0KgzVxTmbETfhBoTvxKkc6IzDmqSwYmJJE>.

“Додељена Андрићева награда писцу Анђелку Анушићу.” 9 Oct. 2020. Web. 29 Jun. 2021.

<https://www.dnevnik.rs/kultura/knjiga/dodelena-andriceva-nagrada-piscu-andelku-anusicu-09-10-2020>.

金莉、王丽亚：《外国文学通览：2019》，北京：外语教学与研究出版社，2020 年。

作者单位：南开大学历史学院

2020 年土耳其文学概览[1]

彭　俊

内容提要：2020 年，新冠疫情的爆发给土耳其本就脆弱的经济造成沉重打击，物价飞涨，失业率激增，民众生活陷入困境。与此同时，土耳其的文学活动也受到一定冲击，不少展会和评奖活动被迫取消或改为线上举行。不过，土耳其作家们的创作热情依旧高涨，创作出不少佳作。本文以土耳其重要的文学奖项和文学事件为切入点，对 2020 年土耳其文学创作的总体情况进行概述。

2020 年，突如其来的新冠疫情给脆弱的土耳其经济造成沉重打击，货币贬值、物价飞涨、失业率再创新高，民众生活面临极大的困难。与此同时，疫情的蔓延也对土耳其国内的文学活动造成冲击，一些重要展会和评选活动也被迫取消或改为线上举行。尽管如此，土耳其作家们的创作热情依旧高涨，面对灾难他们深刻反思，创作出不少文学性、思想性俱佳的作品。2020 年，土耳其国内共评选出各类文

1　本文为国家社科基金重大项目“新世纪东方区域文学年谱整理与研究 2000—2020”（17ZDA280）的阶段性成果。

学奖项数十个，本文将以其中最为重要的文学奖项以及文学事件和文学活动为切入点，梳理介绍 2020 年度土耳其文坛的基本情况。

一、重要文学奖项及获奖作家、作品[2]

（一）奥尔罕·凯马尔长篇小说奖（Orhan Kemal Roman Armağanı）

2020 年，共有 82 部长篇小说参加了奥尔罕·凯马尔长篇小说奖的角逐。此次评委会由艾伦迪兹·阿塔苏（Erendiz Atasü）、阿塔奥尔·贝赫拉姆奥卢（Ataol Behramoğlu）、塔希尔·希尔坎（Tahir Şilkan）等知名作家和文学评论家组成。受新冠疫情影响，今年所有的评选和投票工作均在网上进行。最终，经过评委会的层层筛选，阿伊罕·盖齐金（Ayhan Geçgin，1970—　）的长篇小说《一宗官司》（*Bir Dava*，2019）获得这一奖项。

盖齐金是土耳其知名的长篇小说作家，1970 年出生于伊斯坦布尔，大学就读于中东技术大学哲学系。2003 年，盖齐金出版了他的第一部长篇小说《边缘》（*Kenarda*，2003）。在这之后，他又陆续出版了长篇小说《青春梦想》（*Gençlik Düşü*，2006）、《最后一步》（*Son Adım*，2011）、《远足》（*Uzun Yürüyüş*，2015）等。

《一宗官司》是盖齐金创作的第五部长篇小说，出版于 2019 年 3 月。小说的主人公名叫阿斯勒，早年间离开土耳其到美国求学。如今她在美国的一所大学任教，并已结婚生子。婚姻虽不美满，生活倒也算是平静。一天，母亲从国内打来的电话彻底打乱了她的生活。原来，她的父亲——一名退休的海军军官莫名其妙地被警察抓走了。阿

2　对于在《2017 年土耳其文学概览》中已经介绍过具体发展历史的文学奖项，本文将不再重复介绍。

斯勒立刻收拾行装回到土耳其，帮助母亲处理父亲的案件。一个莫须有的罪名竟然能让一位受人敬仰的将军沦为阶下囚，这是一个怎样的国度，公平和法制何存？处理官司的过程中，她一直在思考这些问题，却怎么也找不到答案。她觉得自己很无助，也不知道该如何劝慰母亲。小说以"官司"的进展为主线，将阿斯勒的情感世界、她与家人的关系以及她在异国他乡生活的苦楚掺杂其间，通过阿斯勒的视角生动再现了现代土耳其的司法混乱和政治乱象。小说中的人物虽然是虚构的，但"官司"本身却有很强的现实指向性。尽管作者极力避免对号入座，但他敢于直面现实、为受害者发声的勇气还是值得敬佩的。评委会认为，"小说将巧妙的情节设计、生动的语言描写以及高超的写作技巧融为一体，再现了土耳其现实社会中存在的法制不健全、公平正义缺失等现象，无论从人物形象、故事情节，还是反映社会问题等角度来看，作品都与奥尔罕·凯马尔的现实主义原则高度吻合。"[3]

（二）萨伊特·法伊克短篇小说奖（Sait Faik Hikaye Armağanı）

萨伊特·法伊克短篇小说奖是土耳其短篇小说界最具影响力的奖项之一。2020 年，共有 123 部短篇小说作品参与了该奖项的评选。经过初评海选和终评投票，埃特海姆·巴朗（Ethem Baran，1962— ）创作的短篇小说集《欧楂般的世界》（*Döngel Dünya*，2019）从众多参选作品中脱颖而出，荣获这一奖项。

巴朗是土耳其知名的短篇小说作家。1991 年，巴朗出版了他的第一部短篇小说集《别离》（*Sonrası Ayrılık*）。在这之后，他又陆续出版了短篇小说集《干枯的玫瑰季》（*Kurutulmuş Gül Mevsimi*，

3 <https://kayiprihtim.com/haberler/oduller/2020-orhan-kemal-roman-armagani-ayhan-gecgin/>.

1994）、《单程旅行》（*Dönüşsüz Yolculuklar*，2005）、《我们的房子朝北》（*Evlerimiz Poyraza Bakar*，2009）等。其中，短篇小说集《干枯的玫瑰季》荣获1994年度土耳其作协短篇小说奖，《单程旅行》荣获2005年度尤努斯·纳迪短篇小说奖。

《欧楂般的世界》是巴朗创作的第九部短篇小说集，出版于2019年7月。小说集共收录了《欧楂般的世界》《新天空》《鸟》《我是孩子，爸爸是裁缝》《海上别墅》《脏雨》等15个短篇故事。与小说集同名的短篇《欧楂般的世界》讲述了一对母子相依为命的故事。儿子离异后和母亲生活在一起，每天儿子都会用轮椅推着母亲出门。儿子是为了尽孝，推母亲出去透透气。母亲则是为了求死，追随离世的丈夫而去，因为她害怕待在家中死神无法带走她。在《海上别墅》中，主人公住在海边的小屋里，妻子弃他而去，陪伴这个孤独、失败男人的只有茫茫的大海……这部小说集中的作品大都选取具有代表性的生活场景，通过细致的心理描写成功塑造了各式人物形象，如迷失自我的小人物、逃避现实的失败者、丧失生活兴趣的老人以及不称职的父亲等，讲述人物日常生活情景。小说集的叙述语言唯美抒情，富有诗意。作者大量使用“鸟、烟雾、雨、影子”等意象，增加视觉效果，烘托主题。除此之外，约兹加特方言和文化元素的使用也让作品充满生活气息和地域风情。

（三）尤努斯·纳迪奖（Yunus Nadi Ödülleri）

尤努斯·纳迪奖创办于1946年，是为纪念《共和国报》创始人尤努斯·纳迪·阿巴勒奥鲁（Yunus Nadi Abalıoğlu，1879—1945）而设立的奖项，迄今已有70多年的历史。该奖项每年评选一次，上一年度2月1日至本年度1月31日期间公开发表的各类文学作品，如小说、诗歌、戏剧、漫画以及摄影作品等均可参与评选。2020 年，共有 465 部作品参加了该奖项的评选，最终评出包括长篇小说、短篇小说和诗歌在内的 5 部作品获得尤努斯·纳迪奖文学类别奖项。具体如下。

1. 长篇小说类

长篇小说类获奖作品是《船上没座》（*Gemide Yer Yok*），作者欧麦尔·菲克莱特·奥亚尔（Ömer F. Oyal，1959— ）。

欧麦尔·菲克莱特·奥亚尔，1982 年毕业于海峡大学，著有七部长篇小说和一部研究报告，2016 年凭借小说《玛格达归来》（*Magda Döndüğünde*，2015）荣获安卡拉大学长篇小说奖。

《船上没座》是一部讲述灾难和人性的小说。内战将至，主人公未雨绸缪，将妻儿送往郊区避难，独自一人留守家中。内战打响后，一位老妇人敲响了主人公的家门。看着眼前无助的老人，主人公甚是纠结。他既不忍心拒绝老人的求助，又不舍得自己储备的食物。考虑良久之后，主人公将老人迎进家中。可没过多久，老人的女儿和两个孙子也找来了。家里的人越来越多，食物却越来越少。再加上邻居们的抱怨，主人公烦闷不已。小说的最后，老人女婿的到来让所有矛盾彻底激化。《船上没座》是一部灾难小说，虽然时间、地点、人物以及灾难的具体信息都不明确，但小说给读者最大的感受就是“真实”。小说通篇没有人物对话，而是通过细致的心理描写和大量的内心独白，将灾难面前人性的阴暗和扭曲刻画得入木三分。

2. 短篇小说类

有两部作品获得短篇小说奖，分别是卡德利·厄兹托普楚（Kadri Öztopçu，1954—2020）的《谁也不知道的人》（*Kimsenin Bilmediği İnsanlar*）和穆拉特·切利克（Murat Çelik，1965— ）的《不回家的动物》（*Eve Dönmeyen Hayvanlar*）。

短篇小说集《谁也不知道的人》出版于2019年7月。小说集收录了30个短篇故事，依照主题分为“盲井”“短暂休息”和“无人的路上”等三个部分。“盲井”部分收录的故事篇幅较长，在这部分故事中“酒”的出现频次极高。它时而被主人公视为洪水猛兽，时而是主人公身陷困境时的麻醉剂，时而又是主人公枯燥生活中的一抹欢乐；“短暂休息”部分收录的故事犹如一个个电影镜头，短小精悍但意味深长，主题涉及对现实社会的不满和政治迫害；“无人的路上”则是前两个部分的综合，既有“盲井”部分的兴味，又有“短暂休息”部分的忧伤。小说集聚焦于社会边缘的小人物，通过细节和心理描写揭示他们埋藏于心的挫败感、悔恨感以及面对生活的无力感。

《不回家的动物》是切利克的第二部短篇小说集，出版于2019年5月。小说集一共收录了《那个味道》《不回家的动物》《每天做梦去看山上的雪》《小城市的困扰》《死蝴蝶之屋》等10则短篇故事。《那个味道》讲述的是一对母子的故事。被学校开除后，儿子凯玛莱廷不得不到理发店当学徒。学徒过程中，他会有怎样的经历？母亲会因此改变对他的爱吗？在故事《死蝴蝶之屋》中，众多蝴蝶飞至小屋，如同赴死一般。主人公悉心收藏蝴蝶的尸体，为什么会这样，其中有何缘由？小说集以叙事为辅，重在塑造人物的内心世界，语言看似平缓，实则激情汹涌，字里行间透着强烈的距离感、陌生感和孤独感。

3. 诗歌类

有两部诗集荣获诗歌奖，分别是贡嘉·厄兹曼（Gonca Özmen，1982—　）的《心甘情愿》（*Bile İsteye*）和麦赫塔卜·梅拉尔（Mehtap Meral，1983—　）的《无花果里的蜜蜂》（*İncirin İçindeki Arı*）。

《心甘情愿》是厄兹曼的第三部诗集，出版于2019年9月。诗集主题庞杂，风格大胆。其中收录的作品既有对家庭关系的审视，也有对社会制度的质疑；既有对两性关系的新解读，也有对身份认同和归属感的探求。诗集中，作者使用了大量意象以抒发情感，如“房子”寓意“对物质的渴求”以及“精神上的桎梏”；“白色”不再代表“死亡”和“凋零”，而是寓意“活力”；“黑色”则寓意“社会和法律的不公正”以及“反抗”等。

《无花果里的蜜蜂》是梅拉尔的第三部诗集，出版于 2020 年 6 月。诗集行文流畅，温婉细腻。其中的诗歌以反映女性生活状态和情感世界为主，兼有作者对生活的感悟。在诗集的第二部分“虞美人的坚持”中，作者以诗歌的形式向杜伊古·阿赛娜、赛赞·阿克苏、泰泽尔·厄兹吕等女性作家致敬，感谢她们创作出好的文学作品给众多女性以积极的影响。

（四）土耳其作家协会年度作家、思想家和艺术家奖（TYB Yılın Yazar, Fikir Adamı ve Sanatçıları Ödülleri）

年度作家、思想家和艺术家奖由土耳其作家协会于 1978 年创办，主要用以表彰为土耳其文化和艺术事业做出杰出贡献的人士，涵盖领域包括文学、文化和出版传媒等。2020 年，获得文学领域奖项的作家及其作品如下。

1. 阿伊谢居尔·甘齐（Ayşegül Genç，1978—　）和她的长篇小说《心灵后室》（*Kalbin Arka Odası*）

阿伊谢居尔·甘齐，作家，1978 年出生于科尼亚，大学就读于塞尔杜大学建筑工程学院，著有《拯救世界的女孩》（*Dünyayı Kurtaran Kız*，2014）、《心事》（*İç Bir Şey*，2017）和《天鹅颈》（*Kuğu Boynu*，2019）等作品。

《心灵后室》是甘齐的第五部长篇小说，出版于 2020 年 10 月。小说的主人公是一对祖孙。祖母不停地往本子上记录生活和感悟，希望给孙子以启示；孙子看完之后，结合自己的人生经历进行修改和补充。小说以祖孙之间的对话和交流为主，其他人物形象及情节掺杂其间，深刻反映了昨天和明天、青年和老人、现代和未来之间的碰撞和交融。从小说的构思和创作来看，作者进行了大胆的创新。小说的前半部分，无论是叙事方法还是写作技巧都较为传统。小说的后半部分则打破常规，变换采用了插叙、倒叙等叙事方法，描写也较为夸张。除此之外，作者还将新奇的科幻情节巧妙融入现实生活之中，给人以耳目一新的感觉。

2. 穆斯塔法·沙欣（Mustafa Şahin，1962— ）和他的短篇小说集《孤独的衬衫》（*Gömleği Yalnız*）

穆斯塔法·沙欣，作家，1962 年出生于玛拉特亚，大学就读于安卡拉大学史地文学院。《孤独的衬衫》是沙欣的第一部短篇小说集，出版于 2020 年 5 月。小说集共收录了《四月》《安全岛》《孤独的衬衫》《死结》《尊敬的先生》《心》等 12 则短篇故事。这些故事独立成篇，围绕不同人物的感情生活和理想追求展开叙述，对城市化进程给民众生活造成的负面影响、人的异化、生活对感情的冲击、体制对理想的消耗等问题进行了深入的分析和探讨。小说集风格独特，语言于诗意中略带讽刺。作者引经据典，充分体现出对神话、传统诗歌以及宗教和哲学思想的熟稔。

3. 苏阿维·凯马尔·雅兹格齐（Suavi Kemal Yazgıç，1972— ）和他的诗集《所有的别离》（*Bütün Ayrılıklar*）

苏阿维·凯马尔·雅兹格齐，诗人、记者，1972 年出生于伊斯坦布尔，大学就读于加齐大学经济管理学院公共管理系，著有诗集

《无缘由的麻雀》（*Sebepsiz Serçe*，2001）、《当石头落入水中》（*Taş Suya Değince*，2007），短篇小说集《四十件灰毛衣》（*Kırk Gri Hırka*，2002）等。

《所有的别离》是雅兹格齐的第五部诗集，出版于 2020 年 11 月。诗集中的作品或是歌颂爱情，畅想未来，或是感怀孤独，吟诵死亡。除上述主题外，自我反思、对城市化进程的批判等也在诗集中有所体现。诗集的总体基调舒缓忧伤，虽有对现实问题的反思和批判，但笔锋相对缓和、收敛。

二、重要文学事件与文学活动

1. 第 14 届安卡拉国际书展（Ankara Uluslararası Kitap Fuarı）

2020 年 2 月 28—3 月 8 日，第 14 届安卡拉国际书展在安卡拉商会会展中心举行。本届书展由土耳其教育部、法国驻土耳其大使馆和九月会展公司联合举办，国内外 300 多家书商和出版机构参加了本届书展。

本届书展的主宾国是法国，国际嘉宾是法国作家让–克里斯托夫·格朗热，国内主嘉宾则是土耳其女作家居尔滕·达耶奥鲁。书展期间，组委会还专门邀请法国的布莉姬·拉贝、让–鲍尔·蒙根，土耳其的埃布鲁·埃尔巴什、伊义特·贝内尔、内迪姆·居尔赛尔等具有一定影响力的作家，组织签售会、研讨会、读者见面会和出版业论坛等各类活动数百场，在安卡拉掀起了一股强劲的“法兰西风”。书展期间，来自法国和土耳其的作家还走进安卡拉提供法语教学的大中院校，和青年学子们进行面对面的交流。

2. 文坛巨匠阿达莱特·阿阿奥卢（Adalet Ağaoğlu，1929—2020）辞世

2020 年 7 月 14 日，土耳其文坛巨匠、著名女作家阿达莱特·阿

阿奥卢在伊斯坦布尔与世长辞，享年 91 岁。阿阿奥卢于 1929 年 10 月出生于安卡拉，大学就读于安卡拉大学史地文学院。毕业后，阿阿奥卢曾供职于电台、电视台，并和朋友合办剧院、杂志。其早期创作以戏剧和诗歌为主，1973 年出版首部长篇小说《静待死亡》（*Ölmeye Yatmak*），代表作有：戏剧《过家家》（*Evcilik Oyunu*, 1964）、《三部剧》（*Üç Piyes*，1973），长篇小说《我的思想之花》（*Fikrimin İnce Gülü*，1976）、《婚礼之夜》（*Bir Düğün Gecesi*，1979）、《浪漫的维也纳之夏》（*Romantik Bir Viyana Yazı*，1993），短篇小说集《高度紧张》（*Yüksek Gerilim*，1974）、《我们快走吧》（*Hadi Gidelim*，1982）等。阿阿奥卢的一生获奖颇丰，1974 年荣获土耳其语言协会最佳剧作奖，1979 年荣获赛达特・斯玛威文学奖，1980 年分别荣获奥尔罕・凯马尔长篇小说奖和玛达拉勒长篇小说奖，1995 年荣获总统府文化和艺术大奖等。阿阿奥卢具有敏锐的洞察力，其作品多聚焦于时代变迁给社会各阶层尤其是知识分子带来的影响，被誉为“描写时代的大师”。

3. 第 12 届伊斯坦布尔文学节（İstanbul Edebiyat Festivali）举行

2020 年 12 月 28 日，由土耳其作家协会伊斯坦布尔分会和伊斯坦布尔市政府联合举办的第 12 届伊斯坦布尔文学节在伊斯坦布尔文化中心拉开帷幕，阿里・乌拉尔、穆斯塔法・厄兹切利克、哈亚提・戴维利等土耳其知名作家、学者以及众多文学爱好者参加了此次盛会。

本届文学节的主题是“尤努斯——我们的语言”，围绕这一主题主办方组织了音乐会、读诗会、研讨会和文学沙龙等形式多样的活动，以纪念土耳其著名诗人尤努斯・埃姆雷（Yunus Emre，1238—1320）逝世 700 周年。活动期间，主办方还设置了颁奖环节，以表彰近年来出版的优秀文学作品。

伊斯坦布尔文学节是由土耳其作家协会主办的一项全国性文学交流活动，旨在增进作家之间、作家与读者之间的交流，提高民众对文学的兴趣，促进文学事业的繁荣发展。自 2009 年创办以来，伊斯坦布尔文学节已成功举办 12 届，数百名土耳其作家和学者参与了此项活动。

结语

通过对 2020 年土耳其主要文学奖项和文学事件的梳理，我们可以看出：一、突发疫情激发了作家们的创作欲望，催生出不少以天灾人祸为背景的文学作品。作品中，作家们深入探讨生命的价值和意义，并对灾难面前人性的丑恶进行了无情的抨击；二、政府对言论的管控并不能阻止作家们对政府行为的批评。相反，作品的选材和背景更为具体、现实，批评也更为直接；三、青年作家尤其是青年女作家表现不俗。80 后作家已经步入土耳其文学创作舞台的中央，他们的作品以反映个人情感和对未来美好生活的期盼为主，较少涉及政治，更符合年轻读者的阅读需求。

参考文献：

Burak Soyer. “Burak Soyer’in röportajı: Kıyamete giden yol: Gemide Yer Yok.” 6 Nov. 2020. Web. 8 Mar. 2021. <https://ocakmedya.com/burak-soyerin-roportaji-kiyamete-giden-yol-gemide-yer-yok/>.

Devrim Beyaz. “2020 Orhan Kemal Roman Armağanı Ayhan Geçgin’in oldu.” 15 May. 2020. Web. 15 Feb. 2021. <https://kayiprihtim.com/haberler/oduller/2020-orhan-kemal-roman-armagani-ayhan-gecgin/>.

“Döngel Dünya – Ethem Baran Yeşilçam melodramlarının sıcaklığına sığınan gariplerin öyküleri.” 29 Aug. 2019. Web. 28 Feb. 2021. <https://www.insanokur.org/dongel-dunya-ethem-baran/>.

"Eskiden Fildişi kule Vardı Şimdi Yol Geçen Hanı Var." 18 Nov. 2020. Web. 22 Apr. 2021. <https://www.okurdergisi.com/eskiden-fildisi-kule-vardi-simdi-yol-gecen-hani-var/>.

"Ethem Baran, 66. Sait Faik Hikaye Armağanı'nın sahibi oldu." 11 May. 2020. Web. 18 Feb. 2021. <https://www.gazeteduvar.com.tr/kitap/2020/05/11/ethem-baran-66-sait-faik-hikaye-armaganinin-sahibi-oldu>.

Fulden Ufacık. "Eve Dönmeyen Hayvan-Murat Çelik." 13 Sept. 2020. Web. 10 Mar. 2021. <https://serinletici.com/2020/09/13/eve-donmeyen-hayvan-murat-celik/>.

Hilal Uştuk. "Türk Romanının Zaman Ustası: Adalet Ağaoğlu." 14 Jul. 2020. Web. 13 Apr. 2021. <https://www.aa.com.tr/tr/kultur-sanat/turk-romaninin-zaman-ustasi-adalet-agaoglu/1909836>.

Metin Yetkin. "Eskiye ağıt, yeniye ironi: Gömleği Yalnız." 12 Jun. 2020. Web. 1 Apr. 2021. <https://www.gazeteduvar.com.tr/kitap/2020/06/12/eskiye-agit-yeniye-ironi-gomlegi-yalniz>.

Oğuzcan Çağan. "Murat Çelik: Eve Dönmeyen Hayvan." 20 Mar. 2020. Web. 10 Mar. 2021. <https://www.okuryazar.tv/murat-celik-eve-donmeyen-hayvan/>.

"Sait Faik Hikaye Armağanı'na aday eserler açıklandı." 15 Apr. 2020. Web. 18 Feb. 2021. <https://gazetekarinca.com/2020/04/sait-faik-hikaye-armaganina-aday-eserler-aciklandi/>.

Sıddıka Zeynep Bozkuş. "Burası Döngel Dünya." 27 Jun. 2020. Web. 25 Feb. 2021. <https://www.dunyabizim.com/burasi-dongel-dunya-makale, 1851.html>.

"Şiir ve müzik insanın merhemi." 7 Nov. 2020. Web. 15 Mar. 2021. <https://www.turkish-media.com/forum/topic/643247-siir-ve-muzik-insanin-merhemi/>.

Soner Sert. "Ayhan Geçgin'in görünmeyen davası." 28 Mar. 2019. Web. 15 Feb. 2021. <https://www.gazeteduvar.com.tr/kitap/2019/03/28/ayhan-gecginin-gorunmeyen-davasi>.

"Suavi Kemal Yazgıç'ın Bütün Ayrılıklar'ı." 23 Dec. 2020. Web. 5 Apr. 2021. <https://www.asanatlar.com/suavi-kemal-yazgicin-butun-ayriliklari/>.

"TYB 2020 ödülleri açıklandı: Kültür Sanat Ödülü Karara." 31 Dec. 2020. Web. 25 Mar. 2021. <https://www.karar.com/tyb-2020-odulleri-aciklandi-kultur-sanat-odulu-karara-1599466>.

"Yazar şair buluşmaları; Gonca Özmen ile bile isteye." 2 Dec. 2020. Web. 20 Mar. 2021. <https://sanateki.com/yazar-sair-bulusmalari-gonca-ozmen-ile-bile-isteye.html>.

"Yunus Nadi Ödülleri sahiplerini buldu." 13 Nov. 2020. Web. 3 Mar. 2021. <https://www.haber3.com/medya/yunus-nadi-odulleri-sahiplerini-buldu-haberi-5569355>.

Yusuf Alpaslan Özdemir. "Gemide Yer Yok." 25 Mar. 2019. Web. 5 Mar. 2021. <https://www.pusulahaber.com.tr/gemide-yer-yok-9398yy.htm>.

Yusuf Ziya Cömert. "Gömleği Yalnız." 7 Jun. 2020. Web. 2 Apr. 2021. <https://www.karar.com/yazarlar/yusuf-ziya-comert/gomlegi-yalniz-1567651>.

"12. İstanbul Edebiyat Festivali başlıyor." 26 Dec. 2020. Web. 10 Apr. 2021. <https://www.turkceedebiyat.com/2020/12/26/12-istanbul-edebiyat-festivali-basliyor/>.

"14. Ankara Kitap Fuarı Açıldı." 29 Feb. 2020. Web. 15 Apr. 2021. <https://www.veryansintv.com/14-ankara-kitap-fuari-acildi/>.

"14. Ankara Kitap Fuarı yarın açılıyor." 27 Feb. 2020. Web. 15 Apr. 2021. <https://www.sozcu.com.tr/hayatim/kultur-sanat-haberleri/14-ankara-kitap-fuari-yarin-aciliyor/>.

作者单位：信息工程大学洛阳校区

2020 年乌兹别克斯坦文学概览

王小明　原　伟

内容提要：2020 年，虽然流疫肆虐，但在乌兹别克斯坦官方推动下，乌兹别克文学仍然取得了丰硕的成果。首先，经典作家作品集、纪念世界反法西斯战争胜利 75 周年文学作品及其他文学作品陆续出版；其次，多部当代乌兹别克文学作品被翻译成外语并出版，同时，许多国外经典文学作品被引介至国内，乌外文学交流日益密切；最后，为庆祝多位文学家的诞辰，乌兹别克斯坦国内举行了一系列庆祝活动，表达对文学家的尊重和敬爱。在收获以上成果的同时，令人惋惜的是，数位乌兹别克斯坦文学家在 2020 年辞世，这是乌兹别克斯坦文坛的巨大损失。

一、引言

乌兹别克斯坦十分重视本国文学的发展和繁荣。2020 年，虽然流疫肆虐，但乌兹别克斯坦政府克服困难，继续弘扬国家传统文学，进一步推动当代文学的发展，不断提升本国文学的国际影响力。

2020 年 5 月 26 日，乌兹别克斯坦总统沙夫卡特·米尔济约耶夫（Шавкат Мирзиёев）签发了《关于进一步提升文化艺术在社会生活中的地位和影响力的措施办法》的总统令，为了配合该法令的实施，米尔济约耶夫同时签发了《关于推动和完善乌兹别克斯坦共和国文化部工作活动的措施办法》的总统决议。2020 年 12 月 2 日，米尔济约耶夫签署了《关于广泛开展乌兹别克斯坦国家英雄和民族诗人阿卜杜拉·奥里波夫诞辰 80 周年庆祝活动的决议》和《关于广泛开展乌兹别克斯坦民族作家乌特吉尔·霍什莫夫诞辰 80 周年庆祝活动的决议》。奥里波夫（Абдулла Орипов，1941—2016）是乌兹别克斯坦著名的诗人、翻译家和社会活动家，也是乌兹别克斯坦国歌的词作者，生前曾担任乌兹别克斯坦作家协会主席、参议院议员等职。他一生创作了近 60 部诗集，许多作品被译成俄语、土耳其语等语言，还获得过"乌兹别克斯坦国家英雄"荣誉称号（"Ўзбекистон Қаҳрамони" юксак унвони）和阿卜杜拉·卡德林国家奖（Абдулла Қодирий номидаги Давлат мукофоти）。霍什莫夫（Ўткир Ҳошимов，1941—2013）是乌兹别克斯坦的著名作家，出版了长篇小说《有光就有阴》（*Нур борки, соя бор*，1977）、《两道门之间》（*Икки эшик ораси*，1986）和《梦中度过的人生》（*Тушда кечган умрлар*，1994）等。他还是一位翻译家，翻译出版了奥地利小说家斯蒂芬·茨威格（Стефан Цвейг，1881—1942）以及美国小说家杰克·伦敦（Джек Лондон，1876—1916）的作品。他曾获得哈姆扎乌兹别克斯坦国家奖（Ҳамза номидаги Ўзбекистон Давлат мукофоти）和劳动荣誉勋章（"Меҳнат шухрати" ордени）。

在上述法令的支持以及国家自上而下的推动下，2020 年乌兹别克文学取得了丰硕的成果。

二、文学作品出版

（一）经典作家作品集

为了凸显独立与自信，独立后的乌兹别克斯坦十分重视民族精神的培塑，因此，国家非常注重继承和弘扬自身优秀的历史与传统文化。历史上，乌兹别克文学家曾创作出许多优秀的文学作品，这些文学作品所表达的思想、所赞颂的品质有助于丰富民众的精神生活。

在乌兹别克斯坦作家协会的倡议以及创作基金会的资金支持下，“文字花圃”出版计划出台。该计划旨在遴选、出版经典作家的优秀作品集，提高民众对经典文学作品的关注程度。截至2020年底，该计划已经出版了鲁特斐（Лутфий，1366—1465）、阿里舍尔·纳沃伊（Алишер Навоий，1441—1501）、甫祖里（Фузулий，1498—1556）、马什拉卜（Машраб，1657—1711）、马合图姆库里（Махтумкули，1733—1783）、伊卜劳伊姆·尤苏波夫（Ибройим Юсупов，1929—2008）、阿卜杜拉·奥里波夫、艾尔肯·沃黑多夫（Эркин Воҳидов，1936—2016）、哈米拉·呼道义别尔基耶娃（Ҳалима Худойбердиева，1947—2018）、阿斯卡德·姆赫多尔（Асқад Мухтор，1920—1997）、哈米德·奥勒姆江（Ҳамид Олимжон，1909—1944）、祖尔菲娅（Зулфия，1915—1996）、托拉·苏拉伊蒙（Тўра Сулаймон，1934—2005）、曲尔潘（Чўлпон，1897—1938）等的作品集，在文学界、高校和民众中引起强烈反响。

（二）纪念世界反法西斯战争胜利 75 周年文学作品

在二战中，许多乌兹别克军士走上前线，英勇杀敌，乌兹别克人民为世界反法西斯战争的胜利做出了突出贡献。二战中及二战后，许多乌兹别克作家围绕战争与和平的主题创作了大量作品。2020 年正值世界反法西斯战争胜利 75 周年，为了铭记胜利的来之不易，乌兹别克斯坦国内出版了多部纪念性作品。

2020 年 5 月 9 日（“纪念与荣誉日”，原“胜利日”）前夕，乌兹别克斯坦著名诗人沙罗夫·拉希多夫（Шароф Рашидов，1917—1983）的诗集《与爱同在，我总是胜利者》（*Севги билан ғолибман ҳар он!*，2020）出版。拉希多夫曾参加过二战，并凭借自己的英勇表现两次获得红星勋章。《与爱同在，我总是胜利者》不仅收录了诗人广为流传的、改编为歌曲的诗歌，而且还收录了诗人尚未公开发表的作品，包括诗人写给家人的诗歌。

在乌兹别克斯坦作家协会创作基金会的资助下，阿里纳扎尔·艾嘎姆纳扎罗夫（Алиназар Эгамназаров，1941— ）的作品《顽强的赞歌》（*Матонат мадҳияси*，2020）出版。艾嘎姆纳扎罗夫的童年时代处于二战及之后的经济困难时期，因此，在他的作品里，战争与和平是重要的主题。《顽强的赞歌》讲述了战场上英勇顽强的乌兹别克军士，以及在战争中与自己五个儿子分离的母亲祖尔菲娅·佐基洛娃（Зулфия Зокирова）的故事。作品中包含一部中篇小说和近 20 篇随笔。

（三）其他文学作品

除上述系列作品外，2020 年乌兹别克斯坦国内还出版了多种体裁、题材的文学作品以及文学研究成果。囿于篇幅限制，只举其中两例。

阿卜杜加劳尔·拉希姆（Абдужалол Раҳим，1953— ）的长篇小说《阿布·阿里·伊本·西拿》（*Абу Али ибн Сино*，2020）出版。

小说描述了11世纪伟大的医学家、哲学家、诗人阿布·阿里·伊本·西拿（980—1037）从出生到1005年在布哈拉度过的时光，展示了阿布·阿里·伊本·西拿在医学、哲学和文学领域的成就和贡献。

学者穆哈玛特江·豪尔别科夫（Муҳаммаджон Холбеков，1950—2020）出版了著作《20世纪世界文学图景》（*Жаҳон адабиёти манзаралари*，2020），全面描绘了全球化影响下的欧洲、美国和拉丁美洲的文学图景，介绍了20世纪现代主义、后现代主义等主要文学流派，分析了这些流派的代表人物及其作品。

三、译介与文学交流

（一）当代乌兹别克文学作品外译

近年来，乌兹别克文坛成长起一批中青年作家，他们的作品不仅在国内受到读者的欢迎，而且还因其艺术性和创新性被翻译到其他国家，给国外读者带去文学的享受。

乌兹别克斯坦著名诗人豪斯亚特·鲁斯塔莫娃（Хосият Рустамова，1971—　）的作品《风的样子》（*Шамолнинг важоҳати*，2020）在越南出版。该书译者、越南著名诗人吴韦红（Ву Виет Ҳунг，音译）认为，鲁斯塔莫娃运用高超的技巧描写了乌兹别克斯坦的美丽风光与乌兹别克人民的善良友爱。另外，鲁斯塔莫娃的诗歌、随笔集《彩色的眼泪》（*Рангин кўзёшлар*，2020）在英国以英文和乌兹别克文两种文字出版。截至目前，鲁斯塔莫娃的作品已被译成了俄语、阿塞拜疆语、塔吉克语、英语、德语、瑞典语、荷兰语、越南语、法语、西班牙语、意大利语、土耳其语和哈萨克语等语言，成为世界文学中的经典。

乌兹别克斯坦青年诗人纳尔基扎·阿萨多娃（Наргиза Асадова，1984— ）的诗集《喜讯》（*Хушхабар*，2020）在土耳其伊斯坦布尔出版。它是近年来在土耳其出版的一系列乌兹别克文学代表作品之一，进一步证明了土耳其读者对乌兹别克文学的兴趣正在不断提高。

乌兹别克斯坦著名作家、剧作家阔齐考尔·淖尔考比尔（Кўчқор Норқобил，1968— ）的喜剧作品《"幸福"巴扎存在吗？》（*Бахтнинг бозори борми?*）被搬上了阿塞拜疆的舞台，受到了阿塞拜疆国立剧院创作团队的高度评价。

（二）国外经典文学作品引介

根据乌兹别克斯坦总统的倡议，为了让乌兹别克斯坦年轻人更好地走近俄罗斯文学，乌兹别克斯坦在2019至2021年拟出版100卷"俄罗斯优秀文学作品"，涵盖亚历山大·普希金（А. С. Пушкин，1799—1837）、列夫·托尔斯泰（Л. Н. Толстой，1828—1910）、米哈伊尔·莱蒙托夫（М. Ю. Лермонтов，1814—1841）、费奥多尔·陀思妥耶夫斯基（Ф. М. Достоевский，1821—1881）等俄罗斯优秀小说家、诗人的作品。截至2020年3月，该系列作品已经出版了16卷，其中包括丹尼斯·冯维辛（Д. N. Фонвизин，1745—1792）和伊凡·克雷洛夫（И. А. Крылов，1769—1844）（第3卷）、尼古拉·果戈理（Н. В. Гоголь，1809—1852）（第4、5卷）、亚历山大·奥斯特洛夫斯基（А. Н. Островский，1823—1886）（第9卷）等作家的作品。

（三）乌外文学交流

随着乌兹别克斯坦对外开放水平的不断提高，乌兹别克文学正在走向世界，乌外文学交流日益密切。

乌兹别克文学，尤其是阿里舍尔·纳沃伊的文学遗产在英国吸引了很多读者。英国学者和作家群体正在研究阿里舍尔·纳沃伊并从其作品中获得灵感，创作出新的作品。英国诗人安德鲁·斯坦尼兰德（Эндрю Станиленд，音译）就是其中一员。他研究了阿里舍尔·纳沃伊的诗集，并用英语创作了《新诗集》（*A new diwan*）。该作品共有 84 首短诗，题材涉及乌兹别克斯坦以及丝绸之路上的城市、文学、建筑等。

2020 年 9 月，乌兹别克斯坦作家协会和白俄罗斯作家协会举行了线上会议，讨论了两国文学交流合作及未来发展计划：一、出版阿里舍尔·纳沃伊作品的白俄罗斯语版本；二、出版乌兹别克斯坦作家阔齐考尔·淖尔考比尔的作品《战争的第一天》（*Урушнинг биринчи куни*）的乌兹别克语、俄语和白俄罗斯语版本；三、将现代白俄罗斯文学，尤其是白俄罗斯作家阿列斯·巴达克（Алесь Бадак，1966—　）、拉里萨·卢布列夫斯卡娅（Лариса Рублевская，1965—　）、奥列格·詹（Олег Ждан，1938—　）等的作品和白俄罗斯儿童文学作品，译成乌兹别克语。

2020 年 1 月 15 日，由世界民族作家协会主办的杂志《世界文学》（*Global litera*）创刊号的介绍会在哈萨克斯坦举行。创刊号收录了来自 55 个国家和地区的多位作家的作品。其中包括乌兹别克斯坦作家豪斯亚特·鲁斯塔莫娃、舍尔佐德·考米尔·哈里尔（Шерзод Комил Халил，1982—　）、舒赫拉特·奥利夫（Шухрат Ориф，1981—　）、果扎尔·罗兹耶娃（Гўзал Рўзиева，1986—　）的诗歌和法兹尔·法尔哈特（Фозил Фарҳод，1985—　）的短篇小说。此后，《世界文学》杂志将继续刊录乌兹别克文学的优秀作品，帮助乌兹别克斯坦作家走向世界舞台。

四、文学家诞辰纪念活动

2020 年，为了庆祝数位文学家的诞辰，乌兹别克斯坦国内举行了一系列活动。其中，既有对文学家创作生涯的回顾以及对其文学作品的再研究，也有对文学领域热点问题的研讨。这些活动不仅表达了对文学家的尊重和敬爱，同时也在推动文学研究、提升民众文学素养等方面产生了积极影响。

（一）纪念阿赫玛特诞辰 100 周年

赛义德·阿赫玛特（Саид Аҳмад，1920—2007）是乌兹别克斯坦民族作家，代表作品有短篇小说《山的传说》（*Тоғ афсонаси*）、《绿宝石》（*Зумрад*）、《足迹》（*Пойқадам*）和长篇小说《寂静》（*Жимжитлик*），曾获得友谊勋章（“Дўстлик” ордени）、致伟大的工作勋章（“Буюк хизматлари учун” ордени）和“乌兹别克斯坦国家英雄”荣誉称号。为了表达对作家的缅怀与思念，乌兹别克斯坦国内开展了一系列纪念活动。2020 年 6 月 10 日，塔什干信息技术大学举行了纪念阿赫玛特诞辰 100 周年的线上会议，阿赫玛特的女儿、议员、作协成员、作家、学生和社会代表参加了此次会议。6 月 15 日，努库斯国立师范学院与土耳其安卡拉大学举行了由两校学者、研究生和大学生参加的线上会议，会议围绕“阿赫玛特的生活和创作”“将阿赫玛特作品译成土耳其语”“阿赫玛特与卡拉卡尔帕克文学”以及“土耳其对阿赫玛特作品的研究”等主题展开。同时，乌兹别克斯坦拍摄完成了名为《耐心与忠贞》（*Сабр-у садоқат*）的电视连续剧。该剧以 1950 至 1955 年间阿赫玛特与妻子生活中的真实事件为创作基础，歌颂了爱、忠诚与人的精神；乌兹别克斯坦频道、家庭频道、儿童频道和年轻人频道等多家电视台播出了该剧。

（二）纳扎罗夫诞辰 75 周年

巴赫特约尔·纳扎罗夫（Бахтиёр Назаров，1945—　）是乌兹别克斯坦科学院院士、文学家，研究成果主要涉及 20 世纪乌兹别克文学发展，尤其是文学批评和文学研究方法论问题、文学理论问题，为促进乌兹别克文学发展做出了突出贡献。此外，他还是乌兹别克斯坦独立后新版文学教材《乌兹别克文学》（*Ўзбек адабиёти*）、《20 世纪乌兹别克文学史》（*XX аср ўзбек адабиёти тарихи*）的编者之一，推动了中高等学校文学教育的进步。为纪念纳扎罗夫诞辰 75 周年，乌兹别克斯坦科学院乌兹别克语言文学和民俗研究所、乌兹别克斯坦作家协会、塔什干国立乌兹别克语言文学大学、塔吉克斯坦苦盏国立大学、布哈拉国立大学、乌尔根奇国立大学和浩罕国立师范大学共同举行了以“文学的热点问题”为主题的国际会议。与会者回顾了纳扎罗夫的成就与贡献，讨论了乌兹别克斯坦文学领域的热点问题。

除了以上重要时间节点之外，每逢文学家的诞辰，例如，每年的 2 月 9 日（诗人阿里舍尔·纳沃伊的诞辰）和 3 月 1 日（民族诗人祖尔菲娅的诞辰），乌兹别克斯坦国内都会举行各种各样的纪念活动。

五、文坛损失

2020 年，有数位曾为乌兹别克文学发展繁荣做出过突出贡献的文学家辞世。

（一）穆哈玛特江·豪尔别科夫

著名翻译家、学者豪尔别科夫离世。他翻译了数十部法国文学作品，撰写了《乌兹别克文学在法国》（*Ўзбек адабиёти Францияда*）、《阿木尔·帖木尔与欧洲国王们的书信》（*Амир Темурнинг Европа қироллари билан ёзишмалари*）、《威廉·莎士比亚》（*Уильям Шекспи*）、《20 世纪现代主义文学图景》（*XX аср модерн адабиёти манзаралари*）等作品。他研究了乌兹别克文学在法国的传播现状，以及法国学者对乌兹别克文学的研究历史，此外，他还在西方文学研究方面取得了不少成果，为推动乌法文化交流做出了重要贡献。

（二）阿斯尔·拉希多夫

艺术领域活动家、教育家、文学家和翻译家拉希多夫（Асил Рашидов，1930—2020）于 2020 年 9 月去世。他曾将吉尔吉斯斯坦著名作家钦吉斯·艾特玛托夫（Чингиз Айтматов，1928—2008）的作品《白轮船》（*Оқ кема*）、《查密莉雅》（*Жамила*）、《一日长于百年》（*Асрни қаритган кун*）、《永别了，古利萨雷》（*Алвидо，Гулсари!*）、《面对面》（*Юзма-юз*）、《早来的鹤》（*Эрта келган турналар*），俄罗斯作家亚历山大·别克（Александр Бек，1902—1972）的作品《沃洛科拉姆斯克公路》（*Волоколамск йўлида*），吉尔吉斯作家米尔扎别克·杜伊赛诺夫（Мирзабек Дуйсенов，1928—1988）[1] 的作品《考试》（*Имтиҳон*）译成乌兹别克语，将大量优秀国外文学作品引介到本国。此外，他在乌兹别克文学教育领域孜孜不倦地耕耘 56 载，为乌兹别克文学教育的发展付出了大量心血。鉴于其在乌兹别克文学、高等教育等领域的杰出贡献，乌兹别克斯坦官方授予其“乌兹别克斯坦艺术领域活动家”（“Ўзбекистон Республикаси санъат арбоби” фахрий унвони）和“乌兹别克斯坦模范教师”荣誉称号

1　根据乌兹别克斯坦网站（https://kun.uz/uz/news/2020/09/16/ozbekiston-sanat-arbobi-asil-rashidov-vafot-etdi），该作家是吉尔吉斯人，而根据哈萨克斯坦网站（https://qazaqadebieti.kz/16388/zhazushy-synshy-alym），该作家出生、学习和工作都是在哈萨克斯坦境内。

（“Ўзбекистон Республикасида хизмат кўрсатган ўқитувчи” фахрий унвони），并向其颁发了乌兹别克斯坦国家奖（Ўзбекистон Республикасининг Давлат мукофоти）和荣誉奖章（“Шуҳрат” медали）。

（三）舒克鲁劳·尤苏波夫

作家、诗人尤苏波夫（Шукрулло Юсупов，1921—2020）于2020年7月辞世。在近80年的创作生涯里，尤苏波夫创作了《生活的灵感》（*Ҳаёт илҳомлари*）、《尽吾生命之所能》（*Умрим борича*）、《人与善》（*Инсон ва яхшилик*）、《尘埃》（*Зарралар*）、《依靠》（*Суянчиқ*）、《我想活着》（*Яшагим келади*）、《你的幸福》（*Сенинг бахтинг*）、《春天的礼物》（*Баҳор совғаси*）、《群星》（*Юлдузлар*）等诗集，歌颂了乌兹别克人的民族特质和优良品质，极大地丰富了乌兹别克文学宝库。他的作品不仅在乌兹别克读者之间广泛流传，还被译成了卡拉卡尔帕克语、哈萨克语、吉尔吉斯语、阿塞拜疆语、俄语、土耳其语和阿拉伯语等多种语言。他在文学创作与研究领域贡献卓越，获得了“乌兹别克斯坦模范文化工作者”（“Ўзбекистонда хизмат кўрсатган маданият ходими” фахрий унвони）、“乌兹别克斯坦民族诗人”荣誉称号（“Ўзбекистон халқ шоири” фахрий унвони），以及阿里舍尔·纳沃伊国家奖（Алишер Навоий номидаги Давлат мукофоти）。

除了以上三位在乌兹别克文学领域取得巨大成绩、做出突出贡献的杰出文学家之外，在2020年，诗人奥弘江·哈基莫夫（Охунжон Ҳакимов，1934—2020）、作家玛玛达里·玛赫穆多夫（Мамадали Маҳмудов，1940—2020）、文学翻译家阿米尔·法伊祖拉（Амир Файзулла，1945—2020）相继逝世，令人哀伤。

六、结语

纵观 2020 年乌兹别克文学，可以总结出以下特点：一、在文学作品的创作和出版方面，乌兹别克斯坦文坛出现了一批反映时代特点的新作品，同时国家制定并实施了经典文学作品的出版计划；二、在本国文学作品外译和外国文学作品引介方面，取得了一定成绩，乌外文学交流日益密切；三、在本国文学发展中，自上而下的推动力扮演着重要角色，其中既有国家的法律保障、政府机构的推动实施，也有政府财政、基金会的资金支持；四、乌兹别克文学在世界文坛的影响力正在不断提升，新一代乌兹别克文学家正在走向世界舞台。我们相信，在未来的发展中，乌兹别克文学将成为世界文学之林中独树一帜的重要一员。

参考文献：

Абдумажид Азимов. “Рус адабиёти дурдоналари.” O‘zbekiston adabiyoti va san’ati 13 Mar. 2020: 6.

“Абу Али ибн Сино номли роман чоп этилди.” 23 Nov. 2020. Web. 3 Jun. 2021. <https://uza.uz/uz/posts/abu-ali-ibn-sino-nomli-roman-chop-etildi>.

“Abdulla Oripov (1941–2016).” 26 Oct. 2017. Web. 1 Jun. 2021. <https://saviya.uz/hayot/tarjimai-hol/abdulla-oripov-1941-2016/>.

Баҳодир Эсонов. “Ўзбек шоираси — Вьетнамда.” O‘zbekiston adabiyoti va san’ati 10 Jul. 2020: 8.

“Ёзувчи Мамадали Маҳмудов вафот этди.” 16 Oct. 2020. Web. 15 Jun. 2021. <https://m.kun.uz/news/2020/10/16/yozuvchi-mamadali-mahmudov-vafot-etdi>.

“Ёзувчи Саид Аҳмаднинг 100 йиллиги.” 2 Jun. 2020. Web. 6 Jun. 2021. <http://navoiy.uz/navoiy/2342-128218ezuvchi-said-a1203madning-100-yilligi.html>.

“Жаҳон адабиёти манзаралари.” 22 Aug. 2020. Web. 3 Jun. 2021. <https://uzas.uz/articles/4485/>.

“Қувончли «Рангин кўзёшлар».” O‘zbekiston adabiyoti va san’ati 14 Aug. 2020: 4.

"Матонат мадҳияси." O'zbekiston adabiyoti va san'ati 14 Feb. 2020: 6.

"Президент ва ҳукумат аъзолари Шукрулло Юсупов вафоти муносабати билан ҳамдардлик билдирди." 20 Jul. 2020. Web. 14 Jun. 2021. <https://kun.uz/news/2020/07/20/prezident-va-hukumat-azolari-shukrullo-yusupov-vafoti-munosabati-bilan-hamdardlik-bildirdi>.

"Саид Аҳмад (1920–2007)." 2 Oct. 2017. Web. 6 Jun. 2021. <https://saviya.uz/hayot/tarjimai-hol/said-ahmad-1920-2007/?imlo=k>.

"Саид Аҳмад таваллудининг 100 йиллиги муносабати билан халқаро видеоконференция ўтказилди." 17 Jun. 2020. Web. 6 Jun. 2021. <https://ndpi.uz/uz/2020/06/17/11333/>.

"«Севги билан ғолибман ҳар он!» — Шароф Рашидовнинг шеърий китоби нашрдан чиқди." 8 May. 2020. Web. 3 Jun. 2021. <https://uza.uz/uz/posts/sevgi-bilan-olibman-ar-on-sharof-rashidovning-sheriy-kitobi-08-05-2020>.

"Сўз чамани." 10 Oct. 2020. Web. 3 Jun. 2021. <https://uzas.uz/articles/4666/>.

"'Сўз чамани' рукнидаги китоблар тақдимоти ўтказилди." 20 Sept. 2020. Web. 3 Jun. 2021. <https://uza.uz/uz/posts/s-z-chamani-ruknidagi-kitoblar-ta-dimoti-tkazildi-22-09-2020>.

"«Сўз чамани» рукнидаги янги китоблар тақдимоти ўтказилди." 29 Sept. 2020. Web. 3 Jun. 2021. <https://uza.uz/uz/posts/s-z-chamani-ruknidagi-yangi-kitoblar-ta-dimoti-tkazildi-29-09-2020>.

"Таржимон Амир Файзулла вафот этди." 21 Dec. 2020. Web. 15 Jun. 2021. <https://m.kun.uz/news/2020/12/21/tarjimon-amir-fayzulla-vafot-etdi>.

"ТАТУда Саид Аҳмаднинг 100 йиллиги нишонланди." 10 Jun. 2020. Web. 6 Jun. 2021. <https://xabar.uz/talim/tatuda-said-ahmadning-100-yilligi-nishonlandi>.

"Туркияда ўзбек тили ва адабиётига қизиқиш ортмоқда." O'zbekiston adabiyoti va san'ati 18 Sept. 2020: 4.

"Ўзбек адибининг асари Боку саҳнасида." O'zbekiston adabiyoti va san'ati 17 May. 2020: 6.

"Ўзбек адиблари дунёга чиқмоқда." O'zbekiston adabiyoti va san'ati 14 Feb. 2020: 2.

"Ўзбекистон санъат арбоби Асил Рашидов вафот этди." 16 Sept. 2020. Web. 10 Jun. 2021. <https://kun.uz/news/2020/09/16/ozbekiston-sanat-arbobi-asil-rashidov-vafot-etdi>.

"Ўзбекистон халқ шоири Охунжон Ҳакимов вафот этди." 26 Mar. 2020. Web. 14 Jun. 2021. <https://uza.uz/uz/posts/zbekiston-khal-shoiri-okhunzhon-akimov-vafot-etdi-26-03-2020>.

"Ўзбекистонга саёҳатдан илҳомланиб 50дан ортиқ шеър битган шоирнинг соғинчи." O'zbekiston adabiyoti va san'ati 24 Jul. 2020: 1.

"Ўзбекистонлик таниқли таржимон Муҳаммаджон Холбеков 70 ёшида вафот этди." 29 Oct. 2020. Web. 10 Jun. 2021. <https://m.daryo.uz/k/2020/10/29/ozbekistonlik-taniqli-tarjimon-muhammadjon-xolbekov-70-yoshida-vafot-etdi/>.

"Ўткир Ҳошимов (1941-2013)." 22 Apr. 2017. Web. 1 Jun. 2021. <https://saviya.uz/hayot/tarjimai-hol/otkir-hoshimov-1941-2013/?imlo=k>.

作者单位：信息工程大学洛阳校区

2020年西班牙语文学概览

杨　玲

内容提要：2020年，新冠肺炎病毒在西班牙肆虐，人们日常生活深受影响；不过，文坛不乏可圈可点之处。作家们关注文学和语言本身的作品，探究了文学和语言的治愈功能；同时，疾病和死亡成为热点主题，孕育出一批歌颂精神重生的佳作；"罪与罚"的母题出现在几部作品之中，既诠释现实的残酷，又呼唤未来的和解；此外，女性文学依然是不可忽视的亮点。2020年马德里召开的"Ñ文学大会"所呼吁的主题可谓这一年文学创作的最佳阐释：在这样一个反乌托邦已成为现实的时刻，文学需要乌托邦，因为文学能够治愈心灵，带来新生。

2020年，突如其来的新冠肺炎疫情使所有人的生活脱离了正轨。在这一年里，文学界失去了诸如西班牙戏剧家何塞·玛利亚·贝内特·依赫内特（Josep Maria Benet i Jornet，1940—2020）、智利小说家路易斯·塞普尔维达（Luis Sepúlveda，1949—2020）这样的文学精英。所幸，当代作家们没有惧怕，也没有懈怠，创作出了比往日更加精彩、更有震撼力的作品。其中既有回归文学本体、探讨文学和语言治愈功能的作品，又有从疾病、灾难和死亡中寻找新生的主题，还有书写战争与仇恨、呼唤爱与和解的故事。

2020 年 11 月，马德里召开了第十二届“Ñ 文学大会”，这是国际西班牙语文学的重要盛会之一，从会议的主题我们能清楚地感觉到 2020 年文学的倾向和读者的期待：“反乌托邦已死，乌托邦万岁”。本届大会主席赫苏斯·鲁依斯·曼迪利亚（Jesús Ruiz Mantilla，1965— ）针对此主题进一步解释说，提出这样一个抉择性话题旨在引发思考，探讨在当今这个反乌托邦的世界中建立起的乌托邦（“Madrid acoge la XII edición del Festival Eñe dedicado a la literatura en español”）。的确，鲁依斯·曼迪利亚一语中的，文学需要乌托邦，特别是 2020 年，世界需要文学带来的良药与新生。

一、语言、文学与治愈

墨西哥女作家布伦达·洛萨诺（Brenda Lozano，1981— ）于 2020 年出版了第一部治愈之作。小说《女巫》（*Brujas*）以墨西哥社会为背景，揭露了针对女性的暴力。故事开篇，一位名叫帕罗玛的女性被谋杀了，其被杀不仅因为她是女性，也因为她是一个变性者。被杀前，她曾靠卖身过着醉生梦死的生活，而在成为帕罗玛之前，她还曾是一位巫医。小说的叙述者是一位名叫左伊的女记者，她因为对杀戮女性的事件深恶痛绝，希望能为女性发声而接受此项跟踪调查任务。随着左伊对帕罗玛的弟子菲利希亚娜展开采访，帕罗玛被杀的真相被揭开的同时，女性触目惊心的生存境地逐渐展现在读者眼前。《女巫》围绕针对女性的暴力、语言蕴藏的巨大能量以及如何治愈心灵的疾病三个主题展开。暴力犯罪一直是困扰拉丁美洲最为严重的问题之一，拉美被认为是世界上暴力犯罪最严重的地区，凶杀率高居全球榜首，女性尤其是暴力行为和戕害的对象。拉丁美洲被联合国称为全球女性处境最危险的地方，而墨西哥则“名列前茅”。自20世纪90年代以来，墨西哥女性被杀害的事件屡见不鲜，据统计，平均每天有10名女性死于谋杀，被害者多数遭到强奸、折磨、毒打，然后被枪杀或被利器刺死或被扼死，最后被弃尸荒野，而且最为可怕的是这些案件大部分至今未破。在作者看来，针对病态的社会和人类内心的顽疾，只有语言拥有治愈的神奇力量。小说中，菲利希亚娜开了一家名为“语言”的治疗所，她依靠语言和仪式，不仅能够治愈身体，更能治愈灵魂的疾病，向她求助的人包括艺术家、电影人、作家、音乐家等各类身份地位显赫却被内心创伤所困扰的人。治疗所的存在具有重要的象征意义：女性依靠语言治愈自身与他者。关于小说的题目，据作家本人称，其灵感源自美籍意大利裔学者费德里奇的著作《卡利班和女巫》。无疑，这样一个题目首先影射了欧洲女性的悲惨历史：15、16世纪时，欧洲曾出现大规模的“猎巫”行动，抓捕并严惩女巫，残忍地把她们送上火堆，活活烧死。她们背负的主要罪名不过是使用避孕和堕胎药物，其实这无非是女性渴望控制自己命运的一种表现。但恰恰就是这样的愿望才使她们惨遭厄运，因为在强大的男性社会里，这种“奢侈”的愿望是不可容忍的。在洛萨诺笔下，“女巫”不仅意味着治愈他者，更意味着女性之间互相保护的联盟。无论是帕罗玛和菲利希亚娜的神秘治愈能力，还是日常生活中左伊母亲那种在关键时刻意识到女儿处于危险之中的第六感，都是女性构建的自我保护和改变生存境遇的联盟。

智利作家阿莱汉德罗·赞布拉（Alejandro Zambra，1975—　）

的小说《智利诗人》（*Poeta chileno*）讲述了一个文学与生活的故事。一如轻盈的灵魂与沉重的肉体之间的矛盾，形而上的诗与形而下的生活是小说主人公冈萨罗痛苦的根源。冈萨罗是一位蹩脚的诗人，同时也是一位继父，两者之间本身就存在着格格不入的矛盾。他渴望成为一位真正的诗人，同时又不得不努力成为一个称职的爸爸，却始终徘徊在两者之间。作为爸爸，他需要丢下虚无缥缈的诗歌，站在世俗的现实一边，操心生活的各种琐事，例如为继子能否上大学而焦虑，但讽刺的是结果却事与愿违：继子的选择恰恰是丢下世俗的现实，进入虚无缥缈的诗歌世界，像继父一样成为诗人，为了超脱于现实，他甚至以吞食猫粮为瘾。孩子的母亲是一位桀骜不驯的独立女性，而其亲生父亲却是一个以收集玩具汽车为乐的平庸的人。几个人物之间的矛盾可想而知。值得一提的是，书中戏谑地调侃了文学圈子的错综复杂，有真正的英雄，也不乏骗子。作家借书中次要人物的话重新审视，甚至在某种程度上质疑了智利诗歌的神话，可谓振聋发聩。智利诗人尼卡诺尔·帕拉说过："真正的严肃是喜剧性的"（Binns）。的确，真正引发思考的大师往往是幽默反讽的，比如塞万提斯、克维多、契诃夫、卡夫卡等。正如《堂吉诃德》展现的是"含泪的笑"，《智利诗人》通过揶揄讽刺有效地展现了现实的残酷。百无聊赖的冈萨罗常常陷入形而上的沉思，例如看到字典上对"后爸爸"一词的第二条释义是"坏爸爸"，他联想到了自己作为诗人的失败，或许自己不仅是一个坏爸爸，更是一个坏诗人，他想象着当继子被问到父亲的职业时，孩子的回答很可能是一句："我的后爸爸是一位后诗人"。这样极具讽刺性且耐人寻味的情节在小说中比比皆是。在作家笔下，冈萨罗的失败是智利诗人的缩影，而其继子则象征着未来的希望，一如被普通人嗤之以鼻的猫粮对其心灵的抚慰，诗歌才是生活的良药，让人能够超越世俗与平庸。

乌拉圭女作家克劳蒂亚·阿门瓜尔（Claudia Amengual，1969— ）的小说《胡利亚娜和书》（*Juliana y los libros*）是一个关于书籍治愈心灵的故事。小说中，书对于女主人公胡利亚娜来说就是她的生命，每一本她阅读过的书都标记着她在这个世界上所走过的脚步，诠释着她的全部情感：激情、反感、喜悦、惆怅……故事中的胡利亚娜过着孑然一身的生活，但她热烈地享受着自己的人生，因为她热爱艺术、旅行、写作，尤其热爱读书。正如她自己所说，"只要身边有一本书，我从不会感到孤独"（"Juliana y los libros"）。小说以一封主人公胡利亚娜写给作家本人的信开篇也可谓别出心裁，在信中胡利亚娜感谢作家愿意书写她和书籍的故事，并且希望自己提供给作家的素材已经足够丰富，热切希望自己能够成为作家构建的文学世界中的一个人物。更为有趣的是，小说的结尾依然以一封主人公写给作家的信收笔。在信中胡利亚娜这样写道："你是作者，我是叙述者。可以说，我是你创造的一个声音，一个通过第一人称以自己的视角讲述自己的故事的声音。你是现实，我是虚构。然而，我们俩都是真实的，只不过我们存在于不同的世界"（Amengual 158–159）。于是，真实与虚构的界限被打破，自然而然的叙述者转换为自我意识的叙述者。作家本人坦言，《胡利亚娜和书》或许是她最后一部小说，希望能用这样一部关于阅读与书的故事向自己钟爱的文学世界致敬（"'Juliana y los libros', nueva obra de Claudia Amengual"）。"我之所以能成为我，是因为书，是因为那些沉浸在书中的数不清的时光"（"Juliana y los libros"），作家在前言中如是说。的确，对于作家而言，书是连接内心与现实的纽带，也是治愈孤独的良方。

二、疾病、灾难与新生

疾病和死亡向来是文学的重要母题。2020 年，新冠病毒肆虐全球，促使作家们再次思考这一主题。西班牙作家阿尔勃特·埃斯皮诺萨（Albert Espinosa，1973— ）的故事集《有失才有得》（*Si nos enseñaran a perder ganaríamos siempre*）由 19 个能够慰藉心灵的小故事组成，幽默的语言和高超的叙事手法，颇有欧·亨利的风格。书中的很多故事涉及疾病、死亡，弥漫着忧伤的色彩，但骨子里却蕴藏着勃勃生机。这也正是这部作品的意义所在，即生命的力量是强大的，足以给人以勇气面对疾病与死亡。正如作家在前言中对读者所说，“我总是在想，特别是当你急需一些别人的话来治愈你自己的时候，你会需要这样的书籍”（Espinosa 4）。例如第一个故事，讲的是亲情与死亡的主题。主人公是一对 15 岁的孪生兄弟，不仅相貌一样，而且心灵相通。然而，哥哥得了癌症，弟弟却健康得几乎没有生过任何疾病。就在哥哥要做开颅手术的前一晚，他向弟弟提出了一个请求，希望弟弟能够代替他躺在病床上一晚，以便他可以溜出医院去体验一下他未曾体验过而且很可能永远也没有机会体验的人生。弟弟出于对哥哥的爱答应了他的请求。于是，这一晚弟弟被所有人当成哥哥来对待，护士为他测量体温，宽慰安抚他；医生和他谈论第二天的手术；隔壁的女性病友来探望她，给他温柔一吻。第二天早晨，哥哥如约返回，被推进了手术室。弟弟收到了哥哥留给他的一封绝笔信，上面写着：“相信在这一晚的换位体验之后，无论发生什么，我都会活在你心里”（19）。小说中很多关于疾病和死亡的感悟与思考或许跟作家本人青少年时期因患骨肉瘤卧床十余年的曲折经历有关。在后记中，作家诠释了小说的题目：“我相信一切都可以超越，这些故事让我们学会失去，唯有这样，我们才能最终得到”(180)。

智利女作家伊莎贝尔·阿连德（Isabel Allende，1942— ）出版了自传体小说《我灵魂中的女人》(*Mujeres del alma mía*)。小说的第一句话便直截了当表明了作家的立场：“我毫不夸张地说，从幼儿园时期起，我就是一名女性主义者，尽管那时我和我的家人还不曾知道这个概念”(“Su madre，su abuela，su hija”)。作品书写了作家本人从童年直至成为作家的成长过程，突出了几位重要女性对其人生的巨大影响。其中包括她的亲朋好友，例如拥有传奇人生的母亲潘奇塔，患上紫质症而最终去世的女儿帕拉，被称为“拉美作家的格兰德大妈”的文学经纪人卡门·巴尔塞斯等；也包括对其影响至深的女性作家，例如弗吉尼亚·伍尔夫、玛格丽特·阿特伍德等；还有很多不知名但能代表她们这一代承受磨难却坚韧前行的女性艺术家。该书最初名为《我们女人想要的》，但因为与美国作家埃丽卡·容的作品重名，改为现在的名字。从原始的书名，我们可以清楚地看到作家的女性主义倾向。在小说的结尾，作家还对近几年如火如荼的“#MeToo”运动进行了深入的探讨，同时对新冠肆虐、社会动荡的2020年以及人类集体面临的困境进行了思考。阿连德的作品常常是自传式的，通过女性特有的敏感与幽默，展现女性的纯真、骄傲和坚韧。《我灵魂中的女人》出版后受到读者的广泛好评，因为作品从女性的视角，提供了某种精神上的力量，某种面对突如其来的疾病与灾难时可以寻求的心灵上的慰藉和勇气。

西班牙女作家拉盖尔·特拉尼利亚（Raquel Taranilla，1981— ）继2015年发表作为癌症患者的自述性纪实作品《我的身体也是》后，2020年出版了小说《夜晚与海洋》(*Noche y océano*)，一举夺得简明丛书奖（Premio Biblioteca Breve）。故事的核心基于发生在2015年的一个真实事件：德国著名恐怖片导演茂瑙（F. W. Murnau，1888—1931）去世80多年后，有人撬开棺材盗走了他的头颅。小说开篇，女主人公贝亚特里斯看到新闻上报道的茂瑙头颅被盗事件，从细节描述中，她立刻意识到，作案者不是警方推测的撒旦教派，而正是她曾经的朋友。继而，作家向我们讲述了贝亚特里斯和这位神秘的基罗斯之间的故事。贝亚特里斯的形象极具代表性，她在大学里担任助教，具有她那一代人的普遍特性，文化素质高，却缺乏信心，僵化的学术体制在她看来只能助长平庸和无聊，没有丝毫创新可言，因而让她倍感窒息。她常孤身一人，几乎没有任何社交，对任何事情毫无兴趣可言，过着周而复始的生活。这样的一种状态被她的医生诊断为“持续性乏力”，而用她自己的话说则是一种“热情的老化”。她以低廉的租金租住在一座破旧的古宅中，房东的朋友基罗斯突然入住这座古宅，打破了她一潭死水的生活。基罗斯对神秘的德国电影先驱茂瑙的痴迷近乎癫狂，打算拍摄一部能够还原茂瑙精神世界的影片，其匪夷所思的想法引起了贝亚特里斯的兴趣。而贝亚特里斯对茂瑙充满谜团的人生的调查，对基罗斯几乎病态的心理情结的解读，其实更像是对自己内心世界的探究和治愈。虽然最后基罗斯不知所踪，贝亚特里斯却为他设想了圆满的结局，自己也由此获得了新生。作家的叙事风格独特，有点和西班牙另一位当代作家恩里克·比拉-马塔斯（Enrique Vila-Matas，1948—　）类似，两位作家都喜欢将情节心理化，常常既在叙事又在描写心理。《夜晚与海洋》更是夹叙夹议，并且穿插了大量主人公的内心独白。作家借主人公之口把自己的叙事风格定义为“癌症式的演讲”，因为在情节中穿插了大量的思想、概念、引用和注释。简明丛书奖的评奖委员会认为，“小说采用第一人称，同时融入了众多人称的声音，开启了无数种解读现实的可能性”（“Raquel Taranilla gana el premio Biblioteca Breve”）。

三、仇恨、爱与和解

西班牙作家赫苏斯·鲁依斯·曼迪利亚曾呼吁，“已经到了我们找回崇高，表达渴望改善的时刻”（“Madrid acoge la XII edición del Festival Eñe dedicado a la literatura en español”）。的确，疫情之下，人们常常面临生死抉择，这时更能凸显人性的善恶，更需要坚定的意志来战胜内心的恐惧。西班牙女作家罗莎·蒙特罗（Rosa Montero，1951— ）出版小说《好运》（*La buena suerte*），讲述了一个当代的“罪与罚”故事，即逃避无法摆脱罪恶，唯有爱与和解才能实现救赎。故事开篇，一个神色茫然的男人提前下了火车，来到一个名叫“黑井”的萧条的小镇，匆匆以高价买下火车站对面名为“复活”的街道上的一所房子，隐居起来。随后我们知道他是一位世界顶级建筑师，来到此处似乎是为了躲避某个可怕的人或事物，又或者是在躲避自我。而这个死气沉沉的小镇也仿佛被诅咒了一般，处处显露出厄运的征兆。每个住在这里的人都隐藏着秘密，有着不堪回首的过往，有的人的故事黑暗恐怖，有的阴郁凄凉，有的荒诞不经。每个人都在假装，假装成一个与真实的自己截然不同的人。然而，伪装不过是一种逃脱，逃脱原本的人生，逃脱曾经的罪恶，从零开始。小说探讨了善恶的界限，阐释了恐惧与平静、罪恶与救赎、仇恨与真爱等一对对矛盾的主题，最终让我们看到的是人性本善。小说的叙事技巧独特，故事分三条线索展开，主线围绕主人公逃避现实隐居小镇展开，两条辅线分别是警方追踪和小镇居民的反应。刊登在西班牙《文化报》上的一则评论认为，作品提出了“独特的、有争论的问题，并以艺术性的手法给出了有效的回答，标志着罗莎·蒙特罗创作的顶峰”（“Instrucciones para salvar el mundo”）。

西班牙作家佩里迪斯（Peridis，1941— ）的小说《我赖以生存之心》（*El corazón con que vivo*）获得了长篇小说之春奖（Premio Primavera de Novela）。小说共分为五部分，讲述了从 1936 年夏天至 1941 年秋天西班牙内战前后一段荡气回肠的故事。战争带来的残暴与丑恶之下，人类应该何去何从是小说思考的主题。1936 年 7 月刚刚从医学院毕业的卢卡斯满怀希望和憧憬回到家乡，在洋溢着幸福的节日舞会上再次遇到了青梅竹马的埃斯佩兰萨。然而就在舞会后两天，突如其来的战争扰乱了所有的生活与梦想。卢卡斯的兄弟因为参加了革命党而被判处死刑。埃斯佩兰萨和卢卡斯也因为分别属于两个政见相左的家庭而渐行渐远。小说的题目来自何塞马蒂的一首抒情诗：“为那个残忍的，/ 拔掉了我赖以生存之心的人，/ 我不种刺蓟，也不种荨麻，/ 我种下一株白玫瑰。”战争意味着仇恨和恐惧，曾经的故交因为政见不同而骤然反目；残酷的战争照出人性丑陋的一面，曾经的邻居为了自己的利益甚至无耻地举报他人，满口仁义道德的神父竟然在讲经布道时煽动暴力与杀戮。然而，在一切美好都仿佛支离破碎的时候，爱和希望依然存在，在命悬一线的时刻，仍能看到救死扶伤的医生，仍能看到坚不可摧的友谊。小说中人物名字的象征意义不言而喻，例如，男主人公卢卡斯（意为“光明”），费莉西达（意为“幸福”），埃斯佩兰萨（意为“希望”），卡莉达（意为“仁爱”）。最终男女主人公卢卡斯和埃斯佩兰萨历经沧桑，终成眷属，更是象征着对美好未来的期盼。小说展现了情感的力量、尊严的可贵以及和解的需要，作家通过这个感人肺腑的故事提醒我们在思想的分歧之上还有人性的善良，在关键时刻，我们有能力做出更好的选择。

西班牙女作家艾娃·加西亚·萨恩斯·德乌尔图里（Eva García Sáenz de Urturi，1972— ）出版了小说《阿基坦》(*Aquitania*)。故事以中世纪的欧洲为背景，阐释了权力与欲望、爱情与背叛、仇恨与谅解的主题。女主人公阿基坦女公爵埃莉诺是欧洲中世纪最有财富和权力的女人，她先后成为法兰西国王路易七世和英格兰国王亨利二世的王后，更是后来的英王理查一世的母亲。小说开篇，埃莉诺坦言，“这是关于我的两个家族的故事，即可怕的历代阿基坦公爵们和声名狼藉的法兰西卡佩王朝的故事，讲述了我们如何相互仇恨，又如何勾画出我们的一生，最终又如何相互摧毁的故事，那是在风起云涌的12世纪，欧洲的一切从此发生了翻天覆地的变化”（García Sáenz de Urturi 17)。老公爵殒命，临死前将爵位留给天资聪慧的埃莉诺，而埃莉诺为报父仇违心答应嫁给路易王子。虽然最终获得了至高无上的权力，埃莉诺却成为欲望与权力的牺牲品，正如她所说，自己只能一路向上，连逃避都是向上的；同时她也是时代对女性偏见的牺牲品，男权社会无法容忍她那独立的主见和张扬的个性。埃莉诺凭借坚定的自我意识和超凡的智慧，最终掌控了自己的命运。她与两任丈夫之间有爱情更有仇恨，最终她将自己的孙女嫁给路易的孙子，以谅解收尾，从而也获得了精神上的救赎，表达出对一个没有杀戮和不公的新天新地的向往。作家兼中世纪史研究者胡安·埃斯拉瓦·加兰（Juan Eslava Galán，1948— ）认为，小说的结构堪称完美，犹如一幅绚丽多彩的中世纪壁画（“Eva García Saénz de Urturi”)。

结语

综上所述，疫情之下，2020年的西班牙语文学并没有沉寂，相反，作家们更是笔耕不辍，创作出了能够慰藉心灵的作品，实属难能可贵。看似不创造价值的文学展现出物质无法给予的神奇功效：虚构的乌托邦治愈残酷的现实，死亡的母题中孕育着新生，当代的“罪与罚”故事预示着仇恨后的和解与苦难后的救赎。

参考文献：

Amengual, Claudia. *Juliana y los libros*. Montevideo: Penguin Random House Grupo Editorial, 2020.

Binns, Niall . “La seriedad es cómica.” 2 Dec. 2011. Web. 21 Mar. 2021. <https://www.publico.es/culturas/seriedad-comica.html>.

Espinosa, Albert. *Si nos enseñaran a perder ganaríamos siempre*. Barcelona: Penguin Random House Grupo Editorial, 2020.

“Eva García Saénz de Urturi, Premio Planeta 2020 con el thriller medieval ‘Aquitania’.” 15 Oct. 2020. Web. 10 Mar. 2021. <https://www.europapress.es/catalunya/noticia-eva-garcia-saenz-urturi-premio-planeta-2020-aquitania-20201015200549.html>.

García Sáenz de Urturi, Eva. *Premio Planeta 2020: ganador y finalista*. Barcelona: Editorial Planeta, 2020.

“Instrucciones para salvar el mundo.” 10 Jul. 2008. Web. 30 Mar. 2021. <https://elcultural.com/Instrucciones-para-salvar-el-mundo>.

“Juliana y los libros.” Web. 30 Mar. 2021. <https://www.penguinlibros.com/uy/literatura-contemporanea/162272-juliana-y-los-libros-9789974903630#>.

“‘Juliana y los libros’, nueva obra de Claudia Amengual.” 10 Jun. 2020. Web. 30 Mar. 2021. <https://www.montevideo.com.uy/Tiempo-libre/-Juliana-y-los-libros-nueva-obra-de-Claudia-Amengual-uc755303>.

“Madrid acoge la XII edición del Festival Eñe dedicado a la literatura en español.” 22 Nov. 2020. Web. 20 Apr. 2021. <https://espanol.cgtn.com/n/2020-11-22/EFEEIA/madrid-acoge-la-xii-edicion-del-festival-ene-dedicado-a-la-literatura-en-espanol/index.html>.

Montero, Rosa. *La buena suerte*. Madrid: Alfaguara, 2020.

“Raquel Taranilla gana el premio Biblioteca Breve con su ópera prima ‘Noche y océano’.” 11 Feb. 2020. Web. 21 Mar. 2021. <https://www.antena3.com/noticias/cultura/raquel-taranilla-gana-el-biblioteca-breve-con-su-opera-prima-noche-y-oceano_202002115e4256730cf2c9ccc2753719.html>.

"Su madre, su abuela, su hija Paula, Virgina Woolf o Michelle Bachelet: estas y otras mujeres poderosas inspiran el nuevo libro de Isabel Allende, 'Mujeres del alma mía'." 5 Nov. 2020. Web. 11 Feb. 2021. <https://www.womennow.es/es/noticia/nuevo-libro-isabel-allende-mujeres-del-alma-mia/>.

作者单位：首都师范大学外国语学院

2020年伊朗文学概览

时　光

内容提要：2020年伊朗文坛深受新冠疫情影响，部分文学交流活动被迫停办或推迟，一些诗人作家也因感染新冠病毒而住院治疗甚至不幸离世。尽管如此，2020年伊朗文坛依然诞生了一批深入反映伊朗当代社会现实问题、展现多变人际关系与复杂人物内心情感的佳作，为生活在疫情时代的伊朗读者带来一些慰藉与解脱。

自2020年2月在伊朗库姆市发现第一例新冠病毒确诊病例之后至该年年底，伊朗累计确诊病例已超过100万例，其中死亡病例多达5万多人，是全球疫情最为严重的国家之一。新冠疫情在伊朗各地的蔓延不仅严重危害了当地人民的生命及健康，也沉重地打击了国家经济，影响了政治与文化生活等。在文学创作及图书出版领域，疫情蔓延导致图书的审稿编辑、印刷发行等工作出现了多米诺骨牌式的延误，部分原本应于2020年出版的小说、诗歌、文学评论、译著等无法按时发行，多场本应在2020年举办的文学奖项颁奖大会被推迟或取消，例如原计划于2020年2月揭晓的第9届七境域文学奖

(جایزه ادبی هفت اقلیم）获奖名单未能如期宣布，最后在3月以线上形式公布了获奖名单；通常在每年年末举行的贾拉勒·阿勒阿赫玛德文学奖（جایزه ادبی جلال آل احمد）颁奖典礼也被延迟至2021年。此外，多项文学、图书、作家与读者的交流活动也因伊朗政府与国家卫生部门的防疫措施而被迫取消、延迟或改为其他形式进行。更令人心痛的是数位杰出的伊朗作家、诗人因感染新冠病毒在2020年与世长辞，给伊朗文坛带来了无可挽回的损失。

一、2020年伊朗重要文学奖项获奖情况

从2020年伊朗重要文学奖项的评选结果来看，伊朗文坛依然延续着官方与非官方界限分明的特色。在具有官方色彩的伊朗伊斯兰共和国年度图书奖（جایزه کتاب سال）、曙光旬国际诗歌节（جشنواره بین المللی شعر فجر）中，以历史、战争为背景的作品继续受到评委青睐，而一些带有理想主义、浪漫主义特色的作品则在七境域文学奖、紫荆花奖（جایزه ارغوان）等半官方或非官方的文学奖评选中收获好评。

1. 伊朗伊斯兰共和国年度图书奖

2020年2月5日，第37届伊朗伊斯兰共和国年度图书奖颁奖典礼在伊朗首都德黑兰落幕，入围本届评选的书籍均为伊朗历1397年[1]首次公开发行的图书作品。获2019年第12届贾拉勒·阿勒阿赫玛德文学奖提名的作品再次荣获了伊朗伊斯兰共和国年度图书奖最佳长篇小说及最佳短篇小说集的提名，它们是：长篇小说《游手好闲》（وضعیت بی عاری）、《环绕单行道》（دور زدن در خیابان یکطرفه），以及短篇小说集《被震惊的我们》（افتاده بودیم در گردنه حیران）。不过遗憾的是，评

1　即公历2018年3月21日至2019年3月20日。

选委员会最终宣布本届文学类大奖空缺。

长篇小说《游手好闲》的作者哈梅德·贾拉利（حامد جلالی，1970— ）毕业于伊朗广播电视大学，在20世纪90年代末开始写作生涯后一直致力于创作短篇小说，并相继获得了伊斯法罕文学奖（جایزه ادبی اصفهان，2006）、马拉盖现代散文文学奖（جایزه ادبی نثر معاصر ملاغه，2011，2013）、加迪尔文学奖（جایزه ادبی غدیر，2013）、亚苏季波斯湾文学奖（جایزه ادبی خلیج فارس یاسوج，2013，2014）等。《游手好闲》是贾拉利创作的第一部长篇小说，讲述了一对因宗教信仰差异而无法结为合法夫妻的恋人从第二次世界大战至20世纪80年代两伊战争期间的生活遭遇。[2]

此外，在本次颁奖典礼中，第27届伊朗伊斯兰共和国年度世界图书奖（جایزه جهانی کتاب سال جمهوری اسلامی ایران）评选结果也同时揭晓。中国著名波斯语文学专家、北京外国语大学穆宏燕教授撰写的《伊朗小说发展史》荣获最佳图书奖。这部作品于2019年出版，是中国第一部有关伊朗古今小说发展史的专著，介绍了自公元前11世纪伊朗民族的故事文学至21世纪伊朗现代小说的发展历程，并阐述了多位伊朗著名小说家的生平经历、写作特点以及他们的部分代表作品。

2. 七境域文学奖

第9届七境域文学奖获奖作品原计划于2020年2月揭晓，但由于新冠疫情的影响，颁奖典礼推迟至2020年3月5日以线上方式举行。本届评选依然设立了最佳长篇小说与最佳短篇小说集两个奖项，伊朗中央出版社（نشر مرکز）成为本届七境域文学奖的焦点，该出版社出版的两部作品——纳赛尔·帕亚姆（ناصر پیام，1969— ）的长

2 小说内容详细介绍参见《外国文学通览：2019》。

篇小说《天鹅映象》（قوها انعکاس فیل ها）以及法蒂玛·梅赫尔·萨拉尔（فاطمه مهرخان سالار，1972— ）的短篇小说集《雪鸮》（جغد برفی）包揽了两项大奖。[3]

《天鹅映象》发行于2019年，小说的主人公是一位画家，多年以前他还在上学时突然遭到一位妇女的袭击，这位暴怒的女子用手中的雨伞将他打倒在地，正在此时一位与该女子同行的女孩拉开了打人的女子并向他表示歉意，画家经历此事之后一直无法忘却这位名为“努拉”（نورا）的女孩，直到有一日两人以一种无法想象的方式再次见面。小说的作者纳赛尔·帕亚姆同时也是伊朗著名影视剧本作家，或许正因为如此，在这部小说中作者采用影视剧中的多角度、多维度转换等叙述手法展开小说情节，以一种新颖的模式放大了读者的思维阅读空间。这部作品问世后成为2020年伊朗热销小说，同年还在第3届艾哈迈德·马哈茂德文学奖（جایزه ادبی احمد محمود）评选中被评为最佳小说。

3. 紫荆花奖（جایزه ارغوان）

紫荆花奖始于2018年，该奖项专门评选尚未发表、出版的短篇小说作品，旨在发掘优秀的青年小说人才与潜在的优秀作品，以鼓励短篇小说创作，正因为如此，该奖项虽然历史不长，但在短短几年内已成为深受伊朗文坛的草根文人以及新兴网络写手关注的文学奖项。第3届紫荆花奖参选作品征集始于2019年底，至2020年5月结束，共收到700部参赛作品，初选后有536部作品获得正式参选资格，这一数字比上一届增长了40%，其中男性作家作品182部，女性作家作品354部。受新冠疫情影响，第3届紫荆花奖组委会于

3 “برگزیدگان نهمین دوره جایزه ادبی هفت اقلیم معرفی شدند” خبرگزاری جمهوری اسلامی Web. 6 Jul. 2021. <https://www.irna.ir/news/83777095/برگزیدگان-نهمین-دوره-جایزه-ادبی-هفت-اقلیم-معرفی-شدند>.

2020 年 8 月以线上形式举办了颁奖典礼，宣布曼努切赫尔・扎雷普尔（منوچهر زارع پور，出生年份不详）的《纳吉卜》（نجیب）、马尔济耶・巴兹亚尔（مرضیه بازیار，出生年份不详）的《皇家马德里 3–1 尤文图斯》（رئال ۳، یوونتوس ۱）分别荣获本次评选的第一、第二名。

4. 曙光旬国际诗歌节（جشنواره بین المللی شعر فجر）

2021 年 1 月 31 日，伊朗扎黑丹市新月文化与电影中心举办了第 14 届曙光旬国际诗歌节闭幕式。本届诗歌节依然设立成人优秀诗歌作品、儿童与青少年优秀诗歌作品以及诗歌研究优秀作品三个奖项。在成人优秀诗歌作品奖评选中，瓦海・阿尔曼（واهه آرمن，1960— ）的《多瑙河之色》（به رنگ دانوب，2019）及潘泰亚・萨法伊（پانته آ صفایی，1980— ）的《拉拉》（رارا）共同包揽了大奖；法蒂玛・萨拉尔万德（فاطمه سالاروند，1973— ）的《你的心带走了许诺》（دل تو برد شرط را，2019）、古拉姆礼萨・贝克塔什（غلامرضا بکتاش，1972— ）的《难道嘴唇有拉链》（مگر لب زیپ دارد，2018）获得了儿童与青少年优秀诗歌作品奖提名，但大奖最终未能评出；诗歌研究优秀作品奖则被授予了赛义德・阿里・米尔阿夫扎利（سید میرافضلی，1969— ）的《四行书》（کتاب چهار خطی，2020）。

诗歌集《多瑙河之色》共包含了 58 首波斯语现代诗歌，诗人瓦海・阿尔曼以朴素优美的生活语言，展现了复杂多样的社会面貌，描绘了人们面对亲情、关爱、疾病、死亡时的情感变化。

二、年度其他优秀文学作品

伊朗《国家理想报》（روزنامه آرمن ملی）在每个伊朗历年末均会推出由文学评论家选出的该年度出版发行的优秀文学作品，多年以来一直深受读者的认可与好评。该报社评出的伊朗历 1399 年[4]十佳长篇小说名单如下：阿图萨·阿夫辛纳维德（اتوسا افشین نوید, 1975—　）的《飞鱼归来》（بازگشت ماهی های پرنده）、梅赫迪·巴特加瓦（مهدی باتقوا, 1975—　）的《迎亲小巷》（کوچه عروس کشون）、罗伯特·萨法里扬（روبرت صافاریان, 1954—　）的《哈亚茨克主编注》（یادداشت های سردبیر هایاتسک）、佩曼·胡什曼德扎德（پیمان هوشمندزاده, 1969—　）的《J》（ج）、莫尼鲁丁·贝鲁提（منیرالدین بیروتی, 1970—　）的《蛇的气味》（بوی مار）、礼萨·朱拉伊（رضا جولایی, 1950—　）的《忧月，红月》（ماه غمگین، ماه سرخ）、阿提耶·阿塔尔扎德（عطیه عطارزاده, 1984—　）的《我，三号》（من، شماره سه）、索玛耶·玛基扬（سمیه مکیان, 1984—　）的《五夜》（پنج شب）、贾姆希德·马利克普尔（جمشید ملک پور, 出生年份不详）的《努班之风》（باد نوبان）以及侯赛因·加萨米（حسین قساقی, 1989—　）的《五夜》（پنج شب）。[5] 其中被评为年度最佳长篇小说的《飞鱼归来》讲述了一位伊朗裔英国移民的故事。40 岁的塔尔兰生于伊朗伊斯兰革命的年代，出生不久她便因两伊战争的爆发而被政府从两伊边境交火战区转移至首都德黑兰寄居，在饱尝了远离家园与亲人分离的痛苦之后，最终踏上了移民英国之路。小说通过描述塔尔兰不断漂泊的经历，反映了伊斯兰革命 40 年以来伊朗社会的巨大变化，同时展现了残酷的战争对社会与法治的破坏以及给普通民众带来的内心摧残。

伊朗《国家理想报》评出的年度五佳短篇小说集分别为阿斯加尔·阿卜杜拉希（اصغر عبداللهی, 1955—　）的《细雨中的哈姆雷特》

4　公历 2020 年 3 月 20 日至 2021 年 3 月 20 日。

5　كافی داستان "کتاب های برتر ادبیات داستانی فارسی در سال ۱۳۹۹" Web. 6 Jul. 2020. <https://www.cafedastan.com/1399/12/24/ کتاب%e2%80%8cهای-برتر-ادبیات-داستانی-فارسی-در >.

（هاملت در نم نم باران）、凯汉 · 汗贾尼（کیهان خانجانی，1973—　）的《伊朗情书》（عشق نامه ایرانی）、梅赫迪 · 马利克沙赫（مهدی ملکشاه，1984—　）的《我们不可能的涅槃》（نیروانای ناممکن ما）、贝赫纳兹 · 阿里普尔加斯卡里（بهناز علی پورگسکری，1968—　）的《蝴蝶记忆》（حافظه پروانه ای）以及娜塔莎 · 阿米里（ناتاشا امیری，1970—　）的《猫咪们无法决定》（گربه ها تصمیم نمی گیرند）。[6] 出版于 2020 年的《伊朗情书》颇受读者欢迎，这部短篇小说集共包含《沙姆苏阿马雷》（شمس العماره）、《阴影的三处景象》（سه صحنه سایه ها）、《燃烧者》（مردی که می سوخت）等 12 个爱情故事，每个故事的时间与地点皆不相同，但均发生在伊朗，各故事的情节彼此没有关联，但读者却会感受到近似的爱情意象与感动。

三、部分在 2020 年离世的伊朗文坛名人

2020 年 8 月 14 日，赛义德 · 穆罕默德 · 拉德马内什（سید محمد رادمنش，1927—2020）在德黑兰逝世，享年 93 岁。拉德马内什生前曾担任德黑兰大学波斯语言文学教授，撰写了《波斯文学读本选》（برگزیده متون ادب فارسی）、《伊本 · 阿拉比视角下的爱情与神秘主义》（عشق و عرفان از دیدگاه ابن عربی）等著作。

2020 年 8 月 14 日，青年诗人赛义德 · 哈米德 · 马哈茂迪（سید حمید محمودی，1988—2020）因感染新冠病毒在哈马丹病逝，年仅 32 岁。马哈茂迪是诗集《咀嚼之舞》（رقص جوینده）的作者，被读者称为“哈马丹之树”，伊朗文化与伊斯兰指导部部长萨利希亲自发文表达了对他的哀悼，称其离世是哈马丹人民的重大损失。

2020 年 8 月 20 日，伊朗青少年文学家曼努切赫尔 · 塞利米

6 “کتاب های برتر ادبیات داستانی فارسی در سال ۱۳۹۹” کافی داستان Web. 6 Jul. 2020. <https://www.cafedastan.com/1399/12/24/ کتاب%e2%80%8cهای-برتر-ادبیات-داستانی-فارسی-در >.

（منوچهر سلیمی，1928—2020）去世，享年 92 岁。塞利米于 1969 年开始自己的文学创作生涯，留下了《蚂蚁与狮子》（مورچه و شیر）、《生命之水》（آب حیات）等大量青少年文学作品。

2020 年 9 月 2 日，伊朗波斯语言文学院常任委员、著名作家、语言学家及翻译家伊斯玛仪·萨阿达特（اسماعیل سعادت，1925—2020）去世，终年 95 岁。萨阿达特曾主持编订了《波斯语言文学百科全书》（دانشنامه زبان و ادبیات فارسی），并担任过伊朗伊斯兰共和国声像组织高级编委会成员。

结语

纵观伊朗现当代文学发展史，战争、革命、天灾一直是文人、作家笔下的主旋律之一，伊朗当代社会中经历了 20 世纪后半叶历史的中老年一代对此有着切身体会，因此长期以来将伊朗巴列维王朝时期的政治斗争、伊斯兰革命、两伊战争作为故事背景的小说、诗歌等文学作品也深受这个年龄层读者群的青睐，在历年的重要文学奖评选中也屡屡获奖。然而，作为未曾经历那段历史却占全国人口较大比重的“80 后”“90 后”青年一代似乎对日益渗入伊朗社会的西方文化更感兴趣。受到互联网飞速发展的影响，伊朗青年也更愿意把时间花费在社交网站、互联网游戏等网络平台，愿意静心阅读的部分读书群体也大多将欧美国家的文学作品作为首选。伊朗读书人口、读书群体出现的这一变化使得近年来各出版社竞相翻译出版大量现当代欧美文学名著，此潮流也造成了伊朗本土诗歌与小说创作的萎缩。然而，突如其来的新冠疫情不仅给民众带来了严峻的健康威胁与沉重的生命损失，也改变了人们的日常生活方式，伊朗的年轻一代在政府部门的防疫措施之下长期无法在咖啡馆交朋会友，对无尽的网络生活也从之前的乐此不疲到逐渐腻烦，不少年轻人放下了手中的鼠标与手机，拿起了久未翻开的书本，全身心地进入了文学的世界。如果说常年的制裁使得伊朗青年已经体会了生活的艰辛，新冠病毒则让未经革命与战争洗礼的年轻一代领悟了生命的宝贵与意义。

新冠疫情使得常年受西方国家制裁的伊朗经济遭受了更加沉重的打击，而图书出版业也在其中。在2020年，一年一度的德黑兰国际书展也被迫取消。对于诗人、作家个人来说，新冠疫情也影响了他们的经济收入，一些疫情之前签好的出版合约或面临困难或被取消，更有一些文人因感染新冠病毒而住院治疗甚至不幸病逝。但是挑战中也蕴藏着机遇，首先，居家隔离的生活可以使作家们安心在家中写作，同时也会增加读者对书籍的购买欲及阅读量。一位伊朗小说家就如此表示："除了外出来往的限制，新冠病毒并没有改变我的工作活动，我和以往一样正在抓紧修改样书并在着手出版书籍……对于读者来说，在艰难的日子里，阅读是最好的选择"[7]。此外，新冠疫情下的社会变革以及呈现出的人间百态本身便是文人创作灵感的源泉，因此我们有理由期待，在未来的一年中，伊朗文坛或许会诞生一批"新冠时代"下的优秀文学作品。

参考文献：

“برگزیدگان نهمین دوره جایزه ادبی هفت اقلیم معرفی شدند” **خبرگزاری جمهوری اسلامی** Web. 6 Jul. 2021. <https://www.irna.ir/news/83777095/برگزیدگان-نهمین-دوره-جایزه-ادبی-هفت-اقلیم-معرفی-شدند>.

“ردپای کرونا بر تاریخ و ادبیات می ماند” **همشهری** ONLINE Web. 6 Jul. 2021. <https://www.hamshahrionline.ir/news/602270/ردپای-کرونا-بر-تاریخ-و-ادبیات-می-ماند>.

7 “ردپای کرونا بر تاریخ و ادبیات می ماند” همشهری ONLINE Web. 6 Jul. 2021. <https://www.hamshahrionline.ir/news/602270/ ردپای-کرونا-بر-تاریخ-و-ادبیات-می-ماند >.

“کتاب های برتر ادبیات داستانی فارسی در سال ۱۳۹۹” کافی داستان Web. 6 Jul. 2020. <https://www.cafedastan.com/1399/12/24/کتاب%e2%80%8cهای-برتر-ادبیات-داستانی-فارسی-در>.

穆宏燕：《伊朗小说发展史》，杭州：浙江工商大学出版社，2019 年。

作者单位：北京大学外国语学院

2020 年英国文学概览

黄　强

内容提要： 2020 年的英国社会因英国脱欧、新冠肺炎疫情和黑人人权运动等，文学创作、奖项评选和图书出版均受到不同程度的影响。但是，在此背景下，英国文坛还是闪现出诸多亮点。一方面，本年度的英国文坛延续了近几年的发展趋势，继续观照当下社会现实，从多个视角思考和讨论诸如疫情、身份、性别、族裔等话题。另一方面，大批年轻作家涌现，并逐步走向成熟，为英国文坛注入了新鲜血液和活力。其中，越来越多的女性作家和少数族裔作家崛起，昭示了英国文学评论界和读者群体对英国社会边缘群体社会经验和内心感受的关注。

2020 年是不寻常的一年。新年伊始，新冠肺炎疫情开始在全球范围内快速蔓延。截至 2020 年底，全球确诊病例超过 8000 万例，波及全球几乎所有国家和地区，给人类生命安全和身体健康带来巨大威胁，也给全球公共卫生安全带来巨大挑战。就英国而言，随着疫情的持续恶化，电影院、剧院、餐馆、酒吧等大部分公共设施先后关闭，边境管控政策施行，大量跨国航班取消，多个城市、地区乃至英格兰全境进入“封锁”状态。虽然这一社会背景在很大程度上改变了英国民众的生活方式，带来了诸多不便，但从另一个视角审视，这也给予许多人难得的时间和机会，在孤独的“封锁”时期人们有更多时间阅读文学作品。根据英国慈善组织“阅读代理”（The Reading Agency）所做的调研显示，“接近三分之一的英国人在第一次‘封锁’期间阅读了比以往都多的书，其中七成读者选择了阅读小说”（Lee-Porter）。同时，文学创作园地里涌现出一大批优秀作品，为英国文坛增添了新的活力。

一、小说

2020年，苏格兰裔美国作家道格拉斯·斯图尔特（Douglas Stuart，1976— ）凭借处女作《舒吉·贝恩》（*Shuggie Bain*，2020）赢得了布克奖（The Booker Prize）。这一年度该奖的入围作品有162部，包括黛安·库克（Diane Cook，1976— ）的《新荒原》（*The New Wilderness*，2020）、吉吉·丹格兰伯加（Tsitsi Dangarembga，1959— ）的《哀悼之躯》（*This Mournable Body*，2018）、阿芙妮·多茜（Avni Doshi，1982— ）的《焦糖》（*Burnt Sugar*，2019）、马萨·蒙吉斯特（Maaza Mengiste，1974— ）的《影子国王》（*The Shadow King*，2019）和布兰登·泰勒（Brandon Taylor，1989— ）的《真实的生活》（*Real Life*，2020）等。

《舒吉·贝恩》以小男孩舒吉（Shuggie）为主人公，讲述了他与身陷酗酒问题的母亲阿格尼斯之间的故事。作品围绕舒吉的成长过程展开叙述，呈现了20世纪80年代撒切尔执政时代苏格兰的社会万象，特别是格拉斯哥地区后工业时期工人阶级民众的生活。书中，作者试图展示80年代英国社会大背景对格拉斯哥普通民众的生活产生的影响以及人们做出的不同回应。其中，主人公的母亲阿格尼斯在艰难困顿的生活环境下，逐步沉沦，堕落进入酒精的世界，舒吉小小年纪便担负起了生活重担，同时试图帮助母亲重新振作。本年度布克奖评委会主席玛格丽特·巴斯比（Margaret Busby，1944— ）认为，《舒吉·贝恩》细腻地描绘了一个复杂的社会状态以及其中情感丰富的人们，这使其注定将成为一部经典文学作品。（“Shuggie”）该作品还赢得了 2020 年水石书店苏格兰年度图书奖（Waterstones Scottish Book of the Year）。[1]

另一位苏格兰作家艾莉·史密斯（Ali Smith，1962— ）于 6 月出版了小说《夏》（*Summer*，2020），为自己的“四季四重奏”（“Seasonal Quartet”）画上了一个完美的终止符。该系列的前三部依次为《秋》（*Autumn*，2016）、《冬》（*Winter*，2017）和《春》（*Spring*，2019）。在前三本书中，史密斯以幽默、反讽、深刻的口吻将英国社会中的诸多热点话题融入文本中，把当下英国社会热点与英国文学传统结合在一起，使诸如脱欧、疫情等话题成为英国文学发展中的新成分。史密斯的创作视角和选材嗅觉十分敏锐，常将时下新兴的社会现实进行文本化处理。当她创作的《秋》于 2016 年出版时，许多评论家就认为它是“首部主要的后英国脱欧小说作品”（Shaw 20）。而在《夏》出版后不久，书评人劳拉·斯皮尼（Laura Spinney）就指出，《夏》是出自英国主要作家笔下的第一部“新冠肺炎疫情”小说（coronavirus novel），并暗示它可能会引领一波新的“疫情小说”（pandemic fiction）风潮，深化对疾病与文学间关系的讨论。书中，新冠病毒被描绘成“一个小星球，表面长满了喇叭，或是一个小世界，表面布满不断生长着的尖刺，或是另一个小世界，被羽尾飞镖插

1 第一部赢得布克奖的苏格兰文学作品是詹姆斯·凯尔曼（James Kelman）于 1994 年所著的意识流小说《太迟了，太迟》（*How Late It Was*，*How Late*）。斯图尔特曾坦言，正是凯尔曼的《太迟了，太迟》使他产生了以故乡苏格兰为对象写作的想法。

满，出现在游乐园里的射击游戏中，抑或像二战电影中出现的水雷”(Smith，*Summer* 40)。这一稍显轻松而幽默的描写在某种程度上也反映了英国社会在2020年上半年对于疫情的态度。毋庸置疑，2020年的英国文学发展不可避免地伴随着新冠肺炎疫情在全球的大流行，这使得文学作品与瘟疫话题之间的关系再一次被拉近。一批关注或涉及疫情主题的经典文学作品重新进入读者的视野。以丹尼尔·笛福（Daniel Defoe，1660—1731）的《瘟疫年纪事》(*A Journal of the Plague Year*，1722）和阿尔贝·加缪（Albert Camus，1913—1960）的《鼠疫》(*La Peste*，1947）的为例，两者在英国政府2020年3月第一次实施“封锁”措施时，迅速地成为各家书店和网络图书销售网站的畅销书。(Jordan)

2020年英国文坛的另一个亮点是一批由女性作家创作的优秀作品。2020年3月，希拉里·曼特尔（Hilary Mantel，1952—　）的历史小说《镜与光》(*The Mirror and the Light*，2020）终于与读者见面。作为其“克伦威尔三部曲”(“Cromwell Trilogy”）的终结篇，《镜与光》延续了前两部的主题，描绘了托马斯·克伦威尔（Thomas Cromwell）人生中最后四年的时光，讲述克伦威尔是如何登上权力和财富的顶峰，又是缘何在失去一切后被亨利八世下令处死的。由于克伦威尔三部曲的前两部——《狼厅》(*Wolf Hall*，2009）与《提堂》(*Bring Up the Bodies*，2012）——均获得了曼布克奖（The Man Booker Prize）[2]，《镜与光》一书的出版更是备受瞩目。《泰晤士报文学增刊》(*The Times Literary Supplement*）评论认为，该作品是“近几年以来最复杂交织和让人沉浸的小说”(Gordon)。

2 布克奖在2002年至2019年期间受到英仕曼集团（Man Group）资助，因此更名为曼布克奖。

同年 9 月，英国女作家麦琪·奥法莱尔（Maggie O'Farrell，1972— ）的小说《哈姆内特》（*Hamnet*，2020）获得了今年的女性小说奖（Women's Prize for Fiction）和 2020 年的水石书店年度图书奖（Waterstones Book of the Year）。[3]《哈姆内特》一书以莎士比亚（William Shakespeare）与安妮·海瑟薇（Anne Hathaway）的独子哈姆内特·莎士比亚（Hamnet Shakespeare）的名字为标题，对莎士比亚一家的生平进行了想象性创作。作者以安妮·海瑟薇为叙述者，从她的视角叙述莎士比亚一家的家庭生活。[4] 1596 年，当哈姆内特·莎士比亚年仅 11 岁时，便染病离世，结束了短暂的一生。大约 5 年后，莎士比亚创作并上演了其代表作之一——《哈姆雷特》（*Hamlet*，1601）。对于许多莎士比亚作品的研究者而言，爱子的离世对莎士比亚的创作产生了深远的影响，在其戏剧作品和诗歌篇章中留下了痕迹。在作品的开篇部分，奥法莱尔首先列举了一系列史料细节，试图暗示这一层联系。此外，作品生动刻画了诸多人物，如阿格尼斯·莎士比亚（Agnes Shakespeare）、威廉·莎士比亚以及约翰·莎士比亚（John Shakespeare）。女性小说奖今年的候选作品还包括希拉里·曼特尔的《镜与光》、2019 年布克奖得主伯娜丁·埃瓦里斯托（Bernardine Evaristo，1959— ）的《女孩，女人，其他》（*Girl, Woman, Other*，2019）、安吉·克鲁兹（Angie Cruz，1972— ）的《多米尼加》（*Dominicana*，2019）、娜塔莉·海恩斯（Natalie Haynes，1974— ）的《千帆》（*A Thousand Ships*，2019）和珍妮·奥菲尔（Jenny Offill，1968— ）的《天气》（*Weather*，2020）。

---

3 女性文学奖的前身为橙子小说奖。水石书店年度图书奖由英国连锁书店水石书店评选，自 2012 年开始评选。

4 通过考据，奥法莱尔在其书中将安妮·海瑟薇称为阿格尼斯。

伯娜丁·埃瓦里斯托的小说《女孩，女人，其他》获得了2020年英国国家图书奖（British Book Awards）下属的年度作家奖（Author of the Year）和年度小说奖（Fiction Book of the Year）。该书以12位英国黑人女性的经历为描述对象。她们的年纪从19岁到93岁不等，且各自的文化背景和社会地位迥异。通过对她们的描写，埃瓦里斯托探讨了包括族裔、性别、身份在内的多个主题，展现了英国少数族裔女性群体近百年间的生活状态以及当下遇到的困惑和困难。

英国国家图书奖组委会将2020年度图书奖（Book of the Year）授予了坎迪斯·卡蒂–威廉姆斯（Candice Carty-Williams，1989— ）的处女作《奎妮》（*Queenie*，2019）。这也使得卡蒂–威廉姆斯成为第一位获得该奖的黑人作家（牙买加裔）。小说讲述了一位年轻的黑人牙买加裔英国女性在伦敦的生活以及她的感情世界。戴安娜·埃文斯（Diana Evans）指出，卡蒂–威廉姆斯的《奎妮》常被与海伦·菲尔丁（Helen Fielding，1958— ）的《BJ单身日记》（*Bridget Jones's Diary*，1996）相比较，书中主人公奎妮·詹金斯（Queenie Jenkins）也常被类比为黑人版的布里吉特·琼斯（Bridget Jones）。但埃文斯同时指出，《奎妮》中对英国少数族裔单身女性生存状态的描绘绝非对黑人女性生活的刻板描绘，它在女性身体、性别、身份和心灵成长问题上提出了不一样的看法，具有特别的意义。埃文斯和艾莉森·福拉德（Alison Flood，“Evaristo”）均认为，两位黑人女作家的首度获奖贴切地反映了当下的西方社会热点，特别是英国文坛对于黑人乃至其他社会边缘群体生命和权益的思考，具有较重要的社会意义。

除了以上两位作家外，今年的很多其他文学奖项也由少数族裔作家获得。旅居英国的特立尼达和多巴哥女作家英格丽德·佩尔绍德（Ingrid Persaud）凭借《爱了又爱》（*Love After Love*，2020）获得了今年的科斯塔小说新秀奖（Costa First Novel Award）。该书标题源自圣卢西亚诗人德里克·沃尔科特（Derek Walcott，1930—2017）的诗作。全书围绕女主人公贝蒂·拉姆丁、她的儿子索罗和房客奇坦先生的生活展开，探讨了爱、家庭和宽恕主题的丰富意义。另一位少数族裔作家李·劳伦斯（Lee Lawrence）凭借传记作品《我会唱得更大声》（*The Louder I will Sing*，2020）获得了今年的科斯塔传记奖（Costa Biography Award）。该书关注了当代英国社会中的种族问题，特别是种族主义话题。该书的创作来自作者母亲切莉·格罗斯（Cherry Groce）的亲身经历，讲述作者作为一位年轻黑人男性在现代英国社会中的成长经历。1985 年 9 月 28 日，当李·劳伦斯年仅 11 岁时，切莉·格罗斯在家中被警察用枪误击，伤及脊椎，自此瘫痪无法行走。这一事件不仅永远改变了李·劳伦斯母子的生活，而且在当地社区引发了抗议暴动。该书的获奖与今年席卷西方社会的黑人人权运动相呼应，在反映西方社会种族不平等问题的同时，也试图主张用爱、信念和希望解决这一社会顽疾，有较高的现实意义。

出生在特立尼达和多巴哥的英国女作家莫妮克·罗菲（Monique Roffey，1965— ）凭借《黑海螺岛的美人鱼：一个爱情故事》（*The Mermaid of Black Conch: A Love Story*，2020）获得了今年的科斯塔小说奖（Costa Novel Award）和科斯塔年度图书奖（Costa Book of the Year）。故事的背景设置在 20 世纪 70 年代加勒比海岛上的一个渔村。渔民大卫的歌声将美人鱼艾卡意雅从海中吸引过来。在经历了一系列波折之后，大卫与艾卡意雅逐渐相爱，而艾卡意雅也最终变化成人类。该故事的情节发展和内容主题与传统的迪士尼式爱情罗曼司不同。在罗菲的作品中，作者深刻地重新审视了女性身份问题。

与科斯塔图书奖相比，英国文坛另一个主要文学奖项德斯蒙德·埃利奥特奖（Desmond Elliott Prize）对于非裔作家给予了更高的认可。该奖项的三位最终候选人——德里克·奥乌苏（Derek Owusu，1988— ）、奥克楚克乌·恩泽路（Okechukwu Nzelu，1988— ）和阿比·达雷（Abi Daré，1982— ）——均是非裔作家。最终德里克·奥乌苏凭借半自传性小说《那让我想起》（*That Reminds Me*，2019）获得大奖。故事讲述了加纳裔黑人小男孩K在不同寄养家庭间辗转的经历，探讨了身份、种族、家庭、精神健康、虐待儿童问题等话题，展现了非裔小男孩在英国的艰苦成长经历和复杂的内心世界。（Flood，“Merky”）

赞比亚女作家纳姆瓦利·瑟佩尔（Namwali Serpell，1980— ）凭借《老漂流》（*The Old Drift: A Novel*，2019）获得英国科幻小说大奖亚瑟·克拉克奖（The Arthur C. Clarke Award）。故事开始于1904年非洲赞比西河畔的一处名为“老漂流”的殖民据点。由于小说人物珀西·克拉克一个无意间的过失，意大利裔旅馆老板和非洲杂工的命运交织在了一起。自那以后，三个背景不同的赞比亚家庭被联系在一起，在随后的100多年间相互冲突和融合。通过将赞比亚历史、童话故事、爱情元素和科幻情节结合在一起，瑟佩尔推进了新一代科幻小说的题材探索和内容创新，将以往常被忽略的非洲元素纳入科幻作品的写作之中，具有时代意义。另一位受到读者关注的获奖少数族裔作家是年轻的美国非裔作家布莱恩·华盛顿（Bryan Washington，1993— ）。他凭借首部短篇小说集《境遇》（*Lot: Stories*，2019）获得了今年的迪伦·托马斯奖（Dylan Thomas Prize）。

英国科幻小说作家迈克尔·约翰·哈里森（Michael John Harrison，1945— ）凭借《沉沦的土地再度崛起》（*The Sunken Land Begins to Rise Again*，2020），从包括保罗·格里菲斯（Paul Griffiths，1947— ）、

郭小橹（Xiaolu Guo，1973— ）、莫妮克·罗菲、阿纳卡娜·斯科菲尔德（Anakana Schofield，1971— ）和 DBC·皮埃尔（DBC Pierre，1961— ）在内的众多优秀候选人中脱颖而出，获得了今年的金史密斯奖（Goldsmiths Award）。该书围绕男主人公肖（Shaw）和其女友维多利亚（Victoria）的经历展开叙述，延续了作者一贯的科幻主题，是一部探讨中年人爱情的现实主义科幻小说。（Flood，“A Literary Masterpiece”）

英国女作家莎拉·霍尔（Sarah Hall，1974— ）的短篇故事《怪》（“The Grotesques”）获得了 2020 年英国广播公司国家短篇故事奖（BBC National Short Story Award with Cambridge University），霍尔成为第一位两次获得该奖的作家。《怪》收录于霍尔的第十部小说作品《突如其来的旅行者》（*Sudden Traveller*，2019），探讨了诸如无力、特权、不正常的母女关系、隐性控制、身份与替罪等主题。评委会的专家们一致认为霍尔的作品非同寻常、层次丰富、手法高超，她是现在英国最好的短篇故事作家。（“Sarah”）

除了以上作品之外，2020 年英国图书市场的另一本畅销书是英国著名主持人理查德·奥斯曼（Richard Osman，1970— ）的《周四推理俱乐部》（*The Thursday Murder Club*，2020）。该书是奥斯曼的小说处女作，以乔伊斯、易卜拉欣、罗恩和伊丽莎白四位即将步入杖朝之年的退休老人为主人公，描述了四位老人家侦破离奇谋杀案的经过。另一本畅销书是马特·海格（Matt Haig，1975— ）的《午夜图书馆》（*The Midnight Library*，2020）。该书叙述了 35 岁的女主人公诺拉·希德（Nora Seed）在一家午夜图书馆的奇遇。在那里，她摆脱了自己过去生活中的遗憾与悔恨，重新认识了自己的生活。其他值得一提的小说作品还包括格雷厄姆·斯威夫特（Graham Swift，

1949— ）的《我们在这儿》（*Here We Are*，2020）、罗伯特·加尔布雷斯[5]（Robert Galbraith，1965— ）的《不安之血》（*Troubled Blood*，2020）、李·柴尔德（Lee Child，1954— ）和安德鲁·柴尔德（Andrew Child，1968— ）的《哨兵》（*The Sentinel*，2020）、安德鲁·奥哈根（Andrew O'Hagen，1968— ）的《蜉蝣》（*Mayflies*，2020）、露易丝·海尔（Louise Hare，1981— ）的《这座可爱的城市》（*This Lovely City*，2020）、艾玛·加侬（Emma Gannon，1989— ）的《橄榄》（*Olive*，2020）、多丽·阿尔德顿（Dolly Alderton，1988— ）的《幽灵》（*Ghosts*，2020）、莎娜兹·阿赫桑（Shahnaz Ahsan，1987— ）的《哈希姆与家》（*Hashim & Family*，2020）等。

国际布克奖（The International Booker Prize）的颁发也颇引人瞩目。该奖原定于2020年5月19日宣布获奖结果，但由于新冠肺炎疫情的影响，推迟至8月26日。最终，荷兰"90后"女作家玛利克·卢卡斯·利内维尔德（Marieke Lucas Rijneveld，1991— ）的处女作《夜晚的不适》（*The Discomfort of Evening*，2020）获得大奖。该书由荷兰语写成，2018年在荷兰出版，后由米歇尔·哈奇森（Michele Hutchison）翻译成英语，2020年由英国费伯出版社（Faber & Faber）出版。故事从10岁小女孩雅斯对哥哥马蒂斯的诅咒开始，讲述了马蒂斯落入冰窟溺死后，雅斯一家的分崩离析与不幸遭遇。英国书评家霍莉·威廉姆斯（Holly Williams）认为书中的人物均在试图以各种方式挑战自身的身体界限，从而探讨了罪恶、赎罪与身体等宗教主题。国际布克奖评委会主席特德·霍奇金森（Ted Hodgkinson）认为，《夜晚的不适》细腻地展示了羞耻与救赎之间的状态，与当下反

5 罗伯特·加尔布雷斯是英国作家 J. K. 罗琳（J. K. Rowling，1965— ）在创作犯罪侦探小说时使用的笔名。

乌托邦的社会现状呼应。

此外，英国作家协会（The Society of Authors）将今年的毛姆奖（Somerset Maugham Award）颁给了4位30岁以下的年轻作家和诗人。获奖者与作品如下：阿姆鲁·阿尔卡迪（Amrou Al-Kadhi，1990— ）的《独角兽》（*Unicorn*，2019）、罗斯安妮·瓦特（Roseanne Watt，1991— ）的《母浪》（*Moder Dy*，2019）、亚历克斯·艾利森（Alex Allison，1991— ）的《身体的艺术》（*The Art of the Body*，2019）和奥利弗·索登（Oliver Soden，1990— ）的《迈克尔·蒂皮特：传记》（*Michael Tippett: The Biography*，2019）。

二、诗歌

2021 年 1 月 24 日，艾略特诗歌奖（T. S. Eliot Prize for Poetry）揭晓。今年的大奖颁给了印度裔英国女诗人巴努·卡皮尔（Bhanu Kapil，1968— ）。卡皮尔的新作《净心之法》（*How to Wash a Heart*，2020）呈现了一段女性移民和中产阶级白人房东间的故事。诗集中的移民房客对寄居在他人家中的感受由最初的渴望逐步转变为筋疲力尽，她渴望融入新的环境，但在努力的过程中感到此事的困难程度以及房东带来的“威胁”。正如今年评委会主席拉维妮娅·格林劳（Lavinia Greenlaw，1962— ）所说，卡皮尔的作品“让人畏惧”，其中充满了“让人不安的力量”，但在阅读过程中，“我们自始至终都意识到这些人物的象征意义”，并感觉到一些人的“慷慨之举”为其他人带来的“复杂感情”。（qtd. in Flood，“Bhanu”）

2020 年 12 月 18 日，英国女王诗歌金奖（Queen’s Gold Medal for Poetry）结果揭晓，最终获奖者是英国诗人大卫·康斯坦丁（David Constantine，1944— ）。2020 年 10 月下旬，康斯坦丁的第十一部诗集《归属》（*Belongings*，2020）出版。该诗集延续了康斯坦丁一贯的创作风格，以深沉的人文主义视角审视和观察着周遭的世界。女王诗歌金奖评委会主席、英国现任“桂冠诗人”西蒙·阿米蒂奇（Simon Armitage，1963— ）认为，康斯坦丁是一位“人道”诗人，在体悟和具体描述世界之道方面，他的能力是最好的（qtd. in Flood，“David”）。《归属》所关注的主题与其标题一致，试图探讨个人的归属问题以及各类事物与人类之间的归属关系。在创作中，诗人常常挑战人们接受已久的认知常识，将人、世界和归属问题三者间的关系推向一个更加复杂和深刻的维度。

爱尔兰女诗人伊文·博兰（Eavan Boland，1944—2020）凭借其最后一部诗集《历史学家》（*The Historians*，2020）获得本年度的科斯塔诗歌奖（Costa Poetry Award）。《历史学家》将神话、历史和女性生活经验结合在一起，融入诗歌作品之中，试图向读者传递一个信息，即女性隐秘而常被忽视的生活故事也可以有力地唤醒我们对过去的感知。让人惋惜的是，博兰于 2020 年 4 月 27 日因中风离世，未能亲自见证自己获奖。本年度科斯塔诗歌奖的候选作品还包括卡洛琳·伯德（Caroline Bird，1986— ）的《空气年》（*The Air Year*，2020）、蕾切尔·朗（Rachel Long，1988— ）的《我的爱人从狮群中来》（*My Darling from the Lions*，2020）和玛莎·斯普拉克兰德（Martha Sprackland，1988— ）的《要塞》（*Citadel*，2020）。

卡洛琳·伯德的第六本诗集《空气年》获得了本年度的前瞻诗歌奖（Forward Prizes for Poetry）中的最佳诗集奖。评委会主席亚历珊德拉·哈里斯（Alexandra Harris，1981— ）认为，博德的诗歌就像“文字组成的秋千绳，将我们荡起，冲向未知的领域”，与许多多愁善感的现代诗作不同，她的诗歌“充满了幽默”（qtd. in Cain）。亚裔诗人威尔・哈里斯（Will Harris，1989— ）的《仁旦》（*RENDANG*，2020）获得了前瞻诗歌奖的最佳首部诗集奖。哈里斯在诗歌中广泛吸取了自身文化中的中国和印度尼西亚元素，将其融入到英国的诗歌传统之中，在主题上探索了国家、民族、身份、家庭、语言和时间的边界。2015 年艾略特诗歌奖得主莎拉・豪（Sarah Howe，1983— ）认为，哈里斯的许多诗让人感到兴奋，让人不自主地放下书本，只是为了喘口气。(Howe)

2020 年底，英国女诗人凯瑟琳・琼斯（Kathleen Jones，1946— ）整理、编辑、出版了诗集《让人意想不到的春天：封锁诗歌 2020》（*The Unpredicted Spring: Lockdown Poetry 2020*，2020）。正如诗集的副标题所示，它以"封锁"为题，收录多位诗人的诗歌作品。这些诗歌均来自 2020 年 7 月的诺曼・尼克尔森封锁诗歌竞赛（Norman Nicholson Lockdown Poetry Competition）的参赛作品，展示了疫情虽然可以使人们处于居家封锁状态，但是它无法封锁人类的创造性、想象力和人与人之间的交流，具有较高的现实意义。

同年，5 位年轻的女诗人凭借各自的诗歌作品分享了本年度的埃里克・格雷戈里奖（Eric Gregory Award）。这 5 位获奖诗人分别是苏珊娜・迪姬（Susannah Dickey）、娜塔莉・琳・博尔德斯顿（Natalie Linh Bolderston）、罗斯安妮・瓦特、卡迪诗・莫里斯（Kadish Morris）和阿米娜・佳玛（Amina Jama）。该奖由英国作家协会评选，旨在表彰 30 岁以下的英国年轻诗人，以往获奖者包括杰弗里・希尔（Geoffrey Hill，1932—2016）、保罗・马尔登（Paul Muldoon，1951— ）、卡罗尔・安・达菲（Carol Ann Duffy，1955— ）、安德鲁・莫申（Andrew Motion，1952— ）、肖恩・奥布莱恩（Sean O'Brien，1952— ）等。

此外，英国作家协会还颁发了本年度的乔姆利诗歌奖（The Cholmondeley Awards），借此表彰对诗歌发展做出巨大贡献的诗人。今年的获奖者共有5位，分别是阿莱克·芬利（Alec Finlay，1966— ）、琳达·弗朗斯（Linda France，1958— ）、巴努·卡皮尔、汉娜·洛（Hannah Lowe，1976— ）和罗德·孟汉姆（Rod Mengham，1953— ）。

除上述作品外，英国文坛在2020年还涌现出了一批优秀的诗歌作品。其中较为有代表性的作品包括西蒙·阿米蒂奇的《磁场：马斯登诗篇》（*Magnetic Field: The Marsden Poems*，2020）、肖恩·休伊特（Seán Hewitt，1990— ）的《火焰之舌》（*Tongues of Fire*，2020）、J. R. 卡朋特（J. R. Carpenter，1972— ）的《这是一幅风的图画》（*This Is a Picture of Wind*，2020）、阿比·帕尔默（Abi Palmer，1989— ）的《疗养院》（*Sanatorium*，2020）等。

三、戏剧

2020年的英国戏剧界受疫情影响较大。剧院被迫停业关闭，演艺人员失业，大多数剧团面临运营困难，一些中小剧团甚至破产解散。伦敦戏剧中心西区（West End）的代表性剧目《悲惨世界》（*Les Misérables*）也在3月宣布停演，结束了其在西区连续35年的演出。由于英国政府提供的资助杯水车薪，加之社会防疫措施效果不佳，剧院硬件条件和上座率要求普遍无法保证观众的间隔距离，英国剧院重新开放的日子一拖再拖。虽然英国戏剧业巨头卡梅伦·麦金托什（Cameron Mackintosh，1946— ）和安德鲁·劳埃德·韦伯（Andrew Lloyd Webber，1948— ）等人几次呼吁相关部门应尽早公布全面开放剧院的准确时间表以及继续放宽社交距离的要求，但随着英国疫情在 2020 年冬天的急剧恶化，加之病毒变异毒株的出现，他们的呼吁也不了了之。

在这一动荡的大背景下，英国戏剧界在 2020 年还是存有一些亮点。英国《卫报》评论员阿里法·阿克巴（Arifa Akbar）列出了今年的十大剧目，包括《英格兰之死》（*Death of England*，National Theatre，London）、《渴望》（*Crave*，Chichester Festival Theatre and Online）、《万尼亚舅舅》（*Uncle Vanya*，Harold Pinter Theatre，London）、《残局》（*Endgame*，Old Vic，London）、《奥莉娜》（*Oleanna*，Theatre Royal Bath）、《切得漂亮！》（*What a Carve Up!*，Online）、《奥塔河的七条水流》（*The Seven Streams of the River Ota*，National Theatre，London）、《安提戈涅》（*Antigone*，New Diorama，London）、《忽略》（*Pass Over*，Kiln Theatre，London）和《外面的狗》（*The Outside Dog*，Bridge Theatre，London）等。这些剧目的主题丰富，既关注了当下的社会热点时事，也反思了不同时期的历史和神话故事。其中不仅包括了首次与观众见面的新作，也有对经典或流行文学作品的改编。此外，演出方式也不局限于剧场，出现了网络演出的尝试。

2020 年，伦敦戏剧协会（The Society of London Theatre）将劳伦斯·奥利弗戏剧新秀奖（Laurence Olivier Awards for Best New Play）颁给了捷克裔英国剧作家汤姆·斯托帕德（Tom Stoppard，1937—　）的《利奥波德城》（*Leopoldstadt*）。该剧的背景设定在 20 世纪上半叶的维也纳，讲述了一个犹太家庭的故事。该剧一改斯托帕德一贯的非个人化创作风格，具有较强的自传性色彩。英国《卫报》评论员马克·布朗（Mark Brown）指出，斯托帕德的爷爷、奶奶、外公、外婆以及其他多位家人均命丧德国纳粹集中营，因此，斯托帕德的这一出剧反思了那一段过往，颇为感人。该奖项的另外三部候选作品是英国女剧作家露西·普雷柏（Lucy Prebble，1980— ）的《一服很昂贵的毒药》（*A Very Expensive Poison*）、英国年轻作家兼戏剧导演罗伯克·艾克（Robert Icke，1986— ）的《医生》（*The Doctor*）和英国剧作家乔尔·霍尔伍德（Joel Horwood）的《巷子尽头的大海》（*The Ocean at the End of the Lane*）。

同年，法国作家埃德蒙·罗斯丹（Edmond Rostand，1868—1918）的《大鼻子情圣》（*Cyrano de Bergerac*）在亚瑟·米勒（Arthur Miller，1915—2005）的《推销员之死》（*Death of a Salesman*）、诺埃尔·科沃德（Noël Coward，1899—1973）的《现在的笑声》（*Present Laughter*）和亨利克·易卜生（Henrik Ibsen，1828—1906）的《罗斯莫庄》（*Rosmersholm*）中脱颖而出，获得了劳伦斯·奥利弗重演剧目奖（Laurence Olivier Awards for Best Revival），让观众重温了经典剧目的魅力。

由于疫情的影响，今年的《标准晚报》戏剧奖（*Evening Standard* Theatre Award）和伊恩·查尔森奖（Ian Charleson Award）推迟了颁奖典礼。而戏迷之选奖（WhatsOnStage Awards）则一改以往的评选方式，将更多的注意力和评判重心放在剧院与剧团在疫情期间承担的社会责任和发挥的作用上。最终，位于威尔士小城莫尔德（Mold）的科尔韦德剧院（Theatr Clwyd）获得年度地方剧院奖（Regional Theatre of the Year），基恩剧院（Kiln Theatre）获得年度伦敦剧院奖（London Theatre of the Year），位于伦敦的杰明街剧院（Jermyn Street Theatre）获得了年度边缘剧院奖（Fringe Theatre of the Year），白俄罗斯自由剧院（Belarus Free Theatre）获得了国际奖（International Award），戏剧支持基金+（Theatre Support Fund +）获得了创新奖（Innovation Award）；聪慧儿童剧院（Wise Children）的技术总监西蒙·贝克（Simon Baker）获得了技术戏剧成就奖（Achievement in

Technical Theatre)，妮卡·彭斯（Nica Burns，1954— ）获得年度制片人奖（Producer of the Year）。（Wood）

四、重要文学活动和事件

2020 年是诸多重要文学事件的纪念年。其中比较有代表性的事件包括威廉·华兹华斯（William Wordsworth）诞辰 250 周年、安妮·勃朗特（Anne Brontë）诞辰 200 周年、笔名为“萨基”（Saki）的赫克托·休·芒罗（Hector Hugh Munro）诞辰 150 周年、爱德华·摩根·福斯特（E. M. Forster）逝世 50 周年、查尔斯·狄更斯（Charles Dickens）逝世 150 周年、戴维·赫伯特·劳伦斯（D. H. Lawrence）逝世 90 周年、乔治·奥威尔（George Orwell）的《动物庄园》（*Animal Farm*）出版 75 周年等。针对这些事件，英国文学界原本计划举办一系列的纪念和庆祝活动，但由于疫情原因，大多数线下的聚集活动均被取消或转成线上活动。一个较为典型的例子是原定于 2020 年 4 月 2—4 日在剑桥大学国王学院举办的“重新定位 E. M. 福斯特：文本、语境与接受”（Re-Orientating E. M. Forster：Texts，Contexts，Receptions）国际学术会议。该会议由国际 E. M. 福斯特研究会与剑桥大学国王学院组织。但是，随着疫情形势在欧洲的恶化，会议组委会最终在 3 月中旬宣布取消会议。

此外，由于担心疫情对销售和推广造成消极影响，一些出版社与作家纷纷推迟了新作的出版时间。其中比较有代表性的例子是石黑一雄（Kazuo Ishiguro，1954— ）的《克拉拉与太阳》（*Klara and the Sun*）。该书是作者在 2017 年获得诺贝尔文学奖之后出版的第一部长篇小说，回归了其此前涉及过的科幻主题，探讨了时下颇为热门的人工智能话题。由于疫情的冲击，其出版商费伯出版社决定将该书的出版日期推后至 2021 年 3 月 2 日。(Flood，“Kazuo”)

2020 年也不可避免地见证了一些英国文学界巨擘的离世。2020 年 1 月 16 日，约翰·罗纳德·瑞尔·托尔金（John Ronald Reuel Tolkien，1892—1973）的小儿子兼其作品的主要编辑克里斯托弗·托尔金（Christopher Tolkien，1924—2020）在法国逝世，走完了自己 95 年的一生。12 月 12 日，89 岁的著名间谍小说作家约翰·勒卡雷（John le Carre，1931—2020）因为肺炎病情恶化在英格兰康沃尔郡与世长辞，让人遗憾唏嘘。

结语

2020 年的英国文坛，由于新冠肺炎疫情、英国脱欧（Brexit）和黑人人权运动等事件，受到巨大影响。但是在此背景下，它依旧呈现出了众多亮点。一方面，今年的英国文坛延续了近几年的发展趋势，继续观照当下社会现实，从多个视角思考和讨论了诸如疫情、身份、性别、族裔等话题。另一方面，大批年轻作家涌现出来，并逐步走向成熟，为英国文坛注入了新鲜血液和活力。其中，越来越多的女性作家和少数族裔作家崛起，昭示了英国文学评论界和读者群体对英国社会边缘群体社会经验和内心感受的关注。

参考文献：

Ahsan, Shahnaz. *Hashim & Family*. London: John Murray, 2020.

Akbar, Arifa. “A dramatic year: the 10 best theatre shows of 2020.” 23 Dec. 2020. Web. 4 Feb. 2021. <https://www.theguardian.com/stage/2020/dec/23/best-theatre-of-2020>.

Alderton, Dolly. *Ghosts*. London: Fig Tree, 2020.

Al-Kadhi, Amrou. *Unicorn*. London: 4th Estate, 2019.

Allison, Alexander. *The Art of the Body*. London: Dialogue Books, 2019.

Armitage, Simon. *Magnetic Field: The Marsden Poems*. London: Faber & Faber, 2020.

Bird, Caroline. *The Air Year*. Manchester: Carcanet, 2020.

Boccaccio, Giovanni. *The Decameron*. Trans. G. H. McWilliam. London: Penguin Books, 2003.

Boland, Eavan. *The Historians*. Manchester: Carcanet, 2020.

Brooks, Max. *World War Z: An Oral History of the Zombie War*. New York: Crown, 2006.

Brown, Mark. "Jewish district inspires Tom Stoppard in 'personal' new play." 26 Jun. 2019. Web. 4 Feb. 2021. <https://www.theguardian.com/stage/2019/jun/26/jewish-district-inspires-tom-stoppard-personal-new-play-leopoldstadt>.

Cain, Sian. "Forward poetry prize goes to 'audacious, erotically charged' The Air Year." 25 Oct. 2020. Web. 31 Jan. 2021. <https://www.theguardian.com/books/2020/oct/25/forward-poetry-prize-goes-to-audacious-erotically-charged-the-air-year>.

Camus, Albert. *The Plague*. Trans. Stuart Gilbert. New York: Vintage, 1991.

Carpenter, J. R. *This Is a Picture of Wind.* Sheffield: Longbarrow Press, 2020.

Carty-Williams, Candice. *Queenie*. London: Orion, 2019.

Chambers, Clare. *Small Pleasures*. London: Weidenfeld & Nicolson, 2020.

Chandler, Mark. "Shuggie Bain named Waterstones Scottish Book of the Year." 16 Nov. 2020. Web. 28 Dec. 2020. <https://www.thebookseller.com/news/shuggie-bain-named-waterstones-scottish-book-year-1225995>.

Child, Lee, and Andrew Child. *The Sentinel.* New York: Delacorte Press, 2020.

Constantine, David. *Belongings*. Hexham: Bloodaxe Books, 2020.

Cook, Diane. *The New Wilderness*. London: Oneworld Publications, 2020.

Cowdrey, Katherine. "*Hamnet* crowned Waterstones Book of the Year 2020." 2 Dec. 2020. Web. 28 Dec. 2020. <https://www.thebookseller.com/news/hamnet-crowned-waterstones-book-year-2020-1227744>.

Cruz, Angie. *Dominicana*. New York: Flatiron Books, 2019.

Dangarembga, Tsitsi. *This Mournable Body*. London: Faber & Faber, 2020.

Defoe, Daniel. *A Journal of the Plague Year*. Harmondsworth: Penguin Books, 1978.

Doshi, Avni. *Burnt Sugar*. London: Hamish Hamilton, 2020.

"Douglas Stuart wins the 2020 Booker Prize for Shuggie Bain." 20 Nov. 2020. Web. 28 Dec. 2020. <https://thebookerprizes.com/news/douglas-stuart-wins-2020-booker-prize-shuggie-bain>.

Evans, Diana. "*Queenie* by Candice Carty-Williams review – timely and important." 12 Apr. 2020. Web. 29 Dec. 2020. <https://www.theguardian.com/books/2019/apr/12/queenie-candice-carty-williams-review>.

Evaristo, Bernardine. *Girl, Woman, Other*. London: Hamish Hamilton, 2019.

Flood, Alison. "'A literary masterpiece': M John Harrison wins Goldsmiths prize for innovative fiction." 11 Nov. 2020. Web. 31 Jan. 2021. <https://www.theguardian.com/books/2020/nov/11/a-literary-masterpiece-m-john-harrison-wins-goldsmiths-prize-for-innovative-fiction>.

—."Bhanu Kapil wins T. S. Eliot poetry prize for 'radical' *How to Wash a Heart*." 24 Jan. 2021. Web. 29 Jan. 2021. <https://www.theguardian.com/books/2021/jan/24/bhanu-kapil-wins-ts-eliot-prize-for-poetry-how-to-wash-a-heart>.

—."David Constantine wins Queen's gold medal for poetry." 18 Dec. 2020. Web. 9 Jan. 2021. <https://www.theguardian.com/books/2020/dec/18/david-constantine-wins-queens-gold-medal-for-poetry>.

—."Evaristo and Carty-Williams become first black authors to win top British Book awards." 29 Jun. 2020. Web. 29 Dec. 2020. <https://www.theguardian.com/books/2020/jun/29/candice-carty-williams-bernardine-evaristo-first-black-authors-to-win-top-british-book-awards>.

—."Kazuo Ishiguro announces new novel, *Klara and the Sun*." 16 Jun. 2020. Web. 9 Jan. 2021. <https://www.theguardian.com/books/2020/jun/16/kazuo-ishiguro-announces-new-novel-klara-and-the-sun>.

—."Merky author Derek Owusu wins Desmond Elliott prize for 'profound' debut." 2 Jul. 2020. Web. 31 Jan. 2021. <https://www.theguardian.com/books/2020/jul/02/merky-author-derek-owusu-desmond-elliott-prize-that-reminds-me-stormzy>.

Fry, Stephen. *Troy*. London: Michael Joseph, 2020.

Galbraith, Robert. *Troubled Blood*. New York: Mulholland Books, 2020.

Gannon, Emma. *Olive*. London: HarperCollins Publishers, 2020.

Gordon, Edmund. "Gangsters' Paradise: Hilary Mantel's final Thomas Cromwell novel is a prodigious feat full of violence, savagery and ghosts." *Times Literary Supplement*. 6 Mar. 2020. Web. 15 Jan. 2021. <https://www.the-tls.co.uk/articles/the-mirror-and-the-light-hilary-mantel-book-review/>.

Haig, Matt. *The Midnight Library*. New York: Viking, 2020.

Hall, Sarah. *Sudden Traveller*. London: Faber & Faber, 2019.

Hare, Louise. *This Lovely City*. London: HQ, 2020.

Harris, Will. *RENDANG*. London: Granta Books, 2020.

Harrison, Michael J. *The Sunken Land Begins to Rise Again*. London: Gollancz, 2020.

Haynes, Natalie. *A Thousand Ships*. London: Mantle, 2019.

Hewitt, Seán. *Tongues of Fire*. London: Jonathan Cape, 2020.

Howe, Sarah. "*RENDANG*." Web. 13 Jan. 2021. <https://granta.com/products/rendang/>.

Ishiguro, Kazuo. *Klara and the Sun*. London: Faber & Faber, 2021.

Jones, Kathleen. *The Unpredicted Spring*: *Lockdown Poetry 2020*. Appleby: Book Mill Press, 2020.

Jordan, Justine. "Best Fiction of 2020." 28 Nov. 2020. Web. 3 Feb. 2021. <https://www.theguardian.com/books/2020/nov/28/best-fiction-of-2020>.

Kapil, Bhanu. *How to Wash a Heart*. Liverpool: Liverpool University Press, 2020.

King, Stephen. *The Stand*. New York: Anchor Books, 2020.

Lawrence, Lee. *The Louder I will Sing*. London: Sphere Books, 2020.

Lee-Porter, Emma. "10 best novels of 2020: From 'Shuggie Bain' to 'The Mirror and the Light.'" 18 Dec. 2020. Web. 7 Jan. 2021. <https://www.independent.co.uk/extras/indybest/books/fiction-books/best-novels-2020-fiction-review-b1774929.html>.

London, Jack. *The Scarlet Plague*. New York: Seawolf Press, 2018.

Long, Rachel. *My Darling from the Lions*. London: Picador, 2020.

Mantel, Hilary. *Bring up the Bodies*. London: Fourth Estate, 2012.

—. *The Mirror and the Light*. New York: Picador, 2020.

—. *Wolf Hall*. New York: Picador, 2009.

Mengiste, Maaza. *The Shadow King*. New York: Norton, 2019.

O'Farrell, Maggie. *Hamnet*. London: Tinder Press, 2020.

Offill, Jenny. *Weather*. London: Granta Books, 2020.

O'Hagen, Andrew. *Mayflies*. London: Faber & Faber, 2020.

Osman, Richard. *The Thursday Murder Club*. New York: Viking, 2020.

Owusu, Derek. *That Reminds Me*. London: Merky, 2019.

Palmer, Abi. *Sanatorium*. London: Penned in the Margins, 2020.

Persaud, Ingrid. *Love After Love*. London: Faber & Faber, 2020.

Rankin, Ian. *A Song for the Dark Times*. London: Orion, 2020.

Rijneveld, Marieke L. *The Discomfort of Evening*. Trans. Michele Hutchison. London: Faber & Faber, 2020.

Roffey, Monique. *The Mermaid of Black Conch*: *A Love Story*. Leeds: Peepal Tree Press, 2020.

"Sarah Hall Becomes First Writer to Win BBC National Short Story Award Twice." Web. 31 Jan. 2021. <https://www.bbc.co.uk/programmes/articles/4yzcn3rXH66p2BDlXs54HsS/sarah-hall-becomes-first-writer-to-win-bbc-national-short-story-award-twice>.

Serpell, Namwali. *The Old Drift*: *A Novel*. New York: Hogarth, 2019.

Shakespeare, William. *Hamlet*: *Prince of Denmark*, *Updated Edition*. Ed. Philip Edwards. Cambridge: Cambridge University Press, 2003.

Shaw, Kristian. "BrexLit." *Brexit and Literature*: *Critical and Cultural Responses*. Ed. Robert Eaglestone. London: Routledge, 2018.

"Shuggie Bain wins 2020 Booker Prize." 19 Nov. 2020. Web. 28 Dec. 2020. <https://thebookerprizes.com/booker-prize/news/shuggie-bain-wins-2020-booker-prize>.

Smith, Ali. *Autumn*. Milton Keynes: Penguin Books, 2016.

—. *Spring*. Milton Keynes: Penguin Books, 2019.

—. *Summer*. New York: Pantheon Books, 2020.

—. *Winter*. London: Hamish Hamilton, 2017.

Soden, Oliver. *Michael Tippett*: *The Biography*. London: Weidenfeld & Nicolson, 2019.

Spinney, Laura. "The Covid novels are arriving. And they'll be a warning to future generations." 7 Aug. 2020. Web. 29 Dec. 2020. <https://www.theguardian.com/commentisfree/2020/aug/07/covid-novels-warning-future-generations-first-world-war-spanish-flu-1918>.

Sprackland, Martha. *Citadel*. Liverpool: Pavilion Poetry, 2020.

Stuart, Douglas. *Shuggie Bain*. London: Picador, 2020.

Swift, Graham. *Here We Are*. London: Scribner, 2020.

Taylor, Brandon. *Real Life*. London: Daunt Books, 2020.

"The 2020 Booker Prize shortlist announced." 14 Sept. 2020. Web. 28 Dec. 2020. <https://thebookerprizes.com/booker-prize/news/2020-booker-prize-shortlist-announced>.

"The 2020 International Booker Prize winner: The Discomfort of Evening." 26 Aug. 2020. Web. 28 Dec. 2020. <https://thebookerprizes.com/international-booker/news/2020-international-booker-prize-winner-discomfort-evening>.

Washington, Bryan. *Lot*: *Stories*. New York: Riverhead Books, 2019.

Watt, Roseanne. *Moder Dy*. Edinburgh: Polygon, 2019.

Williams, Holly. "The Discomfort of Evening by Marieke Lucas Rijneveld – review." 22 Mar. 2020. Web. 28 Dec. 2020. <https://www.theguardian.com/books/2020/mar/22/the-discomfort-of-evening-by-marieke-lucas-rijneveld-review>.

Wolfe, Thomas. *Look Homeward*, *Angel*. New York: Scribner, 2006.

Wood, Alex. "The Stage Awards 2021 Winners Revealed." 6 Jan. 2021. Web. 4 Feb. 2021. <https://www.whatsonstage.com/london-theatre/news/the-stage-awards-2021-winners-revealed_53123.html>.

作者单位：北京外国语大学英语学院

2020年越南文学概览[1]

卢锦缨

内容提要：2020年，越南人民见证了许多具有重大意义的事件，如越南共产党成立90周年、胡志明诞辰130周年、越南八月革命75周年和9月2日举行的国庆日活动等。经济方面，越南虽受到新冠肺炎疫情的影响，但却是东南亚地区唯一实现经济正增长的国家，这为越南作家打造了一个适于创作的环境。年末，越南作家协会、越南河内作家协会、越南胡志明作家协会先后评选出多部获奖文学作品，其中有多位女性作家获得大奖。

2020年充满挑战，由于新冠肺炎疫情的冲击，世界各国的经济情况不容乐观，但越南成功控制了疫情，通过政府和全体越南人民的共同努力，在政治、经济、文化生活等领域取得了许多令人鼓舞的成果。2020年的越南文学呈现出文学体裁“全面开花”的局面，越南作家协会奖与第五届小说大赛颁奖典礼同时举行。与往年不同，诗歌、散文、翻译文学、批评理论均有作品获得奖项。受新冠疫情影

1 本文为国家社科基金重大项目“新世纪东方区域文学年谱整理与研究2000—2020”（17ZDA280）的阶段性成果。

响，作家协会的很多活动不得不暂停或者延期举行，不过，越南作家协会第十届代表大会成功召开。

一、重要文学奖项及获奖作品

1. 越南作家协会奖

在多个赛季无人斩获诗歌奖之后，2020 年，陈金花（Trần Kim Hoa，1970— ）凭借诗集《天边》（*Bên trời*，2020）获得该奖项。

诗人陈金花于 1990 年出现在越南诗坛，是越南作家协会和河内作家协会会员，至今已有 5 本诗集问世，分别是《我回去的地方》（*Nơi em về*，1990）、《真诚的过去》（*Quá khứ chân thành*，1998）、《春天的道路》（*Lối tầm xuân*，2003）、《去年的画眉鸟》（*Họa mi năm ngoái*，2006）、《天边》（*Bên trời*，2020）等。这些也是这位女作家 10 年来默默创作和实现自我更新的诗集。陈金花的诗歌富含女性气质，在努力创新的基础上，始终保持着越南诗歌语言的特性。在诗集《天边》中，有许多描写河内的诗，情感细腻，笔触动人，形象刻画令人印象深刻。

春凤（Xuân Phượng，1929— ）的作品《挑担》（*Gánh gánh gồng gồng*，2020）获散文奖。

春凤原名阮氏春凤，导演，1929 年生于越南顺化的封建贵族家庭，16 岁起随军抗战。她的名字载入了越南纪录片制作的史册，作品有《越南与自行车》（*Việt Nam và chiếc xe đạp*，1974）、《当枪声刚刚消逝》（*Khi tiếng súng vừa tắt*，1975）、《当微笑回来》（*Khi những nụ cười trở lại*，1976）、《家乡两个字》（*Hai tiếng quê hương*，1978）和《我写了一首新生之歌》（*Tôi viết bài ca hồi sinh*，1979）等。然而，纪录片的辉煌成就，无法反映春凤曲折坎坷的人生：她学过医学，在炸药厂当过工人，也当过外交翻译，之后在电视台工作，还曾担任过河内巴亭郡儿科主任一职。

1967 年，在外国人文化联络委员会担任医生期间，由于能讲流利的法语，春风被胡志明主席委以重任，成为荷兰导演乔里斯·伊文斯及其妻子玛瑟琳·洛里丹在永灵拍摄期间的专门医生。这个机会变成了一个转折点，使她决定成为一名女性纪录片导演。1968 年，她成为越南唯一一位在电视部（现越南电视台前身）工作的女导演和战地记者。她制作了一系列时事性专题纪录片，反映柬埔寨战场和北部边境的军事事件；她还是 1975 年 4 月 30 日第一批带着坦克团进入独立营的记者之一。

2019 年底，越南作家协会将《挑担》列为优秀作品之一。回忆录《挑担》通过国家历史的跌宕起伏展示了春风独特的人生经历。1945 年 8 月在午门，她见证了保大皇帝将剑印交给革命政府代表历史学家陈辉料这一历史时刻。在这本书的序言中，春风讲述了她 16 岁时离家参加革命，43 年后（1989 年 7 月）才在查尔斯德机场再见到母亲的经历。《挑担》描述了一个经历过多次战争，曾出现在很多历史事件中，与许多历史人物打过交道的一位近百岁妇女的生活。在书里，我们可看到一个有理想、有坚定的行动和献身精神的英勇形象。作者文笔朴实，感情丰富而不伤感，理智而不冷酷，公平而不苛刻，这种写作风格，展示了作者经历过许多困难挑战而表现出的坚韧力量。回忆录的美不仅在于文字，更在于作者的生活。换句话说，作者的生活经历给本书带来了生命与灵魂，给读者一种分享、理解生活的感受。

《挑担》是春风根据她用法语创作并在法国巴黎出版发行的回忆录《奥戴》再创作而成的。《奥戴》还被翻译成英文和波兰文。19 年后有了这本回忆录的越南语版本。她要把《挑担》作为一份礼物送给陪伴在她身边的最亲爱的人。她简单地谈到了写回忆录《挑担》的原因："我想向我的亲人解释我为什么离开家参加革命，我想帮助今天的年轻一代了解更多关于 20 世纪越南的悲惨战争"。

范玉石（Phạm Ngọc Thạch，1962— ）和阮碧兰（Nguyễn Bích Lan，1976— ）翻译的白俄罗斯作家斯维拉娜·亚历塞维奇（Svetlana Alexievich，1948— ）的作品《切尔诺贝利的回忆：核灾难口述史》（*Lời nguyện cầu Chernobyl*，2020）获得越南翻译文学奖。

这本书是切尔诺贝利核电站反应堆爆炸事故亲历者的"独白"合集。1986 年 4 月 26 日，切尔诺贝利核电站的反应堆发生爆炸，致使邻近的白俄罗斯居民失去了一切，一些人当场死亡，更多的人被迫撤离，被迫放弃一切家产。成千上万亩土地被污染，成千上万的人因高辐射核燃料泄露而感染各种疾病。著名记者斯维拉娜·亚历塞维奇用 3 年时间采访了这场灾难中的幸存者：有第一批到达灾难现场的救援人员的妻子、现场摄影师、教师、医生、农夫、当时的政府官员、历史学家、科学家、被迫撤离的人、被重新安置的人……斯维拉娜·亚历塞维奇向世人呈现了这个"中毒"世界里的惊人事实。每个人的声音里都透出愤怒、恐惧、坚忍、勇气、同情和爱。切尔诺贝利核灾难的悲惨事件让人类"震动"。

在批评理论类项中，作家阮文民（Nguyễn Văn Dân，1950— ）的《跨空间视角的文学文化》（*Văn hoá-văn học dưới góc nhìn liên không gian*，2020）被授予 2020 年越南作家协会文学奖。《跨空间视角的文学文化》一书是阮文民近 10 年来的文学和文化批评散文集。该书通过作者提出的文化-社会中的"跨空间关系"这一新概念，为读者开启了全球化视野下的文化-文学观，让读者了解文化与发展的关系、文化的作用、空间关系对国家发展的作用、文化中心-边缘关系的作用，以及摆脱封闭地理空间和理解中心–边缘的必要性等。以跨空间理论为基础，作者解释了国际一体化背景下社会文化意识的部分问题，批判了部分文化–文学现象，如“社会–文化跨空间关系”，“统一”是否会消除“多样”，什么是“精神生态”，越南式“社会化”的本质是什么，批评与理论和方法论的关系如何，“艺术真理”何时被视为“科学真理”等一系列问题。《跨空间视角的文学文化》可谓是一本讨论文化–文学乃至社会哲学领域理论和实践问题的书。

2. 第五届小说大赛奖

在越南作家协会举办的第五届小说大赛奖（2016—2019）中，陈垂梅（Trần Thùy Mai，1954—　）的小说《慈裕太后》（*Từ Dụ Thái Hậu*，2019）以全票通过的绝对优势将一等奖收入囊中，此次大赛还评选出二等奖 5 部、三等奖 7 部，共 13 部作品获奖。

小说《慈裕太后》以史为骨，讲述宫妃范氏姮自 13 岁入宫，在宫闱的权谋诡诈中生存，最终成为阮朝后宫之首的传奇一生。小说的时间跨度长达 30 年，贯穿嘉隆、明命、绍治三朝，塑造了慈裕太后贤良淑德、颇具威严却又亲民的形象。小说不仅仅局限于描写慈裕太后，还呈现了君臣、兄弟间的勾心斗角与尔虞我诈。对于该部作品，作家黄国威总结道：“在陈垂梅尖锐犀利的笔触下，仅通过对后宫之事的描写，便生动展现了阮朝三朝的官场政治。另一方面，通过陈垂梅细腻的描写，小说中的交际礼仪、宫廷生活和村野场景处处体现出顺化的文化风俗。这是一本异常忠实于历史却又引人入胜的历史小说。”第五届小说大赛组委会会长诗人友请（Hữu Thỉnh，1942—　）也高度评价《慈裕太后》“在小说领域有所创新”，“是越南现代小说发展的一座里程碑”。

获得二等奖的小说有：张氏清贤（Trương Thị Thanh Hiền，1970—　）

的《帝王之命》(*Mệnh đế vương*，2011)、永权（Vĩnh Quyền，1951— ）的《无垠》(*Trong vô tận*，2019)、友方（Hữu Phương，1931— ）的《回头是岸》(*Quay đầu lại là bờ*，2019)、武克严（Võ Khắc Nghiêm，出生年份不详）的《真相大白》(*Thị Lộ chính danh*，2019)、周莱（Chu Lai，1946— ）的《绿风》(*Gió xanh*，2017）等。这些小说大多以历史为题材，所刻画的人物形象特征鲜明。其中，《真相大白》既是一部以历史为主题的小说，也是一部传奇小说。武克严运用了舞台剧和电影拍摄的手法进行创作，对于一些不必要的情节则删繁从简，加快节奏，使叙事简洁；反之，他运用大量的笔墨和艺术手法专注于描写必要的情节。武克严辩证地帮助读者走近历史真相而不被历史背景的政治目的所困扰。他将该部小说置于历史与神话之间，阐述了权力是特定历史时期的必然产物，权力是斗争的目的，各大派系总是为了权力处于激烈的斗争之中。

获得三等奖的小说有：武辞庄（Vũ Từ Trang，1948—2020）的《开合》(*Và khép rồi lại mở*，2020)、武国庆（Vũ Quốc Khánh，1950— ）的《涡流》(*Vùng xoáy*，2020)、阮北山（Nguyễn Bắc Sơn，1944— ）的《破碎》(*Vỡ vụn*，2017）和《方圆》(*Cuộc vuông tròn*，2017)、天山（Thiên Sơn，1972— ）的《风沙漫天》(*Gió bụi đầy trời*，2021)、魁武（Khôi Vũ，1950— ）的《南方的富农河》(*Sông Luộc ở phương nam*，2020)、武伯强（Võ Bá Cường，1940— ）的《东风》(*Gió Thượng Phùng*，2018)、裴越士（Bùi Việt Sỹ，1946— ）的《大鹏与花骨朵》(*Chim bằng và Nghé hoa*，2017）等。这 8 部小说多以婚姻、家庭和社会为主题，其中阮北山的《破碎》和《方圆》两部小说都涉及社会政治层面的描写。《方圆》是一部关于爱情和家庭的小说，作者不仅向读者传达了自己对爱情、婚姻、幸福的见解，更重要的是

在作品中指出了国家、民族和社会所存在的问题。阮北山用两条主次的人物线索来构造作品，作品中每个角色都有独特的个性和灵魂。作者对角色的出场顺序和时间的安排合乎逻辑，主次明显，条理清晰。除了在篇章布局和人物性格塑造方面较为突出外，阮北山还成功地运用诙谐、口语化的语言，把棘手、复杂的问题变成轻松、有趣的情节，使读者对人生有新的思考。

3. 河内作家协会文学奖

2020 河内作家协会文学奖获奖情况如下：阮仲还（Nguyễn Trọng Hoàn，1963—2020）的诗集《闲暇时刻生活慢》（*Phút rành rang sống chậm*，2019）获诗歌奖，陈进高登（Trần Tiễn Cao Đăng，1965— ）和军奎（Quân Khuê，1975— ）翻译的智利作家波拉尼奥（Roberto Bolaño，1953—2003）的长篇小说《2666》（2020）获翻译文学奖，作家黄国海（Hoàng Quốc Hải，1938— ）获文学终身成就奖。

阮仲还共出版了 13 本诗集和论文集，曾获 1989 年关于学校主题的文学竞赛一等奖（Giải A cuộc thi sáng tác văn học về đề tài nhà trường）、1991 年大海主题优美诗歌大赛奖（Giải thưởng cuộc thi thơ hay về biển）、1997 年儿童文学创作大赛奖（Giải thưởng cuộc thi sáng tác văn học cho trẻ em）和 1999 年青年才华诗歌奖（Giải thưởng Thơ Tài hoa trẻ）。

陈进高登是作家、翻译家，其著名译作有《弦鸟编年史》（*Biên niên ký chim vặn dây cót*，1994）、《永远别离开我》（*Mãi đừng xa tôi*，2005）、《如果冬夜有一位旅人》（*Nếu một đêm đông có người lữ khách*，2001）等，代表作品有短篇小说集《不可能的相遇》（*Những gặp gỡ không thể có*，2018）。

军奎原名林武涛，代表作品有散文《会议室给孩子们的信》（*Thư*

gửi con từ phòng họp，2015），译作《玉米饼镇》（*Thị trấn Tortilla Flat*，2012）、《其他颜色》（*Những màu khác*，2013）、《请安静好吗？》（*Em làm ơn im đi，được không?*，2016）、《波普尔的企鹅》（*Bầy cánh cụt nhà Popper*，2011）、《孟乔森男爵的奇妙冒险记》（*Những cuộc phiêu lưu kì thú của Nam tước Munchausen*，2013）等。

黄国海因对文学特别是在历史题材小说领域的贡献，被河内作家协会授予文学终身成就奖。16 年来，黄国海的《陈朝风云》（*Bão táp triều Trần*，2003）共写了 1000 多页，同时他还写了关于黎朝八位皇帝的系列小说《黎朝八代皇帝》（*Tám triều vua Lý*，2010）。他的小说《我所知道的导演先生的故事》（*Truyện Ông Giám đốc như tôi đã biết*，1970）获 1970 年河内艺术协会奖（Giải thưởng Hội Văn nghệ Hà Nội），《陈朝风云》获 2008 年裴春派–为热爱河内奖（Giải thưởng Bùi Xuân Phái-Vì tình yêu Hà Nội）。

4. 胡志明作家协会文学奖

2020 获得胡志明作家协会文学奖的有：春风的回忆录《挑担》、裴光麟（Bùi Quang Lâm，1960—　）的传记《K 战场》（*Đất K*，2020）、高春山（Cao Xuân Sơn，1961—　）的诗集《步步走过笨拙岁月》（*Bấm chân qua tuổi dại khờ*，2019）等。

《K 战场》是一部叙述一名越南志愿兵在柬埔寨战场的故事的回忆录。作者裴光麟讲述了该志愿兵在柬埔寨战场上的日子。与其他有关柬埔寨的小说相比，《K 战场》在语言上几乎没有什么突出的表达。换句话说，裴光麟不想用语言技巧来表达感受，而是以淳朴的感情作为故事的基础来抒发其思想感受。在《K 战场》中，生与死的界限很模糊，但战士们依旧乐观、热爱生活。炸弹声过后有歌声，每次战斗结束后都有战士抒发对母亲思念的诗句，每次匆忙吃完饭后，战士们都想着给千里之外的亲人写一封信。《K 战场》反映了勇敢年轻的士兵们的生活。他们为正义的战争而牺牲，当他们看到衣衫褴褛、饥肠辘辘的柬埔寨儿童时，他们流下了眼泪。手中的枪激发了他们对敌人的斗志，为保护邻国而做出努力。《K 战场》也有一个引人注目的角度，就是士兵们离开柬埔寨回国后的生活，他们有耐心且坚持奋斗，因为生活往往比战场更残酷。

诗集《步步走过笨拙岁月》共收录诗作 101 首，是越南作家协会成员、诗人高春山于 2019 年底由作家协会出版社出版的最新作品。从出版诗集《薄铃》（*Chuông lá*，1999）到现在刚好是 21 年整，高春山再次出现在读者的视野中。这本新诗集中的大部分是在最近 5 年（2015—2019）写的，诗集整体内容非常丰富。《步步走过笨拙岁月》表现了作者许多情感上的细微差别。用作者的话来说，他用诗句安慰自己，然后自信地站起来。高春山在《步步走过笨拙岁月》的诗意里也寻找到了真实的自己。

此外，还有 3 部作品获胡志明作家协会奖，分别是：黄勇仁（Huỳnh Dũng Nhân，1955— ）的回忆录《我们——秸秆帽盔式帽的时代》（*Chúng tôi – một thời mũ rơm mũ cối*，2020）、武文双全（Vũ Văn Song Toàn，1980— ）的短篇小说《下午的芙蓉短曲》（*Đoản khúc chiều phù dung*，2020）、陈怀英（Trần Hoài Anh，1958— ）的文学批评论文集《寻找文章美感》（*Đi tìm mỹ cảm văn chương*，2020）等。

《我们——秸秆帽盔式帽的时代》记录了越南人民在抗美救国战争这段历史中的生活变迁。黄勇仁出生于一个新闻家庭，其父母和兄弟都是记者，因此培养了他敏锐的新闻视角，回忆录穿插了生动形象的记忆，刻画了 55 年前的每一个细节、每一张脸庞、每一条小巷、每一处青苔，生活在这片土地上的人们有着自己独特的个性，淳朴动人。

《下午的芙蓉短曲》是一本由 16 篇短篇组成的短篇小说集，题材广泛，从城市到少数民族山区，语言风格时而悲伤，时而充满讽刺，对人的不同命运有着深刻的见解。此外，书中故事充满了人间烟火气息，值得读者去发现和细细品味。

《寻找文章美感》从美学的角度解读作者和作品本身，选取并运用了许多当代理论进行研究、评论和反思，丰富了作者和作品的成熟面貌，开启了创新文学批评性思维的道路。

5. 湄公河文学奖（Giải thưởng Văn học sông Mekong）

2020 年，有两位作家获第 11 届湄公河文学奖：诗人陈润明（Trần Nhuận Minh，1944— ）和小说家陈玉富（Trần Ngọc Phú，1952— ），获奖作品分别是诗集《跨越长江》（*Qua sóng Trường Giang*，2017）和回忆录《从西南边界到寺庙之地》（*Từ biên giới Tây Nam đến đất Chùa Tháp*，2016，2017，2018）。

《跨越长江》2017 年由越南作家协会出版社首次出版，2018 年再版，包括越南文、中文和英文 3 种语言。1999 年至 2007 年，陈润明以越南诗人的身份游历中国，写下了诗集《跨越长江》，期间他应中方邀请在北京出版了诗歌选集。陈润明的诗集在中越两国出版发行，我国学者冯仲平对他的诗歌进行了非常细致的研究，称他为“非凡”的诗人。这部诗集对中国历史文化以及人民有着非常丰富和深刻的理解，展现出高超的水平，语言、形象、感情都得到了全方位的描写。

《从西南边界到寺庙之地》的创作背景设定在 1970 年后，当时红色高棉政府屠杀柬埔寨人民，许多人逃往越南寻求庇护。1975 年后红色高棉政府在边境沿线屠杀越南人民，局势非常紧张。1977 年 9 月，越南人民军第 4 军第 341 师及陆军多支部队不得不保卫边境。陈玉富是该部队的一名士兵。2007 年，他将这场战争写成三卷，以诚实的语言和细致的时间顺序叙述了胜利与失败的经历，展现了越南志愿军抗击红色高棉残余势力、保护人民、建设强大新政府、给人民带来和平生活的方方面面。

湄公河文学奖是针对湄公河流域国家（地区）作家的奖项。该奖项希望通过文学作品，使该区域内的人们能够更好地了解各国的文化、人民、过去和现在，致力于团结、发展、和平、繁荣。由于受新冠肺炎疫情的影响，2020 年的颁奖时间尚未确定，但正式颁奖典礼举办地是柬埔寨的金边。

二、其他重要小说作品

在小说领域，2020 年越南文坛值得关注的作品还有《编国史》（*Biên sử nước*，2020）和《逃亡》（*Đi trốn*，2020）。

《编国史》是越南著名女作家阮玉思（Nguyễn Ngọc Tư，1976—　）继小说《江》（*Sông*，2012）之后时隔八年的新作。这部小说字数不多，描绘了那些极易被忽视的生活琐事和不曾被人关注的低声絮语，字里行间充满悲伤和渴望。故事的开始寥寥几句，“船已靠岸”营造出一个朦胧的世界，“这是第 2046 天，德艾只有一个心脏，要取走心脏的妇女手里抱着一个孩子，已经到河对岸了”。妇女仿佛影子般若隐若现，出现在船头，又消失不见了。所有形象在半虚半实的空间中交织汇聚，让人联想到西南部平原，但文中的背景又比现实更加深邃。书中的人们不再局限于“淳朴”“善良”，而是为了生存辗转挣扎。《编国史》再次使用《江》中的元素，“水”成了一切喜怒哀乐的象征，通过水的顺逆和交汇让深埋其中的故事重见天日。全书人物众多，多条故事线并行，叙述方式独具特色，结构设计巧妙，语言凝练，字里行间无不体现出作者用词的精准、简练。书中如梦似幻的情感和残酷的现实形成鲜明对比，宛如黄昏时分的江河闪着金光，等待新一天的到来，太阳东升西落，循环往复，正如看不到尽头的人生。

《逃亡》是越南作家平歌（Bình Ca，1958— ）的最新作品。故事从几个平凡、单纯的孩子的视角出发，将战争的残酷展现得淋漓尽致。故事的背景并非虚构，而是取自作者的真实回忆。历史环境仅通过简短的话语进行描绘，作者并未在其中注入过多感情。小说中的孩子所体现的情感与正在进行的战争之间并没有过多紧密的联系。他们仅仅是孩子，他们仍旧顽皮，打闹，仍旧期待着新年的到来。在书中，作者极力刻画的是孩子本身的形象，而并非一部战争小说应有的主人公形象。甚至故事的主线——孩子的故事，也在尽力避开战争的影子。然而，在阅读过程中读者仍不难发现，时代在这群孩子们肩上留下重担，他们却坦然面对时代所带来的一切。故事里没有代表抗战精神的“英雄少年”，只有因为害怕而躲起来的孩子。《逃亡》由一位经历了时代变迁的越南人写就，也只有那些深刻领悟时代变迁的越南人才能真正感同身受。那些枪林弹雨并没有被大幅描绘，它们仅出现在那个年代孩子们的记忆中，印刻在出生于那段岁月的作者的脑海里。

此外，历史小说《风沙漫天》（*Gió bụi đầy trời*，2020）被评价为具有思想深度的作品。作家天山完整、客观地再现了八月革命在越南大地上如火如荼展开的动荡岁月，从多个角度出发为读者展现了这一在越南民族争取国家独立的过程中最为复杂、艰难的历史时期。在小说的序言中，天山写道：“各位读者可以在这本书中了解到那些曾因时间的流逝或人们的成见而被掩埋的各派别代表人物和历史事件。作者已在文中努力通过客观、简洁的文字描绘了当时人们的思想变化，对国家独立、和平生活的热切盼望以及在贪婪的殖民者面前人民群众不屈不挠的斗争”。越南著名学者陈庭史教授在《从历史小说的角度看〈风沙漫天〉》（*GIÓ BỤI ĐẦY TRỜI nhìn từ góc độ tiểu thuyết lịch sử*）一文中写道：“天山从易于理解的角度切入，具体、客观地再现了那些人们已经淡忘的历史事件，深入描绘了当时背景下部分历史人物的行为和思想”。

女作家段明凤（Đoàn Min Phượng，1956— ）于2020年8月问世的第三部作品《野火燎原》（*Đốt cỏ ngày đồng*，2020）也很值得关注。段明凤之前出版的两部作品《灰烬》（*Và khi tro bụi*，2006）和《情到深处真与幻》（*Tiếng Kiều Đồng Vọng*，2020）使她在越南当代文学界名声大噪。在此之后，段明凤经过很长时间的积累，酝酿出了《野火燎原》。相比前两部作品，《野火燎原》给读者留下了十分特别的印象，这是一部带有浓烈烂漫气息和哲理的震撼之作。《野火燎原》结合了意识流的写作手法和具有哲理色彩的观点，打破了体裁的常规，故事情节、背景、叙述都采用概括的写法。在《野火燎原》中，段明凤深入到人物内心世界而不是紧扣现实世界，这样的写作方式褪去了读者对物质世界的原有认知，使其进入了作者创造的深层意识虚拟空间。此外，小说的特别之处在于叙述的角度。在各个章节中，叙述者“我”会发生变化，读者时常不能确定“我”是谁。可以说，这样的改变使得《野火燎原》变得更加柔和、更加震撼人心。

三、文坛重要事件

1. 越南作家协会选举

2020年11月24日晚，越南作家协会大会选举产生了2020—

2025 年委员会，诗人阮光韶（Nguyễn Quang Thiều，1957— ）当选为新一届越南作家协会主席，友请担任作协顾问，陈登科（Trần Đăng Khoa，1958— ）和阮平方（Nguyễn Bình Phương，1965— ）当选为副主席。新一届委员于 11 月 25 日正式亮相。

2. 第 18 届越南诗歌节延期举行

由于新冠疫情的影响，2020 年第 18 届越南诗歌节不得不两次延期（组委会原计划于农历正月十五和 9 月 2 日国庆节举行）。此前，第 18 届越南诗歌节组委会在 2019 年 12 月 26 日的会议上表示，2020 年越南诗歌节将于农历正月十五在全国各地举行，主题为“与国家同行”，其中两个重要的举办地是河内和顺化。

3. 四位越南文学大师的百年诞辰

2020 年越南喜迎四位文学大师百年诞辰的纪念活动，他们是：苏怀（Tô Hoài，1920—2014）、素友（Tố Hữu，1920—2002）、制兰园（Chế Lan Viên，1920—1989）和金麟（Kim Lân，1920—2007）。纪念仪式于 2020 年 10 月至 12 月初在越南作家协会办公驻地举行，文学家、诗人、理论批评家、家属代表以及众多读者参加了纪念活动，回忆了文学大师们的文学成就。

苏怀，越南作家、记者。16 岁步入文坛，1941 年发表童话故事《蟋蟀冒险记》（*Dế mèn phiêu lưu ký*，1941）；曾写下许多关于少数民族战斗生活的作品，包括《西北故事》（*Truyện Tây Bắc*，1953）、《救国山》（*Núi Cứu quốc*，1948）、《西部》（*Miền Tây*，1967）等。此外，他还著有《鼠窝》（*O chuột*，1942）、《十年》（*Mười năm*，1957）等。1996 年获胡志明文学艺术奖。

素友，越南诗人、政治家，其诗集是越南的一部历史集。主要作品有《从那时起》（*Từ ấy*，1946）、《越北》（*Việt Bắc*，1954）、《暴风》（*Gió lộng*，1961）、《上前线》（*Ra trận*，1971）、《血与花》（*Máu và Hoa*，1977）、《琴声》（*Một tiếng đờn*，1992）、《我还是我》（*Ta với ta*，2001）；在中国出版的诗集有《越北》《暴风》《三十年来我们有党》《素友诗集》。此外，他还著有《越南女儿》《我的故乡》《向中国致敬》《战斗的南越》《越南的战争》等诗集。素友晚年发表了回忆录《回忆某个时期》（*Nhớ lại một thời*，2002），获 2001 年越南文学奖，越南文学协会委员会授予其特别奖。其中，诗集《越北》获 1954—1955 期间越南文艺协会颁发的文学奖（Giải thưởng văn học Hội Văn nghệ Việt Nam）一等奖；诗集《琴声》（*Một tiếng đờn*，1992）于 1996 年获泰国东盟文学奖（Giải thưởng văn học Asean của Thái Lan）。另外，他对越南现代史的研究具有一定的史料价值。

制兰园，越南作家，诗人。代表作有诗歌《萧残》（*Điêu Tàn*，1937）、《寄给你们》（*Gửi Các Anh*，1954）、《阳光与淤沙》（*Ánh Sáng và Phù Sa*，1960）、《抗敌诗抄》（*Những bài thơ đánh giặc*，1972）、《伟大的日子》（*Ngày vĩ đại*，1975）、《石上的花》（*Hoa trên đá*，1984），散文集《金星》（*Vàng sao*，1942）、《访问中国》（*Thăm Trung Quốc*，1963）、《愤怒的日子》（*Những ngày nổi giận*，1966），评论集《诗文讲话》（*Nói chuyện thơ văn*，1960）、《文学批评》（*Phê bình văn học*，1962）、《思考和评论》（*Suy nghĩ và bình luận*，1971）等。1996 年被授予胡志明文学艺术奖。

金麟，越南作家，代表作有短篇小说《村庄》（*Làng*，1948）、《夫妻》（*Nên vợ nên chồng*，1995）、《丑陋的狗》（*Con chó xấu xí*，1962）等。2001 年被授予越南国家级文学艺术奖。

4. 诗人阮春湦离世

当今越南新诗运动的最后一位代表人物的诗人阮春湦（Nguyễn

Xuân Sanh，1920—2020）离世。

阮春渥很早就开始作诗，16 岁就有诗体小说《迷途》（*Lạc loài*）多次在报上连载。1939 年，他与志同道合的艺术家、诗人、文学家范文幸（Phạm Văn Hạnh，1913—1987）、阮良玉（Nguyễn Lương Ngọc，1958—1997），画家阮杜宫（Nguyễn Đỗ Cung，1912—1977）和音乐家阮春括（Nguyễn Xuân Khoát，1910—1993）一起成立了春秋雅集社（Xuân Thu nhã tập）。阮春渥的代表作有《收地》（*Nhận ruộng*，1945）、《红气球》（*Chiếc bong bóng hồng*，1957）、《故乡的歌》（*Tiếng hát quê ta*，1955）、《听春回的脚步》（*Nghe bước xuân về*，1961）、《海乡》（*Quê biển*，1966）、《西瓜岛》（*Đảo dưa hấu*，1974）、《祖国和歌曲》（*Đất nước và lời ca*，1978）等。此外诗人还翻译了约 200 首世界著名诗人的诗歌，为越南诗歌文学翻译奠定了基础。

结语

2020 年，是探寻和开启越南文学发展新道路的一年，越南文学在创作上有一定创新，青年作家的创作朝气蓬勃，使越南文学创作与批评呈现出新的态势。文学创作更注重社会热点、反腐、人类道德等敏感问题，作家致力于创作出更好的文学作品，继续为国家建设事业、反腐败做出贡献，通过文学促进民族和谐，保护传统文化，在世界上塑造良好的越南国家和人民形象。其特点是更注重越南文学的对外传播以及外国文学作品翻译等领域，但儿童文学创作活力不足。对此，诗人阮光韶表示，越南作家协会将在今后寻求相关管理机构的许可，设立儿童文学基金，翻译国外的优秀儿童文学作品，同时加强儿童文学的创作；此外还将设立儿童文学奖，鼓励作家创作出更多优秀的儿童文学作品。

参考文献：

Hoàng Hoàng."*4 tác phẩm đoạt Giải thưởng văn học Hội Nhà văn Việt Nam năm 2020*" QĐND. 12 Nov. 2020. <https://www.qdnd.vn/van-hoa-giao-duc/van-hoc-nghe-thuat/4-tac-pham-doat-giai-thuong-van-hoc-hoi-nha-van-viet-nam-nam-2020-643620>.

Yến Anh."*Công bố giải thưởng Hội nhà văn Việt Nam 2020*" Người lao động. 11 Nov. 2020. <https://nld.com.vn/van-nghe/cong-bo-giai-thuong-hoi-nha-van-viet-nam-2020-20201111193936015.htm>.

Ngô Vinh."*Những tác phẩm đáng chú ý của văn học Việt năm 2020*" Zingnews. 24 Dec. 2020. <https://zingnews.vn/nhung-tac-pham-dang-chu-y-cua-van-hoc-viet-nam-2020-post1166538.html>.

Vietnam Plus."*Nhà thơ Nguyễn Quang Thiều*" *Mega Story*. 3 Dec. 2020. <https://special.vietnamplus.vn/2020/12/03/nguyenquangthieu-2020/>.

作者单位：广西大学外国语学院